Le Dernier Testament

AU DIABLE VAUVERT

Philip Le Roy

Le Dernier Testament

Du même auteur

POUR ADULTES SEULEMENT, roman, *Atout Éditions*
COUVERTURE DANGEREUSE, roman, *Atout Éditions*

Au diable vauvert
La Laune 30600 Vauvert
www.audiable.com
contact@audiable.com

Catalogue disponible sur demande

La mort n'existe pas.

Prologue

Judée, en 70 après J.-C.

Myriam avança sur le seuil de la grotte, les mains plaquées contre la roche, les pieds au bord de la falaise abrupte. Un vent chaud balaya ses longs cheveux gris. La mer Morte était couleur de plomb, sertie dans une nature splendide, aride, vide. Rien ne bougeait.

Pourtant, l'Histoire était en marche.

Depuis quarante ans, les disciples de Jésus diffusaient son enseignement au péril de leur vie. Les apôtres, fidèles de la première heure, avaient péri en martyrs, crucifiés, décapités, lapidés, égorgés, écorchés vifs, mais d'autres, de plus en plus nombreux, avaient pris le relais. Le christianisme s'était propagé en Palestine, en Scythie, en Phrygie, en Macédoine, à Chypre, en Éthiopie, en Inde, en Mésopotamie, en Perse, en Grèce. Toutes les couches de la population se convertissaient, les riches, les intellectuels, les banquiers, les commerçants, les esclaves. À Rome, les milieux proches du pouvoir étaient touchés. Marc et Matthieu avaient rédigé leurs Évangiles, le premier s'appuyant sur les miracles du Nazaréen, le second sur des citations de la Bible qui attestaient que Jésus était celui qu'avaient annoncé les prophètes. Il n'avait certes pas instauré le royaume de Dieu sur Terre, mais, par sa résurrection, il avait délivré les hommes de la crainte du trépas et des affres de la vie.

Myriam avait joué son rôle dans cette révolution des esprits. Ou plutôt ses rôles. Celui d'une pécheresse sauvée de la lapidation par le Messie, celui de Marie de Béthanie qui lava les pieds du Seigneur avec sa chevelure, celui de Marie de Magdala qui fut le premier témoin de la résurrection. Après avoir changé d'identité une dernière fois, elle avait quitté la Palestine pour suivre Yehoshua. Pendant toutes ces années, les deux amants avaient bourlingué clandestinement sur les routes d'Orient et d'Occident, spectateurs éberlués de ce qu'ils avaient déclenché.

Elle contempla à ses pieds les ruines de Qûmran, là où jadis la secte des Esséniens avait osé défier les troupes d'occupation alliées aux partis politico-religieux de Jérusalem. Deux ans plus tôt, la dixième légion romaine avait dévasté la région et ravagé le site. La tour, le monastère, la riche bibliothèque et ses centaines d'ouvrages, avaient été réduits en poussière.

Au cours de leur périple sans fin qui les avait ramenés en Judée, les deux nomades avaient décidé de faire escale dans ce sanctuaire désormais livré au sable du désert. Qûmran les avait cachés autrefois et ils demeuraient attachés à ce lieu.

Face au paysage immobile et muet, Myriam réintégra l'étroite cavité, voûtée, ventée, obscure. Assis sur une couche constituée par plusieurs épaisseurs de lin, Yehoshua la contempla en lissant sa barbe. Il lut en elle de la tristesse.

— Je te le dis en vérité, Myriam, une révolution naît dans la douleur, pas dans la douceur.

Elle s'agenouilla. Il lui caressa les cheveux.

— Nous avons transformé l'histoire de la région, dit-elle pour se consoler.

Il se pencha pour déposer sur ses lèvres un baiser qui contenait plus d'amour que les Evangiles.

— L'histoire du monde, rectifia-t-il.

Il se leva en faisant craquer ses articulations et se dirigea vers une pierre plate sur laquelle étaient étalées des peaux recouvertes d'une fine écriture. Il les roula en une seule pièce et les enveloppa dans les draps de lin.

— Notre œuvre est en train de s'accomplir, de nous dépasser, même. En vérité, la graine de sénevé est devenue un arbre, et bientôt sera une forêt.

Il glissa l'épais rouleau dans une jarre aux trois quarts enterrée. La vieillesse l'avait poussé à écrire ses mémoires. "Il n'y a rien de caché qui ne doive se révéler un jour, rien de secret qui ne doive se connaître" avait-il déclaré un jour aux apôtres. Il avait choisi Qûmran pour y enfouir sa confession, adressée au futur. Cela apaisait sa conscience et flattait son intelligence. Car le plan machiavélique qu'il avait conçu façonnerait à jamais la pensée de l'humanité.

Avec le tissu restant, Myriam bourra l'ouverture de la jarre. Ils raclèrent les murs de leurs mains pour en tirer une poudre noirâtre et visqueuse qu'ils malaxèrent avant d'enduire abondamment l'évasure. Ainsi scellé, le récipient aurait des chances de conserver les manuscrits à travers les générations. Ils ensevelirent leur trésor sous quelques poignées de terre, rassemblèrent leurs maigres affaires et quittèrent l'antre.

Puis ils disparurent dans la lumière et dans l'anonymat.

Première partie

Le Flocon de neige assassine le bougainvillier

1

— **Ceci est mon sang... !**

Après avoir consacré le pain et le vin, expédié les liturgies de la Parole et de l'Eucharistie, le père Almeda versa le vin dans un calice et les hosties sur une patène. Quatre célébrants rejoignirent l'autel pour recevoir leur ration de pain azyme. Toujours servie la première, la veuve Ryler clopina plus vite que les autres sur ses jambes arquées. À la mort de son époux, la malheureuse avait perdu la tête et l'auréole qui allait avec. Derrière elle, se présenta Elma Todson qui trompait son mari avec le Christ depuis plus de trente ans. Le couple Dakobsky fermait la courte marche. Vivotant sur leur prime de longévité octroyée par l'État de l'Alaska, ils ne fréquentaient que les établissements gratuits, dont l'église et le Bentley Mall. Le vieux Walt Finch, lui, était resté assis au troisième rang, les bras croisés, le menton sur la poitrine. Il ronflait.

— Allez dans la paix du Christ !

— Nous rendons grâce à Dieu, firent en écho les édentés.

En cette saison, le père Almeda était loin de faire salle comble. Alors, il abrégeait le rite. La communion et la bénédiction bâclées, il réveilla Finch et raccompagna son carré de fidèles jusqu'au parvis fouetté par le blizzard où attendait un minibus affrété par la communauté catholique de Fairbanks, Alaska. Il s'agissait de ramener les ouailles à bon port.

Le curé frigorifié rangea sa vaisselle dans le tabernacle et s'agenouilla devant l'autel, dans la trajectoire d'un rayon de lumière pâle qui transperçait un vitrail représentant un Jésus esquimau. Dieu se faisait rare à Fairbanks et le chemin n'était pas toujours praticable jusqu'à son église. Quelques gueux s'y réfugiaient parfois, poussés par le froid plus que par la foi. On leur offrait alors un repas arrosé de bonnes paroles ainsi qu'un peu de chaleur évangélique. Pétri de bonnes intentions, le curé au moral d'acier avait ainsi transformé le presbytère en refuge pour SDF et organisé des navettes gratuites pour assister à ses offices. Les deux cents dollars annuels récoltés au cours des quêtes étaient loin de subvenir à ses ambitieux projets. Et le récent don, aussi généreux qu'intéressé, versé par l'agent fédéral Bowman avait été le bienvenu.

Le père Almeda frissonna et regarda le Christ cloué sur la croix. Il arrivait que le religieux ait un pincement au cœur pour son Espagne natale. Sa brouille avec le Vatican et son désir de voir le monde lui avaient valu la paroisse peu enviable de Fairbanks. Mais son amour pour Dieu et ses créatures demeurait indéfectible. La seule chose qui le perturbait vraiment était sa récente compromission avec cet agent fédéral qui fomentait un traquenard pas catholique. Felipe Almeda n'aimait pas se parjurer, même pour une bonne cause, même pour un superdonateur. Il demanda à Dieu pardon pour ce péché, se signa, se releva.

Il allait regagner sa cure lorsque les battants de l'église claquèrent aussi violemment que les portes d'un saloon poussées par une bande de soiffards. Il était pourtant persuadé d'avoir bien fermé. Le vent envahit la nef, éteignant les cierges d'un souffle glacé, emportant la nappe de l'autel, s'engouffrant dans le clocher qui se mit à sonner le glas.

Le curé s'agrippa à un banc vissé au plancher et se courba pour affronter les rafales crépitantes qui tapissaient de blanc le sol et les murs. L'une d'elles l'éjecta brusquement au fond du chœur. Il pivota, patina, tomba, s'aplatit, rampa vers le bas-côté, moins exposé, progressant par étapes, jusqu'au tronc, puis au bénitier. Parvenu à l'entrée, il jeta toutes ses forces contre un vantail. Lorsqu'il entreprit de rabattre l'autre battant, le blizzard forcené força à nouveau le passage. Le père Almeda s'arcbouta, libéra toute son énergie, gagna un centimètre, puis deux, puis trois. Il réalisa alors qu'une paire de bras providentiels, aussi puissants que deux gros vérins, étaient tendus au-dessus de ses épaules. Concentré sur son objectif, il ne chercha pas à savoir d'où venait ce secours providentiel. Il poussa en ahanant. Dès qu'il perçut le déclic du pêne dans la gâche, il tourna la clé et s'adossa an portail.

Subissant le contrecoup de l'effort intense qu'il venait de fournir, il se laissa choir et atterrit sur les fesses. « Pourquoi compare-t-on l'enfer à un brasier et jamais à l'Alaska ? » pensa-t-il. Ses yeux étaient ouverts à hauteur des genoux de l'étranger. Il les écarquilla sur son sauveur caché sous une montagne de hardes raidies par le gel.

— Merci, mon fils.

L'individu grogna et se convulsa. Considérant son allure, le père Almeda lui proposa d'emblée un repas chaud. On pouvait rejoindre le presbytère par la porte de derrière. L'individu essuya un fil de morve et déroula une guirlande de tissu sale autour d'une main qu'il tendit pour aider le curé à se remettre debout. Ce dernier hésita. Pas à cause du paquet de crasse et de cals qu'il était invité à empoigner, mais à cause de la taille démesurée de l'organe. Le type aurait pu lui tordre le cou avec le pouce et l'index. Le prêtre se sentit soudain décoller, en lévitation face à celui qui venait de l'aider à se barricader. Paradoxalement, il eut la désagréable impression qu'il était pris au piège et que le plus grand danger ne venait pas forcément de l'extérieur. Au moment où ses pieds touchèrent à nouveau la terre ferme, il balbutia quelques mots :

— Qui… qu'où… qu'êtes-vous?

— Fffroid… a… a… fffaim… aim…

La voix était grave, secouée par une toux violente, et semblait venir de son estomac. L'homme chercha de l'air à travers la cagoule en charpie qui couvrait une partie de son visage. Sa respiration rauque et saccadée résonnait dans la nef. Ses orbites anormalement évasées abritaient un regard tragique. Ses pommettes, plus saillantes que celles d'un Esquimau, ressemblaient à deux cornes qui auraient commencé à pousser sur ses joues.

— Suivez-moi, le pria Almeda qui en profita pour prendre ses distances.

Le miséreux le suivit à grandes enjambées en direction d'un long corridor construit en rondins de bois et financé par les deniers du culte.

— Ce passage… euh… il relie l'église au presbytère, bafouilla le curé. Cela nous protège des intempéries.

Son hôte grommela dans son dos et manqua de s'étouffer. Trente mètres plus loin, ils débouchèrent dans un vestibule surchauffé qui sentait la soupe. Une vieille femme les accueillit et chercha à débarrasser le clochard de ses haillons. Celui-ci répliqua par un nouveau grognement.

— Laissez, Daisy, ce monsieur a seulement besoin d'un repas et d'un peu de chaleur.

Ils le firent entrer dans un petit réfectoire où trois

indigents ingurgitaient du potage. L'homme s'assit à l'extrémité de la table et saisit un quignon de pain qu'il engouffra en un éclair. C'est en le regardant manger que le père Almeda remarqua que son menton était gigantesque. L'homme avala trois bols de soupe de poissons et une dizaine de tranches de pain sous l'œil suspect des autres convives. Rassasié, il se pencha en arrière, rota, toussa et se gratta violemment. Daisy lâcha le broc d'eau qu'elle portait et s'évanouit, tandis que les trois clochards se ruèrent dehors sans demander leur part de dessert.

Ce n'était pas une cagoule déchirée qui masquait les traits de l'étranger. C'était sa peau qui partait en lambeaux.

Le père Felipe Almeda ne broncha pas, paralysé à l'idée d'avoir accueilli le diable sous son toit.

2

Les pales de l'hélicoptère hachèrent le ciel au-dessus de Fairbanks, perçant la gangue de brouillard givrant qui étouffait la ville. Sans sourciller devant l'absence de visibilité, le pilote chevronné amorça une descente, fouettant au passage des strates de gaz d'échappement gelés en suspension. « Une foreuse aurait été plus appropriée », blagua-t-il, crevant d'un trait d'humour sa bulle de concentration. Derrière lui, impavide, le passager examina sa montre, midi quarante. On se serait cependant cru à minuit quarante. L'obscurité n'était pas seulement due à la purée de pois congelée qui aveuglait la ville. En décembre, à Fairbanks, le soleil se lève moins de quatre heures par jour.

Guidé par deux torches électriques, l'appareil heurta le toit du Memorial Hospital aussi glissant qu'une patinoire. Les mains pleines de lumière, un colosse s'avança courbé sous le rotor. Une épaisse fourrure noire recouvrait l'individu et lui donnait l'apparence d'un ours. Le pilote, épuisé, ralentit son rotor sans toutefois l'arrêter et sortit une flasque par la fenêtre pendant une poignée de secondes, le temps d'obtenir une vodka bien frappée. Le passager sauta à terre, quittant les 24 °C de la cabine pour une température de –40 °C. Il suivit l'ours jusqu'au sas en retenant sa respiration. Pas question d'avaler une gorgée d'air, sous peine d'hypothermie. Les deux hommes crachèrent leurs poumons dans la tiédeur d'un étroit vestibule et se débarrassèrent du givre qui les avait déjà caparaçonnés.

— Avez-vous fait bon voyage ? demanda l'agent spécial Clyde Bowman.

Le visiteur ne desserra pas les mâchoires, comme si celles-ci avaient été soudées par le gel.

— Il doit faire plus chaud chez vous, pas vrai ? continua Bowman.

L'agent du FBI comprit qu'il se passerait des formules de politesse.

— Où est-il ? questionna l'homme, dont la sécheresse, plus que le froid, avait rongé le regard. Un nez aquilin séparait deux petits yeux noirs aiguisés pour percer les pensées.

— Vous avez le rouleau ? répliqua Bowman du tac au tac.

L'individu hésita, puis tapota sa parka pour signifier qu'il l'avait sur lui.

— Vous avez la cassette ? demanda ce dernier.

— Elle est en bas, dans le caméscope.

L'agent fédéral l'invita à le suivre.

La première descente en ascenseur s'effectua en silence.

Ils longèrent un dédale de couloirs sans rencontrer personne. Leurs chaussures humides sur le linoléum imitaient le bruit de ventouses. Derrière l'agent du FBI, l'homme avait gardé ses gants et son épaisse parka qui fondait sous la chaleur, semant dans son sillage des gouttelettes de pluie. Son front s'emperla de transpiration.

— Combien de personnes sont au courant ? demanda-t-il.

Sa voix était singulièrement monocorde.

— Votre visite est demeurée confidentielle, si c'est ce que vous voulez savoir.

— Non.

Bowman se retourna en fronçant les sourcils pour inciter son interlocuteur à préciser sa question.

— Vous m'avez mal compris. Combien de gens savent ce qui se déroule ici ?

— Trois... non quatre.

— Trois ou quatre ?

— Groeven, Fletcher, moi et puis vous. Ça fait quatre.

Ils empruntèrent un deuxième ascenseur. Bowman glissa une clé dans une serrure et la tourna d'un quart de tour pour descendre au sous-sol.

— On y est presque.

Les sens en alerte, il étudia le visiteur. Les yeux inquisiteurs et la bouche fine étaient concentrés autour du nez. De l'anxiété suintait sous son masque hiératique flanqué de larges bajoues. La morphologie de son visage reflétait l'égocentrisme, le goût du secret, l'autorité. L'agent spécial fixa l'endroit de la parka que son propriétaire avait tapoté, affronta son regard qui ne l'impressionnait pas, suivit la main qui s'enfonçait dans la poche revolver, faillit dégainer, mais se ravisa à la vue du tube métallique. L'homme le dévissa, avant de lui tendre un rouleau de linges blancs. Bowman se débarrassa fébrilement de l'emballage et sentit enfin le cuir antique craqueler sous ses doigts. Il déroula lentement, délicatement la peau tannée, recroquevillée, effilée, mangée par les siècles, recouverte recto verso d'une minuscule écriture hébraïque, noire, sans ponctuation. Il reconnut de l'araméen. La langue de Jésus. Le parchemin était tellement vieux qu'il était quasiment impossible de le manipuler sans l'abîmer.

— Prenez garde ! Au moindre faux geste, il tombe en poussière. Allez-y doucement et profitez-en, peu de gens ont eu ce privilège à ce jour.

— Merci pour votre confiance.

— Ce que vous tenez du bout des doigts a été écrit en 70 de notre ère. C'est un original. Inconcevable, non ? Surtout quand on sait que trois siècles séparent les Évangiles des plus anciens manuscrits dont nous disposons.

Ses yeux brillaient comme s'il tenait les tablettes des dix commandements.

— Vous lisez l'araméen ? demanda le visiteur.

— Suffisamment pour savoir que je tiens une bombe.

L'agent spécial se plongea dans la lecture du rouleau. Ses mains tremblaient d'émotion. Depuis le temps qu'il en avait entendu parler sans vraiment y croire. Soudain, il se frappa le front, comme s'il avait oublié de couper le gaz avant de quitter son appartement. Le parchemin s'enroula et tomba dans un gant. La balle silencieuse qui venait de perforer son crâne lui avait autorisé ce seul réflexe, traversant son esprit fiévreux, avant de pulvériser l'occiput sur les parois lisses de la cabine. Privé de centre nerveux, le corps athlétique de Clyde Bowman s'affaissa au ralenti.

Les portes s'ouvrirent sur un corridor évoquant l'antichambre du paradis : un éclairage puissant confondait les murs, le sol et le plafond, immaculés. Au fond, un digicode tenait lieu de clé de saint Pierre. L'homme enjamba le cadavre qui entravait le passage et balaya d'un hochement de tête un tic qui lui déformait la lèvre supérieure.

Il gagna l'extrémité du couloir, frappa, attendit. Une infirmière apparut. Elle n'était pas prévue au programme. Bowman s'était trompé dans son décompte. La jeune femme s'écroula avant de terminer la question qu'elle était en train de formuler. Son cadavre marquait le seuil d'un vaste laboratoire modulé en plusieurs salles. Des cloisons de verre délimitaient le bruit, mais pas la vue. Deux chercheurs occupaient la pièce principale. L'un d'eux était courbé sur un microscope et on ne distinguait de lui que ses cheveux blancs. L'autre, aussi chauve que barbu, entrait des données dans un ordinateur. Sur une table d'opération gisait un autre barbu, comateux, relié par des électrodes, des sondes et des tubulures à une batterie d'appareils et de cathéters.

— Bonjour messieurs.

Les deux chirurgiens firent volte-face. Le Dr Groeven se présenta et posa la même question que l'infirmière :

— Avez-vous fait bon voyage ?

Apparemment, les conditions de transport étaient le souci numéro un de la population locale. L'homme fixa le patient inerte.

— Mon voyage importe peu comparé au sien.

— Bowman n'est pas avec vous ? s'étonna le Dr Fletcher.

— Il est mort, non ?

— Bowman ?

— Qui se soucie de Bowman ? Je parle de votre cobaye, là. Il ne bouge pas.

— Détrompez-vous. Nous l'avons vraiment ressuscité… si vous nous pardonnez l'expression, ajouta Groeven.

— Je vous absous.

Double génuflexion. Le regard figé par une paire de coups de feu feutrée, les médecins embrassèrent le carrelage en vomissant leur sang. Le tueur cilla avant d'inspecter la pièce qui abritait encore des signes de vie : trois rats dans une cage et une oscillation verte, presque plate, sur un moniteur. Le canon du revolver balaya l'espace et s'arrêta devant les rongeurs pour vomir à nouveau la mort à bout portant, entre les grilles.

Le tueur s'intéressa ensuite au mourant. Il lui enfonça entre deux côtes le silencieux encore fumant du canon, de plus en plus profondément, sans déclencher de réaction. Puis il vida le chargeur dans un bouillonnement d'hémoglobine accompagné d'une odeur de chair brûlée. Une ligne horizontale sur l'écran souligna la fin de la salve.

Le visiteur essuya méticuleusement son arme et se rua vers le caméscope posé sur un trépied. L'appareil était vide. Le tueur entreprit une fouille acharnée du laboratoire ainsi que de la chambre froide. Il s'empara des disquettes, détruisit les disques durs des ordinateurs, versa dans les toilettes le contenu des multiples flacons entreposés sur les étagères. Puis il rangea les instruments chirurgicaux à leur place, jeta les éprouvettes qu'il avait renversées au cours de sa violente perquisition ainsi qu'un gobelet de café qui traînait près du microscope, ramassa ses douilles et passa un chiffon sur les bureaux. Ses yeux noirs contemplèrent le bilan de sa visite éclair dans le sous-sol de l'hôpital. Il ne lui restait plus qu'à regagner le toit par le chemin qu'il avait emprunté à l'aller.

Affrontant une dernière fois le froid meurtrier, il monta dans l'hélicoptère qui l'attendait. Sa mission était terminée. Le monde était sauvé.

Deuxième partie

L'Horizon est une illusion

3

Nathan Love tenait entre les mains le crâne de son épouse. Au terme d'un long face à face muet, il le reposa sur une étagère, à hauteur de regard. La tête de mort était surmodelée selon une technique indonésienne permettant de reconstituer le visage du défunt. Elle avait des traits féminins, un petit nez, des pommettes saillantes, des yeux en coquillages, des lèvres charnues, autrefois dotées de parole. De son vivant, elle affichait une riche panoplie d'expressions qui égayaient l'existence de son entourage et répondait au nom mélodieux de Melany Love.

Nathan gagna la terrasse panoramique de la maison vide qu'il occupait en front de mer dans l'État de Washington. Le mont Olympic faisait briller sa couronne de glace à 2 400 mètres tel un gigantesque phare naturel. Le brouillard venu de la mer nourrissait dès l'aube les forêts de séquoias avant de buter contre le flanc des montagnes qui gondolaient jusqu'aux Rocheuses. Nathan descendit sur la plage, en contrebas, déserte à perte de vue, lavée par le ressac. Les premiers rayons de soleil irradiaient la surface de l'océan crevée par des rochers épars qui résistaient depuis des siècles à l'érosion. Personne n'habitait cet endroit, coincé entre des forêts de pluie, des glaciers, un océan houleux et des montagnes abruptes. Personne, excepté des phoques, des loutres et une âme solitaire.

Campé sur ses jambes légèrement fléchies, Nathan Love engagea une boxe des ombres, arrachant des lambeaux de brume, traçant des arabesques sur le sol vierge, mobilisant son énergie et son souffle, progressant lentement jusqu'à la lisière des flots. Après avoir une dernière fois caressé l'encolure du cheval, imité la position du dragon et dansé avec le cygne, il se déshabilla entièrement pour mêler son anatomie à la nature. Il entama une série de mouvements de combat qui firent voler à ses pieds le sable épais et l'eau salée. En pénétrant dans l'océan hérissé d'écume, l'eau glacée l'électrisa. Il se battit contre les vagues, le froid, sa propre force physique.

Au stade de l'épuisement, il abandonna les katas et ses figures préréglées, oublia les réflexes conditionnés pour privilégier une totale spontanéité de la gestuelle. Le vent entrait dans ses poumons pour remonter à partir du hara, à deux centimètres au-dessous de l'ombilic, en faisant vibrer son corps dans un souffle sonore que n'aurait pas renié une femelle morse.

Il parvint au mushin, l'état de non-ego.

La puissance infinie du Pacifique le libéra des zestes de toxines qui polluaient encore son corps et son esprit. À trop vouloir, jadis, frayer avec le mal, Nathan Love en avait presque oublié l'essentiel. Son être opacifié avait négligé la vie, le yang, le sacré.

Purifié, régénéré, frigorifié, vibrant en phase avec l'univers, il sortit de l'eau en ayant la sensation que son esprit, son corps et les éléments ne faisaient plus qu'un. Il avait retrouvé l'énergie originelle, celle dont on hérite à la naissance.

Il maîtrisait le ki.

Dans un état de concentration extrême, transcendant

les flagellations de la brise sur sa peau mouillée, il détecta un danger. Sa glande pinéale venait d'intercepter une onde parasitant l'harmonie ambiante. Un signal électrique de quelques milliwatts. Probablement celui de son Power Book branché sur Internet. Son seul lien avec le monde.

Nathan ramassa ses vêtements et rentra sans se presser. Il prit le temps de s'essuyer, d'enfiler un sweat-shirt et un jean, de croquer une tablette de chocolat noir. Puis il entra dans son bureau, uniquement meublé d'un ordinateur portable posé sur le plancher vernis. Sa messagerie réservée au FBI affichait la réception d'un e-mail. Cela faisait trois ans qu'il les lisait sans y répondre. Trois ans qu'il avait décroché, depuis cette mission qui s'était soldée par la mort de sa femme. Il avait alors changé d'État et commencé à effacer son "moi". Son adresse n'était connue que d'une seule personne, une de trop : Lance Maxwell, le numéro deux du FBI.

Il entra son code confidentiel et attendit.

Love travaillait autrefois sans existence officielle sur des cas difficiles, souvent à caractère paranormal. À la fin du deuxième millénaire, il avait été maintes fois sollicité pour mettre hors d'état de nuire des tueurs méthodiques, des gourous impulsifs, des faux messies, des illuminés qui menaçaient l'ordre américain et donc mondial, enchaînant les missions sans prendre le temps de se débarrasser de la boue qui l'éclaboussait.

Il caressa la fenêtre tactile de l'ordinateur, tapota et lut :

Je passerai vous chercher à 12.00 a.m.
Amicalement,
Lance Maxwell

Cette fois, le boss se déplaçait en personne, sans se préoccuper d'une réponse.

4

— Comment va le monde, Lance ? demanda Nathan.

— Comme une pomme véreuse.

— Quand la pomme est véreuse, il est trop tard pour la traiter.

— On peut toujours couper l'arbre.

Masse rousse gigantesque dressée contre le chaos et impeccablement vêtue d'un costume à mille dollars, Lance Maxwell avait l'allure d'un catcheur irlandais diplômé d'Harvard. Il savait qu'un jour ou l'autre, il convaincrait Nathan Love de rempiler. Question de patience et de psychologie. Deux qualités qu'il possédait en plus d'un machiavélisme touchant au génie. Depuis trois ans, le chef des opérations du FBI se heurtait à un mur. Il n'avait cessé de proposer à son ancien free-lance des missions via le Net, demeurées sans réponse. Cette fois, c'était une première, il avait directement débarqué chez lui. Le moment était bien choisi, la mission aussi.

Maxwell connaissait bien son poulain depuis qu'il l'avait repéré à l'Academy Group Inc, groupement de détectives privés qui avait l'habitude de collaborer avec le FBI. Une complicité de dix ans liait les deux hommes. Nathan était un crack du profiling, doté d'une extraordinaire clairvoyance, pour ne pas dire un sixième sens. Il était également un être introverti, sans personnalité, conciliant, malléable, tolérant, qui pouvait facilement plier face à un interlocuteur de la trempe de Maxwell. Ce dernier avait estimé que brusquer une rencontre jouerait en sa faveur. Il avait eu raison. Nathan était sorti de sa tanière. Restait à lui faire accepter le contrat. À la manière d'autrefois. Il ne fallait surtout rien changer au rituel.

Coincé dans un siège du jet fédéral qui les propulsait à 900 km/h vers l'Alaska, le chef des opérations soigna son discours tout en feuilletant un dossier estampillé « Top Secret », avertissement qui l'avait toujours amusé, au même titre qu'une interdiction aux moins de 16 ans. Rien n'éveille plus l'intérêt que les précautions déployées pour ne pas en éveiller.

En face de lui, croquant des tablettes de chocolat arrosées de Virgin Cola en guise de déjeuner, Love l'écoutait énumérer les morts. Cinq au total. Assassinés par balles dans le sous-sol ultra protégé de l'hôpital de Fairbanks. Un véritable carnage. Les rats de laboratoire n'avaient pas été épargnés. La liste des morts n'était pas banale. Elle incluait les Drs Groeven et Fletcher, chirurgiens nobellisés pour leurs recherches sur la régénérescence des cellules souches ; Tatiana Mendes, infirmière surdiplômée qui avait autrefois officié auprès d'un diplomate américain ; l'agent spécial Bowman. Quant à la cinquième victime, elle était en cours d'identification.

— Clyde Bowman ? s'étonna Nathan.

— D'où votre présence ici, aujourd'hui.

Love accusa le coup. Attaché à l'agence fédérale de San Francisco, Clyde Bowman était son ami. À eux deux, ils récupéraient les cas difficiles ou paranormaux. Il leur arrivait parfois d'enquêter ensemble. Le sang mêlé qui coulait dans leurs veines avait resserré leurs liens. Nathan pensa à Sue Bowman et à leurs deux enfants.

— Votre amitié pour Clyde m'a fait penser que cette affaire vous motiverait plus que les honoraires exorbitants que nous allons vous verser. Nathan, je veux à tout prix coincer les fils de putes qui ont fait ça.

— Vous avez sûrement quelqu'un au Bureau de plus qualifié que moi pour ce travail.

— Non. Mes meilleurs agents ont été réquisitionnés pour contrer la menace terroriste. On a même recruté trois cents linguistes supplémentaires…

— Quelle menace terroriste ?

— Vous n'êtes même pas au courant de ça ?

— Au courant de quoi ?

— C'est la guerre, le Jihad ! Les moudjahidine posent des bombes partout dans le monde. C'est Noël, les magasins sont bondés, les transports en commun pleins à craquer, le contexte est idéal. Le symbole aussi. Car outre les mécréants et les sionistes, ce sont les croisés qui sont visés, les descendants de Jésus. Sans oublier les multinationales. Dégustez bien votre Virgin Cola, car bientôt c'est le Meca Cola qui inondera le marché.

— Quel réseau est incriminé ?

— Al Qaïda, l'Arabie Saoudite, le Hamas, le Hezbollah, le Jihad islamique, les caïds des cités, n'importe quel désœuvré à qui les fondamentalistes ont bourré le crâne. On doit affronter un système mutant qui change de forme, s'active soudainement, disparaît pour renaître ailleurs toujours animé de cette envie d'en découdre avec les infidèles et l'Amérique. Mais ce n'est pas le sujet. Tout ce bordel islamique n'empêche pas les autres criminels de continuer à agir.

— Si je replonge, je ne réponds de rien. Clyde était mon ami. Je suis trop concerné. Rappelez-vous les dégâts que ça a causés lorsque Melany a été impliquée…

— N'est-ce pas vous qui me répétiez qu'un homme qui se lance à l'aventure doit commettre des fautes pour être infaillible ?

— Cela dépend des fautes.

— Vous êtes le plus qualifié pour retrouver les assassins de Bowman.

— Mes méthodes sont trop dangereuses. Je n'y aurai plus recours.

— Certes, elles ne s'enseignent pas à Quantico. C'est ce qui les rend si efficaces d'ailleurs. Bowman et vous étiez les seuls à pouvoir réellement vous glisser dans la peau du tueur ou de la victime. Aujourd'hui, je n'ai plus que vous.

— Qu'est-ce que Clyde fabriquait en Alaska ?

Maxwell se raidit comme un joueur de tennis qui vient d'obtenir une balle de set.

— Il enquêtait sur la disparition à San Jose d'un autiste de 16 ans et de sa petite sœur de 6 ans. Tommy et Jessica Brodin. Ses recherches l'avaient apparemment conduit en Alaska. Notre agent à Fairbanks a collaboré avec lui sur cette affaire…

Nathan regarda le ciel cotonneux à travers le hublot. Drôle de monde là-dessous. Un monde réel créé par Dieu ou un monde fictif inventé par nos sens ? Accepterait-il à nouveau de fouiller la fange et se laisser polluer ? Comment six milliards d'individus pouvaient-ils coexister sur si peu de place ? Quand l'être humain disparaîtra-t-il de la surface de la Terre ? Comment Clyde a-t-il pu se faire avoir dans un laboratoire aussi bien gardé, alors qu'il anticipait n'importe quel comportement ? Et lui-même, qu'est-ce qu'il foutait dans cet avion ?

— Nathan, vous m'écoutez ?

« Il est nécessaire d'avoir des illusions pour les transformer en sagesse utile à autrui. » Il s'accrocha à cette idée zen, croqua un carré de chocolat contenant 99 % de cacao et fixa Maxwell qui enchaîna nerveusement :

— L'ennui, c'est que Bowman ne nous a rien communiqué de tangible. Les rapports qu'il nous a laissés sont laconiques. Il était, de toute évidence, perturbé par sa mission. Ne pas retrouver les enfants Brodin semblait l'avoir profondément affecté. Cela avait même rejailli sur sa vie privée. Sa femme ne vous a pas mis au courant ?

— Je n'ai parlé à personne depuis trois ans. En dehors de Melany.

— Je vois.

— Je ne crois pas.

— Leur couple battait de l'aile.

— Ce n'était pas nouveau.

Maxwell se racla la gorge, légèrement embarrassé. Il recolla vite au sujet :

— Clyde penchait pour la thèse de la fugue.

— Deux gosses en fugue, de San Jose jusqu'en Alaska?

— Certes… je les imagine mal se débrouiller seuls pendant quatre semaines et parcourir quatre mille kilomètres sans se faire remarquer.

— Enlever deux enfants à la fois n'est pas une tâche facile. Alors quand ils ont le profil d'un adolescent autiste et d'une gamine de 6 ans, cela relève du tour de force. À moins que le ravisseur ne les connaisse…

— On a bien sûr pensé au père, Alan Brodin, qui a perdu la garde de ses gosses après le divorce. Bowman l'a retrouvé dans une file d'attente devant l'Armée du Salut et l'a mis hors de cause.

— Pourquoi lui avait-on confié cette affaire?

— Clyde était un as en pédopsychologie. C'était son truc, vous le savez. De plus, ces deux gosses ne sont pas communs. Vous pourrez le constater dans le dossier. Il était tout désigné pour traiter ce cas rapidement.

— A-t-on établi un lien entre sa mort et cette enquête?

— A priori, il n'y en a pas.

Nathan s'étonna. Maxwell lorgna sur ses fiches :

— Depuis six mois, un appel au meurtre contre les Drs Groeven et Fletcher était émis sur Internet… par une secte inconnue de nos services, baptisée… euh… Shintô…

— La voie des dieux, en japonais, traduisit Love.

— C'est ça… la secte prône les lois de la nature, les foutaises écolo habituelles sur l'ordre spontané, l'harmonie entre l'homme et son environnement. Shintô s'était mobilisée contre le clonage, les manipulations génétiques et les travaux de Groeven et Fletcher. Une de leurs bêtes noires était le Projet Lazare, destiné à redonner vie aux cellules mortes. Les règles naturelles risquaient d'être brisées si on ne mettait pas un terme à ces recherches…

— Je suis assez d'accord avec ça.

— Pas au point de tuer cinq personnes.

— Si ça peut en épargner des milliers.

— Je vois que vous êtes déjà en phase avec les assassins.

— On peut voir ça comme ça.

— Le montant de la disons… fatwa… s'élevait à trois cent mille dollars par tête. Nos spécialistes sont en train d'essayer de remonter la piste des IP qui ont successivement servi à la secte pour balancer ce message comme un virus informatique dans des millions de boîtes aux lettres électroniques.

— Vous avez votre coupable tout désigné. Pourquoi me mettre sur le coup ?

— Le coupable est celui qui a empoché les six cent mille dollars. Écoutez, Nathan, je veux résoudre cette affaire au plus vite. Et donc ne rien laisser au hasard. La moindre hypothèse doit être étudiée. Il faut fouiller le passé de chaque victime.

Maxwell tendit la chemise « Top Secret » et s'étrangla avec une gorgée de bourbon à 45°. Love posa son verre de caféine gazeuse, croqua du cacao, allongea les jambes, s'enfonça dans sa veste Paul Smith et ouvrit la pochette cartonnée. Ce dernier geste signifiait qu'il avait désormais les cartes en main et qu'un acompte de quinze mille dollars serait viré dans les vingt quatre heures sur son compte à la Wells Fargo.

— Je me demande comment vous pouvez avaler tout ce chocolat sans grossir, nota Maxwell avec amertume.

— Du noir. Du pur. On peut en manger des tonnes sans prendre un gramme.

Nathan parcourut le rapport du FBI. Il mémorisa les caractéristiques du massacre, la date, l'heure, le lieu, les conditions climatiques, la description sommaire de la scène du crime, la méthode employée par les tueurs. Puis il s'intéressa au profil des victimes. Frank Groeven et William C. Fletcher étaient des pères de famille auréolés d'un prix Nobel pour leurs travaux sur la dégénérescence des cellules nerveuses. On ignorait la teneur réelle du Projet Lazare dont les données avaient disparu à la suite du massacre. Nathan chassa une image de Melany qui ne faisait pas partie du dossier et feuilleta quelques coupures de presse. Ses yeux s'arrêtèrent sur la fiche consacrée à Tatiana Mendes. Infirmière, 35 ans, née d'un père mexicain et d'une mère texane, diplômée en neurochirurgie à l'université de Berkeley. Virée de deux hôpitaux pour avoir eu des relations sexuelles qualifiées d'incongrues avec des patients, promue infirmière personnelle d'un ex-conseiller de Ronald Reagan, renvoyée quelques mois plus tard pour cause de mœurs dissolues, puis reléguée assistante de Groeven et Fletcher au fin fond de l'Alaska. Une photo la représentait à l'âge de 19 ans sur un podium, arborant l'écharpe de Miss Berkeley. Love passa rapidement sur la fiche signalétique de Bowman et s'attarda sur le compte rendu consacré aux enfants Brodin.

À la suite du divorce de ses parents, Tommy Brodin avait été placé dans un institut psychiatrique et séparé de sa petite sœur Jessica, restée auprès de sa mère Charlize qui s'était vite remariée avec Steve Harris, PDG d'une start-up dans la Silicon Valley. Le père, Alan Brodin, avait sombré dans l'alcoolisme et fréquentait une mission catholique à Oakland. Tommy et Jessica avaient disparu le dimanche 24 novembre. Ce jour-là, il faisait un temps sec et ensoleillé. La mère s'est aperçue de la disparition de sa fille lorsqu'elle l'a appelée pour le déjeuner, à 12 h 30. Pas de témoin. Pas de trace. Pas de lettre. Pas de coup de téléphone. Quelques heures plus tard, on constatait que Tommy avait également disparu de l'asile psychiatrique. Nathan tourna la page et tomba sur le profil des parents et des deux enfants. Structure familiale éclatée, mère passive, beau-père accro au Net, aux dollars et au Nasdaq, père déchu de ses droits, complètement hors du coup. Au milieu de ces adultes, subsistait un noyau dur composé d'un frère et d'une sœur aussi complémentaires que le yin et le yang. Tommy était handicapé mental et doté d'une force physique supérieure à la moyenne tandis que sa sœur chétive développait une intelligence aiguë. On était en plein Steinbeck. Cela faisait presque un mois que Clyde avait attaqué cette enquête. Les extraits de ses rapports n'apportaient rien de significatif à part la certitude que les fugueurs avaient mis le cap vers le nord et que le père n'avait pas kidnappé les enfants.

Nathan referma le classeur et leva le nez sur Maxwell qui piquait du sien.

— Et la cinquième victime ?

Le dirigeant du FBI se racla la gorge aseptisée par l'alcool et s'exprima en forçant sur les cordes vocales :

— Pardon ?

— Vous avez parlé d'une victime non identifiée.

— Ah ! Euh... un cobaye de l'équipe scientifique. On ignore encore qui il est, mais c'est celui qui a le plus dérouillé.

— De la part des docteurs ou des assassins ?

— Des assassins. Ils lui ont littéralement transformé le cœur en bouillie.

— Pourquoi faites-vous le forcing, Lance ? Vous ne me ferez pas croire que vous ne disposez pas chez vous d'un agent plus doué qu'un ancien free-lance inactif depuis trois ans !

Maxwell avala la larme de Jack Daniels qui restait au fond de son verre et haussa ses épaules carrées comme si la réponse était évidente :

— À cause de l'implication inexpliquée de Clyde. Personne ne le connaissait mieux que vous. Sa présence sur les lieux de la tuerie et sa mort pourraient cacher un sérieux imbroglio. Je préfère que vous soyez sur le coup, comme au bon vieux temps. Tous les moyens du FBI seront à votre disposition. De notre côté, chaque hypothèse sera décortiquée par nos équipes. L'expérience m'a appris qu'il ne faut pas s'engouffrer dans la première brèche venue. Ni mettre tous les œufs dans le même panier.

Maxwell bradait ses métaphores à dix balles, mais ne perdait pas le fil de son discours :

— J'ai besoin de votre intuition et de votre sixième sens. Jetez un œil sur la scène du crime et déduisez-moi le profil psychologique des enfoirés qui ont fait ça. Mettez-vous à la place de Bowman ou d'une autre victime, devenez l'assassin lui-même, peu m'importe, du moment que vous m'aidez à avancer. En plus, vous êtes familier avec toutes les japonaiseries. Vous nous serez précieux pour démanteler la secte Shintô. À Fairbanks, notre agent épluche la vie privée des victimes. Aux dernières nouvelles, chacune d'elles avait un motif de se faire descendre. On dispose d'une liste de mobiles aussi longue que celle de ma femme quand elle fait ses courses.

— Quels sont-ils ?

— Oh, les trucs habituels, le fric, le sexe, le pouvoir….

— Citez-moi une seule personne dans le monde qui n'ait pas un motif de se faire tuer.

— Mère Teresa.

— Elle est morte.

— Écoutez, notre agent local vous en dira plus, puisque vous acceptez le contrat.

— Commencer par l'étude des mobiles est prématuré. Le vrai mobile est enfoui sous un fatras de mauvaises raisons.

— Vous commenceriez par quoi ?

— Par déterminer qui était la cible. À partir de la victime visée, je pourrai dresser le profil des criminels. Pas avant.

— Les deux toubibs sont les mieux placés dans le Top 5.

— Et les rats ?

— Quoi les rats ?

— Pourquoi a-t-on tué les rats ?

5

Au moment où il pénétra dans le laboratoire de l'hôpital de Fairbanks, Nathan Love sut que l'endroit avait été nettoyé. Maxwell lui certifia que la police scientifique n'avait rien touché à l'exception des corps. Les cinq cadavres avaient été évacués vers la salle d'autopsie et le sol était couvert d'étiquettes chiffrées comptabilisant les indices. Les pièces, séparées par des vitrages, étaient encombrées d'appareils électriques, d'ustensiles médicaux, d'ordinateurs, de microscopes. Une porte donnait sur une chambre froide qui contenait des étagères de flacons vides et un brancard. À droite de la table d'opération, un trépied supportait une caméra vidéo JVC, sans cassette.

Première déduction : le ou les agresseurs appartenaient à la famille des méthodiques.

Nathan se réfugia dans un coin de la salle pour élargir sa perspective, mémoriser l'environnement. Pas besoin de mapping. Les indices relevés sur le toit montraient que les assassins étaient venus du ciel, en hélicoptère. Compte tenu de la météo, ils avaient pris de gros risques.

Love resserra son champ de vision. L'agent spécial Bowman avait été tué dans l'ascenseur puis jeté dans le couloir.

Deuxième déduction : Clyde avait été assassiné en premier ou en dernier. L'ascenseur était la seule issue. Si les tueurs étaient des méthodiques, ils n'avaient sûrement pas négligé de le bloquer en bas pendant leur rafle. Donc, Clyde n'aurait pas pu l'emprunter derrière eux et les prendre à revers. Cela impliquait qu'il avait été la première victime. Cela signifiait aussi qu'il avait fait entrer les meurtriers.

Troisième déduction : Clyde ne se méfiait pas. Connaissait-il son assassin ?

En tout cas, il avait confiance.

— Clyde n'était pas la cible, annonça Love à haute voix.

Maxwell fronça les sourcils et palpa son torse, à la recherche du téléphone qui sifflait *La Traviata* dans son alpaga. Il se mit en ligne, rembarra son interlocuteur et interrogea Love :

— Que voulez-vous dire à propos de Bowman ?

— Les assassins étaient organisés, méthodiques au point de friser le perfectionnisme, avec un objectif précis à remplir. Ils ont dérobé une cassette vidéo et des disquettes, détruit les disques durs et le contenu de toutes les fioles, éliminé cinq personnes plus trois rats, tout rangé et nettoyé derrière eux. Leur véritable motivation est noyée dans cette masse d'éléments. Quant à Clyde, c'est lui qui a permis aux tueurs d'entrer.

— Cela confirme bien que les cibles étaient les deux scientifiques. Les autres victimes ont eu le tort de se trouver au mauvais endroit, au mauvais moment.

— Pourquoi Clyde était-il là ? Que cherchait-il ? En quoi était-il concerné par la dégénérescence des cellules nerveuses ?

— Aucune allusion à ce sujet dans ses rapports. En revanche, ce que l'on sait, c'est que le Projet Lazare attisait la haine, mais aussi les convoitises. La secte Shintô aurait pu faire d'une pierre deux coups en dégommant les deux savants et en s'appropriant des données scientifiques qui peuvent se monnayer très cher.

Nathan demeura perplexe. Ce carnage aurait-il pu servir à maquiller un simple vol ou le meurtre de l'une des victimes ? Tuer dix personnes, c'est multiplier par dix le nombre des suspects. Combien d'attentats « aveugles » avaient servi à éliminer un conjoint encombrant ou un témoin gênant ! Le flou total planait sur ce drame, à l'image de Fairbanks plongé dans un brouillard indélébile. Pourtant, il fallait opter pour un début de piste compatible avec la thèse d'une implication de la secte dont ne démordait pas Maxwell :

— Le lien entre toutes les personnes présentes dans cette pièce était le Projet Lazare… et le cobaye… Où est son corps ?

— Au deuxième étage, en salle d'autopsie. L'agent Nootak qui est en charge de l'affaire nous y attend.

— J'aimerais travailler seul.

— Notre agent vous sera utile.

— Ce que je veux dire, c'est que j'aimerais être seul ici pendant quelques minutes.

— Sans problème. Je vois que vous êtes lancé. Je vous tiendrai au courant sur Shintô. En attendant, la logistique du Bureau est à votre disposition et vous pouvez me joindre vingt-quatre heures sur vingt-quatre sur mon portable personnel.

Maxwell fit signe à un flic de la police scientifique qui cherchait encore des cheveux à couper en quatre pour en tirer de l'ADN. Il éloigna également Scott Mulland, le chef de la police de Fairbanks, qui les avait rejoints en retard et qui n'avait desserré les dents de son gobelet en plastique que pour placer un « Bonjour, quel temps de merde ! »

Maxwell confia un double des clés à Love et rassembla tout le monde dans l'ascenseur.

— Attendez, je monte avec vous ! cria Nathan.

— Je croyais que...

— Je redescends dans la foulée.

Après l'évacuation de la cabine, Nathan tourna la clé dans le sens inverse et redescendit au sous-sol en fermant les yeux.

Bowman me fait entrer. Il me connaît. Il ne se méfie pas. C'est le moment.

Il leva les paupières. Pouce en l'air, il pointa l'index en direction d'une cible imaginaire, sortit en enjambant un cadavre invisible, s'arrêta au bout du couloir, là où avait péri Tatiana Mendes, pointa son doigt sur le fantôme de l'infirmière, puis étudia l'espace.

Les docteurs n'ont pas entendu les coups de feu. Ils interrompent brusquement leurs activités pour m'accueillir. Ma visite est attendue. Ils sont alignés face à moi. C'est le moment.

Du seuil de la pièce principale, il abattit les deux docteurs, pivota et hésita entre la table d'opération et la cage à rats.

Les dernières balles pour les cobayes.

L'homme ou les rongeurs ?

On avait vidé le reste du chargeur dans le cœur du patient allongé sur la table. Il avait donc été la dernière cible. Nathan fixa la cage où la police avait retrouvé trois rats en charpie. Trois coups de feu pour détruire les expériences de Groeven et Fletcher.

Ne laisser aucune trace du Projet Lazare.

Les cinq victimes avaient péri l'une après l'autre.

Il n'y avait qu'un seul tueur.

Avec une certaine appréhension et beaucoup de retenue, il se concentra un peu plus pour tenter de reconstituer les gestes criminels. Sa main glissa sur un défibrillateur, un cathéter, un négatoscope, un ballon de ventilation assistée, des ustensiles tranchants, des écrans de toutes sortes, des claviers, des microscopes. Tous les appareils étaient éteints, rangés à leur place, exempts de poussière. Une poubelle contenait des gobelets encore pleins de café. Une femme de ménage zélée n'aurait pas mieux œuvré. À moins que les deux savants aient été des maniaques de l'ordre. Nathan ouvrit des tiroirs au hasard, révélant un fouillis de paperasses et de médicaments.

En surface, rien n'attirait l'attention.

S'étant maintes fois imprégné de lieux fréquentés par des psychopathes et des serial killers, Love ne percevait pas l'empreinte d'un forcené, seulement les stigmates d'une névrose obsessionnelle.

Il se retourna vers le caméscope. L'œil du JVC était rivé sur la table d'opération. Avait-il enregistré le massacre ? À moins qu'il n'ait été braqué sur autre chose.

Le cobaye humain.

Nathan posa son œil contre le viseur, actionna le zoom jusqu'à pouvoir distinguer la texture plastifiée du matelas, effectua une mise au point sur une tache de sang.

Changement de peau.

6

Love s'allongea sur la table d'opération et fixa l'objectif de la caméra. Il se concentra sur son hara, au-dessous du nombril, afin de modérer sa respiration, expira lentement, inspira brièvement, expira longuement, inspira à peine, en étirant les temps morts. Son rythme cardiaque s'enraya, tomba à trente pulsations par minute, son cœur hoqueta, son cerveau s'asphyxia. Il sombrait profondément dans une inconscience cotonneuse, comateuse, sacrifiant des milliers de neurones à chaque seconde qui s'écoulait.

À la lisière de l'inconscience, son cerveau presque éteint redémarra pour remonter à la surface. Sur le chemin du retour, il croisa Melany. Son haleine était glacée. Elle l'exhortait à se réveiller. Derrière elle, la mer se hérissait, menaçant de l'engloutir dans un rouleau noir comme une tombe. Il frissonna. Elle l'embrassa et recula. Elle était belle sous son écharpe de Miss Berkeley. Melany avait emprunté les traits de Tatiana Mendes. L'infirmière dégrafa lentement sa blouse, laissant peu à peu la place à une jeune adolescente blonde avec des taches de rousseur. Sur le chemin tortueux de l'éveil, les souvenirs se bousculèrent. Telle une éponge absorbant tout ce qui l'entourait, Nathan s'accaparait aussi ceux qui ne lui appartenaient pas, entremêlés avec les siens. Reliquat de souvenirs embrouillés, évanescents, ayant émané du cobaye humain qui avait occupé cette couche avant lui : un avion rouge survolant la banquise, une femme au visage de madone, une table de poker, des mains noircies par le froid, du feu sur la glace. Il grelotta, chercha de l'air comme après une profonde plongée en apnée, se recroquevilla et toussa. Il régula sa respiration au niveau du ventre et lâcha un râle. Son esprit retrouva à nouveau son corps.

Durant ces dernières années, il avait tellement assimilé les règles des arts martiaux qu'il les ignorait désormais. Il avait dépassé la tactique propre à la Voie du guerrier pour atteindre la transparence intérieure. Le vide. Il s'était ainsi débarrassé de son côté obscur.

Dans le vide, le mal n'existe pas.

Son ascèse rédemptrice l'avait purifié. Mais en renouant avec Maxwell, il créait de nouveaux nœuds à sa ligne de vie qu'il avait mis trois ans à lisser.

Le vide était en train de se remplir à nouveau.

Il se redressa sur la table d'opération et posa un pied par terre. Au contact du sol, il se rappela qu'on l'attendait au deuxième étage.

7

Un policier en faction devant la salle d'autopsie le fit entrer. Quatre visages circonspects se retournèrent. En plus de Maxwell et du chef de la police, il y avait un grand escogriffe et une Esquimaude. Le premier se présenta en s'excusant pour les postillons qu'il avait du mal à contenir dans sa main gauche. Il se nommait Derek Weintraub, dirigeait l'agence fédérale d'Anchorage et luttait contre une crève carabinée.

— Agent Kate Nootak!

L'Esquimaude avança une poignée de main franche et un sourire désarmant. Elle avait la trentaine, des yeux plus noirs qu'une messe satanique, une peau lisse et cuivrée comme le dos d'une casserole.

Nathan décela un malaise dans la salle. Tout d'abord, il crut que cela provenait du spectacle peu ragoûtant qui s'étalait sur la table du médecin légiste : un homme d'une quarantaine d'années, ouvert dans la longueur, auquel il manquait la moitié du thorax. Ses oreilles, ses pieds et ses mains étaient aussi noirs que du charbon. Pas de quoi tomber dans les pommes, à moins d'être novice dans la police. Nathan réalisa rapidement que c'était l'autopsie du médecin qui venait de clouer sur place les quatre représentants de la loi. Le décès de la cinquième victime de Fairbanks était dû au froid.

Et sa mort remontait à un an.

8

Quelques minutes après sa sortie du Memorial Hospital, Nathan Love se retrouva dans la Toyota de Kate Nootak, roulant au pas en direction de son agence. Maxwell s'envola dans son jet vers une latitude plus clémente, Weintraub regagna Anchorage pour soigner sa bronchite et Scott Mulland, le chef de la police, alla fouetter d'autres caribous.

Le bureau de Nootak était un capharnaüm couvert de Post-it, mais il était chauffé et on y buvait du café brûlant. Il y régnait un léger parfum de violettes sauvages. La décoration se réduisait à un masque esquimau en bois, accroché au mur entre la carte de l'Alaska et des étagères surchargées. Recrutée par le Bureau six ans auparavant, l'Esquimaude était en charge de l'agence satellite de Fairbanks affiliée à celle d'Anchorage et représentait à elle seule le quota féminin et racial indispensable à l'image fédératrice du FBI. En outre, elle était capable d'obtenir plus d'informations en parlant le dialecte inupik que son chef Derek Weintraub, parachuté en Alaska avec des indemnités salariales grevant la moitié du budget du FBI dans cet État. Un Inuk invisible et un stagiaire engourdi assistaient l'agent Nootak. Deux affaires lui étaient tombées dessus simultanément et elle comptait bien les résoudre pour obtenir du galon.

La première concernait une série d'étranges agressions perpétrées dans les environs de Fairbanks. Les témoignages étaient pittoresques et saugrenus. Un pompiste avait décrit le Yeti, tandis qu'un prêtre avait clairement identifié Belzébuth.

Le massacre dans le laboratoire de l'hôpital était la seconde affaire. L'implication du profiler Nathan Love conférait au dossier de l'importance mais risquait de réduire les mérites de Nootak en cas de succès.

En ôtant son anorak, elle révéla un corps athlétique gainé d'un pull moulant et d'un jean élimé. Elle posa son gobelet fumant et se laissa choir sur un fauteuil usé. « Une femme de dossiers », déduisit Love. Elle lui proposa un whisky. Il avoua qu'il avait espéré un café.

— Pas de whisky ? Même avec des glaçons d'Alaska ? Ce sont les plus purs et les plus denses du monde ! Fabriqués par les glaciers il y a plusieurs milliers d'années, avant l'apparition de la pollution ! Votre whisky sera meilleur, croyez-moi. Et restera froid plus longtemps !

Le ton cocardier de son interlocutrice, pimenté d'ironie et d'a priori, ne lui plut guère.

— Désolé, je ne bois pas d'alcool.

— Vous voulez me faire croire que vous ne correspondez pas au profil type de l'Américain nourri au grain d'orge ?

— C'est pour ça qu'on m'emploie.

— Pour votre sobriété ?

— Parce que je ne corresponds pas au profil type.

— Pour qui me prenez-vous ?

— Pardon ?

— Je suis quoi pour vous ? Une assistante, une partenaire, un faire-valoir, une source d'information ?

— Quelle fonction suggérez-vous ?

— Chef de l'enquête. Quand j'ai récupéré le dossier, Maxwell avait déjà fait le ménage dans la chambre d'hôtel de Bowman à Fairbanks. Rien de probant n'a été notifié mais j'aurais préféré me charger du boulot moi-même.

Elle mettait les pendules à l'heure, sans savoir que celles de Nathan avançaient. Il l'avait déjà jaugée. Une femme de tête, trop cérébrale pour marquer des points sur le terrain, voulant faire oublier à la hiérarchie sa couleur de peau, la forme de ses yeux et la disposition de ses chromosomes, ambitionnant néanmoins de prendre un jour la place de Weintraub à Anchorage. En attendant, elle devait s'imposer en faisant plus de bruit et de résultats que ses collègues pourvus d'une pigmentation blafarde et d'une paire de couilles.

— Clyde Bowman était du genre perso, ajouta-t-elle. Il est venu me voir, il y a trois semaines, et s'est servi de moi. Il enquêtait sur la disparition des enfants Brodin qui, selon lui, pouvait avoir un lien avec les mystérieuses agressions perpétrées dans le comté de Fairbanks. On était censés échanger nos informations. En réalité, ça s'est passé à sens unique. Une fois que Bowman n'a plus eu besoin de moi, je ne l'ai plus revu. Il est hors de question que vous preniez la relève.

— Quel type d'informations cherchait-il ?

— Des adresses et des noms. Les plasma centers locaux, l'Armée du Salut, la liste du personnel de l'hôpital, l'identité de mes indics.

— Rassurez-vous, je resterai dans l'ombre. Mon rôle est purement consultatif. C'est vous qui tenez les rênes.

Elle invita enfin Nathan à s'asseoir, de l'autre côté d'une montagne de chemises cartonnées éventrées par l'épaisseur de leur contenu. Un mur destiné à ne laisser passer que des liens strictement professionnels. Et côté boulot, Kate se défendait bien.

Elle avait rapidement percé l'identité de la mystérieuse cinquième victime. Le cadavre au cœur écrabouillé par cinq balles de 9 mm était un scientifique français. Plus d'un an auparavant, Étienne Chaumont s'était fait déposer dans le cercle arctique, sans aucun moyen de communication. Objectif : tester dans des conditions réelles la résistance du corps et de l'esprit humain à la solitude et au froid. L'expérience devait servir les futures expéditions dans l'espace, en particulier sur Mars. Trois mois plus tard, le 24 décembre de l'année précédente, l'avion chargé de le récupérer était rentré bredouille. Le Français avait déserté son campement. La météo compliqua les recherches. Au terme de trois semaines, ceux qui s'intéressaient encore au sort du scientifique firent une croix dessus.

— Je vous ennuie ? demanda Nootak au terme de son exposé.

Elle venait de s'apercevoir que Nathan regardait ailleurs.

— Ce masque est fascinant.

— Il représente l'esprit de l'ours. Il a été sculpté et rendu magique par un chaman. L'idée était d'appeler l'esprit de l'animal et d'obtenir qu'il donne à nouveau sa chair pour nourrir les hommes et sa fourrure pour les protéger du froid. À la fin du rituel, il aurait dû être brûlé, comme tous les gris-gris qui ont rempli leurs fonctions. J'ignore comment celui-ci a été épargné. Mine de rien, ce truc est une rareté.

Elle employait un ton moqueur pour évoquer la magie surnaturelle de ses ancêtres, comme si elle avait voulu se démarquer d'une croyance qui ne seyait pas au profil cartésien d'un agent fédéral américain. Nathan lui fit ravaler sa raillerie :

— Chez les Navajos, les chamans font appel aux esprits en créant des peintures de sable qui, elles aussi, sont détruites au terme de la cérémonie.

Kate se pencha en avant et planta un stylo sur un bloc de papier vierge :

— On parle ethnologie ou boulot ?

— Tout est lié.

— Alors, commençons par reconstituer le film des événements.

Nathan jeta en vrac cinq séquences du film auquel elle faisait allusion :

— Un : le cadavre de Chaumont a été conservé dans la glace pendant un an avant d'être découvert. Deux : Groeven et Fletcher ont été mis au courant de cette découverte. Trois : le corps a été secrètement transporté jusqu'au laboratoire de l'hôpital de Fairbanks. Quatre : les expériences de Groeven et Fletcher sur Chaumont intéressaient Bowman. Cinq : Bowman a fait pénétrer dans le laboratoire un assassin qui l'a éliminé froidement ainsi que tous ceux qui étaient présents.

L'agent Nootak étudia la photo du Français communiquée par Interpol.

— Pourquoi s'être acharné sur un mort ? demanda-t-elle.

Elle attaquait par une bonne question qui en entraînait une autre : « Pourquoi avoir exécuté Chaumont ? » « Pourquoi » constituait un excellent point de départ pour rechercher la vérité. Pourquoi ici ? Pourquoi à ce moment-là ? Pourquoi de cette façon ? Pourquoi avoir agi seul ? Pourquoi un tel carnage ? Chaque interrogation apportait un élément de solution ou une autre interrogation, jusqu'à pouvoir se figurer ce qui s'était réellement déroulé. Nathan encouragea sa partenaire à procéder de cette façon, enchaînant les pourquoi et les amorces de réponse :

— La réponse est dans votre question. On ne s'acharne pas sur un mort.

— Celui qui l'a plombé le croyait vivant, alors ?

— Cela me paraît une bonne explication.

— Les tueurs n'ont pas voulu prendre de risque, alors ils ont bousillé tout le monde, y compris le Français dont ils ignoraient l'état.

— "Le" tueur, rectifia Love. Il était seul.

— C'est votre avis.

— Il a tué chronologiquement, méthodiquement. Plusieurs intrus auraient éveillé la méfiance de Bowman et agi de façon anarchique. Ce qui serait intéressant à savoir, c'est pourquoi le meurtrier a abattu les rats dans la cage ?

— Par réflexe, pour éliminer toute trace de vie ou d'expérience relative au Projet Lazare.

— Pourquoi avoir dérobé des informations ?

— Pour les détruire… ou les monnayer.

— Pourquoi avoir fait le ménage après avoir tout saccagé ?

— Vous avez remarqué, vous aussi ?

— Ce n'est pas banal, comme attitude.

— L'ordre n'est pas une chose naturelle.

Nathan se pencha en arrière pour juger la jungle de paperasses qui l'entourait. Il faillit sortir une plaisanterie, mais se ravisa au dernier moment :

— Pourquoi le tueur serait-il venu en hélicoptère, en prenant autant de risques ?

— Tous les moyens de transport étaient paralysés ce jour-là. En dessous de –40 °C, les pneus des véhicules explosent.

— Pourquoi n'a-t-il pas attendu que les conditions climatiques soient plus clémentes ?

— Paradoxalement, la météo était de son côté. Elle lui permettait de moins se faire remarquer. Il n'y avait que lui dehors.

Inconsciemment, elle venait de se ranger à l'hypothèse d'un tueur solitaire.

— À moins qu'il ne fût pressé.

— D'empocher six cent mille dollars ?

Elle n'était plus sur la même longueur d'onde que lui. Il abandonna et s'orienta vers ce qu'elle possédait déjà :

— Maxwell m'a dit que vous disposez d'une liste impressionnante de mobiles. Chaque victime aurait-elle eu une bonne raison d'être une cible ?

— En grattant un peu le vernis, on trouve toujours des zones d'ombre.

— Les zones d'ombre recèlent parfois des abîmes.

— Vous êtes celui qui est affecté aux abîmes ?

— Au tréfonds.

Nootak plissa légèrement ses paupières cernées de fatigue au-dessus de son dossier encore frais. Au vu de l'épaisseur de la chemise, elle avait bossé. La vie privée des victimes avait été passée au crible.

Le Dr Fletcher était fiché à la brigade des mœurs de San Francisco. Son identité avait été relevée lors d'une descente de police, en août dernier, dans un établissement SM de Castro Street.

Le Dr Groeven, lui, accusait un penchant pour le jeu. Accablé de dettes, il avait plusieurs usuriers sur le dos et pas que des philanthropes.

L'infirmière Tatiana Mendes épanchait sa libido à la moindre occasion sur ses patients. L'ex-conseiller de Reagan, auprès duquel elle avait été aide-soignante pendant un an, l'avait surprise un jour en plein triolisme avec deux employés de maison.

Quant à Bowman, il paraissait très perturbé par son enquête…

— Ce qui nous donne comme suspects des amants jaloux, des épouses trompées, des usuriers ou les ravisseurs des enfants Brodin, déduisit Nathan.

— Reste Chaumont. D'après Interpol, ses expéditions étaient sponsorisées par la société Eastland qui possède une dizaine de casinos dans le monde. Derrière Eastland se cache Vladimir Kotchenk, un caïd de la mafia russe installé à Nice et employeur de Mme Chaumont. Par ailleurs, j'ai appris que l'explorateur militait pour la sauvegarde des grizzlis. À plusieurs occasions, il avait violemment pris à partie des chasseurs clandestins qui, à mon avis, doivent encore s'en souvenir.

Elle lui montra des coupures de presse relatant des actes de sabotage du Français à l'encontre de braconniers ou de riches touristes étrangers friands de safaris polaires. On y mentionnait également qu'il avait reçu des menaces de mort. Nathan n'en revenait pas de la masse de documentation récoltée par l'agent Nootak en une journée.

— Je vois que vous n'avez pas chômé.

— Mon stagiaire est un as de l'informatique et m'obtient ce que je veux sur le Net. Quant à mes indics, ils connaissent l'Alaska comme leur poche.

— Drôle de personnage, ce Chaumont, commenta Love. Ajoutons donc sur la liste des suspects la mafia russe, les braconniers et les chasseurs.

Kate referma son dossier et but une gorgée de café tandis que Nathan attendait toujours le sien. Ce bref débriefing, destiné à recenser les coupables potentiels, ne pesait pas grand-chose face à l'hypothèse d'un attentat commandité par la secte Shintô. Si on avait voulu seulement supprimer Bowman, Tatiana Mendes ou l'un des deux savants, il aurait été plus facile d'agir ailleurs que dans le labo-bunker de l'hôpital. Quant à Chaumont, il était déjà mort depuis belle lurette. D'où la question :

— Pourquoi avoir agi dans le laboratoire ?

— Les données scientifiques du Projet Lazare y étaient stockées.

— Chaumont aussi.

— Je vous rappelle qu'il est décédé depuis un an et que tout le monde ignorait l'identité du cadavre jusqu'à aujourd'hui.

Elle n'avait pas tort. Il tenta alors une autre explication sur le choix de la scène du crime :

— Il est vrai également que c'est au fond d'un terrier qu'une proie est la plus vulnérable. Tous les chasseurs le savent.

Kate gribouilla quelques notes avant d'aller se planter face à la fenêtre, uniquement pour se donner une contenance, car le panorama n'allait pas au-delà de l'épaisseur du double vitrage couvert de buée.

— Vous êtes chasseur ? demanda-t-elle.

— De tueurs.

— Le gibier court les rues.

— Je ne travaille que sur les cas qui relèvent… disons… de forces obscures…

— Cette affaire n'a rien de surnaturel.

— Celles sur lesquelles avait l'habitude de travailler Bowman, si.

Elle sembla hésiter. Une longue respiration embua la vitre.

— Vos méthodes, comme celles de Bowman, divergent singulièrement des miennes. J'ai la responsabilité de cette enquête et je vous saurais gré de vous conformer à mes directives. Je ne crois pas que l'on puisse communiquer avec les morts, ni se mettre dans leur peau. Je ne m'intéresse qu'aux vivants. Eux seuls peuvent parler, témoigner ou être condamnés devant un tribunal. On est d'accord ?

Elle commençait singulièrement à l'irriter. Dans son petit bureau bordélique de fonctionnaire fédéral, elle se prenait pour un cacique de Washington. Elle en avait même calqué les tics de langage et de comportement, en particulier cette fâcheuse habitude de s'adresser à un interlocuteur en lui tournant le dos. Elle tentait encore de s'imposer. L'utilisation du "je" à outrance l'attestait. Malgré ses fesses fort bien galbées, Love préférait voir ses yeux. Il s'appliqua à la faire pivoter :

— Je n'ai de comptes à rendre qu'à Maxwell. Vous, vous êtes aux ordres de Weintraub qui obéit à Maxwell. Déduisez-en ce que vous voulez. Maintenant, si notre collaboration vous pose un problème, faites un rapport à Washington.

Elle fit volte-face comme prévu.

— Vous êtes free-lance. Conformez-vous à votre contrat et on bossera efficacement.

Les honoraires de Nathan sur cette affaire dépassaient le salaire annuel de Kate. Il s'apprêtait à lui en faire la remarque, lorsqu'il jugea que la rabaisser ne servirait pas l'enquête. Il valait mieux être conciliant. En plus, il n'avait pas travaillé depuis trois ans, ce qu'elle semblait ignorer puisqu'elle ne lui avait pas balancé l'argument à la figure. Il se plia donc à ses exigences, le temps de se remettre dans le bain, de se dérouiller, de récupérer les bons réflexes et de se réhabituer au jugement intuitif. L'arrestation de l'assassin de Clyde primait.

— On commence par quoi ? concéda-t-il.

— Maxwell s'est réservé le morceau de choix, en prenant la tête d'une armée de pisteurs qu'il a lancée sur les traces virtuelles de la secte Shintô. Il nous reste donc le terrain. Commençons par interroger l'entourage des victimes. Et annoncer la mauvaise nouvelle à Mme Chaumont.

— Elle n'a pas été prévenue ?

— On n'a pas encore réussi à la joindre.

— J'aimerais m'en charger... de vive voix.

— En quel honneur vous paierait-on un déplacement sur la Côte d'Azur ? Vous êtes déjà las du climat de l'Alaska ?

Il ne lâcha qu'une réponse laconique à la première des deux questions :

— Pour les besoins de l'enquête.

— Je vous répète que Chaumont n'était qu'un cadavre en décomposition. Il est peu probable qu'il ait été la cible prioritaire des tueurs.

— Comment expliquez-vous alors la tache de sang sur la table d'opération ?

— Il n'était pas le seul cobaye des Drs Fletcher et Groeven...

Le téléphone sonna. Elle demanda à Bruce, le stagiaire qui occupait la petite pièce adjacente, de décrocher à sa place. Puis elle fixa Nathan :

— Pourquoi s'intéresser à Chaumont en premier ?

— Pour faire preuve d'un peu de tact.

— À l'égard de qui ?

— Je ne connais pas Carla Chaumont. Je sais seulement que pour la deuxième fois en un an, on va lui annoncer la mort de son mari.

9

Nathan n'avait pas réussi à convaincre l'agent Nootak de la nécessité d'un déplacement en France pour annoncer le drame à la veuve de Chaumont. « Interpol est capable de s'en charger, peut-être même mieux que vous », avait-elle cyniquement objecté. Le seul voyage qui lui avait été gracieusement consenti était un aller-retour à Seattle, pour transmettre ses condoléances à Sue Bowman. Après avoir abandonné Kate au milieu de ses Post-it, il avait mangé du saumon grillé et gagné sa chambre au Captain Bartlett Inn. Le lendemain, à la première heure, la navette de l'hôtel l'avait emmené à l'aéroport. Il avait décollé sans avoir vu à quoi ressemblait Fairbanks à la lumière du jour.

Dans le Boeing d'Alaska Airlines qui survolait la côte dentelée de fjords et pailletée par les rayons d'un soleil enfin levé, Nathan baissa sa tablette. Il posa devant lui le passeport, la carte du FBI, le trousseau de clés et le téléphone portable ayant appartenu à Clyde Bowman. Il en avait hérité à l'insu de Nootak, par l'intermédiaire de Maxwell. Les papiers de son ami pourraient lui servir personnellement, car leurs traits métissés avaient tendance à se confondre sur une photo d'identité de mauvaise qualité. Love inclina confortablement le fauteuil vers l'arrière. L'un des principes de la tactique du grand samouraï Miyamoto Musashi, lui vint à l'esprit.

« Ne pas perdre de vue l'idée générale. »

Dans le cas qui le préoccupait, l'idée générale était que l'on avait voulu empêcher quelqu'un de parler. Empêcher deux docteurs de communiquer les résultats de leurs travaux ? Empêcher l'ex-infirmière d'un diplomate de dévoiler un secret d'État ? Empêcher un agent fédéral de révéler la vérité sur une affaire en cours ?

L'idée générale était la voie du silence.

Dans ce contexte, quel rôle lui était échu ? Pourquoi traquerait-il les responsables de ce silence forcé ? À cause d'une faiblesse de caractère qui rendait le "non" si difficile à prononcer ? Pour venger un ami qu'il n'avait pas vu depuis trois ans ? Pour s'évader de sa solitude ? Pour être utile ? Pour se prouver qu'il valait encore trente mille dollars par mission ? Par curiosité morbide ? Par esprit d'une justice inspirée de la loi du talion ?

Un peu pour toutes ces raisons et d'autres encore...

La pluie accueillit Nathan à l'aéroport de Seattle. C'était toujours mieux que le brouillard givrant. Le chauffeur de taxi, plus bavard qu'un animateur de radio, l'empêcha de réfléchir à la façon dont il allait aborder Sue Bowman qu'il n'avait pas prévenue de sa visite.

Maxwell avait épargné les épreuves à la veuve en lui évitant de se rendre à Fairbanks pour l'identification du corps. Il s'était personnellement chargé des formalités. Sue était donc restée à Seattle avec ses deux enfants.

Nathan appréciait cette femme douce et raffinée qui avait quitté l'enseignement pour se consacrer à l'éducation exclusive de sa progéniture. Il se complaisait dans le souvenir du premier dîner auquel les Bowman les avaient conviés, lui et Melany. Cela faisait dix ans de cela. Ce soir-là, Sue n'avait eu d'yeux que pour le collègue de son mari. Le gigot était brûlé, la glace trop fondue. Pour se rattraper, elle avait réitéré l'invitation pour le dimanche suivant. Un déjeuner gastronomique parfaitement orchestré qui inaugura une longue série. Clyde n'avait jamais craint de mettre son couple en péril, car il savait que Melany et Nathan s'aimaient trop pour laisser Sue s'immiscer entre eux. Passionnée de spiritualité japonaise, cette dernière avait trouvé en Nathan un interlocuteur privilégié. Discourir avec lui sous la véranda, pendant que Melany essayait de convaincre Clyde de l'existence de Dieu, la comblait de bonheur et lui donnait un peu l'impression de tromper son mari.

— Vous avez vu ce qui est arrivé en Turquie? demanda le chauffeur.

Nathan jeta un œil sur la licence plaquée sur le tableau de bord. Sedat Sokak. Le type était d'origine turque.

— Non.

— Normal, aux États-Unis, ça fait un entrefilet dans la presse. Les islamistes ont pris le pouvoir.

— Démocratiquement?

— Ouais, malheureusement. Ça veut dire que le peuple est fanatisé.

Nathan écoutait d'une oreille distraite. Branché en continue sur leur autoradio, les chauffeurs de taxi interprétaient à leur manière une actualité préalablement déformée par les journalistes. Sedat était intarissable sur les récents événements de son pays :

— L'islam avance ses pièces sur l'échiquier mondial avec la stratégie d'un Kasparov. La Turquie est devenue une case islamique, bientôt membre de la communauté européenne. Les bombes des fondamentalistes explosent partout et les Turcs votent pour un islamiste! Ça sent la poudre. Un modéré, ils disent! Comme si un islamiste pouvait être modéré!

— Vous n'êtes pas musulman ?

— Je me suis converti au christianisme et j'ai demandé la nationalité américaine. Le président de l'AKP se prétend modéré, mais vous savez ce qu'il a écrit ? "Les mosquées sont nos casernes, les minarets nos baïonnettes, les croyants nos soldats" !

— Stop ! cria Nathan.

Enflammé, Sedat en avait oublié la destination de son client. Nathan sut qu'il était arrivé en reconnaissant la vaste maison de plain-pied qui s'étalait sur la presque totalité d'un terrain situé à l'angle de Pine Street et de South Avenue. Une haie de lauriers, un massif d'hortensias et un barbecue occupaient l'espace restant. Une immense porte de garage mangeait la moitié de la façade, comme dans la plupart des maisons américaines où l'on accorde la meilleure place au véhicule.

Il n'eut pas besoin de sonner car la porte s'ouvrit violemment sur un adolescent pressé. Probablement Terry, avec des boutons en plus et une part d'innocence en moins. Sans lui adresser la parole, le fils des Bowman s'éclipsa sur un vélo tout terrain en laissant l'entrée béante.

Nathan avait de Sue l'image d'une femme cultivée, au physique agréable, dotée d'un rire qui la rajeunissait. Il se retrouva face à une veuve qui paraissait cinquante ans, les yeux rougis par les larmes sur un visage sans fard, les cheveux blonds sur des racines noires, vêtue d'un jogging sans forme. Il la serra contre lui pour effacer cette vision qui le rendait mal à l'aise et épongea un trop plein de stress dû au cumul de la perte d'un mari et des retrouvailles d'un ami.

Trop d'émotions ne valent que pour les artistes qui les transforment en fonds de commerce. Trop d'attachement implique trop de souffrance. Pourquoi refuser la séparation, la mort, pourtant inéluctables ? Il faut commencer par accepter la nature du monde pour pouvoir aimer sans douleur. Il manquait cela à Sue. Mais ce n'était pas le moment de lui inculquer les Saintes vérités bouddhiques.

— Terry ne m'a pas reconnu, se contenta-t-il de dire.

Elle se détacha de lui en séchant son visage, essuya ses joues et remodela sa coiffure devant un miroir.

— Tu aurais pu me prévenir de ton arrivée. Tu aurais été mieux accueilli.

— À force d'être en marge de la société, on finit par en oublier les règles de base.

Elle l'invita à s'asseoir dans un fauteuil en cuir. Une bouteille de J & B trônait sur la table du salon à côté d'un verre qui ne contenait plus que des glaçons. Le whisky n'avait pas eu le temps de refroidir.

— Je te sers un Coca… ou un café ? À moins que tes goûts aient changé…

— Un Coca.

Elle apporta une canette et un grand verre, puis s'écroula dans le canapé.

— Depuis la mort de son père, Terry ne reconnaît plus personne, a fortiori quelqu'un qu'il n'a pas vu depuis trois ans.

— Où se ruait-il comme ça ?

— Il ne se ruait pas, il fuyait.

— Quoi ?

— Moi. Mes accès d'humeur, mon alcoolisme, mes larmes. Terry a 13 ans. Son père était un modèle pour lui, un superflic, et il se retrouve avec une pocharde éplorée.

— Ce n'est pas parce que tu noies ton chagrin dans quelques verres de scotch que tu es devenue une pocharde.

— Cela fait des mois que je bois…

Elle était au bord de la confession. Nathan se tut.

— … Depuis le départ de Clyde…

Maxwell l'avait prévenu que le couple battait de l'aile, mais pas à ce point-là.

— … Durant toute l'année, je lui ai souvent reproché ses longues absences. Clyde prétendait que son boulot l'accaparait, qu'il fallait que je sois patiente. Au cours de sa dernière mission, il ne rentrait même plus à la maison…

Sue avait encaissé, toléré, espéré, jusqu'à ce qu'elle soupçonne l'existence d'une autre femme et exige le divorce. La réaction de Clyde avait été brutale : il avait emménagé dans un meublé avant de couper définitivement les ponts avec sa famille. Sue s'était alors mise à boire. Intelligente, docte, diplômée en philosophie et en ethnologie, apte à devenir un cordon bleu en lisant une recette de cuisine ou à soigner ses enfants avec un livre de médecine, elle était incapable d'assumer le naufrage de son couple. Il n'existait pas de manuel pour ça. Alors depuis trois mois, Sue se saoulait.

— Es-tu sûre que Clyde te trompait ?

— Un soir, je me suis rendue à l'appartement qu'il louait. Il n'avait communiqué sa nouvelle adresse à personne, ni à moi ni au FBI. C'est grâce à la banque que j'ai pu remonter la piste jusqu'au propriétaire.

Du Sue tout craché, apte à jouer les détectives en calquant les méthodes de son époux.

— Une fille m'a ouvert. Elle avait la moitié de mon âge et presque rien sur le dos. J'ai exigé de voir mon mari, mais elle m'a éconduite comme une vulgaire démarcheuse. Quand je pense à toutes ces années que j'ai sacrifiées pour lui… Je suis passée à côté du bonheur…

Le sentiment d'avoir gâché sa vie. Une bonne raison de s'enivrer. Sue avait fini par se persuader qu'elle n'avait pas eu d'aventure avec Nathan par pure fidélité conjugale. Alors elle fustigeait son mari dénué de ce genre de scrupule. Nathan la ramena à la réalité :

— Où est ta fille ?

— Laureen est chez mes parents. Je préfère lui épargner tout ça.

— La mort est inévitable. À 10 ans, il faut qu'elle le sache.

— Laisse-moi décider de ce qui est bon ou pas pour mes enfants.

— Quand auront lieu les funérailles ?

— Mardi après-midi. Lance s'est occupé de tout.

— J'y serai.

Nathan se leva. Il lui demanda s'il pouvait faire un tour de la maison en souvenir du bon vieux temps. Les chambres des enfants étaient sensiblement les mêmes. Seuls les posters avaient changé. De nouvelles icônes couvraient les murs. Chez Laureen, Britney Spears et Tom Cruise avaient remplacé Barbie et Monsieur Patate. Chez Terry, l'affiche de Matrix trônait à la place de celle d'E.T. et un ordinateur avait remplacé la mappemonde lumineuse. En revanche, le désordre régnait toujours en maître.

— Je dois y aller.

— Déjà ?

Il lui manquait encore l'adresse du meublé de Clyde.

— J'ai du travail.

— Lance a réussi à te convaincre de rempiler ?

— J'arrêterai les assassins de Clyde.

— Il aura fallu sa mort pour que tu réapparaisses.

— Ça et autre chose.

— Il logeait au coin de la Troisième rue et de Chestnut, si c'est ce que tu es venu me demander. Dernier étage, porte de droite. Tu verras, c'est la seule où il n'y a pas de nom et où une pétasse fait office d'accueil.

Elle le raccompagna d'un pas mal assuré qui lui donna un prétexte pour lui tenir le bras.

— Pourquoi t'as pas donné de nouvelles depuis le décès de Melany ?

— C'est une longue histoire.

— Trois ans, je sais, merci. Résume en un mot. Un seul. Je compléterai.

— Purification.

Le mot était sorti comme une évidence. Il embrassa Sue qui ne pleurait plus et monta dans un taxi.

10

Clyde avait emménagé dans un vieil immeuble du centre de Seattle. Au dernier étage, Nathan repéra la porte sans nom et frappa. Aucune réponse. Il insista. Trois fois. Il essaya les clés du trousseau de son ami. L'une d'elles était la bonne.

À l'intérieur, il faisait sombre. Nathan releva les stores. L'appartement était vaste et en désordre. Une odeur de cuisine avait envahi toutes les pièces. La poubelle contenait les restes d'une pizza encore chaude. Il avait manqué de peu la maîtresse de Clyde. Du matériel vidéo JVC encombrait la salle de séjour. Un caméscope identique à celui découvert dans le laboratoire de l'hôpital, deux télévisions, trois magnétoscopes et une chaîne hi-fi. Un vrai repaire de receleur. Clyde avait embarqué avec lui une partie de sa vidéothèque. Nathan fut étonné d'y voir des Disney. Il y avait évidemment *La Nuit du chasseur*, le film culte de son ami. Celui-ci le visionnait chaque fois qu'il déprimait et pouvait en réciter les dialogues par cœur.

Dans la salle de bains, un gobelet contenait deux brosses à dents. Pas de trace de cosmétiques, excepté un déodorant féminin bon marché. Nathan commença à se faire une piètre opinion de la "pétasse" de Clyde. Une mangeuse de pizza, désordonnée, négligée, fan de Disney. Un coup d'œil dans les deux chambres fut suffisant pour se rendre compte qu'elles avaient été récemment occupées. On avait dormi dans chacun des lits. Les amants faisaient chambre à part!

Un rapide examen de la cuisine lui révéla que, hormis un pack de bière, les habitudes alimentaires du locataire ne semblaient pas avoir évolué depuis l'enfance : barres chocolatées, bonbons, céréales, donuts, bouteilles de lait, pizzas congelées.

Nathan se posta devant la fenêtre d'où l'on apercevait la Space Needle, tour effilée bâtie lors de la foire mondiale de 1962 et coiffée d'un restaurant tournant. Après avoir profité de la vue, il cala dans le socle de recharge le téléphone mobile de son ami. L'appareil était resté muet depuis la veille. Clyde semblait s'être coupé de son ancienne vie.

Quand il rentrait chez lui, ce dernier avait l'habitude de fumer une dizaine de cigarettes, de boire des bières et d'écouter de la musique classique pour chasser les images sales de son quotidien urbain aux airs de rap. Nathan piocha un CD au hasard. Mozart. Impeccable pour se nettoyer la tête. Au lieu de se laisser mener par les pensées, il prit conscience de chaque note de violon, de piano, de percussion, jusqu'à ce qu'il se transforme lui-même en musique.

Cela n'était pas suffisant pour se glisser dans la peau de Clyde.

Il trouva des cigarettes dans un tiroir, arracha trois Rolling Rock au frigo, s'installa dans l'unique fauteuil, se déchaussa comme s'il était chez lui, allongea les jambes en tirant sur sa première bouffée de tabac depuis dix ans et fixa le plafond vers lequel s'élevaient les volutes grises. Il sentait une présence au-dessus de lui. Pourtant, il était au dernier étage. Des rats ? Le Père Noël en avance de trois jours ?

Il se releva, fit quelques pas, examina la bibliothèque. En passant sa main sur les rayonnages, il détecta deux livres qui avaient été rangés hâtivement. Probablement les dernières lectures de Clyde. *Le Livre des morts* et la Bible. Étonnant pour un athée.

Il regagna son fauteuil avec les deux ouvrages. À l'intérieur de la Bible, un paragraphe du prophète Ézéchiel, intitulé *La vision des ossements*, avait été surligné au Stabilo :

« Il me dit : Fils d'homme, ces ossements peuvent-ils revivre ? Je dis : Adonaï Iahvé, c'est Toi qui le sais ! Alors, Il me dit : Prophétise sur ces ossements ! Tu leur diras "Ossements desséchés, écoutez la parole de Iahvé". Je prophétisai comme Il me l'avait ordonné de le faire et l'esprit entra en eux ; ils prirent vie et se dressèrent sur leurs pieds… »

Trois bouteilles vides et cinq mégots plus tard, Nathan s'endormit au son d'un concerto pour violons.

11

Il était retenu sous la glace, plongé dans une eau à 0 °C. À ses côtés, l'agent Nootak cognait contre la croûte gelée qui les empêchait d'accéder à l'air libre. Nathan entreprit de l'aider, mais le liquide freinait ses coups. Kate se figea et dériva lentement vers le fond. Il allait se noyer lui aussi, lorsque le thème de *mission impossible* lui vrilla le tympan. Son rêve éclata comme une bulle de savon. Le téléphone portable stridulait de plus belle. Avant que Nathan ne soit complètement réveillé, l'appareil était déjà dans sa main.

— Clyde Bowman ? demanda une voix lointaine.

— Lui-même, répondit Nathan.

— Je vous réveille ?

— Qui est à l'appareil ?

— Andrew Smith.

— D'où appelez-vous ?

— De Barrow.

— En Alaska ?

— Ça a l'air de vous étonner. Vous êtes où, vous ?

— À Seattle.

— Que s'est-il passé à Fairbanks ?

— Écoutez, il faut qu'on se voie.

— Où ça ?

— Ici, à Seattle.

— Votre enquête est terminée ?

Plutôt que de risquer de se compromettre au téléphone, Nathan voulait décrocher un rendez-vous avec ce Smith qui semblait être en cheville avec Clyde.

— La Space Needle, vous connaissez ?

— Ouais, mais…

— Demain, au restaurant panoramique.

— OK. Donnez-moi le temps d'arriver. Disons, à 16 heures.

— À demain.

Nathan appela Kate Nootak dans la foulée.

— Sue Bowman vous a appris quelque chose ? s'empressa-t-elle de demander.

— Demain, je bois un pot avec Andrew Smith.

— Qui est Andrew Smith ?

— Un type qui me prend pour Bowman et qui vient de m'appeler pour savoir ce qui s'est produit à Fairbanks.

Engouement mitigé à l'autre bout de la ligne. Nathan profita du flottement pour balancer une question :

— Vous avez réussi à joindre l'épouse de Chaumont ?

— Non. D'après Interpol, elle aurait posé deux semaines de congés sans informer personne de sa destination.

— Je vous l'ai dit, il faut que je me rende sur place.

— On a plus urgent ici. J'ai parlé à Maxwell ce matin. Le message électronique de la secte a été émis des Philippines. C'est un premier pas, mais c'est à l'autre bout du monde. En attendant mieux, on doit continuer à étudier les autres hypothèses. Il faudrait que vous fassiez un saut à San Francisco tant que vous êtes dans le Sud.

Seattle, le Sud. L'Esquimaude avait une notion subjective de la géographie. Elle privilégiait toujours la version officielle, incriminant un tueur motivé par la prime offerte par Shintô. Pour elle, les deux médecins étaient les cibles, les autres victimes des dommages collatéraux. Alors, elle mettait le passé des savants à sac pour y dénicher un indice. Elle avait interrogé la veuve Fletcher qui ne s'était pas gênée pour orienter les soupçons vers un certain Lawford. Son mari entretenait en effet des relations adultérines et homosexuelles avec Glenn Lawford, un représentant en matériel médical domicilié à San Francisco. Peut-être que l'amant avait appris des choses sur l'oreiller. Il s'agissait donc de l'asticoter.

— Vous voulez bien vous en charger ? insista-t-elle.

— Si ça peut me valoir un sourire.

— En voilà un.

— Pas au téléphone. Gardez-le sous le coude pour le jour où je vous reverrai.

— Ne cherchez pas à m'amadouer.

— Tiens, j'ai rêvé de vous. Vous étiez dans la m…

— On n'a pas trop le temps de dormir si on veut résoudre cette affaire au plus vite.

— Qu'est-ce que vous me donnez en échange ?

— Quoi, qu'est-ce que je vous donne ?

— Vous êtes aussi sèche qu'une vieille prof de math. Offrez-vous un peu, sinon on ne pourra pas collaborer.

— Quand on se connaîtra mieux, je vous confierai un secret intime. En attendant, je vous confie les coordonnées de Lawford.

Après lui avoir communiqué l'adresse de l'amant de Fletcher, elle ajouta qu'elle avait également enquêté sur Groeven. Ce dernier avait emprunté de l'argent à la moitié du personnel de l'hôpital et sa femme se retrouvait sur la paille. Le cas méritait d'être approfondi.

Après avoir raccroché, il prit une douche et piocha dans le dressing de son ami. Clyde était plus costaud que lui, ce qui tombait bien, car Nathan préférait les vêtements amples pour éviter d'entraver sa respiration et sa circulation sanguine. Il enfila donc un tee-shirt XL, un pull informe, un pantalon délavé à cordon de serrage et une paire de vieilles Converse. Un vol pour San Francisco était prévu à 17 h 30. Il lui restait donc deux bonnes heures pour se familiariser avec l'appartement. Nathan avait choisi cet endroit comme point de départ de son enquête. Cela le mènerait forcément quelque part.

Il s'allongea sur un lit, se releva, erra entre le salon et la cuisine, ouvrit la fenêtre pour chasser l'odeur de tabac et de cuisson. Au bout d'une demi-heure, il décida de percer l'origine des mystérieuses ondes magnétiques qui planaient au-dessus de sa tête. Les plafonds étaient constitués de lambris peints en blanc. Dans l'une des chambres, plusieurs lames de bois, coupées à la même longueur, formaient un carré. Une trappe. Nathan bâtit un échafaudage de fortune composé de deux tables et d'une chaise. En équilibre instable, il poussa. En vain. Le volet était verrouillé de l'autre côté. Il insista en balançant des coups d'épaule, mais la chaise bascula et l'édifice s'écroula. Nathan appela. Aucune réponse. Il se précipita hors de l'appartement et grimpa l'escalier étroit et abrupt qui menait sous les toits. Un tas de gravats et quelques voliges clouées obstruaient l'accès aux combles de l'immeuble. Il arracha une planche vermoulue, écarta une pile de bardeaux et s'enfonça dans l'obscurité, guidé par l'ouïe, l'odorat et le toucher. Ses tympans ne percevaient que le crépitement de la pluie et le craquement du sol sous ses semelles, atténué par une épaisse couche de poussière. Ses mains tâtonnaient dans le noir, en se drapant de toiles d'araignées. À travers le salpêtre et l'humus produit par les rongeurs qui squattaient les lieux, il flaira une odeur animale. Le produit d'une respiration intensive, un effluve de gaz carbonique. Au-delà des sensations basiques, il y avait son sixième sens qui le poussait vers ces ondes générées par une effervescence mentale, une concentration trahissant l'imminence d'une attaque. Malgré un environnement immédiat incertain et menaçant, Nathan avait atteint un état de sérénité total. Il maîtrisait l'art du sen-o-sen propre au judoka qui permet de percevoir la tentative d'attaque et d'assurer une réplique aussi rapide que le reflet dans un miroir.

Il ne restait plus que trois ou quatre mètres avant qu'il puisse toucher le mur du fond. Ce fut à ce moment-là qu'il sentit l'assaut.

12

Kate Nootak gara sa Toyota sous le porche d'une villa éclairée par le halo aqueux d'un réverbère. Des traces de pneus dans la neige attestaient la venue récente de deux véhicules. L'Esquimaude sonna à la porte, en sautillant sur place pour ne pas rester collée au sol par le gel. Une gouvernante à la mine défaite n'eut pas le temps d'ouvrir la bouche qu'elle s'était déjà ruée dans la chaleur du hall d'entrée.

Alexia Groeven apparut en haut des escaliers, droite, maigre, digne, les bras croisés sur une poitrine plate. Elle exigea que l'entretien soit bref. Nootak n'y alla donc pas par quatre chemins et embraya sur le vice du défunt.

Alexia avait une voix grêle assortie à son physique. Elle parla de son mari avec hésitation et rancœur. En dehors de l'hôpital et de son laboratoire, Frank fréquentait des cercles de poker peu recommandables. Les Groeven naissaient avec le jeu dans les gènes. Alexia avait espéré lui ôter cette tare au début de leur mariage, mais le chirurgien était trop souvent absent pour être influencé en quoi que ce soit par son épouse. À la suite de lourdes pertes financières, le couple avait dû vendre leur maison pour vivre en location et à crédit.

— Voilà, vous savez tout, conclut-elle. Frank avait deux passions qu'il faisait passer avant sa famille : la médecine et le poker.

— C'est peut-être l'une de ces passions qui a causé sa perte. Est-ce que votre mari avait reçu des menaces ?

— Des menaces ?

— Oui, liées à ses recherches sur le Projet Lazare ou à ses dettes contractées au poker.

— La seule menace réelle qui lui pendait au nez était de trouver un soir la maison vide avec un mot sur la table de la cuisine.

— Avez-vous remarqué quelque chose d'inhabituel chez lui ces derniers jours ?

— Non, à part sa lubie de se raser le crâne.

— Pourquoi a-t-il fait ça ?

— Il a dit qu'il voulait changer de tête, ne pas montrer ses cheveux blancs. Cela ne l'a pas empêché de conserver sa barbe…

Alexia Groeven pâlissait à vue d'œil. La gouvernante intervint pour faire avaler à sa patronne un analgésique tout en lui conseillant de mettre un terme à l'interrogatoire. Nootak renvoya l'employée sans ménagement et accentua la pression.

— Les usuriers de votre mari se sont déplacés chez vous, n'est-ce pas ?

— Non.

En prononçant ce "non", Alexia s'était recroquevillée sur ses bras qu'elle n'avait pas décroisés depuis son apparition. Kate comprit seulement à ce moment-là qu'elle souffrait, mais pas moralement. Physiquement.

— Vous avez mal ?

— Je vous demande pardon ?

— Votre bras vous fait mal ?

— J'ai répondu à vos questions. Ayez l'amabilité de me laisser seule.

— Vous avez reçu de la visite, juste avant moi. Deux véhicules. Leurs traces sont encore visibles. Une délégation peu scrupuleuse a débarqué pour vous faire comprendre que vous étiez leur nouvelle débitrice. Je me trompe ?

— Partez, s'il vous plaît.

— Ils vous ont malmenée, hein ? Ne répondez pas si c'est la vérité.

Elle baissa les paupières, puis la tête, à la manière d'une pénitente.

— Quelle est leur identité ?

— Partez, je vous en prie.

Kate se leva au milieu du living-room dont les murs portaient encore les traces de tableaux qui avaient servi à éponger une partie des pertes de Frank. Elle resta debout devant la veuve mal en point pour ajouter du poids à celui qui pesait déjà sur ses frêles épaules.

— Je connais bien les gens à qui vous avez affaire. Leur méthode est toujours la même. Ils jouent sur la peur de leurs victimes qui leur servent de vaches à lait. Cela commence à l'école où ils rackettent votre goûter, puis votre blouson et votre argent de poche. Plus tard, ils s'en prennent à votre commerce, à vos revenus, à vos biens. Il n'y a pas de raison pour que ça s'arrête, tant que vous ne les menacez pas à votre tour d'une sanction beaucoup plus lourde que celle qu'ils font planer au-dessus de votre tête. Je vous propose de vous aider.

— Vous vous imaginez que vous allez les impressionner ?

— Oui.

— Ces gens réclament quelque chose que ni vous ni moi ne pourrons leur donner.

— Et quelle est cette chose si précieuse ?

Alexia hésita, réalisant qu'elle en avait trop dit. La douleur l'étourdissait, les analgésiques l'assommaient, l'Esquimaude la harcelait, tout cela annihilait ses défenses.

— Le Projet Lazare.

En plein dans le mille. Kate s'efforça de dissimuler les effets de l'adrénaline qui enflammait sa chair.

— À quel titre ont-ils exigé que vous leur remettiez le travail de votre mari ?

— Frank avait joué le résultat de ses recherches au poker.

— Merde.

— Il avait misé quelque chose qui ne lui appartenait pas.

— Fletcher était au courant ?

— Je l'ignore. Alors, vous pouvez toujours m'aider ? ironisa Alexia.

— Qui finançait le Projet Lazare ?

— Un groupe d'investisseurs privés. C'est tout ce que je sais.

— Si vous me dites qui sont vos agresseurs, je peux vous obtenir une protection. Mais dépêchez-vous, avant que vous ne tombiez dans les pommes. D'ailleurs, à votre place, j'appellerais un médecin.

— Martha s'en est occupée. Il devrait déjà être là.

— Alors, ces types, qui sont-ils ?

— Je ne les connais pas.

— Vous pouvez au moins me les décrire.

Ça oui, elle pouvait. Les individus qui lui avaient cassé le bras étaient gravés dans sa mémoire. Restait à savoir si elle aurait le cran de communiquer à la police le profil de ces parangons de violence qui avaient menacé de la « dépecer si elle caftait ». Elle hésita :

— Qu'est-ce que vous allez leur faire ? demanda-t-elle sur un ton défaitiste.

Kate eut le mauvais pressentiment que sa démarche allait se retourner contre elle ou Alexia Groeven. Tant pis. Elle tenta le coup.

— Les inculper de l'assassinat de quatre personnes, dont votre mari et un agent du FBI.

13

Nathan avait senti arriver le coup mais en ignorait la trajectoire, faute de clarté. Il se protégea en improvisant un bouclier avec ses avant-bras au-dessus du crâne. Le madrier qui fendit l'air explosa sur son radius. Heureusement, les termites avaient déjà largement entamé le méga gourdin. L'inconnu qui venait de l'agresser battit en retraite. Nathan s'avança courbé sous la charpente en direction d'un grognement. Une silhouette se déploya lentement devant lui pour devenir humaine à seulement deux mètres de ses pupilles dilatées. Il sentit l'énergie destructrice de son adversaire projetée vers lui, quelques millièmes de secondes avant que le corps ne suive. Il s'écarta à peine et effleura l'assaillant dont il dévia la course en utilisant la force qu'il véhiculait. Propulsé tête baissée, le type s'assomma violemment sur une contrefiche et s'écrasa aussi lourdement qu'un sac de ciment. L'attention de Nathan se porta vers une créature bicéphale, immobile, tapie dans un coin. Il fit un pas et distingua une fillette serrant sa poupée.

— Comment t'appelles-tu ?

— Jessica.

— Celui qui m'a foncé dessus, c'était qui ?

— Tommy.

Nathan n'en croyait pas ses oreilles.

— Ton frère ?

— Oui. Vous l'avez tué ?

Les enfants Brodin recherchés par le FBI étaient cachés dans des combles sordides, juste au-dessus de l'appartement loué par l'agent fédéral qui était chargé de les retrouver !

— Non, il s'est seulement fait un peu mal.

Nathan repéra une échelle posée sur le sol à côté de la trappe qu'il avait essayée d'ouvrir et qui était bloquée par un tasseau enfilé dans deux gâches. Il ôta la barre de bois et souleva facilement le panneau avant d'aller vérifier l'état de Tommy. Sonné, l'adolescent gesticulait mollement. Nathan le tira solidement par les bras, le suspendit à travers le trou, le balança et le lâcha au-dessus du lit. Puis il cala l'échelle pour descendre avec la fillette. Tommy les attendait en bas, dodelinant, les poings fermés, la bouche tordue, prêt à continuer la lutte.

— Je suis un ami de Clyde, avertit Nathan en contractant ses muscles.

L'adolescent autiste ne sembla pas l'entendre et se jeta sur lui. La fillette encore dans les bras, Nathan le stoppa net de la jambe droite qu'il dut reposer pour avaler l'impact, fit passer sa jambe gauche derrière l'autre et administra un deuxième coup qui envoya Tommy valdinguer à l'autre bout de la pièce. Nathan n'avait aucune prise sur le cerveau qui était enfermé à l'intérieur de ces quatre-vingts kilos de muscles. Alors, en attendant de trouver une solution, il frappait dessus.

— Est-ce qu'il t'écoute, toi ? demanda-t-il à Jessica.

— Moi, oui.

— Dis-lui d'arrêter.

— Non.

— Il va se faire très mal s'il continue à se jeter sur moi.

Elle hésita. Il lui fit peur :

— Il va mourir… et après, tu seras toute seule.

— Non, je veux pas que Tommy soit mort.

— Alors, dis-lui de s'asseoir.

Le regard torve, Tommy était en train d'amorcer une nouvelle offensive en dodelinant. Sans lâcher la fillette, Nathan décocha un mae-geri dans sa poitrine. Le coup de pied latéral, savamment dosé, tétanisa l'adolescent qui tomba comme un arbre. Nathan ramena lentement sa jambe droite et déposa enfin Jessica.

— Tu as tué mon frère ! hurla-t-elle.

— Pas encore. Mais si tu ne lui dis pas de se tenir tranquille, c'est ce qui lui pend au nez.

— Au nez ?

— Cela signifie qu'il va avoir très mal.

Convaincue du danger que Tommy encourrait, Jessica s'approcha de lui. Ses yeux cherchèrent ceux de son frère qui furent soudain traversés par une lueur d'intelligence. Tel un automate télécommandé à distance, l'adolescent se leva en geignant et s'assit au bord du lit.

— C'est bien, dit Nathan. Je suis un ami. Je suis venu vous aider.

Il s'adressait à la fillette de 6 ans qui maîtrisait la situation mieux que le gaillard de 16 ans.

— C'est pas vrai. T'es méchant comme les autres. Et menteur en plus.

— Je suis un ami de Clyde.

— Il nous a dit de faire confiance à personne d'autre que lui et que Neve.

La maîtresse de Clyde s'appelait donc Neve.

— Où est Neve ?

— Je sais pas.

— C'est elle qui vous a cachés là-haut ?

— Oui.

— Pourquoi ?

— Pour pas que tu nous fasses du mal.

— Elle ne s'est pas cachée avec vous ?

— Non.

— Elle est sortie ?

— Elle va revenir nous chercher.

L'amie de Clyde devait probablement s'occuper d'eux en son absence. Pourquoi séquestrer ces deux gosses ? Où était-elle passée ? Nathan essaya d'en savoir plus, mais la fillette se méfiait. Tout le monde appartenait à la catégorie des méchants, à part Neve et Clyde. Ce dernier leur avait transmis sa paranoïa.

— 15 124 ! postillonna Tommy.

Jusqu'à présent, le boxeur autiste n'avait pas prononcé un mot. C'est pourquoi son intervention inopinée suscita l'intérêt de Nathan.

— 15 124 quoi ?

Il se tourna vers la fillette qui développa :

— Il a compté 15 124 secondes pendant qu'on était dans le grenier.

Tommy était une horloge ambulante et employait son temps à tout minuter. Cela faisait donc un peu plus de quatre heures qu'ils étaient cachés dans les combles, soit une heure avant son arrivée. Pour quelle raison ? En cuisinant Jessy, il apprit que Neve les avait obligés à monter là-haut après qu'on eut frappé à la porte. C'était la consigne imposée par Clyde. Ils ne devaient pas bouger jusqu'à ce que ce soit lui ou elle qui leur demande d'ouvrir la trappe. Nathan mit vingt bonnes minutes avant d'extorquer ces quelques renseignements à la fillette. Contrairement à Bowman, il n'était pas rompu aux interrogatoires d'enfants.

— Vos parents, ce sont des gentils ou des méchants ?

Tommy se remit à grogner. Jessica le calma d'une œillade.

— Ce sont eux qui commandent les méchants.

Le genre de réponse qui n'allait pas faciliter les choses. Où était la vérité dans les propos d'une fillette qui avait subi un véritable bourrage de crâne de la part de Bowman ? Neve était censée bientôt débarquer et il comptait sur elle pour avoir un sérieux complément d'informations.

14

— **Allez, je me casse.**

Elmo Sanders bigla sur l'horloge qui indiquait 16 h 50 et quitta sa place de travail sans aucun remords. Dwight Muller, son collègue plus âgé, leva le nez d'une pile de courrier en provenance des quatre coins des États-Unis.

— Déjà ?

— À chaque jour suffit sa peine. C'est même Jésus qui l'a dit.

— Tu cites le Christ, toi, s'étonna l'ancien.

— Obligé, à trois jours de Noël !

— Et t'as lu l'Évangile ?

— Non, mais j'ai vu une émission à la télé là-dessus. D'après eux, les miracles, l'Immaculée Conception et tout le tremblement, ce sont des foutaises.

— Pas de blasphème, s'il te plaît.

— C'est pas moi qui le dis. Pour les historiens, deux choses seulement sont sûres : Jésus a existé et il a été exécuté. Le reste c'est de la littérature, des copies de copies tirées de morceaux de papyrus pourris.

— Il n'empêche que tu cites ces Évangiles.

— Tout comme je cite Clint Eastwood qui dit dans un de ses films : « L'homme sage connaît ses limites. » Moi, mes limites, c'est 16 h 50. Donc, en bon chrétien, en bon cinéphile et en bon sage, je dis stop à cette journée de merde. Je file au plus vite finir ce dimanche en famille.

Elmo et Dwight travaillaient au tri postal de North Pole, Alaska. La ville du Père Noël. En décembre, les petits Américains y envoyaient des milliers de lettres dont les réponses étaient estampillées du cachet de la bourgade située à une quinzaine de miles de Fairbanks. Ici, le Père Noël n'avait pas de barbe blanche, ni de manteau rouge ou de traîneau. Il était rasé de frais, portait un costume trois-pièces et se déplaçait en avion. Il était même surnommé Santa Corp, en référence à la fabrique de jouets qu'il dirigeait. À cette époque de l'année, l'usine tournait à plein régime, les magasins étaient bourrés à craquer, le bureau de poste croulait sous le courrier, Elmo et Dwigth alignaient les heures supplémentaires.

Dans le fief de Santa, Elmo était le seul à détester Noël. D'ailleurs, il avait mis les choses au point avec son fils : Santa Claus n'existait pas. Pas plus que Jack O'Lantern ou Ronald McDonald. Tout ça, c'était des personnages fictifs à but lucratif, conçus pour engraisser les marchands et plumer les parents.

Son collègue, de trente ans son aîné, avait moins de rendement, mais plus d'endurance. Question de métier et d'échine. Celle de Dwight s'était assouplie au fil du temps.

— Mets-les sur mon ardoise, dit Elmo.

— Quoi donc ?

— T'allais pas me faire remarquer qu'il reste dix minutes à tirer ?

— Si.

— J'y manquerai pas.

— De quoi ?

— D'embrasser ma femme et mon fils de ta part.

— C'est ça, embrasse-les de ma part.

— Et je serai prudent, aussi.

— Fais gaffe sur la route, Elmo.

— À demain.

Sanders s'amusait à anticiper les répliques de son collègue qui lui serinait les mêmes banalités depuis qu'ils coexistaient.

« Tu finiras comme lui », susurrait une voix dans sa tête.

Elmo s'arma d'une épaisse fourrure, d'un coupe-vent imperméable, d'un casque et de lunettes de ski. Il ôta la bâche qui protégeait son scooter des neiges et s'élança dans le brouillard. Il n'y avait qu'un quart d'heure de trajet entre la poste et le chalet qu'il louait à la périphérie de North Pole. Mais ce jour-là, la mauvaise visibilité ne se prêtait guère à des records de vitesse. À peine avait-il quitté le centre de tri que ses verres se couvrirent d'une buée gluante. Il se rangea sur l'accotement délimité par une clôture à moitié dissimulée sous la neige. Elmo astiqua rapidement ses carreaux, passa l'élastique derrière le casque et ajusta la monture. Deux yeux le regardaient de l'autre côté des lunettes !

Il lâcha un cri de terreur sous son passe-montagne et effectua un mouvement de recul pour voir à qui appartenait le visage qui lui faisait face. Il ne vit que des bandelettes bosselées sur d'étranges protubérances. Elmo balança un coup de pied sur la momie et tourna la poignée de l'accélérateur. Le scooter se cabra et bondit en avant. Le postier resta sur place, les fesses dans la neige, harponné par le type aux bandelettes. Il réalisa que cette journée de merde était aussi la dernière de son existence. Il ne reverrait ni sa femme ni son fils. La hantise de finir comme Dwight s'était soudain transformée en rêve inaccessible.

La momie lui tendait une main comme pour l'aider à se relever. Il la saisit fermement, se redressa et lui expédia un direct fulgurant au niveau de la mâchoire. Son poing s'enfonça comme dans une baudruche. Sans vérifier si son agresseur allait se dégonfler, il s'élança vers le scooter qui avait échoué contre un arbre. Dans sa précipitation, il trébucha et piqua du nez dans la poudreuse. Il sentit qu'on lui marchait dessus, serra les dents, attendit qu'on l'achève, entendit le rugissement de son véhicule. L'assaillant était en train de fuir sur son bien.

« Se détacher des choses matérielles et profiter de la vie », prêchait Jésus. Ce soir-là, Elmo Sanders acquit brusquement la foi.

15

Au volant de sa Toyota, Kate Nootak traversa la rivière Chena, contourna le dépôt de chemin de fer et tourna à droite dans Philips Field Road. L'enseigne lumineuse du Fairbar crevait le brouillard de ses néons rouges et bleus. C'était le premier signe particulier de Ted Waldon, son propriétaire. Waldon en avait un deuxième, tout aussi voyant : un nez écrasé par des années de boxe et de rixes. De rings minables en bars louches, de matchs truqués en paris illicites, il avait échoué en Alaska, loin de la police et des gogos qu'il avait escroqués. Il s'était payé son bar dans les années 70, à l'époque de la construction de l'oléoduc Trans-Alaska et de la Dalton Highway. Il imbiba les gosiers d'une bonne partie des seize mille ouvriers qui affluèrent à Fairbanks jusqu'à l'achèvement du pipeline. Waldon transforma alors son arrière-salle en tripot, plus surveillé qu'une banque, et arrosa la police locale pour ne pas être taxé de hors-la-loi.

Voilà ce que Kate Nootak savait du personnage, dont le portrait correspondait à l'un des agresseurs décrits par Alexia Groeven : un type d'environ soixante ans, albinos, petit, trapu, cheveux blancs, visage sans nez en forme de patate. La description des autres play-boys qui avaient rudoyé Mme Groeven n'évoquait rien à Kate.

L'un d'entre eux était une armoire à glace, un autre avait une cicatrice en travers du front et boitait atrocement, le troisième ne cessait de rigoler en se grattant l'entre-jambe, autant de détails qui ne pouvaient pas avoir échappé à une bourgeoise.

Garée depuis dix minutes sur le parking du Fairbar entre deux gros pick-up, Kate faisait le plein de courage. Dans le bouge, elle serait probablement la seule Inuk, vraisemblablement la seule femme et assurément la seule représentante de la loi. Elle ne pouvait pas demander l'aide de la police. Accuser un type comme Waldon d'un quadruple meurtre était très risqué et contraire à la déontologie. Son objectif était de le pousser à parler du Projet Lazare. Celui-ci était au courant de certaines choses, celles que Frank Groeven avait bien voulu lui communiquer pour justifier la valeur de sa mise au poker. L'agent Nootak voulait aller vite, être efficace, montrer à Nathan Love et à Lance Maxwell qu'elle n'avait besoin de personne pour conduire une enquête.

À quelques mètres devant elle, la porte du bar s'ouvrit sur un ivrogne nimbé de fumée qui cherchait à évacuer un trop plein de bière dans la neige. Kate choisit ce moment-là pour descendre de sa voiture transformée en frigo et se réfugier au chaud.

À l'intérieur, ça puait le mâle et ça chantait faux. Une foule de chemises à carreaux braillait et s'esclaffait autour de trois serveuses grassouillettes qui slalomaient entre les tables et les mains baladeuses. L'inévitable orchestre de country music interprétait un standard de Garth Brooks. En arrière-plan, un barbu éméché qui n'avait pas dû se raser depuis qu'il était venu au monde soufflait dans un harmonica comme dans un Alcotest. La salle braqua son attention sur Kate. Elle coupa sans tarder à travers une forêt de biceps et s'adressa à l'une des serveuses.

— Pouvez-vous me conduire auprès de Waldon ?

— J'suis pas sa secrétaire.

Kate avait choisi de s'adresser à une femme pour se faciliter la tâche. Elle avait oublié que les filles du Fairbar étaient forcément contaminées par la crétinerie ambiante. Elle lui flanqua sa carte du FBI sous le nez et baissa le Zip de son anorak pour faire briller un 357 Magnum flambant neuf. En vain. Il en aurait fallu beaucoup plus pour réveiller le regard éteint de la serveuse. Une main velue atterrit lourdement sur l'épaule de Kate qui chancela. La tartine de poils appartenait à un individu tout en estomac qui n'avait pas besoin de se présenter pour que l'on comprenne qu'il était le videur. Elle détestait ces endroits où l'on embauchait du personnel plus qualifié pour expulser que pour accueillir. Tant pis, il faudrait s'en contenter. Elle réitéra sa requête auprès du gros dont le ventre ballottait au niveau de ses seins.

— Waldon n'est pas là, précisa-t-il.

— Si, rétorqua Nootak.

— Quoi ?

— Je l'ai vu entrer.

— On va dire alors que tu l'as pas vu quand il est ressorti.

— Je suis mandatée par le gouvernement des États-Unis pour interroger M. Waldon sur un quadruple meurtre. Alors, soit vous coopérez, soit je reviens avec des renforts, ce qui n'est pas bon pour le commerce. Votre patron devra se soumettre à un interrogatoire en règle dans les locaux de la police. Vous comprenez ce que je vous dis ou bien ça va trop vite ?

Le gros se gratta un double menton et bougea sa panse vers un téléphone. L'ambiance du saloon s'était sensiblement refroidie. Trois minutes plus tard, qui parurent une éternité à Kate, une hyène rieuse se pointa en malaxant ses attributs masculins qui bombaient sous un jean trop serré. L'agent fédéral était sur la bonne piste. L'un des hommes qui avait agressé Mme Groeven était devant elle :

— Hé! Hé! Une Esquimaude chez les fédéraux, on aura tout vu! Hé! Hé! Allez, suivez-moi avant que j'attrape un fou rire.

Ils passèrent devant un escalier sous surveillance vidéo qui descendait vers une odeur de tabac et de renfermé. Le tripot. L'émissaire de Waldon ricana en hochant la tête jusqu'à une porte clouée de cuir rouge, se remonta les couilles et frappa. Un échalas ouvrit à moitié. Une cicatrice sur le front, tracée à l'ouvre-boîte, soulignait une frange ridicule. Un autre agresseur d'Alexia. Le monde était petit.

— Que voulez-vous? couina-t-il.

Ce qu'Alexia Groeven avait oublié de mentionner, c'était que Frankenstein avait une voie nasillarde insupportable. Autant interroger une scie circulaire. Kate reformula sa requête.

— Le patron est plus occupé qu'une chiotte de gare. Faudra repasser.

Gloussement de la hyène dans le dos de Kate.

— FBI, fit-elle en ressortant sa carte avec lassitude.

La porte se referma brusquement sur son nez, avant de se rouvrir quelques secondes plus tard, en grand. Au fond du bureau, Waldon était en train de raccrocher le téléphone. L'Inuk déclina son identité et signifia qu'elle préférait être seule avec lui.

— On est chez moi, ici. Je décide qui doit rester ou se barrer.

Silence dans la pièce. Tous les regards étaient tournés vers Waldon, puisque c'était lui qui devait prendre la décision :

— D'habitude, avec une femme, j'ai pas besoin d'aide et j'aime pas causer… allez, vous deux, cassez-vous!

La hyène et le balafré se retirèrent à contrecœur. Waldon alluma un cigare et se donna l'allure d'un homme d'affaires qui attend qu'on lui fasse une proposition. Kate aligna un discours concis : Groeven avait perdu le Projet Lazare sur une table de poker du Fairbar, ne s'était pas acquitté de sa dette et avait péri assassiné avant d'être dépouillé dudit projet.

— D'où vous sortez tout ça ?

Waldon voulait savoir si la veuve Groeven avait cafté.

— Un joueur a parlé.

— Les joueurs de poker ne parlent pas.

— Frank Groeven ne vous a pas donné ce qu'il vous devait, alors vous êtes allé vous servir, n'est-ce pas ?

— Hé, attendez, vous m'accusez de quoi là ?

— D'un quadruple meurtre, dont un perpétré sur un agent fédéral.

— Vous n'avez aucune preuve de ce que vous avancez.

— Personne n'était au courant de la teneur des travaux de Groeven. Sauf vous et ceux qui sont morts. Vous avez organisé des parties truquées, sans limite de pot, pour l'acculer à la ruine et vous approprier le projet scientifique sur lequel il travaillait.

— Écoutez, vous débarquez ici avec des menaces et des accusations pas fondées pour deux sous. C'est grave. Je ne sais pas à quoi vous jouez, mais à mon tour de vous expliquer comment le monde tourne. Il y a deux choses que je sais bien faire dans la vie : boxer et diriger cet établissement. Si je vous sers un whisky frelaté, vous aurez le droit de me le ficher à la figure. Si vous trouvez de la sciure dans ma bière, vous pourrez me coller un procès. En revanche, si vous m'accusez à tort, je dispose du même droit de porter plainte. J'ai pas mal de relations dont le métier consiste justement à foutre en l'air la vie de ceux qui me cherchent des noises. Sans compter que les menaces ont toujours fini contre mes phalanges. J'ai pas beaucoup de vocabulaire, et encore moins de dents, mais j'ai l'avantage d'être clair quand je cause. Pas vrai ?

Oui, elle avait saisi. Tout d'abord que Waldon avait le bras long. Jusqu'à quel niveau, elle l'ignorait, mais il avait des appuis dans la police, entretenus par des années de pots-de-vins. Deux alternatives s'offraient à elle. Quitte ou double. Se retirer sur la pointe des pieds en s'excusant ou lui rentrer dans le lard. N'étant pas joueuse et ne désirant pas risquer sa carrière, ni sa vie dans la partie entamée contre ce truand, elle se résigna et ravala sa fierté. Elle prendrait sa revanche plus tard. Car elle avait appris une deuxième chose : Ted Waldon était coupable. Restait à savoir de quoi exactement.

16

Nathan avait patienté jusqu'à la dernière minute. Neve n'était pas venue. Il rédigea donc quelques mots à l'attention de la maîtresse de Clyde, mit la note en évidence sur la table du salon et attrapa de justesse le dernier vol pour San Francisco, en compagnie des enfants Brodin dont il espérait rapidement percer le mystère. Muni du passeport de Clyde qui mentionnait en annexe le nom de son fils et de sa fille, il n'eut pas de difficulté à faire passer Jessy et Tommy pour Laureen et Terry Bowman. Malgré la menace terroriste qui pesait sur les États-Unis, les vols intérieurs demeuraient aussi perméables que la frontière avec le Mexique.

Jessy exerçait un pouvoir télépathique sur son frère. L'adolescent était enfermé dans un monde parallèle dont seule la fillette possédait la clé ou plutôt la commande à distance. Tommy calculait sans répit, comptait tout ce qui pouvait être quantifié, les secondes, les voitures, les nuages…

Dans l'avion, Jessy résuma la situation à Nathan avec un vocabulaire limité par son âge et inadapté à ses capacités intellectuelles. Après le divorce, elle avait emménagé avec sa maman chez Steve, « un monsieur qui a un téléphone dans l'oreille et qui joue tout le temps à l'ordinateur ». Celui-ci l'appelait tout le temps « ma puce ». Elle ne l'aimait pas. Il avait remplacé son papa. Il était dégueulasse parce qu'il suçait les pieds de sa maman. Elle le voyait tout le temps faire ça dans la piscine. Sa maman disait qu'il était très gentil et très riche et qu'il pourrait lui offrir tout ce qu'elle voulait. Jessy, elle, ne désirait qu'une chose, être de nouveau avec Tommy. Son frère était parti dans une autre maison, encore plus grande que celle de Steve, avec plein de gens bizarres. Parfois, elle arrivait à parler avec son frère sans le voir, comme avec sa poupée Penny. Au début, son papa venait la chercher pour rendre visite à Tommy. Puis il n'est plus venu. Pendant longtemps. Jusqu'à ce dimanche où elle l'a aperçu devant chez elle. Son papa voulait les emmener en voyage, elle et Tommy. Elle avait « envoyé un message dans la tête de son frère » pour qu'il s'enfuie et les rejoigne sur la route. Ensemble, ils voyagèrent en bus, pendant 1 340 secondes. Tommy n'arrêtait pas de tout compter ce soir-là, ça énervait leur papa.

— Où êtes-vous allés ? demanda Nathan.

— On a habité dans une maison qui bougeait. Papa toussait tout le temps. Il avait des taches bizarres sur le corps.

— Est-ce que Tommy a compté combien de temps vous êtes restés dans cet endroit ?

— Non.

— Qu'est-il arrivé là-bas ?

— Une nuit, Clyde est venu. Il a discuté avec papa pendant plus de 3 000 secondes. Papa nous a confiés à lui.

— Pourquoi Clyde vous a accueillis chez lui ?

— Il disait que papa était très malade.

— Tu as revu ton papa, depuis ?

— Non.

San Francisco International Airport était en vue. Le vol s'était écoulé comme un rêve. Un rêve habité par deux enfants perdus. Coincé entre deux étroits accoudoirs, Tommy s'était gavé de gâteaux et de jus d'orange. Jessy acheva de colorier un clown sur un petit cahier offert par l'hôtesse. Elle l'avait transformé en un être repoussant dont la peau rouge était couverte de grosses pustules noires. Une question brûlait les lèvres de Nathan.

— Steve est gentil avec toi ?

— Oui.

— Comme ton papa ?

— Papa m'embrassait jamais et ne me lisait pas d'histoires avant de dormir.

— C'est Steve qui va te coucher ?

— Oui.

— Il est gentil avec toi, alors.

— Oui, oui…

Nathan ne tirait rien de cet interrogatoire. Il devrait se concentrer pour entrer dans la tête de la fillette.

— Dis-moi, Jessy, ta maman ne te manque pas ?

Elle appuya de toutes ses forces sur le papier pour bien marquer la grosse pustule qu'elle était en train de dessiner sur la joue du clown écarlate. Sans réponse, Nathan reformula sa question :

— Pourquoi m'as-tu dit que tes parents commandaient les méchants ?

— Papa est parti et maman préfère Steve. Ils nous ont séparés, Tommy et moi, avant de nous abandonner.

— Ton papa a cherché à vous garder.

— Je sais. Mais après, quand on était dans la maison qui bougeait, il y avait un sale type qui puait et qui criait tout le temps. Il n'aimait pas Tommy. Une fois, il l'a même tapé. Puis papa s'est transformé en monstre.

— Quel genre de monstre ?

— Il gonflait de partout. Ses yeux étaient enfoncés. Il avait des taches comme ça.

Elle lui montra son coloriage. Nathan se demanda de quel mal était atteint Alan Brodin.

— Et Clyde, il était gentil ?

— Clyde et Neve, ils étaient d'accord pour que Tommy et moi, on reste ensemble.

À sa gauche, l'adolescent se trémoussait sur son siège, en tirant sur sa ceinture et en gémissant.

— Qu'est-ce qu'il a ? s'inquiéta Nathan.

— Il a envie de faire pipi, dit Jessy.

Nathan le détacha et le conduisit aux toilettes, malgré les injonctions de l'hôtesse chargée de faire appliquer les consignes de sécurité prévues pendant la phase d'atterrissage. Tommy ne supportant pas de rester enfermé dans une pièce d'un mètre carré, il dut maintenir la porte ouverte pendant que l'adolescent urinait sur les murs.

Lorsque les roues heurtèrent le sol, Nathan jeta un œil sur la fillette qui serrait sa poupée contre elle.

— Ça va, ma puce ?

— M'appelle pas ma puce.

— D'accord. Moi, tu peux m'appeler Clyde.

— Comme Clyde ?

— Oui.

— Pourquoi tu veux que je t'appelle comme Clyde ?

— Parce qu'il est mon meilleur ami.

L'avion s'immobilisa. Cliquetis des ceintures. Tous les

passagers se levèrent simultanément pour ouvrir les coffres à bagages et passer des coups de fil sur leurs téléphones mobiles.

— Clyde ?

— Oui ?

— Maman me manque quand même.

Nathan programma une visite chez Charlize Harris, l'ex-Mme Brodin. Le lendemain matin à la première heure, il débarquerait, seul, dans sa villa de San Jose. Il aurait bien restitué les enfants à leur mère, d'autant plus que leur présence à ses côtés ne lui facilitait pas les choses. Mais Bowman ne s'y était pas résolu. Il lui avait fallu une raison sérieuse. Laquelle ? Il s'agissait de le découvrir au plus vite.

17

Le taxi traversa Union Square, tourna dans Geary Street dont les théâtres libéraient des spectateurs endimanchés et se gara devant le Four Seasons Clift. L'un des dix meilleurs hôtels du monde. Le FBI ne verrait jamais la note puisqu'il n'en avait pas les moyens, mais Nathan voulait offrir ce qu'il y avait de meilleur à Jessy et à Tommy, trimballés depuis des semaines par des adultes cyniques. Ici, la confidentialité faisait partie du raffinement qui s'étalait jusque devant le hall d'entrée. Un portier et deux porteurs se précipitèrent vers eux, bien qu'il n'y eût rien à porter.

La Redwood Room n'était pas disponible. Il ne restait qu'une suite au dernier étage. Nathan commanda de la bière, des cigarettes, deux dîners copieux, des vêtements pour les enfants, un costume sobre repéré dans une boutique de l'hôtel et une voiture de location puissante pour le lendemain.

Des milliers de lumières scintillaient à leurs pieds. Dans la baie, un navire mugissait comme une baleine, voguant vers Oakland pour y déverser sa cargaison de produits « made in China ».

Il se remémora le temps où il habitait Frisco. Avec Melany, ils avaient rénové une maison victorienne de Russian Hill surplombant la marina. Son épouse aimait s'allonger sur la pelouse du petit jardin public à l'angle de Green et de Gough Streets, tandis qu'il se baignait dans la baie avec les membres du Dolphin Club coiffés de leurs bonnets orange, au milieu des lions de mer, des troncs d'arbres et des requins, gagné par l'ivresse que lui procurait une eau à 10 °C. Main dans la main, ils avaient l'habitude de flâner vaillamment dans ce quadrillage de rues pentues avec vues, poussant parfois jusqu'aux Yerba Buena Gardens en face du musée d'Art moderne, où ils avaient échafaudé de nombreux projets d'avenir.

Nathan avait vendu la maison après le drame.

— Ouaouh, il y a une piscine, commenta soudain Jessy dans son dos.

— C'est un jacuzzi, rectifia Nathan.

— Yakuzi ?

— Une grosse baignoire qui fait des bulles.

— Comme Tommy quand il pète dans le bain !

La suite était divisée en trois chambres agencées autour d'un salon art déco. Un employé du service d'étage actionna le mécanisme du bain à remous et s'effaça discrètement. Les enfants sautèrent dans l'eau en riant. Nathan avait atteint son objectif.

Il appela Sue Bowman, comme Clyde l'aurait probablement fait. Elle était en train de somnoler devant un téléfilm, mais elle lui fit croire qu'il ne la réveillait pas. Trop contente de lui parler. Elle avait eu une discussion avec son fils et s'était engagée à réduire sa consommation d'alcool. Elle le remercia de s'inquiéter et le pria de ne pas oublier les funérailles.

Après avoir copieusement dîné, Jessy et Tommy épuisèrent leurs dernières forces en exécutant du trampoline sur un lit king size.

— Je peux dormir avec Tommy ? demanda Jessy. Il y a de la place.

— À condition que vous vous endormiez rapidement.

— Promis ! cria-t-elle en assommant son frère avec un polochon.

Nathan expliqua la situation à la fillette. Il devait s'absenter quelques heures. En cas de problème, elle n'avait qu'à composer le « 0 ». Le personnel de la réception interviendrait aussitôt et on le préviendrait sur son téléphone mobile.

— De toute façon, il y a Tommy pour me défendre, assura la fillette.

Il borda les deux enfants et faute d'idée, leur conta l'histoire de *La Nuit du chasseur*. Un pasteur maléfique se marie avec la mère de deux enfants, la tue et poursuit sa progéniture pour leur faire avouer où est cachée une grosse somme d'argent. Clyde évoquait souvent ce film de Charles Laughton à son fils avant de le coucher. Au cours de la narration, Nathan s'aperçut que le sujet n'était pas approprié à la situation et il décida de ressusciter la mère à la fin. Jessy buvait ses paroles en serrant sa poupée contre elle. Tommy s'était endormi. Nathan les embrassa comme un père et attendit de percevoir leurs respirations cadencées par le sommeil pour partir.

Il laissa des consignes précises à Ned le réceptionniste et monta dans un taxi qui fila sur Market Street, jusqu'à Twin Peaks. Le meilleur point de vue sur la ville, quand il n'y avait pas de brouillard. Le chauffeur de taxi se perdit deux fois avant de trouver Crestline. Il s'arrêta enfin devant le numéro 265, un immeuble moderne et luxueux construit en contrebas, à flanc de colline. Nathan maudit Nootak pour la mission pourrie qu'elle lui avait confiée. Il ne voyait pas ce que l'on pouvait tirer de l'amant du Dr Fletcher. Il réveilla le gardien et lui demanda de prévenir Glenn Lawford de toute urgence.

— M. Lawford est sorti.

Avec sa manie de ne jamais prévenir les gens, Nathan était souvent confronté à ce cas de figure. Combien de fois avait-il parcouru plusieurs centaines de kilomètres avant de se heurter à une porte close ? Mais la technique, qui était aussi celle de Bowman, avait l'avantage de cueillir les gens à l'improviste et de les démasquer plus facilement.

— Où puis-je le joindre ?

— Je l'ignore, il ne m'a pas laissé de...

— Fréquente-t-il quelqu'un dans cette résidence ?

— Euh... quelle est la raison au juste de... ?

— Un ami commun vient de décéder. Je dois en informer Glenn. Je suis venu spécialement d'Alaska pour ça.

L'histoire était lourde, mais il fallait au moins ça pour tenir le gardien sous tension. Les grosses ficelles avaient fait leurs preuves auprès des concierges, blasés par les commérages de quartier.

— Je crois que M. Edward Loomis, son voisin de palier, pourrait vous renseigner. C'est lui qui garde le chien de M. Lawford quand celui-ci est en déplacement. Mais à cette heure-ci...

— Appelez-le, c'est un cas de force majeure, comme vous pouvez le constater.

Le gardien s'exécuta, plus pour se débarrasser du problème que pour rendre service. Il annonça à Loomis la présence de Nathan.

Un type en robe de chambre l'attendait sur le seuil d'un appartement, les cheveux en bataille, l'air catastrophé. Nathan broda autour de l'histoire qu'il avait commencée dans le hall, afin d'apitoyer le voisin.

— Moi aussi, j'ai un ami qui vient de mourir, avoua Loomis. Du sida.

— Est-ce que Glenn a un téléphone cellulaire ?

— Je vais vous écrire le numéro.

Loomis le fit entrer et feuilleta un carnet.

— Vous pouvez l'appeler de chez moi si vous le souhaitez.

— Merci, j'ai ce qu'il faut.

— Je vous note aussi mes coordonnées, au cas où vous en auriez besoin. Vous ne préférez pas attendre ici qu'il rentre ? J'ai une liqueur de framboise en provenance de France.

Nathan remercia le vieux gay et s'éclipsa. À la cinquième sonnerie, Lawford était en ligne. Love se présenta comme un ami de William Fletcher dont il lui annonça crûment le décès. Une musique techno monopolisa la ligne jusqu'à ce que Glenn récupère la parole. Nathan insista pour le voir.

— Je suis au Black Room, sur Castro. Le mot de passe est « Nokpote ».

Love opta pour la marche. Cela lui permettait de rester en contact avec le monde, la terre, de sentir la nuit coller à sa peau et les vapeurs de brume lui traverser les poumons.

Castro Street. La faute de goût. Rare à San Francisco. Le quartier des homosexuels portait le nom d'un dictateur. Nathan pénétra dans un établissement doté d'une façade noire. La faune mâle affalée dans les sofas du hall d'entrée annonçait la couleur. Cuirs, muscles, chaînes, moustaches, piercings. La musique qui pulsait à travers des enceintes géantes aurait filé de la tachycardie à un mort. Glenn était censé l'attendre dans l'arrière-salle. La plupart des regards s'orientèrent vers Nathan dont la tenue, trop habillée et pas assez cloutée, détonnait avec la norme ambiante. Il joua des coudes pour traverser la minuscule salle, frôla des torses suintants et des biceps tatoués, écarta des mains qui le déshabillaient presque. La pièce du fond était gardée par un molosse à casquette, dont les tétons étaient percés par deux anneaux et le front par un rivet. Nathan donna le mot de passe, descendit un escalier sombre, franchit à nouveau une porte et se retrouva dans un lupanar pour sadomasos. Une forte odeur de foutre, de sueur et de vaseline empuantissait les lieux tapissés de briques et éclairés par des bougies. Un type à la peau blafarde et scarifiée était accroupi devant trois mastards déculottés. Un autre effectuait une coloscopie sans anesthésie, le bras enfoncé jusqu'au coude entre les fesses d'un patient cagoulé. Il y avait aussi un homme pendu par les poignets qui endurait une séance de fouet administrée par un trio de sauvages qui s'en donnaient à cœur joie. Tout au fond de la cave, dans la pénombre, un groupe de branleurs s'astiquaient au-dessus d'un tonneau qui contenait un volontaire. Lequel était Lawford ? Dans un renfoncement, Nathan remarqua un moustachu en train de se masturber devant une vidéo porno. Il attendit que l'homme ait fini de se secouer pour s'adresser à lui. Malheureusement, l'onaniste était nouveau et ne connaissait pas Glenn Lawford. Nathan se dirigea vers le tonneau, lorsqu'une chaîne s'enroula autour de son cou. Son bras s'intercala de justesse et il écrasa violemment le pied de celui qui cherchait à l'étrangler. L'inconnu lâcha prise et avala un coude. Nathan se retourna sur une sorte de goret, complètement nu, la bouche en sang, les mains creusées sous le menton pour recueillir ses ratiches.

— Pu'chain, tu m'as echplogé les dents!

— Vous êtes Lawford?

— On! J'chuis Matt.

— Où est Glenn Lawford?

— Là!

L'étrangleur édenté désigna l'homme au dos délabré qui pendait à la poulie. Nathan s'avança pour freiner l'ardeur des furieux qui fouettaient à tour de bras. L'un des trois, un petit nerveux, rechigna et leva son martinet sur le perturbateur. Nathan se servit de la chaîne encore pendue à son cou en la lançant tel un lasso d'acier autour de la main de l'excité. Il tira d'un coup sec. Sur la trajectoire de sa prise, il frappa une tempe avec l'autre extrémité de la chaîne. Le sadique continua sa course à plat ventre dans la sciure répandue sur le sol. Convaincus de leur infériorité, les deux autres compères contournèrent l'étranger pour s'enquérir de l'état de leur copain. Le masochisme avait ses limites. Nathan décrocha Lawford aussi saignant qu'une pièce de bœuf. Ce dernier était parfaitement conscient.

— On avait rendez-vous, précisa Nathan. Au sujet du Dr Fletcher.

— Vous l'avez tué?

— Qui? Fletcher?

— Non, Lyle, celui qui est en train de manger la sciure.

— Il est juste étourdi. Je lui ai fait moins mal que ce que l'on a l'air de pratiquer ici.

— Vous êtes l'ami de William?

— On peut s'asseoir dans un endroit moins glauque?

— Y a pas de danger. Ici, on force personne.

Nathan se frotta la nuque pour marquer sa désapprobation et suivit Glenn jusqu'au bar, plus fréquentable, mais plus bruyant. Le rythme cardiaque avait tendance à se caler sur celui de la techno et si l'on n'y prenait garde, le cœur s'emballait comme un piston. Condamné à ne rien pouvoir mettre sur son dos lacéré, Lawford resta à moitié nu. Il commanda un bloody mary. Il fallait presque hurler pour entretenir une conversation.

— La nouvelle de la mort de William m'a descendu. J'ai eu besoin de souffrir… physiquement. Vous comprenez ?

— Oui.

— Tu parles !

— J'ai connu un maître japonais qui séjournait régulièrement dans la montagne pour se livrer à des exercices de mortification. Ses dévotions allaient aux forces de la nature et visaient un état d'illumination. Avez-vous trouvé l'illumination ce soir ?

— Au contraire, j'avais la sensation de ne plus exister.

— C'est pareil.

— Vous m'avez ramené les pieds sur terre, à mon putain de chagrin. Bravo ! Que voulez-vous au juste ?

— Vous. Votre mémoire plus exactement. J'en ai besoin, cinq minutes seulement.

— William ne m'a jamais parlé de vous.

— Il ne m'a jamais parlé de vous, non plus.

— Notre relation était secrète… Du moins jusqu'au jour où la police a fait une descente au Pride. Ouais, depuis le sida, Castro n'est plus ce qu'il était. William était là ce soir-là et les flics l'ont fiché. Il a eu peur que sa femme n'apprenne tout.

— Apparemment, elle était au courant. C'est elle qui m'a donné votre nom.

— Probablement pour ça que William se faisait plus rare.

— Qu'est-ce qui vous attirait chez lui ? Vous aviez vingt ans de différence et c'était loin d'être un apollon.

— Comment vous parlez de lui !
— Je cherche à savoir qui l'a assassiné.
— Il a été assassiné ? Par qui ?
— Je viens de vous dire, je cherche.
— Vous êtes un flic ?
— Non.
— Alors, vous n'allez pas m'arrêter si je prends des cachets.

Lawford commanda un autre bloody mary et aligna sans complexe une poignée d'ecstasy sur le zinc. Difficile d'imaginer que le lendemain, ce type se tiendrait droit dans un costume cravate pour vendre du matériel chirurgical à un directeur d'hôpital. Il avala trois pilules, une rose, une bleue, une noire, arrosées de vodka à la tomate. Un sourire au ketchup était dessiné sur son visage lorsqu'il reposa le verre.

— Servez-vous, si le cœur vous en dit.
— Non, merci.

Il alluma une cigarette tordue qu'il venait d'extraire d'un paquet compressé dans la poche arrière de son pantalon en cuir.

— Fletcher était une tronche. Je baisais un prix Nobel et ça c'est jouissif. Vous ne connaissez pas le brain fucking ?
— Non.
— Alors, vous n'avez jamais couché avec un gros QI.
— Si, avec ma femme.
— Gardez-la précieusement.
— La mort me l'a enlevée.
— Putain de faucheuse. Cette salope est la plus grande briseuse de couples de la planète.
— Il suffit de le savoir.
— Les mecs, ça vous branche pas ?

Glenn saisit la main de Nathan et la plaqua contre sa poitrine glabre.

— Non, dit Nathan sans résister.

— Vous n'avez pas essayé ?

— Si...

Nathan avait couché avec autant d'hommes que de femmes. Il en tirait un plaisir équivalent, du moins jusqu'à sa rencontre avec Melany. L'infinie sensualité de son épouse, ajoutée à l'amour qu'ils se vouaient, l'avaient converti à la fidélité et détourné de la bisexualité. Nathan n'avait trompé Melany qu'une fois, avec un danseur, pour les besoins d'une enquête dans le milieu gay. Seul Maxwell était au courant de cette incartade et il n'avait pas l'intention d'allonger la liste des confidents.

— ... mais je préfère les femmes. Ou plutôt la mienne.

— Vous faites quoi comme job ?

— Je pratique les arts martiaux.

— Ça rapporte ?

— Non.

— Dur.

— Justement, il ne faut pas que ça rapporte. C'est ça le truc.

— L'argent est impur, hein ?

Lawford ingurgitait de l'alcool, de l'ecstasy et du tabac à un rythme infernal comme pour combler un vide dans son corps.

— Ce que vous avez fait à Lyle, c'est plutôt balèze.

À cet instant, Nathan réalisa que depuis qu'il avait atterri à Seattle, il n'avait cessé d'agir comme Bowman. Le pire, c'est que cela s'était fait de façon insidieuse, facilement. Il avait rendu visite à son épouse, utilisé son passeport et son téléphone, occupé son meublé, consommé ses cigarettes, sa bière. Le reste s'était enchaîné naturellement. Il avait rendez-vous le lendemain avec un type qui le prenait pour Clyde, gardait sous son aile les deux enfants qu'il séquestrait, leur avait raconté *La Nuit du chasseur*, employait les mêmes méthodes de travail et se battait à la moindre occasion. Il avait frappé un adolescent autiste et un pauvre sadique qui rendait service à son pote masochiste. Clyde Bowman optait toujours pour l'affrontement, tandis que Nathan n'usait jadis de son art qu'en dernier recours. L'enseignement de Risuke Otake était gravé dans l'esprit de ce dernier : « Si l'on commence à se battre, il faut gagner, mais se battre n'est pas le but. L'art guerrier est l'art de la paix, l'art de la paix est le plus difficile : il faut gagner sans se battre ». Il lui arrivait d'ignorer certains individus qui se mettaient en travers de son chemin. En évitant le combat, il n'en perdait aucun. À la différence de Clyde qui avait perdu le dernier. Depuis vingt-quatre heures, Love reniait ces enseignements, car il s'était glissé dans la peau de son ami.

— C'est le lancer de chaîne qui m'a impressionné, dit Lawford. Vous avez appris ça chez les cow-boys ?

— Chez les ninjas. Normalement, à une extrémité de la chaîne, il y a une boule de plomb qui sert à fracasser le crâne de l'adversaire ou à lui rompre les reins. À l'autre bout, il y a une faucille pour trancher la tête. L'arme s'appelle un kusarigama. Votre copain a eu de la chance que je ne dispose pas d'une telle arme.

Après avoir impressionné son interlocuteur, il poursuivit son interrogatoire :

— William était votre ami intime. Il devait vous avoir confié qu'il était menacé, non ?

— Ah ça ! y a pas de doute, il était carrément parano. Il craignait que sa femme découvre sa liaison avec moi, qu'on lui retire son prix Nobel, que son associé le trahisse, que des espions lui pillent ses travaux, que ses financiers le lâchent. Vous avez vu son labo ? Un vrai bunker.

— Selon le FBI, l'assassinat de William a été commandité par une secte japonaise qui avait mis sa tête à prix.

— Le FBI ? C'est marrant que vous en parliez.
— Pourquoi ?
— C'est du FBI que Will avait le plus peur. La dernière fois que je lui ai parlé au téléphone, il flippait à mort à cause d'un agent fédéral.
— C'était quand ?
— La semaine dernière. Je me rappelle plus quel jour.
— Qu'est-ce que lui voulaient les fédéraux ?
— Lui foutre la pression.
— Quelle pression ?

Glenn entonna *It's raining men* dont le remix braillé par Geri Halliwell martelait les enceintes et s'accrocha au comptoir comme à une bouée de sauvetage :

— Désolé, je commence à vous voir en rose avec des ailes dorées et une auréole. Faut plus vraiment tenir compte de ce que je déblatère.

Nathan le laissa renifler le zinc et sortit dans l'air glacé de San Francisco parfumé d'effluves de pâtisseries. Retour à la civilisation. Tout ce qu'il avait découvert, c'était que Bowman exerçait une pression sur Fletcher. Il était 4 heures du matin et Love venait d'en apprendre plus sur la condition humaine que sur son enquête.

18

Jessy et Tommy dormaient à poings fermés. En entrebâillant la porte de leur chambre, Nathan posa sur leur immobilité un regard bienveillant. Le décès de Melany lui avait interdit ce bonheur de père. Il se plut un instant à imaginer que les deux gosses étaient les siens et que sa femme dormait dans la pièce adjacente.

— Non!, cria soudain Jessy dans son sommeil.

Il s'approcha et lui posa la main sur le front, aussitôt repoussée par la fillette qui se roula en boule, contractée sur son cauchemar. Nathan attendit qu'elle retrouve son calme et recouvrit les enfants avec le drap qui avait atterri sur la moquette.

Fatigué, il gagna sa chambre, se doucha, se libéra du personnage de Bowman, mangea du chocolat, médita une demi-heure et se coucha.

Deux heures plus tard, il fut réveillé par la lumière du jour. Il avait mal dormi. Son esprit s'agitait dans un corps immobile, ce qui était contraire à la loi naturelle. Lorsque l'esprit se meut, le corps doit faire de même. Lorsque le corps est allongé, l'esprit doit être en paix. Corps et esprit ne sont pas séparés, ils sont un.

Du balcon, la vue sur San Francisco faisait oublier le luxe de la chambre. Le soleil se levait sur les maisons de bois victoriennes, les rues en accordéon, les plages immenses, la dentelle de quais, les carrés verdoyants, le Golden Gate. Les éboueurs matinaux effaçaient des trottoirs les tonnes de rejets quotidiens de la société de consommation. Les adeptes du tai-chi-chuan étiraient leurs membres sur Santa Mary's Square. Au-dessus de la baie, la brume s'enroulait autour des collines comme une écharpe tissée par le croisement de l'air chaud du désert et de l'air froid océanique qui s'engouffrait entre les montagnes côtières. Un écrin naturel cotonneux bercé par le tintement du cable car que des conducteurs musclés treuillaient dans Powell Street. Pour Nathan, San Francisco était la plus belle ville du monde avec Venise. Les deux cités étaient précaires, suspendues au temps, menacées d'être englouties un jour, l'une par l'eau, l'autre par la terre. Elles étaient également liées au souvenir de Melany. Dans la première, il l'avait rencontrée, dans la seconde, il l'avait épousée.

Nathan commanda trois petits déjeuners avant de jeter un œil sur les enfants. Rien ne bougeait.

Il avait rendez-vous à 16 heures à Seattle avec le mystérieux Andrew Smith. Cela lui accordait le temps d'effectuer un aller-retour à San Jose. Il but un café et donna cinq cents dollars à une employée du service d'étage pour s'occuper à temps plein de Jessy et de Tommy.

Nathan sauta dans la Chevrolet de sport que l'hôtel lui avait louée, huma le parfum de la rue, mélange d'iode, de cannelle, de McDonald's et de bananes noires. La Firebird fila sur l'US 101 en quatrième vitesse. Il était encore tôt pour être ralenti par les embouteillages des travailleurs de la Silicon Valley, engorgeant El Camino avec leurs Range Rover étincelantes.

Un heure plus tard, il coupa son moteur en face d'une villa high-tech, cernée d'eucalyptus et dominant San Jose. Il se présenta devant un visiophone en déclinant sa véritable identité, vu que le couple Harris avait déjà eu affaire à l'agent Bowman.

— Nathan Love, agent spécial du FBI.

Charlize Brodin-Harris l'accueillit sur le seuil, la mine défaite par le souci, à moins que ce ne fût l'effet d'un sommeil interrompu ou d'une gueule de bois.

— Il y a du nouveau sur ma fille ?

Manifestement, son fils ne faisait pas partie des priorités.

— Je remplace l'agent Bowman qui n'est plus en mesure d'assurer ses fonctions. Pourriez-vous me fournir quelques précisions pour que mon action soit plus efficace ?

Elle le fit entrer, un peu gênée. Il l'avait réveillée, ce qui était de bon augure. Au saut du lit, les interrogatoires garantissent de meilleurs résultats. Ils traversèrent un patio qui encageait le son d'une fontaine et coupait la maison en quatre pavillons reliés par des couloirs de verre. Ils s'installèrent sous une pergola face à un jardin qui dégringolait vers une piscine à débordement. Charlize s'échappa pour aller préparer du café. Nathan en profita pour inspecter le pavillon le plus proche. Cent mètres carrés de séjour. Que du blanc, des lignes géométriques, des toiles modernes monochromes. La seule note bigarrée était posée sur le piano. Une photo représentait la maîtresse de maison enlacée à un type qui ressemblait à Bill Gates, mêmes lunettes, même coupe de cheveux, même gueule de gosse. Ce cliché était l'unique trace d'humanité dans un décor immaculé, estampillé *Art & Décoration.*

— Vous voulez visiter ? fit une voix dans son dos. Attendez au moins l'ouverture du Nasdaq !

L'homme de la photo se tenait à un mètre derrière lui, brandissant une main accueillante. Il était vêtu d'un kimono en soie noire et de sandales de bois. Un écouteur téléphonique sortait de son oreille et un micro filiforme épousait le relief de sa joue. C'est ainsi que Nathan réalisa que la deuxième phrase ne s'adressait pas à lui, mais à un interlocuteur situé à des kilomètres d'ici.

— Global Tech va se planter. Ils n'ont pas un million cash, continua Harris en lui serrant la main. Tu connais une société de capital-risque prête à investir un seul dollar dans cette start-up ?

— Oui, fit Nathan.

Harris fronça les sourcils. Nathan lui confirma que, pour répondre à la question qui lui était adressée, il aimerait bien visiter. En particulier la chambre des enfants. Son hôte lui montra le chemin. Il fallait traverser à nouveau le patio et rejoindre le pavillon nord. Nathan ne s'était pas attendu à tomber sur Steve Harris. Il l'aurait cru à son bureau. C'était sans compter les nouveaux moyens de communication qui développaient le don d'ubiquité.

— Excusez-moi, j'étais en ligne avec un drump.

— Un quoi ? s'étonna Love.

— Une grosse légume. Le président de Xco. Il s'est fait dix millions de dollars en un an. Il veut racheter Global Tech.

— Vous travaillez de chez vous ?

— Le matin. Entre 5 et 11 heures. Je me réveille en même temps que la Côte Est. Le soir, je me couche avec le Japon. Je n'ai pas de temps à perdre dans les embouteillages. En revanche, je vais déjeuner à San Jose tous les jours avec mes clients ou mes associés. Voici ma carte de visite.

Il lui tendit une plaque en plastique épaisse, gravée à son nom et à celui de W. ONE, sa société. Une encoche permettait de libérer une clef USB.

— On peut stocker là-dessus 64 Mo de données à partir de n'importe quel ordinateur. Ça en jette, non ?

— Oui.

— On peut également lire sur le mini-disque dur une présentation de W. ONE et une étude de la concurrence.

Nathan était tombé sur un forçat du business qui gagnait des milliards pour dorer à l'or fin les barreaux de sa cage.

— Allo ? Non, Barry, aucune stock-option… Voici la chambre de Jessy… Ils ont un crédit leasing… On n'a rien touché depuis qu'elle a disparu. Charlize m'a dit que vous reprenez l'enquête à zéro ?

— En effet, mais pas à zéro.

— Vous êtes beaux au FBI, putain, on se demande comment vous n'avez pas encore été privatisés… deux minutes Barry… J'espère que vous serez plus efficace que ce Bowman… Appelle Khai, il en saura plus…

Comparée à celle de Laureen Bowman, la chambre de Jessy était plus cossue, rangée, froide, sans âme, comme si elle n'avait jamais été occupée. Les crayons de couleur étaient neufs, les cahiers immaculés, les peluches alignées sur les étagères.

— À quoi jouait Jessy ? demanda Nathan.

— Deux secondes, Barry... Jessy ? Faudrait demander à sa mère. D'ailleurs, elle doit vous attendre sur la terrasse.

— Tommy avait une chambre ?

— À 3 heures... Oui bien sûr, elle est juste à côté... Bob Mertens sera là aussi, on parlera du logiciel qu'il a sous le coude...

Le domaine de Tommy était un véritable foutoir. Le lit était défait, le sol jonché de poupées Barbie, de pâte à modeler, de livres, d'un jeu de dames, de puzzles. Jessy passait plus de temps dans la chambre de son frère que dans la sienne. Les dessins étaient absents. Probablement réquisitionnés par les psychologues du FBI.

— Excusez-moi, mais je dois rejoindre mon bureau, l'interrompit Harris.

— Encore une chose. Pourquoi cette pièce n'est pas rangée comme l'autre ?

— L'agent Bowman nous avait demandé de ne toucher à rien. Écoutez, je dois y aller. Posez vos questions à ma femme, elle est là pour ça... Au revoir... non, c'est pas à toi que je m'adresse, Barry...

Tout en soliloquant, Harris gagna le pavillon ouest qui devait correspondre à ses locaux professionnels.

Charlize attendait sous la pergola. Elle avait eu le temps de se maquiller et de préparer du café. Le fond de teint n'avait pas masqué ses traits marqués par le tourment et le manque de sommeil. La disparition de Jessy l'avait atteinte dans sa chair. Nathan était mal à l'aise. Les enfants de cette femme étaient à une heure de route d'ici, dans un palace, sains et saufs. Il avait le pouvoir de lui rendre le sourire en une phrase. Pourquoi ne le faisait-il pas ? Parce qu'il se mettait encore à la place de Bowman. Pourtant, Clyde n'était pas infaillible. Non, il n'était pas infaillible, puisqu'il avait été assassiné.

Elle informa Love avec la meilleure volonté du monde. Ainsi, Tommy n'avait dormi qu'une seule nuit ici depuis qu'elle s'était remariée. Cela s'était mal passé. L'adolescent avait rayé le piano, détruit un ordinateur et frappé son beau-père avant d'essayer de le noyer dans la piscine. Il avait fallu l'intervention de Jessy pour l'arrêter. Elle seule avait une influence sur le jeune autiste. Charlize confirma que sa fille occupait rarement sa chambre et squattait celle de son frère.

— Pourquoi à votre avis ? demanda Nathan.

— Probablement pour être plus proche de Thomas. Franchement, je n'ai pas trop d'avis sur le sujet. Pourquoi, c'est important ?

— J'ai deux enfants moi aussi, mentit Nathan, et je m'inquiéterais si l'un d'eux ne couchait jamais dans son lit.

— Je n'ai pas plus de réponse que les psychiatres.

— Jessy voyait des psychiatres ?

— Je ne la comprenais pas. Qui d'autre aurait pu m'aider ?

— Apparemment ils n'y sont pas parvenus.

Nathan fixa son regard fuyant et garda le silence pour la pousser à la confession. Il se fit resservir du café, ôta sa veste, se cala dans sa chaise en teck.

— Vous n'avez plus de questions ? bredouilla-t-elle.

— Si, celle à laquelle vous avez mal répondu. Pourquoi Jessy couchait-elle à la place de son frère ?

— C'est tout ce qui vous intéresse ?

— Le reste est dans le dossier et n'a servi à rien. Pour

moi, la clé de l'énigme se trouve dans la réponse à cette question.

— Je vous l'ai dit, Jessy cherchait à se rapprocher de Thomas. Elle a commencé par dormir dans ses draps, puis elle a pris possession de sa chambre… elle jouait avec lui par télépathie…

— Jusqu'au jour où ils ont combiné une fugue. Jessy et Tommy fuyaient. Que fuyaient-ils ? Si vous m'éclairez sur ce point, je crois que je pourrai vous ramener vos enfants en moins de quarante-huit heures.

— Vous êtes sérieux ?

— Oui.

Elle s'emmêla les doigts derrière sa tasse de café.

— Vous savez, monsieur Love, je n'ai jamais réussi réellement à communiquer avec mes proches. Mon premier mari travaillait encore plus que Steve et ce n'est pas peu dire. Le jour où Thomas est né, Alan était chez un client. Lorsque j'ai accouché de Jessy, il était à Singapour. Thomas est né autiste. Ce gamin ne m'a jamais rendu un seul sourire ou manifesté le moindre signe d'affection. Quant à Jessy, elle a développé une faculté parapsychologique qui lui permet de se réfugier dans le monde de son frère. Alan a ensuite fait faillite et tout s'est dégradé, jusqu'à notre divorce.

— Et avec Steve Harris ?

— Il est là. Matériellement en tout cas. J'ai besoin de lui pour pouvoir élever Jessy.

— Vous croyez qu'elle a besoin d'argent ?

— De confort, oui.

— D'amour, non ?

— D'un père.

— D'un frère, aussi.

— Thomas et Steve ne s'entendent pas.

Charlize semblait choisir ses maris comme des placements boursiers, selon les fluctuations du marché. Il ne fallait donc pas s'attendre à récolter autre chose que des dividendes financiers.

— Je suppose que vous pensez que je choisis mes maris en fonction de leur compte en banque, n'est-ce pas ?

Nathan fut pris de court par sa perspicacité :

— Ce n'est pas le sujet.

— Vous vous imaginez que je passe mes journées à me prélasser, hein ? Que je mérite ce qui m'arrive ? À votre avis, qui se charge de l'entretien de cette villa ? Qui supervise les travaux du jardinier, les corvées de la femme de ménage, les interventions des artisans pour réparer l'antenne satellite ou une fuite dans la piscine ? Qui gère le budget familial, règle les factures, emmène Jessy à l'école, au piano, à la danse, chez le médecin, l'orthophoniste, les psychiatres ? Qui a traîné Thomas chez la moitié des toubibs de San Francisco ? Qui s'est réveillé toutes les nuits pour donner le sein à Jessy et calmer les sautes d'humeur de son frère ? Qui assiste aux réunions des parents d'élèves ? Qui s'occupe de faire les courses et de nourrir la famille, d'organiser les réceptions et les anniversaires, de planifier l'entretien des voitures ? Quel est le juste salaire pour ça, d'après vous ?

Nathan n'avait aucune idée du travail de la mère au foyer. Melany n'en était pas une et Sue n'abordait jamais cet aspect matériel de son quotidien.

— Je ne suis pas là pour vous juger.

— C'est ce que vous faites cependant.

Il était temps de resserrer l'interrogatoire.

— Avez-vous revu votre premier mari depuis la disparition des enfants ?

— Cela ne risque pas.

La dernière adresse qu'elle lui connaissait était celle de la mission catholique à Oakland. Alan Brodin avait dégringolé l'échelle sociale en moins de temps qu'il n'en fallait pour tout perdre au casino. Il avait laissé derrière lui sa société en liquidation, sa famille en décomposition et Silicon Valley en mutation. Il avait erré de dispensaires en soupes populaires, après avoir vendu ses stock-options, son 4 x 4 climatisé, son ordinateur portable, ses chaussures italiennes, sa montre Breitling, son sang et même une dent en or. Chaque semaine, il se faisait pomper un litre d'hémoglobine pour pouvoir survivre.

Bowman s'était rendu à Oakland et avait mis Alan Brodin hors de cause. Son rapport mentionnait que le SDF, atteint d'une maladie grave, était dans l'incapacité physique et mentale d'organiser un enlèvement. Ce qui était en contradiction avec les propos de Jessy. Pourquoi Clyde avait-il menti ? Nathan décida de poursuivre l'investigation là où son collègue défunt semblait avoir défailli. À la mission catholique. Il lui restait quelques heures devant lui avant de prendre l'avion pour Seattle.

19

En chemin, Nathan appela le Four Seasons Clift. Jessy décrocha. Audrey, l'employée du room service s'était occupée d'eux aussi bien que Neve. En bifurquant sur Bay Bridge, qui reliait San Francisco à Oakland, il lui sembla passer de l'hiver au printemps en quelques secondes. De l'autre côté de la baie, la température était deux fois plus élevée et le ciel dégagé. Lorsqu'il tourna dans Washington Street, sa montre affichait 11 h 30. Il gara la Chevrolet Firebird devant la façade victorienne de la mission catholique. Une ombre géante et dégingandée, dardant des ondes négatives, s'avança vers lui. Nathan l'effaça de son champ de vision et pénétra dans le bâtiment qui avait un sérieux besoin d'être rénové. Un type qui avait perdu la moitié de ses dents l'accueillit avec un sourire invisible et une haleine chargée. Par chance, il se souvenait d'Alan Brodin :

— Il vient plus dans le coin depuis un moment. J'saurais pas vous dire où qu'il est allé mendier. C'est ce que j'ai déjà dit au FBI.

Donc à Bowman. Celui-ci avait alors probablement cherché à interroger un type ayant fréquenté Brodin. Qui ? L'édenté se gratta le postérieur pour faire jaillir un nom, puis s'adressa à un collègue qui vérifiait la livraison des denrées destinées aux indigents. Le comptable de service leva la tête coiffée d'une casquette Budweiser :

— Brodin avait un pote, Jacky Wu, un chinetoque. Il va pas tarder à se pointer avec les autres.

Effectivement, dix minutes plus tard, une file d'attente se formait à l'entrée de la mission. En marge du rang, un petit Eurasien vêtu d'un jogging Reebok était en train d'improviser une sorte de tai-chi-chuan plus proche de la danse classique que de l'art martial.

— Fléchissez les articulations tout en restant bien campé sur vos jambes, lui conseilla Nathan qui vint le rejoindre sur le trottoir.

Wu pivota et fouetta l'air avec son bras. Le tranchant de sa main passa au-dessus des cheveux de Nathan qui se releva en lui poussant le coude pour accélérer la vitesse de rotation. Le Chinois vrilla comme une toupie et atterrit dans le caniveau, entre les roues de la Chevrolet. La file de clochards se transforma brusquement en cercle de supporters rassemblés autour d'un ring. Un grand Noir, probablement le propriétaire de l'ombre dégingandée entrevue préalablement, réapparut en se frottant les poings. Le Tyson amateur n'avait aucune garde. Une véritable exhibition de points vitaux. Nathan n'avait toujours pas croisé le regard du mastard. Désormais, il devait en tenir compte, car une baston était imminente. Les badauds réclamaient de l'attraction avant la soupe. Dîner spectacle à la mission catholique ! Nathan choisit de s'en sortir avec humour. Les circonstances s'y prêtaient. Il s'avança vers le Chinois pour le relever et, comme prévu, sentit qu'on lui empoignait le bras pour le diriger dans le sens opposé. Il exécuta une rotation du corps à 180° vers la droite et ajusta un coup avec le plat de la main sous le menton de l'agresseur. Un peu sonné, le Black écarta les jambes pour assurer son équilibre. Nathan en profita pour lui faire passer le bras droit entre les jambes, saisit la main qui dépassait de l'autre côté et exerça fermement une torsion. Sans même regarder sa victime qu'il traînait tranquillement derrière lui, il proposa à Wu de prendre sa place. Le public s'esclaffa devant la position incongrue du géant noir qui reculait plié en deux, la pogne entre les fesses, remorqué par un nain jaune.

Nathan avait désamorcé la tension, transformé un combat de rue en show comique. Et surtout, il avait consacré Jacky Wu roi de l'arène, ce qui était de bon augure s'il voulait lui soutirer des informations.

— T'es nouveau dans le coin ? demanda le Chinois à Nathan en cédant la place à un gueux qui réclamait son tour.

— Je cherche Alan Brodin.

Jacky effectua quelques exercices d'assouplissement en respirant fort. Au plus bas d'un fléchissement, il se figea et déclara :

— Si vous voulez vous rencarder sur Alan, va falloir m'inviter chez Toutatis.

— Chez qui ?

Il désigna une crêperie bretonne, de l'autre côté de la rue, coincée entre une librairie poussiéreuse et un tailleur anachronique. Le restaurant fleurait la France, la farine de froment et la pâte à crêpe. La déco était fournie par des antiquaires bretons. Sur le comptoir étaient entreposés des objets insolites dont une poêle à double-fond pour retourner les crêpes et une poêle pliante spécial camping. Éric, le patron, un Français d'origine toulousaine qui se faisait passer pour un Breton, accueillit chaleureusement Jacky et Nathan. Ils commandèrent une « Galette Ratatouille », une « Galette Biquette » et deux verres de cidre. Apparemment, Wu connaissait Éric. Après tout, ils étaient voisins, même si le premier n'avait pas les moyens de fréquenter le second. Jacky pria le Français de répéter ce qu'il avait raconté à l'agent Bowman, un mois plus tôt. Éric se débarrassa d'une commande et s'assit à leur table pour coopérer.

L'histoire bégayait. Quatre semaines auparavant, Bowman avait suggéré un déjeuner dans ce même restaurant pour inciter Jacky à être plus loquace. Éric s'était mêlé à la conversation, car il avait eu affaire à Brodin qui débarquait parfois en guenilles, précédé d'une odeur d'égout peu propice au commerce de bouche. Le restaurateur le renvoyait à chaque fois en lui glissant dans la main un gobelet de café et un croissant réchauffé. Début novembre, Alan était venu lui dire au revoir et lui taper cent quinze dollars. « Le prix d'un voyage qui va m'apporter fortune », avait-il prétexté, la main tendue devant la générosité du Français qui avait cédé. « Dieu te les rendra avec les intérêts », avait prophétisé le SDF qui, pas plus que Dieu, n'avait donné de nouvelles.

— Vous êtes du FBI, vous aussi ? fit Éric au terme de son témoignage.

— Non, un ami.

Personne ne lui demanda s'il était un ami de Brodin ou de Bowman.

— En fait, il voulait acheter un billet d'autobus, précisa Éric.

— Pour quelle destination ?

— Il m'avait vaguement parlé de l'Alaska. Il avait un plan pour gagner de l'argent facilement. Quel plan, je l'ignore.

L'Alaska ! Enfin un point commun entre les affaires Brodin et Lazare. Nathan regretta de n'avoir pas le temps de commander un dessert. Cela sentait bon la pâte sucrée et le chocolat chaud, mais l'heure tournait. Il vida sa bolée, paya et laissa Jacky attaquer sa troisième galette. Dehors, il n'y avait plus personne. La clientèle de la mission s'était engouffrée dans le réfectoire. Nathan monta dans la Chevrolet et fila en direction du Four Seasons Clift. Il lui restait seulement deux heures avant le décollage de son avion pour Seattle. Et Neve ne l'avait toujours pas appelé sur le téléphone cellulaire de Clyde.

20

Will Rendall était penché sur sa machine à coudre lorsqu'il entendit frapper à la porte. Ses pieds se figèrent sur la pédale. Il tendit l'oreille. À l'intérieur, le vieux poêle tirait comme une locomotive. Dehors, le blizzard fouettait la cabane en bois construite au cœur de l'Alaska. Les coups de poings contre le battant résonnèrent à nouveau. En hiver, Rendall n'avait ni amis ni clients, et le facteur ne s'aventurait pas jusqu'ici. Trappeur, guide, taxidermiste, il cumulait les métiers, sauf en basse saison où il se consacrait exclusivement à la couture des peaux et à l'empaillage des bêtes qu'il avait braconnées. Dès le printemps, il vendait sa camelote aux boutiques de Fairbanks. Les chasseurs bredouilles affectionnaient particulièrement ses têtes de grizzlis.

Le tambourinage se fit de plus en plus violent. Will se dirigea vers l'entrée en gueulant :

— Oh ! Hé ! C'est quoi ce raffut ?

— Ouvrez, je... Je... Gèle !, beugla une voix éraillée.

Will s'exécuta et se retrouva face à un bonhomme de neige qui le bouscula pour fondre sur le poêle.

— Merde, d'où vous sortez ?

Le bibendum glacé inondait le linoléum. Rendall alla chercher une serviette et une serpillière. Troublé, il épongea le sol avec la serviette de bain et tendit la serpillière à l'individu qui se liquéfiait.

— Comment êtes-vous parvenu jusqu'ici ?

— Je... J'ai... f... fff..

— Faim ?

— Froid.

— Ne vous collez pas au chauffage, sinon vous allez y laisser la peau.

Une barbe et des cheveux hirsutes apparurent en premier. Puis un œil. Rendall attendit la suite, mais il n'y avait rien d'autre. Rien en tout cas qui ressemblât à un visage humain. En examinant de plus près la chose qu'il avait devant lui, il devina l'autre œil au fond d'un cratère qui s'était creusé sur la figure. Le nez et la bouche étaient mélangés. Le type ressemblait à une pâte à modeler qui aurait essayé de se moucher. Des éruptions cutanées commencèrent à craqueler sous la chaleur. Will avait machinalement reculé et empoigné son fusil. Il réalisa qu'il était en train de braquer son visiteur lorsque ce dernier leva les bras.

— Je… vous en… prie, se plaignit la créature.

— Vous êtes quoi ?

— S'il vous plaît… Je veux juste… avoir chaud.

L'intrus baissa les mains enveloppées dans des sacs en plastique.

— Retournez d'où vous venez.

— Jamais… Plutôt crever.

— Vous croyez pas si bien dire.

Will épaula. Au bout de la mire s'éleva une flamme. La créature s'était trop approchée du poêle. Transformée soudain en torche, elle se rua dehors en hurlant. Rendall tenta d'arrêter l'incendie qui se propageait dans la cabane. Trop tard. Le brasier avait gagné le toit. Le braconnier se couvrit de peaux de bête et décampa. Au loin, la chose aux allures de feu follet battu par le blizzard finit par disparaître.

Will ne se retourna pas sur sa maison et ses marchandises qui étaient en train de se consumer. Il n'en avait pas le courage, ni le temps. Dans sa main gauche, il avait son fusil. Dans la droite, les clés de sa motoneige.

Sa vie ne tenait qu'à ce porte-clés.

21

Kate Nootak fit un geste de la main comme pour écarter un rideau invisible. En réalité, elle essayait de dissiper la purée de pois qui l'empêchait de se repérer dans ce coin paumé de la banlieue nord de Fairbanks. Brad Spencer, le compagnon de l'infirmière assassinée dans le laboratoire, habitait là, dans un immeuble trop vite bâti au milieu de nulle part durant les années 70 pour héberger les ouvriers du rush pétrolier. Repartis vers le Sud pendant la crise, les émigrants avaient laissé derrière eux des appartements vides. Chômeur à Fairbanks n'était pas un sort enviable. Ici, il n'y avait pas de clochards sous les ponts.

Nootak avait eu Spencer au bout du fil et lui avait proposé de se déplacer chez lui pour lui éviter l'épreuve du froid. L'ami de Tatiana Mendes était musicien, d'origine britannique. Il avait monté un groupe de rock nommé Muktuk qui composait en hiver et partait en tournée l'été, mélangeant des créations originales et des standards de la pop. Kate les avait déjà vus sur scène à l'occasion de la foire agricole de Fairbanks. Spencer était le chanteur et le bassiste du groupe. Il était également le compagnon de Tatiana Mendes.

L'ascenseur était en panne. Heureusement, l'artiste logeait au premier étage. Kate le tira du lit, bien qu'elle lui eût annoncé sa venue. On voyait à peine sa figure sous une chevelure en vrac qui avait poussé jusqu'aux épaules. Il avait eu le temps d'enfiler un pantalon informe et un vieux tee-shirt qui déclarait que Oasis était le « meilleur putain de groupe du monde ».

— J'ai eu du mal à trouver, commenta-t-elle.

— Moi aussi, dit-il en se frictionnant une épaule qui avait dû heurter un chambranle.

— Dehors, on n'y voit rien.

— C'est sympa d'être passé au lieu de m'avoir convoqué.

— Il y a d'autres locataires dans la résidence ?

— Il y a juste un vieux au rez-de-chaussée, armé jusqu'aux dents. Au moins, je fais pas chier les voisins avec ma musique. Vous risquez pas de recevoir des plaintes pour tapage nocturne.

— On reçoit rarement des plaintes de ce genre au FBI.

— Ouais, c'est vrai.

Il traîna ses sandales jusqu'à la cuisine. Elle le suivit.

— Thé ?

— N'importe quoi de chaud.

— Alors thé.

Il brancha une bouilloire et s'étira. En retombant, ses mains s'arrêtèrent sur son visage pour malaxer ses orbites.

— C'est vrai ? lui demanda Kate pendant qu'il essayait de se débarrasser de sa nuit.

— De quoi ?

— Que Oasis est le meilleur groupe du monde.

Il piqua du nez pour vérifier l'inscription.

— Les frères Gallagher sont de méchants cons, mais ils sont foutrement géniaux.

Brad versa de l'eau chaude dans deux bols pas très nets, jeta deux sachets de Lipton et entreprit la confection d'une cigarette.

— Faut pas m'en vouloir de la médiocrité de l'accueil, mais depuis l'assassinat de Tatiana, je carbure à l'alcool et au tarpé. J'émerge pas depuis deux jours. Sans compter la mort de Joe Strummer.

— Joe Strummer ? Je n'ai pas ce nom sur la liste des victimes.

— Tu m'étonnes.

— Qui est Strummer ?

— Le leader des Clash. Il vient de mourir d'une crise cardiaque.

— Je ne comprends rien. Qui sont les Clash ?

— Oh, d'où sortez-vous ? Merde, les Clash c'était le groupe punk rock des années 80. Strummer était le chanteur.

— Désolée.

Ses doigts détonnaient avec le reste. Propres, fins, précis, ils roulèrent une cigarette impeccable en quelques secondes. Brad en trempa un bout dans son café et l'alluma à l'autre extrémité, répandant une épaisse fumée dans la cuisine.

— Vous en voulez une ? demanda-t-il.

— Non.

— Ça vous dérange pas si je vous intoxique un peu ?

— Non.

— Et si je mets de la musique ?

— Faites comme chez vous.

Il se leva pour caler un CD dans la chaîne stéréo. *Somebody got murdered*, des Clash. En hommage.

— Tatiana était une sacrée salope, mais putain, je l'aimais, avoua-t-il en regagnant sa chaise.

Spencer avait une façon très contrastée de voir les choses. Kate le laissa se réveiller avant d'embrayer sur les questions sérieuses. Au bout de trois cigarettes, Brad se détendit un peu et commença à se confier. Selon lui, Tatiana le trompait, mais il ne savait pas avec qui. « Elle avait ça dans les hormones, fallait qu'elle baise avec tous les musclés de la planète. » Brad avait été arrêté par la police pour avoir frappé un de ses amants, un anesthésiste de l'hôpital de Fairbanks. Soignée sur place, la victime n'avait finalement pas porté plainte, à la demande de Tatiana.

— Et les Drs Groeven et Fletcher, vous les soupçonniez également d'avoir des relations avec elle ?

— Trop vieux. Taty avait les atouts pour se lever ce quelle voulait, sans être obligée d'aller piocher dans la viande avariée.

Il alla chercher une photo qu'il sortit d'un portefeuille gondolé. On y voyait Tatiana brandissant avec écœurement un omble qu'elle venait de pêcher.

— J'ai pris cette photo, à la baie des Glaciers. Il n'y avait personne, ce jour-là, sauf nous. Personne avec qui elle aurait pu me tromper en tout cas. Ce fut le plus beau moment de ma vie, le plus intense. Même quand j'ai sorti mon premier disque, je n'étais pas aussi excité. Et c'est un musicos qui vous parle. En vérité, je n'ai jamais rencontré une femme aussi canon… Sauf votre respect.

Malgré son air hirsute et son allure bancale, il inspirait de la sympathie à Kate qui s'imaginait mal le chanteur en train de faire une razzia dans le laboratoire pour trucider sa fiancée et ses collègues partouzeurs.

— Excusez-moi de revenir là-dessus, mais est-ce que l'un des amants de Tatiana aurait pu, comment dire… péter les plombs, à cause de son inconstance ?

— Le seul que je connaissais était le doc à la con que j'ai cabossé dans le couloir de l'hosto.

Brad changea de disque. *Californication* des Red Hot Chili Peppers boosta l'ambiance. Il s'empara de sa basse électrique et plaqua plusieurs accords. Kate le regarda. Brad avait un visage angélique planqué par une barbe naissante, des cheveux sales et un écran de fumée. À la fin de la chanson, il baissa le son et lança à l'agent fédéral :

— Je serais vous, j'irais voir en Californie du côté de chez Chester O'Brien.

— L'ex-conseiller de Reagan ?

— Tatiana a été son infirmière pendant un an. Elle n'a jamais fait allusion à cette période de sa vie, sauf une fois, au cours d'un bœuf. Vous savez, dans ces occasions, on ne consomme pas que de la grenadine et des M & M's bien que ça y ressemble. Tatiana était stone cette nuit-là. Comme d'habitude, on s'est engueulé et je lui ai balancé qu'elle gâchait sa vie avec son cul. C'est là qu'elle m'a balancé que si elle voulait, elle pouvait être millionnaire, du jour au lendemain. Il lui suffisait de passer un coup de fil à O'Brien. Impossible d'en savoir plus. Elle m'a gerbé sa pizza sur la moquette et s'est écroulée. Au réveil, elle avait tout oublié, enfin, c'est ce qu'elle a prétendu.

Brad venait de lui ouvrir une piste minée. Un conseiller d'un ex-président des États-Unis atterrissait soudain sur la liste des suspects. Munie de ce nouvel élément, elle remercia Spencer et se dirigea vers la porte.

— Miss Nootak ?

Elle se retourna dans l'entrebâillement.

— Ce que je viens de vous dire, je n'en ai parlé à personne. C'est pas mon business. Mais si ça peut vous aider à coincer les salopards qui ont supprimé Tatiana, je suis prêt à l'écrire noir sur blanc, sans partition. En plus, vous m'avez l'air cool comme flicos. Z'êtes pas mal dans votre genre bien que vous soyez du FBI.

Spencer avait décidément une façon très personnelle de juger les gens. Kate allait s'éclipser quand il lui proposa de la raccompagner jusqu'à sa voiture.

— Je pense que je trouverai le chemin, le rassura-t-elle.

— Je ne mets pas en doute votre sens de l'orientation, mais le coin n'est pas très sûr.

— Je sais, la police n'y vient jamais. Ne vous inquiétez pas, ça ira.

En retournant à sa Toyota, le froid dissipa la montée émotionnelle qui l'avait chauffée de l'intérieur. Elle démarra frigorifiée et roula au ralenti en direction de la ville. Elle était en train de fantasmer sur le jeune musicien, lorsqu'elle distingua dans son rétroviseur une paire de phares. Était-elle suivie ? Peu d'autres raisons auraient pu pousser un véhicule à emprunter cette route par un temps aussi exécrable. Elle accéléra. Trop. Un obstacle apparut devant elle. Elle écrasa brusquement la pédale de frein, mordant à pleines chaînes la croûte de neige sur laquelle elle roulait. Son pare-chocs heurta une camionnette stationnée en travers de la chaussée. Elle jeta un œil derrière elle. Ses poursuivants n'étaient plus là.

Kate remonta le col fourré de sa parka, enfila un passe-montagne et alla ausculter le véhicule à la lumière de ses phares antibrouillards. La portière du pick-up était ouverte, le moteur ronronnait. Elle appela, fit un pas en avant, glissa en arrière. L'Inuk écarta les bras pour amortir la chute, mais ne toucha pas le sol. Elle était retenue en suspension dans une gelée opaque qui la tirait aux extrémités. Engourdie par le froid qui avait déjà pénétré ses pores et figé ses poumons, elle réalisa tardivement qu'on était en train de lui ôter ses vêtements. Elle se contracta, s'agita, se tortilla, pour garder son jean qui glissait inexorablement le long de ses jambes pendant qu'on lui assenait des gifles et qu'on lui retirait son pull. Elle envoya son talon sans semelle contre quelque chose de dur et encaissa un crochet qui lui fit entrevoir des étoiles. À moitié sonnée, et toujours en lévitation, elle libéra un poing qui fusa vers une cagoule. Elle ne manqua pas sa cible car, à la suite de son uppercut, on lui lâcha l'autre bras. Maintenue encore aux pieds, Kate tomba sur le crâne. Une botte lui écrasa le visage qui s'enfonça sous la neige. Au bord de l'étouffement, elle ne résista plus, espérant ainsi rallonger le temps de l'apnée. Les agresseurs invisibles arrachèrent ses sous-vêtements avec une telle brutalité qu'elle eut l'impression qu'on lui lacérait la peau. Elle ne respirait plus que de la neige. Le liquide froid inonda ses bronches.

Lorsqu'elle haussa la tête, ce fut pour cracher de l'eau et apercevoir la camionnette se dissoudre dans le brouillard en zigzaguant. Elle gisait entièrement nue. Kate se recroquevilla pour réprimer ses grelottements et se débarrassa des cristaux de larmes qui l'aveuglaient. Ses vêtements avaient disparu mais sa Toyota était toujours là. Une pression venue d'en haut la plaqua à nouveau dans la poudreuse. Plus violemment que les fois précédentes. Elle entendit une voix :

— Où est la cassette ?

De quoi parlait-il ? L'agresseur reposa la question plusieurs fois, comme un disque rayé. Kate vomit l'eau glacée qui encombrait sa gorge pour avouer qu'elle était larguée.

— T'as bien bossé avec Bowman pendant un temps, non ?

— Rendez-moi mes fringues et je vous dis ce que vous voulez.

— Réponds d'abord.

— Oui, j'ai collaboré avec lui sur une affaire. Pourquoi ?

— Il a dû te dire où il a planqué la cassette. Parle, connasse, on se les pèle ici.

— Je vois pas… quelle cassette… ?

— Alors, tu nous sers à rien et tu vas crever.

Le cerveau de Kate était à moitié paralysé. Ses raisonnements givraient dès qu'elle les concevait. Avec les glaçons qui lui restaient pour penser, elle tenta de s'en sortir :

— La cassette est dans mon bureau. Je vous y amène.

— Tu bluffes. Qu'est-ce qu'il y a sur cette bande ?

— J'en sais rien. Bowman m'a juste demandé de la garder au cas où il lui arriverait malheur.

Elle ne savait pas de quoi elle parlait et ça s'entendait.

— Pourquoi tu ne l'as pas visionnée depuis que Bowman est mort ?

— Je l'ai remise directement à mes supérieurs.

— Tu viens de dire qu'elle était dans ton bureau.

— Allez vous faire foutre !

— Pas la peine de gaspiller une balle, les gars. Le blizzard se chargera de liquider cette salope pour nous.

Elle sentit la pression sur son crâne se relâcher. Des pas s'éloigner. Des portes claquer. Deux moteurs puissants démarrer. Les phares de sa Toyota et d'un second véhicule se dissipèrent, emportant avec eux la lumière, le bruit et l'odeur.

Kate éprouvait deux sensations : la brûlure du froid qui l'avait violée jusque dans ses viscères et le goût du sang entre ses dents. Elle savait où elle était. Surtout où elle en était. La route qu'elle avait empruntée était déserte en hiver et ne desservait aucune habitation avant plusieurs kilomètres. La plus proche était celle de Brad Spencer, à une demi-heure de marche. Or, dans quelques secondes, son cœur en hypothermie allait cesser de battre. Dans quelques secondes, elle serait morte.

22

Nathan faillit manquer l'avion. Passer à l'hôtel prendre les enfants et se coltiner les embouteillages l'avaient obligé à rouler en infraction et à planter sa voiture de location devant les portes du terminal de départ du San Francisco International Airport. Ils avaient couru jusqu'au sas d'embarquement, Penny dans les bras de Jessy et Jessy sur les épaules de Tommy.

L'adolescent ne décrocha pas son regard du hublot à l'intérieur duquel il avait encastré son visage. « Comme ça, il a l'impression de voler », expliqua sa sœur tout en torturant Penny.

— Qu'est-ce qu'elle t'a fait, ta poupée ? lui demanda Nathan.

— Rien.

— Ta maman agit de la même façon avec toi ?

— Mais non !

— Alors arrête de massacrer Penny. Tu lui fais mal.

— N'importe quoi, elle est en chiffon. C'est pas une vraie personne.

— Ça sert à quoi, alors, de lui taper dessus ?

— Tu tapais bien sur ton volant, toi, tout à l'heure, quand on roulait pas assez vite.

Il la regarda en souriant et lui passa la main dans ses cheveux pleins de nœuds. Là-dessous bouillait une intelligence vive, un QI déjà élevé qui lui permettait d'utiliser plus de neurones que les enfants de son âge. Un terreau fertile pour développer un don de télépathie et communiquer avec le monde dans lequel son frère était enfermé. Après avoir mis Penny KO sous son bras, elle se déconnecta de la réalité. Nathan comprit qu'elle était en train de correspondre avec Tommy qui leur tournait le dos. Il les laissa tranquilles et brossa un rapide bilan de son séjour à San Francisco.

D'une part, le Dr Fletcher craignait le FBI, c'est-à-dire Bowman. D'autre part, Charlize Brodin s'était remariée avec Steve Harris, un véritable connard qui considérait Tommy comme une gêne et Jessy comme un meuble. La mère était larguée, démissionnaire. Persuadée que ses enfants avaient fugué, elle ignorait que son ex-mari les avait embarqués et avait confié sa progéniture à Bowman après être tombé gravement malade. Clyde l'avait caché à tout le monde. Pourquoi ? Pour protéger les enfants ? De quoi ? Nathan comptait sur Neve pour éclaircir la situation. Si celle-ci daignait entrer en contact avec lui.

Selon Éric, le patron de la crêperie, Alan Brodin serait allé en Alaska pour faire fortune. Étant donné que les ruées vers l'or et le pétrole appartenaient à l'histoire, il s'agissait d'autre chose. D'après Charlize, Alan fréquentait les plasma centers pour vendre son sang. Il négociait régulièrement son corps contre une poignée de dollars. La somme qu'il avait empruntée à Éric correspondait à un trajet en autocar entre Oakland et Fairbanks. La conclusion que l'on pouvait en tirer était que Brodin avait probablement appris que Groeven et Fletcher recrutaient des cobayes humains pour leurs expériences. Clyde aussi était arrivé à cette conclusion. Il avait alors suivi la trace de Brodin jusqu'au laboratoire secret où l'on pratiquait des expériences pas catholiques sur des volontaires. Mais une fois de plus, Clyde n'avait rien divulgué. Au contraire, si l'on en croyait Lawford, il exerçait même des pressions sur Fletcher. Pourquoi ?

— Tu penses à quoi, Clyde ?

Jessy le fixait de ses grands yeux bleus. Pourquoi Bowman n'avait-il pas rendu cette petite à sa mère ? Même si Charlize n'était pas une mère modèle, il n'avait pas le droit de lui retirer sa fille.

— Je pense à mon rendez-vous de Seattle, répondit-il. Je n'aurai pas le temps de vous déposer à l'appartement. Vous viendrez avec moi. Ce sera super, on va monter dans une très haute tour.

— Mais Neve nous attend.

— Non, car elle aurait trouvé notre message et nous aurait appelés sur le téléphone de Clyde.

— Elle se méfie.

— De qui ?

— De tout le monde.

— Mais pas de Clyde.

— Quand est-ce qu'on va revoir maman ?

Il fallait qu'il retrouve le papa pour élucider cette affaire, ramener les enfants à leur mère et enfin se concentrer sur celle pour laquelle il avait été engagé. Nathan avait sa petite idée sur l'endroit où dénicher Alan Brodin.

— Bientôt, ma puce.

— M'appelle pas ma puce, j'ai déjà dit.

— Je m'en souviendrai, Jessy.

— Quand tu dis "bientôt", c'est une heure ou un an ?

— Il faut que je voie d'abord ton papa.

— Dans la maison qui bouge ?

— C'est ça, dans la maison qui bouge. Après, je te conduirai chez ta maman.

— Tommy restera avec nous ?

— Cela ne dépend pas de moi.

— Dommage.

Il apprécia ce "dommage" qui signifiait que Jessy lui accordait une certaine confiance. Ce qu'elle confirma aussitôt :

— Toi, t'es pas comme les autres. Tu n'as pas dit que Tommy était débile et tu l'as emmené toujours avec nous. Même Clyde, enfin je veux dire l'autre Clyde, il a dit un jour que Tommy était idiot. C'est moins grave que débile, mais quand même, c'est pas gentil.

— Ton frère est très intelligent. Le problème, c'est qu'il ne le manifeste pas dans notre monde. Il garde tout pour lui… et pour toi.

Lorsqu'ils descendirent de l'avion, ils reprirent leur course commencée dans le terminal de l'aéroport de San Francisco et sautèrent sur la banquette arrière d'un taxi.

À 15 h 50, l'ascenseur de la Space Needle les propulsa

à cent quatre-vingt-six mètres d'altitude. Nathan avait dix minutes d'avance.

— Ouahou!, s'extasia Jessy en se collant à la vitre du restaurant tournant panoramique.

— Les choses sont plus belles vues d'en haut, n'est-ce pas?

— C'est pour ça qu'il me tarde de grandir.

Andrew Smith n'était pas encore arrivé. La salle était vide, à l'exception d'un couple d'étrangers et de Tommy qui s'était assis à une table, un couteau et une fourchette dans les mains, une serviette crochetée au col de son sweat-shirt, attendant d'être servi. Il était à l'aise en reproduisant des situations familières, telles que celle qui lui rappelait la cantine de l'asile. Comme la plupart des autistes, Tommy était paniqué devant tout ce qui était nouveau. Et ce qu'il subissait depuis le divorce de ses parents n'arrangeait rien à son cas. Heureusement, sa sœur l'aidait à s'adapter. Nathan se baissa au niveau de la fillette et profita de l'horizon qui tournait lentement autour d'eux.

Les Cascades Mountains, au pied desquelles était bâti Seattle, dressaient leurs pics et cônes volcaniques coiffés de glaciers. Un cumulus était posé sur l'un d'entre eux comme si la montagne crachait de la vapeur d'eau. Les Cascades constituaient une véritable frontière climatique, barrant le passage aux nuages. Seul le fleuve Columbia avait réussi à se frayer un chemin. Au-delà, vers l'est, s'étendaient des déserts, puis des montagnes à nouveau, des gorges spectaculaires, des rivières, des forêts de cèdres, des pâturages, bref l'Idaho. Une nature à l'état de beauté, intacte, presque inhabitée, sauf par des couguars, des élans, des ours et des aigles. Une nature paradisiaque affublée de noms diaboliques, Snake River, Hells Canyon, Seven Devils, peut-être pour dissuader les bétonneurs et les industriels de venir s'y installer avec leur cortège de populations dévastatrices et de pollutions irrémédiables. Nathan se serait bien retiré dans l'Idaho s'il n'avait pas eu un besoin viscéral de l'océan.

Au terme du lent panoramique à 360 °, Nathan entendit les portes de l'ascenseur s'ouvrir. Par réflexe, il rabattit Jessy derrière lui. L'homme qui apparut avait la soixantaine, un costume à carreaux, une ceinture multipoche, une bonhomie forcée, le visage lisse et rose de celui qui vient de se raser la barbe. Il se dirigea droit sur eux. Ses fringues étaient froissées, sa cravaté dénouée et des miettes étaient encore accrochées à son gilet de laine, attestant que l'individu venait de passer quelques heures assis dans un avion. Sa veste était légèrement bombée sur ce qui devait être un holster. Nathan sut qu'il avait affaire à Andrew Smith avant même que ce dernier ne se présentât. Allait-il le prendre pour Bowman ? Il s'en moquait, maintenant qu'il avait sous la main la seule personne qui ait cherché à entrer en contact avec Clyde au cours des deux derniers jours.

— Bonjour, monsieur Smith.

— Où est Bowman ? s'inquiéta d'emblée le type en lui serrant la main.

— Mort.

— Mort ?

— C'est l'une des deux victimes du massacre de Fairbanks dont la police n'a pas encore révélé les noms.

— Et l'autre, c'est Chaumont, je suppose.

— Vous travailliez avec Bowman ?

— Et vous, vous le remplacez ?

— On peut dire ça comme ça.

— Vous bossez avec vos gosses ?

— C'est les vacances scolaires.

— Putain, on pourrait me dire ce qui se passe ?

— C'est pas beau de dire "putain", nota Jessy.

— T'as raison fillette, au temps pour moi.

— Je suis mandaté par le FBI pour enquêter sur l'assassinat de l'agent Bowman, dit Nathan. Quant aux enfants, ils n'ont rien à voir avec cette affaire.

À son tour, Smith se présenta. C'était un flic d'Anchorage à la retraite que Clyde avait recruté pour l'aider à retrouver Chaumont.

— Bowman était sur la piste de Chaumont depuis un an, s'étonna Nathan.

— Vous n'avez pas l'air très au courant du dossier.

— Il n'est pas répertorié au FBI. Bowman enquêtait donc pour son propre compte. Pourquoi ?

— Je l'ignore. Je lui donnais seulement un coup de main, bénévolement.

— Pourquoi ?

— Dites-donc, vous êtes abonnés aux "pourquoi" ou quoi ?

— Je vous écoute.

— Par amour du métier et de la vérité. Pour la gloire aussi. Chaumont n'était pas n'importe qui. Et puis, vous savez, un flic à la retraite qui n'aime pas la télé, ni la pêche, ça devient vite neurasthénique. Alors quand Bowman m'a demandé ce service, il y a un an, je me suis lancé. Il payait les frais de déplacement et moi je m'occupais.

— C'est vous qui avez trouvé le corps de Chaumont ?

— Non, c'est lui. Votre collègue était un cador ! À partir des éléments que j'avais collectés, il a reconstitué l'itinéraire que Chaumont avait emprunté à partir de son camp de base. Bowman foutait pas souvent les pieds en Alaska, mais quand il était sur place, on progressait vachement. Il y a dix jours, on a retrouvé enfin le corps de Chaumont, prisonnier sous un mètre de glace. Il était intact. On l'a directement transporté par hélico au laboratoire de Fairbanks, sans en référer à personne. Pour quelle raison ? Je l'ignore. Bowman n'était pas très communicatif.

— Vous avez quand même un avis.

— Il avait sûrement en tête de réanimer le Français. Les deux scientifiques qui ont été dézingués, ils planchaient sur un truc comme ça. Vous imaginez si ça avait marché ?

— Ce n'est pas bien de jouer avec la mort.

— Il y a une peuplade au nord de la Chine qui chaque dimanche déterre ses morts pour les affronter au jeu de go. Et vous savez quoi ? Les morts gagnent la plupart du temps. Alors, ne me parlez pas de jouer avec les morts.

Gros silence. Smith savoura son effet. Il aimait raconter des histoires à l'authenticité invérifiable, pour clouer le bec à ceux qui la ramenaient.

— Pourquoi continuiez-vous à enquêter à Barrow, puisque vous aviez retrouvé Chaumont ? demanda Nathan.

— Bowman voulait savoir ce qui lui était arrivé exactement.

— Il ne pensait pas que c'était un accident ?

— Je crois qu'il avait sa propre idée sur le sujet, mais j'ignore laquelle.

— Qu'allez-vous faire ?

— Me tenir à la disposition de la justice et peut-être prendre un peu de vacances au soleil. Ce putain de blizzard m'a tapé sur le système. Oh pardon fillette, ça m'a encore échappé !

— Clyde, j'ai envie d'aller aux toilettes.

— Vous lui faites croire que vous êtes Clyde Bowman à elle aussi ?

— Mon nom importe peu.

— Côté transparence, vous n'êtes pas net mon vieux. Remarquez, ça ne peut pas être pire que la police de Fairbanks.

— Qu'est-ce que vous voulez dire ?

— Mulland, leur chef, est pourri jusqu'à la moelle.

Pour obtenir la vérité, il faut enquêter soi-même.

— Clyde, je ne peux plus me retenir, insista Jessy.

Nathan accompagna la fillette aux WC et commanda deux hamburgers avec des frites, des gâteaux, du café et un triple scotch, à répartir entre eux quatre. Une sonnerie couina sous la veste de Smith qui dégaina un téléphone de son holster. Il décrocha et valdingua à plusieurs mètres de sa chaise sous un chariot de desserts. Tommy venait de lui administrer une baffe géante. L'adolescent était debout, crispé, rubicond. Nathan commanda à Jessy de le calmer et alla vérifier l'état du flic.

— Mon frère déteste la sonnerie des téléphones portables, expliqua la fillette.

Tommy s'était rassis et mangeait ses frites à pleines poignées comme si rien ne s'était passé. Une serveuse inquiète rappliqua. Nathan la rassura, aida Smith à reprendre place sur sa chaise et s'excusa.

— C'est pas grave, on rappellera, fit Smith en désignant son Nokia. Et puis le petit jeune, là, il a l'air d'avoir plus de problèmes que moi.

— L'épouse de Chaumont était-elle au courant de votre enquête ?

— Je l'ignore.

— Pour un flic qui bosse depuis un an sur cette affaire, vous ne savez pas grand-chose.

— Écoutez, je ne suis pas un fin limier et c'est pour ça que Bowman a eu recours à moi.

— Parce que vous êtes mauvais ?

— Parce que je ne suis pas cher.

Smith sécha son verre et massa sa mâchoire glabre. Son portable se remit à sonner. Il s'écarta instinctivement de Tommy et éteignit son appareil.

— De toute façon, ces mobiles, c'est une vraie merde, commenta-t-il. On n'imagine pas la quantité d'ondes qu'on avale à cause de ça !

— Je suis d'accord.

— Vous savez que les aborigènes peuvent communiquer par télépathie, justement parce qu'ils ne sont pas pollués par les champs magnétiques et électriques…

— Ils ne risquent pas des dysfonctionnements neuroendocriniens, des troubles du comportement, des déficiences immunitaires, des anomalies de transcription de l'ADN, ni des proliférations tumorales malignes.

Smith était tombé sur plus érudit que lui. Il n'insista pas et griffonna ses coordonnées sur un morceau de nappe qu'il tendit à Nathan :

— Au cas où vous auriez besoin d'une info ou d'un coup de main.

— Vous pouvez peut-être faire quelque-chose pour moi.

— Quoi donc ?

— Trouver la femme de Chaumont.

— Elle a disparu, elle aussi ?

— Non, mais on n'a pas réussi à la joindre depuis qu'on a identifié le corps de son mari.

— Elle habite où ?

— À Nice, en France.

— Je vais passer quelques coups de fil, mais je ne vous garantis rien.

— Merci, Andrew.

— Je vous appelle comment ?

— Sur ce portable. Vous connaissez le numéro.

— Et je demande qui ?

— Clyde Bowman. C'est son téléphone.

23

Lorsque Nathan pénétra à nouveau dans la garçonnière de Bowman, il sut que quelque chose avait changé. Pourtant, la porte n'avait pas été forcée, rien n'avait été déplacé et le message qu'il avait rédigé à l'intention de Neve n'avait pas été lu. Les cheveux invisibles qu'il avait disposés un peu partout, y compris sur l'enveloppe, étaient toujours à leur place. La maîtresse de Clyde demeurait mystérieusement absente. À moins que celle-ci n'ait appris la mort de son amant, ce qui n'aurait pas manqué d'accroître sa méfiance. Il installa les gosses devant la télévision, zappa jusqu'à ce qu'il tombe sur un dessin animé et ferma les yeux. Les voix nasillardes du doublage, qui se voulaient enfantines, envahirent la pièce. Faire abstraction du son nécessita plus de concentration.

Privé de la vue et de l'ouïe, Nathan cerna ce qui l'avait troublé en entrant dans l'appartement. L'odeur. Elle était plus forte que la veille. Plus aigre. Putride.

Le nez est un organe sophistiqué que la culture de l'audiovisuel a relégué au rang de simple appareil respiratoire. Nathan avait beaucoup travaillé pour aiguiser ce sens en voie de disparition. Il était capable d'interpréter un large spectre d'émanations, loin cependant de pouvoir tout détecter comme les chiens, équipés d'un plus grand nombre de cellules olfactives.

Il alla vérifier la poubelle. Les mêmes restes de pizza, désormais froids. Il but un verre d'eau et décida d'établir le programme de la nuit : appeler Nootak, trouver Neve et Alan Brodin.

Il composa le numéro de bureau de Kate. Son stagiaire l'informa qu'elle n'était pas là et lui conseilla de la joindre sur son téléphone cellulaire. Nathan tomba alors sur une boîte vocale. Cela commençait bien. Il laissa un message et se gratta le nez. Les molécules odorantes qui frappaient ses parois nasales l'indisposaient. Il ferma à nouveau les yeux et demeura immobile dans le vestibule. Ses neurones analysèrent la forme de ces fameuses molécules et amplifièrent un million de fois l'impulsion reçue. Son système nerveux balança les données au cortex de l'odorat et son cerveau décoda le message sous forme d'une image précise : de la chair en décomposition.

Il bondit vers la cuisine, siège de l'émanation.

La puanteur ne venait pas des poubelles.

Elle émanait du four.

Lorsqu'il tira la porte vers lui, Nathan recula devant l'innommable. Au cours de ses précédentes missions, il avait rarement été confronté à une telle chose. Seuls les corps des victimes mutilées par Sly Berg, le psychopathe qui avait assassiné Melany et qu'il avait tué avant de raccrocher, soutenaient la comparaison sur l'échelle de l'ignominie. Il se retrancha dans le salon, calfeutra les enfants dans une chambre et leur ordonna de ne pas bouger. Puis il s'empara du caméscope de Clyde, y glissa une cassette vierge et s'enferma dans la cuisine. Il posa l'appareil sur la table, l'orienta vers le four, enclencha l'enregistrement et évacua la pièce infectée.

Dix minutes plus tard, il récupéra la caméra et la brancha sur la télévision. Par l'intermédiaire de la vidéo, l'horreur était atténuée. Du moins était-il débarrassé de l'odeur.

Des os broyés et de la chair brûlée étaient moulés par les parois du four. Un morceau de visage sans front ni mâchoire était tourné vers l'ouverture, dans une ultime tentative d'échapper à la boucherie. Nathan appuya sur pause. Il avait repéré un tatouage dans la charpie. Un trèfle noir. Celui de Neve. Ou plutôt de Carmen. Nathan l'avait déjà aperçu sur l'épaule de Carmen Lowell, une relation de Bowman. Une chic fille qui avait néanmoins le défaut de pousser un père de famille à l'adultère. Mais qui apparemment lui rendait des services. Clyde lui avait fait changer de nom pour la protéger. En vain. Le corps de Carmen avait été concassé, compressé, enfoncé à coups de masse. Elle n'était pas grosse, mais l'introduire dans ce four avait dû prendre plus de temps que pour cuire un poulet. De la graisse avait fondu. Dans son délire, l'agresseur avait allumé le grill pendant un moment. Nathan vit le salon graviter autour de lui. Il s'accrocha aux accoudoirs et régla sa respiration. Pour désincarcérer ce magma de chair, il faudrait tout découper au chalumeau.

Il tenta à nouveau d'appeler Kate. Toujours la boîte vocale. Il recomposa plusieurs fois le numéro au cas où celle-ci n'aurait pas entendu la sonnerie au fond de son sac. Un certain Brad Spencer finit par lui répondre. Il prétendit être un ami. Selon lui, Kate venait de s'absenter en oubliant son portable. Nathan lui intima de la rattraper en quatrième vitesse, prétextant que c'était une question de vie ou de mort.

— Qu'est-ce que t'as, Clyde ? demanda Jessy sur le seuil du salon.

— N'allez surtout pas dans la cuisine.

Jessy courut dans le couloir pour faire le contraire de ce qu'il lui avait ordonné. Nathan la rattrapa.

— On s'en va. On va voir ton papa.

L'argument était bon. Avant de quitter l'appartement, il téléphona à Lance Maxwell. Il avait besoin de s'épancher. Le ponte du FBI se manifesta à la deuxième sonnerie. Il était en réunion, mais le numéro était prioritaire. Nathan n'eut pas la force de rapporter ce qu'il venait de voir. Il confia seulement qu'il approchait du but. Dans quelques heures, il rappellerait pour l'informer du dénouement.

Il emmena les enfants dans un McDonald's. Ce fut l'endroit le plus aseptisé qu'il trouva dans le quartier. Il refit le calcul. 15 124 secondes passées dans les combles. Tommy les avait toutes comptées. Cela correspondait à quatre heures environ. Or, entre le moment où il était entré dans l'appartement et celui où il les avait découverts, il s'était écoulé environ trois heures. À son arrivée, les enfants étaient donc cachés depuis une heure. « On a frappé à la porte », avait expliqué Jessy. Respectant la procédure établie par Clyde, Carmen les avait fait monter par la trappe juste avant d'ouvrir au tueur qui l'avait torturée pour lui extorquer des informations. Connaissant Clyde et considérant l'état de la victime, Nathan estima qu'elle ne devait pas être au courant de grand-chose. L'odeur de cuisson. C'était ça qu'il avait senti la veille. Il réalisa qu'il était resté trois plombes à côté d'un cadavre en décomposition. Son flair ne valait plus grand-chose.

En face de lui, Tommy ingurgitait des poignées de frites et Jessy déballait son Happy Meal. Il était 18 h 35. Cinq heures plus tard, Nathan Love allait décider de tout plaquer.

24

L'horloge digitale du tableau de bord affichait 22 :14 et la radio diffusait un extrait de l'opéra Satyagraha de Philip Glass, lorsque Nathan franchit le Golden Gate au volant d'une Ford louée à l'aéroport de San Francisco. Jessy et Tommy dormaient à l'arrière, bercés par la musique de Glass, linéaire, rectiligne, sans cuivre ni percussion. Le chœur de l'orchestre chantait des textes sanscrits de la Bhagavad-Gita. Nathan avait déjà entendu cette musique hypnotique, du temps où il en écoutait. Émanait-elle de son imagination ou bien d'un improbable programme radio ? « Satyagraha » signifiait « la puissance de la vérité », clé de voûte de l'idéologie de la non-violence prônée par Gandhi et reprise plus tard par Luther-King.

La vérité était dans la non-violence.

Nathan était à deux doigts d'abandonner la mission imposée par Maxwell. Son esprit était hanté par la vision de Carmen écrasée à coups de masse. À la différence d'un magnétoscope équipé de quatre têtes, le cerveau humain enregistrait à vie tout ce qu'il voyait, sans possibilité d'effacer les images indésirables.

Sausalito n'était plus qu'à une dizaine de kilomètres. La Ford s'engagea dans la première bretelle de sortie après le pont. Nathan jeta un œil sur Jessy. Il aurait bientôt besoin de son aide. D'après elle, leur père les avait emmenés en bus jusqu'à une maison qui bougeait. En 1 340 secondes, selon Tommy qui ne s'épargnait aucun calcul mental. Cela correspondait à peu près au temps nécessaire pour parcourir la distance qui séparait l'institution psychiatrique du village flottant de Sausalito, de l'autre côté de la baie. La recherche ne s'annonçait pas trop difficile. Les quelque cinq cents house-boats construits de bric et de broc s'étaient transformés en pavillons de luxe évalués à plus d'un million de dollars chacun. Les hippies, artistes et marginaux avaient cédé la place aux avocats, informaticiens et présidents de start-ups. Trouver le refuge de Brodin équivalait à chercher une paillote dans Beverly Hills.

Nathan arrêta son moteur sur Bridgeway et réveilla Jessy. Il fallait qu'elle se souvienne au moins d'un détail pour qu'il puisse s'orienter.

— Je sais pas moi, bâilla-t-elle en enfournant son pouce.

— Fais un effort, Jessy.

— Pas maintenant, j'ai sommeil.

— Ton papa est tout près d'ici.

— Je veux pas retourner dans la maison qui bouge.

— On va juste dire bonsoir à ton papa.

Elle se redressa, les yeux mi-clos.

— Il faisait nuit comme maintenant. J'ai rien vu.

— La nuit, on voit moins bien, mais on entend mieux.

Il la fit passer sur le siège avant et baissa les vitres malgré la fraîcheur hivernale doublée d'une brise marine.

— Je vais aller doucement, Jessy. Tout ce que je veux, c'est que tu tendes l'oreille. Si tu reconnais un bruit tu dis « stop ».

— Okaaaye…

Ils longèrent le front de mer dans les deux sens. Nathan traquait le moindre indice à travers l'architecture hétéroclite de la ville flottante. Jessy ne décela rien qui aurait pu les aiguiller. Elle finit même par se rendormir. Nathan recommença sa ronde plusieurs fois et décida de patrouiller à pieds. Il gara la Ford, laissa Tommy ronfler sur la banquette arrière et porta la fillette sur les épaules.

Jessy s'abandonnait sur son crâne lorsqu'il sentit soudain qu'elle se contractait.

— Stop !

Il vit un petit doigt se tendre au-dessus de son front.

— Là ! La musique !

Un carillon en tubes métalliques égrenait des notes aux quatre vents.

— De chez papa, on l'entendait.

Le périmètre d'investigation se resserrait. Nathan récupéra sa voiture et stationna devant la seule maison allumée alentour. Il réveilla Tommy et sonna, encadré par les deux enfants. Un jeune homme à lunettes rondes et aux cheveux en broussailles ouvrit. Dans son dos luisaient des ordinateurs multicolores reliés à Internet via des lignes à haut débit. Nathan alla directement au fait.

— Je suis à la recherche de leur père. Il se nomme Alan Brodin et habite dans le coin…

— Désolé, je ne connais personne. Je viens d'emménager.

— Vos voisins, vous ne les avez jamais vus ?

— Je sais qu'à gauche, il y a une femme qui vit seule avec un iguane. À droite, je l'ignore.

— Vous n'avez jamais été alertés par des bruits, des cris, de la musique, n'importe quoi ?

Nathan espérait que le gars avait un souvenir de l'altercation entre Brodin et Bowman à laquelle Jessy avait fait allusion.

— Vous êtes de la police ?

— Ça changerait quelque chose pour vous ?

— Les flics, ça me bloque.

— Je suis un ami de la famille.

— Il y a trois semaines environ, il y a eu des cris, en effet. C'était la nuit. Je crois que ça venait de là-bas.

Il désigna d'un doigt mou une baraque en planches blanches. Nathan remercia l'internaute ébouriffé et s'approcha de la petite péniche carrée en question. Les stores étaient baissés. Il frappa plusieurs fois. Sans réponse. Pourtant, il y avait quelqu'un à l'intérieur. Il sentait une présence. Impossible de contourner la maison, dont les murs plongeaient dans l'eau. Avant de forcer l'entrée, il alla sonner à la maison suivante. Un pyjama chiffonné surmonté d'un visage bourru grommela dans l'entrebâillement.

— Vous êtes Alan Brodin ? demanda Nathan à tout hasard.

— Non, je suis Ron Mulray. Vous savez quelle heure il est ?

— Je vous donne l'heure si vous me dites qui est votre voisin.

— Vous êtes un demeuré de la police ou un connard de la télé ?

— Un cintré du FBI.

— Ah, j'ai affaire à un comique. Les gosses, ce sont vos adjoints ?

— Je cherche leur père.

— Montrez-moi votre carte.

Nathan était fatigué. Il happa le type, le plaqua contre la façade et improvisa une clé de bras pour amorcer la pompe à mots. Le type débita à un bon rythme tout ce qu'il pouvait. Il ne fréquentait pas les gens du quartier, « que des pédés ». La maison d'à côté appartenait à un ex-drump qui avait fait faillite. Les huissiers avaient planté leurs fourches caudines dans son patrimoine flottant. En attendant une vente aux enchères destinée à renflouer les banques, la baraque était squattée par un clochard. Nathan rendit son bras à Ron et lui conseilla d'aller se recoucher.

Il prit position sur le seuil de la bâtisse blanche, respira profondément à partir du ventre et rassembla toutes ses forces physiques et psychiques qu'il focalisa sur la porte afin de créer une énergie, le kime. Le coup partit brusquement, en même temps qu'il poussa un cri, le kiaï. Son pied droit s'arrêta à quelques millimètres du battant qui vola hors des gonds sans avoir été touché. Le kime et sa vibration dévastatrice traversèrent le hall et se prolongèrent jusque dans la baie. À l'intérieur, au bout du couloir, un être hirsute dont la crasse se confondait avec la pénombre écarquillait deux blancs d'yeux.

Vidé, Nathan chancela et se rattrapa à la rampe de la passerelle qui reliait le quai à la bicoque. Il s'avança en titubant et en prenant garde à ne pas entraîner les enfants dans son sillage. Jessy dormait dans les bras de Tommy planté comme un piquet.

— Alan Brodin ?

— Que voulez-vous ?

La voix était aigrelette, atone.

— Êtes-vous Alan Brodin ?

— Je l'étais. Plus maintenant. Allez vous-en !

L'homme s'était replié dans l'obscurité du corridor qui partageait le cloaque nauséabond en deux. Nathan ne distingua de lui qu'une botte qui bâillait en tirant une langue d'orteils atrophiés.

— J'ai amené vos enfants.

— Quoi ?

— Jessy et Tommy sont ici.

— Pas question qu'ils entrent ! Foutez le camp ! Ce n'était pas ce qui était prévu.

— Qu'est-ce qui était prévu ?

— Où est Bowman ?

— Mort.

— Quoi ?

— Qu'aviez-vous convenu avec Bowman ?

— Il devait rendre les enfants à leur mère. Merde ! Quand est-il mort ?

— Il a été tué vendredi dernier. Dans le cadre d'une autre affaire. Je le remplace.

— Putain, j'aurai eu la poisse jusqu'au bout.

— Bowman aussi, figurez-vous.

— Tommy et Jessy sont vraiment là ?

— Oui.

— Je peux les regarder une dernière fois sans qu'ils me remarquent ?

— Expliquez-moi votre combine avec Bowman.

— Laissez-moi voir les gosses une minute. Après, je vous dirai tout ce que vous voulez.

— Je ne vous empêche pas de les voir.

— Alors, écartez-vous de mon chemin.

Manifestement, Brodin ne tenait pas à se montrer. Nathan fit un pas de côté vers une pièce aussi humide qu'une cave. Une odeur âcre d'urine, de sueur, de maladie, s'en échappait. Il veilla à ne pas croiser de lumière afin de garder ses pupilles dilatées par l'obscurité. Une silhouette puante et voûtée sous une capuche de survêtement passa devant lui. Deux mains boursouflées pendaient au bout des manches. Nathan capta une partie du visage, déformé par des protubérances purulentes dont le suintement luisait à la lueur des réverbères. Brodin s'immobilisa à la lisière de la lumière de la rue qui avait pénétré une partie du couloir. Son souffle asthmatique s'accéléra, imitant le son d'une scie rouillée dans une bûche de bois sec. Il demeura silencieux face à sa progéniture. Dehors, Tommy n'avait pas lâché sa sœur et attendait sans bouger, le regard vide, comme si on l'avait débranché. Jessy dormait en confiance, la tête sur son épaule. La respiration saccadée de Brodin s'enraya et se transforma en hoquets chargés de glaire. Il recula en crachant et pénétra dans une pièce où l'air était encore plus vicié. Nathan l'y suivit en se masquant le nez et la bouche avec la poupée de Jessy qu'il avait conservée à la main.

— Je ne vous propose pas de vous asseoir, vous vous saliriez. Il y a du pus partout.

Alan s'enfonça dans un fauteuil orienté vers la fenêtre, la seule de la maison qui laissait encore filtrer un peu de clarté. À travers une latte cassée du store, on distinguait le Golden Gate.

— C'est le seul plaisir que je m'octroie avant de crever, cet interstice sur un monde pourri que je suis en train de quitter lâchement. Je vous conseille de ne pas vous approcher de moi, du moins si vous comptez encore dormir un peu dans votre vie. De toute façon, le plus important est d'écouter, pas de contempler.

Brodin se lança dans un laborieux monologue ponctué de quintes de toux et de reniflements muqueux. Son histoire commençait de façon classique. Il avait tout perdu en faisant faillite, son entreprise, son job, sa respectabilité, sa famille, ses amis, ses biens, son honneur, sa santé. Il déplorait de ne pas pouvoir attribuer la cause de son sort à un responsable bien défini. Un ennemi qui lui aurait permis de canaliser sa hargne et de relever un peu la tête. Mais comment se révolter contre les ordinateurs, la bourse, la loi du marché ? Comment affronter une femme qui le fuyait ? Comment en vouloir au type qui l'avait remplacé et qui élevait ses enfants dans le confort ? Alors que lui, il avait dégringolé l'échelle sociale sans parachute. Très vite, il en avait été réduit à ramasser des canettes de zinc à l'effigie des multinationales de la limonade, à s'abonner aux plasma centers qui lui pompaient son sang, à fréquenter l'Armée du Salut, la soupe populaire, les pouilleux, les poubelles, les ponts, les poux, les puces, les pustules, la puanteur. À la mission d'Oakland, il avait rencontré un gars qui avait entendu parler d'un laboratoire à Fairbanks offrant cinq mille dollars aux volontaires qui accepteraient d'être hospitalisés pendant six jours pour subir une série de tests.

Brodin avait saisi l'occasion.

Il avait emprunté l'argent du voyage et filé vers le nord. Deux toubibs l'avaient accueilli dans un bureau de domiciliation situé dans la banlieue de Fairbanks. Il y avait cinq autres gars, aussi crasseux que lui. Un étudiant également, qui n'avait pas été admis. On leur avait fait signer des tonnes de décharges illisibles, puis on les avait endormis. Alan s'était réveillé dans une pièce sans fenêtre. En plus des deux toubibs, il y avait une infirmière dont la beauté et la douceur lui faisaient croire à chaque fois qu'il émergeait au paradis. De son séjour là-bas, il n'avait gardé que des souvenirs confus noyés dans de longues périodes de sommeil artificiel. On l'avait perfusé, piqué, sondé, ausculté. On lui avait trituré la chair, envoyé du courant dans le crâne et dans le corps. À la suite de cette dernière expérience, il aurait pu décrire la douleur d'un condamné à mort sur la chaise électrique. Au bout de six jours, il avait été renvoyé sur le trottoir, avec cinq mille dollars en poche. Brodin avait regagné San Francisco avec l'idée d'offrir deux jours fabuleux à ses gosses, sans demander la permission à leur mère. Ce devait être sa petite revanche. Revanche sur une épouse qui l'avait lâché, revanche sur lui-même pour n'avoir jamais privilégié ses enfants par rapport à son boulot. Il avait donc embarqué sa fille qui lui avait aussitôt appris que Tommy était enfermé dans une maison de fous. Cette nouvelle avait mis Alan hors de lui. « Merde, séparer Tommy de Jessy, c'est comme fissurer un atome, ça ne peut qu'aboutir à une explosion ! » confia-t-il à Nathan entre deux crachats. N'ayant rien à perdre, Brodin n'avait pas hésité à faire évader Tommy, en se servant des dons télépathiques de Jessy. Guidé par sa sœur, l'autiste avait franchi l'enceinte de l'asile sans difficulté.

Compte tenu de la situation, Alan Brodin avait décidé de ne pas rendre les enfants à leur mère qu'il jugeait indigne. Il avait eu l'idée d'habiter cette maison à Sausalito, ayant appartenu autrefois à un de ses clients ruiné par le fisc. Depuis, la baraque était à l'abandon. Un squatter l'y avait précédé. Il avait dû batailler pour partager les lieux. Au moins pour y dormir. Car dans la journée, Alan emmenait sa fille et son fils au zoo de San Francisco, à l'enclos des bisons du parc du Golden Gate, au Marine World Africa, dans les futaies de séquoias de Muir Woods où ils firent de belles balades. Alan se moquait d'être repéré par la police. Il n'avait qu'une idée en tête, dépenser les cinq mille dollars pour ses enfants, rattraper le temps perdu. Il avait une énergie incroyable. Il lui arrivait de porter Jessy pendant des heures sans se fatiguer. Jusqu'au jour où des taches et des pustules apparurent sur sa peau. Une étrange pathologie, accompagnée de troubles de la personnalité, d'absences intellectuelles, de perte de mémoire immédiate. Il décida de sortir moins souvent. Il transpirait du sang et sa chair bouillonnante se boursouflait. Il comprit que son affection était liée aux expériences qu'il avait subies en Alaska. Face à la métamorphose qui le défigurait, son co-squatter décampa. Peu après, Bowman se pointa dans sa planque. Brodin déballa son histoire à l'agent fédéral qui s'engagea à le laisser mourir en paix et à restituer les deux enfants à leur mère. Depuis, Brodin n'avait plus eu de nouvelles de Clyde et ses problèmes de santé s'étaient considérablement aggravés.

— Le jour où je me suis trouvé enfin un ennemi à combattre, c'est-à-dire les deux salauds qui ont joué avec mon ADN, il était trop tard.

— Vous souffrez ?

— Bizarrement, je me suis habitué à la douleur. Comme à une drogue. Cela me donne la sensation d'être encore vivant.

— Pourquoi n'êtes-vous pas allé dans un hôpital ?

— Avec quel pognon ?

— Bowman ne vous a pas proposé au moins de consulter un toubib ?

— J'ai eu ma dose de toubibs. Et puis, pas question de m'exhiber comme Elephant Man. De toute façon, il est trop tard. Je ne sors plus d'ici, j'ai cessé de m'alimenter. Tout ce que j'avale nourrit ma mutation. Alors je me laisse crever…

Une quinte de toux l'interrompit. Après avoir dégorgé ses poumons, il poursuivit :

— Je ne comprends pas ce que fabriquent Jessy et Tommy avec vous.

— Bowman les a gardés avec lui.

— Mais pourquoi ?

Nathan n'avait pas de réponse à ça. Il s'en tint à une explication prosaïque :

— Il a privilégié son déplacement en Alaska et confié secrètement Jessy et Tommy à une de ses amies qui a pris soin d'eux.

— C'est pas très légal.

— Rien ne m'apparaît légal dans cette affaire.

— Laissez-moi, maintenant. Je vais avoir une crise et je préfère en être le seul témoin. Rendez les petits à leur mère et oubliez tout ce que je vous ai raconté.

— Je n'ai pas le droit de vous laisser mourir.

— Rien n'est légal dans cette affaire, c'est vous qui venez de le dire.

— Qu'est-ce que je peux faire pour vous ?

— Je ne cesse de vous le répéter. Redonnez une famille à ces deux enfants et foutez-moi la paix. Ah oui ! Faites aussi écrire sur ma tombe : « Mort pour la science ».

— Vous devriez voir des médecins, il y a toujours un espoir…

— Arrêtez vos banalités.

Brodin se leva. Nathan recula. Ce qu'il entrevit à la faveur des lumières de Sausalito, qui perçaient timidement le store, était de l'ordre de l'indicible. Durant sa carrière, il lui était arrivé de descendre très bas dans l'horreur, l'abjection, l'innommable. Il avait eu plusieurs fois l'impression de toucher le fond. Mais jamais comme cette nuit-là.

Nathan gagna le seuil de la maison en retenant sa respiration qui insufflait en lui l'odeur de la mort. Sur la terre ferme, Tommy, stoïque et absent, n'avait pas bougé. Jessy dormait toujours dans ses bras. Nathan essaya de remettre la porte sur ses gonds. Une voix d'outre-tombe l'en dissuada :

— Ne vous cassez pas la tête, je vais la clouer… fermer mon cercueil de l'intérieur.

Telles furent les dernières paroles d'Alan Brodin.

25

Sur la route de San Jose, Nathan essaya de vider son esprit. Autant écoper le *Titanic*. Ses synapses explosaient en série. Il coupa la radio qui commentait un attentat contre des touristes israéliens au Kenya et fixa son regard sur la bande de bitume. Après avoir réduit sa vitesse, il se mit à réciter des litanies de Nembutsu censées le détacher de ses réflexions. Son existence n'était que pourriture, son corps impur et répugnant. « Comme tout cela est sans valeur ! Ennuyeux. Pourquoi suis-je ici ?… Adoration du bouddha Amida ! Adoration du bouddha Amida !…

L'approche méditative empruntée au bouddhisme amida, consistant à scander un mantra encore et encore, ne lui permit pas d'anéantir les pensées qui le guidaient en enfer.

Il est plus difficile de vider sa tête que de la remplir.

Nathan avait téléphoné à Charlize Brodin pour lui annoncer qu'il se rendait chez elle en compagnie de Tommy et Jessy. Elle avait accueilli la nouvelle avec une décharge lacrymale alcoolisée, sans poser de questions, comme à son habitude.

Fixer la bande de bitume et se concentrer sur la conduite.

Love avait encaissé deux chocs à quelques heures d'intervalle. Il n'était plus de taille comme avant à curer les égouts de l'âme humaine. Le mal l'ébranlait. Son intention était donc de ramener les enfants à leur mère le plus vite possible. Puis de rentrer.

L'horloge indiquait 23 h 40.

Il composa le numéro personnel de Maxwell. Celui-ci ne dormait pas. Tant mieux, car il allait falloir être attentif. Nathan enclencha le régulateur automatique de vitesses avant de lui rapporter tous les détails sur Fletcher et Groeven, sur leurs cobayes recrutés parmi les clochards et sur Alan Brodin qui en avait fait partie. Les expériences pratiquées par les deux savants déclenchaient chez les volontaires une hypertrophie des glandes endocrines, voire des acromégalies.

— Des quoi ? hurla Maxwell.

— Des acromégalies. Un développement exagéré des os de la face et des extrémités des membres. Ces deux apprentis sorciers ont généré des monstres en bousillant l'hypophyse de leurs cobayes, la thyroïde, les parathyroïdes, les surrénales…

— Arrêtez votre cours de médecine et venez-en au fait.

— À mon avis, il ne faut pas aller chercher plus loin les auteurs des mystérieuses agressions signalées à Fairbanks. Un curé a décrit le diable, un postier a parlé d'une momie… tout dépend en fait des points de vue… Face à l'inconnu, l'imagination prend le relais de la raison pour transformer la réalité en illusion. Il n'empêche que tous ces témoins ont seulement croisé les cobayes du Projet Lazare en phase terminale, en quête d'un peu d'aide… ou animé de vengeance.

— Que voulez-vous dire ?

— L'auteur du massacre pourrait être une des victimes de Fletcher et Groeven qui n'aurait pas digéré le sort qu'on lui a jeté.

— Et Brodin, dans l'histoire ?

Nathan lui résuma le calvaire du malheureux. Pour ne pas le charger inutilement, il prétendit qu'il avait kidnappé ses gosses en se sachant condamné. Il rapporta également les exploits de Bowman qui, après avoir mis la main sur Brodin et ses enfants à Sausalito, était reparti en Alaska sur les traces de Chaumont.

— Clyde enquêtait sur la disparition de Chaumont ? s'étonna Maxwell.

— C'est même lui qui a retrouvé son corps et l'a fait transporter jusqu'à l'hôpital de Fairbanks. Il comptait sur Fletcher et Groeven pour réanimer le Français. Ce qui expliquait sa présence sur les lieux au moment de l'attentat.

— Je n'y comprends rien. Pourquoi Bowman séquestrait-il les enfants Brodin ?

— Les rendre à leur mère aurait signifié une nouvelle séparation de Jessy et Tommy qui serait retourné à l'asile. Clyde a estimé que ce n'était pas bon.

— C'est aberrant.

Nathan lui rappela les cours de profiling que Clyde avait cette fois appliqué à la lettre : « Il suffit parfois d'une main tendue à un enfant malheureux pour que le cercle vicieux de la douleur et de la délinquance soit brisé. » Clyde avait voulu sauver Jessy d'un engrenage qui l'aurait broyée.

Maxwell poussa un long soupir qui envahit la ligne. Il n'avait jamais vraiment réussi à contrôler son meilleur agent. Love était plus malléable. Il opta pour la solution de couvrir la réputation posthume de son agent :

— Il vaut mieux en rester à la version officielle de la fugue et classer cette affaire.

— J'ai déjà briefé la fillette. Elle a 6 ans, mais possède plus d'intelligence qu'un adulte. Si vous êtes d'accord, elle s'en tiendra à ce qu'on a convenu : elle a voulu fuir pour passer les vacances de Noël avec son frère. Elle ne mentionnera ni Bowman ni leur père.

— C'est la meilleure solution. Bien négocié, Nathan.

— Ce n'est pas tout. J'ai découvert dans le four de l'appartement de Clyde le corps mutilé de sa maîtresse Carmen Lowell. Je n'ai jamais vu une chose pareille. Il faudra que vous dépêchiez des agents qui aient l'estomac solide pour l'extraire de là. Je n'ai pas alerté la police.

— Qu'est-ce que c'est que cette histoire ?

— Certains des cobayes de Groeven et Fletcher sont peut-être plus atteints et plus dangereux que l'on pense. Clyde aurait pu en ramener un avec lui, à Seattle. Pour l'instant, je ne vois pas d'autre explication. Pour perpétrer un tel acte, il faut avoir perdu toute trace d'humanité. Il faut être un monstre.

— J'envoie immédiatement des hommes là-bas.

Nathan lui donna l'adresse de Clyde, repassa en conduite manuelle et amorça une conclusion :

— La présence de Clyde dans le laboratoire était doublement justifiée. D'abord à cause de Brodin qui y avait séjourné, puis à cause de l'explorateur français dont il avait jeté le corps en pâture. Plusieurs affaires se sont télescopées.

— Mais Bowman n'a jamais eu pour mission de retrouver Chaumont !

— Il agissait alors pour son propre compte ou celui d'un tiers.

— Toutes ces affaires nous renvoient au laboratoire de Fairbanks.

— Maxwell, j'arrête tout.

— Pardon ?

— Trouvez quelqu'un d'autre pour finir le boulot.

— Vous plaisantez ?

— Je vous rendrai votre acompte. Je ne peux plus continuer.

— Vous n'allez pas me faire croire que c'est trop compliqué pour vous.

— Je n'ai plus les tripes.

— Vous vous êtes engagé, Nathan !

— La piste de la secte Shintô, ça a débouché sur quelque chose ?

— Ça avance. Pour aller plus vite, j'ai même embauché des hackers qui avaient réussi à pénétrer le système informatique du Pentagone. On a remonté la trace des auteurs de la fatwa jusqu'en Asie. Je comptais d'ailleurs vous emmener là-bas. Mais ces putains de terroristes islamistes nous empêchent de bosser. Il faut que j'envoie une équipe à Mombasa. Vous êtes au courant ? Ils ont tué douze israéliens et dix danseurs kenyans.

— J'ai entendu ça à la radio.

— C'est la merde, Nathan. Tout le personnel est mobilisé contre le terrorisme.

— Laissez Nootak gérer le dossier, elle en est très capable, assura Nathan.

— Laissez-moi juger ceux que j'estime être les plus capables, voulez-vous ?

— J'arrive à San Jose. Charlize Brodin-Harris va récupérer ses enfants. Après, je rentre chez moi. Adieu Maxwell.

— Love… !

Il raccrocha avant que son interlocuteur ne le relance avec un argument implacable.

— Je vais à nouveau être séparée de Tommy ? demanda une petite voix dans son dos.

Nathan constata dans son rétroviseur que Tommy dormait et que Jessy venait de se réveiller. Elle avait entendu la fin de la conversation téléphonique. La question de la fillette lui fit prendre conscience qu'il était en train de se débarrasser d'eux. Il ralentit et s'engagea sur une aire de service à la gloire d'Exxon et de Burger King.

— Tu as faim ? demanda-t-il.

— Non.

Jessy n'avait jamais faim.

Il se gara sous l'enseigne lumineuse d'un concessionnaire automobile et fouilla dans le sac de la petite fille pour en tirer un cahier et un crayon.

— Tu fais quoi, Clyde ?

Sur une page, il traça neuf grands carrés à l'intérieur desquels il dessina des personnages.

— Tu vois, dans la première case, c'est ton papa et ta maman qui s'aiment.

— Et là, c'est qui ?

— C'est le bébé Tommy qui vient de naître. Dans la troisième case, c'est toi. Là, vous avez grandi et vous jouez tous les deux. Dans cette case, vous êtes tous ensemble avec ton papa et ta maman. Puis ici, c'est ta maman, seule avec vous deux, parce qu'elle s'est séparée de ton papa. Là, elle rencontre Steve. Tu vois, elle est heureuse avec lui. Là, c'est toi avec ta maman et Steve. Et là tu es avec Tommy. De temps en temps, tu seras avec lui, parfois vous serez séparés. Comme ta maman et ton papa.

Il tendit la petite bande dessinée à Jessy, un peu perplexe, un peu rassurée aussi. Sa vie ressemblait à cette petite histoire qui se terminait bien.

Quelques minutes plus tard, Nathan stationnait devant la villa des Harris. Les lumières étaient allumées. Le portail de la propriété s'ouvrit avant qu'il ait posé un pied sur le trottoir. Jessy se rua dans les bras de sa mère, tandis que Tommy restait immobile. Nathan lui prit le bras pour le guider à l'intérieur. Il sentit que Tommy était nerveux, comme une proie que l'on pousse sur un terrain de chasse. Steve Harris était absent, ce qui facilita les choses. Nathan n'avait pas l'intention de s'éterniser. Il laissa la petite famille se reformer et s'éclipsa en donnant à Charlize les coordonnées du bureau de Maxwell pour les informations complémentaires.

Irrésistiblement happé par l'envie de s'éloigner, Nathan se retrouva seul dans sa Ford Mercury. Il éprouvait un besoin urgent de pratiquer za-zen, de plonger dans l'océan, de se purifier, de renouer avec le sacré, de se régénérer à coups de bains glacés, de longues méditations, de katas et de quyêns sur le sable. Restituer sa vie telle qu'elle était à son origine, à sa naissance. Trois jours de boulot pour Maxwell avaient anéanti trois ans de travail. Tout était à recommencer.

Il ne put s'empêcher de penser à Alan Brodin. Son attitude face à la mort était juste. Mourir est à la portée de tout le monde, surtout quand on n'a pas le choix, mais mourir quand il le faut relève du courage. Alan Brodin en avait eu. Il avait vécu des années à côté de ses enfants sans les avoir vu grandir et les avait sacrifiés sur l'autel du profit. Redescendu au bas de l'échelle sociale, il avait vendu son corps au diable pour leur offrir quelques jours de bonheur.

Un poids lourd inonda la Ford de ses phares dilués dans la pluie franciscaine. Nathan ralentit, alluma la radio, baissa le son et chercha une mélodie qui aurait pu lui décrasser la tête. Il trouva son bonheur avec Talk Talk. *Living in another world.* La voie feutrée de Mark Hollis absorba ses pensées noires. Il s'accrocha aux paroles :

« Help me find a way from this maze
I'm living in another world to you
And I can't help myself... »

Après avoir fredonné la chanson une vingtaine de fois comme un sutra, il croisa un panneau indiquant l'aéroport. Il finirait la nuit dans un hôtel et s'enregistrerait sur le premier avion à destination de Seattle. Il y avait la promesse qu'il avait faite à Sue d'assister aux funérailles de Clyde.

Sa montre indiquait 2 h 10. Mardi, déjà. Malgré l'heure, il l'appela. Elle ne dormait pas. Les tranquillisants n'avaient pas encore distillé leur effet. Sue était contente d'entendre sa voix. Elle se réjouissait de l'attendre pour le petit déjeuner. Elle insista pour venir le chercher à son arrivée. L'enterrement était prévu en début d'après-midi.

Nathan raccrocha et descendit de sa voiture. Il monta dans la chambre d'un Holiday Inn et se planta sous une douche froide. Dans l'eau qui s'écoulait vers la bonde se mêlèrent quelques larmes. Nathan pleurait.

Pleurer n'avilit jamais, même si cela n'ennoblit pas.

Il sortit de la salle de bains et s'assit sur la moquette en position du lotus. Bassin basculé vers l'avant. Épaules et ventre détendus. Dos et tête droites. Bras relâchés. Yeux mi-clos, regard posé à un mètre, introverti. Paumes orientées vers le ciel, la gauche sur la droite, contre l'abdomen. Contact entre les pouces. Il poussa le sol avec les genoux et le ciel avec le crâne, expira lentement, puissamment en descendant jusqu'aux intestins, fit surgir la respiration juste. Les pensées affluaient. Il les subissait en ayant conscience de chacune d'elles afin de les éloigner et de retourner à l'absence de pensée. Mais celles-ci revenaient, comme des boomerangs, chargées de tension. Impossible de s'en débarrasser, d'être en osmose avec le vide. Sa méditation ne devenait plus éveil. Il restait dans le cauchemar des ombres, cantonné à un récent passé. Le corps concassé de Carmen. Le visage difforme de Brodin. La putréfaction. L'odeur pestilentielle. Se vouer pleinement au moment présent lui était inaccessible.

Il ne pouvait vidanger son esprit.

Alors par faiblesse, il entrevit l'avenir. Le soir suivant, il serait chez lui et retournerait à l'origine de sa vie.

26

Sue s'était maquillée pour masquer sa tristesse. La veuve de Clyde avait accueilli Nathan à l'aéroport de Seattle dans une Pontiac blanche qui détonnait avec le noir de rigueur. Malgré le froid, elle avait opté pour une robe dont l'encolure très échancrée enchâssait une poitrine maternelle. Elle l'avait embrassé sur la bouche. Son baiser avait un goût à la fois salé et sucré, mélange de chagrin et de joie. Sur le chemin du retour, ils évitèrent deux sujets : l'enquête en cours et les funérailles. Ils discutèrent comme au bon vieux temps, de poésie zen, de haïkus et de théâtre nô.

Sue Bowman hébergeait ses parents, sa belle-mère et sa belle-sœur, réunis pour les obsèques. Ils étaient en train de finir leur petit déjeuner lorsqu'elle déboula dans la cuisine au bras de Nathan. Sa fille Laureen était présente également. Il n'y avait qu'elle qui parlait, moins touchée par le deuil que ses aïeux. Son innocence et le cocon protecteur dont l'entourait sa mère la préservaient. La pièce se vida rapidement.

— Où est-ce que tu crois que Clyde se trouve en ce moment ? demanda Sue à Nathan lorsqu'elle fut à nouveau seule avec lui.

— À la morgue.

Elle leva le nez de son bol de thé et lui torpilla un regard bleu.

— J'ai arrêté de boire. Depuis deux jours, je n'ai pas touché une bouteille.

— Bravo.

— Alors ne me parle pas comme si j'étais une pocharde abrutie par l'alcool.

— Excuse-moi.

— Qu'est-ce qu'il y a après la mort, d'après toi ?

— La mort n'existe pas.

— Quoi ?

— Il y a juste la vie. Le cosmos.

— La mort serait une illusion de plus ?

— Tu es croyante, non ?

— Je le suis, mais parfois je me dis que c'est con de l'être.

— C'est aussi con de ne pas l'être, tant qu'il n'y a pas de preuve en faveur d'une thèse. Pour arriver à Dieu ou à son inexistence, c'est une question de foi, pas de raison.

— Je perds la foi… et la raison…

Sue perdait pied, tout simplement. Alors, pour ne pas sombrer, elle se raccrochait à la dialectique, de la même façon qu'un boxeur sonné s'accroche aux cordes du ring. Nathan joua le jeu en s'élevant vers les hautes sphères des discussions théologiques que Sue affectionnait et qui l'éloignaient de la basse réalité. Il commença par répondre à sa première question :

— Si tu te débarrasses de tout ce qu'on t'a enseigné et si tu regardes au fond de toi, tes espoirs, tes rêves, ton intuition, tu as des chances d'y trouver ta connaissance de l'au-delà.

— Tu as des preuves de ça ?

— J'en ai l'expérience. En pratiquant za-zen, j'ai découvert l'illusion du moi, l'intuition de l'existence primitive, ma nature profonde. Je suis une poussière d'étoile, une particule d'énergie, de matière, de conscience, jaillie du vide et destinée à y retourner.

— Tu ne crois en rien, alors ?

— Si, au vide.

— Toi qui as des affinités avec le bouddhisme, tu ne peux quand même pas réfuter le karma ! Clyde ne pourrait pas se réincarner ?

— Comme tu le sais, karma signifie "l'action et ses conséquences". On agit avec le corps, la parole ou la conscience. Chaque geste, mot ou pensée exerce une influence sur notre ego et sur notre environnement. Ces graines de karma finiront par donner des mauvaises herbes ou des fleurs magnifiques. Jusqu'au jour où tu réalises que tout est illusion, où tu abandonnes ton ego et vis en harmonie avec le cosmos qui lui-même est vide dans sa totalité. Clyde va se réincarner en particule cosmique.

Sue essuya ses yeux mouillés et renifla dans sa tasse. Elle luttait :

— La mort me fait peur.

— Dieu a envoyé son Fils pour libérer les hommes de cette peur.

— Je te rappelle que je suis juive. Malgré ses qualités de prédicateur, Jésus, pour moi, n'était pas le Messie. Il a seulement profité d'une époque trouble et mystique pour nous faire croire à sa résurrection.

Nathan s'en voulut d'avoir commis une telle bévue. Il corrigea son propos sans tarder :

— Ta peur s'apparente à celle que l'on éprouve avant de remporter une grande victoire. Au lieu de faire une fixation sur cette émotion, regarde ce qui la motive. La délivrance est là.

Cette fois, il avait mis la barre trop haute. Elle posa sa main sur la sienne.

— J'ai besoin de concret, pas de ces digressions métaphysiques qu'on avait l'habitude d'engager autrefois quand tout allait bien.

— Fuis ce qui t'entoure, isole-toi, médite. En te détachant de tout, tu finiras par mépriser la mort et te consacrer à vivre pleinement.

— Et mes enfants, tu les oublies ?

— Laisse-les d'abord grandir. Tu auras les réponses plus tard.

— Les clés sont attribuées aux célibataires, c'est ça, hein ? Donne-moi les tiennes, alors.

— Elles ne t'ouvriront aucune porte. Moi, j'en suis arrivé au point où je dois trouver chaque jour une bonne excuse pour ne pas choisir d'en finir.

Elle se leva afin de répondre à un appel téléphonique. Laureen fit une brève incursion pour descendre un grand verre de Tropicana, piquer la tartine de sa mère et envoyer à Nathan un sourire jusqu'aux oreilles. Sue réapparut, une cigarette aux lèvres, saisissant la cafetière au passage afin de resservir Nathan.

— C'était mon frère. Il est en chemin.

— Toute ta famille est autour de toi. C'est bien.

— Il ne manque plus que la pouffiasse de Clyde.

Nathan préféra ne pas lui révéler le sort atroce qui avait été réservé à Carmen.

— Je n'ai même pas réussi ma vie, se lamenta-t-elle.

— Ta vie ? Elle est pure comme le diamant.

— N'importe quoi !

— Elle a de la valeur parce qu'elle peut s'arrêter à chaque seconde sans que tu laisses quelque chose de moche derrière toi…

— J'avais un mari qui me trompait pendant que je refoulais l'amour que j'éprouvais pour toi. Je ne vois pas où est la perfection là-dedans.

— L'amour secret a plus de valeur que celui qu'on exprime.

— Arrête la théorie, veux-tu ?

— Je me souviens de ce repas dominical que tu avais organisé. Il y avait Melany, Clyde, tes enfants. La table était dressée à l'ombre de la treille. Le déjeuner était délicieux, arrosé d'un merveilleux chablis. L'ivresse nous avait fait partir dans un fou rire qui ne nous a pas quittés jusqu'au dessert. Tu avais créé une harmonie parfaite. Même ton chat Clinton, complètement repu et roupillant dans l'herbe, faisait partie de ce bonheur que tu avais mis en scène. Ce jour-là, je t'ai enviée pour ta capacité à irradier une telle félicité. Ce que je te raconte là, c'est du concret, Sue. Voilà pourquoi je parlais de diamant en évoquant ta vie. Ses multiples facettes sont pures.

Sue pleurait sur la main de Nathan qu'elle avait fermement saisie pour la coller contre ses lèvres.

— Nathan, mon existence est devenue terriblement monotone.

— Faux. Chaque minute est différente.

Le père de Sue les interrompit pour annoncer que le cortège était prêt à partir.

Clyde avait subitement manifesté le vœu d'être incinéré. Cela avait choqué le rabbin qui avait refusé de prononcer le kaddish et froissé la mère qui aurait préféré que son fils aille rejoindre le caveau familial. Pendant la cérémonie de la crémation, Sue ne lâcha pas le bras de

Nathan. Beaucoup de proches s'étaient déplacés, y compris des collègues du FBI. Nathan avait oublié que Maxwell serait présent. En regagnant la Pontiac, il trouva le haut responsable fédéral sur son chemin, fidèle à lui-même, élégant, diplomate, autoritaire.

— Excusez-moi, Sue, je reconnais que ce n'est ni le lieu ni le moment, mais je vous emprunte Nathan pendant quelques minutes.

— Rendez-le moi vite, concéda-t-elle.

Maxwell camouflait un certain embarras. Pour la première fois, Nathan le vit dans une situation d'infériorité qu'il palliait par de l'agressivité :

— Où vous croyez-vous, Love ? Dans une partie de Monopoly que vous pouvez abandonner à votre guise parce qu'un joueur a triché ?

— Je ne suis ni dans un jeu de société ni au FBI.

— Un contrat moral nous lie. Respectez-le.

— Non.

Maxwell resta muet, stupéfait par ce "non" brutal. Nathan réalisa la force de ces trois lettres. D'habitude, il n'osait jamais les utiliser. Se défiler, louvoyer, tempérer, s'adapter, c'était plus facile, plus dans son tempérament. Gonflé par le "non" qui avait jailli comme un hoquet, il salua Lance Maxwell et rejoignit Sue. Celle-ci venait de confier ses enfants à sa mère. Elle insista pour le raccompagner à l'aéroport.

— Je peux très bien prendre un taxi, objecta-t-il.

— C'est le seul moyen dont je dispose pour être seule avec toi.

Elle roula jusqu'à un motel, se gara devant une chambre et le pria d'attendre. Elle revint avec une clé, saisit la main de Nathan qui n'osa pas résister et l'entraîna à l'intérieur. Dans un décor tristement banal, Sue ôta son manteau noir et fit glisser sa robe.

— Je ne crois pas que ce soit…

— Chut, fit-elle en lui posant l'index sur la bouche. Je suis en train d'ajouter une nouvelle facette de pur bonheur à mon destin.

Elle l'enlaça et l'embrassa. Il n'avait pas goûté le baiser d'une femme depuis trois ans. Sue l'attira sur le lit et développa des trésors d'imagination inspirés par une culture livresque. Rouillé par l'ascétisme, inhibé par l'incongruité de la situation, submergé par un trop grand désir, Nathan ne parvint pas à l'érection. À trop s'en éloigner, le monde sexuel avait pris une trop grande importance pour qu'il s'en acquittât comme d'une vulgaire besogne. Sue pilla le Kama-sutra mais n'atteignit pas le septième ciel, faute d'avoir dompté son partenaire. Pendant ce temps, plusieurs avions décollèrent pour Hoquiam. Le dernier, prévu à 21 heures, ne tarderait pas à s'envoler.

Couverte de sueur, les cheveux collés au visage, Sue changea de position et ramena son visage face à celui de Nathan :

— Je n'étais vraiment pas faite pour toi.

— Cela n'a rien à voir.

— Oh si !

— Je n'ai pas touché une femme depuis Melany. Mon corps n'a plus les mêmes réflexes. Et ma tête est pleine d'horreurs.

Elle se leva pour se rhabiller.

— Tu vas rater ton avion.

— Ta famille va s'inquiéter de ne pas te voir revenir.

— Ne te préoccupe pas de ma famille. De toute façon, ils sont déjà perturbés par les funérailles. Personne ne s'attendait à ce que Clyde soit incinéré. Moi non plus d'ailleurs. Il n'était pas croyant, mais tout de même, il était juif.

— Difficile à concilier.

— Pas besoin de croire en Dieu pour être juif. Le judaïsme, c'est dans le sang, les gènes, la culture. C'est de l'atavisme. C'est l'appartenance à une diaspora sans cesse harcelée au cours des siècles, par les Romains, les nazis, les Palestiniens… Et l'incinération n'a pas sa place dans tout ça.

— Il n'avait pas justifié une telle décision ?

— Il ne m'en avait carrément jamais parlé.

— Tu l'as su comment ?

— Le notaire m'a prévenue qu'il avait récemment ajouté cette volonté à son testament.

— Quand ?

— Quatre jours avant qu'il se fasse tuer.

Nathan quitta Sue sans savoir s'il la reverrait un jour. Sa dernière rencontre avec elle ne serait pas inscrite dans les annales, du moins celles de Sue. Il avait été incapable de lui offrir cette page de bonheur dont elle avait rêvé pendant des années.

Calé dans le petit bimoteur qui volait vers la côte, il mesura combien son corps ne valait rien. Un sac sec qui n'avait même plus de foutre à évacuer.

À l'arrière du taxi qui le conduisait chez lui, il se surprit à se demander pourquoi Clyde avait pris le temps d'informer son notaire de son souhait d'être incinéré alors qu'il était au milieu d'une enquête qui chamboulait sa vie.

En revoyant sa maison sur la plage lavée par l'océan, Nathan oublia tout et sut qu'en démissionnant, il avait pris la bonne décision.

27

Mercredi 25 décembre. Manille. Philippines. Une grosse Toyota traversa le quartier chinois de Binondo et pila devant l'antique vitrine d'un apothicaire vantant des remèdes millénaires. Quatre touristes baraqués, dont les montres étaient réglées à 14 h 00, s'éjectèrent du véhicule et s'engouffrèrent dans une ruelle perpendiculaire à Carvajal Street. Ils entrèrent successivement dans un hôtel miteux dont le vestibule avait la taille d'un chiotte et où la température avoisinait celle d'un sauna.

Le premier touriste portait une chemise hawaïenne, le second des lunettes noires, le troisième une casquette des Chicago Bulls et le dernier un canotier. Dans l'ombre de ces clients qui encombraient le passage, un Chinois plus ridé qu'un raisin sec eut à peine le temps de hocher une tête fendue d'un faux sourire qu'il se retrouva de l'autre côté du comptoir. Les touristes, qu'il catalogua d'emblée d'Américains, réclamèrent trois numéros de chambre précis. Elles étaient déjà toutes occupées. M. Wong, malgré sa petite taille, était prêt à se plier en quatre pour leur offrir au même tarif, d'autres chambres avec un meilleur confort et une plus belle vue. Il pouvait également s'arranger pour faire monter des filles à des prix défiant toute concurrence. Le quatuor ne voulut rien savoir et insista pour avoir les clés de la 32, de la 33 et de la 34.

Le Chinois obtempéra, pénétré de l'adage selon lequel le client est roi. La chemise hawaïenne resta à ses côtés pour lui tenir compagnie pendant que le reste de la troupe disparaissait dans l'escalier branlant qui menait aux étages.

La scène n'avait produit aucun bruit, excepté l'échange de politesses.

La paire de lunettes noires poussa la porte de la 32 en même temps que le canotier entrait dans la 34. En pleine journée, les chambres non climatisées étaient désertées par leurs occupants. La casquette resta plantée devant la 33, tout en faisant pénétrer la clé dans la serrure avec la minutie d'un artificier. Au terme d'un petit clic, le supporter des Chicago Bulls dégaina un Glock et lança l'assaut en solo. Il bondit et stoppa net en position de tirer. Dans le prolongement de ses bras tendus s'alignaient successivement le guidon du pistolet, un lit défait, la fenêtre ouverte. De part et d'autre, les murs bougeaient. Des dizaines de cafards, aussi gros que des souris, couraient sur la tapisserie, paniqués par le raffut. L'Américain resta immobile, le Glock braqué sur la fenêtre. Quelques secondes plus tard, un Japonais passa par celle-ci en sens inverse et atterrit sur la moquette râpée, suivi par les deux collègues de la 32 et de la 34 qui venaient de le rabattre vers l'intérieur alors qu'il tentait de fuir en escaladant la façade de l'hôtel.

Le détenteur du Glock l'écrasa comme une blatte, sous la semelle d'une de ses Rangers. Revenu à son point de départ, le Japonais fut menotté, enfermé dans un sac marin et assommé pour ne plus bouger. En voyant rappliquer ses potes, la chemise hawaïenne fourra cinquante dollars dans la poche du réceptionniste et lui flanqua une tape amicale dans le dos. Les quatre touristes regagnèrent la Toyota qui n'avait pas coupé son moteur et qui démarra en gommant le bitume.

L'arrestation de Tetsuo Manga Zo s'était déroulée en deux minutes et quarante-cinq secondes.

Troisième partie

Une note de musique, un baiser, un bébé, une bombe

28

La terre se couvrit de ténèbres tandis que le brouillard givrant asphyxiait Fairbanks pour la sixième journée consécutive. Les habitants s'étaient calfeutrés chez eux, blottis autour d'un poêle ou d'une cheminée attisés sans relâche, l'œil sur la réserve de bois. Les commerces avaient baissé leurs rideaux de fer et les administrations décrété une fermeture générale. Personne ne se serait risqué dehors pour un paquet de cigarettes ou un carnet de timbres.

Sauf Bob.

La chaudière de Bob Calvin avait rendu l'âme. Son appartement était devenu plus froid que son frigo, sa canalisation d'eau avait explosé. Le pauvre homme s'était alors réfugié au Fairbar qui n'était resté ouvert que pour lui. Kyle, le barman, n'avait pas le cœur à le jeter dehors. Il maintenait donc à niveau le bourbon dans son verre. Bob en était à son dixième coup lorsque Ted Waldon émergea du sous-sol en maugréant, talonné par trois sbires.

— Je t'avais dit de fermer, Kyle !

— J'sais bien, patron, mais Bob a des problèmes de chaudière et sa tuyauterie a pété.

— On n'est pas une entreprise de plomberie.

— J'sais bien, mais Bob sait pas où aller, il a personne pour l'héberger.

— Le Fairbar, comme son nom l'indique, n'est pas non plus un hôtel.

— J'sais bien, mais…

— Tu me fais chier avec ton "j'sais bien mais". Nettoie-moi ce zinc et rentre chez toi, si tu tiens à ton boulot.

Waldon se tourna vers le client, accroché à son verre.

— C'est quoi votre nom ?

— Bob Calvin.

— Vous avez un métier ?

— Jardinier.

— Bon, ben vous avez du temps devant vous, alors.

— On ne peut pas dire que je suis très demandé en ce moment.

— Vous jouez au poker ?

— Je connais les règles.

Waldon l'invita à s'asseoir à l'écart, tandis que Vinnie le Colosse, Frank la Suture et Chuck la Hyène s'avachirent autour d'une autre table en attendant les ordres.

— Voilà, Bob, ce que je vous propose est assez simple. Au premier, je dispose d'une chambre pour dépanner la clientèle qui vient de loin.

— On vient de loin pour boire ici ?

— On vient pour jouer au poker. La piaule est à vous si vous entrez dans la partie. Ne vous inquiétez pas pour le fric, c'est moi qui cracherai au bassinet. Si vous perdez, vous ne me devrez rien. Si vous gagnez, c'est tout bénéf pour vous.

— Je ne comprends pas.

— C'est normal, il vous manque un élément. Vous n'arrêtez pas de me couper la parole.

— Excusez-moi.

Bob anesthésia sa langue dans le whisky et laissa son interlocuteur aller jusqu'au bout :

— En échange, on va modifier quelques lignes dans votre biographie. Oh, pas grand-chose. Juste que vous êtes accro au poker et que pendant l'hiver, vous descendez tous les après-midi ici. Lundi dernier, vous avez joué contre moi et deux autres types que vous ne connaissez pas. Ça, c'est ce que vous direz à la police.

— Vous me demandez de prononcer un faux témoignage ?

— Vous n'allez pas me faire croire que vous êtes comme ces loqueteux qui se plaignent que les vêtements qu'on leur refile à l'Armée du Salut ne sont pas à leur goût !

— Euh…

— Je vous offre un toit pour l'hiver, du fric à flamber et un loisir qui peut vous rapporter gros. C'est oui ou c'est dehors ?

— C'est oui.

— À la bonne heure.

La porte de l'établissement se mit à trembler sous les coups de boutoir. Les trois porte-flingues se levèrent, la main sur la crosse.

— C'est fermé ! hurla Kyle, s'apprêtant à quitter les lieux, vêtu d'une doudoune jaune qui doublait sa corpulence.

Le tambourinement persista. Le barman tourna le verrou et ouvrit la porte.

— C'est fermé, répéta-t-il.

Ce furent ses derniers mots. Il vola au-dessus de trois tables avant de s'écraser contre la cloison du fond. Entre-temps, il avait perdu la vie et une partie du visage.

À sa place, sur le seuil, se tenait un mastodonte en guenilles, les griffes en sang. Sous la mitraille qui l'accueillit, il gesticula et s'effondra sur le plancher aussi lourdement qu'un ours. Dans un tir groupé, Vinnie, Frank et Chuck vidèrent leur chargeur sur la baudruche humaine. Perforée d'une vingtaine de balles, la créature se répandait sur le sol. Son faciès évoquait celui d'un monstre tout droit sorti d'un studio de maquillage pour films d'horreur. Perplexe, Waldon lui tira les cheveux et la barbe pour vérifier qu'il ne s'agissait pas d'un masque. Il n'arracha qu'une touffe de poils et un morceau de chair visqueuse.

— Fouillez-moi ça, ordonna-t-il, écœuré.

Les sbires s'exécutèrent en faisant la moue. Chuck dénicha un portefeuille aussi plat que le permis de conduire qu'il contenait et le tendit au boss.

— Seigneur ! s'exclama Waldon.

— Quoi donc, patron ? demanda Vinnie, étonné de voir le boss invoquer le ciel.

— C'est Slim Butitcher. Je l'ai plumé au poker, il y a deux mois. Le type était sur la paille. Il me devait plus de cinq mille dollars.

— Ça n'arrange pas nos affaires, commenta Vinnie.

Ce qui perturbait Waldon, ce n'était pas tant le tas de chair putride qui fumait devant lui sous la brûlure des balles, ni les croix qu'il devait mettre sur sa créance et sur son barman. Son problème, c'était le FBI. Il était déjà dans le collimateur des fédéraux, surtout depuis l'attentat de l'hôpital. Or, un joueur débiteur qui semblait être passé entre les mains du Dr Groeven et qui venait d'être abattu au Fairbar, risquait de l'impliquer un peu plus dans l'affaire Lazare.

29

L'eau lui montait jusqu'aux yeux et se transformait en épais brouillard. Le liquide dans lequel Kate trempait était brûlant, épais, rouge comme une soupe de tomate. Sa mâchoire immergée lui faisait atrocement mal. Ses dents lui perçaient les gencives, ses doigts brûlaient. À travers ses tympans inondés, elle perçut une voix enrouée et nasillarde appartenant à un type qui « voulait l'aimer et être meilleur. » Il chantait sur une musique pop rock.

« … I want to be a better man… »

Elle leva les mains devant ses yeux. Ses ongles étaient cassés. Elle tentait de bouger son corps engourdi lorsqu'un visage christique émergea de la buée. Kate cria et opéra un mouvement de recul, collant son dos à une paroi lisse.

— Calmos, miss Nootak, ce n'est que moi.

L'agent fédéral reconnut le musicien. Elle ne se souvenait plus de son nom, mais avait gardé en tête celui de son groupe. Muktuk. Son air ahuri incita le jeune homme à lui rafraîchir la mémoire.

— Je suis Brad Spencer. Rappelez-vous, vous êtes venue m'interroger.

Elle fit un effort pour remettre ses neurones en état de marche. Après avoir réalisé qu'elle était nue dans une baignoire, elle articula plusieurs mots :

— Qu'est-ce que je fiche là ?

Brad chassa la condensation et s'assit sur le rebord en roulant une cigarette.

— Vous prenez un bain en écoutant Oasis. C'est cool.

— Qu'est-ce qui s'est passé ?

— Merde, vous êtes frappée d'amnésie ?

— Ne dites pas de conneries…

Elle s'immergea pendant presque une minute et ressortit un peu plus opérationnelle. Brad était en train d'allumer sa cigarette. Il aspira une bouffée et la glissa entre les lèvres tuméfiées de Kate.

— Ça va vous réchauffer les poumons.

Elle accepta volontiers et écouta les explications de son hôte. Selon lui, elle avait oublié son téléphone portable sur la table de la cuisine. Spencer ne s'en était aperçu que lorsque l'appareil s'était mis à sonner sans relâche. Quelqu'un cherchait à la joindre en urgence. Alors, il avait fini par prendre la communication. Le correspondant s'appelait Nathan Love et insistait pour parler à Kate. Afin de ne pas lui attirer d'ennuis avec sa hiérarchie, Spencer s'était présenté comme un ami et avait raconté qu'elle s'était momentanément absentée. Mais Love lui avait commandé de la rattraper. C'était une question de vie ou de mort.

— Comment savait-il que j'étais en danger ?

— Je l'ignore, mais il a eu du flair.

— Comment comptiez-vous me rejoindre ?

— J'ai regardé l'adresse du FBI sur le bottin et j'y suis allé direct.

Elle se rappela les phares dans son rétroviseur, lorsqu'elle avait pris la route.

— C'est vous qui me suiviez quand je suis partie de chez vous ?

— Ça ne risquait pas, vous étiez déjà loin. Je suis tombé sur vous plus tard, déguisée… en glouton.

Après le coup de fil de Love, Spencer avait pris la voiture de Tatiana et roulé au pas à cause de l'absence de visibilité et de repère sur une route située à un mètre en dessous du niveau de la neige. Au bout de trois kilomètres environ, une sorte de martre géante s'était jetée sur le capot de sa voiture. Il avait collé son nez sur le pare-brise en braquant une torche pour examiner l'animal qui gisait sur son capot. Ce fut à ce moment-là qu'il fut pris de frayeur. La martre avait le visage de Kate Nootak. Sous le coup de l'émotion, il avait lâché sa lampe qu'il avait dû récupérer sous son siège. Entre-temps, la chose s'était glissée sur la banquette arrière et gueulait de mettre le chauffage à fond. Nue, couverte de sang, recroquevillée sous une peau de bête, Kate venait de monter à bord.

Sans chercher à comprendre, Brad avait fait demi-tour et plongé l'Esquimaude dans un bain d'eau chaude.

— Bon Dieu, c'est à vous maintenant de me dire ce qui vous est arrivé, s'exclama-t-il à la fin de son témoignage.

Elle avait des difficultés à trouver une cohérence dans les quelques heures qui avaient failli devenir les dernières de son existence. Elle se rappelait bien de l'agression perpétrée par des inconnus drapés de brouillard. Au début, elle avait cru que c'était Waldon et sa clique qui cherchaient à l'intimider. Mais les agresseurs voulaient autre chose. Une cassette réalisée par Bowman. Sa brève collaboration avec l'agent fédéral assassiné leur faisait penser qu'elle en possédait une copie. Ensuite c'était plus confus. Elle avait couru dans la neige en comptant les secondes. À chaque enjambée, l'hypothermie la rattrapait. Ses fonctions se ralentissaient. Dans un ultime effort, elle s'était éloignée de la route. En quête d'une ferme ? Non. Il n'y avait aucune habitation dans le coin. Le froid n'avait pas encore gelé l'intégralité de son encéphale. Son cerveau reptilien était encore intact. C'était ce cerveau de l'agressivité, de l'instinct de survie, de la bestialité, de l'odorat aussi qui avait détecté la présence d'un animal. Son rhinencéphale chargé d'électricité, ses muscles gonflés, Kate avait bondi sur un glouton transi. Elle lui avait arraché la gorge avec les dents et l'avait dépecé à coups d'ongles, avant de plonger ses mains et ses pieds dans les viscères fumants. Puis elle s'était aspergée de sang tiède et enroulée dans la peau. Ce geste lui avait procuré un sursis. Elle avait erré jusqu'à ce qu'elle aperçoive des phares et s'était jetée sur le véhicule. Le reste, Brad venait de le lui narrer.

— C'est de la folie ce que vous avez fait, hallucina le musicien.

— Merci de m'avoir sauvé la vie.

— Vous avez eu de la chance d'oublier votre bigophone. Rendez grâce à votre étourderie. Et à l'insistance de votre collègue.

— Je suis votre débitrice.

La cendre tomba dans l'eau chaude. Brad enleva le mégot de la bouche de Kate pour y déposer un long baiser délicatement entre les ecchymoses. Il retira sa langue, se pourlécha les babines comme s'il en savourait encore le goût et déclara simplement :

— Plus maintenant.

Elle tomba amoureuse sur ces deux mots.

Le lendemain, elle se soumit à une série d'examens à l'hôpital de Fairbanks.

L'hypothermie n'avait pas entraîné de séquelles. Kate bénit ses parents qui l'avaient dotée d'une solide constitution physique. Elle profita de son court séjour au Memorial Hospital pour questionner les employés. Personne n'était au courant de ce qui se tramait vraiment dans le laboratoire.

Ne sachant comment joindre Love, elle appela le bureau de Maxwell. Ce dernier était en déplacement à Seattle. Elle acheva sa journée du 24 décembre en compagnie d'un verre de Dom Pérignon et d'une compilation de Leonard Cohen.

Le 25 décembre, elle rangea sa flûte à champagne et décida de rendre une visite à Ted Waldon pour l'interroger sur son emploi du temps du lundi 23 aux alentours des 18 heures. Le tenancier avait un alibi : pendant qu'elle mangeait de la neige en tenue d'Ève, celui-ci jouait au poker. Il y avait trois témoins prêts à confirmer sur la Bible. Néanmoins, Kate restait persuadée que les hommes de l'albinos n'étaient pas étrangers à l'agression qui avait failli lui coûter la vie. La cassette recherchée par Waldon avait-elle un lien avec celle dérobée dans le caméscope du labo ? Que contenait-elle ?

L'après-midi, Weintraub appela Kate d'Anchorage pour prendre des nouvelles sur sa santé et lui apprendre la défection de Love qui avait quasiment résolu les trois enquêtes en cours. Les enfants Brodin avaient été restitués à leur mère, les mystérieuses créatures aperçues dans la commune de Fairbanks n'étaient que de pauvres cobayes triturés par Fletcher et Groeven, tandis que le massacre du labo avait été commis par l'un de ces cobayes. Kate s'étonna d'abord de voir son chef travailler un jour férié. Puis elle eut un pincement au cœur. Elle regretta de n'avoir pas eu l'occasion de s'excuser auprès de Love pour l'accueil glacial qu'elle lui avait réservé, ni de le remercier pour son intervention téléphonique salvatrice. Elle aurait également aimé le féliciter pour avoir dénoué toutes ces affaires en un temps record, même si elle demeurait sceptique sur l'orientation qu'il avait donnée à l'affaire Lazare. Avant de raccrocher, Weintraub toussa grassement et conseilla à Kate de prendre des vacances. Son équipe se chargerait d'identifier et d'appréhender le criminel errant encore dans la nature.

En fin de journée, alors qu'elle piquait du nez sur un dossier, elle fut réveillée par un coup de fil de Scott Mulland. Le chef de la police la convoquait le lendemain à son bureau, en présence de Weintraub.

30

Le capitaine Scott Mulland ne daigna pas se lever pour saluer l'agent Nootak. Debout à ses côtés, Derek Weintraub retira son mouchoir de la figure et le fourra dans sa poche avant de lui tendre une main humide. Depuis qu'elle le connaissait, Kate l'avait toujours vu enrhumé. L'agent spécial qui s'était spécialement déplacé d'Anchorage lui intima sèchement de s'asseoir, tandis que le chef de la police faisait mine de terminer un rapport. Weintraub lui communiqua, de manière très laconique, le dernier rebondissement de l'enquête en cours : les hommes de Ted Waldon avaient descendu l'un des cobayes du Projet Lazare, Slim Butitcher qui venait d'assassiner le barman du Fairbar.

Kate balança son sac en vrac, du tac au tac :

— Qu'est-ce que je vous disais ? Waldon est en train de faire le ménage. Il s'est approprié le Projet Lazare, mais il lui manque une vidéo qu'aurait réalisée l'agent Bowman au cours des expériences pratiquées sur Chaumont. Waldon a d'abord essayé de cuisiner Alexia Groeven, puis il s'est attaqué à moi. Et maintenant, il élimine les cobayes mal en point qui risquent de porter atteinte à la valeur marchande du Projet Lazare dont il est le seul, désormais, à posséder les données. À ce rythme-là, Waldon sera bientôt un homme très riche si on ne l'arrête pas.

Mulland leva le nez de son dossier, perdant du coup sa contenance :

— Je n'ai jamais entendu un tel tissu de conneries, même au cinéma !

— Waldon a porté plainte contre vous pour harcèlement et diffamation, ajouta Weintraub qui semblait avoir choisi son camp. L'affaire est sérieuse.

Kate réalisa à quel point le tenancier avait le bras long. Il arrosait la police, organisait des jeux, rackettait, assassinait, en toute impunité. Avec la vente du Projet Lazare à un gros labo, il allait même pouvoir se payer les faveurs de Weintraub, à moins que ce ne fût déjà fait.

— Il a tenté de me tuer, déclara Kate. Je suis donc consciente que l'affaire est sérieuse.

— Vous êtes allée le menacer chez lui. Et vous n'avez pas l'once d'une preuve de sa culpabilité dans la tuerie de l'hôpital ou dans l'agression dont vous avez été victime, s'emporta Mulland.

— Il n'a aucun alibi. La partie de poker avec ses hommes de main n'a aucune valeur.

— Il n'y avait pas que ses employés autour de la table. Il y avait d'autres joueurs. Dont un certain Bob Calvin. Ce dernier jouait aux cartes avec Waldon au moment où vous avez été agressée.

— Qui est Bob Calvin ?

— Un jardinier, amateur de poker. Il n'est pas à la solde de Waldon et il a déposé sous serment.

— Et la veuve de Groeven, vous l'oubliez ? Waldon et ses hommes lui ont rendu une visite musclée le lendemain de l'attentat, ça on ne peut pas le nier.

— Mme Groeven était bouleversée par le décès de son mari. Elle nous a précisé que vous êtes venue la harceler chez elle et qu'elle vous a raconté n'importe quoi pour que vous la laissiez tranquille.

— Et vous avalez ça ?

— Ce que je crois, c'est que vous fourrez votre nez n'importe où et que votre incompétence nous crée des problèmes vis-à-vis de nos administrés.

Après s'être mouché, Weintraub reprit la parole d'une voix autoritaire qui lui seyait mal :

— Je prends la direction de l'enquête, en étroite collaboration avec le capitaine Mulland. L'autopsie de Slim

Butitcher a révélé qu'il était atteint d'une hypertrophie des glandes endocrines, particulièrement de l'hypophyse. D'où son apparence physique monstrueuse, sa force physique et son agressivité. Ajoutez à cela qu'il devait sa ruine à Waldon et qu'il avait de bonnes raisons de lui en vouloir, le type était devenu une vraie bombe ambulante. Ce fait confirme en tout cas la thèse avancée par Nathan Love. Les créatures qui hantent les environs de Fairbanks sont d'anciens cobayes de Fletcher et Groeven. L'une d'entre elles, consciente de sa force et du peu de temps qui lui restait à vivre, a décidé de se venger des deux docteurs. Peut-être est-ce Butitcher lui-même qui a signé le massacre avant de s'attaquer à Waldon. On le saura bientôt.

— Il y a autre chose, fit Kate.

— Quoi encore ?

— Je préférerais vous en parler ailleurs.

— J'ai toute confiance dans le capitaine.

— La piste O'Brien, l'ex-conseiller de Reagan dont m'a parlé l'ami de Tatiana Mendes. Je voudrais l'étudier. M'autorisez-vous à…

— Vous croyez qu'on va interroger Chester O'Brien comme ça, vous ?

Mulland secouait la tête en ricanant :

— Merde, Weintraub, où êtes-vous allé pêcher cette bonne femme ?

Kate se leva et planta son doigt sous le gros nez du capitaine.

— Je vous emmerde, espèce de petit flicard ! Retournez au Far West où vous attend une place de shérif véreux à la solde d'un caïd local…

Elle était allée trop loin, mais ne s'en rendit compte que lorsque Weintraub l'attrapa par le bras pour l'évacuer du bureau et la ramener à l'agence.

Dehors, ils étaient les seuls à circuler. Malgré les

pneus cloutés, le véhicule louvoyait dangereusement. Weintraub était trop énervé pour conduire sur une patinoire.

— Faites gaffe, vous allez déraper, avertit-elle.

— Faites gaffe, vous allez être virée.

— Mulland est une ordure, soudoyée par Waldon. Il entrave l'enquête.

— Vous faites mal votre travail. Vous asticotez un suspect chez lui, vous l'accusez pour le faire réagir. Vous insultez le chef de la police dans son bureau. C'est un comportement qui va se retourner contre vous.

— Merci, je m'en suis aperçue.

— On se fiche de Waldon pour l'instant, mais on a besoin de Mulland.

— Ce type est un gros nul.

— Je connais votre opinion sur Mulland. Écoutez, j'ai reçu un coup de fil de Maxwell. La CIA vient d'arrêter le gourou de la secte Shintô, à Manille. Tetsuo Manga Zo n'a encore rien avoué, mais il est sur le grill. Pendant ce temps, nous allons creuser la piste ouverte par Love. Les anciens cobayes de Groeven et Fletcher errent dans les rues, en quête d'un abri pour se protéger de ce froid mortel. Parmi eux, il y en a un qui pourrait avoir tué les deux docteurs. Je compte utiliser les hommes de Scott Mulland pour ratisser le secteur.

— L'affaire est plus grave. Faut chercher plus haut. Trop facile d'accuser les SDF. Love a bâclé cette enquête pour rentrer chez lui le plus vite possible. J'insiste pour que vous m'autorisiez à interroger O'Brien.

— Vous allez déjà prendre une semaine de repos. Vous avez enduré pas mal d'épreuves ces derniers jours. Vous êtes à cran…

— Pas question !

— Calmez-vous, Nootak ! C'est un ordre. Vous partez en congé ou vous allez pointer au chômage.

— Merde, c'est pas juste. C'est mon enquête.

— Le FBI n'est pas là pour servir vos intérêts personnels…

Le véhicule fit une embardée sur le trottoir. Weintraub rectifia la trajectoire d'un coup de volant trop brusque et arracha le frein à main. Les quatre pneus cloutés griffèrent la glace, la voiture buta contre un obstacle et s'immobilisa.

Deux poings gantés de laine effilochée martelèrent le capot. Weintraub descendit du véhicule en s'agrippant à la portière. Le froid envahit l'habitacle en un dixième de seconde. Le piéton était enroulé dans du papier d'emballage à bulles. Weintraub s'approcha de lui pour vérifier s'il ne l'avait pas blessé. Avant que Kate ne se décide à le rejoindre, elle vit son supérieur planer au-dessus de la calandre et glisser comme un pingouin sur une centaine de mètres. L'agresseur se précipita derrière le volant, démarra et frôla l'agent fédéral qui gesticulait au milieu du carrefour désert.

— Stop ! hurla Kate, en braquant son arme.

La créature cagoulée fixait la route en l'ignorant. Nootak réitéra son ordre. Sans effet. Le véhicule gagnait de la vitesse. Kate tira. Une fois. Deux fois. Six fois. Les impacts firent exploser le crâne et la vitre. Les éclats de verre, de chair et de sang virevoltèrent dans le vent. La voiture cala sans s'arrêter et s'empala sur une bouche d'incendie transformée en igloo. Ratatinée contre l'airbag, Kate leva les yeux sur Weintraub qui accourait. Celui-ci avait raison. Elle avait besoin de vacances.

31

La Nissan qui avait autrefois appartenu à Tatiana Mendes filait sur l'Alaska Highway en direction de Vancouver. Au volant, Kate dépassait allègrement la limitation de vitesse. À ses côtés, Brad somnolait contorsionné, les pieds sur la boîte à gants, le dossier en position couchette, la bouche ouverte. L'autoradio déroulait une cassette des Smiths.

Meat is murder.

Kate n'avait jamais autant écouté de pop rock. Ils avaient parcouru trois mille six cents kilomètres en deux nuits et deux jours au rythme de Smashing Pumpkins, Supergrass, Suede, Stone Roses, Silencers, Stereophonics, Skunk Anansie, Siouxie and the Banshees, Simple Minds, Stranglers, Stiltskin… Juste avant de partir, Brad avait pioché à la hâte dans son stock musical classé par ordre alphabétique. Sa main était tombée au hasard sur le rayon « S ».

Les vacances de Kate Nootak se mesuraient en kilomètres. Il fallait qu'elle roule, qu'elle s'évade sur la route, sinon ce n'était pas des vacances. Après avoir tapé un rapport relatant les circonstances de la mort de Vic Russel, un équarrisseur au chômage qui avait eu le tort de confier son corps aux Drs Groeven et Fletcher avant de croiser la route de Derek Weintraub, elle avait cédé les clés de l'agence à son chef.

Sa valise bouclée, elle avait appelé Brad pour lui proposer une balade le long de la côte vers le sud. Le musicien remplissait les trois conditions idéales pour accepter : il était disponible, peu contrariant et attiré par l'Esquimaude. Ils avaient pris la voiture de Tatiana, celle de Kate n'ayant pas été retrouvée depuis l'agression.

Ils avaient traversé la frontière du Canada avant de déjeuner à Whitehorse dans le Yukon. La nuit suivante, ils s'étaient reposés une heure à Dawson Creek en Colombie Britannique. Le samedi soir, ils approchaient de Vancouver.

Tous ces kilomètres, passés l'un à côté de l'autre, n'avaient pas forcé leur intimité. Au contraire, le baiser que Brad lui avait donné dans la baignoire était loin et le trajet avait rafraîchi leur relation. Ils parlaient peu, écoutaient beaucoup de musique. Peu de news. Le dernier flash les avait informés qu'une bombe avait sauté dans un centre commercial bondé en Allemagne, que les chaînes de magasins Sears et Ikea faisaient l'objet de menaces d'attentat, et qu'un journaliste américain cupide associé à un Israélien stupide avaient décelé des codes secrets dans la Bible prédisant l'imminente fin du monde. Bref, rien qui n'incitât à s'informer davantage. Les médias servaient désormais de porte-parole à la racaille de la planète. Comparé à ça, même la voix de Morrissey et la musique de Johnny Marr avaient des vertus euphorisantes.

Quand il ne dormait pas, Brad écrivait des bribes de chansons sur un cahier d'écolier flétri par de longs séjours dans la poche arrière de son pantalon. Kate conduisait en projetant ses pensées sur le bitume : son métier difficile, sa double culture encombrante, son vide affectif, son enquête inachevée, sa mise au rancart.

Au cours des deux derniers jours, Brad avait découvert que sous le polissage de son américanisation, elle cachait un goût prononcé pour le silence de la neige, les masques esquimaux, le cri des baleines au large de Pacific Rim sur l'île de Vancouver et la vodka de bison devant un feu de cheminée. Des plaisirs solitaires, pas vraiment débridants. De son côté, Kate avait compris qu'il était raide dingue de Tatiana, obsédé par son souvenir qu'il embellissait de jour en jour. Ses conversations étaient hantées par la belle infirmière, ses rêves habités par elle. Kate en savait désormais plus sur la défunte et sur ses frasques licencieuses que sur son compagnon.

— Tu envisages de t'arrêter un jour ? demanda-t-il en s'étirant.

Jusqu'à présent, il s'était laissé entraîner sans sourciller dans la fuite en avant de l'Esquimaude.

— Tu en as marre ?

— C'est pas ça, mais si tu veux tracer jusqu'à San Diego, faudra ménager notre monture. Jusqu'à présent, le froid nous a permis d'éviter de carboniser les cylindres, mais avec le réchauffement de l'air, ce ne sera bientôt plus le cas.

Elle doubla un semi-remorque et accéléra, pour lui démontrer que sa monture avait de l'endurance à revendre.

— J'ai des potes à Vancouver, dit Brad. On pourrait passer la nuit chez eux. J'ai envie d'un lit.

— Il est presque minuit. On va les réveiller.

— Non, à cette heure-là, le samedi, ils jouent au Bronco's. Après, ils vont bouffer.

— Ce sont les membres de ton groupe ?

— Oui.

— Comment ça se fait qu'ils montent sur scène sans toi ?

— C'est long à expliquer.

— On a tout le temps.

— Une histoire de femmes.

— Tatiana ?

— Et Linda. Celle-ci était choriste avant de devenir ma petite amie. Du coup, elle a pris de l'importance au sein du groupe et on a chanté en duo. Jusqu'à ce que je rencontre Tatiana. Là, ça s'est mal passé. Linda s'est tirée à Vancouver, folle de rage. Jon, le guitariste, l'a suivie pour la raisonner. Le batteur, Waco, a suivi Jon parce qu'il est amoureux de lui. Pour éviter que Muktuk ne se dissolve, on a conclu un accord. En hiver, je compose, j'écris des chansons, pendant que le reste de la bande se produit ici, avec Linda à la basse et au micro. En été, le groupe monte en Alaska, sans elle. Là, je la remplace. On est la seule formation au monde à changer de voix en fonction des saisons et des pays. Aux États-Unis, la voix de Muktuk est la mienne. Au Canada, c'est celle de Linda.

— Toi et Linda, vous ne vous êtes jamais réconciliés ?

— Non. C'est une chic fille qui a la jalousie à fleur de peau et la rancune tenace. Sa vie commune avec mes deux pédés de musicos semble lui convenir.

— Et là, tu comptes te pointer chez ton ex-fiancée qui ne peut pas te saquer ?

— Ce n'est pas que chez elle. C'est aussi chez Jon et Waco.

— Bon. Allons-y. Cela créera un peu d'animation dans notre voyage.

32

La Nissan s'arrêta devant un pavillon délabré, entouré d'un jardin à l'abandon. Une lumière et de la musique filtrant à travers une fenêtre crasseuse indiquaient que la propriété était encore habitée. Kate entendit un hurlement. Brad reconnut Zack de la Rocha, le chanteur de Rage Against The Machine qui entamait *Bombtrack*. Ils foulèrent les hautes herbes jusqu'à l'entrée. L'homme qui leur ouvrit avait une permanente qui lui bouclait les cheveux jusqu'aux épaules, du khôl autour des yeux, un gilet en cuir à même la peau, un pantalon en skaï serré par deux ceintures cloutées. Le tout planté dans une paire de santiags.

— Brad ! s'étonna le bouclé.

— Salut Waco. Voici Kate.

— Enchanté. Ouahou, mec, qu'est-ce que tu fous là ?

— Je suis en panne.

— D'inspiration ?

— Non, d'oreiller. J'ai besoin d'un plumard pour la nuit.

— Entrez, y a toute la famille. On vient de bouffer, mais y a des restes.

La table du salon était couverte de boîtes de pizzas et de bouteilles de bière. Sur le divan étaient avachis une blonde aux mèches rouges, maquillée comme une bagnole volée, et un échalas au torse nu couvert de breloques. Linda et Jon, au repos. Waco fit les présentations qui poussèrent Jon à se lever pour embrasser chaleureusement son ami, en le serrant dans des bras aussi longs que des tentacules. Linda resta assise, un goulot de Budweiser entre les dents.

— Qu'est-ce qui nous vaut l'honneur de cette visite impromptue ? demanda-t-elle.

Sa voix rauque, entretenue par une tabagie galopante, indiqua à Kate qu'elle devait se la jouer Marianne Faithfull sur scène.

— Je passais dans le coin.

— Tatiana va bien ?

— Elle est morte.

Effet garanti. L'annonce jeta un froid dans la confrérie. Linda se redressa brusquement, une giclée de bière sur le menton. Brad évoqua les circonstances du décès pendant que Jon lui roulait un cône avec une énorme dose de haschich et de compassion.

Les condoléances expédiées et quelques pétards plus tard, Waco se dressa en titubant, de la mousse dans une main, de la fumée dans l'autre, paré pour un « cheers » entrecoupé de rots :

— À notre… euh… groupe… Ressoudé !

— Tu t'avances un peu vite, nota Linda.

— Hey, Brad ! Laisse tomber les ours polaires ! On va reco… mencer ici, co… comme avant, putain, on va jouer nos propres morceaux avec vous deux au micro !

Linda se leva à son tour pour aller chercher du rab de cannabis. Lorsqu'elle réapparut, elle jeta trois barrettes brunes dans la sauce tomate et s'affaissa en demandant à Waco de calmer sa joie et de lui rouler un « oinj ».

— Fais-le toi-même, oh ! En plus, t'as dégueulassé la marchandise, argua-t-il en essayant de sauver la dope.

— J'arrive pas à me concentrer dessus. Je crois que j'ai trop bu. Je vais tout bousiller. Putain, fais-le.

— C'est bon, c'est bon.

Jon changea de CD et sélectionna un titre rock-punk-pop-garage-new wave. Il ramassa un anchois éventré dans le cendrier et l'avala sans sourciller.

— Y a un truc que t'as pas précisé, Brad, marmonna-t-il en se grattant le crâne. La fonction de la fille qui t'accompagne, c'est quoi au juste ?

— C'est Kate, dit Waco en train d'allumer un joint à l'huile de pizza.

— Merci, on sait, dit Linda.

— Brad m'a sauvé la vie, dit Kate qui n'avait prononcé qu'un "bonjour" assorti de "non merci" destinés à refuser toutes les substances qu'on lui proposait.

— Ah ouais ! fulmina Linda. Moi, il a ruiné la mienne.

— Ta gueule Linda, brailla Jon.

— On voyage ensemble. On partage les frais… expliqua Brad.

— Vous baisez ?

— Non, se justifia aussitôt Brad.

Jon intima à Linda de la mettre en veilleuse, tandis que Waco lui plantait son cône incandescent dans le bec. Jon tapa dans les mains :

— Bon, les gars, essayons de profiter de ce qu'on est ensemble et un peu stone pour s'éclater. Tu vas voir, mon vieux Brad, on va te faire oublier ton deuil. On finit de se taper la cloche et après on sort les instruments pour un bœuf des familles. Kate, tu me fais le plaisir de manger. Il reste de la pizza au pepperoni.

— Moi, ça me brûle le sphincter, dit Waco en lâchant une nébuleuse nauséabonde.

— Y a pas que ça qui te brûle le cul, railla Linda.

— Non, en effet… et tu sais ce qui me casse les couilles ?

— Arrêtez tous les deux ! ordonna Jon.

Kate et Brad se servirent deux tranches molles de pizza.

— Tu l'aimes ? demanda Linda à Brad.

— Quoi ?

— L'Esquimoche.

— Tu m'emmerdes, Linda. Je viens de perdre Tatiana, la femme de ma vie de merde. Alors, j'ai pas la tête aux fricoteries avec une Esquimaude.

— T'es musicos, toi aussi ? lui demanda Waco qui renversa la moitié de sa Bud sur Kate.

— Non, le solfège m'a dissuadée de tenter l'aventure.

— Le quoi ?

— Je ne sais jouer d'aucun instrument, malheureusement.

— Tu fais quoi dans la vie ?

— Je suis agent du FBI.

Le froid qu'elle jeta fut plus glacial que lorsque Brad avait annoncé la mort de Tatiana.

— T'es flic ! gueula Waco en s'écartant comme si elle était contagieuse.

— Un putain de flic, ouais, renchérit Jon.

— Bravo Brad, félicita Linda. Tu amènes les fédéraux chez nous, en pleine fumette. T'aurais dû attendre qu'on sorte le crack et les seringues.

Kate coupa court à la controverse en se levant.

— Pas la peine de vous affoler, ni de ranger vos petites plaques de shit merdeux. Continuez à vous gonfler les vaisseaux et à doper vos palpitations avec votre résine au cirage et votre huile de pizza. J'ai eu ma dose de nausée pour la soirée. Reste assis, Brad, je continue ma route toute seule.

Elle se retira sous les yeux rouges des musiciens piteux.

33

Brad la rattrapa au niveau de l'auberge de jeunesse. Elle avait arraché son sac de voyage du coffre de la Nissan.

— Kate, ne te tire pas comme ça.

— Comment tu veux que je me tire ?

Il se gratta les cheveux qu'il avait dénoués de son catogan.

— Avec moi.

— Je vais me coucher. Il y a un YMCA dans le coin. Je prendrai le bus demain. Salut.

Il lui saisit le bras et sentit son biceps se raidir, commandé par un réflexe professionnel. Les années passées au FBI avaient conditionné Kate à réagir à la moindre agression. Brad lâcha la contraction et lui colla les clés de la Nissan dans la main.

— Garde-les, dit-il.

— Tu restes à Vancouver ?

— Si tu n'as plus besoin de moi.

— Mais je n'avais pas besoin de toi… enfin non, c'est pas ce que je veux dire… écoute, j'ai sommeil…

— Alors, fais de beaux rêves… je vais finir la nuit avec mes potes. Si demain tu changes d'avis, je ne suis pas loin.

Kate entra dans le YMCA qui était loin d'afficher complet en cette saison. Elle se débarrassa des vêtements qu'elle portait depuis plus de deux jours, se lava sous une douche brûlante et glissa dans les draps rêches d'un lit dur comme une planche. Elle dormit si profondément qu'elle n'eut le souvenir d'aucun songe, à l'exception du dernier, érotique. Sa peau frissonnait sous les caresses prodiguées par un inconnu. Des sensations tactiles, à la fois sèches et douces, humides et molles, dures et tranchantes, possédaient son corps à la merci d'un inconscient qui mettait le doigt sur ses carences.

Lorsqu'elle se réveilla le dimanche matin, son ouïe l'alerta d'une présence dans la pièce. Elle se dressa brusquement et sentit une odeur qui dissipa l'adrénaline fluant dans son dos. Une odeur de café et de pain grillé. Elle distingua une silhouette assise sur une chaise dont le dossier avait été ramené vers l'avant.

— Brad ?

— Kate ?

— Depuis quand es-tu là ?

— Je ne sais pas, je n'ai pas regardé ma montre. Mes yeux n'arrivaient pas à se décoller de toi en train de dormir. J'ignore quel était ton rêve, mais tu pionçais comme un bébé avec une putain de position provocante. J'ai dû me contenir. Tu aimes les œufs brouillés ?

— Euh… oui.

Il écarta les rideaux en plastique marron. La lumière inonda la pièce, arrosant les tapisseries pisseuses, le visage déconfit de Kate accroupie sur son lit, un oreiller plaqué sur les seins et un plateau chargé d'un petit déjeuner copieux à ses pieds.

— Comment es-tu rentré ?

— Le proprio de ce bouge est un de nos fans. J'ai pénétré dans la chambre comme la femme de ménage.

— Merci pour la surprise.

— Je t'en ai réservé deux autres.

— Ah bon ?

— Je t'emmène à Pacific Rim. C'est moi qui conduis, jusqu'à l'autre bout de l'île. Après, je te rendrai ta liberté. En attendant, déjeune, tu n'as pas beaucoup mangé ces derniers temps.

Il se leva et lui tendit sa chemise de flanelle pour qu'elle se couvre. Elle se demanda soudain si son dernier rêve avait été vraiment un rêve. Brad lui posa délicatement le plateau sur les genoux et un baiser sur le front. Derrière son bol de café noir, elle fixa le visage du chanteur dont les traits à peine masqués par de longs cheveux emmêlés indiquaient qu'il avait beaucoup moins dormi qu'elle.

— Tu ne m'as pas dit qu'elle était la troisième surprise.

— Seulement quand on sera arrivé à destination.

Kate ne sut dire, à ce moment-là, si le sourire qui fendait le visage de Brad était angélique ou diabolique.

34

Ils prirent le ferry à Shoehorse Bay en direction de Nanaimo. Puis ils traversèrent l'île de Vancouver. Des lacs, des forêts, des montagnes. Que du bleu et du vert ! Un paysage en papier cadeau, ceint d'un ruban gris de bitume, emballant comme un don du ciel la vie sauvage, le nirvana du voyageur, le shoot du routard, le retour aux sources. Dans les enceintes de la Nissan, Bruce Springsteen s'écorchait la voix sur un vieux tube qui collait au cadre.

« Down to the river, my baby and I… »

Assise sur le siège passager, Kate s'en voulait d'avoir embringué Brad dans sa fuite effrénée, sans tenir compte de son deuil. Elle s'excusa pour son comportement infantile de la veille.

— Je suis trop conne. En plus, je t'inflige une scène de jalousie au moment où tu retrouves les membres de ton groupe que tu n'as pas vus depuis des mois.

— Pourquoi t'as pris la mouche ? À cause du cannabis ?

— Non, non… je m'en fous de ça…

— Alors quoi, tu n'aimes pas l'ambiance pop-post-beatnick ?

— J'ai eu l'impression d'être anachronique, une intruse. Et tu ne me défendais pas devant tes amis…

— Tu te défends très bien toute seule, d'après ce que j'ai pu constater.

— C'est pas le problème. Il s'agissait de nous deux… J'imaginais qu'on était ensemble…

— C'est le cas.

— Non… Tatiana n'est morte que depuis une semaine…

Brad négocia en douceur un virage en épingle à cheveux, profita d'une ligne droite pour allumer la cigarette qui était plantée dans sa bouche, puis s'attaqua à la remarque de sa passagère.

— Tu n'as vraiment rien compris, dit-il.

— À propos de quoi ?

— De moi… de toi… de Tatiana.

À l'inverse de beaucoup de gens qui s'expriment avant de réfléchir, il aimait parler par étapes enchâssées de silences, attendant de forger ses pensées pour les formuler. Comme pour écrire une chanson. Kate se tourna vers lui et l'observa, nimbé de volutes grises et de cheveux blonds.

— Qu'est-ce qu'il fallait comprendre ?

— Merde, je n'aime pas parler de moi…

— Désolée, je ne suis pas une fine psychologue. J'ai pris des cours au FBI, mais l'enseignement est très orienté sur le comportement criminel.

— En fait, je ne suis pas conformiste, ni très sociabilisé. Genre Tatiana. J'étais amoureux d'elle…

— Ça, je l'ai bien compris.

— Notre relation renforçait notre marginalité… J'aime l'amour. C'est la chose la plus révolutionnaire, la plus antisociale, la plus personnelle qui soit. Aucun gouvernement, aucun système ne peut gérer ça à ta place.

— Alors que moi je représente l'autorité, la loi, la force publique, le système. Nous ne sommes donc pas faits l'un pour l'autre…

Brad sourit, consuma la moitié de la cigarette en une seule bouffée et évacua un épais nuage de tabac par la vitre entrouverte.

— C'est là où tu n'as rien capté… Les bonnes mœurs imposent de respecter une période de deuil après la mort d'un conjoint… L'usage veut également que les artistes balancent des pavés sur la gueule des flics. Or, je viens de te dire que les bonnes mœurs et les usages, j'en ai rien à secouer. Au contraire, si je peux filer un coup de pied dans le conformisme, j'hésite pas... Il suffit qu'on me vante les mérites d'une eau minérale et qu'on mette une tête de mort sur les paquets de clopes pour que je me mette à boire de l'alcool et à fumer... Je traque le truc différent, unique... Tu as débarqué dans ma vie, trois jours après la mort de la femme dont j'étais dingue. Qu'est-ce qui allait m'obliger à respecter ce deuil ? Le FBI ? L'Église ? Les traditions ? Le moralement correct ?

Il jeta son mégot par la fenêtre et accéléra sans rien ajouter à un laïus qui, dans sa bouche, frisait le discours fleuve. Kate devait conclure par elle-même, avec les éléments hétéroclites qu'il lui avait fournis.

— Tes sentiments, dit-elle.

— Quoi, mes sentiments ?

— Ce sont tes sentiments pour Tatiana qui t'obligent à respecter le deuil. Rien de plus.

— Sauf si d'autres sentiments sont venus se greffer là-dessus.

Brad pratiquait l'art du sous-entendu et de la circonvolution. Pour montrer qu'elle avait bien saisi la déclaration, Kate posa sa tête sur son épaule.

Après avoir parcouru les deux cents kilomètres qui séparaient la côte Est de la côte Ouest et croisé trois ours, la Nissan stoppa face à Long Beach, immense plage de trente kilomètres de long, bordant l'une des eaux les moins polluées de la planète.

— Un bout du monde réservé aux amateurs de solitude, commenta Kate.

— Les bouts du monde ne manquent pas non plus en Alaska.

Elle s'avança vers la mer, pieds nus, les bras écartés, les yeux fermés, la bouche ouverte :

— Essaye de marcher ainsi en Alaska et tu meurs au bout de cent mètres.

— À Los Angeles, c'est pareil.

Elle s'arrêta lorsqu'elle sentit la mer glaciale lui mordre les chevilles et Brad lui saisir les épaules.

— Un été, mon grand-père m'a emmenée voir des baleines au large de Long Beach. L'un de mes plus beaux souvenirs.

— Ton grand-père vivait au Canada ?

— Il a terminé ses jours ici. Il n'a pas eu le courage de mourir seul sur un morceau de banquise.

— Touché par l'influence de la civilisation occidentale ?

— Ça doit être ça. Il était chasseur de baleines blanches. Il les traquait en umiak.

— En quoi ?

— Une grande barque construite en peaux. Grand-père Willy était capitaine d'un umiak, ce qui lui conférait le statut de sage. On venait le consulter pour trancher les problèmes du quotidien…

— Ce que j'aime chez les Inuits, c'est qu'il n'y a pas de chef, seulement des sages.

— Grand-père était l'un de ces sages.

— Qui tuait des baleines.

— Tu ne sais pas de quoi tu parles. Autrefois, les Inuit utilisaient tout dans les cétacés. L'huile servait à éclairer les lampes, les os à construire la charpente des maisons. Et quand les chalutiers soviétiques et japonais se sont mis à les décimer, grand-père est devenu un ardent défenseur des baleines. Il en a sauvé des dizaines, prisonnières de la banquise. Notre peuple, lui, laissait toutes ses chances à l'animal.

Kate inspira profondément.

— L'esprit de la baleine est encore en nous.

Brad lui passa le bras autour du cou et la serra par derrière.

— Écoute la mer, le vent, la nature, autour de toi. Le rythme est là. Qu'on le perçoive ou pas, il est là. Lorsque je compose, je fusionne avec lui, je l'interprète, je lui donne un son. Lorsque je cesse de jouer, on ne l'entend peut-être plus, mais il est toujours là…

— Au fait, ta troisième surprise, c'est quoi ? demanda-t-elle intriguée.

— Ne bouge pas.

Elle voulut lui faire face.

— Ne bouge pas, je t'ai dit.

Le ton qu'il avait employé était autoritaire. Cela ne lui ressemblait pas. Il lui obstrua les tympans. Elle voulut lever la main. Il l'immobilisa de force. Soudain, un accord de guitare électrique traversa son cerveau. Puis une voix, celle de Brad : « Kate on the road, kicking away, keeping the way, kissing the whale… »

Entre les écouteurs du walkman que Brad lui avait vissés dans les oreilles, les yeux de l'Esquimaude se plissèrent. Une larme coula sur sa joue avant d'être cristallisée par la brise et renvoyée à l'eau salée du Pacifique. À la fin de la chanson que Brad avait composée et enregistrée dans la nuit avec son groupe, elle tourna le dos à l'océan, chercha une bouche au milieu d'une tempête de cheveux et y colla la sienne.

Vers 16 heures, ils quittèrent Tofino pour Victoria. Ils arrivèrent à 11 heures du soir et prirent une chambre au Motor Inn Hotel. Brad s'écroula sur le lit king size aussi mou qu'un waterbed. Lorsque Kate libéra la salle de bains, enroulée d'une serviette, il dormait déjà depuis longtemps. Elle lui retira ses chaussures et son pantalon, le glissa tant bien que mal sous les draps, se rhabilla et sortit.

Juste à côté du motel, il y avait un pub où se produisait un groupe de country music. Kate commanda une bière, repoussa un ivrogne qui n'avait pas envie d'être seul, un dragueur de comptoir, un VRP tenté de tromper sa femme, une lesbienne en chaleur. Après avoir décliné les avances de la moitié de la clientèle, elle se mit à cogiter. Brad et elle s'y prenaient comme des glands. Elle l'avait dans la peau et réciproquement. Depuis trois jours qu'ils étaient ensemble, ils s'étaient embrassés comme des collégiens. Sauf dans son rêve qui n'en était peut-être pas un. Leur voyage les avait menés jusqu'à l'île de Vancouver. Kate espérait descendre un peu plus vers le sud, prendre le ferry à Victoria pour traverser le détroit de Juan de Fuca jusqu'à Port Angeles. Et rouler encore le long de la côte. Là, quelque part sur une plage, se terrait Nathan Love.

35

— Tu avais cette idée en tête depuis le début ou bien c'est une coïncidence foireuse ?

Kate n'était pas sûre de la réponse. Elle venait de soumettre à Brad son souhait d'aller chez celui qu'elle lui avait présenté comme une pointure du FBI. Certes, elle était partie de Fairbanks avec l'idée de fuir, de se payer un road-movie en compagnie d'un chanteur qui lui avait tapé dans l'œil. Mais inconsciemment, elle avait un but inavouable car cynique : se pointer chez Love et se servir de ses relations pour récupérer son job.

— Ce matin, le câlin, c'était pour faire passer la nouvelle ?

Brad faisait allusion au coït matinal qui avait amputé sa nuit de sommeil. Kate s'était retrouvée à califourchon sur son copilote à moitié réveillé. Leurs ébats s'étaient achevés dans un long cri orgasmique émis par Kate, le visage sur la moquette, les pieds sur le lit et les fesses entre les mains de Brad.

— Je t'aime, se contenta-t-elle de répondre.

Il la regarda conduire. Une femme d'action, à la fois sauvage et rigide. Comme la cavée cahoteuse dans laquelle elle s'était engagée et qui paraissait interminable. Les ornières et les rochers faisaient tressauter le véhicule, au milieu des séquoias et des pins. L'Esquimaude freina devant un tronc d'arbre qui matérialisait la fin du chemin. Une impasse.

— Ton pote habite dans les arbres ?

— Il faut continuer à pied.

Ils marchèrent une demi-heure avant de fouler une plage sur laquelle se brisaient des rouleaux à faire baver un surfer pas trop frileux. À environ cinq cents mètres sur la droite, se dressait une maison en bois sur pilotis.

— Il habite là-bas, dit Kate.

— T'es déjà venue ?

— C'est la seule maison à des kilomètres à la ronde. On a peu de chances de se tromper d'adresse.

— Il a le temps de nous voir venir, remarqua Brad.

— C'est fait pour.

Ils n'étaient plus qu'à une cinquantaine de mètres lorsque Nathan apparut sur la terrasse. Il tenait quelque chose dans les mains. Une serpillière.

— Agent Nootak ? cria-t-il du haut de sa terrasse.

— Bonjour Nathan, comment allez-vous ?

— L'océan est plus bleu sous le soleil.

— Euh… oui, en effet. On peut vous déranger quelques minutes ?

Il les fixa en silence. Après Maxwell, c'était au tour d'un agent de seconde zone de s'immiscer chez lui. L'individu qui escortait l'Esquimaude n'avait pas l'allure d'un agent fédéral, ni d'un stagiaire. Mais sous sa chevelure de hippie qui masquait les trois quarts de sa figure, il aurait pu être n'importe qui d'autre.

— Montez, finit-il par dire.

Il les fit entrer dans la pièce principale qui ne possédait aucun meuble, excepté une télévision reliée par satellite. C'était la seule fenêtre qu'il avait gardée sur un monde dont il s'était exclu.

— Vous déménagez ? demanda Kate.

— Non, pourquoi ?

— C'est vide.

— Justement.

Ils s'avancèrent vers la baie vitrée. Le parquet était légèrement humide.

— Vous faisiez le ménage ?

Le petit sourire sur le visage de Kate débordait d'ironie.

— C'est la base de la méditation, dit-il. Je salis, donc je nettoie. Je bois du thé, donc je lave ma tasse. Méditez cela et vous irez loin.

— J'ai connu des femmes de ménage qui étaient des chantres de la méditation transcendantale, ricana Brad, persuadé que l'ambiance était à la plaisanterie.

Pour Nathan, le couple devant lui était bancal. Car c'était un couple, il en était certain. Il l'avait deviné à leurs frôlements résultant d'une attraction amoureuse contenue.

— Non, car elles nettoient ce qu'elles n'ont pas souillé, rectifia-t-il.

— En tout cas, pour la poussière, vous êtes peinard. On a négligé de vous livrer les meubles ou quoi ?

— Vous avez dû le remarquer, aucune route ne mène jusqu'à cette maison. Il n'y a donc aucune possibilité d'effectuer des livraisons. Je suis ici pour faire le vide, pas pour m'embarrasser d'objets.

— Je vous présente Brad Spencer, dit Kate à retardement.

— L'ami de Tatiana Mendes ?

— Félicitations. Vous avez un bon souvenir du dossier. Dommage que vous l'ayez refermé hâtivement…

— Tatiana Mendes était une femme hors du commun, l'interrompit Nathan. Il doit être difficile de l'oublier.

— Je confirme, dit Spencer.

Kate reprit la parole avant que l'on ne s'étende sur miss Mendes :

— Brad m'a sauvé la vie. J'ai été agressée par des inconnus, lundi dernier, pendant que vous étiez à San Francisco. Vous avez d'ailleurs cherché à me joindre et vous êtes tombé sur Brad. Je venais de l'interroger quand des types ont volé ma voiture et mes vêtements en espérant me faire crever d'hypothermie. Vous n'auriez pas poussé Brad à me rattraper, je serais encore là-bas, sous deux mètres de neige.

— C'est pour me dire merci que vous avez parcouru quatre mille kilomètres ?

— Pas seulement.

Il les invita à s'asseoir sur le plancher.

— Café ? Thé ? Coca ?

Kate et Brad optèrent pour du café. Il leur proposa également à manger. Riz, céréales, chocolat.

Ils installèrent le pique-nique face à la baie vitrée dont le cadre était rempli par l'océan et attaquèrent leur repas frugal. Kate lui fit un bilan de la situation insista sur la récente arrestation de Tetsuo Manga Zo à Manille, ainsi que sur les agressions perpétrées par les cobayes de Fletcher et Groeven qui continuaient à semer le trouble à Fairbanks…

— Ces pauvres hères cherchent un abri et un peu de chaleur, nuança Nathan. Ce ne sont pas des criminels, mais des victimes.

— Pourquoi avoir suggéré à Maxwell que le suspect était parmi eux, alors ?

— Je voulais seulement qu'on leur témoigne plus de respect et qu'on évite de les abattre comme des chiens enragés. On ne tire pas sur un suspect. La police manifeste plus de respect pour les ennemis publics que pour les gueux.

Kate masqua difficilement son malaise. Elle préféra taire qu'elle avait abattu à bout portant l'un de ces gueux.

— Pourquoi avoir jeté l'éponge, Nathan ?

— Je ne veux pas retourner là-bas.

— Où ça, en Alaska ?

— Dans votre monde. J'ai vu des choses dont je ne souhaite plus être témoin.

— Bienvenu chez les marginaux, lança Brad en s'allongeant dans un rayon de soleil.

Kate les contempla tous les deux. Elle, la flic ambitieuse, se retrouvait entre deux asociaux qui faisaient le vide dans leur vie à cause de la mort d'une femme. Et elle était là, à les saouler avec une enquête dont ils se foutaient et que, par-dessus le marché, on lui avait retirée.

— On peut fumer ici, Nathan ? demanda Brad.

— On peut faire ce qu'on veut.

Du coup, il transforma sa Marlboro en joint.

— Du sang asiatique coule dans vos veines, n'est-ce pas ? demanda Kate à son hôte.

— Ma mère est japonaise.

— Vous êtes féru de culture asiatique, donc ?

— On ne peut rien vous cacher.

— Le zen, le shintô ?

— Entre autres.

— Alors vous devez connaître la déclaration de ce grand prêtre selon laquelle il faut avoir une influence sur la vie réelle pour être quelqu'un de bien.

Fidèle à elle-même, Kate avait bien potassé son sujet. Son acharnement en était presque touchant. Pourtant, sur ce terrain, face à Love, elle n'avait aucune chance.

— Le mal influence le monde. Le bien ne fait que réparer les dégâts causés par le mal, nuança-t-il.

— Dans quel camp êtes-vous ?

— Aucun. Dans le néant, par définition, le mal et le bien n'existent pas.

— De la théorie !

— Regardez autour de vous et dites-moi où se trouve la théorie.

— Excusez-moi. Je me suis trompée sur votre compte.

— C'est Maxwell qui vous envoie ?

— Non.

— Comment avez-vous eu mon adresse ?

— En infiltrant le réseau informatique du FBI. Mon stagiaire est un crack.

— Vous savez, Kate, je n'ai pas pour ambition de devenir quelqu'un de bien au sein d'une société dont je ne partage pas les valeurs.

Elle craqua, déballa tout en vrac. Les exactions de Ted Waldon qui courait après une cassette ayant appartenu à Bowman, l'incompétence de Weintraub qui l'avait dessaisie du dossier, la corruption du chef de la police qui pointait pour Waldon, le malheureux clochard qu'elle avait abattu… Nathan avait vite deviné qu'elle était venue le supplier d'user de son influence auprès de Maxwell afin qu'elle reprenne l'affaire à ses côtés. Elle lui inspirait désormais de la compassion. Cette fille était un concentré d'arrivisme et d'émotions à vif.

— Ce n'est pas tout, ajouta-t-elle. Tatiana Mendes a prétendu à Brad qu'elle avait le pouvoir de faire chanter Chester O'Brien, l'ancien conseiller de Reagan. Elle savait quelque chose sur lui…

— Je crois que tu fais chier notre hôte, Kate.

Elle ignora la remarque de Brad et alla jusqu'au bout de son raisonnement :

— … Il y a du monde sur cette affaire. Il y a Waldon qui arrose les flics et veut récupérer le Projet Lazare, il y a Tetsuo Manga Zo qui lance une fatwa via Internet, il y a un diplomate qui détient peut-être une clé de l'énigme, il y a Bowman auteur d'une mystérieuse cassette…

— Une cassette qui semble attiser des convoitises, ajouta Nathan.

Il repensa à Carmen Lowell. Ses tortionnaires s'étaient acharnés sur elle pour lui faire avouer où Bowman avait planqué la vidéo. Kate lui demanda s'il possédait plus d'éléments.

— Je ne peux que vous tracer un profil incomplet de celui qui a commis les meurtres à l'hôpital, car j'ignore encore ses motivations. Il s'agit d'un individu qui a agi seul, un homme ou une femme de pouvoir, un pouvoir qui lui a permis d'être au courant de l'existence du Projet Lazare et de débarquer sur les lieux du crime en hélicoptère. Il ou elle a plus de 45 ans, âge à partir duquel on dispose d'un tel pouvoir et de beaucoup de moyens. Il ou elle a un esprit méthodique, des troubles obsessionnels compulsifs, dont ceux de l'ordre et de la propreté. Il ou elle est de grande taille car la balle qui a atteint toutes les victimes a suivi une trajectoire de haut en bas. Sa taille me ferait donc pencher pour un homme plus que pour une femme. Et surtout, c'est un assassin au-dessus de tout soupçon, car il a réussi à endormir la vigilance d'un agent fédéral qui pouvait repérer un tueur rien qu'à l'odeur de son after-shave.

— Pourquoi n'avez-vous pas communiqué ce profil au FBI ?

— Il serait entre les mains de Weintraub à présent.

— Quand je pense à tout le boulot qu'il y a à faire, alors que Weintraub cherche son coupable parmi les SDF !

— Je ne vous ai pas tout dit, Kate. Bowman était à la recherche de Chaumont depuis un an, personnellement ou pour le compte d'un tiers. En tout cas, il menait ses investigations en marge de ses activités au Bureau. C'est lui qui a trouvé le corps du Français avant de le confier à Groeven et Fletcher. Clyde a filmé l'expérience. C'est cet enregistrement que Waldon veut récupérer.

— Je vois que vous avez assemblé quelques pièces du puzzle.

— Clyde n'en a pas avisé le FBI. Je n'ai donc pas jugé bon d'en parler.

— Pourquoi le faites-vous à présent ?

— Vous ne vous occupez plus de cette affaire. Vous ne risquez donc pas de salir la mémoire de Clyde.

Brad se releva sur un coude, légèrement euphorique. Il avait forcé sur la dose de hasch :

— Excusez-moi d'interrompre votre causerie. Je vous ai entendu parler du Projet Lazare. Tatiana avait évoqué ce nom une fois, à propos d'O'Brien justement.

— Et c'est maintenant que tu nous dis ça ? s'étonna Kate.

— Personne ne m'avait parlé du Projet Lazare jusqu'à présent, à part Tatiana.

— Qu'est-ce qu'elle t'avait dit là-dessus ?

— Nada. On était lovés l'un sur l'autre dans le canapé devant une télé de merde qui me bassinait avec un reportage sur le projet de bouclier nucléaire américain. Taty avait soliloqué un truc du genre « s'ils savaient ce qu'O'Brien en a à foutre du Projet Star Wars à côté du Projet Lazare ! » La phrase sonnait bien, c'est pour ça que je l'ai retenue.

Nathan fixa le regard noir de Kate. Elle était à la fois galvanisée par ce qu'elle venait d'apprendre, fatiguée par un long voyage, suspendue à sa décision. Ce fut ce regard qui le toucha. Il n'avait pas su dire non à Maxwell qui avait foulé son intimité avec l'arrogance d'un conquérant débarquant de son hélicoptère. Pourquoi refuserait-il de donner une chance à cette femme qui s'était présentée à pied pour le supplier ?

— J'accepte de vous aider à une condition.

— Laquelle ? hurla-t-elle presque.

— Que vous me confiiez votre secret intime.

— Lequel ?

— Celui que vous aviez promis de me révéler quand on se connaîtrait mieux.

36

Maxwell sortait de la douche du palace manillais, lorsqu'il entendit sonner son téléphone cellulaire rouge, celui qui le reliait au directeur du FBI et à Nathan Love. Sans prendre la peine de s'enrouler dans une serviette, il fonça mouillé vers l'appareil.

— Maxwell, j'écoute.

— Bonjour Lance, c'est Nathan Love. Vous êtes aux Philippines ?

— On a arrêté Tetsuo Zo, le gourou de Shintô. Il a avoué. C'est lui qui a descendu tout le monde à Fairbanks.

— Il a restitué les données du Projet Lazare ? demanda Nathan.

— Pas encore. Il fait durer les interrogatoires. On aurait besoin de vous ici.

Saisissant l'aubaine, Nathan se lança :

— Je reprends l'enquête à condition que la direction soit restituée à l'agent Nootak.

— Qu'est-ce que vous me chantez ?

Manifestement, Maxwell n'était pas au courant des petites manœuvres de Weintraub. Love lui résuma la situation concernant l'éviction de Kate, sans toutefois évoquer les soupçons qui pesaient sur Waldon et O'Brien.

— On s'en moque, de l'agent Nootak ! L'enquête est quasiment close. Ramenez vos guêtres à Manille et cuisinez-moi ce foutu jap. Le reste relève de la compétence du chef du personnel.

— Je suis prêt à sauter dans le premier avion pour Manille, mais promettez-moi que si Zo n'a rien dans le ventre, c'est Nootak qui reprend les rênes.

— Je ne vois vraiment pas ce que ça peut nous apporter, mais bon, soit !

— Je vous aviserai de mon heure d'arrivée.

37

Le Philippin qui était venu chercher Nathan à l'aéroport de Manille coupa le contact et la vedette accosta une petite île sans nom. Vingt heures plus tôt, Love avait laissé Nootak et Spencer à Vancouver. En attendant son retour et la décision de Maxwell, l'Esquimaude disposait encore de quelques jours vacants.

Nathan marcha jusqu'à une palmeraie paradisiaque avant de déboucher dans une clairière aménagée en camp militaire. Il fut invité à entrer sous la tente principale aux allures de quartier général. Debout, derrière une table couverte de cartes, se tenait un individu taillé dans du muscle et emballé dans du battle-dress. Le colonel Elliot Seaggle lui broya la main, tandis que Maxwell le remerciait de sa présence. Ce dernier lui fit d'emblée un topo de la situation. Depuis plusieurs semaines, des mouvements séparatistes islamiques s'en prenaient au tourisme et aux intérêts américains. Les bombes sautaient un peu partout dans l'archipel. Les USA avaient installé cette base provisoire pour contrer l'offensive.

— Depuis que le sénat des Philippines nous a virés de Subic Bay, on fait avec les moyens du bord, commenta Seaggle.

Une fois expédié le cours de géopolitique, on s'attacha à l'affaire qui avait requis la présence de Love. Les hackers du FBI avaient remonté la trace électronique de Tetsuo Manga Zo jusqu'à Manille. Grâce à une collaboration étroite avec le Bureau National des Investigations philippin, Zo avait été repéré dans le quartier chinois. Quatre agents de la CIA l'avaient serré en toute discrétion. Avec la complicité du directeur du NBI qu'il connaissait bien, Maxwell séquestrait Zo pour le cuisiner, avant que la procédure d'extradition ne soit entamée par le Japon.

Larry Schwarz, un psychiatre de l'US Corps, avait interrogé le prisonnier pendant trois jours. La veille, Schwarz avait craqué. Tentative de suicide. Avant de se pendre, il avait établi le profil de Zo. Maxwell avait à nouveau fait jouer ses relations pour obtenir des renseignements complémentaires auprès des services de police japonais. Voilà pour la méthode.

Tetsuo Manga Zo, de son vrai nom Inoshiro Ozawa, était âgé de 34 ans. Né hermaphrodite, il avait été opéré plusieurs fois dans son enfance, à l'initiative de sa mère qui voulait un fils. Dès sa venue au monde, Inoshiro fut victime d'une rupture dans l'ordre spontané de la nature. Son destin était dès lors tracé. Sous le joug d'une mère autoritaire et ultra possessive, d'un père absent et alcoolique, son enfance fut une succession de coups, de rabaissements, de punitions et même d'attouchements de la part de sa génitrice. Une accumulation de traumatismes. Ozawa s'était peu à peu refermé sur lui-même pour se faire oublier d'un monde qu'il se chargerait plus tard, quand il serait prêt, de rectifier. Entre autres révélations, Inoshiro avoua avoir tué son père à la suite du décès de sa mère (à l'époque, la police de Tokyo avait conclu à un accident de voiture dû à une conduite en état d'ivresse). Après avoir erré d'une secte à une autre, et liquidé l'héritage familial, il fricota avec les yakuzas auxquels il offrit ses services ainsi qu'un morceau de son petit doigt. Parallèlement, il étudia les grands maîtres japonais et chinois et suivit par correspondance des cours d'informatique. Ozawa était déjà en train de se muer en Tetsuo Manga Zo. Un diplôme en poche, il intégra la secte Moon qu'il informatisa avant de s'enfuir avec une partie de la caisse. Quelques mois plus tard, naquit sur le Net la secte Shintô dont les autorités nippones ne savaient rien à part le nom de son gourou : Tetsuo Manga Zo. Ozawa fantasmait sur un coup d'éclat qui le rendrait célèbre, le vengerait d'un monde qui l'avait toujours frustré et marginalisé. Intelligent, cultivé, manipulateur, méthodique, il avait soigneusement préparé le massacre des Drs Fletcher et Groeven, allant jusqu'à inventer le versement d'une fatwa à un tueur imaginaire, juste pour brouiller les pistes. Le 20 décembre dernier, Zo était passé à l'acte avec succès et savourait aujourd'hui son quadruple meurtre…

Nathan leva les yeux de l'épais rapport qu'il lisait en diagonale. Schwarz avait accompli un travail considérable. Seaggle s'impatientait en torturant un trombone.

— Qu'attendez-vous de moi ? demanda Nathan. Il a tout avoué. Même l'assassinat de son père.

— Rien, lui répondit le colonel.

Pour Seaggle, il fallait ramener le prisonnier à la réalité et lui faire cracher de force l'endroit où il avait planqué les données du Projet Lazare.

— Ce niak se prend pour Goldorak, beugla-t-il. Depuis son arrestation, il se pose en justicier. On perd du temps.

Maxwell se montra plus nuancé :

— Avant de le bousculer un peu, je veux analyser ce qu'il a dans le crâne. Il nous faut d'abord être certain qu'il est l'auteur de l'attentat à Fairbanks. Il n'a pas lâché le nom d'un seul complice. Pourtant, il lui en a fallu pour mener à bien une telle opération. Pendant que l'on torturait Carmen Lowell à coups de masse pour la faire entrer dans un four, Zo était aux Philippines. Ce type dirige une secte et on n'a pas un seul adepte à interroger.

— Laissez-moi m'en occuper avec deux de mes hommes, insista le colonel, péremptoire. En moins d'une heure, il aura dénoncé toute la racaille qu'il protège.

Nathan toisa le militaire qui ignorait probablement qu'un être violent ne cède pas devant la violence, qu'il faut lui proposer autre chose, un truc qu'il ne connaît pas, qui le déstabilise.

— Comment organise-t-il ses journées depuis qu'il est enfermé ici ? Comment est-il réglé ? demanda Nathan.

Maxwell récupéra le dossier et chercha la page qui pouvait le renseigner :

— Ozawa se lève le matin à 6 heures, va uriner, se lave, boit une tasse de thé et médite jusqu'à midi. Il déjeune, fait la sieste, médite à nouveau et termine sa journée par des exercices physiques. Tai-chi-chuan et divers enchaînements d'arts martiaux. Il dîne à 18 heures, lit Confucius et se couche.

— C'est le Club Med pour lui, ici, ajouta Seaggle.

Nathan regarda sa montre. 11 h 30.

— Je l'interrogerai deux fois. Au milieu de la nuit et au lever du lit, avant qu'il n'aille aux toilettes.

Deux moments où Ozawa serait le plus surpris, le moins à l'aise. Nathan réclama à nouveau le dossier.

— Je vais étudier son profil en détail.

— Je vous accompagne, dit Maxwell en poussant Nathan dehors.

Devant la tente, le ponte du FBI le mit en garde :

— Zo est un manipulateur. Il sait sur quel point sensible appuyer. Et des points sensibles, vous en avez, peut-être même plus que les autres. Il a poussé Schwarz au suicide en lui parlant de sa femme. Celui-ci traversait une crise dans son couple. Zo s'est engouffré dans la brèche. On a décroché le psy la corde au cou, hier soir. On est arrivé à temps. C'est sûr, vous tombez à pic. Mais si vous décidez de ne pas rencontrer ce type, je ne vous en voudrai pas.

— Ne dramatisons pas.

— Je ne veux pas d'autre victime dans cette affaire. Et surtout pas vous.

38

Minuit trente. Le réfectoire était vide. Nathan était le premier. Il avait tenu à être déjà présent lorsqu'on amènerait le prisonnier, pour donner l'impression qu'il était sur son propre terrain. Zo n'aurait pas le temps d'étudier les lieux, de s'en imprégner, de se mettre en scène.

Il s'assit et étala ses notes sur la table devant lui, puis se fit servir une bouteille d'eau minérale et un gobelet. Au bout de cinq minutes, deux colosses armés firent irruption dans l'immense tente, encadrant un individu gracile qui baissait la tête, caché derrière un rideau de cheveux longs jusqu'à la ceinture. Il était menotté dans le dos et enchaîné aux pieds. Nathan pria les deux soldats réticents de le libérer de ses liens et de disposer. Lorsqu'ils furent seuls, il invita le Japonais à s'asseoir en face de lui. Le prisonnier qui n'avait toujours pas relevé le menton obtempéra nonchalamment. Nathan fit mine d'examiner les rapports éparpillés sous ses yeux, en silence. Le rituel des interrogatoires de Schwarz qui se déroulaient dans la cellule de Zo était brisé. Ce petit bouleversement mettait l'interrogé dans la position du demandeur. Au bout de cinq longues minutes, Ozawa lâcha enfin la première question :

— Qu'est-ce qui se passe ?

— Rien.

— On est au milieu de la nuit.

— Je sais.

— Vous êtes le remplaçant de ce psy d'opérette qui m'a masturbé pendant une semaine ?

Nathan leva les yeux. Face à lui, une cascade de cheveux raides et noirs dégoulinait sur un tee-shirt rayé.

Il resta muet pour laisser le temps à Zo de formuler une autre question, la précédente ayant peu d'intérêt.

— Alors, il a eu les couilles de se suicider ?

— Nous sommes intervenus à temps. Vous avez bien manœuvré.

— Je ne vous crois pas.

— Que cela vous plaise ou non, il est toujours vivant.

— On n'est pas sur la même longueur d'onde. Vous ne comprenez pas ce que je dis. Vous êtes un incapable.

— C'est le "vous avez bien manœuvré" que vous réfutez ?

— Le mot "bien", employé pour qualifier mes actes, n'est pas juste. Vous dites "bien", mais c'est le mot "mal" que je vous inspire, n'est-ce pas ?

— Exact.

— Alors employez le bon vocabulaire, on gagnera du temps. J'ai besoin de sommeil, moi.

— Puisque vous êtes si tatillon, précisez-moi si je dois vous appeler monsieur ou madame.

Un petit réflexe de surprise lui fit lever les yeux vers son interlocuteur. Il réalisa trop tard qu'il s'était dévoilé et du coup se redressa avec hiératisme, toisant Nathan de ses deux petits yeux noirs sans pupille. Tout autour de ce regard malade, les linéaments de son visage demeuraient fins, féminins.

— Je vois que vous avez lu ma biographie. Vous savez donc tout sur moi…

Il saisit la bouteille et la vida dans le verre qui déborda très vite.

— Vous vous êtes pointé ici avec l'esprit rempli comme ce verre, débordant d'informations et de préjugés qui se répandent sur cette table. Vous n'êtes pas là pour écouter mais pour juger. Inutile de continuer.

Nathan réalisa son erreur. D'emblée, il avait été mené là où Zo voulait, c'est-à-dire à une impasse. Il se leva et quitta la pièce sans ajouter un mot.

39

5 h 30 du matin. Nathan s'installa dans le réfectoire encore vide et attendit le prisonnier. Il se versa de l'eau et regarda Zo entrer quelques secondes plus tard, encadré par deux GI qui le malmenèrent jusqu'à sa chaise.

— Vous ne dormez pas beaucoup, remarqua le Japonais.

Nathan le fixa en silence.

— J'ai envie d'aller aux toilettes.

— Auparavant, j'ai quelques questions à vous poser. Pour aller plus vite, je vous propose un marché. Une question pour une réponse, à chacun son tour.

Malgré les avertissements de Seaggle et de Maxwell, Nathan s'exposait. Il voulait progresser vite.

— Comme dans *Le Silence des agneaux*? J'ai vu le film moi aussi. Vous n'avez pas beaucoup d'imagination.

— Oui.

— Amenez-moi Jody Foster et je répondrai à ce que vous voulez.

— Vous préférez les femmes ?

— Seulement les gens qui ont des couilles.

— J'en ai.

— D'accord. Donnez-moi d'abord votre nom.

— Nathan Love.

— Amusant. Bon, j'ai droit à la première question.

Avant même d'avoir commencé, Zo avait déjà identifié l'homme qui était assis en face de lui. C'était un malin.

— Avez-vous déjà tué ?

Nathan évita de lui offrir une hésitation :

— Oui. Et vous ?

— Je pense à celui qui a été un enfant avant d'avoir été un tueur. Est-ce que des innocents vous doivent leur mort, monsieur Love ?

En plein dedans. Zo avait visé juste dès la deuxième question. Il venait de faire remonter un souvenir que Nathan avait mis trois ans à effacer. L'Américain répondit avec un léger temps de réflexion qui trahissait un trouble.

— Oui.

Il donnait des munitions à Zo, mais il offrait aussi de la sincérité qu'il espérait réciproque. Cette mise en abîme devait l'aider à développer de l'empathie pour l'assassin devant lui.

— Vous sentez-vous responsable de vos actes ? demanda Nathan.

— L'oiseau qui tombe du nid n'a pas goût à la vie.

Ozawa s'exprimait par koans, formules lapidaires et absconses qui niaient l'approche cartésienne propre à la civilisation occidentale. Nathan sentit qu'il était sur la bonne voie, en tout cas sur celle qu'il visait.

— Comment s'appelait-elle ? demanda Zo.

— Qui ça ?

— L'innocente qui vous doit la mort.

— Comment savez-vous qu'il s'agissait d'une femme ?

— Vous venez de me le confirmer sans que j'aie à poser la question. En revanche, vous venez d'en poser deux sans avoir répondu à la mienne. J'ai donc trois questions d'avance.

Nathan perdait du terrain. Zo le manipulait déjà :

— Quel était son nom ?

— À qui ?

— Encore une question sans m'avoir répondu. Cela m'en fait donc quatre d'avance. Je vous demande le nom de votre victime.

— Melany.

— Pourquoi lui avez-vous ôté la vie ?

— Par orgueil.

— Comment est-elle morte ?

— Mutilée.

— On vous a arrêté pour ce crime ?

— J'ai cessé d'exercer.

— Alors qu'est-ce que vous foutez ici ?

— Je reprends du service.

— Putain, on m'a refilé une seconde main !

Il héla les gardes pour retourner en cellule, mais ses appels se heurtèrent à la toile de tente.

— À moi de vous poser une question. Pourquoi avoir attendu si longtemps avant de passer à l'acte ?

— La pluie qui tombe sur l'étang remplit mon cœur de mélancolie. Donnez-moi des détails sur la mort de Melany.

— Elle a mis cinq heures avant de mourir dans la pire des souffrances. Combien de rats avez-vous abattus dans le laboratoire de l'hôpital de Fairbanks ?

Zo parut soudain déstabilisé. Il ne s'était pas attendu à cette question. Il détourna son regard. Vers la droite. Il cherchait à gagner du temps.

— Combien, Zo ?

— Trois.

Nathan but de l'eau et reposa le gobelet devant le Japonais qui avait perdu le fil de son interrogatoire. Love en profita :

— Définissez-moi ce gobelet.

Zo dégagea délicatement les cheveux qui tombaient sur son visage et les coinça derrière une oreille. La main avec laquelle il était en train de se coiffer fouetta l'air à une vitesse incroyable comme s'il avait voulu attraper une mouche. Les feuilles du dossier s'éparpillèrent sur le sol, la bouteille vola contre le mur. Le prisonnier ramena son poing au-dessus de la table, prestement débarrassée, et lâcha une boulette de carton. Les deux gardes surgirent dans le réfectoire. Nathan leur fit signe de ne pas intervenir.

— Tue le Bouddha, marmonna Zo.

Pas question pour lui de définir le verre, puisque aucune chose n'a de réalité fondamentale. Le zen révèle le vide de toute chose, y compris du Bouddha, d'où le précepte évoqué par Zo. En lisant entre les phrases, Nathan comprit qu'Inoshiro Ozawa lui signifiait également avec ironie que son esprit trop plein n'était que du néant.

— Qui de nous deux est le plus fort, monsieur Love?

Grâce à ce petit test que Nathan avait emprunté à un moine bouddhiste et que le Japonais avait brillamment passé, Zo apparaissait comme un adversaire de taille. L'Américain s'exprima à son tour avec un koan :

— Le vent caresse le brin d'herbe. Inoshiro, quelle sensation avez-vous ressenti à Fairbanks en jouant à être Dieu?

— Rien n'est aussi intense que le meurtre.

En prononçant cette phrase, il détourna son regard sur la gauche. Il mentait.

— Racontez-moi.

— Rien ne peut remplacer cette sensation de contrôle. On devient le maître absolu. Vous n'avez pas ressenti ça en mutilant Melany?

— Chantante est la rivière qui noie l'enfant.

— Vous vous défilez. Vous n'assumez pas votre crime. Vous êtes un perdant. Je suis plus fort que vous.

Nathan appela les deux GI qui raccompagnèrent dans sa cellule un Tetsuo Manga Zo gesticulant.

40

Au QG, le regard fulminant de Seaggle croisa celui de Maxwell, perplexe. Les deux hommes venaient de visionner la vidéo de l'interrogatoire.

— Cela signifie quoi cette mascarade?

À l'autre bout de la table, Nathan ne releva pas la critique du colonel et livra ses conclusions, le nez pris entre la fumée du cigare de Seaggle et celle de son café brûlant. Pour lui, tout était clair, encore fallait-il que cela le fût pour les autres.

Zo était en pleine contradiction. Il croyait au zen et par conséquent au vide de toutes choses, y compris de l'esprit. Or simultanément, il se prétendait psychopathe et donc handicapé par un esprit encombré. Nathan, lui, avait l'expérience du zen. Il avait lissé sa ligne de vie, éliminé toutes les connaissances, les pouvoirs, les frustrations, les traumatismes. En étudiant les arts martiaux et le bouddhisme pendant des années, le Japonais avait lui aussi tenté de défaire les nœuds de son enfance malheureuse. Il y était presque parvenu. Tous les traumatismes avaient disparu, sauf un : sa sexualité. Celle-ci l'avait miné. Partagé entre Bouddha et Némésis, il lui fallait trouver la vérité mais aussi punir ce monde artificiel et cruel. Cependant, cette intersexualité n'était pas une raison suffisante pour basculer dans une psychopathie besogneuse incompatible avec un esprit zen. TMZ était passé à l'acte par procuration. Réalisant un coup d'éclat sans se salir les mains. Ozawa n'était l'auteur que de la fatwa. Schwarz avait été dupé sur toute la ligne.

— Pourquoi s'accuse-t-il alors des assassinats à Fairbanks ? demanda Maxwell.

— Pour se valoriser, se glorifier aux yeux des médias. Zo passe de l'anonymat d'un internaute introverti à la popularité d'un ennemi public. Avec comme mobile une noble cause : la défense de l'ordre naturel.

— Qui a agi alors ?

— Ozawa a offert une récompense sur Internet. Probablement avec l'argent dérobé à la secte Moon. Reste à savoir à qui il a versé cette somme. Tetsuo Manga Zo n'est qu'une illusion. Il se fait passer pour le gourou d'une secte dont il est le seul membre. Il joue le psychopathe alors qu'il est sain d'esprit. Il prétend être un tueur rédempteur alors qu'il n'a jamais fait de mal à une mouche, ni à son père d'ailleurs.

— Comment savait-il pour les trois rats de laboratoire puisqu'il n'était pas là-bas ? Le tueur ne lui a quand même pas fourni un rapport détaillé de la scène du crime !

— Le tueur, non, mais la presse oui. Partout, on a pu lire que les quatre victimes étaient mortes d'une balle chacune et que l'assassin avait vidé son arme dans le cœur de Chaumont, perforé de cinq balles. Il suffisait de calculer. Un chargeur en contient douze. Il en restait donc trois à tirer. Sur quoi, sur qui ? Sur trois rats de laboratoire. Zo a mis quelques secondes pour réaliser la soustraction. Je l'ai vu devant moi effectuer l'opération.

Seaggle fronça une paire de sourcils broussailleux. Maxwell se massa la mâchoire bleuie par les heures supplémentaires.

— Le problème, dit-il, c'est qu'on est obligé de composer avec un mythomane. Il est notre seul lien avec le meurtrier. Vous vous sentez capable, Nathan, de lui arracher une information sur son créancier ?

— Je crains que non. Sur ce sujet, il lui est facile de nous abuser. Je ne suis plus d'une grande utilité.

Nathan s'adressa à Seaggle :

— Je crois que c'est le moment d'envoyer vos GI le secouer un peu. Il n'est pas courageux. S'il sait qu'on l'a percé à jour, il parlera, surtout sous la contrainte.

41

Contrairement aux prévisions, Tetsuo Manga Zo ne se mit pas à table. Il fallait être un peu plus patient, du moins si l'on voulait respecter les droits de l'homme en général, et ceux de Zo en particulier. En attendant d'avoir une piste à se mettre sous la dent, Nathan se fit ramener sur l'île de Luzon, la plus grande et la plus peuplée des Philippines. Il gagna la capitale en empruntant les transports en commun. Manille était quadrillée par l'armée qui traquait les terroristes islamistes à chaque coin de rue. Ça pouvait sauter à n'importe quel moment. Un jeepney le déposa dans le quartier populaire de Quiapo. Il préférait continuer à pied. Son sac de voyage pesait moins lourd qu'un cartable d'écolier et il avait besoin de marcher pour prendre l'air de la capitale, comme à chaque fois qu'il arrivait dans un nouveau lieu. Il aimait s'imprégner de l'environnement, se laisser pénétrer par les sons, les odeurs, les images, les goûts, le toucher. Pour lui, Manille avait la peau douce, le sourire transparent et les traits trop maquillés.

Après avoir franchi deux barrages, il s'arrêta devant une immense baraque en bois peinturlurée, parée de guirlandes et de lampions qui lui rappelèrent soudain qu'on était le 31 décembre et que, dans quelques heures, on changerait d'année. Une armée d'enfants décorait, binait, plantait, tondait, décapait, ponçait, rabotait, clouait, peignait. Nathan ne s'était pas trompé d'adresse. C'était là que vivait Antoine Mestre, un ami perdu de vue. Antoine était un Français qui avait immigré à San Francisco avec un diplôme HEC en poche et un rêve de golden boy en tête. Trader dans une banque européenne, il jouait avec des millions virtuels et risquait sa place chaque jour. Melany l'avait croisé dans leur immeuble. Il était leur voisin, il devint leur ami. Un jour, Antoine fit sauter la banque et s'enfuit à Manille. Par esprit de rédemption ou bien pour se sentir utile, il y acheta une vieille bicoque délabrée et ramassa des orphelins dans la rue qui se prostituaient pour quelques pesos. Il les recueillait chez lui, leur donnait un lit et un couvert, de l'instruction et un outil pour retaper la masure qui les abritait. Antoine pouvait accueillir une vingtaine d'enfants. Il avait engagé une institutrice et un cuisinier philippins.

Cela faisait cinq ans que Nathan était sans nouvelles.

Lorsqu'il s'aventura dans la propriété ouverte aux quatre vents, deux gamins coururent à sa rencontre.

— Qui es-tu, toi ? demanda le plus jeune.

— Qui doit-on annoncer ? fit l'autre en écho et en imitant l'accent d'Oxford.

— Veuillez nous suivre, dit le premier.

Avant que Nathan ait eu le temps de se présenter, ils disparurent à l'intérieur de la bâtisse. Il les suivit et tomba nez à nez avec une jeune femme. Troublante. De grands yeux noirs en amande rendant superflu l'eye-liner et le rimmel, des pommettes hautes, une bouche qui semblait envoyer un baiser et une peau mate à rendre maladives les chairs occidentales rôtissant sur les plages des sept mille cent sept îles de l'archipel. Elle se présenta. Angelina Sorres. L'institutrice. Sa beauté masquait son âge. Elle parlait d'une voix suave qui devait donner goût aux études.

— Antoine ne va pas tarder à rentrer.

Elle l'invita à s'asseoir sur la véranda qui entourait la maison et lui offrit un Coca-Cola. Dehors, des enfants trop jeunes pour manipuler un pinceau ou un marteau enroulaient un cocotier de papier coloré.

— Vous leur enseignez quoi ?

— À lire, à compter. Antoine, lui, leur apprend un métier.

— Un métier à 8 ans ?

— Un métier permet de manger, sans voler ni se prostituer.

— Vous travaillez ici depuis longtemps ?

— Un an. Excusez-moi, je dois rassembler les enfants pour les devoirs, la toilette et le dîner.

Quelques tapes dans les mains et la délicieuse hôtesse se transforma en général. Nathan ne pouvait détacher son regard de la silhouette d'Angelina, drapée de longs cheveux et d'une robe légère. Ses gestes étaient gracieux et précis, son port de tête plus royal que celui d'une reine. Il y avait plus de féminité dans cette femme que dans une course au titre de Miss Monde. La sonnerie d'un portable l'interrompit dans sa contemplation. Maxwell, qui n'avait pas manqué de remarquer que Nathan s'était démuni du portable de Bowman, lui avait refourgué un téléphone cellulaire, sorte de laisse télécommandée qu'il avait l'habitude de distribuer promptement à ses collaborateurs. Lorsqu'il entra en communication, il entendit Lance s'exclamer : « Zo a lâché le morceau ». Conformément aux déductions de Nathan, le Japonais avait avoué n'être que l'auteur de la fatwa. Quelques jours avant le massacre de Fairbanks, il avait reçu l'e-mail d'un anonyme qui s'inquiétait de savoir si la prime des six cent mille dollars était une offre sérieuse. Les deux correspondants avaient convenu que le versement de la récompense s'effectuerait au cimetière chinois de Manille le jour qui suivrait l'attentat. En s'y rendant comme prévu le samedi 21 décembre, Zo s'était fait voler l'argent par une horde de gosses. Son créancier n'avait pas tardé à se manifester sur le Net en menaçant de le supprimer à son tour s'il ne remplissait pas sa part de marché. Maxwell comptait avoir plus de précisions pendant la nuit. Il donna rendez-vous à Nathan le lendemain au Manila Hilton, dans le quartier d'Ermita.

Angelina passa devant lui, traînant derrière elle un rang désordonné d'enfants arborant des sourires édentés et malicieux. Le cortège s'éparpilla sur la véranda pour allumer des lampions de papier et des bougies posées sur la rambarde tout autour de la maison. Les petites flammes jaillirent dans la pénombre crépusculaire, vacillant sous le vent léger, illuminant les grands yeux noirs des orphelins fascinés par ce rituel. Nathan s'assoupit sur cette vision rassurante. Il sentit à peine les doigts de fée d'Angelina lui retirer son verre et saisir délicatement son visage pour le ramener contre le dossier.

La détonation fut fulgurante. Une balle traversa son crâne. Il essayait de respirer, mais plus rien ne commandait son corps. Impossible de lever la main pour palper son front. Son ouïe n'avait pas été altérée car il perçut un tintamarre d'amortisseurs et de ferraille brinquebalante. Il ouvrit les yeux sur la nuit qui scintillait de photophores multicolores. Une vieille Mitsubishi était en train de se garer nerveusement sous un bananier de la propriété. Un échalas descendit en claquant la portière avant de se diriger vers lui dans le noir, sans le voir. Nathan réussit enfin à bouger son bras et à s'extirper d'un mauvais rêve qui lui avait envoyé sa mort en pleine figure.

— Salut Antoine, bredouilla-t-il.

L'homme se figea, plissa son visage émacié et se dérida après deux secondes d'hésitation.

— Nathan ? Bon sang, si je m'y attendais !

— Tu serais devin.

— Tu dormais ?

— Tu m'as réveillé à temps. J'étais en train de mourir.

— Je t'ai sauvé la vie, alors.

— À charge de revanche.

— Qu'est-ce qui t'amène ? Le boulot ?

— Oui.

— Ça fait plaisir de te voir. Ça fait quoi, six ans ?

— Cinq.

— T'aurais pu donner des nouvelles.

— Je n'en ai donné à personne.

— T'arrives au mauvais moment. Il y a des militaires partout, à cause des islamistes qui foutent la merde. Pas plus tard que ce matin, trois moines bouddhistes ont été découpés à la machette dans le sud de la Thaïlande.

— Et toi, comment vas-tu ?

— Je suis fauché, furax et heureux comme tu ne peux pas imaginer.

— Drôle de cocktail.

— En parlant de cocktail, on t'a offert à boire ?

— Oui, merci. Ton institutrice m'a servi un Coca. Tu l'as bien choisie.

— J'ai bien choisi mon épouse aussi.

— Angelina est ta femme ?

— Ouais, m'sieur.

Antoine l'invita à s'asseoir dans le salon tapissé de plantes vertes et fouetté par les pales des ventilateurs de plafond.

— Tu vois, Nathan, je crois qu'il y a un Dieu là-haut qui te récompense quand tu fais des trucs bien. Bon d'accord, le clergé qui est censé le représenter n'est qu'une bande d'enfoirés, mais ça n'empêche pas la force divine. Depuis que je suis là, j'ai ramassé plus de cent orphelins sur le trottoir. Mais ce n'est rien comparé à ma rencontre avec Angelina. Elle, je l'ai arrachée aux sales pattes d'un putain de mac, Hans Gruber, une sorte de nazi expatrié qui l'avait mise à l'abattage. En périodes d'affluence, les clients défilaient deux par deux. C'est Sonny, un des gosses que j'ai adoptés, qui m'a alerté. Un soir, il a tout vu. Gruber avait obligé Angelina à faire un gang bang avec des blacks montés comme des ânes. Carnage assuré. Ces filles n'ont pas des bassins taillés pour les bites d'une équipe de basketteurs. Angelina a fini à l'hôpital. Je suis allé la chercher dans sa chambre, j'ai payé les soins et je l'ai amenée chez moi. Quand tu penses que cette fille vient d'une ethnie ifuagos. Ses ancêtres étaient des chasseurs de tête, ses grands-parents cultivaient le riz sur des terrasses irriguées qui grimpaient jusqu'aux pieds de Dieu.

— Comment a-t-elle échoué entre les mains d'un proxénète ?

— Elle a perdu son père très jeune. Sa mère a débarqué à Manille, avec bébé Angelina dans les bras, pour trouver du boulot. Celle-là a vécu de passes jusqu'à ce qu'elle meure du sida. Pour subsister, Angelina s'est retrouvée en train d'onduler en bikini devant des parterres d'Occidentaux adipeux. Elle a vite été remarquée. Le nazi de service lui a mis la main dessus pour l'exploiter.

— Ton nazi, il n'a pas cherché à la récupérer ?

— Tu parles ! Gruber a débarqué chez moi avec ses SS. Fallait que je raque ou que je rende Angie. J'ai raqué vu que je ne suis pas fortiche comme toi en kung-fu. Quarante mille dollars. Il a fallu que je trafique un max pour réunir la somme rapidement. Pendant longtemps, j'ai hésité à aller dans son bouge pour flinguer l'enculé et éviter qu'il recommence avec une autre fille. Je pourrais te raconter que ce n'est pas une manière de régler les problèmes, que l'un des dix commandements interdit de tuer, que je ne suis pas un assassin mais un être civilisé, mais franchement la véritable raison, c'est que je n'ai pas eu les couilles de le faire. Bon sang, t'aurais été là, cela aurait été plus simple. Qu'aurais-tu fait, toi ?

— Il m'est arrivé de tuer et de le regretter après.

— Ouais, enfin, le plus miraculeux dans l'histoire, c'est qu'Angelina a réussi à surmonter ces épreuves. Elle ne laisse apparaître aucune séquelle physique ou psychologique. Sacrée race, tout de même ! Nous les Occidentaux, on est des sous-merdes à côté d'eux, non ?

— La connaissance n'est pas la Voie.

— T'économises toujours les mots, toi, hein ? En tout cas, dans l'intimité, Angie m'offre son corps sans réticence…

Il se rapprocha de Nathan pour chuchoter :

— Pour faire fuir le chaland, au temps où elle se prostituait, Angelina s'est fait tatouer un serpent sur son corps, un cobra. Le tatouage commence sous la gorge, passe entre les jambes et remonte au-dessus des fesses. La pauvre ne s'imaginait pas que l'effet produit serait à l'opposé de ce qu'elle espérait.

Antoine ferma la parenthèse et haussa la voix :

— Les Philippins ne sont pas comme nous. À côté d'eux, on n'est que des primates, à part toi et deux ou trois autres types que je n'ai pas l'honneur de connaître. La force de l'esprit, comme t'avais l'habitude de dire. Angie a tout appris de son job auprès de l'ancienne institutrice en seulement trois mois. Elle fait un travail nickel. Elle remplace même le cuistot. En juillet, on s'est mariés. Enfin, voilà, c'est mon rayon de soleil, mon bonheur, la femme de ma vie qui récompense à elle seule tout ce que j'ai accompli ici. Et toi alors, tu ne me dis rien ? Faut dire que je ne te laisse pas en placer une. Comment va Melany ?

Nathan raconta son histoire à son tour, avec moins de mots et d'enthousiasme que son ami. Il évoqua sa traque de Sly Berg, la mort de Melany, sa retraite solitaire, sa purification par le zen et sa récente reprise d'activité qui l'avait amené jusqu'ici. Antoine était décomposé. À force de vivre au milieu du malheur, il s'imaginait que tout allait bien en Amérique, comme à Disneyland. Pour effacer la grise mine qu'il infligeait à son copain, Nathan changea de sujet.

— Tu me disais que tu étais fauché et furax. Furax parce que fauché ?

— Non, non. J'ai monté une association et pour l'instant, ça me coûte plus que cela me rapporte. Les pédophiles sont plus nombreux que les philanthropes. Je suis obligé de bosser pour boucler les fins de mois.

— Tu fais quoi ?

— Des trucs pas très légaux, mais ça rapporte. Je ne préfère pas trop entrer dans les détails, vu que tu as repris tes activités pour le compte du FBI.

— Ce sont ces trucs qui t'ont permis d'acheter la liberté d'Angelina ?

— Motus.

— Merci pour ta confiance.

— Excuse, en ce moment je suis un peu sur les nerfs. Même Angelina n'est pas au courant. Je deale un peu, voilà. Je fournis les touristes en haschisch. Pas de quoi alerter les fédéraux, ni le NBI.

— Pourquoi t'es sur les nerfs ?

— À cause des curés. J'essaye de sortir un gosse de la soutane de l'archevêque. L'ennui, c'est que le clergé fait barrage. Et quand t'es contre l'Église, ici, il ne te reste pas beaucoup de pouvoir. En ce moment, avec les attentats islamiques, c'est un peu la pagaille chez les cathos qui calculent la parade pour protéger leur territoire. Alors, j'essaye d'en profiter pour les attaquer dans le dos.

— C'est quoi, cette histoire d'attentats ?

— C'est la guerre de religions, mon vieux. Les islamistes font péter des bombes dans tout le Sud-Est asiatique. L'Indonésie en tête. À Bali, c'est l'enfer. Les terroristes ont réussi à semer la discorde entre les communautés hindouiste et musulmane. Même les bouddhistes sont sur le qui-vive en Thaïlande. T'étais pas au courant ?

— Je ne me suis pas intéressé aux affaires du monde pendant trois ans.

Angelina les rejoignit, armé d'un indéfectible sourire et d'un pichet de citronnade.

— Tu restes avec nous j'espère, dit Antoine à son ami. Ce soir, au menu, il y a du lapu-lapu accompagné de riz et du halo-halo. Le tout arrosé de San Miguel, sauf si t'es toujours accro au Coca.

— Je peux rester avec vous jusqu'à demain matin ?

— Je veux, oui ! Je ne sais pas si tu es au courant, mais c'est la Saint-Sylvestre. On a prévu de faire la fête. Les gosses ont préparé un spectacle pour le réveillon.

— Merci. Est-ce que vous connaissez le cimetière chinois ?

— Oui, évidemment. C'est pas très loin d'ici.

— Il y a des chances pour que j'aille y faire un tour demain matin. Tu pourrais m'accompagner ?

— Le problème, c'est que demain j'ai un rendez-vous avec un fournisseur, à propos de l'affaire dont je te parlais. Tu ne peux pas repousser ton rendez-vous ?

— Demain, les enfants n'ont pas école. Je pourrai vous accompagner si vous voulez, proposa Angelina.

42

Ils traversèrent Quezon Bridge qui enjambait Pasig River et longèrent le vieux quartier de Manille pour se diriger vers Rizal Park. Au volant, Angelina lui parlait de son pays aux sept mille cent sept îles d'une voix douce, en se cantonnant à la vitrine, tel un guide touristique.

La chaleur étouffante commençait à peser sur la ville déjà saturée de bruits et de monoxyde de carbone. Nathan baissa la vitre et devint la cible d'un essaim de petits vendeurs à la sauvette vite chassés par la circulation et les klaxons. La température n'affectait pas la fraîcheur d'Angelina, ni son flegme. Un gros type rougeaud flanqué d'une gamine qui avait le quart de son âge et de son poids traversa la chaussée devant eux. La jeune fille sur laquelle il s'appuyait posa un regard fatigué sur la calandre. Passer la nuit sous cent vingt kilos de viande n'était pas une sinécure. Angelina ne prêta aucune attention à eux. Avait-elle déjà eu envie de se rebeller contre les touristes pervers ? Des siècles de puritanisme espagnol, le joug des missionnaires catholiques acharnés, les invasions successives, le système du padrino et la dictature de Marcos avaient favorisé l'assistanat et rendu les filles soumises. Dès l'enfance, on nourrissait celles-ci d'images pieuses, représentant Jésus avec un grand nez, des cheveux blonds, des yeux clairs, une peau blanche, favorisant ainsi un attrait sournois des adolescentes pour le mâle occidental.

L'Église catholique avait fait de ce pays son seul pilier asiatique et avait remporté 80 % de part de marché, au point de jouer un rôle d'arbitre dans les élections du pays, aux côtés de l'armée. Le sabre et le goupillon se partageaient le pouvoir face au croissant et à la faucille qui se disputaient la révolution.

Angelina trouva une place proche du Manila Hotel. L'infatigable Maxwell attendait comme prévu au bar du palace.

Nathan ressortit au bout de quinze minutes, briefé à fond par le cacique du FBI. Zo avait avoué s'être rendu au cimetière chinois le samedi 21 décembre à midi. Il devait déposer son sac, contenant six cent mille dollars, à l'intérieur du caveau de la famille Wong. En chemin, une bande de gamins avait fondu sur lui pour le délester du pactole destiné au bourreau des Drs Fletcher et Groeven. En essayant de les rattraper, Zo s'était égaré dans un dédale de tombes. Il semblait dire la vérité. Il n'aurait pas inventé une histoire où il aurait incarné le dindon de la farce. L'individu était trop imbu de lui-même.

— Vous ne l'avez pas trop esquinté ? avait demandé Nathan.

— Ce n'est pas votre problème. Concentrez-vous sur les indices dont on dispose. On a une piste, il faut y aller.

Celle-ci commençait par le caveau de la famille Wong. L'autre élément dont disposait Nathan était une main coupée. Zo avait en effet remarqué un moignon au milieu des petits bras qui l'avaient détroussé.

Le cimetière chinois était squatté par les pauvres qui

avaient construit leurs maisons sur les pierres tombales. Plaques de tôles, sacs en plastique et cartons d'emballages surmontaient les dalles en marbre. Certains privilégiés se réfugiaient dans les caveaux pour y trouver la fraîcheur et la paix, au milieu des âmes. C'était le cas du sépulcre des Wong. Une mère enceinte et trois enfants somnolaient sur le sol. L'incursion de Nathan ne les fit pas broncher. Il s'assit dans un coin et s'inspira du lieu que les tueurs avait choisi pour percevoir la prime. Pourquoi ici ? Il ferma les yeux et sentit qu'Angelina s'asseyait à ses côtés. Sa présence le troubla. Son odeur, sucrée et salée, embaumait le lieu confiné. Un enfant endormi se tourna sur le côté. Angelina commenta :

— Pour les Philippins, il n'y a pas de frontière entre la vie et la mort. Les morts sont toujours les bienvenus parmi les vivants et inversement.

Nathan se releva :

— Allons-nous en, il n'y a rien à tirer de cet endroit.

Ils déambulèrent au milieu des sépultures. Des gamins alignés sur un mur truffé de tombes, agitèrent les mains dans leur direction.

— Allons-y, suggéra Nathan.

Il se hissa en haut de l'édifice et tendit la main à Angelina. L'échancrure de son débardeur fit apparaître la mâchoire du serpent dardant ses crochets venimeux à la naissance des seins. Elle ne pesait presque rien.

Une dizaine d'enfants les entouraient déjà comme les héros d'une ascension périlleuse. Le père des marmots tenait fièrement sa petite dernière dans le creux de son bras. Une fumée grise s'élevait dans leur dos. Ils faisaient chauffer de la nourriture qu'une femme ridée touillait dans une bassine en métal. Du chien ou du rat. Angelina et Nathan furent invités à se joindre à eux pour déjeuner. Chacun plongea les doigts dans le plat. Le goût de la viande était dissimulé sous les épices qui agressaient le palais. Gil, le père, parla de sa famille comme d'une richesse. C'était tout ce qu'il possédait. Depuis des années, il vivait sur ce rempart contenant des dizaines de cadavres. Nathan évoqua le caveau des Wong, un gosse à la main coupée, une bande qui détroussait les touristes. L'un des enfants présents manifesta plus d'attention que les autres à la conversation. Il avait à peu près 10 ans et se dandinait dans son short trop grand qui résumait toute sa garde-robe.

Love ne commanda pas de dessert, remercia ses hôtes et redescendit avec Angelina en bas du mur. Ils marchèrent un peu. Le gamin au grand short leur coupa la route.

— Tu es la copine de Sonny, hein ?

— Oui. Tu connais Sonny ?

— J'aimerais bien le revoir. Autrefois, il venait ici.

— Tu n'as qu'à m'accompagner. Sonny habite chez moi, maintenant.

— Celui que vous cherchez, avec la main coupée, il est dans une bande de Tondo.

Après avoir livré l'information à une personne qu'il avait jugée digne de la recevoir, il détala aussi vite qu'un lièvre.

Tondo était situé dans la banlieue de Manille. Pas la plus reluisante. Un bidonville pourrissant en contrebas de la chaussée. Une fosse ghetto. C'était là-dedans que devait se jeter Nathan.

— C'est dangereux, avertit Angelina.

— Attendez-moi ici, je n'en ai pas pour longtemps.

— Je viens. Un étranger tout seul ne ferait pas trois pas là-dedans.

En bas, ça grouillait de pauvres, d'enfants surtout, jouant au milieu des immondices. Sur les flancs de la tranchée s'élevaient des étages bâtis en tôles ondulées, en planches de récupération et en cartons, égayés par du linge sale séchant sur la rouille. Des immeubles de bric et de broc tenant par l'opération du Saint-Esprit. Tous les regards fixaient le couple, surtout l'Américain susceptible de posséder des dollars. La présence d'Angelina rendait ces regards hésitants. Il y avait un attroupement autour d'une partie de dominos. Les visages se tournèrent vers l'étranger. Angelina leur demanda s'ils connaissaient un gamin manchot. Sans se départir de leur sourire, ils se mirent à causer en même temps. Un concert cacophonique pour noyer le poisson.

Les deux intrus continuèrent leur périple dans le large fossé, interpellant tous ceux qu'ils approchaient. Derrière eux, un cortège enflait à chaque mètre. Parfois, Nathan avait l'impression de croiser les mêmes personnes, comme s'ils tournaient en rond. Mais Angelina semblait contrôler la situation.

— Certains nous rattrapent et nous dépassent pour se faire interroger à nouveau, expliqua-t-elle.

Comme un jeu. Au bout d'une heure, la procession bruyante s'effilocha derrière eux jusqu'à disparaître totalement. Angelina ressortit d'une baraque avec un Philippin famélique.

— J'ai trouvé quelqu'un qui connaît votre manchot.

Le Philippin confirma en crachant ses glaires sur eux.

— Qu'est-ce que vous lui voulez à Jimmy?

— Savoir où il est.

— C'est tout?

— Vous faites partie de sa bande?

— Il est notre mascotte. Si quelqu'un veut lui parler, il doit passer par nous.

— Qu'avez-vous fait des six cent mille dollars que vous avez dérobés à un Japonais, il y a dix jours dans un cimetière?

— Combien?

— Six cent mille dollars. Tu n'as pas eu la curiosité de voir ce que contenait le sac?

— Six cent mille dollars ?

— Qui a commandité le vol ?

— Le cimetière chinois, c'est pas notre secteur. Nous, on est à Tondo.

— Qui t'a parlé du cimetière chinois ?

— C'est vous.

— N'en parlons plus. Désolé de t'avoir dérangé.

Nathan s'éloigna en entraînant Angelina.

— Votre façon de questionner les gens est étrange, dit-elle. À votre place j'aurai insisté. Ce type s'est trahi en…

Nathan n'écoutait plus. Il avait déjà répertorié ses adversaires au milieu de la foule, analysé leur force et leur faiblesse. Ils étaient armés de couteaux philippins prêts à darder leur langue effilée. Son corps, armure souple et tranquille qui masquait un esprit en ébullition, avança lentement sans se détacher d'Angelina. Nathan concentra toute son énergie dans sa nuque avant d'en irriguer ses épaules, puis de la verser dans sa colonne vertébrale. Elle descendit jusqu'à la pointe des orteils comme dans une goulotte. Il oublia alors son corps et visualisa la topographie des lieux. Il était pris entre deux remparts de parpaings. À vingt mètres devant lui, un amoncellement de tôles sur trois étages. À sa gauche, une caisse renversée sur une flaque d'urine. Devant les habitations, une chaise. Le soleil était dans son camp, c'est-à-dire dans son dos. C'était déjà ça.

Nathan se référa à la Voie de la tactique pour obtenir la transparence intérieure, découvrir le rythme de ses futurs adversaires et imposer le sien. Hors du temps. Ceux-ci n'avaient pas de plan, ils étaient venus en masse et en désordre. Leur nombre était une quantité abstraite qui n'était pas au service d'une puissance commune. Ils étaient neuf, mais Nathan ne les voyait déjà plus. Dans son champ de vision, large, vaste, intuitif, ils occupaient des positions qu'eux-mêmes n'avaient pas encore envisagées.

Il voyait déjà l'issue finale.

Grâce à sa faculté de percevoir l'intention d'une agression, il avait l'avantage de la surprise. À condition d'attaquer en premier. Attaquer l'adversaire avant qu'il n'ait commandé à son bras de frapper. Commencer par les plus offensifs. La bande était déployée en binômes, sauf les trois devant lui. Il repéra le chef au milieu du trio, à cause du regard des autres suspendu à son feu vert. Sa garde rapprochée faisait virevolter les double-manches des couteaux et jaillir les lames. Des gestes vifs et une dextérité destinée à impressionner. Confortés par l'idée que l'assaut serait lancé par les deux acolytes filiformes qui s'étaient faufilés dans le dos de leur proie, ils se permettaient cette esbroufe qui les pénalisait d'une seconde de retard. Nathan avait besoin de ce délai. Il poussa le kiaï et bondit vers le trio, la jambe raide comme un javelot. La plante de son pied cogna le crâne du chef qui fut propulsé contre le soubassement du baraquement de plaques ondulées. L'édifice s'écroula comme un château de cartes. Au passage, il faucha la garde rapprochée, interrompue dans sa démonstration de force. Face au déluge de ferraille, ses ennemis s'écartèrent dans la confusion. Il saisit la chaise avant qu'elle ne soit ensevelie sous les décombres, la jeta en l'air derrière lui, effectua une roulade pour reprendre sa position initiale, au milieu du couple d'efflanqués qui avait l'intention de le prendre à revers. Ces derniers étaient figés face à l'effet boomerang de leur adversaire, à l'éboulement et à la chaise volante. Nathan attrapa le projectile et le brisa sur eux, pour ne conserver que deux barreaux destinés à protéger ses avant-bras.

Dans un angle de vue, il vit Angelina. Elle n'avait pas bougé. Il profita du rythme anarchique de ses opposants pour l'éloigner vers un renfoncement, si violemment qu'elle décolla du sol.

Nathan délaissa provisoirement les échalas ratatinés à ses pieds et se chargea des plus aguerris qui brandissaient des poignards. Il s'était ménagé de l'espace à gauche. Ceux qui avançaient sur sa droite avaient le dos au mur. Un couteau jaillit sur sa gauche et se planta dans le manchon de bois qu'il ramena devant lui pour l'enfoncer tel un pieu dans la gorge d'un individu râblé. Un geyser de sang gicla sur la main de Nathan. Prolongeant son mouvement de rotation, il assena un coup de pied circulaire à l'attaquant de gauche qu'il avait désarmé, se baissa devant une grande silhouette qui se jetait sur sa droite, l'empoigna par le tee-shirt et le renversa au-dessus de lui par une extension des jambes synchronisée avec une bascule du buste. Combinaison spectaculaire de morote-seoi-nage et tai-otoshi. L'escogriffe écrasa son coccyx sur un tapis de gravats. Sans le lâcher, Nathan pivota au-dessus de sa tête et lui cassa le bras.

À sa droite, Angelina qu'il venait d'éjecter hors de la scène de combat, achevait son vol plané sur un tas d'ordures.

Il demeurait hors du temps réel.

Plus que cinq hommes valides. Il fallait les empêcher de récupérer, de se disperser. Les canaliser vers l'endroit le plus inconfortable. Quatre d'entre eux étaient face à lui. Le cinquième, massif, avançait sur sa gauche. Poignard levé. Ce dernier était le plus proche. Nathan offrit son flanc avant de lui porter un coup de pied au bas-ventre. Le mastard se recroquevilla sur un grognement étouffé. L'Américain progressa en zigzag vers la caisse qu'il avait repérée et se barbouilla le visage du sang dont sa main était enduite. Des profondeurs de son ventre, il poussa un cri pour se fixer sur un nouveau rythme et intimider le reste de la clique. Les quatre Philippins reconsidérèrent leur offensive. La cible s'était métamorphosée. Le forcené devant eux n'avait plus rien à voir avec le fouille-merde qu'ils devaient saigner comme un porc.

Nathan saisit cette brève hésitation pour bondir du haut de son piédestal, larguant son corps contre une ligne de front désorganisée. La méthode du bowling. L'un fut projeté à une dizaine de mètres dans le fond du décor, un autre y perdit son scalp. Les deux autres avaient eu le réflexe de s'écarter pour éviter le boulet de muscles. Nathan lança un nouvel assaut pour les refouler jusqu'au parterre jonché de rognures métalliques et de tôles acérées. Alors qu'ils se repliaient en dansant le twist sur un sol instable et tranchant, il éprouva une douleur aiguë. Il exécuta une rotation rapide et plaça dans un fracas d'os un ude-gatame accompagné d'un coup de genou au visage. Il continua son mouvement en soulevant sa jambe qui percuta une tempe. Au terme de sa giration aussi invisible qu'un claquement de fouet, le scalpé qui avait commencé à lui entailler l'épaule s'écroula avec un trou au-dessus de la bouche, tandis qu'un des danseurs de twist avait réintégré le rang dans les bras de son frère d'arme.

Désormais, tous les agresseurs encore en lice se présentaient en enfilade.

Nathan bombarda une série de coups de pieds et de revers sur celui qui chancelait en tête de cortège, culbutant par ricochet le reliquat de délinquants. Il martela la colonne au niveau des plexus solaires qui s'offraient à lui, jusqu'à ce qu'il se retrouve face au dernier, étourdi par les assauts répétés. Le gars tomba sur les genoux sans réaliser que ce qui venait d'être catapulté loin de lui était sa mâchoire.

Nathan hurla. Un cri de victoire qui le fit émerger de son état second. En position de garde, il se retourna devant la foule ébahie. Une cinquantaine de personnes s'était amassée en quelques secondes, tétanisée par le spectacle et la désolation qui en résultait. Un nouvel assaillant qu'il n'avait pas comptabilisé sauta sur lui, la jambe bandée pour lui défoncer les côtes. L'effleurant à peine, Nathan l'envoya valdinguer contre une planche hérissée de clous, pivota, lacéra l'air. Son poing s'arrêta à quelques centimètres du menton d'Angelina. Il ne la reconnut qu'au dernier moment. L'énergie contenue dans son mouvement la fit chanceler. Il la rattrapa par le bras.

— Vous… vous allez bien ? bafouilla-t-elle.

Il sentait une douleur dans l'épaule. Elle vit le sang ruisseler. Une lame lui avait ouvert la chair. Signe qu'il manquait d'entraînement. Ses exercices virtuels en solitaire ne remplaçaient pas l'expérience du terrain. Il se retourna pour évaluer l'étendue des dégâts. On aurait dit qu'une grenade avait été dégoupillée dans le coin. Parmi eux, Nathan reconnut le jeune qu'il avait interrogé. Ces types étaient motivés. Sinon, ils auraient abandonné le combat avant la fin. Le petit Jimmy était mieux protégé que la présidente des Philippines.

— Vous les avez tous tués ? demanda Angelina.

— Non. Ils sont encore en vie, à part celui qui a le barreau de chaise dans la gorge et celui qui n'a plus de mâchoire. J'ai perdu de mon efficacité.

— Si vous souhaitez les achever, il est encore temps.

— L'efficacité aurait été de n'en tuer aucun.

— Allons-nous en, il faut vous soigner.

— On doit attendre.

— Attendre quoi ?

— Qu'il y en ait un qui bouge.

43

Une dosse se souleva sur le faciès grimaçant du combattant à la poitrine percée. Nathan monta sur la planche cloutée, faisant jaillir un couinement.

— Ton nom ?

— Estan.

— Comment s'appelle ta bande ?

— On n'a pas de nom.

— Jimmy en fait partie ?

— Oui. Mais il ne participe pas aux bastons.

— Pourtant, il était là lors de votre descente au cimetière chinois, il y a dix jours.

— On n'a pas fait de descente là-bas.

Il est vrai que TMZ avait décrit une bande d'enfants et non pas un gang d'adultes armés tel que celui qu'il venait de dissoudre. Nathan sauta de son plongeoir et fit s'asseoir le Philippin. L'interrogatoire fut rondement mené, car il fallait éviter de se coltiner les survivants qui allaient peu à peu récupérer et les témoins qui allaient s'en mêler. Estan confirma que Jimmy était la mascotte de la bande. Il leur servait de larbin ou d'éclaireur. Le petit manchot ambitionnait de s'incruster chez les grands, mais le père Sanchez veillait au grain.

— Le père Sanchez ?

— Ouais, il a vachement d'influence sur Jimmy. Il aime pas le voir traîner avec nous. C'est pour ça qu'il l'a enrôlé dans la chorale. Nous, on n'insiste pas, on va pas contrer un prêtre. En attendant, Jimmy fait ses coups en douce avec les marmots de la chorale. Il a dû zoner chez les chinetoques sans nous rencarder. Le petit con, je sais pas ce qu'il trafique.

— Nathan, il y en a qui remuent, s'affola Angelina.

Les décombres commençaient effectivement à bouger. Il était temps de déguerpir. Nathan attrapa Estan par le tee-shirt et lui intima de les conduire au père Sanchez. Ils fendirent la foule, longèrent les parois de parpaings, traversèrent un petit marché et pénétrèrent dans une fosse plus étroite que la précédente.

— Pourquoi protégez-vous Jimmy avec autant de fougue ?

— Depuis quelques jours, plein de gens le cherchent, répondit Estan.

— Qui ?

— La bande des Chinois… et puis il y a eu ce Japonais déjanté qui cherchait son fric. Il a esquinté trois de nos types. C'est pour ça qu'aujourd'hui on était plus nombreux.

— Tu n'as pas répondu à ma question. Pourquoi le protégez-vous ainsi ?

— C'est la faute au père Sanchez. Il a menacé de nous dénoncer aux autorités s'il arrivait quoi que ce soit au petit. Même si on n'était pour rien dans ses combines.

Ils débouchèrent sous des tonnelles de paille abritant des combats de coqs. Des dizaines de parieurs endiablés agitaient leurs pesos en vociférant. Ils contournèrent l'obstacle et débouchèrent sur une placette plus calme. Au fond du cadre, une église massive contrastait avec le bidonville environnant. Éparpillées sur le parvis, des femmes vendaient des amulettes, des philtres magiques, des potions miracles. Les bondieuseries n'étaient pas en reste, de la photo du pape au crucifix en plastique. Suivis par Angelina, Nathan et Estan enjambèrent les étals et entrèrent dans l'église. Estan les guida jusqu'à la sacristie.

— Le prêtre habite ici. Il vous dira ce que vous voulez savoir.

Nathan laissa le Philippin filer avec ses péchés et s'assit sur le banc de la première rangée. Angelina s'installa à côté de lui :

— Vous voulez prier ? s'étonna-t-elle.

— Prions surtout pour que le curé soit là.

Nathan avait besoin de souffler cinq minutes. Le combat à Tondo lui avait soutiré une grande part d'énergie et sa blessure à l'épaule l'indisposait. Il voulait aussi réfléchir à la manière d'aborder le père Sanchez. Il en était arrivé à la conclusion que Jimmy n'avait pas ouvert le sac, sinon tout le monde aurait été au courant de ce qu'il contenait. Le petit manchot agissait-il pour le compte du tueur de Fairbanks qui l'aurait envoyé avec d'autres gosses ravir la prime afin de brouiller les pistes ?

— Je suis désolé de vous imposer ça, dit-il à Angelina.

— Rassurez-vous, j'ai vu pire.

Autant s'excuser d'avoir infligé une pichenette à un boxeur. Le quotidien d'Angelina, avant sa rencontre avec Antoine, était peuplé de fantômes, de pervers, de tortionnaires. Un vol plané sur un tas d'ordures suivi par une démonstration d'arts martiaux ne l'empêcherait pas de dormir.

— Ce petit Jimmy est le seul lien dont je dispose avec l'assassin que je recherche, dit Nathan.

— C'est important de retrouver cet assassin ?

— Il a tué cinq personnes dont une qui a été atrocement torturée.

— Des innocents ?

— Au moins une, oui.

— Votre métier paraît difficile.

— Il est plus facile que celui d'Antoine.

— Antoine donne de sa personne pour se donner bonne conscience.

— C'est injuste de dire ça.

— Il aide ceux qui ne demandent rien. La joie que l'on en retire est encore plus grande que de donner à celui qui tend la main.

L'acuité de l'analyse le sidéra. Il était fasciné par cette femme qui commençait à occuper de la place dans ses pensées.

— Pourquoi dites-vous qu'Antoine se donne bonne conscience ?

— Quand il était trader, il a ruiné beaucoup de riches. Aujourd'hui, il sauve des enfants de la misère et de la prostitution. Il n'a donc pas grand-chose à se reprocher.

— Vous semblez le condamner.

— Je ne condamne pas. Vous me dites que ce qu'il fait est plus difficile. Or, quand il sauve des enfants, vous tuez des gens. Le fardeau n'est pas le même. Le soir, il y en a un des deux qui doit mettre plus de temps à trouver le sommeil.

— Votre fardeau, à vous aussi, est très lourd à porter, n'est-ce pas ?

— Il suffit de s'imaginer des tas de viande puante et visqueuse pénétrer votre corps par tous les orifices et se vider en vous pour avoir une vague idée de ce que je porte en moi.

— Vous y pensez souvent ?

— À chaque fois que je fais l'amour avec Antoine.

Angelina se livrait. Ainsi, lorsque Antoine croyait lui prodiguer du plaisir, elle simulait, en reconnaissance de ce qu'il avait accompli pour elle.

Le curé sortit de la sacristie, rasant les murs en direction d'une porte dérobée. Nathan se leva et le rattrapa.

— Père Sanchez ?

— Oui.

— Je peux m'entretenir avec vous ?

— Que voulez-vous ?

— Une confession.

— Revenez cet après-midi, mon fils. Je suis pressé.

Sanchez avait un visage poupin, un ton obséquieux et une montre Tag Hauer au poignet.

— Ça tombe bien, mon père. Moi aussi, je suis pressé.

Appeler cet inconnu "mon père" lui procura une sensation de malaise, car il n'avait pas vu le sien depuis trois ans. Nathan le poussa vers une alcôve éclairée par des cierges et commença à le bombarder de questions.

— Je croyais que vous vouliez vous confesser, se défendit le religieux.

— Quand j'ai parlé de confessions, je faisais allusions aux vôtres.

— Que désirez-vous savoir ?

— Jimmy a fait une bêtise. Il a dérobé un sac appartenant à des individus très dangereux qui feront tout pour le récupérer.

— Quel sac ?

— Un sac contenant de l'argent.

— Seigneur, dans quelle affaire ce gamin est-il encore allé se fourrer ?

— Où se trouve Jimmy ? Je dois lui parler.

— Pourquoi vous ferais-je confiance ? Qui êtes-vous ?

— Je suis la seule chance dont il dispose pour s'en tirer vivant. Car je suis du côté de la loi.

— Vous savez, je m'occupe de cet enfant comme je peux. Je l'ai ramassé dans la rue, agonisant, une main coupée d'un coup de machette. Il n'a jamais voulu me dire qui lui avait fait ça. Depuis, j'essaye de lui montrer le droit chemin qui le dispenserait de la mauvaise influence de ses aînés. Il y a une bande de voyous qui en a fait sa mascotte. Il est possible que ce soient eux qui l'aient embringué dans cette histoire de brigandage. Mais Jimmy ne dénoncera jamais sa bande.

— J'aimerais lui poser directement la question. Où est-il ?

— Chez moi.

— On peut l'interroger ?

— « Quiconque scandalisera un de ces petits qui croient en moi, mieux vaudrait pour lui avoir une meule d'âne suspendue au cou et être jeté à la mer », a dit notre Seigneur.

— Ce n'est pas le même qui a dit qu'il valait mieux entrer manchot dans la vie que de s'en aller avec les deux mains en enfer ?

— Votre connaissance du Nouveau Testament vous honore.

— J'ai été forcé de l'apprendre par cœur. C'est le bouquin dont les déséquilibrés s'inspirent le plus pour justifier leurs crimes.

— « Regardant de leurs yeux, ils ne voient pas ; écoutant de leurs oreilles, ils ne comprennent pas, pour qu'ils ne se convertissent pas et qu'il ne leur soit pas pardonné », a dit Jésus en écho au prophète Isaïe.

— On est d'accord. Est-ce que je peux parler à Jimmy ?

— À une condition. Que l'entretien soit bref et que je puisse y assister.

— Cela fait deux conditions.

— Oui, je le concède.

— Écoutez, vous n'êtes ni son père ni son agent, alors vous n'avez aucun droit d'exiger quoi que ce soit.

— Et vous, vous n'êtes pas en Amérique. Ici, tout repose sur la corruption et la bonne volonté. Comme apparemment vous n'êtes pas disposé à verser un don, il va falloir faire preuve d'un peu de compréhension.

Le père Sanchez l'enjoignit de le suivre dans la sacristie. Des enfants étaient en train de confectionner des petits cadres en bambou à l'intérieur desquels ils prévoyaient d'insérer une image du Christ. Ils avaient entre 6 et 12 ans. L'un d'eux travaillait d'une main. Son bras gauche était sous la table. Le curé lui demanda de s'approcher. Le gamin renifla et s'essuya le nez d'un coup de moignon. Nathan entra dans le vif du sujet :

— Jimmy, on t'a aperçu au cimetière chinois, il y a dix jours. Tu as volé le sac d'un homme. Où est ce sac ?

Le gamin fixa les yeux du père Sanchez comme pour y glaner la réponse adéquate.

— Parle mon enfant, dit le curé.

Jimmy frottait machinalement l'extrémité de son membre amputé et remuait les lèvres sans émettre un seul son. Son regard d'animal traqué était à l'affût d'une échappatoire. Jimmy avait peur. Qui le muselait ? Le père Sanchez ? Les autres enfants qui l'épiaient au-dessus de leurs images pieuses ? La bande dont il était la mascotte ? Ceux qui l'avaient déjà amputé une fois ? Le gamin lorgnait sur une fenêtre ouverte. Nathan sut qu'il allait fuir. Il ne tenterait rien pour l'en empêcher. Il ne voulait pas lui faire courir le risque de perdre ses cinq autres doigts, même si son témoignage conduisait aux auteurs du massacre de Fairbanks. L'objectif était de lui arracher au moins un mot avant qu'il ne s'échappe. Un nom. Celui qui l'avait envoyé dépouiller Inoshiro Ozawa.

— Qui t'a demandé de voler ce sac ?

— Dios !

Jimmy renversa sa chaise et bondit dehors. Le père Sanchez se précipita derrière lui avant de constater que la ruelle était déserte.

— Vous ne courez pas après lui ? s'étonna-t-il.

— Qu'a-t-il dit ? demanda Nathan.

— Il vous a simplement dit adieu.

— Je me contenterai de cette réponse.

— Vous laissez tomber ?

— Vous m'avez demandé d'être bref.

— Je vous en sais gré.

Nathan observa les têtes brunes qui s'étaient remises à leurs travaux manuels.

— D'où viennent ces enfants ? demanda Nathan.

— Ils sont de Tondo. Je préfère les voir ici plutôt que dans la rue.

— Ils ont l'air plus docile que Jimmy.

— C'est pour ça qu'ils ont encore leurs deux mains.

Nathan tendit la sienne au curé et quitta l'église en compagnie d'Angelina qui était restée muette pendant l'entrevue.

— Vous n'allez pas essayer de retrouver Jimmy ?

— Qu'a-t-il dit exactement avant de décamper ?

— "Adieu". Le père Sanchez vous l'a…

— Non. Vous, qu'avez-vous entendu ?

— "Adios".

— "Adios" ou "Dios" ?

— Quelle importance ? Dans la précipitation, le gosse n'a pas eu le temps de prononcer distinctement.

— La différence est énorme. "Dios" signifie Dieu.

— Et alors ?

— Il a voulu nous dire que c'était Dieu qui l'avait envoyé voler le Japonais.

— Dieu est à l'origine de toutes choses dans ce pays.

— Quelle impression vous a donnée le père Sanchez ?

— Il fait la même chose qu'Antoine. Sauf qu'il a recours à la religion catholique. Cela me semble honorable.

L'opinion de Nathan était plus nuancée. La religion n'avait jamais été une source d'émancipation. Et puis, il y avait cette dernière phrase du père Sanchez qui ne lui avait pas plu. Il revit le regard apeuré de Jimmy et entendit l'écho de l'unique mot qu'il avait prononcé. À travers Dieu, n'était-ce pas le père Sanchez qu'il venait d'accuser ? Pendant une seconde, Nathan eut la vision du prêtre en train de se noyer dans la baie de Manille, une meule d'âne attachée au cou.

44

Allongé dans la chambre, Nathan regardait le plafond repeint par des petites mains. D'autres, plus adroites, et pas tellement plus grandes, nettoyaient la blessure qui suppurait sur son épaule. Angelina prodiguait de la douceur sur la douleur. Étrange sensation, proche de la jouissance.

Il était envoûté par cette Philippine qui s'était révélée sur le banc d'une église. Angelina avait pris conscience que son esprit vivait dans un corps souillé. Au cours de ses multiples étreintes tarifées, ses grands yeux bridés allaient bien au-delà de celui qui la baisait. Peu à peu, son esprit s'était détaché, il avait abandonné son enveloppe. Elle avait regardé sa chair souffrir sous les pénétrations, les martèlements, les ahanements. Elle en avait perdu son ego pour trouver le vide, chasser toute idée de peur, se résoudre à disparaître, comme face à un ennemi plus fort. En se prostituant, elle avait appris à mourir. Il ne lui restait quasiment plus qu'à se détacher de son esprit pour se rapprocher de l'Éveil. Mais elle était catholique. Sa religion, tournée vers la lumière de Dieu, l'empêchait de distinguer l'étincelle de son moi profond. C'était ce qui la différenciait de Nathan.

Elle l'attirait. Par respect pour Antoine, il ne tenterait pas de la séduire. D'ailleurs, il était nul à ce jeu-là. Cependant, il savait que si Angelina approchait sa bouche, il serait difficile de résister. Il ne lui restait donc plus qu'à fuir pour l'effacer de ses pensées.

— Voilà, le pansement devrait guérir la plaie rapidement.

— Qu'est-ce que vous avez appliqué ?

— Des herbes, plus quelques trucs auxquels on avait recours pour se soigner dans la famille. Vous verrez, c'est plus efficace et moins dangereux qu'une journée à l'hôpital.

— Merci Angelina.

Elle l'embrassa sur le front.

— Merci à vous.

— Pourquoi ?

— Pour ne pas m'avoir fait la cour.

— La grande sagesse est comme la stupidité.

— Que voulez-vous dire ?

Il n'avait pas l'habitude de commenter les koans qu'il distillait avec parcimonie pour attirer l'attention du béotien sur la face cachée des choses. Cette fois, pourtant, il dérogea à la règle :

— Je voulais seulement dire qu'il est inutile de se mettre en avant.

— Vous avez raison. Vous auriez mis mon ménage en péril.

45

Kate Nootak l'attendait à l'aéroport de Fairbanks avec des nouvelles. Nathan avait voyagé dans l'espace (Manille-Anchorage-Fairbanks) et dans le temps (il était remonté une journée en arrière en franchissant la ligne internationale de changement de date tracée au-dessus du détroit de Béring). C'était à nouveau le premier janvier pour lui, avec 80 °C de différence. L'Esquimaude était plus chaleureuse que lors de leur première rencontre. Grâce à lui, elle avait récupéré son enquête et Weintraub était retourné à Anchorage. Ce dernier n'avait rien accompli de probant en une semaine. Quelques SDF avaient été interpellés, dont un spécimen qui moisissait derrière les barreaux pour avoir frappé le capitaine Mulland. Aucun d'eux n'avait subi les expériences de Fletcher et Groeven. En revanche, l'autopsie de celui qui avait été tué par Kate avait révélé une hypertrophie des glandes endocrines et un excès d'hormones dans le sang. Les scientifiques se ruaient autour du cadavre pour étudier les composantes de ces hormones. Weintraub avait également interrogé la veuve Chaumont qui avait enfin été jointe à son retour de vacances passées en Méditerranée sur le yacht de son employeur, Vladimir Kotchenk. Elle s'était déplacée pour reconnaître le corps de son mari et n'avait rien déclaré de significatif, les autres victimes lui étant complètement étrangères.

Kate avait obtenu un mandat pour aller perquisitionner chez Ted Waldon et un feu vert pour aller interroger le diplomate Chester O'Brien.

De son côté, Nathan avait disculpé Tetsuo Manga Zo et ajouté un enfant manchot et un prêtre charitable sur la liste des suspects. Deux nouveaux venus qui ne correspondaient en rien au profil de l'assassin dont la principale caractéristique était la puissance quasi planétaire, s'étendant de Fairbanks à Manille. Le coupable maîtrisait Internet sur le bout des doigts et se trouvait à la tête d'une poignée d'exécutants sans scrupule, tuant et torturant pour arriver à leurs fins. Ce chef omnipotent avait néanmoins tenu à agir personnellement pour éliminer tous les membres de l'équipe médicale. Pourquoi ? Parce que lui seul pouvait endormir la confiance de Bowman. Parce que l'opération nécessitait aussi une intervention urgente et sans bavure. Un seul imprévu avait empêché que l'opération fût une complète réussite : il manquait la cassette enregistrée par Bowman dans le laboratoire. Elle concernait le Français Étienne Chaumont. Tout le monde, y compris le caïd local Ted Waldon, était à la recherche de cette vidéo.

En écoutant les déductions de Nathan, Kate trépignait. Elle avait envie de terrain. Une semaine de mise à l'écart avait nourri son besoin d'en découdre. Brad Spencer était resté à Vancouver. Le musicien préférait fêter le réveillon avec ses potes. Il lui avait promis de la rejoindre plus tard, avouant qu'elle était sa seule raison qui l'obligerait à remettre une cagoule polaire. Pour l'agent Nootak, le planning était clair, il se déroulait en deux temps. Une visite au Fairbar et un aller-retour dans le ranch de Chester O'Brien en Californie. Selon elle, la situation y gagnerait en clarté.

46

La Ford Ranger de location se gara à trois mètres de la porte du Fairbar, sur le passage réservé à l'entrée de la clientèle. Un ivrogne quittant les lieux n'aurait pas pu éviter d'embrasser la calandre. Le blizzard avait baissé d'intensité et les conditions climatiques s'étaient à peine améliorées. Ted Waldon avait jugé bon de réouvrir son établissement. Les habitués ne s'étaient pas pour autant rués devant le zinc. Quelques soiffards et joueurs invétérés avaient tenté le déplacement. La première catégorie s'était éparpillée dans la salle : deux barbus accoudés au comptoir, un solitaire collé à son scotch et un ronfleur affalé sur une banquette. Pour rencontrer la deuxième catégorie, il fallait descendre au sous-sol. Nathan s'intéressa à une troisième espèce : les videurs enfouraillés. Une montagne de muscles, un balafré du cerveau et un petit nerveux ricaneur tapaient le carton sur une table stratégiquement placée. Il fallait passer devant eux pour aller aux toilettes, au tripot ou aux bureaux de la direction.

Le barman jeta son torchon dans un coin et un œil vers le couple qui venait d'entrer. Le paquet de nerfs cessa ses ricanements, le géant posa ses cartes et le suturé glissa les doigts dans sa veste légèrement bombée. Kate s'avança vers le barman, un grand blond bouclé rescapé des seventies.

— Vous êtes nouveau ?

— Si on veut.

— Et si on ne veut pas ?

— En fait, je suis à l'essai. M. Waldon m'a embauché il y a deux jours. Ou plutôt, il m'a débauché. J'étais comptable au Sundance. Il m'a proposé un salaire deux fois plus élevé…

— Comprenant la prime de risques ?

— La prime de risques ?

— Vous remplacez un type qui s'est fait descendre la semaine dernière.

— Ah bon ?

— Waldon est là ?

— Oui.. euh… il faut demander à ces messieurs…

Il désigna le brelan de valets armés qui complotait à quelques mètres. Kate se planta devant eux et réitéra son souhait de s'entretenir avec le boss.

— T'as toujours pas pigé qu'on voulait plus voir ta gueule d'Esquimaude dans les parages, fit le géant.

— Ouais, ajouta Frank.

Kate vit le poing du balafré ressortir de sa veste avec un revolver. À sa grande surprise, le Colt alla percuter le dentier de Chuck la Hyène, tandis que Vinnie le Colosse heurtait violemment la table avec le front en même temps que Frank était propulsé en arrière sous l'impulsion de son bras revenu vers lui comme un levier de ball-trap. Médusée, Kate avait à peine vu Nathan toucher les trois cerbères.

— On va voir Waldon ? demanda-t-il.

Elle le vit soudain pivoter sur lui-même pour expédier un coup de pied circulaire au géant qui avait tenté de redresser la tête. Elle considéra les trois hommes de main inanimés et ordonna l'évacuation générale de la salle.

— Moi aussi ? demanda le barman.

— Récupère ton ancien job, sinon je te coffre pour complicité de meurtre.

Ils empruntèrent l'escalier qui menait au sous-sol. Kate fit irruption dans le tripot en hurlant :

— On ferme !

Les cartes tombèrent des mains. Parmi la dizaine de visages qui se cachait derrière la fumée de tabac, Kate identifia un conseiller municipal, le juge Ashton, Mgr Stewart et l'incontournable capitaine Mulland. Elle était tombée en pleine assemblée générale. Sous couvert de parties de poker, Waldon distribuait les donations, arrosait les pouvoirs législatif, exécutif, judiciaire et clérical.

— Qu'est-ce que vous foutez encore là ? demanda le propriétaire des lieux.

— J'embarque toutes les gueules d'hypocrites qui seront encore là dans une minute, gueula Nootak.

L'annonce eut un effet dévastateur sur les joueurs, en particulier sur le conseiller municipal qui s'éclipsa en catimini et sur l'évêque qui trottina en baissant le menton. Plus récalcitrants, le juge et le capitaine tentèrent de raisonner l'agent fédéral.

— Il faudrait apprendre à agir dans les règles, mademoiselle, conseilla le juge, les cartes encore en main.

— C'est votre dernière journée au FBI, menaça Mulland, plus explicite.

— En attendant, je suis en mission, mandatée par le gouvernement des États-Unis pour enquêter sur un quadruple meurtre et une tentative d'assassinat sur un agent fédéral. Souhaitez-vous que je vous convoque à mon bureau pour un interrogatoire bien serré ?

Le juge abandonna à contrecœur son full aux as sur le tapis vert et leva un doigt sentencieux en guise d'épée de Damoclès. Mais aucun mot ne passa la frontière de ses lèvres entrouvertes et l'index tomba mollement le long de sa jambe qui s'orienta vers la sortie. Mulland s'empourpra et suivit la même direction, malmené par Nathan.

Fidèle à sa réputation, Waldon ne se départit pas de son flegme. Derrière ses piles de jetons, il tira sur son cigare pour donner de la consistance à un avertissement qui allait dans le sens de ceux du juge Ashton et du capitaine Mulland :

— Miss Nootak, vous mettez votre carrière en péril. Et quand je parle de carrière, c'est un euphémisme.

— Vous me menacez ?

— Je vous préviens.

— Pas la peine, vous avez été suffisamment explicite, il y a dix jours.

— Vous faites décidément tout de travers. Vous venez de pousser à la fuite Bob Calvin, mon alibi principal. Comme je l'ai déjà déclaré à la police, il jouait au poker avec moi pendant qu'on vous chahutait dans la neige.

— Vous appelez ça "chahuter" ?

— Je n'étais pas là pour voir ce qui s'est passé. On peut d'ailleurs émettre quelques doutes sur votre version des faits.

— Qu'entendez-vous par-là ?

— Ce ne serait pas la première fois qu'un flic organiserait une fausse agression pour mettre ça sur le dos d'un suspect qu'il n'arrive pas à coincer.

— Évitez la discussion, conseilla Nathan.

— La cassette après laquelle vous courez, qu'est-ce qu'il y a dessus ? demanda Kate.

Waldon s'immobilisa au milieu d'une longue aspiration.

— J'ignore de quoi vous voulez parler.

— Quand vous m'avez agressée, vous m'avez réclamé la cassette de Bowman. Je vous le demande poliment et pour la dernière fois, à quel enregistrement vous faisiez allusion ?

— Poliment ? Vous vous pointez ici comme une furie, vous videz mon établissement, vous entachez ma réputation, vous m'accusez de délits que je n'ai pas commis, vous vous moquez de mes alibis... Vous considérez que c'est poli ? Je vous le répète, vous faites fausse route. J'ignore même qui est ce Bowman.

— Alors, il va falloir vous rafraîchir la mémoire.

Elle fit signe à son partenaire qui empoigna l'épaisse chaîne en or pendue au cou de Waldon ainsi que le dossier de la chaise sur laquelle il était assis. Nathan traîna son chargement jusqu'à l'issue de secours. Waldon frisa l'étranglement pendant la montée des marches et échoua dans l'arrière-cour du Fairbar, entre deux rangées de casiers à bouteilles. Kate le menotta à un anneau en fer qui avait dû servir à attacher un chien.

— On revient dans dix minutes, déclara-t-elle avant de se précipiter à l'intérieur.

Ils gagnèrent la salle du bar où reposaient les trois videurs.

— Vous ne les avez pas ratés, Nathan. Impressionnant. C'est quoi votre truc ?

— Les arts martiaux.

— Du genre "disciple d'un grand maître qui vous a enseigné la voie machin chose" ?

— J'applique les principes de la Tactique à tous les domaines. Je n'ai donc pas de maître.

— Si vous le dites.

Nathan ramassa les corps et les enferma dans un cellier. Puis il rejoignit sa coéquipière qui avait pris la place du barman.

— Qu'est-ce que je vous sers ?

— Un Coca.

— Ah oui, c'est vrai, vous ne buvez pas.

Elle se servit un verre de Zubrowka et poussa un Coca pression sur le zinc.

— Plus que six minutes, dit-elle.

— Je vous savais déterminée, mais pas à ce point. Vous prenez cette affaire trop à cœur. Vous réalisez ce que vous êtes en train de faire ?

— Avec votre concours.

— Je ne suis rien. Je ne suis pas responsable de cette enquête, je n'ai pas d'existence officielle.

— Justement, vous n'avez rien à perdre, vous pouvez tout laisser tomber quand ça vous chante. Vous ne vous êtes pas gêné d'ailleurs. Moi, je n'ai que mon métier et si je ne mets pas les bouchées doubles, je pointerai bientôt au chômage. Trop de gens n'attendent que ça.

Elle but la moitié de son verre avant de poursuivre :

— Vous ne pouvez pas piger, vous vivez dans une superbe villa sur la plage, vous êtes riche…

— Riche en quelle unité ?

Elle écarquilla les yeux.

— Pardon ?

— Riche en quelle unité ? En dollars ? En jours qui me restent à vivre ?

— En dollars.

— Je n'ai pas de gros besoins à ce niveau-là. Quand il n'y a que le présent qui compte, on n'a pas besoin de financer le passé ou l'avenir. Par contre, je possède du temps. Cela a plus de valeur que l'argent.

— Allez expliquer ça au fisc.

— Vous préférez avoir 20 ans et pas un rond ou 80 ans et une fortune colossale ?

— Ouais, fit-elle sans réelle intention de répondre, ni d'approfondir le sujet.

Elle vida son verre et regarda sa montre.

— Bon, on y va.

Waldon avait pris la couleur d'un steak surgelé. Il pouvait encore remuer les lèvres pour exprimer sa haine et suggérer à Nootak d'aller se faire foutre. L'agent fédéral s'éclipsa dans la réserve et revint avec un jerrican.

— Vous n'aller pas le brûler, s'opposa Nathan.

— Ne vous inquiétez pas, il n'y a que de l'eau là-dedans.

Elle arrosa copieusement le tenancier et l'informa qu'elle repasserait l'interroger plus tard. Ils remontèrent ensuite au chaud, près du poêle.

— Il va mourir, avertit Nathan.

— Waldon est increvable. C'est là ma chance. Il va finir par causer.

Il la dévisagea, épia ses gestes, ses intentions.

— Quel est votre secret ?

— À propos de quoi ?

— Celui que vous deviez me révéler après que l'enquête vous aura été restituée.

— Ah oui… Je dois vous avouer que je n'en ai pas. Je me sers parfois de ce subterfuge pour susciter l'intérêt des autres.

— Vous n'avez pas besoin de ça.

— Si. La preuve.

— Tout le monde a un secret. Risquez-vous à un peu d'introspection et vous trouverez bien quelque chose en vous que vous n'avez pas envie de crier sur les toits.

— Oh, foutez-moi la paix !

— C'est ce que j'aurais pu vous dire quand vous êtes venue me relancer chez moi pour que je reprenne du service et que j'aille à l'autre bout du monde convaincre Maxwell de vous confier à nouveau l'enquête.

— Excusez-moi. J'ai les nerfs.

Elle se servit une autre Zubrowka, s'abreuva goulûment, passa sa main dans les cheveux, se frotta les yeux, lorgna sur sa montre. Difficile de tuer le temps pendant que Waldon était en train de geler par –40 °C.

— Vous avez une personnalité, Nathan ?

La question avait jailli comme un geyser en plein désert. Kate se rendit compte de son impudence et l'attribua à son taux élevé d'alcoolémie. Elle pouffa. Au point où elle en était, autant déballer son sac :

— Vous êtes comme cette vodka qui épouse la forme du verre avant d'épouser celle de mon intestin.

— C'est pour cette raison que je peux endosser la personnalité des autres et que je supporte votre compagnie ce soir.

— Je n'arrive pas à vous cerner.

— Normal. Je n'ai pas d'ego.

— Il est temps d'aller décongeler notre ami.

Waldon formait un bloc de glace. Ils le transportèrent jusqu'au poêle que le truand aurait enlacé comme une pute si ses membres n'avaient pas été engourdis. Tout en grelottant dans la flaque qui se répandait sur le sol, il passa aux aveux.

Le Dr Groeven avait laissé des sommes énormes sur les tables de poker de la région. À court d'argent, il avait misé sur celle du Fairbar les données scientifiques du Projet Lazare. Waldon avait raflé le pot. Mais Groeven n'eut pas le temps d'honorer sa dette. À sa mort, Waldon alla donc réclamer son dû à la veuve. Son implication s'arrêtait là. Aussi, lorsque l'agent Nootak l'accusa d'être l'auteur du quadruple meurtre, le tenancier tenta d'intimider l'Esquimaude qui le harcelait et voulait lui faire endosser le rôle du coupable. Il la fit suivre et improvisa cette embuscade sur la route reliant Fairbanks à la banlieue nord. Un guet-apens conçu comme un avertissement. Un avertissement seulement, car Waldon n'était pas fou au point d'éliminer un agent du FBI qui l'avait dans le collimateur, d'autant plus qu'il ambitionnait de s'attirer les bonnes grâces de Weintraub. Il s'était donc contenté de déshabiller Nootak dans la neige, de la molester juste ce qu'il fallait, mais de lui accorder la vie sauve.

— Je n'avais aucune chance de m'en sortir, rétorqua l'intéressée.

— On vous avait laissé votre bagnole avec les clés. Et vos fringues étaient sur le siège, bordel !

— Parlez-nous de la vidéo de Bowman.

— Je vous répète que je ne sais rien là-dessus.

Kate recommença l'interrogatoire, mais Waldon ne démordit pas de sa version. Il reconnaissait l'avoir agressée avec ses hommes de main, mais il lui avait donné toutes les chances de s'en tirer. Nathan lui fit comprendre que l'albinos transi disait la vérité.

— Il faut envisager la possibilité que quelqu'un d'autre vous filait et qu'il ait profité de la situation pour vous cuisiner, vous envoyer ad patres et coller le délit sur le dos de Waldon.

Kate se rappela alors les phares du véhicule dans son rétroviseur juste après qu'elle fut sortie de chez Brad Spencer.

47

L'hélicoptère du FBI survola la luxueuse station balnéaire de Santa Barbara, carte postale surchargée de clichés californiens, plages de sable fin, yachts majestueux, palmiers royaux, ciel d'azur même un 2 janvier. Santa Barbara avait conservé un caractère hispanique hérité du temps des missions. Une ville de plus marquée par la présence des conquistadors, songea Nathan.

Le sévère interrogatoire de Ted Waldon avait permis d'établir que Kate avait été victime d'une double agression. D'abord par l'albinos qui espérait l'intimider. Puis par des individus encore plus violents, en quête de la cassette de Bowman. Ces derniers avaient exploité la mauvaise posture de l'Esquimaude pour la rendre loquace. La méthode, expéditive et brutale, était à rapprocher du carnage dans le laboratoire et du sort atroce qui avait été réservé à Carmen Lowell. On avait affaire à des sadiques extrêmement déterminés à récupérer la cassette de Bowman.

L'hélicoptère piqua vers les collines de l'arrière-pays. Le pilote montra aux passagers le ranch de Jane Fonda et la villa de Travolta avant de se poser sur l'immense propriété de Chester O'Brien. Trois silhouettes descendirent de l'appareil, la première massive et élégante, la seconde féminine et sportive, la troisième mince et racée. Maxwell, Nootak et Love. Avant de quitter Manille, Maxwell avait obtenu cette entrevue grâce aux liens conservés avec l'administration Reagan qui avait gouverné entre 1980 et 1988. O'Brien était prêt à coopérer pour le bien du pays, même s'il ne voyait pas ce qu'il pouvait leur apprendre. Pour l'occasion, Kate avait troqué son jean et son pull contre un tailleur bleu marine. Elle portait des chaussures à talons qui lui seyaient mieux que ses godillots fourrés. Fidèle à son habitude, Love restait en retrait, discret.

Une jeep vint les cueillir sous les pales pour les conduire devant le perron encadré par une immense véranda. Reçus par un comité de vigiles, ils essuyèrent une fouille sommaire et pénétrèrent dans la retraite du diplomate.

Gladys O'Brien les attendait dans le hall. Elle portait une robe en laine avec classe et ses rides avec distinction. Elle embrassa affectueusement un Maxwell courbé à 90° et serra la main de Kate et de Nathan. Puis elle les dirigea vers le salon où une table basse était couverte de tasses et de pâtisseries, devant un feu de cheminée. L'interrogatoire avait des allures de goûter mondain. Gladys prit place dans un fauteuil qui sembla l'avaler et briefa la délégation du FBI. Le message était simple : son mari était diminué par la maladie d'Alzheimer et il valait mieux ne pas trop faire appel à ses souvenirs, ni faire durer l'entretien.

Il était atteint de la même affection que celle de Reagan.

Elle proposa de répondre, dans un premier temps et dans la mesure de ses possibilités, aux questions qu'ils avaient l'intention de lui poser. Elle confirma que

Tatiana Mendes avait été l'infirmière de son époux pendant un an, avant d'être mutée en Alaska pour des raisons de mœurs incompatibles avec celles des O'Brien. La vidéo de surveillance avait enregistré les ébats de miss Mendes avec le jardinier et le cuisinier. « Je ne suis pas Hillary Clinton, moi, pas question de garder une Lewinsky chez moi ! » clama-t-elle. Gladys veillait à la paix de son foyer. En l'écoutant, l'agent Nootak ne put s'empêcher de penser à Brad qui avait dû souffrir des multiples infidélités de Tatiana.

Une domestique effacée servit du café italien et du thé indien avant de se promener d'un invité à l'autre, munie d'un plateau de gâteaux colorés assortis à la faïence. Lorsqu'elle se retira, Maxwell aborda le Projet Lazare. Gladys se ferma aussitôt comme une huître. Elle n'empièterait pas sur les plates-bandes confidentielles de son époux. Heureusement, l'ex-conseiller se manifesta peu de temps après, vêtu d'une chemise en coton bleue, d'un jean et de santiags mexicaines. Le cow-boy paraissait affaibli, mais il tenait encore debout.

Lorsque Maxwell relança le sujet, O'Brien décida de s'asseoir dans un rocking-chair :

— Vous êtes venus me parler de Star Wars ?

Il faisait allusion à l'Initiative de Défense Stratégique, projet de bouclier antinucléaire qui lui tenait à cœur et ironiquement baptisé Star Wars à l'époque par les médias libéraux. Ce programme destiné à protéger les États-Unis d'éventuelles agressions nucléaires avait été enterré par les démocrates avant d'être récemment remis au goût du jour par l'administration républicaine. La haine antiaméricaine et les attentats de plus en plus nombreux à travers le monde plaidaient en la faveur d'un tel dispositif. O'Brien avait calqué sur son ancien patron, non seulement sa maladie, mais aussi sa tenue vestimentaire et ses idées. À moins que ce ne fût le contraire.

— Non, monsieur, pas de Star Wars… mais de Lazare, rectifia Lance Maxwell.

— Ces enfoirés de démocrates nous ont fait perdre vingt ans, pendant que les États terroristes s'armaient en nucléaire. Qui va protéger nos enfants ?

— Les diplomates, monsieur, répondit Maxwell.

Nathan ne sut si l'intervention de Lance était ironique ou stratégique. En tout cas, O'Brien demeurait sourd aux questions qui l'embarrassaient. Pour réactiver un peu sa mémoire, Maxwell évoqua les bombes larguées sur Kadhafi, le débarquement aux Malouines, le désarmement nucléaire avec l'URSS. Après avoir expédié le bon vieux temps, il passa la parole à Love qui recentra la conversation :

— Il y a deux ans, vous avez licencié votre infirmière Tatiana Mendes pour des raisons de moralité et l'avez mutée auprès des Drs Fletcher et Groeven à l'hôpital de Fairbanks, en Alaska. C'est bien ça ?

O'Brien se décontracta, croisa le regard de son épouse et se laissa hypnotiser par le vacillement des flammes dans l'âtre.

— Je n'ai rien à redire à ça, marmonna-t-il.

— Pourquoi là-bas ?

— C'était loin.

— Loin ?

— Mlle Mendes était une infirmière surdouée et séduisante…

Il hésita, puis continua :

— … Elle exerçait une mauvaise influence sur le personnel… Gladys gère l'intendance, elle vous en parlera mieux que moi.

— Vous connaissiez donc les Drs Fletcher et Groeven.

— Oui, bien sûr, c'est moi qui leur ai recommandé Mlle Mendes.

— Vous vous intéressiez à leurs travaux ?
— Où voulez-vous en venir ?
— Au Projet Lazare. Fletcher et Groeven travaillaient dessus depuis de nombreuses années.
L'ancien conseiller accéléra la cadence de son rocking-chair, signe d'une tension croissante.
— Je... je ne me souviens pas bien.
La mémoire défaillante et sélective d'O'Brien avait effacé le Projet Lazare. Gladys se leva :
— Voilà, je crois que ce sera tout. Nous vous avions prévenu que nous ne serions pas d'un très grand secours sur cette malheureuse affaire.
Les fédéraux l'imitèrent.
— Une dernière question, monsieur le conseiller.
Plusieurs paires de sourcils froncés convergèrent vers l'agent Nootak qui jusqu'à présent avait respecté les consignes de Maxwell en n'ouvrant la bouche que pour les formules de politesse et les collations. Elle profita de l'attention dont elle faisait soudain l'objet pour avancer son hypothèse :
— Tatiana Mendes se targuait de pouvoir vous faire chanter au sujet de votre lien avec les deux chercheurs. Elle aurait été en possession d'une preuve de votre implication dans leurs travaux.
— En quoi était-ce mal ?
— C'est à vous de nous le dire, monsieur. Vous êtes l'une des rares personnes encore vivantes à pouvoir vous exprimer sur ces fameux travaux.
— Vous allez un peu loin, Nootak, lui reprocha son chef.
— Laissez, Lance, l'interrompit O'Brien. Elle a raison, la petite...
Il but plusieurs gorgées de café et confia sa tasse tremblante à sa femme qui se rassit en même temps que ses invités.

— Tout cela me paraît flou… Gladys, s'il te plaît, dis-leur ce que j'ai là-dedans ou plutôt ce que j'y avais…

Il montrait du doigt son crâne couvert de cheveux blancs.

— Que voulez-vous savoir au juste ? demanda-t-elle.

Nathan vint à la rescousse de Kate dont la bride était retenue par Maxwell :

— Est-ce que votre mari finance le Projet Lazare ?

— Plus maintenant. Nous avons beaucoup cru aux expériences des Drs Groeven et Fletcher, en particulier sur la réparation de l'ADN déficient. Les résultats étaient encourageants mais le laboratoire manquait de moyens. Leur prix Nobel leur a apporté du crédit, cependant le temps était compté. Il fallait aller vite pour traiter la maladie de Chester tout comme celle de Reagan. Groeven et Fletcher ont réussi à ressusciter une souris, vous vous rendez compte ?

— Pourquoi avez-vous cessé de les soutenir ?

— Lors d'une entrevue en 1987, le pape a dissuadé mon mari de continuer à favoriser un tel projet qu'il jugeait contre nature. Nous nous sommes donc dégagés du pool d'investisseurs.

Si O'Brien avait une main sur un Colt, il avait l'autre sur la Bible.

— À propos de quoi Tatiana pouvait-elle exercer son chantage ?

— Je l'ignore.

— Il y a forcément quelque chose. Votre nom accolé à n'importe quel scandale et les médias montent l'affaire en épingle jusqu'à ce qu'elle éclabousse Reagan, sans qu'il y ait forcément de lien.

— Je le sais, monsieur.

Elle hésita. Maxwell la rassura :

— Tout ce qui sera dit ici ne sera pas révélé à la presse.

— Oh ! À notre âge, nous ne risquons plus rien. Les procédures des tribunaux sont moins rapides que celles de la vieillesse.

— Que s'est-il passé, Gladys, pour qu'une simple infirmière puisse croire qu'elle pouvait vous faire chanter ?

Maxwell avait emprunté un ton oscillant entre la gravité et la confidentialité.

— C'est peut-être à cause de l'accident.

— L'accident ?

Gladys tapota le genou de son mari qui s'était dégagé de la conversation.

— Après notre retrait du projet, nous sommes restés en contact avec les Fletcher. Le docteur prenait régulièrement des nouvelles de mon mari. C'est ainsi que nous avons su ce qui s'était passé.

Elle marqua une pause, pas pour ménager le suspense, mais pour chercher l'aval de son époux qui lui fit signe de continuer :

— Il y a eu une victime. En octobre 1996. Je me souviens, c'était peu de temps avant la réélection de Bill Clinton. Il s'agissait d'un volontaire. Il n'avait pas de famille, donc personne n'a porté plainte à l'époque et sous la pression du pool d'investisseurs, sa mort a été occultée. Cela a porté un coup dur au Projet Lazare. Le chantage qu'aurait pu exercer Mlle Mendes n'avait pas de fondement. Mais vous avez raison, elle aurait pu aisément salir notre nom.

Tatiana ignorait qu'O'Brien ne soutenait plus le Projet Lazare depuis neuf ans lorsque l'accident était arrivé.

Les craquements du rocking-chair rythmaient les crépitements du feu de cheminée et la voix chevrotante de Gladys O'Brien.

— Vous souvenez-vous de l'identité de la victime ? demanda Maxwell.

— Je ne l'ai jamais su.

— Qui a étouffé l'affaire ?

— Le chef de la police de Fairbanks.

— Le capitaine Mulland ! s'exclama Kate.

— J'ignore son nom. Il suffit de vérifier qui était en poste à cette époque.

Pour la seconde fois, Mme O'Brien se leva pour signifier que la réunion était terminée. Nathan passa outre :

— Comment s'appelle le pool d'investisseurs ?

La question sembla l'étonner. Elle regarda Maxwell et lui répondit d'une manière surprenante :

— USA2. Je croyais que vous étiez au courant.

— Comment l'aurait-on été ?

Nouvelle œillade à Maxwell. Nouvelle réponse saugrenue :

— Ma foi, c'est vrai.

— USA2 est toujours en activité ? demanda Nathan.

— S'il vous plaît, Love, le pria Maxwell, je crois que nous avons assez abusé de l'hospitalité des O'Brien.

En serrant la main de l'ancien conseiller, Nathan ne put résister à l'envie de lui poser une ultime question :

— L'organisation de l'Initiative de Défense Stratégique utilise bien l'Alaska pour suivre les essais des fusées soviétiques, n'est-ce pas ?

— Affirmatif. Pour le Pentagone, l'Alaska présente des singularités stratégiques déterminantes quant à la sécurité des États-Unis. Pourquoi cette question ?

— Pour rien.

48

Dans le bureau de l'agent Nootak, les cartons et la paperasse avaient dégringolé sur la moquette, symbolisant la chute du mur que Kate avait initialement dressé entre elle et Love. Signe de la détente qui s'était instaurée entre eux, Nathan tenait dans sa main un mug de café.

À leur retour de Californie, ils s'étaient rués dans le bureau de Mulland où ils avaient appris que le chef de la police de Fairbanks, entre 1990 et 1997, s'appelait Peter McNeal, décédé dans un accident de la route alors qu'il prenait en chasse une bande de cambrioleurs. Une petite perquisition chez sa femme permit de dénicher dans les archives personnelles du policier un dossier concernant un certain Patrick Caldwin, chômeur de longue durée, sans attache ni famille, mort de froid le 21 octobre 1996, non loin de l'hôpital de Fairbanks. Comme tous ceux qui ont peur de porter le chapeau dans une magouille, Peter McNeal avait, malgré les consignes, gardé une trace de la première victime des Drs Fletcher et Groeven. Certes, le dossier était mince, mais il contenait un court curriculum vitæ, une photo, une adresse.

Kate s'était retroussée les manches pour faire ressurgir le passé de Caldwin sans vraiment tabler sur une révélation fracassante. De son côté, Nathan la pressait de rassembler des informations détaillées sur les investisseurs qui finançaient le Projet Lazare et qui pratiquaient l'omerta. USA2, au nom évocateur et dangereusement ostentatoire, avait peut-être d'autres choses à dissimuler que le décès d'un SDF. En tout cas, ils avaient le pouvoir de faire pression sur la police locale.

Consciente du travail de fourmi qui l'attendait, Nootak était déboussolée par le manque d'indices solides et par l'échec de la méthode qu'elle avait imposée à Nathan. Groeven n'avait mené qu'à Ted Waldon, Fletcher à Glenn Lawford puis à Bowman, Bowman à Brodin puis à Chaumont, Tatiana à O'Brien puis à Caldwin. Chaque victime soulevait une autre affaire liée de près ou de loin au Projet Lazare.

— On tourne en rond, s'exaspéra-t-elle.

— Nous ne pouvons qu'apprendre de nos erreurs.

Pour Nathan, on avait enquêté sur toutes les victimes, sauf une, celle à laquelle il s'était intuitivement intéressé en premier et qui avait été d'emblée écartée par Kate.

— Me donnerez-vous enfin les moyens d'approcher Carla Chaumont ?

— Lorsqu'elle est venue identifier le corps de son mari, Weintraub l'a de nouveau interrogée.

— Et alors ?

— Carla lui a répété ce qu'elle avait déclaré, il y a un an, à la police.

— Je peux voir ?

Elle lui tendit le dossier qu'il lut en diagonale. Carla Chaumont n'avait pu se rendre en Alaska le 24 décembre afin d'y célébrer le retour de son mari, car sa fille souffrait d'une angine. Elle avait donc appris la disparition d'Étienne par téléphone et avait passé le réveillon de Noël en France avec sa belle-mère en taisant la mauvaise nouvelle pour ne pas gâcher la fête à sa fille déjà malade. Elle ignorait tout du Projet Lazare et était outrée qu'on ait retrouvé le corps de son mari dans ces conditions…

— Personne ne lui a posé les bonnes questions, conclut Nathan. Écoutez, on a enquêté sur toutes les victimes, sauf sur le cobaye. Nous avons également établi que Bowman s'intéressait de près à Chaumont. Ce serait utile de savoir pourquoi.

— Je regrette de vous avoir empêché de suivre votre intuition. Mais comment imaginer qu'un cadavre puisse être une cible ?

— Étienne Chaumont ne pouvait être tué que dans le labo. Tous les autres auraient pu être éliminés ailleurs, avec moins de risques.

— Mais il était déjà mort !

— L'assassin l'ignorait peut-être.

— Chaumont a écrit des livres sur ses expéditions. Vous les avez lus ?

— Je les ai survolés.

— Quel est votre plan à propos de Carla Chaumont ?

— Tomber amoureux.

49

Nathan referma une édition anglaise de *L'Ultime frontière*, le dernier ouvrage signé par Étienne Chaumont.

Comment être plus fort, plus puissant ? Dès son origine, l'être humain a toujours cherché à se dépasser. Dans son livre, Étienne Chaumont faisait état des possibilités réduites de notre corps et de notre esprit. « Nous ne sommes que des hommes », écrivait-il. Mais au chapitre suivant, il posait les jalons d'une voie qui permettrait à l'individu de franchir la frontière de son humanité. D'aller au-delà. D'acquérir la sagesse et le pouvoir de Dieu.

Les plus grands artistes, aventuriers et philosophes ont toujours revendiqué la souffrance et l'épreuve douloureuse dans leur évolution personnelle, l'élargissement de leur conscience. Nathan avait longtemps été partagé entre cette théorie extrémiste de l'évolution et celle du juste milieu et de la non-souffrance préconisée par le bouddhisme. Finalement, pour bouleverser son ego et repousser ses limites, il s'était tourné vers le zen. Étienne avait préféré la voie de la banquise. L'ascèse face à l'exploit sportif. Dans les deux cas, la technique de l'isolement absolu.

« La frontière humaine est à la frontière du globe », écrivait le Français.

Nathan inclina le siège en arrière et profita de la pénombre dans l'avion pour réfléchir à ce qu'il venait de lire.

Chaumont prospectait la ligne de démarcation entre la vie et la mort. Il cherchait aussi à la franchir dans les deux sens. Bien sûr, ses expéditions scientifiques n'affichaient pas ouvertement de telles ambitions. Il avait un prétexte pour ne pas heurter le politiquement correct de ses sponsors. S'isoler dans le froid hivernal de l'Alaska devait officiellement servir à tester la résistance du corps et de l'esprit à la solitude, au confinement, à la peur. Les résultats de ces expériences étaient destinés à enrichir le programme de préparation des futures expéditions martiennes. La NASA avait déjà financé une “hibernation” de Chaumont. Ce dernier avait frôlé “le grand voyage” plusieurs fois. Avait-il découvert une possibilité d'entrer vivant dans l'au-delà ?

Un enfant souleva le volet de plastique qui masquait le hublot, projetant un rayon de lumière sur Nathan qui s'enfonça un peu plus dans son siège.

Jusqu'où était allé le Français et qu'est-ce qui l'avait arrêté ? Pour le savoir, Bowman avait tenté de réanimer son corps conservé dans la glace et il en avait fait un film qui demeurait introuvable. Faute de pouvoir mettre la main sur cet enregistrement, il fallait envisager une autre méthode. Celle de Love était de partir sur les traces de Chaumont, de s'imprégner d'abord de sa personnalité, quitte à fréquenter la veuve dont il ignorait tout pour l'instant. Les paragraphes autobiographiques des ouvrages qu'il avait lus lui avaient permis de tracer un portrait de l'explorateur. Celui-ci avait singulièrement manqué d'affection dans sa jeunesse. Il avait appris à aimer la violence, la souffrance et à frayer avec la mort. Il en avait développé un ego sur-dimensionné. Nathan avait retenu une phrase dans son livre qui résumait la vie de Chaumont : « En posant le pied là où l'œil de l'homme ne s'est jamais posé, en foulant une terre aussi vierge que les entrailles de Marie, je me suis rapproché de la création originelle et j'ai tutoyé Dieu. »

Nathan émergea de son introspection en entendant le signal sonore commandant d'attacher les ceintures, de relever les tablettes et de redresser le dossier des fauteuils. Il feuilleta à nouveau les livres qu'il maniait nerveusement. Des photos agrémentaient les récits de Chaumont rédigés à la première personne, dans une prose vouée au "je". Lui seul apparaissait, encadré d'appareils sophistiqués, de son matériel de campement, de décors déserts et glacés. Aucune place pour sa femme, sa fille, d'éventuels collaborateurs ou de sponsors. Cloisonnement. Culte de la personnalité. Nathan remarqua que deux feuilles n'avaient pas été entièrement coupées par l'imprimeur à la fin de l'un des ouvrages. Il les sépara délicatement et découvrit les remerciements de l'auteur. Étienne avait concédé une page aux autres.

Soudain, des picotements glacés criblèrent la colonne vertébrale de Nathan. L'Américain réalisa à cet instant qu'il avait perdu ses réflexes de limier. Comment n'avait-il pas pensé plus tôt à lire les remerciements ? C'était là, noir sur blanc, imprimé à plusieurs milliers d'exemplaires et personne ne s'en était aperçu à cause d'une erreur de l'imprimeur. Étienne Chaumont louait les qualités de quelques personnes, la confiance de son éditeur, la patience de sa femme, l'amour de sa fille, le soutien de Vladimir Kotchenk qui l'avait sponsorisé depuis le début, le concours logistique de Martin Shenkle à la NASA et les précieux conseils de son ami Clyde Bowman, agent spécial du FBI.

Étienne Chaumont et Clyde Bowman se connaissaient intimement.

50

Encore étourdi par cette nouvelle découverte qui était passée inaperçue aux yeux du FBI, Nathan fixa la Méditerranée à travers le hublot. Ainsi, c'était un ami que Clyde avait recherché pendant un an. Après avoir découvert son cadavre congelé, il l'avait clandestinement transporté par hélicoptère pour le confier aux Drs Fletcher et Groeven. Pourquoi tant d'obstination et de mystère ? Chaumont avait-il emporté dans la mort un secret que Bowman s'obstinait à faire ressurgir ?

Le 747 perdit de l'altitude et sembla vouloir se poser sur l'eau. À sa gauche, les pré-Alpes enneigées, la Croisette, Marina-Baie-des-Anges. La côte défilait de plus en plus vite. Le train d'atterrissage heurta la piste de l'aéroport de Nice bâtie sur la mer et amorça son violent ralentissement.

La dernière fois que Nathan avait séjourné dans ce pays, c'était pour y traquer un terroriste franco-algérien. Pour lui, la France avait une odeur de sous-bois, de cuisine et de diesel, un air d'accordéon et un goût d'anisette.

Sans bagage, il passa la douane rapidement. Dehors, il régnait sous les palmiers échevelés une ambiance de tiers-monde. Il réalisa que cette impression était due à la cohue et à l'absence totale de circulation. Pas de taxi, ni de bus ni de navette, mais une immense foule désorientée qui se répandait à perte de vue.

En quête de quelqu'un qui parlait anglais, il fonça vers une hôtesse désœuvrée au comptoir Hertz qui lui brossa un résumé de la situation. Les routiers et les agriculteurs s'étaient coalisés pour exercer un blocus autour des raffineries de pétrole. La France était paralysée depuis dix jours.

— Tous nos véhicules sont en rade aux quatre coins de la région, déplora-t-elle. Il n'y a plus une goutte d'essence à vendre. Il ne vous reste plus que le vélo, les rollers ou la trottinette.

— La quoi ?

— La trottinette. C'est à la mode en ce moment. Regardez derrière vous, là-bas.

Elle désigna un cadre dynamique cravaté propulsant à coups de chaussure cirée une patinette étincelante.

Changement de programme.

Nathan décida de se réfugier dans une chambre d'hôtel. Il avait besoin d'une douche et d'un téléphone. Besoin d'un interprète aussi, car il ne connaissait du français que la traduction de son nom. Les livres de Chaumont sous le bras, il traversa la Promenade des Anglais envahie par les piétons et se fraya un chemin vers un Novotel, fendant les revendications salariales, les échauffourées et les quolibets. Il ne restait qu'une suite. Nathan s'enregistra sous son propre nom et demanda à François, réceptionniste bilingue, de l'aider à téléphoner. Il essaya d'abord le numéro de Carla et tomba sur un répondeur. Il tenta ensuite celui de Geneviève Chaumont, la mère d'Étienne, qui décrocha à la deuxième sonnerie. Nathan adopta une tactique adaptée à la situation et à son interlocutrice, probablement plus sensible au coup de fil d'un gendarme que d'un agent fédéral américain. Un gendarme, c'était plus concret, plus crédible. François, stoïque et raide, s'empara du combiné pour interpréter le rôle d'un brigadier, traduisant avec lenteur et bonhomie ce que lui dictait Nathan :

— Madame Chaumont ?... Gendarmerie nationale ! À cause de la grève, nous appelons les gens au lieu de les convoquer. Si vous voulez bien répondre à quelques questions, vous vous éviteriez un déplacement à pied... Il s'agit de l'enquête concernant la disparition de votre fils...

François plaqua sa main sur le combiné et informa Nathan que son interlocutrice avait déjà été mise au courant de la découverte du défunt et de son prochain rapatriement. Elle pleurait chaque jour sur la photo d'Étienne en attendant de prier sur sa tombe. Geneviève s'empressa d'accuser sa bru de lui avoir tué son fils et de s'être acoquinée avec un Russe suspect, sans respecter la période de deuil. Nathan pria François de la questionner sur le Russe. Il s'appelait Vladimir Kotchenk, dirigeait le casino de Nice et habitait au cap d'Antibes.

— C'est à une vingtaine de kilomètres... À pied, précisa le réceptionniste à son client, après avoir remercié Geneviève pour sa collaboration.

Nathan regarda sa montre. Établir un planning. Bain de mer, dîner à l'hôtel, courte nuit de sommeil, jogging matinal jusqu'au cap d'Antibes. Il comptait se présenter vers 9 heures chez Kotchenk. Il y avait des chances qu'en cette période de paralysie, il tombe sur le sponsor d'Étienne ou sur sa veuve.

51

L'humidité de l'air marin hivernal pénétrait par tous ses pores. Nathan courait entre l'écume et le bitume. Pas une voiture. L'endroit paraissait irréel. Restaient l'air, le calme et la liberté de mouvement.

À Cagnes-sur-Mer, sur le boulevard de la Plage, il entendit un véhicule dans son dos. Un privilégié, probablement, qui possédait encore de l'essence. Nathan ne leva pas le pouce pour faire du stop, il préférait continuer sa course solitaire, en symbiose avec la Méditerranée même si, elle, avait perdu sa pureté depuis longtemps. Rien qu'en dégazage et déballastage, un million et demi de tonnes de fioul était déversées chaque année dans cette mer quasiment fermée. La Méditerranée avalait insidieusement, sans tapage médiatique, l'équivalent d'une cinquantaine de marées noires par an.

Une immense couronne de béton encombra peu à peu son horizon. Marina-Baie-des-Anges. Il atteignait Villeneuve-Loubet. Plus que quelques kilomètres.

Les derniers furent les plus beaux. Il emprunta le sentier qui ourlait la presqu'île, s'arrêta sur une plage de sable et plongea dans l'eau à 10 °C. Les premières secondes électrisèrent sa peau en sueur. La mer avait un goût d'iode et d'égout. Il sortit et se sécha en effectuant des katas sous les regards intrigués de trois mamies qui avaient interrompu leur promenade pour assister à ce spectacle saugrenu.

Nathan se rhabilla. 8 h 50. Il marcha jusqu'aux maisons et bifurqua dans une allée tracée entre des propriétés cossues, protégées par des grilles, des clôtures, des haies, des systèmes d'alarme. Celle de Kotchenk bénéficiait en plus d'un gardien cloîtré dans une guérite. À peine avait-il sonné que le cerbère endimanché émergea de sa cabane et grogna derrière le portail. Il possédait une arme qui bombait son costume et quelques mots d'anglais qui déformaient sa machoire. Nathan déclina son identité. Kotchenk était absent mais Carla Chaumont était là. Le vigile baragouina dans un talkie-walkie avant de prier Nathan de le suivre jusqu'au perron où un valet moins patibulaire le fit patienter dans le hall, le temps de prévenir Mme Chaumont de sa présence.

La maison était monumentale et somptueuse, d'inspiration palladienne. Sa superficie démesurée parvenait à diluer le son cristallin de la fontaine, les lointains bruits de vaisselle et même le volume d'un poste de télévision. Nathan s'aventura jusqu'au seuil du salon. Au-dessus du dossier d'un sofa gigantesque dépassait une chevelure blonde ébouriffée, sous laquelle était affalée une adolescente. Elle tenait une tartine de Nutella dans une main, une télécommande dans l'autre. Son regard était fixé sur une chanteuse braillarde et débraillée qui se tortillait dans un vidéo-clip. Son petit nez était piqueté de taches de rousseurs, ses lèvres maquillées de pâte à la noisette. Il reconnut l'adolescente qui lui était apparue dans ses visions pendant qu'il était allongé sur la table d'opération du laboratoire de Fairbanks, à la place d'Étienne. Il s'agissait probablement de Léa Chaumont, sa fille.

— Vous êtes du FBI ?

La voix dans son dos était légèrement voilée et s'exprimait en anglais avec un accent italien. Nathan se retourna sur une femme d'une trentaine d'années qui affichait une beauté osée pour une veuve. Elle ne portait le noir que dans ses cheveux et ses yeux. Il chercha ses mots et tenta une présentation convaincante :

— Mon nom est Nathan Love. Je travaille, en collaboration avec le FBI, sur la tuerie de l'hôpital de Fairbanks, où le corps de votre mari a été retrouvé.

— J'ai déjà tout dit à vos collègues lorsque je me suis rendue en Alaska.

— Ce ne sont pas mes collègues. D'autre part, ils ne vous ont pas posé les bonnes questions.

— Mon mari était déjà mort lorsque l'attentat a eu lieu. Des scientifiques sans scrupule se sont amusés sur son cadavre. C'est ignoble et leur disparition me soulage. Le corps de mon mari va désormais pouvoir reposer en paix et j'aimerais ne plus aborder ce sujet. Il a fallu un an pour que l'on retrouve Étienne. Aujourd'hui, je voudrais tourner la page.

Il devait absolument la ferrer, lui faire sentir qu'elle n'avait pas intérêt à le laisser repartir. Cela nécessitait d'employer les grands moyens, donc les plus simples. La carotte et le bâton. Bowman et Kotchenk. Il décida d'insinuer que le FBI pourrait être en train d'enquêter sur le Russe. D'autre part, il s'agissait de jouer l'homme providentiel qui avait des révélations à faire.

— La présence d'Étienne dans ce laboratoire a des répercussions insoupçonnables et implique de près ou de loin des personnes de son entourage.

Elle détourna son regard noir, pinça sa bouche purpurine, recula un peu et croisa les bras, en position défensive.

— En quoi puis-je vous être utile ?

— Vous sortiez, peut-être ?

Elle portait une jupe longue, un chemisier blanc sous une veste stricte, des escarpins. Ses longs cheveux étaient domestiqués avec du gel et des élastiques. Un parfum capiteux émanait de chacun de ses gestes, son maquillage était sobre.

— J'ai un rendez-vous à Nice, à 9 h 45.

— Avec qui ?

— Cela ne vous regarde pas.

— Vous y allez en voiture ?

— Mon ami a cinq voitures. Nous pouvons affronter la grève sans nous restreindre.

— Quel lien avez-vous avec Kotchenk ?

— Je viens de vous le dire, c'est un ami.

— Et aussi votre employeur.

— Oui.

— Je peux vous accompagner ?

— Jusqu'à Nice ?

— Je viens de traverser les États-Unis et l'Atlantique en avion et j'ai effectué la fin du trajet à pied pour vous voir.

— C'est important, alors.

— J'ai des choses à vous apprendre sur votre mari et, à l'inverse, vous pouvez m'en apprendre sur lui.

Elle hésita, vérifia l'heure, agacée.

— Si vous n'avez pas beaucoup de questions, je peux vous accorder dix minutes. Pas plus. Je ne peux pas me permettre de repousser mon rendez-vous.

— Votre gynécologue aura de toute façon du retard.

— Co… comment savez-vous ?

— Compte tenu du chaos qui règne dehors, seul un

amant ou un médecin peut motiver une femme à s'aventurer dehors. Apparemment, vous ne semblez ni malade ni apprêtée comme si vous alliez rejoindre un amant. Reste donc le gynécologue.

— Votre perspicacité m'impressionne.

— J'accompagnais régulièrement ma femme au début de sa grossesse.

Ce souvenir, qui avait jailli de façon involontaire, lui vrilla l'estomac.

— Au début seulement ? s'étonna Carla.

— Elle est morte avant d'accoucher.

— Je suis désolée.

Touchée. Involontairement, il venait de marquer un point.

— Je suppose que vous n'y allez pas pour les mêmes raisons, dit-il.

— Je vous ai dit que c'était personnel.

— Je me cantonnerai à la salle d'attente. Pendant que vous attendrez votre tour, on pourra parler.

— Vous êtes incroyable !

— Tout comme les révélations que j'ai à vous faire.

Carla jeta à nouveau un œil sur sa montre. Embarrassée.

— Tant pis, j'annule.

— Je ne veux pas vous affoler, mais une blennorragie soignée tardivement peut entraîner la stérilité.

— Qu… Quoi ?!

— À votre retour de croisière sur le yacht de Kotchenk, vous avez décroché en urgence cette visite chez votre gynécologue qui a accepté de vous caser tant bien que mal dans son planning bousculé par la grève générale. Vous avez donc un problème. La période d'incubation d'une syphilis est de trois semaines. Celle d'une blennorragie est de quelques jours. J'ai tablé sur le fait que vous avez contracté ça sur le bateau. Donc, blennorragie.

— Vous êtes voyant ou médecin ?

— Non. Profiler free-lance. On y va ? L'heure tourne.

Déboussolée, Carla chercha son sac et appela sa fille, déclenchant une conversation en français ponctuée de jérémiades, jusqu'à ce que le visage de Léa s'éclaire soudain. Elle salua Nathan d'un sourire au Nutella et regagna le salon, guillerette.

— Léa, ma fille. Elle voulait venir avec moi pour faire les boutiques après mon rendez-vous.

— Pourquoi l'en avez-vous dissuadée ?

— Vous comprenez le français ?

— Non, mais votre fille est expressive.

— Je comptais lui faire la surprise de lui acheter les cadeaux que je n'ai pas eu l'occasion de lui offrir à Noël.

— Comment vous en êtes-vous tirée ? Avec un mensonge ?

— Le mensonge est l'arme des faibles. Surtout au sein de sa famille. Par chance, l'argument consistant à inviter une copine pour regarder des slasher movies a été suffisant. Vous savez, dans la vie, je me suis toujours dispensée de recourir à des avocats. Mais ma fille est la seule personne qui me fasse parfois regretter de ne pas en avoir un.

— En parlant de famille, j'ai eu l'occasion de m'entretenir avec votre belle-mère au téléphone, avec l'aide d'un interprète. Celle-ci ne vous porte pas dans son cœur.

— C'est à cause de moi qu'elle est devenue belle-mère.

— C'est elle qui m'a confié que vous étiez très liée à Vladimir Kotchenk.

— Je ne crois pas que cela regarde la police ou que cela puisse faire avancer votre enquête. Méfiez-vous des ragots de Geneviève. Elle colporte un peu partout qu'Étienne est mort par ma faute, que si j'avais su le retenir, il serait toujours vivant…

— Vous allez être en retard, l'interrompit Nathan.

— Alors, allons-y.

Elle donna des consignes à la gouvernante et à sa fille, puis invita Nathan à la suivre jusqu'au garage. Carla ôta l'alarme de la Jaguar S-Type, rangée entre une Range Rover et une Aston Martin.

Elle s'installa derrière le volant, faisant jaillir de sa jupe une paire de jambes fuselées. L'intérêt que pouvait éprouver son médecin de l'ausculter était probablement similaire à celui d'un garagiste glissant les mains sous le capot d'une Ferrari.

— Vous vous êtes baigné ? demanda-t-elle après avoir salué de la main le gardien de la propriété.

— Ça se voit ?

— Ça se sent. Vous sentez l'eau salée. Moi aussi, j'aime me baigner dans la mer en hiver. Ça décrasse.

Cela leur faisait un point commun.

52

Carla se gara facilement dans l'avenue déserte.

— **Le rêve, dit-elle. De la place pour se garer,** pas d'attente aux caisses des magasins, les vendeuses à votre disposition, tout cela pendant les fêtes… Il n'y a foule que chez mon gynécologue. Les bébés n'attendent pas, pressés de sortir dans un monde hostile…

Elle s'exprimait avec les mains, les cheveux, les épaules, mimait ses idées, jonglait avec les mots.

Nathan commençait déjà à cerner sa personnalité. Carla appréciait la compagnie, détestait faire les choses seule, surtout les plus anodines. Était-ce pour cette raison qu'il avait pu s'imposer facilement auprès d'elle ?

Le Dr Alghar avait trois quarts d'heure de retard. La salle d'attente était pleine de patientes qui s'étaient organisées entre elles pour se déplacer en covoiturage. D'où une certaine confusion dans l'ordre des arrivées. Nathan était le seul homme. Il perçut malaise et tension entre ces quatre murs couverts d'une tapisserie flétrie. Sous les tailleurs chics des femmes distinguées, des corps mis à rude épreuve s'apprêtaient à dévoiler leurs parties les plus intimes et à perdre un peu de leur mystère.

— Que voulez-vous savoir, monsieur Love ? chuchota Carla en s'asseyant.

— Le nom de Clyde Bowman vous dit quelque chose ?

— Non. L'agent fédéral qui m'a interrogée à Fairbanks m'a posé la même question. C'est une des quatre victimes, c'est ça ?

— Clyde Bowman était un agent du FBI. Il était également un ami de votre mari. Son nom est mentionné à la fin de son dernier ouvrage.

— Étienne était en relation avec beaucoup de gens, aux États-Unis, qui l'aidaient à mettre au point ses expéditions. Des membres de la NASA, des scientifiques, des guides… mais je les ai rarement côtoyés. Je ne participais qu'à la préparation de son matériel et à la narration de ses exploits. Entre les deux, je m'effaçais.

Nathan imaginait mal Carla s'effacer.

— Je tenais d'ailleurs de moins en moins à l'accompagner à l'étranger, ajouta-t-elle.

— Il y avait Léa à élever.

— En effet.

— Vous l'avez suivi en Alaska ?

— Oui. En fait, j'espérais le convaincre d'abandonner cette expédition.

— Pourquoi ?

— Je la jugeais trop risquée.

— Il aurait dû vous écouter.

— Étienne n'écoutait que lui-même.

— Qu'avez-vous fait après son installation dans le cercle arctique ?

— Je suis rentrée en France. Léa avait école et je ne me voyais pas attendre mon mari trois mois en Alaska.

— Quand êtes-vous repartie là-bas ?

— Après avoir appris sa disparition.

— Pas avant ?

— J'étais supposée le rejoindre à la fin de sa mission dans la journée du 24 décembre, mais Léa est tombée malade et nous avons dû annuler nos réservations. J'ai malgré tout essayé de fêter le réveillon de Noël à Nice, avec ma fille alitée, ma belle-mère acariâtre, mon crétin de beau-frère et sa femme aussi raide que laide.

— Qu'entendez-vous par "malgré tout" ?

— Malgré la disparition d'Étienne.

— Vous avez caché la mauvaise nouvelle à votre entourage ?

— Je ne voulais pas gâcher le Noël de Léa qui était déjà souffrante, ni subir les pleurs de ma bellemère en leur apprenant qu'Étienne ne se trouvait pas au point de rendez-vous. Quand Léa s'est rétablie, j'ai fait le voyage pour participer aux recherches. J'ai regagné la France au bout de trois semaines. Je ne pouvais pas laisser Léa plus longtemps à ma bellemère.

— Vous n'aimez pas Geneviève ?
— Non.
— Et vous aimiez Étienne ?
— Cela ne vous regarde pas !

La remarque réveilla une salle d'attente engourdie et attira les regards éthérés des patientes sur Carla. Impassible, Nathan continua la conversation sur le même ton de messe basse.

— Il est plus facile d'avouer sa haine que son amour, n'est-ce pas ?
— Vous commencez à m'importuner.
— Vous voyez.
— Bien sûr que j'aimais Étienne. Pourquoi poser cette question ?
— L'obscurité de l'ombre des pins dépend de la clarté de lune.
— Quoi ?
— Toute chose est contradictoire et possède une face cachée qui ne peut être appréhendée avec la seule pensée.
— Il n'y a rien à cacher. J'admirais l'intelligence d'Étienne et je l'aimais parce qu'il aimait Léa.

Complexe de la beauté face à l'intelligence.

Au fil des entrées et des sorties rythmant la vie d'une salle d'attente qui ne désemplissait pas, Nathan se dévoila un peu pour en apprendre plus sur Carla. Elle confessa ainsi qu'elle était âgée de 17 ans lorsqu'elle avait rencontré Étienne, enceinte d'un Italien qui avait fui ses responsabilités. Répudiée par sa famille pratiquant un catholicisme puritain, la jeune femme avait quitté son village de Sicile pour la France, une culotte dans la valise et un enfant dans le ventre. Sa plastique avantageuse lui avait ouvert les portes des établissements qui ne misaient que sur l'apparence physique. Elle avait poussé celles du casino de

Monaco. C'était là qu'elle avait fait la connaissance d'Étienne, en lui offrant sur un plateau une coupe de champagne destinée à le garder rivé à une table de black-jack. Mais le sourire de la serveuse avait été plus fort que l'attrait du jeu. Étienne avait préféré miser ses jetons sur une table de restaurant en tête à tête avec Carla. Envoûté, il était sorti de sa solitude pour lui faire la cour. Dans l'ombre de sa mère et de son ami Vladimir, celui-ci fréquentait peu la société. Carla illumina sa vie. Malheureusement, le premier contact avec Geneviève Chaumont fut un désastre qui donna le ton de leurs futures relations.

— La mère d'Étienne voyait son fils de 30 ans débarquer avec une étrangère de 17 ans, enceinte d'un inconnu, répudiée par sa famille, sans un sou, et catholique, ce qui acheva de heurter son intégrisme protestant. Pour elle, son fils se faisait avoir, conclut Carla.

— Y a-t-il un tel fossé entre un protestant et un catholique ? s'étonna Nathan.

— C'est ce fossé qui a marqué toute l'histoire de l'Irlande. La semaine dernière, à Dublin, des protestants ont crucifié un catholique. Et vous savez quoi ? Ils ont veillé à bien tordre les clous pour qu'il ne puisse pas être détaché de sa croix. Même les bourreaux de Jésus n'y avaient pas pensé !

— Comment s'est comporté Étienne face à la réaction de sa mère ?

— Ce fut l'une des rares fois où il ignora ses injonctions.

Le Dr Alghar apparut dans l'entrebâillement de la porte en prononçant le nom de Carla. Celle-ci échappa momentanément à l'interrogatoire pour filer entre les mains caoutchoutées du docteur.

Il était plus de midi lorsqu'elle réapparut.

— Votre diagnostic était bon, dit-elle sans s'étendre sur le sujet.

Nathan suggéra de faire une pause pour déjeuner. Après s'être arrêtée dans une pharmacie, Carla l'emmena au port de Nice dans un restaurant perché au sommet d'un piton rocheux, relié à la terre par une passerelle. Ils commandèrent des salades niçoises, une carafe d'eau et un Meca-Cola.

— Votre méthode de travail est peu commune, dit Carla en avalant ses antibiotiques.

— Ah bon ?

— Interroger des témoins de cette façon, ce n'est pas le genre de la police. Cela se déroule plutôt de manière officielle, dans un bureau, avec des questions précises et avec un type dans un coin qui tape à la machine. Jamais chez un gynécologue, ni au restaurant.

— Ce qui est intéressant dans le métier d'enquêteur ou de médecin d'ailleurs, c'est cette habilitation à pénétrer l'intimité des gens.

— Vous oubliez les curés.

— Ils sont de moins en moins dans la confidence.

— C'est sûr que vous êtes du FBI ?

— Je collabore seulement avec le FBI qui a recours à mes compétences particulières.

— Quelles sont ces compétences particulières ?

Il évoqua brièvement ses dons de profiler, la Voie de la tactique, les arts martiaux, le zen…

— Ouaouh ! Il faut se méfier de vous, s'exclama-t-elle, impressionnée.

— Oui, si vous avez quelque chose à dissimuler.

— Je crois que je vous en ai dit beaucoup, non ? On ne devait pas échanger nos informations ? Vous aviez des choses à m'apprendre sur mon mari.

— Pendant un an, Clyde Bowman a consacré l'essentiel de son temps libre à essayer de retrouver Étienne.

À part leur amitié, j'ignore encore ce qui le motivait à ce point. Clyde a découvert le corps d'Étienne, puis l'a fait transporter secrètement jusqu'au laboratoire de l'hôpital de Fairbanks. Le corps de votre mari était intact et il semblerait qu'on ait tenté de le faire revivre, aussi surréaliste que cette hypothèse puisse paraître.

— Le faire revivre? Comme Lazare?

— Justement, l'expérience en question fait partie d'un programme qui porte ce nom. Le Projet Lazare avait donné des résultats sur quelques volontaires recrutés parmi les indigents. Plus troublant encore, Clyde Bowman cherchait à faire parler Étienne sur la table d'opération. Il l'a filmé, mais l'enregistrement s'est volatilisé.

Le serveur approcha de la table pour leur demander s'ils avaient fini. Ni elle ni lui n'y prêta attention. Nathan était concentré sur la salve finale :

— Quel est ce secret qu'Étienne a emporté dans la mort et que Bowman essayait de lui arracher d'outre-tombe? Qui a massacré tous ceux qui travaillaient dans le laboratoire et volé les données du Projet Lazare? Qui détient aujourd'hui la vidéo de Bowman? Voilà les questions auxquelles je dois répondre avec votre aide.

Carla était pétrifiée au-dessus de sa fourchette qui était restée suspendue en l'air.

— Pardonnez-moi de vous avoir livré tout cela sans prendre de gants, mais il me fallait déceler si vous saviez quelque chose.

— Quoi?

— Maintenant, je suis persuadé que vous ne m'avez pas tout dit.

Elle écarquilla les yeux, offrant à Nathan un visage de plus en plus modelé par la stupéfaction. Il répondit instinctivement à l'interrogation qui traversa l'esprit de Carla à ce moment précis.

— Tout simplement parce que vous m'avez cru.

53

Ils regagnèrent la voiture sans dire un mot. Après les révélations de Love, Carla n'avait plus l'esprit au shopping. En sortant de sa place de parking, elle coupa la priorité à une improbable estafette de plombier dont le pare-chocs érafla l'aile de la Jaguar. L'artisan vociféra en termes crus qu'avoir un accident en cette période était un comble. Face à l'ataraxie de Carla et à l'indifférence de son passager, il ravala sa colère. La scène se solda par un constat à l'amiable. Nathan prit le volant et roula en direction du cap d'Antibes jusqu'à ce que Carla décide de sortir de sa réserve.

— Non, dit-elle.

Elle lui avait posé la main sur le bras pour signifier que ce non s'appliquait à l'itinéraire qu'il empruntait.

— Allons chez moi, expliqua-t-elle.

— Je vous y conduisais.

— Non. Je veux dire à mon appartement.

Elle l'orienta vers le centre de Nice, dans une rue perpendiculaire à l'avenue Jean-Médecin. Ils montèrent au troisième étage d'un immeuble bourgeois, dans un ascenseur de bois, étroit, brinquebalant, et pénétrèrent dans la fraîcheur d'un trois pièces qui n'avait pas été habité depuis deux semaines. Carla se planta devant le téléphone, appela à sa fille pour vérifier que tout allait bien, puis écouta les messages. Une copine de Léa organisait une « pizza-vidéo-party ». Marc l'invitait au bowling, Régis lui proposait de découvrir un nouveau restaurant dans le vieux Nice, Geneviève Chaumont l'informait du coup de fil de la police à son sujet. Carla arrêta l'appareil et se tourna vers Nathan.

— Votre belle-mère ? demanda-t-il.

— Oui.

— Ne vous tracassez pas, elle vous a déjà dénoncée.

Carla ferma ses deux poings et les posa sur la commode, comme pour décharger sa colère sur le meuble. Débarrassée des ondes négatives, elle éjecta la cassette et glissa l'autre face dans le répondeur.

— À mon retour de vacances, il y avait ce message au milieu de ceux de la police.

Elle rembobina et se cala sur un enregistrement en anglais : « Bonjour, madame Chaumont. Je suis Andrew Smith, de la police d'Anchorage. Vous ne me connaissez pas, mais moi je vous connais un peu. J'ai enquêté sur la disparition de votre mari pendant un an. Je viens d'apprendre que l'on n'était pas parvenu à vous joindre pour vous annoncer que son corps a été enfin retrouvé. Je vous adresse donc ce message à tout hasard. J'en ai laissé aussi un au casino qui vous mettra au courant dès votre retour de vacances. Les circonstances de la mort de votre mari ne sont pas éclaircies, mais j'ai rencontré un agent fédéral qui travaille dessus et qui a l'air d'en savoir un peu plus. Il n'a pas voulu me dire son nom. Je peux quand même vous communiquer son numéro de portable. Appelez-le, je crois qu'on peut lui faire confiance, ce qui est un luxe dans cette affaire... » Après avoir communiqué les coordonnées de Love, Smith présentait ses condoléances à la veuve sur un fond sonore qui ressemblait à celui d'un aéroport.

Elle arrêta le défilement de la bande et se dirigea vers la cuisine. Pas étonnant qu'elle l'ait accueilli aussi ouvertement. Smith l'avait recommandé. Du coup, il jugea bien dérisoires les petites manœuvres qu'il avait déployées pour s'incruster auprès d'elle. Carla revint avec un verre d'eau à la main :

— C'est tout ce que j'ai à vous offrir.

— Pour étancher la soif, il n'y a rien de mieux.

— Ce Smith m'a conseillé de vous écouter. Je dois donc accorder du crédit à ce que vous m'avez raconté, n'est-ce pas ?

— En effet.

— Alors, cessez de tendre vos pièges mesquins destinés à me juger et soyez francs. Votre histoire de résurrection, c'est du bidon ou pas ?

— Je n'en sais rien.

— Vous croyez qu'on peut ressusciter les gens, vous ?

— Le soleil ne croit pas à la nuit.

— Ça, je m'en fiche.

— Je ne crois en rien.

— Qu'est-ce que vous me chantez ?

— Le vide de toute chose. Vous me demandez qu'elle est ma conviction personnelle, je vous la donne, bien que celle-ci n'entre pas en ligne de compte dans la résolution de cette enquête.

— Dites-moi ce qui entre en ligne de compte, alors.

— Pourquoi ne m'avez-vous pas appelé à la suite de ce message ?

— Votre téléphone ne répondait pas.

Il est vrai qu'à ce moment-là, Nathan était à Manille où il n'avait pas emporté le mobile de Bowman.

— Kotchenk ne vous a pas transmis le message de Smith ?

— Il était avec moi, en pleine mer.

— Il avait son portable et la radio de son bateau. Le message que Smith a laissé au casino était trop important pour être ignoré, vous ne pensez pas ?

— Qu'essayez-vous d'induire ?

— Vous fréquentez un homme qui vous ment.

— Ne vous mêlez pas de ma vie privée, s'il vous plaît !

Carla fixa la photo d'Étienne posée sur le buffet, puis ramena son regard vers le fauteuil dans lequel Nathan était assis. Vide. Elle ausculta la pièce, mais l'Américain s'était volatilisé. Elle l'appela, vérifia que la porte d'entrée n'était pas ouverte et se crut soudain seule, juste avant de détecter une présence dans son dos. Nathan se tenait si près d'elle qu'il pouvait sentir les effluves d'un parfum capiteux mêlés à ceux de l'antiseptique appliqué par le Dr Alghar.

— À quoi vous jouez, vous m'avez fait peur !

— Merci pour l'eau, dit-il en lui rendant le verre.

Elle s'écarta par réflexe pour casser l'intimité née de leur proximité dans un coin d'obscurité.

— C'est Vladimir qui vous intéresse ? demanda-t-elle.

— Il faudrait être insensible pour s'intéresser à quelqu'un d'autre que vous quand on est en votre présence.

Nathan regagna le centre de la pièce pour lancer son attaque :

— Kotchenk sponsorise Étienne pour l'envoyer à l'autre bout du monde, il séduit sa veuve, dissimule des informations émanant de la police et, par-dessus le marché, les RG, Interpol, le FBI et le KGB collectionnent des dossiers sur lui.

— Quels dossiers ?

— Ignorez-vous qu'il est un caïd de la mafia russe ?

Nathan vit Carla blêmir et visa le KO en pesant ses mots :

— Votre mari a été assassiné deux fois. Il y a un an, au cours de son expérience scientifique, loin de tout témoin, et il y a quelques jours, alors que l'agent Bowman s'acharnait à lui arracher dans l'au-delà le nom de son meurtrier. Il y a donc une probabilité pour que l'on ait affaire au même coupable. Un tueur omnipotent, omniprésent, impliqué, informé, intéressé, sans pitié.

54

Love y était allé un peu fort. Mais il avait besoin de déstabiliser Carla pour sonder ce qu'elle avait dans le ventre et surtout dans la tête. En attendant, elle encaissait les scoops stoïquement comme autant de coups sur un ring. Nathan poursuivit son pilonnage verbal :

— Étienne était l'obstacle qui empêchait Kotchenk de vous posséder. En le poussant vers la mort, il vous récupérait. Jamais je n'aurais avancé cette thèse si je ne vous avais pas rencontrée. Vous êtes belle, jeune, intelligente et on tombe amoureux de vous en moins d'un quart d'heure. Vous valez plus que la fortune de Kotchenk.

— C'est ma belle-mère qui vous a monté la tête ou quoi ? Personne n'avait besoin de pousser Étienne vers la mort. Au contraire ! Il s'est tué en surestimant ses capacités à résister au climat de l'Alaska. Le coupable est le froid.

— Le froid n'est que l'arme du crime.

— On n'assassine pas quelqu'un qui est en train de se noyer. Étienne s'est noyé tout seul.

— Si on ne tend pas le bras pour sauver celui qu'on a balancé dans l'eau, vous appelez ça comment ?

— Vladimir était en France lorsque Étienne a disparu.

— Kotchenk a le bras long. Beaucoup de ses compatriotes vivent en Alaska. Il fait partie de la mafia et finançait l'expédition. Cela fait beaucoup de coïncidences.

— Je ne veux plus discuter de ça. Je voudrais rentrer maintenant.

Grisé par ses déductions qui s'emboîtaient comme des matriochkas, Nathan réalisa qu'il était allé trop loin, trop vite. Sa diatribe contre Kotchenk avait néanmoins eut le mérite de semer le doute dans l'esprit de Carla. Ils quittèrent l'appartement sur-le-champ. Carla lui proposa de le ramener à son hôtel. Il la pria de le déposer au casino. Un entretien avec le Russe s'imposait. Malheureusement, celui-ci venait de quitter son bureau pour rentrer chez lui.

— Je crois que je suis bon pour vous tenir compagnie jusqu'au cap d'Antibes, dit Nathan qui n'en espérait pas tant.

— Il y a autre chose dont personne ne semble vous avoir parlé, dit-elle.

Elle allait commencer à lâcher du lest pour défendre Kotchenk. Réflexe tout à fait humain en attendant de pouvoir rétablir quelques vérités en privé. En conduisant, elle évoqua les menaces sérieuses dont Étienne avait fait l'objet. Il était harcelé d'appels anonymes, exigeant, sous peine de représailles, l'arrêt des actions de sabotage contre les chasseurs et les braconniers. La gendarmerie s'était contentée d'enregistrer la plainte. Ces intimidations galvanisaient Étienne qui multiplia ses raids en Alaska. Celui-ci n'avait pas de limite. Il avait transformé son combat en terrorisme.

— Étienne accumulait les ennemis en Alaska et au Canada. À mon avis, il y a pas mal de suspects qui traînent là-bas.

— Quels furent ses derniers coups d'éclat ?

— Ses cibles privilégiées étaient les trappeurs, particulièrement ceux qui déciment à tout-va. Étienne visait également les grosses légumes venues de loin pour se payer des espèces animales protégées. Mon mari avait un sale caractère mais il fallait reconnaître qu'il n'attendait pas que les politiciens agissent pour lui. Il estimait qu'on ne change rien en lissant le poil du politiquement correct.

— Vous pensez qu'Étienne aurait pu être tué au cours de son expédition par les auteurs des appels anonymes ?

— En tout cas, ils étaient déjà sur place, prêts à le recevoir.

— Pourquoi avoir organisé une expédition là-bas, alors ?

— Étienne vouait une véritable passion pour l'Alaska. C'est une des plus vastes zones sauvages de la planète où la faune est d'une diversité incomparable. Particulièrement la plaine côtière arctique...

— Là où il a disparu.

— Exactement. Vous n'imaginez pas la qualité du silence que l'on peut trouver là-bas. Malgré l'oléoduc qui balafre l'État du nord au sud, une grande partie du territoire a été jusqu'ici préservée. Mais les gisements pétroliers dans le sous-sol suscitent les convoitises. Les compagnies multinationales grignotent peu à peu la réserve nationale de l'Arctique, tandis que les gros bonnets se payent des safaris illégaux pour canarder un ours polaire en hélicoptère ou un caribou à la mitrailleuse.

— Vous semblez partager le combat de votre mari.

— Quand votre conjoint est un terroriste, soit vous épousez ses idées, soit vous le quittez.

Carla stoppa devant un passage clouté pour accorder la priorité à une flopée de piétons jettant des regards envieux à son véhicule.

— Vous avez une idée de l'identité de ces gros bonnets auxquels vous faite allusion ?

— Les gens auxquels Étienne s'attaquait évoluent dans les hautes sphères. Des politiciens, des banquiers, des magnats du pétrole, des PDG de multinationales, des émirs, des milliardaires du show-biz... Vous devriez aussi vous intéresser à certains membres de votre Congrès, particulièrement ceux qui sont favorables au projet de forage de la zone 1002 dans la réserve nationale.

— Vous avez des noms ?

— Ils sont faciles à identifier, vu les postes qu'ils occupent.

— Pourquoi n'avoir rien dit à la police ?

— Jusqu'à aujourd'hui, j'ignorais qu'Étienne pouvait avoir été assassiné.

55

À la radio, un bulletin d'information annonçait une marée noire en Espagne, un attentat suicide en Israël, deux explosions en Irak et la naissance d'un bébé raélien cloné. Carla quitta Riviera Radio pour Nostalgie. Polnareff y chantait *On ira tous au paradis.*

— À votre avis, ils ont réussi à réanimer Étienne, dans ce foutu laboratoire ?

— Vous m'auriez posé la question il y a quelques années, je vous aurais répondu non. Mais si aujourd'hui, une petite secte réussit à cloner un être humain, je ne peux plus me prononcer sur les progrès de la science.

— On est arrivés, annonça-t-elle avec appréhension.

Devant la Jaguar qui avait presque épuisé sa réserve de carburant, la grille de la datcha méditerranéenne s'ouvrit lentement. Ce fut à la mine du gardien que Nathan sut que Kotchenk avait regagné ses pénates avec une Kalachnikov à la place d'un bouquet de fleurs. Le Russe avait appris l'escapade de Carla en compagnie d'un agent fédéral et enguirlandé le personnel laxiste qui en avait gardé des séquelles.

— Je prendrai le vol de demain pour New York, dit Nathan en se garant. Celui de 18 h 30, sur Delta Airlines.

L'information était lâchée et il vérifia que Carla l'avait bien enregistrée.

En descendant de la S-Type, il sentit qu'il posait le pied en terrain miné. Les portières n'avaient pas encore claqué que le propriétaire des lieux, encadré par deux costauds en costume, déboula vers eux sans une once d'hospitalité. Deux options classiques s'offraient au visiteur : l'affrontement ou l'esquive. La première était la plus facile. Il avait déjà repéré l'emplacement des armes sur les trois hommes. Ceux-ci se tenaient groupés. En cas de déclenchement des hostilités, il aurait pu les terrasser en trois coups simultanés. La deuxième option consistait à remercier rapidement Carla pour sa coopération, poser quelques questions formelles à Kotchenk et fausser compagnie à tout le monde. Dans les deux cas, il risquait la rupture brutale et définitive avec la veuve d'Étienne, ce qu'il ne souhaitait pas. Alors, il se décida pour une troisième alternative, moins confortable, qui lui permettrait de renforcer ses liens avec elle, même si au début, c'était le contraire qui allait probablement se produire. *"Je prendrai le vol de demain pour New York, celui de 18 h 30 sur Delta Airlines"*, faisait partie du plan.

Les premiers mots de Kotchenk furent pour Nathan, taillés à la hache dans un anglais rustique :

— Qu'est-ce que tu foutais dans ma voiture avec ma femme ?

Kotchenk avait le sens de la propriété.

— J'ai interrogé Mme Chaumont au sujet du décès de son mari.

— Elle s'est déjà déplacée en Alaska pour ça. Qui t'es pour faire chier ma famille et te balader dans ma bagnole ?

— Je travaille pour le FBI.

— J'ai vérifié, dès qu'on m'a appris que tu tournais autour de Carla. Ton nom n'apparaît nulle part dans l'organigramme du FBI.

— Comment le savez-vous ?

— J'ai des relations, ducon.

Il joignit à l'insulte une violente claque contre l'épaule de Nathan. Le ton montait dangereusement, alternativement en français et en anglais. Carla intervenait dans sa langue ce qui compliquait la tâche de Nathan, cantonné à lire sur les visages. Les deux sbires ne décollaient pas de leur boss, guettant une contre-offensive américaine. Carla tenta de raisonner Kotchenk en lui révélant que la mort de son mari pourrait ne pas être accidentelle.

— Ta gueule, Carla ! Tu fais une fixation sur la mort d'Étienne. Un an que ça dure ! Maintenant qu'il repose en paix dans son cercueil, il est temps de se tourner vers l'avenir.

Déboussolée, elle traduisit la remarque de Vladimir à Nathan. Il fallait que ce dernier mette un terme à cette discussion inutile :

— On n'efface pas le passé avec une boule de cristal, dit-il au Russe.

Kotchenk lui empoigna le col sous les regards vigilants des deux molosses prêts à dégainer. Dans un anglais pauvre en sémantique, mais riche en insultes révélatrices d'affinités chaotiques avec la gent anglo-saxonne, il vociféra férocement :

— Si toi, putain d'enfoiré, tu t'approches encore de Carla, c'est moi qui t'effacerai et pas avec une putain de boule de cristal ! Pigé, connard ?

Il desserra les poings et le repoussa avec mépris. Nathan ne bougea pas d'un pouce, cramponné à son tour au blazer du caïd.

— Pigé. Permettez-moi donc de disposer et de vous saluer. Comment faites-vous dans votre pays d'ivrognes ? Comme ça ?

Nathan l'embrassa sur la bouche à la manière de Brejnev. Les deux gardes du corps le soulevèrent en le tenant sous les aisselles. Kotchenk lui aligna un direct dans la mâchoire avant de s'essuyer les lèvres déformées par une moue en accent circonflexe. Toujours en lévitation, Nathan encaissa un pilonnage dans l'estomac parachevé par un uppercut vrillé qui lézarda sa boîte crânienne. Un voile brouilla son champ de vision. À l'instant où il partit en vol plané, il perçut vaguement les protestations de Carla. Il échoua inconscient sur la chaussée déserte tel un sac poubelle dans une décharge.

Lorsqu'il retrouva ses esprits, la calandre d'une Rolls ronronnait au-dessus de sa tête. Une paire de chaussures cirées se posèrent dans la flaque de sang qui s'écoulait de sa bouche. Puis un visage benoît coiffé d'une casquette de chauffeur s'adressa à lui en français. Nathan bafouilla quelques mots d'anglais avant de sombrer à nouveau.

56

Le plafond est souvent la première chose que l'on voit quand on se réveille. Celui que Nathan avait au-dessus de lui était décoré de fresques représentant une gigantesque partouze. Des corps nus enchevêtrés et aériens. Il écarquilla les yeux en même temps qu'une douleur lui déchira la tempe droite. Les murs de la pièce étaient tapissés de dorures sur lesquelles dansaient des ombres effilées. Les fenêtres immenses étaient encadrées par des tentures carmin. La porte s'ouvrit lentement. Une respiration haletante gagna le lit dans lequel on l'avait couché. Un visage large et anormalement ridé bava sur les draps. De petits yeux noirs luisaient au fond de deux orbites écartées.

— Mordok !

L'être difforme s'éclipsa. Nathan se releva sur un coude et se demanda sur quelle planète il avait atterri. À l'extrémité de son lit se tenait une vieille dame élégante. Elle s'exprima dans une langue étrange. Ayant adopté avec difficulté une position assise, Nathan réalisa que l'individu défiguré avait rejoint les pieds de sa maîtresse. Il s'agissait d'un chien à la peau chiffonnée, un shar-peï.

— Je suppose que vous ne parlez qu'anglais, dit l'inconnue dans la langue de Shakespeare avec l'accent de Soljenitsyne.

— Je parle aussi l'espagnol, le japonais, le navajo et le mandarin.

— Quel exotisme !

— Du sang exotique coule dans mes veines.

— Cela se voit et cela vous sied, si ce n'était ces ecchymoses qui ternissent votre beau visage.

— Merci, mais…

— Ne me remerciez pas, je ne suis pour rien dans le métissage de vos origines.

— Où est-ce que je suis ?

— Chez moi. Je vous ai ramassé hier soir sur la route. Mon chauffeur devrais-je dire. J'ai mandé un médecin qui vous a administré des antalgiques. Vous avez dormi toute la nuit. Il est 8 heures du matin. Comment vous sentez-vous ?

— Mal à l'estomac et à la tête.

— Le Dr Poiré vous a prescrit des médicaments.

— À qui est-ce que j'impose ma présence embarrassante ?

— Je suis la comtesse Saskia Natavoski. Je suis polonaise. Et votre présence n'est pas embarrassante, au contraire. Depuis la disparition de mon époux, je vis dans la solitude. Incontournable lot des personnes âgées qui ne flirtent plus qu'avec les fantômes. Mordok me tient compagnie ainsi que quelques domestiques. Alors, quand un jeune homme blessé entrave mon chemin, je prends le risque de l'héberger sous mon toit.

Nathan voulut se lever, mais il était nu. Elle le rassura.

— Vos vêtements sont en train d'être repassés. Joël va vous les monter.

Il fixa le shar-peï.

— Mordok est un chien philosophe, dit la comtesse. Il ne connaît ni l'agressivité ni l'obséquiosité.

À moitié rassuré, il leva les yeux vers le plafond. Comme si elle avait décidé de commenter tout ce qui attirait son attention, elle poursuivit :

— Une mauvaise imitation du *Jugement dernier*. L'artiste italien que j'ai engagé pour reproduire ici le plafond de la chapelle Sixtine, n'était pas Michel-Ange. Pire, c'était un escroc. Federico Damiani. Je ne vous le recommande pas.

En y regardant avec plus d'attention, on pouvait effectivement distinguer les anges jouant de la trompette au milieu des damnés et des élus aussi nus que des vers.

— Les plus grands peintres de la planète ont mieux servi le message de Jésus que le Nouveau Testament, dit la comtesse.

— Le pouvoir des images.

— Au point d'être censurées, parfois. Saviez-vous qu'à la suite d'une interdiction par le concile de Trente de représenter des anatomies non voilées dans des lieux de culte, ceux peints par Michel-Ange furent discrètement habillés ? L'un de ses disciples s'en chargea d'ailleurs, Daniele da Volterra, que l'on surnomma « grosse braguette ». J'ai cherché à revenir aux sources, voyez-vous. À créer sur ce plafond ma porte vers le ciel, en espérant que je ferai partie des élus.

Sa vision du paradis, commune à toutes les religions, était celle d'un lieu au-delà de la vie, sacrifiant le passage dans ce monde. Nathan ne put s'empêcher de la contredire, peut-être pour la remercier de l'avoir soigné :

— Le paradis, c'est ici et maintenant. Pas ailleurs, ni demain.

Les paupières de Saskia se plissèrent pour former un regard inquisiteur.

— Est-ce que vous entendez la mer ? lui demanda Nathan.

Le silence qui régnait dans la demeure et l'absence de circulation permettaient de percevoir le ressac feutré de la Méditerranée. Nathan en déduisit qu'il se trouvait encore au cap d'Antibes.

— Oui, je l'entends tous les jours.

— Eh bien, vous avez à votre portée une voie qui mène à l'illumination. Bien plus praticable que celle de votre plafond.

Il n'eut pas le temps de lui expliquer l'interpénétration de toutes les choses et de tous les êtres car le majordome frappa à la porte. Le domestique remit des vêtements propres à Nathan qui s'habilla sous le regard concupiscent et distingué de Saskia Natavoski. Celle-ci l'invita à le suivre dans les méandres d'un palais Belle Époque à la décoration baroque, imperméable à la lumière du jour, plus proche du château hanté que de la luxueuse villa méditerranéenne. L'éclairage était fourni par des candélabres, multipliant les recoins sombres. Le parquet craquait sous chaque pas. Ils prirent place dans la salle à manger où la table aux dimensions démesurées était aussi abondamment dressée que le buffet d'un club de vacances. Ils déjeunèrent tous les deux. Elle évoqua sa vie mouvementée en Pologne et son expatriation en France. Lui écouta surtout. Après le décès de son mari, Saskia s'était réfugiée dans les arts et la religion catholique, prodiguant sa fortune à ceux qui lui faisaient miroiter leur talent quand ce n'était pas autre chose. Car la comtesse, malgré sa foi fervente, ne se cachait pas d'avoir attiré dans sa couche des éphèbes au génie limité. Ces contradictions mêlées de raffinement, de culture, de religion et de péché, rendaient cette femme de 70 ans attirante, charismatique, séduisante. Elle usait de ce charme auprès de Nathan, une proie qu'elle convoitait et que sa fortune lui laissait croire qu'elle pouvait se payer. Comme beaucoup de gens, elle ignorait qu'il y a des chemins plus faciles que ceux de l'argent pour arriver à l'amour.

— Vous qui avez voyagé, connaissez-vous la Pologne ?

— Non, très peu.

Nathan regarda sa montre. Est-ce que Carla le rejoindrait à l'aéroport, à 18 h 30 ? Bien qu'il y eût peu de chance qu'elle embarquât avec lui pour les États-Unis, il gardait un léger espoir. La petite mise en scène dans laquelle il avait incarné la victime avait-elle été suffisante pour lui ouvrir les yeux sur le côté obscur de Vladimir Kotchenk ?

— Je suppose que vous ne voulez pas me parler de ce qui vous tracasse, ni de votre agression d'hier soir, déplora la comtesse.

— Pour votre sécurité, il vaut mieux ignorer jusqu'à mon existence.

— Ce serait difficile de faire abstraction de votre présence qui a illuminé cette matinée hivernale.

Rassasié par des œufs au bacon, du pain brioché et des fruits exotiques finement mixés, Nathan repoussa sa chaise et se leva.

— Je vous suis infiniment reconnaissant, mais je dois partir.

— Je suis désolée de ne pouvoir vous faire conduire quelque part. Le réservoir de ma Rolls est à sec. Nous avons utilisé les dernières gouttes pour transporter le Dr Poiré.

Mentait-elle pour le garder chez elle ou était-elle sincère ? Peu importait. Il s'avança vers elle et saisit le dos de sa main baguée de diamants pour y déposer un baiser.

— Merci pour tout, Saskia.

Elle se leva à son tour en s'accrochant à son bras.

— À moi de vous remercier pour cette nuit passée chez une vieille dame, jeune inconnu sans nom.

Elle effleura de ses doigts secs la joue tuméfiée de Nathan et l'embrassa sur la bouche. Conservant le goût de ses lèvres fines, parfumées au thé indien, l'Américain gagna le sentier du bord de mer. Il disposait de six heures pour se rendre à l'aéroport.

57

Love redressa la colonne vertébrale, rentra le menton fracassé par l'uppercut de Kotchenk, tendit la nuque endolorie, posa le regard à trois mètres devant lui. Les coudes écartés, les avant-bras à l'horizontale, les épaules détendues vers l'arrière, il avança la jambe droite. Expiration profonde par le nez, mains appuyées contre le sternum, il appuya sur le sol comme s'il voulait laisser une empreinte. Tout son côté droit ressentit le contact avec la terre, des orteils jusqu'au sommet de la tête, telle une masse électrique déchargeant une trop grande tension. Le côté gauche resta souple, décontracté. À la fin de l'expiration, il marqua un léger temps d'arrêt pour permettre le relâchement de tout son corps. L'inspiration se fit automatiquement. À l'expiration suivante, il posa l'autre pied.

Il marcha ainsi en direction de Nice, alternant tension et détente, comme le tigre dans la forêt. Il ne voyait pas les gens qui s'étonnaient de son allure étrange. Il prenait conscience du passage de l'air marin dans son nez, dans ses poumons. Ses pensées défilaient sans s'arrêter tels des nuages noirs balayés par le vent. Il suivait la dilatation et la rétraction de son torse, sans essayer d'en altérer le rythme, sans exercer de contrôle. Son corps et son esprit retrouvèrent leur unité, faisant le plein de force et de résistance.

58

La RN7 n'était empruntée que par des moyens de transport monoplaces dépourvus de moteur, des rollers, des vélos, des skates. Nathan marcha sur le bord de la route qui coupait à travers des zones commerciales, des entrepôts de meubles, des hangars de fringues. Les coulisses de la Côte d'Azur étaient défigurées par la grande distribution et les inévitables soldeurs alignés le long de la voie ferrée. Lorsqu'il entendit le son d'un moteur, il fit volte-face et leva le pouce en direction d'une Range Rover. Le 4 x 4 braqua dans sa direction à une vitesse qui ne lui permettrait plus de s'arrêter avant de le percuter. L'aile brillante du véhicule le frôla juste avant qu'il ne s'éjecte contre un grillage auquel il s'agrippa avec l'agilité d'un chimpanzé. Il lâcha prise rapidement, sous une rafale de pistolet-mitrailleur. Nathan allait mourir s'il n'utilisait pas la Voie de la tactique. Il rassembla son énergie et puisa un cri grave dans les profondeurs de son ventre. Il se régla sur un rythme, fixa la Range Rover qui effectuait une manœuvre en marche arrière et lança une contre-offensive, au moment où les vitres teintées se baissèrent pour faire apparaître deux mines patibulaires grimaçant sur des AK 47. Il courut vers eux, bondit sur le capot à travers un nuage de douilles virevoltantes et se réceptionna sur le toit de la Rover. Les tireurs se contorsionnèrent par les fenêtres pour suivre le mouvement et croisèrent leur feu. L'un d'eux avala malencontreusement une rafale qui lui sectionna le visage. Debout sur le véhicule, Nathan s'agrippa au canon brûlant de la Kalachnikov brandie par l'autre tueur qui canardait de la banquette l'arrière. Il arracha l'arme en hurlant un kiaï, comme si le plus grand des samouraïs avait dû extraire l'épée Excalibur de son rocher. Il accompagna son mouvement d'une attaque du pied, sentit le crâne de l'homme se fendre comme une noix de coco sous son talon en même temps que le fusil-mitrailleur venait à lui. Déséquilibré par son geste violent, il transforma sa chute en une roulade qui le fit atterrir au cul du 4 x 4, face à la roue de secours. Il exerça une pression sur la gâchette de l'arme qu'il avait subtilisée et barbouilla d'impacts la vitre arrière qui se volatilisa en éclats de verre Securit, de métal, de chair et de sang. La Range Rover cala, signe que le conducteur venait également de rendre l'âme. Nathan reconnut l'un des nervis de Kotchenk. Il vida le véhicule du trio inanimé et démarra. Le volant était couvert de cervelle et il n'y avait plus de pare-brise. Des témoins avaient assisté à la scène, à plat-ventre derrière leurs sacs de courses.

Nathan embraya en direction de l'aéroport, l'accélérateur scotché au plancher, lorsqu'il perçut le crachement d'une flamme à environ deux cents mètres devant lui. Juste le temps de se baisser sous le volant. La roquette ripa sur le capot, traversa l'habitacle de part en part sans rencontrer d'obstacle et poursuivit sa course jusqu'à un supermarché de la chaussure qui explosa dans un fracas de tôle.

La Range Rover n'avait pas ralenti. Lorsqu'il se redressa, Nathan vit qu'il fonçait droit vers un coquet muret de claustras. Dans un nuage orange d'argile et de géraniums, le véhicule traversa une voie ferrée, rebondit sur le toit d'un restaurant situé en contrebas, atterrit au milieu des tables en terrasse heureusement désertes et se retrouva en travers de la route du bord de mer. Le moteur ronronnait toujours. Nathan écrasa la pédale d'accélération. La Rover réagit mollement et avança en imitant le son d'une vieille locomotive à vapeur. Sur la gauche s'étendait l'hippodrome de Cagnes-sur-Mer. Il abandonna la voiture fumante devant le champ de course et se mit à courir vers Villeneuve-Loubet. Plus que trois heures avant le décollage de son avion.

59

Pourquoi une telle cabale ? Nathan avait identifié l'un des hommes de main de Kotchenk. La Range Rover était celle qui était garée dans le garage de sa datcha. Le Russe voulait à tout prix l'empêcher de gagner l'aéroport. Celui-ci avait probablement l'habitude d'évincer les concurrents qui tournaient autour de Carla, mais discrètement, pas à coups de bazooka ou de fusils-mitrailleurs. Se permettait-il cette arrogance à cause de la grève qui paralysait la ville comme un couvre-feu ? Pourquoi ne l'avait-il pas tué la veille quand il en avait l'occasion ? Entre-temps, Carla lui avait probablement rapporté les accusations qu'il avait proférées à son encontre.

Nathan était parvenu jusqu'à la moitié du pont Napoléon-III, à l'entrée de Nice, lorsqu'il distingua un véhicule garé sur le trottoir. Sans chercher à vérifier s'il s'agissait des nervis nerveux de Kotchenk, il rebroussa chemin et descendit sur la berge du Var. La rivière était peu profonde, le courant faible. Il était possible de traverser une partie à gué. Il repéra des bambous, en cassa un dont il vida l'intérieur et posa un pied dans l'eau. Il marcha sans bruit, posant les semelles sur des rochers ou des bancs de galets, utilisant le pont comme couverture. Parfois, il était obligé de s'enfoncer jusqu'aux hanches. La rivière, en provenance des Alpes, était froide. De l'autre côté, l'aéroport déployait ses pistes sur la mer. Un Airbus était en train de s'envoler. Dans deux heures, ce serait le sien.

Il perçut le crépitement de l'onde avant les détonations. Les balles fusaient plus vite que la vitesse du son. Les impacts l'éclaboussèrent. Celui qui le prenait pour cible avait enjambé la rambarde du pont et se retenait par une main. Sa position inconfortable justifiait qu'il l'ait manqué.

Nathan s'immergea et ne refit surface qu'au bout d'un quart d'heure, sur l'autre rive, au niveau de l'embouchure du Var. Il s'était laissé entraîner par le courant, les yeux ouverts sous la mince épaisseur de liquide qui le protégeait des regards ennemis, tétant le bout de bambou qui faisait office de tuba. Il sortit de la rivière, trempé, frigorifié, rampa jusqu'à l'enceinte du centre de tri postal. Les employés étaient en grève, les locaux presque déserts. Nathan progressa à la manière des ninjas, escaladant la clôture, marchant vite, se déplaçant latéralement, le long des murs, les chaussures à la main pour éviter le bruit des semelles mouillées. Trois grévistes déguisés en colis postaux et occupés à écrire leurs revendications sur une banderole ne le virent pas se faufiler à l'intérieur d'un bâtiment qui communiquait avec l'aéroport.

— Vous, là, on peut savoir ce que vous faites ici ?

Nathan se retourna vers un postier sur le seuil de son bureau. Il ne comprenait rien à ses propos, même s'il en devinait le sens. En revanche, il nota que le Français avait à peu près sa corpulence, une bedaine en plus et une dizaine de centimètres en moins. Sans se démonter, il s'avança en parlant anglais et en forçant sur le sourire. Il prit le fonctionnaire par l'épaule et le refoula dans la pièce que celui-ci venait de quitter. Elle était vide et sentait le tabac. Lorsque la porte se referma, l'homme chancela et tomba sur le carrelage, la nuque endolorie.

Quelques minutes plus tard, Nathan sortit vêtu d'une chemise qui sentait la cigarette et la transpiration, un costume étriqué, un imperméable froissé dont les poches étaient bourrées de clés et de mouchoirs sales. Heureusement, le postier qu'il avait laissé en sous-vêtements chaussait la même pointure que lui.

Il gagna le terminal 1 sans être arrêté et fit enregistrer son billet open sur le vol régulier de Delta Airlines à destination de New York. En rangeant sa carte d'embarquement, il détecta un parfum capiteux. Ce n'était pas celui de l'hôtesse. Carla se tenait derrière lui avec un sac au bout d'un bras et Léa à ses côtés.

— Vous êtes bien habillé, ironisa-t-elle.

— Je n'ai jamais su choisir mes fringues.

— J'ai eu peur pour vous, hier soir.

— Hier soir, ce n'était rien. Depuis ce matin, Mister K et ses sbires cherchent à m'éliminer. Qu'est-ce que vous lui avez raconté pour le mettre autant en colère ?

— Je lui ai répété ce que vous m'avez dit. J'avais besoin de savoir à quoi m'en tenir. Sa réaction a dépassé mes craintes.

— C'est la raison pour laquelle vous êtes venue ?

— Je ne viens pas. Je pars.

— Avec moi ?

— Avec votre permission. Car c'est votre vie que je mets en péril en décidant de fuir. Mister K, comme vous dites, ignore encore que j'ai fait ma valise, mais dès qu'il s'en apercevra, il remuera ciel et terre pour me récupérer.

— Je compte bien là-dessus. Ici, je ne peux rien contre lui. En revanche, si vous m'accompagnez, il vous suivra sur mon propre terrain.

— Je ne vous accompagne pas pour que vous le piégiez, mais pour vous aider à découvrir ce que cache la mort d'Étienne. Je voudrais mettre un terme à cette affaire une fois pour toutes.

Ils se présentèrent au comptoir pour acheter deux allers simples sur le même vol. Nathan demanda à ce qu'elles soient assises près de lui en première. Carla régla avec une liasse de billets qu'elle avait eu l'audace de subtiliser à Kotchenk.

— Vous voulez réserver le retour ?

— Non. J'ai laissé la Jaguar au parking longue durée.

— Et Léa ? Elle va manquer l'école ?

— Il y en a qui sèchent les cours pour moins que ça.

— Moi, ça ne me dérange pas, ajouta la jeune fille dans un anglais qui attestait qu'elle avait dû séjourner pas mal de temps à l'étranger.

Ils étaient les derniers à embarquer. L'avion était à moitié vide. La recrudescence des attentats n'arrangeait pas les affaires des compagnies aériennes. Nathan insista pour prendre place à côté de Carla. Il comptait sur ce vol pour lui arracher quelques confidences. Léa s'installa devant eux et déballa de son sac un walkman, un carnet Diddl, un stylo-plume, un paquet de chewing-gums.

— Maman, j'ai oublié ma brosse à cheveux, dit-elle en se retournant.

— Alors, on est foutus.

— Très drôle.

— Il faut dire que nous sommes parties à la sauvette, dit Carla.

— Celui que vous appelez Mister K, c'est Vladimir, hein ?

La gamine n'était pas une gourde. Inutile de parler à mots couverts.

— C'est vrai que vous êtes du FBI ? demanda-t-elle à Nathan, faute de réponse.

— Je travaille avec eux.

— Vous allez arrêter Vlad ?

— M. Love va d'abord faire une enquête, dit Carla.

Léa attacha sa ceinture et déballa l'écouteur que l'hôtesse lui avait donné.

— Ne vous inquiétez pas, elle adore voyager, dit Carla. Il suffit que vous la mettiez dans un avion et elle est aux anges.

— Elle devrait faire un stage avec moi alors.

— Épargnez-lui vos horreurs, s'il vous plaît.

Lorsque le 747 acquit sa vitesse de croisière à dix kilomètres d'altitude, que Léa s'enfonça sous sa couverture avec de la musique plein les oreilles et de la gomme plein la bouche, Nathan se pencha vers Carla :

— Parlez-moi d'Étienne.

— Lisez ses livres.

— Ce qui m'intéresse, c'est sa face cachée.

— Il n'y a pas de face cachée. Sa vie se bornait à des expéditions scientifiques, vouées au dépassement de soi. Peu lui importait d'où il venait et qui il était. Seul comptait où il allait. Toujours plus loin, plus froid, plus seul, plus près de la mort. Étienne niait l'évidence de l'existence.

— Enfance traumatisante ?

— Sa jeunesse sans amour, les brimades de ses camarades de classe, les coups de son père qui le battait régulièrement, l'indifférence des femmes à son égard, lui avaient donné un besoin de rehausser l'estime de lui-même. Il avait mis la barre très haut. Trop haut.

— Qu'est-ce qui vous attirait chez lui ?

— J'étais impressionnée par cet aventurier introverti, cultivé et volontaire qui avait choisi l'extrême comme thérapie. On s'est mariés peu avant la naissance de Léa. Mais très vite, Étienne s'est avéré incapable de vivre au sein d'un foyer. L'appel des grands espaces était son chant des sirènes. Il craignait de se laisser emprisonner par la famille et le quotidien. Vous savez ce qu'il m'a dit un jour ?

— Qu'il vous aimait moins que lui-même.

— « Quand on a touché les terres vierges, la mort et la main de Dieu, dur de revenir à la maison. » Et dur pour moi d'encaisser ça. Étienne était devenu un drogué, accro aux sensations fortes. Ses retours se passaient mal. J'en souffrais. Léa commençait aussi à en pâtir. Malgré tout, j'ai aimé mon mari.

— Et Vladimir ?

— Quoi, Vladimir ?

— Qu'est-ce qui vous séduit chez lui ?

— On se croirait chez Mireille Dumas.

— Chez qui ?

— Laissez tomber... Avec Vladimir, il n'y a rien d'original. Comme la plupart des femmes, j'ai cédé à la ténacité d'un entrepreneur opiniâtre de la séduction. À la disparition de mon mari, il s'est montré réconfortant, s'est occupé de Léa, m'a offert un job dans son casino.

— Vous ignoriez qu'il investissait ses narcoroubles sur la Riviera et qu'il blanchissait l'argent sale en provenance de la mafia slave ?

— Pour moi, Vlad dirigeait un casino et finançait les expéditions de mon mari.

— Et vous faisait la cour.

— Ses avances duraient depuis un an. Vladimir est beau, riche, prévenant et il s'entend bien avec Léa. À quoi bon faire la difficile plus longtemps ? À cause du fantôme d'Étienne ? Par respect pour ma belle-mère que je n'ai jamais pu saquer ? Pour finir seule et plomber l'avenir de Léa ? Vous trouvez que je suis une femme facile, vous ?

Il la regarda en essayant de répondre quelque chose de pertinent.

— Non, juste un peu crédule.

Rien d'autre ne lui vint à l'esprit. Il était comme Étienne lorsqu'il avait rencontré Carla pour la première fois, maladroit. À cet instant précis, il sut qu'il était en train de tomber amoureux. Cela faisait partie de la mission. Se mettre à la place d'Étienne Chaumont en s'éprenant de sa veuve. Insidieusement, son cœur presque neuf l'emportait sur son esprit extrêmement sollicité. Une fois de plus ou de trop, Nathan Love jouait avec les émotions.

60

Kate descendit son dixième café de la soirée et reposa la tasse sur la première page du *Fairbanks Daily* *News* consacrée au massacre du Memorial Hospital. Le quotidien dépensait plus d'encre pour conjecturer sur le contenu du Projet Lazare que sur l'identité des tueurs. Des scientifiques et des philosophes y allaient de leurs commentaires en l'absence de déclaration de la part des enquêteurs. Les journalistes palliaient cette omerta en s'improvisant détectives. L'un d'eux révélait dans les colonnes du journal qu'après avoir recruté des linguistes pour percer la menace terroriste en provenance du Moyen-Orient, le FBI faisait cette fois appel à des religieux, des chercheurs et même un profiler expert en paranormal.

Il était presque minuit. L'affaire Lazare dévorait le temps de sommeil de Kate. La disparition d'Alexia Groeven en était le dernier avatar. C'était sa gouvernante qui avait prévenu la police. Le capitaine Mulland avait aussitôt communiqué l'information à Weintraub. L'agent Nootak ne fut mise au courant que deux jours plus tard. Les soupçons de celle-ci se portèrent immédiatement sur Waldon, d'autant plus que l'albinos s'était, lui aussi, volatilisé. Personne au Fairbar ne savait où il était. La dernière fois que Kate avait vu le truand, c'était le soir où elle l'avait cuisiné en compagnie de Nathan. Elle lui avait fait signer une déposition dans laquelle il reconnaissait être l'auteur du harcèlement mené à l'encontre d'Alexia Groeven ainsi que de l'agression dont elle avait été victime en sortant de chez Brad Spencer. L'Esquimaude l'avait menacé de produire ses aveux si elle entendait encore parler de lui. Peine perdue, puisque Waldon semblait avoir kidnappé la veuve.

Elle était allée à nouveau interroger Sandra Fletcher. Celle-ci avait refoulé tout ce qui concernait l'activité professionnelle et les relations extraconjugales de son mari. Elle vivait dans un monde irréel et opulent dont les valeurs étaient la vie associative, le bénévolat mondain, la religion chrétienne et les garden-parties. Un monde où l'expérimentation humaine en laboratoire et l'homosexualité étaient tabous.

Parallèlement, la police avait découvert trois nouveaux cadavres de SDF qui avaient été les cobayes des Drs Groeven et Fletcher. L'un s'était encastré contre un poids lourd en conduisant un scooter des neiges volé à North Pole, un autre avait péri carbonisé au nord de Fairbanks et le troisième avait été abattu par un pompiste qui s'était cru en légitime défense.

De son bureau d'Anchorage, Weintraub exerçait sur Nootak une pression croissante. Il exigeait des résultats et se plaignait de n'obtenir que des cadavres et des disparitions. Le poste de l'Esquimaude ressemblait à un siège éjectable qu'il se délectait à l'avance d'actionner. Derek Weintraub comptait lui faire payer cher l'intervention auprès de Love et de Maxwell qui lui avait permis de se remettre en selle.

Kate referma le dossier, se pencha en arrière sur le fauteuil et se passa les mains dans les cheveux. Qu'est-ce que Love fabriquait en France alors que tout se passait ici, en Alaska ? Pourquoi tenait-il à rencontrer Carla Chaumont et à tomber amoureux, comme il le lui avait dit ? À quoi jouait-il ? Elle était sans nouvelles de lui et n'avait aucun moyen de le contacter. L'Inuk bascula soudain vers son clavier d'ordinateur et se brancha sur Internet. Elle tapa « shinto » sur son moteur de recherche, lorsque son téléphone portable sonna. Elle sursauta, car le silence l'environnait depuis plusieurs heures. Il y avait de la musique au bout la ligne.

C'était Brad et Queens of the Stone Age.

Le bassiste l'avait rejointe en Alaska depuis deux jours. Après avoir fait la fête à Vancouver et composé deux chansons, il divisait désormais son temps entre le lit de sa muse et la genèse du prochain album de Muktuk. Il baissa le son et lui annonça qu'il venait de terminer une mélodie. Il s'inquiétait aussi de ne pas la voir rentrer.

— C'est à minuit que tu commences à t'inquiéter ? s'offusqua-t-elle.

Elle perçut dans l'écouteur une expiration de tabac.

— Désolé mon pingouin, quand je compose, je n'ai pas les pieds sur terre et encore moins la notion du temps.

Pendant qu'il s'excusait, elle pianota, cliqua et vit se dessiner peu à peu le site de Shintô.

— Cela signifie que tu ne penses pas toujours à moi, remarqua-t-elle.

— Et toi, t'es en train de m'écrire une lettre d'amour sur ton ordinateur, peut-être ?

— Je me gave de sites pornos.

« Bienvenus sur le site sacré », illumina l'écran, rédigé en lettres d'or et en typographie Tigerteeth. La page d'accueil représentait un portique torii, porte dans les sanctuaires shintô marquant la séparation entre l'espace sacré et le monde profane.

— Quand est-ce que tu rentres ? demanda Brad.

— Je ne vais pas tarder, sinon je risque d'avoir l'empreinte du clavier gravée sur mon front demain matin.

— J'aurais dû emménager dans ton bureau plutôt que dans ton appart.

Elle cliqua sur le portique. Une citation apparut : « Pour être un saint, il faut avoir une grande influence sur la vie réelle. » Elle s'était inspirée de cette phrase pour inciter Love à reprendre du service, sans lui préciser où elle l'avait pêchée. Elle passa au sommaire. Succinct. On pouvait choisir entre quatre icônes. Un drapeau japonais invitait à en savoir plus sur le shintô ou la Voie des dieux. Un sabre proposait une liste des actions terroristes à mener pour la sauvegarde des kamis, ces esprits sacrés que l'on retrouve dans tout élément naturel. Une amulette introduisait aux rites. Enfin, une tête de mort clignotait à côté de l'inscription « Recherchés morts ».

— Tu ne parviendrais pas à composer une seule chanson dans ce foutoir, répondit-elle.

— Ce n'est pas le lieu qui m'inspire, c'est toi.

Elle cliqua sur la tête de mort.

— Un flic peut-il vraiment inspirer un musicien ?

— Ouais et je me demande bien pourquoi.

— Peut-être parce que je suis un mauvais flic.

— Ou que je suis un mauvais musicien.

Kate fit défiler un catalogue de photos. Chacune d'elles était accompagnée d'une fiche signalétique et d'une mise à prix. Fletcher et Groeven figuraient en tête de liste avec la fameuse prime de trois cent mille dollars par tête. Parmi les autres cibles, souvent médiatiques et donc emblématiques, Tetsuo Manga Zo visait les sorciers du clonage : cent mille dollars pour la mort du professeur Zavos qui sévissait dans sa clinique de la fertilité au Kentucky, idem pour celle du professeur Antinori qui manipulait à tour de bras en Italie, soixante-dix mille dollars pour l'élimination de Raël et trente mille pour celle de sa collaboratrice Brigitte Boisselier, présidente de l'organisation Clonaid chargée d'expérimenter le clonage reproductif sur des mères porteuses dans des laboratoires aux USA et en Corée du Sud. Kate s'aperçut que la liste noire s'était récemment enrichie d'une nouvelle identité. Le visage lui était familier et la mise à prix s'élevait à sept cent mille dollars !

— Excuse-moi, Brad, je te rappelle, bafouilla-t-elle dans l'urgence.

Elle lui raccrocha au nez.

La légende de la photo mentionnait une adresse dans l'État de Washington, ainsi qu'un nom : Nathan Love. Il était présenté comme un dangereux psychopathe qui vampirisait ses victimes en clonant leur personnalité.

61

La stridulation la tira de son sommeil à la manière d'un foret qui lui aurait percé les tympans. Kate bouscula tout ce qui était à la portée de sa main gauche, jusqu'à ce que le bruit s'arrête. C'était le téléphone.

— Un moment, je vous prie, marmonna-t-elle dans le noir, en allumant sa lampe de chevet. Elle ouvrit un œil dans la réalité, matérialisée par sa chambre. Elle était dans le lit, aux côtés de Brad qui dormait sans broncher, impassible. L'ouïe du musicien ne devait pas être sensible à tous les sons. Kate saisit le combiné et leva la deuxième paupière :

— Qui est à l'appareil ?

— Je vous réveille ?

— Nathan, enfin !

Elle s'était soudain dressée comme le point d'exclamation qu'elle venait de flanquer à la fin de sa réplique. Son cerveau fonctionnait désormais à 100 %.

— D'où appelez-vous ?

— De Seattle. Je suis dans l'appartement de Bowman.

— Quelle heure est-il ?

— Euh… Ah, oui, effectivement, j'aurais dû attendre un peu avant de vous appeler. Avec le jet-lag, j'ai perdu la notion de l'heure.

— Qu'est-ce que vous foutez à Seattle ? J'ai besoin de vous ici.

Elle lui résuma les nouveaux éléments de l'enquête, les trois SDF retrouvés, les disparitions d'Alexia Groeven et de Ted Waldon. Il lui apprit que Chaumont et Bowman se connaissaient, lui fit part de ses péripéties en France et de ses soupçons à l'égard de Kotchenk.

Il lui signifia enfin que Carla et sa fille étaient à ses côtés.

— Nathan, c'est quoi encore ce plan ?

Il essayait seulement de joindre les deux bouts de l'enquête, de mettre en lumière le lien mystérieux qui unissait Chaumont à Bowman, endossant tour à tour leurs personnalités, jusqu'à ce que le déclic s'opère. La clé de l'énigme était là. Kate acquiesça sans être emballée par l'idée. Avant de la rejoindre à Fairbanks, il souhaitait séjourner encore un peu dans l'appartement de Clyde. Maxwell avait fait nettoyer la cuisine, ôter le four et les scellés. Dans un deuxième temps, Nathan avait l'intention de se lancer dans la même expédition qu'Étienne pour revivre ses dernières heures. Peut-être existait-il un indice enfoui sous la neige que Bowman n'aurait pas découvert. Carla l'aiderait à préparer cette reconstitution.

— Vous êtes complètement fou, déclara Kate. Maxwell est au courant ?

— Il est prêt à tout pour clarifier cette affaire.

— Il y a une chose importante que je dois vous préciser.

— Quoi donc ?

— Votre tête a été mise à prix sur le site de Tetsuo Manga Zo. Il y a votre photo et votre adresse.

— À combien se monte la prime ?

— Sept cent mille dollars de récompense pour votre mort.

— Je suis plus coté que les deux toubibs, on dirait.

— Ne plaisantez pas. Toute la racaille est branchée sur Internet aujourd'hui. Surtout depuis que cette enquête fait la une. Et pour ceux qui en seraient encore à l'âge de pierre, les médias se chargeront de les informer.

Un silence indiqua à Kate qu'elle avait fini par détruire le moral de son interlocuteur. Désormais, tous les chasseurs de primes ainsi que les anciens ennemis de Nathan pouvaient à tout moment se pointer chez lui.

62

Lorsqu'il éteignit le portable, Nathan effaça son air contrarié. Il vérifia que la porte d'entrée était verrouillée et que le chargeur du Glock de Bowman était plein, puis il alla rejoindre Carla et Léa qui s'installaient dans la chambre.

— On peut regarder un film ? demanda Léa qui avait repéré la vidéothèque.

— Pas maintenant, chérie, il est trop tard, dit sa mère.

— Vous n'allez pas pouvoir rester ici, annonça Nathan.

— Quoi ? s'étonna Carla.

— C'est trop dangereux.

— Je suis venue établir la vérité à vos côtés. En pleine connaissance des risques que j'encourais et des sacrifices à consentir. Je n'ai pas parcouru dix mille kilomètres pour rester confinée dans un hôtel.

— Et Léa ?

— De quoi vous mêlez-vous ?

Nathan n'appréciait pas le ton qu'elle employait subitement.

— Je viens d'avoir le FBI au téléphone.

— Et alors ? Vous ne vous êtes pas targué d'être indépendant ?

Elle s'exprimait à la perfection, utilisant des mots précis malgré la colère qui la gagnait, soulignant ses propos par des gestes amples qui se terminaient dans ses cheveux sauvages, au rythme du tintement de ses bracelets.

— Ma tête a été mise à prix par ceux que je traque, expliqua Nathan. Je suis devenu infréquentable.

— Si Vladimir est derrière cette fatwa, Léa et moi ne risquons rien.

— Je ne veux plus vous voir dans mes pattes.

— Et votre expédition en Alaska, qui vous aidera à la préparer ?

— Je ne vous demande pas de repartir en France, ni de vous enfermer dans un placard, mais de rester à l'abri. Je ne peux pas garantir votre sécurité.

— Et c'est maintenant que vous le dites ?

— Je n'ai eu cette information que maintenant.

— Pourquoi j'ai quitté Vladimir pour suivre un détective tocard qui flippe à la moindre menace. Il faut changer de métier, ducon !

Son vocabulaire, calqué sur celui de Kotchenk, se dégradait.

— Vous vous adressiez à Étienne de cette façon ?

— Et vous, vous avez déjà rendu une femme heureuse ?

La claque qu'il balança la fit vaciller. Le coup fut si fulgurant que ni elle ni Léa ne virent quoi que ce soit. Carla récupéra son équilibre en se tenant au chambranle. Léa appela sa mère sans comprendre ce qui lui arrivait.

Sa main n'avait pas commencé à le picoter que Nathan regretta ce débordement. Il avait été victime de sa perception immédiate, dénuée de pensée, de concept, d'interprétation rationnelle, qui éliminait tout délai entre le stimulus et la réaction. Habituellement, cette rapidité le servait face à un adversaire prêt à attaquer. Sauf cette fois. Pénétré du rôle d'Étienne Chaumont, il en avait intégré en partie sa sauvagerie. Les sentiments qu'il éprouvait pour Carla, l'expédition qu'il s'apprêtait à mettre sur pied, et maintenant cette gifle. Face à lui,

Carla était consternée. Léa lui serrait le bras. La mine piteuse, Nathan s'excusa et se débarrassa du problème :

— Ce qui vient de se passer justifie amplement que nous nous séparions.

Il s'éloigna. Elle le rappela :

— On peut au moins finir la nuit ici, sans être agressés ? Il est 2 heures du matin et je ne me vois pas chercher un hôtel.

— Oui.

Il s'installa dans le sofa du salon. Comme dans n'importe quelle salle de séjour occidentale, tout était fait pour orienter le regard vers la télévision. Il contempla l'écran noir et fit défiler des extraits du film de sa vie. Son enfance en Arizona. Son entrée à l'Academy Group Inc. Sa rencontre avec Melany. Les funérailles. Il n'avait pas su la protéger de Sly Berg. Il craignait de récidiver avec Carla et sa fille.

Il se leva pour rafler une bière dans la cuisine. À la place du four, il y avait un trou béant et sale. Au fond du frigo gisait une Budweiser. Nathan voulait sortir de la peau de Chaumont et endosser à nouveau celle de Bowman. Recommencer à boire et à gamberger dans son fauteuil. Manquaient les cigarettes. Il vida la bouteille. Le décalage horaire acheva de lui donner le vertige. Il tituba jusqu'au lit de Clyde, se déshabilla, glissa le Glock sous l'oreiller et s'endormit en entendant l'eau de la douche couler sur le corps de Carla.

63

La silhouette pénétra son rêve déstructuré, mélange de réminiscence et de prémonition. Il piqueniquait sur la banquise avec Melany dont le ventre entaillé libérait les viscères, lorsqu'il vit Carla les rejoindre, vêtue d'un débardeur et d'une culotte. Il saisit son bras pour la faire asseoir et sut qu'elle n'appartenait pas à son rêve lorsque qu'il rencontra une résistance. Un petit cri, venu de la réalité, éclipsa la banquise, Melany, le repas. Il distingua le visage de l'Italienne, à la fois effrayée et prisonnière de sa main.

— Je... Vous m'avez fait peur, bredouilla-t-elle.

— Qu'est-ce que vous fabriquez dans cette chambre ?

— J'ai entendu du bruit, sur le palier, des voix... Comme vous m'avez dit qu'on risquait de vous...

Il n'attendit pas qu'elle terminât sa phrase et se précipita vers l'entrée, le pistolet au poing. Il fit irruption sur le palier et tomba sur un couple qui se chamaillait sur le seuil de l'appartement voisin. La femme fouillait son sac à la recherche de ses clés tandis que l'homme la traitait d'écervelée. Lorsqu'ils se retournèrent vers Nathan, leurs visages furent foudroyés par la stupeur et l'embarras. Pourtant il avait eu le temps de cacher l'arme dans son dos. Il avait seulement oublié de s'habiller, en bondissant hors de son sommeil. Les mains occupées par le Glock, il prit conscience de sa nudité intégrale. Confus à son tour, il réintégra l'appartement sous le regard interrogateur de Carla.

Il alla enfiler un pantalon et un tee-shirt avant de réapparaître :

— Ce sont des voisins, pas des tueurs.

— Vous êtes sûr ?

— S'ils avaient voulu me descendre, ils n'auraient pas manqué l'occasion en or que je leur ai offerte sur le palier.

— Excusez-moi de vous avoir réveillé pour rien.

— Au contraire, vous avez bien réagi. Allez vous coucher maintenant.

Elle ne bougea pas.

— Autre chose ?

— Euh, non…

— Qu'est-ce que vous attendez alors, plantée là ?

— Vous êtes devenu… bizarre.

— Je suis en train de changer de peau.

— Quoi ?

Il soupira, à la manière de Clyde lorsque celui-ci s'inclinait devant les injonctions de son épouse. Il lui proposa un thé ou un café. Elle opta pour un thé. Nathan alluma une petite lampe dans le séjour avant d'inviter Carla à s'asseoir par terre devant la table basse et à rester concentrée sur ce qu'il allait faire. Il se retira dans la cuisine, mit de l'eau à chauffer, puis apporta deux tasses, une cuillère, un bol de sucre en poudre, un sachet et une théière vide qu'il déposa délicatement sur la table. Ses gestes étaient calmes, précis, sûrs, lents. Il plaça le sachet dans le récipient et s'empara de la bouilloire avant qu'elle ne siffle. L'eau frémissante, transvasée de haut, libéra des effluves parfumés. Le temps d'infusion se déroula sans qu'aucun mot ne fût prononcé. L'atmosphère particulière créée par Nathan, mélange de douceur et de sérénité, s'était propagée. La lumière tamisée unifiait leur tête-à-tête silencieux que la jeune femme n'osait briser par un geste ou un mot. Attentive, elle repoussa même l'incursion de toute nouvelle pensée. Nathan la regarda comme un esthète contemple une sculpture de Michel-Ange. Puis il versa le breuvage dans les tasses, ajouta deux cuillères de sucre dans celle de

Carla, touilla sans un bruit, reposa la cuillère et lui suggéra d'accorder une grande importance au goût qui allait naître dans sa bouche, tout en suivant le passage du liquide chaud sur sa langue, dans sa gorge, derrière ses poumons, jusque dans son ventre.

La première gorgée donna la sensation à Carla que c'était le meilleur thé du monde. Privée de la parole depuis trop longtemps, elle ne put s'empêcher d'en formuler la remarque.

— Boire le thé à la manière zen régénère l'esprit, expliqua Nathan.

— Cela développe aussi les dons extralucides. Comment savez-vous que je prends deux cuillères de sucre ?

— Dans l'avion, je l'ai noté.

— Observateur.

— Attentif.

Elle but en se concentrant sur ce qu'elle faisait. Pendant un dixième de seconde, elle fit abstraction de son environnement et des formes. Elle se vit transparente.

— Ouaouh, qu'est-ce que vous avez mis là-dedans ?

— Un sachet de thé.

— Non, il y a autre chose.

— Vous y avez ajouté un zeste de méditation et un nuage de calme qui ont déclenché en vous une prise de conscience furtive. Celle de votre vraie nature, du vide qui est en vous.

— Du vide ? Merci du compliment.

— Cela s'appelle l'Éveil.

— Le bouddhisme, ce n'est pas mon truc. Je suis trop catholique pour m'adonner à cette mode. Il vaut mieux laisser tomber le sujet.

— Vous vous sentez mieux maintenant ?

— Ça va. Tout à l'heure, je me suis mise en colère parce que j'ai eu l'impression d'être trahie. Votre décision de m'évincer une fois que j'avais quitté Vladimir, ça ne collait pas avec l'idée que j'avais de vous. Et puis, me retrouver larguée à des milliers de kilomètres de chez moi en compagnie d'un inconnu qui soudain me rappelait mon mari, ça m'a effrayée.

— Étienne vous effrayait ?

— Non, non... Seulement, il avait... des crises de violences... redoutables.

— L'idée que vous avez de moi ne peut pas correspondre à la réalité.

— Pourquoi ?

— Je n'ai pas de personnalité, j'emprunte celle des autres.

— C'est votre travail.

— Justement, avec vous je travaillais. Par empathie, je m'identifiais à Étienne.

Nouvelle douche froide pour Carla qui prit place sur le bord du fauteuil derrière elle.

— Vous me manipulez depuis le début ou vous dites ça pour me pousser à déguerpir ?

Face au trouble qu'il était en train de jeter dans la tête de cette femme qui perdait peu à peu ses repères, Nathan se sentit forcé d'aller au bout de son explication. Jusqu'à présent, il n'avait pas vraiment mérité la confiance qu'elle lui avait vouée d'emblée. Il s'avança vers elle et s'assit au pied du fauteuil qu'elle occupait. Il évoqua ses belles années avec Melany et son métier qui avait gangrené son être. Sa dernière enquête, trois ans auparavant, l'avait amené à entrer dans la peau de Sly Berg, un tueur en série. Réalisant l'usurpation de sa personnalité, le serial killer avait contre-attaqué. Il s'en était pris à ce que Nathan avait de plus cher. Préoccupé à traquer le psychopathe sur son terrain, celui-ci n'avait pas su protéger son épouse. Depuis ce drame dont il épargna à Carla les détails, il s'était retiré de la civilisation. Il était revenu à la condition humaine originelle. Au vide. Au zen. À la source. Renouant avec sa véritable nature spontanée. Il n'avait plus accepté de mission jusqu'à celle-ci. En conclusion, il ne tenait pas à commettre avec elle la même erreur qu'avec Melany.

À la fin du monologue, Carla posa sa main sur l'épaule de Nathan :

— Je vais vous parler franchement. Le héros qui jette la bonne femme pour qu'elle ne prenne pas de risques, pendant que lui, il récupère les honneurs, j'ai déjà vu ça cent fois au cinéma comme dans ma vie privée. J'avais cru comprendre que vous n'apparteniez pas à ce genre de mâles. C'est une des raisons pour lesquelles j'ai pris la décision de vous suivre. Mettez donc votre sentiment de culpabilité au panier et partons sur un pied d'égalité tous les deux, OK?

Rien n'émana de la bouche de Nathan. Du coup, elle s'inquiéta :

— Rassurez-moi, vous n'êtes pas de ceux qui pérorent : « Je ne frappe pas les femmes parce que ce sont des femmes », hein ?

— Je me suis battu contre Ylang Cheung, une psychopathe chinoise qui torturait ses victimes avec raffinement. À part Sly Berg, ce fut l'être le plus dangereux auquel je me sois frotté. C'est étrange d'ailleurs, comme les femmes sont plus sadiques et inventives en matière de perversité. Je lui ai cassé six côtes et broyé le nez au cours de son arrestation. Il m'est donc arrivé de cogner une femme, en dehors de vous.

— Bon.

Elle se dressa sur ses jambes et lui tendit la main : « Partenaires ? »

— Partenaires, accorda-t-il en serrant une main ferme et frêle.

— Je crois que je vais tomber raide si je ne vais pas me coucher maintenant.

— Bonne nuit, Carla.

— Je vais faire attention de ne plus vous réveiller inutilement.

— Vous ne m'avez pas réveillé pour rien.

Elle se dirigea vers la chambre où dormait sa fille, puis revint sur ses pas.

— Vous connaissez quelqu'un qui pourrait garder Léa, en cas de coup dur ?

— Oui, je crois.

Le nom de Sue Bowman lui avait spontanément jailli à l'esprit.

64

Le réveil digital affichait 3 : 30. Nathan s'allongea en gardant les yeux ouverts. Dans la chambre de Bowman, dans son lit aussi et dans ses vêtements, il y avait ces bribes de phrases qui l'obsédaient à la première personne : « Qui a pu pénétrer le laboratoire sans éveiller ma méfiance ?… Je l'attendais. Sa visite était programmée… »

Le jet-lag alourdissait ses paupières. Depuis plusieurs semaines qu'il balayait les fuseaux horaires dans les deux sens, il avait du sommeil à rattraper. Ses cellules, hyperactives pendant le jour, avaient besoin d'une nuit pour engranger l'énergie extérieure. Avant de prendre un acompte, Nathan s'efforça de vider son cerveau pour ne pas trimballer ses pensées jusque dans ses rêves. En position du lotus, il se concentra sur sa respiration de plus en plus détendue et évacua la tension. L'esprit plus clair, il laissa son regard errer entre les quatre murs de la pièce sur lesquels la ville projetait une lumière artificielle, hachurée par les lattes du store. Il prenait conscience de ce que lui inspirait chaque objet qu'il passait en revue, sans s'éterniser dessus, sans retenir des associations d'idées ou des sensations. Une petite glace en face de lui reflétait une croix catholique clouée au-dessus du lit. Elle lui rappela furtivement Melany essayant de convaincre Clyde que Dieu existait. Puis Nathan attendit que son esprit soit aussi paisible que le fond de l'océan. Au terme de sa méditation, il s'assoupit, sans voir que le miroir reflétait la réponse à la question qui le hantait.

65

4 heures du matin. Aucun bruit dans l'appartement. Léa et Carla dormaient. Dehors, Seattle somnolait. Nathan se leva et fit du café. Il s'installa dans le fauteuil de Clyde, un mug brûlant à la main, le regard braqué sur l'écran noir, omniprésent, qui ne demandait qu'à être allumé pour dissiper sa laideur. Cette télévision avait dû servir à visionner la fameuse cassette de Clyde qui attisait le meurtre et la convoitise. De la même manière qu'elle avait été utile à Nathan pour identifier Carmen Lowell.

Qu'aurait fait son ami à cet instant précis ? Il aurait visionné la cassette de *La Nuit du chasseur*. C'était le rituel, à chaque fois qu'il avait besoin de croire en quelque chose. Nathan fouilla dans le stock de vidéos et dénicha facilement le film de Charles Laughton qu'il inséra aussitôt dans le magnétoscope. Il s'assit sans se poser la question de savoir si la séance serait bénéfique. Il devait simplement agir comme Clyde, penser comme lui, pour espérer progresser.

Lillian Gish apparut à l'écran citant la Bible à des enfants.

— Et le Seigneur alla sur la montagne et s'adressa au peuple : "Bienheureux les cœurs purs car ils verront Dieu… Le roi Salomon dans toute sa gloire n'égale pas le lis des champs".

Un pasteur machiavélique tueur de veuves incarné par Robert Mitchum, un noir et blanc poétique signé Stanley Cortez, deux enfants dans un monde d'adultes… Ayant hérité dix mille dollars de leur père mort en prison, les deux gosses suscitent l'intérêt du pasteur cupide qui réussit à se marier avec leur mère. John se méfie, veille sur sa sœur Pearl qui ne se sépare jamais de sa poupée.

L'illumination se produisit à la trente-deuxième minute du film.

Autour de la poupée éventrée, des billets de banque sont éparpillés sur le sol. Pearl découpe deux coupures avec ses ciseaux. Les dix mille dollars convoités par le pasteur étaient cachés dans sa poupée.

Désormais, Nathan ne voyait plus le même film. À la place de Pearl et John, il voyait Jessy et Tommy. Et à la place de la poupée, il voyait Penny. Clyde avait caché sa cassette vidéo dans la poupée de Jessy. Il en était désormais persuadé.

Sauter à nouveau dans un avion.

Destination San Jose.

66

Quatre heures plus tard, Nathan descendait d'un taxi, devant un immeublement situé à environ deux kilomètres de la propriété des Harris. Il était préférable que sa véritable destination demeurât inconnue même aux yeux d'un chauffeur coréen qui parlait à peine l'anglais. Il avait commandé pour 10 heures un autre taxi qui devait l'attendre trois kilomètres plus loin. Sans existence légale, Love n'en était pas moins devenu une cible pour les chasseurs de primes. Il évitait donc de semer des petits cailloux blancs.

Son départ précipité de l'appartement de Clyde ne lui avait pas permis de rédiger plus d'une vingtaine de mots à l'attention de Carla : « Ne bougez pas d'ici, je reviens en début d'après-midi avec peut-être la clé de l'enigme ». Il avait pris le premier avion pour San Francisco.

Il était 8 h 30 du matin et le soleil étirait ses rayons à l'horizontale, sous une couche de nuages. L'intention de Nathan était de pénétrer dans la propriété des Harris sans s'annoncer, de vider la poupée et de s'éclipser comme un songe. La méthode des ninjas. Le problème était qu'à cette heure de la journée, il y avait des risques de croiser un des membres de la famille. En revanche, la topographie des lieux était un atout, particulièrement l'architecture morcelée de la villa. Stephen Harris était probablement dans le pavillon sud, devant ses ordinateurs.

Il franchit le mur d'enceinte avec la vivacité d'un lézard. Son ombre se mêla à celle des frondaisons. La grille qui donnait accès aux quatre pavillons était verrouillée. Elle était en fer et cintrée dans une arcade. Forgée sur mesure.

Les barreaux n'étaient pas espacés de manière régulière. Nathan glissa la tête entre les deux plus écartés, vida l'air de ses poumons, disjoignit quelques os, força, passa à travers. La brise venue de l'océan le guida jusqu'au seuil de l'aile nord. L'entrée n'était pas fermée. La chambre des parents occupait le rez-de-chaussée. Dans l'entrebâillement de la porte, il distingua Charlize Brodin-Harris, allongée en travers du lit. Elle ronflait, maquillée, habillée. Elle cuvait.

Au premier étage, le lit de Tommy était vide, réduit à un sommier, probablement pour ne pas inciter sa sœur à s'installer là. Harris n'avait pas perdu de temps pour réintégrer le gamin dans l'institution psychiatrique d'où il s'était échappé. Nathan gagna la chambre de Jessy. La fillette remuait sous sa couette, les yeux clos, les sourcils froncés, signe d'un repos agité. Drapé de pénombre, il avança son bras pour saisir la poupée qu'elle serrait contre elle. Il perçut une résistance, un couinement ténu. Jessy se tourna sur le côté en criant « non! » Nathan recula pour se tapir dans un coin sombre. Immobile et invisible, il attendit que Jessy s'enfonçât un peu plus dans son sommeil. Malgré l'enjeu, il ne se voyait pas la réveiller, lui arracher sa poupée pour l'éventrer sous son nez.

Jessy tentait de s'extirper d'un cauchemar sans y parvenir, luttant contre ses démons, se tortillant, grimaçant, gémissant. Nathan regarda sa montre. Plus qu'une heure avant l'arrivée du taxi.

Il s'approcha de la fillette. Sa respiration était saccadée, parfumée au dentifrice à la fraise. Une inspiration courte, une expiration courte. Mauvais rythme. Elle s'enfonça un peu plus sous l'édredon de plumes. Acclimatées à l'obscurité, les pupilles de Nathan étudiaient chacun de ses gestes, chacune des expressions de ce petit visage que la couette engloutissait. Jusqu'à ce qu'il comprenne.

Ce n'était pas de son rêve qu'elle cherchait à s'extirper mais de la réalité. Le cauchemar n'était pas en elle, mais autour d'elle.

Il s'avança et s'assit sur le lit. Sa main effleura la poupée, descendit lentement sous l'édredon et se posa sur le pyjama de la fillette au niveau du bas-ventre. Un tic nerveux la défigura. Il exerça une pression. « Non ! » cria-t-elle à nouveau. Nathan enfonça un peu plus ses doigts entre les jambes de Jessy. « Non, pas maintenant ! » Elle serrait Penny de plus en plus fort. Sans sourciller, il lui passa la main sous les fesses. « Non, non, Steve, pas là, ça fait mal ! » Il retira son bras, comme s'il venait de toucher du 110 volts. « Non, pas ça, pas là, pas ça, non… », scandait-t-elle en broyant sa poupée.

Le livre secret des samouraïs enseigne qu'il faut prendre une décision dans un laps de temps inférieur à sept respirations. Nathan prit la sienne au bout de la quatrième. Le temps de rejeter l'option consistant à aller tuer Steve Harris, probablement en train de soliloquer dans le pavillon sud. S'il ne voulait laisser aucune trace de son passage éclair, assassiner le propriétaire des lieux n'était pas la bonne méthode. De plus, comment aurait réagi Jessy en se réveillant dans une maison abritant le cadavre de son beau-père et sa mère ivre morte ? Elle aurait été mûre, elle aussi, pour l'internement.

Il para au plus pressé et se concentra sur l'affaire qui l'avait conduit ici. Il repartirait avec la poupée… et avec Jessy. À cet instant, la solution du kidnapping lui parut aussi évidente qu'elle l'avait été pour Clyde Bowman. Tout devenait limpide. Clyde n'avait pas rendu les enfants à leur mère, car il avait découvert lui aussi que Steve Harris violait la gamine de 6 ans. Voilà pourquoi Jessy dormait mal, ne mangeait rien, parlait peu, ne lâchait jamais Penny. Voilà pourquoi elle s'était réfugiée dans le monde de Tommy, à qui elle avait confié son secret inavouable. Son frère haïssait Harris et s'en était pris à lui en le balançant dans la piscine. La méthode de l'autiste était puérile, mais l'objectif était clair.

Nathan souleva la fillette dans ses bras. Il fallait à nouveau simuler une fugue. Jessy ouvrit un œil.

— Je t'emmène voir ton frère. Steve ne te fera plus de mal.

— Tommy est ici ?

À l'évocation de son frère, la fillette s'était coupée du sommeil, frétillant dans la réalité, entre les bras de son ravisseur.

— Non. On va le chercher. Mais il faut sortir d'ici discrètement. Sans se faire voir de Steve.

— Et maman ?

La mère. Un paramètre difficile à évaluer, à évacuer. Combien pesait-elle dans le cœur de sa fille ? À elle seule, Charlize Brodin-Harris, parent passif dépendant de l'alcool, incarnait l'une des cinq grandes catégories de maltraitance de l'enfant. Steven Harris, lui, se chargeait de la maltraitance sexuelle. Il n'en manquait plus qu'une, physique, psychologique ou émotionnelle, pour créer chez la fillette un post-traumatic stress disorder, état de choc provoqué lorsque au moins trois des cinq types de traumatismes sont réunis. Il était temps d'agir si on voulait sauver l'équilibre de Jessy.

— Ta mère, pour l'instant, est du côté des méchants.

C'est tout ce qu'il trouva à lui dire pendant qu'il essayait de lui enfiler un survêtement sur son pyjama.

— Hey, mais comment tu m'habilles ?

— Il faut se dépêcher, avant que Steve ne monte ici. À San Francisco, je t'achèterai tous les vêtements que tu voudras.

— Même une robe de princesse ?

— Celle de Cendrillon si tu veux.

En attendant, il la chaussa avec des baskets à l'effigie

de la fée Clochette et la couvrit d'un manteau rose Barbie. Devant la chambre de Charlize, il perçut un ronflement rassurant. La petite composa le code de la grille qui se sépara en deux automatiquement dans un feulement huilé. Plus que cent mètres de pas japonais et de gazon coupé au millimètre. Harris pouvait être partout avec son téléphone greffé sur le visage, alors il fallait presser le pas. La fillette courut vers un cactus et déterra une clé qui déverrouilla l'épaisse porte en bois creusée dans le mur d'enceinte. Nathan hissa Jessy sur les épaules et marcha en cadence. Le taxi était à l'heure, un kilomètre plus loin. Tout se déroula bien jusqu'au moment où le chauffeur, parfumé au café et à l'after-shave mentholé lui demanda la destination. Il n'était plus question d'aller à l'aéroport et de trimballer encore la gamine.

Changement de programme. Ce serait Carla et Léa qui les rejoindraient. De toute manière, il n'avait plus rien à faire à Seattle. Il donna donc l'adresse de l'institution psychiatrique où était enfermé Tommy.

Nathan s'encombrait de plus en plus. Une veuve inexpérimentée, une fillette de 12 ans, une gamine de 6 ans et un autiste de 16 ans. Il fallait lâcher du lest s'il voulait être efficace. Trouver quelqu'un de confiance qui pourrait veiller sur les enfants. Sue Bowman n'était pas assez solide pour cela. Nathan regarda Jessy qui fixait l'appui-tête devant elle. Soudain, il se rappela la raison qui l'avait amené à San Jose. Il tâta la poupée. Elle était bourrée de chiffons. Il lui serra l'estomac sous le regard interrogateur de sa propriétaire et la pétrit longuement sans que ses doigts n'aient rencontré quelque chose qui ressemblât à une cassette.

67

Les manches retroussées et les mains dans le ventre d'un cadavre à moitié disséqué, le médecin légiste leva la tête vers l'agent Nootak qui avait fait irruption dans la salle.

— Je viens pour les résultats, docteur.

Kate regretta d'avoir déjeuné. La vue des viscères nauséabonds lui fit tourner le dos.

— Je vous attends dehors.

Le Dr Barnes reposa le paquet de tripes qu'il s'apprêtait à analyser et suivit l'agent fédéral dans le hall. Il s'était attaqué à un cadavre retrouvé dans la banlieue de Fairbanks. Encore un cobaye de Groeven et Fletcher.

— Toujours la même chose. Bourré d'hormones. Glandes endocrines hypertrophiées. Acromégalies de la face dues à un hyperfonctionnement de l'hypophyse. Tumeurs au niveau des glandes surrénales ayant entraîné une importante sécrétion d'adrénaline, accompagnée d'hypertension…

— Épargnez-moi vos hypermachins. Concrètement, est-ce que ces types ont été tués avant d'être réanimés ?

Le docteur se massa la mâchoire avec une main glaireuse. Il devait s'exprimer de façon claire pour ne pas essuyer un nouveau courroux de la part de l'emmerdeuse qui le relançait tous les jours pour lui faire dire ce qu'il subodorait mais n'osait pas avouer de peur d'être taxé de farfelu, voire d'hérétique.

— Rien ne prouve le contraire en tout cas.

Kate le poussa en arrière contre les battants de la salle d'autopsie qui s'ouvrirent sous le choc. Profitant du déséquilibre de Barnes, elle le cloua sur une chaise.

— Je ne décollerai pas d'ici, tant que vous ne m'aurez pas donné votre avis. Je ne vous demande pas un écrit qui risquerait de vous discréditer auprès de l'ordre des médecins, mais simplement des mots, aussi volatiles que l'éther, qui ne sortiront pas d'ici. Est-ce que, oui ou non, la médecine peut ressusciter certains morts ?

— Non. À ma connaissance. Bien que les techniques de réanimation soient de plus en plus perfectionnées.

— Dans "Projet Lazare", il y a "Lazare" qui signifie "revenu de l'au-delà", n'est-ce pas ?

— Il y a aussi "Projet" qui veut dire que ce n'est pas encore au point.

— Certes.

— Le problème est plus complexe que ça. C'est comme le clonage. Aujourd'hui, il est impossible de cloner un être humain. Mais certaines personnes mal intentionnées et bien financées, comme les raéliens par exemple, développent leurs propres recherches, grâce à l'absence de contraintes législatives et grâce aux adeptes qui mettent leurs corps à la disposition du gourou.

— Je ne vous parle pas de clonage, mais de résurrection.

— Les méthodes sont différentes, mais l'objectif reste le même : accéder à la vie éternelle.

— Parlons de la méthode, alors.

— Groeven et Fletcher disposaient d'un savoir scientifique sans pareil acquis au cours de leurs travaux sur les cellules souches qui leur ont d'ailleurs valu le prix Nobel. Ils bénéficiaient également de moyens financiers conséquents qui leurs permettaient de rémunérer grassement des cobayes volontaires pour mener à bien leurs recherches. Ils ont donné la vie à une souris morte. Pourquoi pas à un homme ?

— Pour ressusciter quelqu'un, cela suppose qu'il soit mort, n'est-ce pas ? Donc ces six volontaires ont été tués avant d'être réanimés. Je me trompe ?

— Rien ne prouve le con…

Il s'interrompit face au regard noir de Nootak et rectifia sa réponse.

— Cette thèse expliquerait leur état en tout cas.

— Putain de merde, on nage en plein délire.

— C'est vous qui m'avez forcé à le dire…

— La ferme ! Donc, grâce à la technique qu'ils ont mise au point, Groeven et Fletcher auraient réanimé Chaumont dont le corps avait été conservé dans la glace. Pourquoi celui-ci n'est-il pas devenu difforme comme les autres cobayes ?

— Peut-être parce qu'il a été tué trop tôt… Les effets secondaires n'ont pas eu le temps d'apparaître. Il avait néanmoins commencé à enfler.

— Est-il concevable que Chaumont ait vécu une NDE pendant un an, qu'il ait séjourné tout ce temps dans ce fameux tunnel décrit par ceux qui ont frôlé la mort, vous savez, avec la lumière au bout, la lévitation et le toutim ?

— Des études scientifiques ont établi que le tunnel dont vous parlez n'est qu'une hallucination. Au moment où nous mourons, toutes nos drogues internes, les neurotransmetteurs, sont libérées, créant une overdose et par conséquent cette vision de tunnel et de lumière. C'est totalement subjectif. Un flash, un méga trip… encore mieux que si vous aviez pris une quantité massive de LSD. Mais cela dure le temps d'un shoot, pas d'une saison de foot. Une fois que le glutamate a envahi le cerveau, c'est fini.

— Merci docteur Barnes, vous pouvez retourner à votre boucherie.

— Je ne vous ai rien dit au sujet de la résurrection, c'est bien clair ?

— Ne vous inquiétez pas, je ne tiens pas non plus à passer pour une illuminée.

68

Le taxi roulait vers Montclare Mental Hospital situé au sud de San Francisco. Nathan avait téléphoné à Carla d'une cabine. Ils avaient convenu qu'elle et sa fille attraperaient le premier avion pour San Francisco. Il les attendrait à l'aéroport. À ses côtés, Jessy ne s'était pas rendormie, contrairement à ce qu'il avait espéré.

— Penny a avalé quelque chose de mauvais, il faut que je l'opère, tenta-t-il.

— N'importe quoi ! Penny ne mange rien. Il n'y a que du tissu à l'intérieur.

— Tu peux me la prêter ?

— Non.

— Qu'est-ce que le Père Noël a oublié de t'apporter ?

— Le Père Noël n'existe pas.

— Quel cadeau aimerais-tu recevoir, alors ?

— Euh… une grande balançoire. Tommy me poussera jusqu'au ciel !

— OK. Je te parie une grande balançoire qu'il y a quelque chose dans le ventre de ta poupée.

— Ça veut dire quoi ?

— Que je t'en offre une si je ne trouve rien.

— Et s'il y a quelque chose ? Qu'est-ce que je dois te donner ?

— Je garde ce que je trouve.

Elle tendit sa main et sa poupée.

— Okay docky ! On tape les mains !

Nathan scella l'accord d'une poignée franche et saisit Penny, la déshabilla, l'examina sous toutes les coutures. Elle semblait ne jamais avoir été ouverte. Restait la tête, fabriquée en caoutchouc dur, attachée au corps avec un élastique qui était habilement camouflé sous la collerette de la robe. Il était facile de scinder les deux parties. Le cou était bourré de flocons en polystyrène. Il le vida et inspecta l'intérieur. Une petite boîte était coincée entre les joues. Nathan dut mettre plusieurs minutes pour l'extraire sans abîmer la poupée. Il ouvrit le boîtier et en sortit une cassette VHS-C de 30 minutes. Il lui fallait un adaptateur pour pouvoir l'introduire dans un magnétoscope. Il pria le chauffeur de s'arrêter devant le premier bargain shop.

— T'as perdu, dit Jessy.

— Je conserve la cassette comme prévu dans notre accord.

— Si tu veux, mais tu me dois une balançoire quand même. La cassette n'était pas dans le ventre. Elle était dans la tête.

— Ça marche.

Jessy avait le sens des affaires. Nathan se demanda ce qu'il allait faire d'elle et de son frère. Impossible de les garder avec lui ou de compter sur Carla pour jouer les baby-sitters. Encore moins, comme il l'avait d'abord imaginé, d'imposer trois enfants supplémentaires, dont un autiste, à Sue Bowman dont l'équilibre mental était encore fragile. Il fallait une personne solide, de confiance, qui évaluait son amitié pour Nathan à plus de 700 000 dollars et qui ne poserait aucune question, ni aucune condition. L'oiseau rare.

Tellement rare qu'il n'envisagea qu'une seule solution.

69

Le taxi s'arrêta devant l'entrée de Montclare Mental Hospital.

— Plus loin, dit Jessy.

Le chauffeur guetta une confirmation de la part de Love qui lui fit signe d'obtempérer. Ils roulèrent environ cinq cents mètres jusqu'à ce que la fillette commande de stopper. Elle descendit de la voiture et se rua vers un jardin public. Nathan régla la course et lui emboîta le pas. Jessy se planta devant un banc vide.

— C'est là qu'on a rendez-vous. Comme la dernière fois, avec papa.

Ils patientèrent un quart d'heure sans que Tommy ne se montre.

— Il a peut-être raté son évasion, dit Nathan.

Brusqué par les événements, obsédé par sa découverte, il venait juste de réaliser que le gamin pourrait avoir des difficultés à tromper une deuxième fois la vigilance des infirmiers.

— Il mange, murmura Jessy.

— Quoi ?

— Il est à table.

— Comment le sais-tu ?

— Je le sais.

— Tu as faim ?

— Bof !

Ils repérèrent un snack et achetèrent deux tranches de pizza, un milk-shake, un café, qu'ils consommèrent sur le banc. Nathan refoulait tant bien que mal le stress qui entamait sa patience. La cassette de Bowman lui brûlait les doigts. Il détenait la solution de l'affaire Lazare et il gaspillait du temps dans son rôle de nounou et dans la plus totale illégalité.

— J'en ai marre d'attendre, se plaignit soudain Jessy qui battait la mesure avec son pied sur la pelouse du parc.

— Attention !

Il se pencha en avant et ramassa une brindille au bout de laquelle était suspendue une fourmi chargée d'une miette de pizza.

— Tu as failli l'écraser.

— C'est qu'une fourmi.

— Regarde.

Il lui montra une longue procession d'ouvrières entre les reliefs de leur pique-nique et les racines d'un banian. Deux colonnes besogneuses se croisaient, l'une chargée à bloc, l'autre à l'assaut des aliments. Les deux cortèges parallèles s'écartaient à mi-trajet à cause d'une flaque d'eau qui obligeait les insectes à endurer une longue déviation.

— Elles sont petites à tes yeux. De la même taille que les étoiles dans le ciel. Regarde, il y a un monde sous tes pieds, dont tu ne soupçonnais pas l'existence.

Captivée par un spectacle auquel elle n'avait jamais porté attention, puisqu'il ne dépassait pas la hauteur de ses semelles, Jessy en oublia le temps qui s'écoulait. Il était presque 14 heures lorsque Tommy apparut, ébouriffé, hagard. Jessy l'enlaça comme un tronc d'arbre, sans qu'il ne réagisse à la présence de sa sœur et encore moins à celle de Nathan. Soulagé, ce dernier pouvait désormais poursuivre la suite de son planning. Il appela d'une cabine un taxi dont les pneus crissèrent une heure plus tard devant le terminal des arrivées de l'aéroport de San Francisco. Nathan avisa Carla et sa fille au milieu des allées et venues des passagers. Il monta à l'avant de la voiture tandis que Carla, Léa, Jessy et Tommy se serrèrent sur la banquette arrière. L'équipe était au complet. Le chauffeur embraya en direction de Point Bonita, au nord de San Francisco.

— Vous allez enfin m'expliquer où on en est ? demanda Carla.

Nathan se retourna vers elle en arborant la pièce à conviction.

— J'ai la cassette dont je vous ai parlé. Il y a de fortes chances pour que les derniers instants de votre mari soient enregistrés là-dessus.

— Comment l'avez-vous trouvée ?

— C'est une longue histoire.

— Elle était dans le crâne de Penny, expliqua Jessy.

— Qui est Penny ?

— Ma poupée.

— Je vous présente Jessy et son frère Tommy. J'espère que vous n'avez pas de téléphone portable sur vous, parce que ça le met en rogne.

— Qui sont ces enfants ? demanda Carla, de plus en plus perplexe.

— Ils font partie de la longue histoire.

— Où va-t-on ?

— Déposer les petits et se procurer un magnétoscope.

Les réponses sibyllines découragèrent Carla qui se contenta de voir défiler le paysage urbain en silence. Le chauffeur haïtien évoqua la situation chaotique de son pays tandis que les amortisseurs mous de la Chevrolet berçaient ses clients. Lorsque l'Italienne leva les paupières, elle roulait sur le Golden Gate. Changement de décor. La lumière était crépusculaire, la mer avait une couleur d'aluminium et l'écume bouillonnait au pied des falaises. Au milieu des récifs, un phare dispensait des faisceaux argentés. Ils empruntèrent une petite route qui sinuait entre les collines et les séquoias. Les habitations se raréfiaient. La lumière aussi, bien que l'on fût en plein après-midi. Les frondaisons, les nuages, le brouillard, repoussaient les avances du soleil.

— Où va-t-on exactement ? redemanda Carla.

— Chez mes parents.

Elle s'était attendue à tout sauf à ça. Love était un solitaire. Pas du genre à improviser des réunions de famille.

— Et c'est encore loin ?

— On est arrivés.

La Chevrolet s'engagea dans une allée taillée dans une futaie, au bout de laquelle se dressait une maison en bois. De la fumée s'échappait de la cheminée. Le chauffeur pila devant la véranda, encaissa la course plutôt salée et effectua un demi-tour sportif. Un chien aboya, la porte d'entrée s'ouvrit sur une Japonaise dont les cheveux noirs contrastaient avec son teint pâle. Elle avait une soixantaine d'années et portait de petites lunettes rondes sur des yeux en amande. Ses rares rides s'étirèrent sur un masque de stupéfaction.

— Bonjour maman, dit Nathan en la serrant dans les bras.

Une voix profonde et rocailleuse accueillit les visiteurs. Elle appartenait à l'homme qui venait de faire irruption sur le perron. Il avait, lui aussi, de longs cheveux de jais, mais sa peau était mate. Il était indien. Nathan embrassa affectueusement son père.

— Papa, je te présente Jessy, Tommy, Carla et sa fille Léa. Carla, voici ma mère Kyoko et mon père Sam.

— Entrez, entrez, vous allez attraper froid, dit Kyoko.

La Japonaise était vêtue d'une épaisse robe de laine et d'une surchemise en flanelle. Elle n'avait conservé d'oriental qu'un visage de poupée en porcelaine et une démarche décomposée en petits pas.

Carla était mal à l'aise car elle ne comprenait pas bien dans quoi elle faisait irruption. Ils entrèrent directement dans un vaste séjour et se groupèrent auprès de la cheminée. Pendant un court moment, on n'entendit que les bûches flamber. Il y avait beaucoup de choses à se dire et personne ne savait par où commencer. Ce fut le père qui rompit le mutisme ambiant :

— Qu'est-ce qui nous vaut le plaisir de ta visite, mon fils ? Tu ne donnes pas de nouvelles pendant trois ans et aujourd'hui, tu reviens sans prévenir, avec toute une famille autour de toi.

— Je suis sorti de ma retraite, il y a un peu plus de deux semaines. Le FBI est venu me chercher pour une mission. Clyde a été assassiné.

— Clyde est mort ! s'exclama Sam qui se souvenait de l'ami de son fils.

— En Alaska. Je dois retrouver le meurtrier. Et j'ai besoin de vous.

Il leur résuma d'abord la situation au sujet de Jessy et Tommy, sans cacher qu'il agissait dans l'illégalité, qu'une mère avait tous les droits et donc que la justice était en faveur de Charlize Brodin-Harris. Au fil du récit, Kyoko s'était approchée de Jessy et l'avait prise dans ses bras. Sevrée de tendresse humaine, la fillette se laissa dorloter.

— Est-ce que vous pouvez héberger Jessy et Tommy quelques jours, le temps que je boucle mon enquête ?

— Les pauvres choux, compatit Kyoko qui leur servit du chocolat chaud.

— Noël est derrière nous, mais on peut remettre le couvert, dit Sam en allumant une cigarette. Ces enfants que tu nous as apportés, on va les gâter, ne t'inquiète pas.

— Tu es sûr que ça ira ? demanda Nathan.

— Sur le grand cercle de la vie, les vieilles personnes sont proches des plus jeunes. Donc, cela ne peut qu'aller bien.

— Merci papa.

— Ne nous remercie pas. Cela nous fera de la compagnie.

Kyoko fixa Carla et Léa, avec intérêt. Nathan réalisa qu'il n'avait pas encore parlé d'elles et exposa la raison de leur présence à travers un bref résumé de l'affaire Lazare.

— Clyde a laissé une cassette avant de mourir. Je n'ai pas encore eu le temps de la visionner.

— Fais comme chez toi, mon fils. La télévision et le magnétoscope sont là. Tu veux rester seul ?

— Je préfère.

Sam invita les enfants à venir visiter son atelier, tandis que Kyoko annonça qu'elle allait décongeler un saumon. Elle comptait aussi préparer des manjus. Son fils adorait ces gâteaux, à base de pâte de haricots rouges, cuits à la vapeur. En quelques minutes, Carla se retrouva seule, plantée au milieu du salon, pendant que Nathan allumait la télévision.

— Asseyez-vous Carla, proposa-t-il. Cela vous concerne plus que moi.

70

L'écran demeura noir pendant un long moment. Une date seulement était affichée en bas à droite : 14 décembre. Soit six jours avant la tuerie de Fairbanks.

Le visage de Clyde apparaît en gros plan, mal cadré, nimbé de fumée. Ses yeux sont injectés de sang, son visage mangé par une barbe de plusieurs semaines.

Nathan le reconnaissait à peine.

Clyde se présente et résume d'une voix blanche, ponctuée par des silences qu'il emploie à tirer sur sa cigarette, les circonstances qui l'ont amené à réaliser ce film.

BOWMAN : « L'explorateur français Étienne Chaumont a disparu le 24 décembre de l'année dernière dans le cercle arctique, au niveau du 70e parallèle... Étienne était un ami. Au terme d'une enquête qui a duré presque un an, j'ai retrouvé son cadavre, à 50 kilomètres au sud de Barrow, ville qu'il avait probablement tenté de rejoindre à partir de son camp de base... Son corps était miraculeusement conservé intact dans la glace... Sans en informer les autorités, je l'ai fait transporter jusqu'au laboratoire de l'hôpital de Fairbanks où officient les Drs Groeven et Fletcher. Leurs essais en laboratoire, dont les résultats ont été couronnés par un prix Nobel, ont permis, il y a quelques années, de faire revivre une souris... morte depuis plusieurs heures. Les deux scientifiques n'ont cessé de reproduire, dans une totale clandestinité, l'expérience sur des êtres humains... avec plus ou moins de succès... Je me suis intéressé aux activités secrètes de Groeven et Fletcher par hasard, en suivant la piste d'Alan Brodin qui fut l'un de leurs cobayes. J'ai ainsi découvert que les deux savants recrutent leurs patients parmi les miséreux motivés par l'appât d'une forte indemnité et qu'ils les font mourir cliniquement avant de les ramener à la vie. En échange de ma discrétion sur l'exercice illégal de leur métier, et en dépit du laps de temps qui s'est écoulé depuis son décès, je leur ai demandé de tenter de réanimer Étienne Chaumont pour qu'il me livre le nom... de son assassin... J'ai en effet l'intime conviction que l'explorateur n'a pas disparu accidentellement. Le crime profite à quelqu'un dont je tairai le nom tant que je ne disposerai d'aucune preuve. La tentative de résurrection que je vais filmer sur cette cassette est donc destinée à lui donner l'occasion de prononcer le nom de son meurtrier avant de jouir d'un repos éternel. Il sera en effet hors de question de maintenir longtemps Étienne Chaumont en vie, compte tenu des graves séquelles occasionnées par la réanimation post mortem… À ce sujet, il est fort probable que les mystérieuses créatures errant dans les alentours de Fairbanks soient des cobayes de Groeven et Fletcher, relâchés dans la nature sans aucun suivi médical. »

Bowman est interrompu par une quinte de toux. Le film s'arrête, puis reprend. Cette fois l'agent fédéral est bien dans le cadre.

BOWMAN : « Je suis pleinement conscient de cautionner les activités criminelles des deux docteurs. Mais Étienne Chaumont était mon ami. Je tiens à honorer sa mémoire et à arrêter la personne qui l'a tué, même si je dois vendre mon âme au diable. »

Bowman tousse à nouveau.

Nathan se demanda à qui ce témoignage était destiné. Au FBI ? À la postérité ? Est-ce que Clyde avait pressenti que cela tournerait mal ? Pourquoi autant se compromettre pour identifier un misérable meurtrier ?

Il appuya sur pause et demanda à Carla si elle avait déjà vu ce visage auparavant. Elle confirma que non. Il appuya sur « play ».

Fondu sur Chaumont, allongé sur la table d'opération. Nu, figé, aussi blanc qu'une statue d'albâtre, à l'exception des mains et des pieds, noirs. Son crâne a été rasé et coiffé d'électrodes. Le reste du corps est hérissé de tubes, de sondes, de fils électriques reliés à des appareils sophistiqués. Hors champ, les docteurs commentent les opérations. Tatiana Mendes s'affaire autour du cadavre, contrôlant le niveau des fluides, les taux d'hormones. Zoom avant sur le visage du Français dont les paupières closes demeurent inertes au-dessus d'un buisson de barbe.

Nathan entendit Carla hoqueter. D'un regard oblique, il s'aperçut qu'elle pleurait. Il lui proposa d'arrêter la cassette. Elle refusa.

15 décembre. Alternance de gros plans sur le cobaye inanimé et sur l'électrocardiogramme affichant de légères oscillations. Les deux chirurgiens se penchent sur Chaumont. Bowman ordonne aux deux hommes de s'écarter afin qu'il puisse filmer. En vain. La caméra se désolidarise de son trépied. Bowman cale l'objectif à quelques centimètres de Chaumont. Les yeux de celui-ci roulent sous les paupières.

16 décembre. Gros plan sur Tatiana Mendes.

MENDES : « Il a remué les lèvres ! »

L'infirmière colle son oreille sur la bouche de Chaumont. Bowman l'écarte et menace Groeven qui veut intervenir sur le cœur de Chaumont.

BOWMAN : « Étienne… ?… Donne-moi le nom de ton assassin !… Qui t'a tué ? »…

MENDES : « Il a dit : un prêtre ! »

Bowman passe devant la caméra pour se précipiter vers le Français qui a ouvert les yeux. Il chasse à nouveau les médecins qui se sont rués à son chevet, oublie qu'il y a une caméra à qui il offre son dos et se met à secouer son ami.

BOWMAN : « Qui t'a tué ?… Un prêtre ?… Donne-moi un nom ! »

CHAUMONT : « ...Prê... tre... prê... tre... prêtre... prêtre... »

Tatiana intervient et engage une conversation surréaliste avec Clyde :

MENDES : « C'est un prêtre qui l'a tué ? »

BOWMAN : « Impossible. Ce n'est pas la réponse que j'attends. »

MENDES : « Qu'est-ce que vous attendez comme réponse ? »

Silence. Gros plan sur le visage cadavérique de Chaumont. Sa bouche est restée tordue sur la dernière syllabe qu'il a prononcée.

GROEVEN (hors champ) : « Il faut lui amener un prêtre. C'est ça qu'il a demandé. »

Fondu au noir.

La voix off de Clyde annonce l'arrivée du père Felipe Almeda, curé de Fairbanks. Le religieux est assis au chevet de Chaumont, l'oreille à quelques centimètres des lèvres du mort-vivant qui s'étrangle pour articuler. La caméra se rapproche. Gros plan sur le visage d'Almeda qui recueille, effaré, la confession de Chaumont.

17 décembre. La bande son est encombrée de commentaires et de directives adressées par Fletcher à Tatiana Mendes. L'infirmière scotche les paupières de Chaumont, de plus en plus méconnaissable. Les questions pressantes de Bowman sur le meurtrier d'Étienne ne sont plus à l'ordre du jour. Il ne s'intéresse plus à ce qui s'est déroulé avant la mort du patient, mais après. Chaumont tressaute sous l'effet des impulsions électriques et chimiques. Au terme de plusieurs minutes insoutenables, il vomit des bribes de phrases engluées dans de la bile.

Nathan jeta un œil sur Carla. Celle-ci avait détourné son visage des images terribles qu'il lui infligeait.

— Vous ne devriez pas regarder ça, dit-il.

— Cela fait un moment que je ne regarde plus. J'écoute seulement.

Sur la table d'opération, le Français se cramponne à sa deuxième vie pour y délivrer un ultime message. Un message que Bowman tente de lui soutirer au forceps. « Qu'est-ce qu'il y a au bout du tunnel? » demande l'agent fédéral.

— De quel tunnel parle-t-il? s'étonna Carla.

— Clyde fait allusion à ces fameuses visions hallucinatoires décrites par ceux qui ont vécu des NDE : une séparation du corps et de l'esprit, un voyage dans un long tunnel, débouchant sur une lumière intense.

Clyde cherchait à percer le mystère de l'au-delà. Il enquêtait sur la mort. La clé de l'origine de l'homme serait-elle un jour découverte par le FBI?

Étienne Chaumont grimace de douleur et tord anormalement ses membres squameux, comme possédé par une force diabolique. Fletcher lui enfonce une aiguille dans le dos aussi longue qu'une péridurale et envoie une sauce cérébro-spinale qui donne un peu plus de vie au mort-vivant. Défiguré par un hideux rictus, Chaumont tente d'articuler, hoquète une écume crémeuse. Il balbutie des bulles vides vers le monde qu'il a quitté un an auparavant. Cette longue hibernation a altéré bon nombre d'organes et de facultés que l'équipe scientifique brusquement débordée tente de réparer à coups d'injections, de greffes diverses et de courant électrique.

BOWMAN : « Qu'est-ce qu'il y a au bout du tunnel? »

Étienne Chaumont roule des yeux inexpressifs, râle, grimace, animé par l'énergie artificielle que lui prodigue le Dr Fletcher. Derrière ce masque de débile, un esprit s'efforce de communiquer.

CHAUMONT : « In… in… inomm… mable… »

Tel fut le deuxième mot prononcé par Étienne Chaumont.

Bowman se penche sur le mort-vivant et s'exprime en ânonnant.

BOWMAN : « La lumière. Qu'est-ce qu'il y a dans la lumière blanche ? »

CHAUMONT : « L'au… l'au…. »

Chaumont crache une purée pourpre et des billes de bile.

BOWMAN : « De l'eau ? »

CHAUMONT : « De… là… là… »

BOWMAN : « L'au-delà ? »

Le ressuscité s'accroche… Il n'a pas fini sa phrase. Le shoot chimique administré par les toubibs dans son système nerveux commence à faire effet. Il parvient à formuler des propos d'une voix grêle, ponctués par des hoquets artificiels.

CHAUMONT : « L'au… delà… n'exiiii… iiiis… te… pas… »

BOWMAN : « Au bout du tunnel, Éienne, qu'as-tu vu ? »

CHAUMONT : « L'enfer… le paradis… c'est… toi… toi… »

BOWMAN : « La lumière blanche, qu'est-ce que c'est ? »

CHAUMONT : « Ta… conscience… Toi… face… à… toi… sans… corps… seule… ment… ton esprit… flottant au… mi… milieu de nulle… part… Que le passé à… à… à ruminer… »

BOWMAN : « A quoi ressemble le paradis ? »

CHAUMONT : « Ta… ta… ta conscience… »

BOWMAN : « Notre conscience fait office de paradis. Ou d'enfer ? »

CHAUMONT : « Oui… suivant le passé que tu tu te te te… traînes… ton… karma… On n'a aucu… ne notion du temps… »

BOWMAN : « Les regrets. Les remords. Le souvenir des mauvaises actions qui te hantent. C'est ça l'enfer ? »

CHAUMONT : « Faut être un… ssssaint pour être en paix… savourer ce moment… »

Une quinte de toux interrompt Chaumont qui se recroqueville comme une chenille, emportant quelques sondes dans son geste brusque. Puis il recommence à hurler de douleur. Fletcher abandonne ses écrans de contrôle pour lui administrer un sédatif puissant qui le noie dans une vésanie vaseuse.

Nathan comprit pourquoi Clyde avait subitement manifesté le souhait d'être incinéré. Il ne voulait pas prendre le risque d'être trituré, réanimé à l'instar d'Étienne Chaumont.

Chaumont s'est calmé. Bowman revient à la charge. Il exhorte son ami à lui décrire ce qu'il y a au-delà de la lumière blanche. Étienne transpire et grelotte. Dans ce qui semble être un effort surhumain, il ouvre sa bouche spumeuse.

CHAUMONT : « Ri… rien… le néant… quand la lumière disparaît, il n'y a plus… rien… C'est vide… »

BOWMAN : « Au bout de combien de temps ? »

CHAUMONT : « Pas de temps… pas d'espace… Aucun repère… vide d'un coup… Où suis-je ? »

BOWMAN : « Dans un hôpital de Fairbanks. »

CHAUMONT : « Carla… Où est Carla ? »

BOWMAN : « Qu'est-ce qui t'est arrivé, Étienne ? Pourquoi as-tu quitté le camp de base ? Pourquoi as-tu bougé ? Que s'est-il passé ? »

CHAUMONT : « Pourquoi je… je… je… je… je… suis… là.. .hahhh… ? »

Chaumont retombe dans le coma. Fondu au noir.

Fin de la cassette. Soit trois jours avant le massacre.

Carla était figée. Ses yeux étaient rouges et son visage aussi blanc qu'un linceul. Elle avait une main scotchée sur la bouche. Nathan bondit vers elle et la guida jusqu'aux toilettes où elle vomit tout ce qu'elle avait avalé depuis la veille.

— Je suis désolé, je n'aurais jamais dû vous montrer ce film. Allez prendre un peu l'air dans le jardin pendant que je le revisionne.

Love avait besoin de s'imprégner des images et des mots qui avaient été prononcés. S'imprégner de ce que Bowman avait en tête quand il avait filmé ces scènes.

71

Carla traversa le bosquet qui séparait l'atelier de l'habitation principale, le temps d'évacuer la nausée, de refouler l'adrénaline, de reprendre un peu de couleurs. Elle avait besoin, de s'épancher auprès de quelqu'un. Nathan était trop occupé par son enquête. Il n'était pas réceptif. Elle poussa la porte de la cabane.

Léa, Jessy et Tommy entouraient Sam qui était en train de sculpter un bison. Les étagères étaient couvertes de figurines en bois représentant des indiens, des animaux, des hogans, des totems. Sam avait reconstitué un village entier, peuplé d'êtres sacrés, comme pour immortaliser sa vie passée.

— C'est votre métier ? demanda Carla.

— Non, je suis peintre.

Elle chercha en vain ce qui pouvait ressembler à une toile dans le bric-à-brac environnant.

— Vous ne verrez pas de tableau, ici. Je n'ai peint qu'une seule chose dans ma vie, toujours de la même couleur, et cet atelier ne pourrait pas la contenir.

Il la faisait marcher, mais elle n'avait pas l'esprit à ça. Il s'en rendit compte et s'expliqua :

— Le Golden Gate. Vous avez dû rouler dessus en venant ici. Je fais partie de l'équipe qui peint quotidiennement la structure métallique au minium. Quand on a fini, on recommence.

— Ah.

— Je vous accorde que ce n'est pas un travail d'artiste, mais quand on se balance à soixante-sept mètres au-dessus de la mer avec des amplitudes pouvant atteindre plus de cinq mètres par grand vent, je vous assure qu'on éprouve des sensations fortes. Et la vue est belle, quand il n'y a pas de brouillard.

Carla n'écouta pas la fin de sa phrase, inquiète de savoir si Léa n'avait pas faim, froid ou soif. La jeune fille paraissait à l'aise, contrairement à sa mère. Elle bavardait avec Jessy, sous le regard absent de Tommy qui ne les lâchait pas d'une semelle. Carla commanda à sa fille de ne rien casser, avant de sentir le bras vigoureux de Sam. L'Indien l'entraîna dehors et l'invita à s'asseoir sur la petite terrasse en planches qui bordait l'atelier.

— Ne vous inquiétez pas pour les enfants. C'est un paradis pour eux, ici. Ils peuvent toucher sans crainte, le bois n'est pas fragile. Léa est très intéressée, d'ailleurs.

— Excusez-moi, je suis préoccupée…

— Inutile de dissimuler votre peine. Ceux qui fréquentent Nathan finissent par approcher le mal de très près. Il n'est pas d'une compagnie que je recommanderais à un ami.

— Il traque le meurtrier de mon mari.

— Je vous mets seulement en garde. Nathan vit en dehors du monde, particulièrement depuis trois ans. Pour lui, rien n'a de réalité. Son raisonnement part du fait que ce qui nous entoure, là, comme ces arbres ou cette maison, est une illusion de nos sens, que chacun a sa propre vision des choses. Mon fils a toujours renié le passé et ses règles qui empêchent notre peuple de s'éteindre. Il a préféré emprunter la voie des bouddhistes zen. Sa mère lui a mis des bêtises dans le crâne.

— Je crois qu'il n'est pas totalement indifférent à ce qui l'entoure, sinon il ne travaillerait pas sur cette enquête.

— Mon fils fait des descentes dans ce monde pour en découdre avec le mal.

— Pourquoi me raconter ça ?

— Parce que je vous respecte. Vous avez du cran. Ce que vous faites est courageux. Vous me faites penser à Melany.

— Sa femme ?

— La seule personne qui a réussi à l'humaniser.

— Comment est-elle morte ?

— Elle a été assassinée par l'un des plus dangereux tueurs psychopathes de notre époque. Sly Berg, il s'appelait. Nathan était allé jusqu'à endosser la personnalité de ce malade afin d'anticiper l'identité des victimes. Furieux d'avoir été doublé, Berg s'en est pris à Melany. Quand mon fils est arrivé chez lui, c'était trop tard. Melany était…

Sam massa son visage pour effacer le masque de haine qu'il venait soudain d'afficher. Si elle avait su ce qu'il allait dire, Carla ne lui aurait pas demandé de continuer.

— Ce malade lui avait retiré les organes génitaux à main nue... par le vagin.... Mais ce n'est pas tout... L'utérus avait été arraché et mis en pièces... Au milieu de cette charpie, il y avait un fœtus qui bougeait encore lorsque mon fils a débarqué...

— Oh non...

Carla eut à nouveau un haut-le-coeur. Elle fit signe à Sam qu'elle avait atteint son seuil de tolérance.

— Nathan ne vous avait rien dit?

— Il se dévoile peu.

— Vous savez comment les Navajos l'appelaient quand il était enfant?

— Non.

— Nous habitions encore en Arizona. Tout le clan l'appelait « White shadow ».

— Ombre blanche?

— À cause de son teint plus clair que le nôtre et à cause de son caractère, impalpable comme une ombre.

— Berg a été arrêté?

— Vous voulez le fin mot de l'histoire, même si c'est pas beau à entendre?

— Cela m'aidera à oublier la mienne.

— Nathan s'est complètement identifié à Berg et a fini par le devancer sur sa dernière victime. Il a coincé le tueur, lui a brisé les membres et l'a plongé vivant dans une fosse septique. Fin de l'histoire.

Sam sortit un paquet de Winston de sa poche, le tapa sur son avant-bras et en proposa une à Carla. Il grilla les deux cigarettes avec une allumette qui illumina leurs traits pendant quelques secondes. Carla aspira une longue bouffée qu'elle recracha lentement vers la cime des arbres qui chatouillaient les nuages.

— La vie est un éclair dans la nuit, pas vrai ? dit Sam en lui adressant un clin d'œil malicieux.

Carla acquiesça. L'homme lui paraissait bon et sage. Malgré les horreurs qu'il évoquait, sa présence la réconfortait. Elle fuma la moitié de sa Winston avant de se remettre à converser :

— Qu'est-ce qu'il y a pour vous après la mort ?

— Vous posez la question à cause de votre mari ?

— Répondez-moi franchement.

— C'est votre conviction qui doit entrer en ligne de compte, pas la mienne.

— « Réjouissez-vous et tressaillez d'allégresse, car votre récompense sera grande au ciel », a dit Jésus.

— Vous voyez, il n'y a pas de crainte à avoir.

— Votre avis m'importe.

— Pourquoi ?

— Vous me paraissez sage.

Il se mit à rire.

— La culture navajo se transmet oralement, tandis que chez vous, ce sont les écrits qui priment. Vous croyez en un événement datant de deux mille ans parce que vous possédez des témoignages écrits. Alors, qu'importent les croyances d'un vieillard dont les sources ont été déformées au fil des générations ?

Le regard noir de Carla le fixait dans l'attente d'une réponse plus satisfaisante. Devinant qu'elle ne le lâcherait pas, il céda :

— La plupart des Indiens pensent que l'esprit reste vivant quelque part entre la terre et le ciel. Nous ne savons pas où exactement. Privé de voix, aucun mort n'est encore jamais venu nous parler.

Jusqu'à aujourd'hui.

72

Kate Nootak avait tellement de choses à raconter qu'elle pria Love de s'asseoir dès qu'elle l'entendit au bout du fil.

— D'où appelez-vous ? demanda-t-elle.

— Je ne peux pas vous le dire.

— Faites chier avec vos secrets !

— Écoutez-moi au lieu de vous plaindre.

Il lui fit part de sa visite éclair chez les Harris, de sa découverte de la cassette et surtout de son contenu. Il fallait trouver au plus vite le père Almeda qui avait été requis au chevet de Chaumont.

— Joli travail. Qu'est-ce que vous allez faire des enfants ?

— Je vous serais reconnaissant d'oublier leur existence. Racontez-moi ce que vous avez déniché de votre côté.

— Ici, on ramasse les cadavres des cobayes du Projet Lazare à la pelle. À part ça, j'ai secoué un peu l'organigramme de USA2 et des noms sont tombés. En gros, l'organisation est composée de grosses huiles qui tirent les ficelles en Amérique et même à l'étranger. Le vice-président des États-Unis pourrait en faire partie. Et quand on voit le peu d'informations dont dispose le FBI là-dessus, je soupçonne que quelqu'un de chez nous haut placé adhère au club. Les membres de USA2 possèdent la moitié des richesses de ce pays. D'ici à ce qu'ils lancent une OPA sur le pays tout entier…

— Si ce n'est pas déjà fait.

— Écoutez la suite. Dans la nébuleuse des sociétés et des associations chapeautées par USA2, il y a LIFE. C'est une sorte de secte pour multimilliardaires qui a un conseil d'administration à la place d'un gourou et des

PDG comme adeptes. Leur credo est simple : vivre plus longtemps. Ils financent plusieurs laboratoires dans le monde, particulièrement dans les pays qui sont moins regardants sur les droits de l'homme. Celui de Fairbanks était le fleuron de la chaîne, chargé de ressusciter les morts. LIFE. fait ainsi concurrence aux raéliens qui financent, via Clonaid, des expériences sur le clonage dans le même but de prolonger notre misérable existence. C'est à qui découvrira le premier la recette de la vie éternelle pour la breveter. Les enjeux sont tellement énormes que la guerre est sans merci.

— Vous croyez que les raéliens sont impliqués dans l'affaire Lazare ?

— Ça reste à prouver. Ce qui est sûr, c'est que deux d'entre eux ont été assassinés depuis cette affaire.

— Vous avez vérifié leur emploi du temps la nuit de l'attentat ?

— Cinquante personnes sont prêtes à témoigner qu'ils étaient à l'autre bout du pays. Entre adeptes, on se tient les coudes. À mon avis, c'est la prime lancée par Tetsuo Zo qui a joué les détonateurs…

Nathan réfléchit quelques secondes. Si les raéliens avaient dérobé les données du Projet Lazare et éliminé les deux docteurs d'une concurrence impitoyable, leur gourou était en position de force. Entre la formule du clonage et celle de la résurrection, plus personne dans la secte n'aurait peur de la mort. Le mépris du trépas, tel que Nathan le concevait, ne passerait bientôt plus par le bushido ancestral du Japon, mais par la science moderne. Une catastrophe.

— Cela fait beaucoup de sectes dans cette affaire, conclut Kate.

— Il faut retrouver le père Almeda. C'est la seule personne qui ait assisté à l'expérience sur Chaumont et qui soit encore vivante.

— Quand est-ce que vous me rejoignez en Alaska ? Mon stagiaire ne compte plus les heures sup, mes indics sont débordés et je ne dors plus.

— Demain matin. Une dernière chose, Kate. Ne parlez de la cassette à personne.

— Même à Maxwell ?

— Oui.

— Pourquoi ?

— Je ne suis pas encore sûr de ce qu'elle contient.

73

Nathan raccrocha et observa sa mère dans la cuisine. Elle étalait sur sa paume une boule de pâte qu'elle nappa d'une purée de haricots. Puis elle ferma le tout, essuya avec un pinceau sec les traces de farine sur le gâteau et le déposa sur une grille huilée avant de saisir une autre boule. La scène le renvoya à son enfance, bien qu'à l'époque sa vision des choses relevât plus de la contre-plongée. L'odeur de la pâte, la forme des boules, les mains enfarinées de sa mère, l'énergie délicate de ses mouvements, lui revenaient à l'esprit comme si cela s'était passé la veille. Agréables engrammes. Kyoko finit par s'apercevoir de la présence de son fils. Elle se retourna, inquiète, les doigts écartés et maculés de farine :

— Tu restes cette nuit, dit-elle.

— Je partirai demain matin.

— Je suis heureuse de te voir, chéri.

— Moi aussi.

Il n'avait jamais vu sa mère pleurer, jusqu'à ce jour. Il l'embrassa, un peu froidement pour ne pas créer un lien trop fort qu'il devrait à nouveau rompre dans quelques heures et la laissa rassembler sous un filet d'eau les bols et les ustensiles dont elle s'était servie pour préparer les manjus. « Kufû », lui répétait-elle jadis en japonais, pour lui rappeler qu'il fallait se concentrer sur la soupe que l'on mangeait et le bol qu'on lavait. « Quand tu fais la vaisselle, c'est la vaisselle qui fait la vaisselle », disait-elle. Kyoko lui avait enseigné les bases de la concentration méditée dans la vie quotidienne, indispensable prolongement du za-zen. Elle avait guidé ses premiers pas vers la Voie de l'éveil. « Le zen vise l'Éveil, mais aussi l'efficacité. Si on n'est pas capable de se préparer un œuf au plat et de nettoyer la poêle qui l'a fait frire, on est un être inachevé ». Nathan avait gardé cet enseignement ancré en lui.

Il sortit dans le jardin. Carla et son père étaient assis sur la véranda, en pleine discussion. Un paquet de mégots était éparpillé à leurs pieds. Dans la cabane, les filles piaffaient.

— Alors ? fit Carla en voyant Nathan.

— Makumozo.

— Quoi ?

— Ne tombez pas dans l'illusion. C'est du japonais.

— Mais encore ?

— Ce film ne nous apprend pas grand-chose.

— Mon mari s'exprime un an après son décès et vous appelez ça "pas grand-chose" ?

— Dès que l'on met en scène, on s'éloigne de la réalité.

— Concrètement ?

— Concrètement, cette cassette nous conduit au père Almeda.

— Et moi, je vous conduis à la salle à manger, dit Sam en se levant.

Dans un moment de pleine conscience, Nathan savoura l'instant présent, les flammes dans la cheminée, le parfum de Carla, le rire de Léa, la cuisine de sa mère, la voix de son père, Tommy serrant ses couverts comme deux barreaux d'une prison, Jessy qui pour une fois avait de l'appétit. Personne ne voyait ce patchwork de beauté enfermé sous cloche par l'affaire Lazare. Pour alléger cette atmosphère pesante, Sam demanda à chacun de livrer sa version du bonheur. Les langues se délièrent. Pour Carla, le bonheur, c'était ce qui ne pouvait pas s'acheter. Pour Kyoko et Sam, c'était l'harmonie. Pour Léa, c'était les vacances. Pour Jessy, c'était Tommy. Pour Nathan, ce n'était qu'un artifice. Sam narra la manière dont Kyoko et lui s'étaient rencontrés. Jeune étudiante à Tokyo, la Japonaise était venue rédiger une thèse sur les Navajos. Elle était tombée sur Rain Hunter, le père de Sam, qui lui avait signifié que si elle voulait apprendre, elle devait s'intégrer. « Les réserves ne sont pas des zoos », avait-il déclaré. Piquée au vif, Kyoko s'était installée et avait fait la connaissance de Sam. Ils étaient tombés amoureux, avaient eu un fils et une fille. Nathan et Shannen.

— Shannen œuvre toujours pour des associations humanitaires en Inde ? demanda Nathan qui se rappela soudain avoir une sœur.

— Non, elle vit au Sri Lanka maintenant, dit Sam.

— Elle va se marier, dit Kyoko. Il s'appelle Shivaji…

— Il était réceptionniste dans un palace de Bombay, la coupa Sam. Il y a un an, ils ont décidé d'ouvrir un petit hôtel au Sri Lanka.

— J'aimerais bien la revoir, dit Nathan.

— Cela ne dépend que de toi.

Après le repas, Kyoko et Carla préparèrent les chambres. La maison en possédait trois. Jessy et Tommy furent casés dans l'une, Carla et sa fille dans l'autre.

Nathan dormirait sur le canapé du salon. Les enfants se couchèrent sans difficulté, exceptée Léa dont le décalage horaire n'avait pas anéanti ses efforts pour rester éveillée. Elle s'était affalée devant la télévision qui cadrait en gros plan un candidat invité à choisir entre quatre réponses proposées à la question « Quel est le vrai nom de Charlot ? »

— T'as vu, maman, c'est *Qui veut gagner des millions ?*

— On a le même jeu en France, précisa Carla à Nathan.

La question suivante portait sur l'année au cours de laquelle s'étaient déroulés les jeux olympiques d'Atlanta.

— Vous le savez ? lui demanda-t-elle en se prenant au jeu.

— Le problème dans ces quiz, c'est que l'on soumet à des crétins des devinettes aussi stupides qu'inutiles, afin de ne pas aborder les questions essentielles.

— Qu'appelez-vous des questions essentielles ?

— Pour un million de dollars, je m'attends à ce qu'on demande qui dirige vraiment ce pays, si Dieu existe ou quel était mon visage avant la naissance de mes parents ?

Carla bâilla et arracha sa fille au sofa.

— Nathan, tu as vu *Ring* et *Dark Water ?* demanda Léa qui essayait de jouer les prolongations.

— Qu'est-ce que c'est ?

— Des films de fantômes japonais. C'est trop génial !

— On appelle ça des kwaidan egai. J'en ai vu quelques-uns, moi aussi. Il faudra qu'on en discute, car tu as l'air d'en connaître un rayon.

— Pas ce soir, objecta Carla.

— Et Night Shyamalan, tu connais ?

— Stop, insista Carla qui emmena sa fille intarissable.

Nathan resta avec ses parents près de la cheminée,

abordant mille sujets, sauf l'enquête en cours. Il suggéra à son père d'installer une balançoire dans le jardin pour Jessy, ce qui lui permettrait de s'acquitter de sa dette. Carla redescendit au bout d'une heure. Elle ne trouvait pas le sommeil. Trop tendue. Kyoko lui proposa une tisane, Sam une cigarette et Nathan une place sur le canapé.

— Il faut éviter que l'énergie se bloque dans le corps, dit-il. Enlevez votre pull.

Elle s'exécuta sans réfléchir. Il pétrit ses avant-bras, fit glisser son index au fond de la vallée creusée dans sa nuque sous le cervelet droit et la massa longuement. Il termina en lui frottant doucement la gorge.

— Voilà, dit Nathan à la fin de sa séance, sous l'œil attendri de ses parents. Avec ça, vous devriez bénéficier d'une nuit paisible.

Elle continua à se malaxer la gorge inconsciemment en le remerciant.

— N'abusez pas du massage à cet endroit, cela favorise le développement des seins.

Pour la première fois depuis qu'elle l'avait rencontré, elle le vit sourire. Sam était parti dans un grand éclat de rire tandis que sa mère contenait sa joie de voir son fils faire un trait d'humour ou plutôt un semblant de trait d'humour, car ce qu'il venait d'énoncer n'était pas faux. Ils burent la tisane au cours d'une cérémonie réparatrice et gagnèrent chacun leur lit. En fermant les yeux, Nathan regretta de devoir partir le lendemain matin.

74

Kate Nootak était venue prendre Carla et Nathan à l'aéroport international de Fairbanks. L'Italienne s'était laissée convaincre par Kyoko et Sam de laisser Léa chez eux. Le périple dans lequel elle se lançait était déconseillé à une gamine de 12 ans. En outre, celle-ci s'était très bien adaptée à ces grands-parents tombés du ciel.

— On dirait que les chasseurs de prime ne vous ont pas encore mis la main dessus, railla l'Esquimaude en saluant Love.

— Je me suis transformé en courant d'air. Depuis que vous m'avez annoncé que je vaux sept cent mille dollars, je ne fréquente plus que les aéroports.

— Ce matin, votre cote est passée à un million de dollars. Ce qui est inquiétant, c'est que l'offre n'est plus cantonnée au site de Shintô. Elle est en train de contaminer tous les logins du Net à travers le monde, à la vitesse d'un virus. Mais ce n'est pas tout. Des millions de messages sont envoyés sur les réseaux téléphoniques hertziens pour inciter les possesseurs de mobiles à consulter un site qui vient d'être créé à votre nom et qui donne tous les détails pour votre capture. Même les médias parlent de vous désormais, faisant comme d'habitude le jeu du terrorisme. Regardez !

Elle lui lança un exemplaire du *Fairbanks Daily News* plié en quatre. Sa photo était en première page avec le titre : « Qui est Nathan Love ? »

— Bigre, commenta ce dernier.

— C'est tout l'effet que ça vous procure ? N'importe quel bouseux possédant une arme et une adresse e-mail va se mettre en chasse !

— Carla, si vous voulez empocher un million de dollars, vous savez ce qu'il vous reste à accomplir, confia-t-il à la jeune femme éberluée.

— En tout cas, vous êtes devenu tellement invisible que Maxwell m'appelle tous les jours, dit Nootak. Il vous cherche partout.

Le grand patron était de mauvais poil. Il avait reproché à l'Esquimaude son incapacité à gérer le personnel free-lance.

— Le père Almeda a disparu de la circulation, annonça Kate. Le curé de Fairbanks a soudain eu le mal du pays.

— Il s'est barré au Mexique ?

— En Espagne.

— Un mal du pays qui tombe à pic.

— Cette affaire Lazare est incroyablement tordue. Il faudrait que j'investisse moins d'heures dessus pour me consacrer un minimum à ma vie privée.

— C'est pour ça que je suis là. Brad va bien ?

— Oui. Ma conclusion, c'est que l'Église nous cache des trucs.

— Ce ne serait pas la première fois.

Kate embraya sur Airport Way en bénissant le ciel d'avoir fait un peu le ménage en haut. Les nuages s'étaient volatilisés et même si le froid persistait, la visibilité était à peu près normale pour la saison, en dehors des vingt heures de nuit quotidienne. Elle proposa de déposer Carla dans un hôtel du centre ville. La présence d'une personne extérieure au service lui semblait inopportune dans les locaux exigus de son agence. Nathan souligna que l'aide de la veuve pourrait leur être précieuse :

— Que craignez-vous ? Que Carla s'empare de vos dossiers confidentiels ? Dans ce capharnaüm, même le KGB ne trouverait pas les documents que vous conservez sur la Russie depuis la guerre froide.

Effectivement, son bureau n'allait bientôt plus pouvoir contenir le désordre instauré par Kate. La machine à café avait été reléguée en haut d'une pile de cartons à côté d'une paire de baskets et le téléphone sonnait quelque part sous un tas de fax et de courriers. Kate plongea un bras dans le monticule de paperasses et ramena un combiné.

— Allô ! hurla-t-elle.

— …

— Ah… allô, rectifia-t-elle sur un ton nettement plus mesuré.

— ….

— Il est là, je vous le passe, au revoir monsieur Maxwell.

Nathan tendit un bras au-dessus de Carla pour saisir l'appareil. Maxwell lui balança tout en vrac. Il lui reprocha de n'avoir donné aucun signe de vie, compatit à propos de la fatwa promulguée contre lui et l'informa qu'une équipe était en train de lister les membres de USA2 ainsi que les adeptes de LIFE. Une tâche délicate, étant donné que beaucoup de personnalités haut placées, donc intouchables, appartenaient à cette organisation secrète.

— Kate m'a dit que vous soupçonniez Kotchenk d'avoir éliminé Chaumont il y a un an. Ne vous embarquez pas là-dedans, Nathan. La priorité va à ceux qui ont tué Bowman, Groeven, Fletcher et Mendes.

— Les deux affaires, à un an d'intervalle, sont peut-être liées.

— Interpol a un œil sur Kotchenk.

— Ce n'est pas suffisant.

— Qu'est-ce que vous voulez au juste ?

— Une preuve de sa culpabilité. C'est pourquoi j'ai l'intention de faire un tour du côté de North Slope, dans le cercle arctique, avec l'assistance de Carla Chaumont.

— Je ne suis pas sûr que ce soit une idée brillante.

— Quand j'en aurai fini, j'aurai reconstitué les deux itinéraires de Chaumont et de Clyde Bowman. C'est là que se trouve la clé.

— Nathan, cela fait plus de deux semaines qu'on piétine !

— Où êtes-vous en ce moment ?

— En Chine.

— On se rappelle.

— Qu'avez-vous fait du téléphone portable que je vous ai remis ?

— Je l'ai égaré.

— Procurez-vous en un autre, bon sang, que je puisse vous joindre.

— Je vous appellerai, moi.

Il raccrocha et suggéra à Kate de visionner la vidéo de Bowman.

— Vous me direz ce que vous en pensez.

— Il y a autre chose que je voulais vous signaler, dit-elle. C'est plutôt délicat.

Elle appela Bruce, son stagiaire qui surfait sur Internet dans les six mètres carrés de la pièce contiguë.

— Je vous présente Bruce Dermot. Trois ans de droit, quatre ans d'informatique et un an à Quantico. Il a un truc à vous dire.

Bruce était bardé de diplômes mais son introversion était un handicap sur le terrain. Il mitrailla quelques phrases dont les mots étaient à moitié mangés, reprit son souffle et fit un effort pour être plus clair. Quand Kate lui avait demandé de chercher les coordonnées personnelles de Nathan dans le système informatique du FBI, Bruce avait découvert que la fiche signalétique de Nathan Love avait été transmise aux archives classées « Top Secret ». L'accès en était interdit, à moins d'en posséder les codes. Bruce avait réussi à en percer deux. Il ne lui manquait plus que le troisième, inviolable, jusqu'à ce que, par enchantement, le dossier se déverrouille. Les tentatives répétées de Bruce avaient été repérées sur le réseau et il semblait qu'on lui avait soudain facilité la tâche.

— C'est comme ça qu'on a découvert votre adresse et que vous m'avez vue débarquer chez vous.

— Il n'y a que Maxwell qui possède les trois codes d'accès, signala Nathan.

— Si Maxwell s'amuse à balancer vos coordonnées à tout le monde…

— Le problème, dit Bruce, c'est qu'en ce moment, ce fichier est en train de se répandre sur le Net plus rapidement que tous les virus que je connais.

— Je crois qu'il est temps pour moi de me mettre au vert. Ou plutôt au blanc.

75

Fairbanks manifestait des signes de vie. La population s'était remise à travailler et à s'approvisionner. La température était remontée aux alentours des -20 °C, ce qui permettait de rouler en voiture, de respirer l'air extérieur, de traverser la rue. Les commerçants déblayaient leurs devantures. Les néons clignotaient à nouveau. Carla et Nathan se procurèrent l'équipement nécessaire à une expédition dans le cercle arctique. Vêtements en Gore Tex, réchaud, jerricans de pétrole, boussole, sac à dos imperméabilisé, sac de couchage résistant aux basses températures, double toile de tente, tapis de sol en mousse…

soit à peu près tout ce que Carla avait l'habitude de préparer pour son mari. Le soir, ils fixèrent rendez-vous à Kate au restaurant Yellow Troll. Brad Spencer devait se joindre à eux.

Carla et Nathan arrivèrent les premiers et s'installèrent au bar. L'Italienne plongea ses lèvres nacarat dans un verre bleu de curaçao et fixa Love :

— Qu'est-ce qui vous motive, Nathan ?

— À quel sujet ?

— Tout ça, là ! L'enquête, les risques que vous prenez avec cette expédition, avec Vladimir et tous les chasseurs de prime qui vont se lancer à vos trousses... Je n'arrive pas à cerner votre mobile.

— L'argent. Le FBI me verse trente mille dollars pour résoudre cette affaire.

Elle paraissait déçue. Comme si trente mille dollars ne constituaient pas une raison satisfaisante pour bien faire son boulot. Nathan préférait cependant en rester à cette explication pour ne pas exposer une vérité bien plus désappointante. Car rien ne l'animait, en tout cas rien de plus que ce qui pousse un individu à aller jusqu'au bout d'une partie de Cluedo. À chaque instant, il pouvait décider d'arrêter, sans remords, ni état d'âme. Certes, il s'inventait des stimuli pour faire illusion, tels que la vengeance de la mort d'un ami, les insistances de Maxwell, les prières de Kate, les beaux yeux de Carla, le besoin de se sentir indispensable, la curiosité de savoir qui tirait les ficelles, mais au fond, il était conscient que le jeu n'en valait pas la chandelle, que le monde ne s'arrêterait pas de tourner sans lui et que la vérité était ailleurs, en marge, en lui, trop éloignée des préoccupations de cette jolie veuve.

Carla vida son verre pour se donner le courage de poser la question suivante qui lui brûlait les lèvres violacées par le curaçao :

— Ce que vous avez dit, quand on était dans mon appartement à Nice, vous le pensiez vraiment ?

— À propos de quoi ?

— À propos de moi. Qu'il faudrait être insensible pour s'intéresser à autre chose lorsque l'on est en ma présence.

— Je confirme.

Ses ongles vernis jouaient nerveusement avec le pied du verre vide.

— Vous avez déclaré que l'on peut tomber amoureux de moi en moins d'un quart d'heure !

— Vous avez également une bonne mémoire.

— Vous êtes amoureux de moi ?

— On peut dire ça comme ça.

Elle détourna le regard en rougissant tandis que les clients attrapaient un torticolis en tentant d'imaginer les courbes qu'elle cachait sous son gros pull. Carla semblait ignorer le pouvoir que lui conférait sa beauté.

— Hé bien ! Il faut vous tirer les mots de la bouche, dit-elle.

— Je ne sais pas communiquer avec les gens, sauf dans un cadre professionnel. Quand je m'adresse à eux, c'est pour les interroger. Un autre curaçao ?

— Je veux bien.

Elle en avait besoin pour se détendre, alors qu'une respiration bien réglée, lente et profonde aurait suffi.

— Je peux vous dire un truc personnel, Nathan ?

— On en a déjà pris le chemin.

— La mort de mon mari, il y a un an, m'a plongée dans la solitude. Depuis, seul Vladimir a forcé mon intimité.

— Moi, c'est Maxwell qui a forcé la mienne et je vous garantis que ce n'est pas forcément mieux.

— Se couper du monde n'est pas la bonne solution.

L'être humain n'existe que par rapport aux autres. Sinon, il perd toute sa substance…

— Tiens, en parlant des autres…, dit Nathan.

Kate et Brad venaient d'arriver, emmitouflés dans des anoraks polaires. Au terme des présentations, ils s'installèrent à la table de leur choix, car la salle était loin d'être pleine. Depuis l'accalmie climatique, la population avait paré au plus urgent, mais ne se bousculait pas le soir dans la rue.

— Il n'y a que les étrangers qui osent affronter le blizzard, plaisanta Brad en louchant sur la féminité italienne de Carla et en revendiquant sa nationalité anglaise.

Il ne croyait pas si bien dire, puisque du sang indien et japonais coulait dans les veines de Nathan, tandis que du sang inuit et canadien coulait dans celles de Kate.

— Heureusement qu'il y a peu de monde dehors pour acheter le journal, dit l'Esquimaude.

Elle jeta sur l'assiette de Nathan un quotidien plié sur une page qui relatait l'affaire Lazare. On y voyait sa photo accompagnée du titre : « L'homme qui valait un million de dollars ». L'article était signé Stuart Sewell, une vieille connaissance de Nathan, qui avait consacré un livre à l'affaire Berg. Les droits d'auteurs tirés de son best-seller *Love versus Berg* lui avaient permis de se payer une renommée et une résidence secondaire à San Diego. Fort de ce succès, le journaliste s'était improvisé expert en serial killers et en profiling. Pendant les trois années qui avaient suivi la mort de Sly Berg et la disparition de Love, il avait pondu quelques ouvrages pompeux sur de misérables criminels en mal de notoriété. Tout le monde y trouvait son compte exceptées les victimes. L'affaire Lazare et la réapparition de Love étaient une aubaine pour Sewell. C'était lui qui avait révélé, dans l'Anchorage *Daily*

News, que Love avait rempilé à la suite d'une longue traversée du désert.

— Les médias sont toujours très coopératifs avec les forces du mal, se contenta de dire l'intéressé après avoir lu l'article.

— C'est sûr que les criminels n'ont pas besoin d'attaché de presse, ajouta Brad.

— Il ne faut plus prendre de risque, Nathan, conseilla Carla. Tout le monde sait maintenant que votre mort vaut un paquet de fric.

— Salman Rushdie n'a jamais cessé d'écrire malgré la fatwa qui pesait sur lui, dit Brad. U2 l'avait même invité en 1993 sur la scène du stade de Wembley pour défier les barbus qui avaient mis sa tête à prix.

Kate embraya sur l'enquête, sans cacher quoique ce soit à Carla et à Brad. Le sujet les concernait puisqu'ils avaient perdu tous les deux un conjoint dans le drame.

— Je me suis usée les yeux sur la vidéo de Bowman et j'en conclus qu'il faut interroger Almeda au plus vite. J'ai mis Interpol sur le coup.

— C'est tout ce que vous en avez déduit, s'étonna Nathan.

— Après Jésus et Lazare, Chaumont serait le troisième homme à avoir effectué un aller et retour dans l'au-delà.

— Cela me paraît important comme information. À part que Lazare est revenu parmi les vivants sans délivrer de message.

— Si l'on en croit Chaumont, ce qui nous attend après la mort n'a pas l'air très réjouissant.

— Selon ses propres mots, il n'y a pas d'au-delà. Le paradis et l'enfer n'existent que dans notre conscience. Une conscience qui subsiste un certain temps après le décès clinique et qui nous renvoie à la figure nos péchés et nos bonnes actions.

— En gros, tout se passe dans notre tête avant le retour au néant, dit Brad.

— Le retour au vide, au cosmos, dit Nathan.

— Ce qui voudrait dire qu'en ce moment des millions de cadavres impies encore chauds, y compris celui de Tatiana, sont en train de hurler leur détresse en silence.

— Ce message est contraire à celui de Jésus, dit Carla.

— Qui croire ? Jésus ou Étienne ? demanda Brad.

— La réponse ne nous donnera pas le nom de l'auteur du massacre, dit Kate.

— Détrompez-vous. En filmant la résurrection d'Étienne, Bowman visait peut-être autre chose qu'une réponse eschatologique.

— Quoi, alors ?

— C'est ce qu'il faudra demander au père Almeda. Le curé sait des choses. Son brusque retour en Espagne tendrait à le confirmer.

— Pourquoi perdre votre temps avec cette expédition dans le Nord ?

— En attendant qu'Interpol localise Almeda, je finis de creuser la piste du mari de Carla. Ses dernières heures contiennent une part de vérité qui pourra sûrement compléter les révélations du prêtre espagnol.

— Vous ne démordez pas de la piste Chaumont-Bowman, hein ? fit Kate.

— Mon intuition est la bonne.

Il préférait résumer son travail, son expérience, sa sagacité, son sixième sens, par le mot “intuition” qui banalisait ses mérites.

— Qu'est-ce qui vous rend si sûr de vous ?

— Le montant croissant de la prime offerte pour m'abattre atteste que je suis sur la bonne piste.

76

— **Ne vous arrêtez pas!**

L'ordre envoyé par Nathan fit sursauter Kate qui leva le pied du frein devant le Westmark Hotel.

— Vous avez changé d'hôtel ? demanda-t-elle.

— On est suivis.

— Vous plaisantez ?

— Vous avez une piètre opinion de mon sens de l'humour, Kate.

L'agent fédéral accéléra sur le verglas qui nappait l'asphalte, zigzagua et bifurqua dans la cinquième avenue. Elle actionna les essuie-glaces. La neige se remettait à tomber. Le véhicule qui était derrière eux continua tout droit.

— Je crois que vous vous êtes gouré, dit Kate.

— Faisons le tour du quartier. Je vous parie qu'une Jeep Cherokee grise, immatriculée 872 FGD, va réapparaître dans le rétroviseur.

Ses prévisions s'accomplirent au bout de quelques minutes, devant la mairie.

— Qu'est-ce qu'on fait ? demanda Kate.

— Roulez vers le coin de la ville où il y a le plus de circulation.

Elle se dirigea vers Cowles Street et vira à droite.

— Vous avez un cric ? demanda Nathan.

— Euh, oui, dans le coffre. Pourquoi ?

Il lui intima de s'arrêter, bondit dans la neige, fouilla sous la roue de secours et dégotta un cric neuf. Puis il remonta et pressa Kate de redémarrer.

— Doublez la camionnette devant vous et stoppez au prochain carrefour, même si le feu est vert.

Par chance, le signal passa au rouge. La Jeep Cherokee

laissa une Ford s'intercaler entre eux, tandis que, conformément aux attentes de Nathan, la camionnette qu'ils avaient dépassée fermait la marche. Carla, Kate et Brad sentirent la température dégringoler d'une vingtaine de degrés et des flocons de neige envahir l'habitacle, avant de s'apercevoir que Nathan s'était précipité vers la Jeep, coincée dans la file de véhicules.

— Restez là, commanda Kate aux deux autres passagers.

Elle se rua à l'aveuglette dans le sillage de son partenaire qui avait ferré par la cravate le conducteur de la Cherokee, dont le buste avait traversé la vitre pulvérisée sous l'impact du cric. Ce fut en tout cas ce que déduisit l'agent fédéral, car tout s'était déroulé très vite. Love interrogeait l'homme couvert d'éclats de verre et de flocons de neige. L'autre passager contournait le capot pour porter secours à son copain, lorsqu'il buta sur le Magnum 357 de Kate.

— Putain, déconnez pas, on est du Bureau, nous aussi! beugla le collègue en levant les mains.

Le conducteur confirma en hochant une trogne grimaçante. Nathan l'arracha au véhicule comme un clou à une planche. Devant la brutalité de la scène, le chauffeur de la camionnette n'avait pas bougé. Kate lui fit signe de circuler, ainsi qu'au conducteur de la Ford, en montrant son insigne. Les deux employés du FBI, faces collées au capot, déclinèrent leur identité. Ils dépendaient tous les deux de l'agence fédérale d'Anchorage.

— C'est Weintraub qui vous a chargés de nous filer?

— On ne fait qu'obéir aux ordres.

— Quels ordres?

— Ne pas vous lâcher d'une semelle... enfin, surtout vous, monsieur Love.

— Pourquoi?

— Pour assurer votre sécurité.

Kate s'esclaffa :

— Weintraub vous a dépêchés ici pour jouer les nounous ?

— C'est cela. On ne devait intervenir que si M. Love était en danger.

— N'importe quoi.

Nathan suggéra une explication :

— Les ordres viennent de plus haut. Weintraub n'est qu'un intermédiaire. Il obéit.

— Le Bureau aurait peur pour vos fesses à cause de la fatwa, demanda Kate.

— Une petite visite à Maxwell va bientôt s'imposer.

— Est-ce qu'on peut se relever ? geignit l'un des deux agents. Le capot de la Jeep commence à geler.

Nathan les laissa se redresser. Ils récupérèrent leurs insignes.

— Continuez à exécuter votre mission. Faites réparer cette vitre et soyez plus discrets. Demain, je quitte la ville et là où je vais, vous ne pourrez pas me suivre. Vous vous mettrez alors à la disposition de l'agent Nootak.

— Mais... ! rétorqua l'un des deux agents.

— Vous préférez que j'informe Lance Maxwell que vous avez foiré votre filature à la con ?

Fin de la discussion. Les deux fédéraux remontèrent sans broncher dans leur 4x4, tandis que Kate et Nathan rejoignirent Carla et Brad, morts d'inquiétude.

— Vous y êtes allé un peu fort, non ? commenta Kate en s'installant à nouveau derrière le volant.

— Je savais qu'on nous filait, mais j'ignorais de qui il s'agissait. Si ces types avaient été ceux que Carmen Lowell a rencontrés, nous aurions sûrement eu plus de mal à les appréhender.

Nathan évacua aussitôt de son esprit la vision du

corps compressé de la jeune femme. Cinq minutes plus tard, Kate s'arrêta devant le Westmark pour y déposer Carla et Nathan.

— Vous êtes sûr que c'est bien utile cette virée dans le Nord, Nathan ? demanda Kate.

— Pour l'instant, on tâtonne, on suit nos intuitions. On n'en est pas encore au raisonnement.

— Faites attention à vous quand même. Ne tâtonnez pas trop longtemps dans le brouillard givrant. Certains y ont laissé plus que les doigts.

— J'essaierai de ne pas rentrer bredouille.

— Vous savez ce qu'on dit chez nous ? Quand on rentre bredouille de la chasse, c'est que la nature est mécontente.

— Chez les Navajos aussi. À bientôt, Kate. Et vous Brad, veillez sur elle.

— Comme sur ma basse, chef !

Nathan descendit du véhicule avec Carla, en lorgnant sur la Cherokee à la vitre brisée qui venait de se garer le long du trottoir, en face. Ils pénétrèrent en vitesse dans le hall surchauffé de l'hôtel.

— J'espère que la nature ne sera pas trop mécontente, demain, dit Carla dans l'ascenseur, faisant écho au dicton de Kate.

— Si je rentre bredouille, cela signifie au moins que je rentre vivant.

— J'ai eu peur ce soir, Nathan.

— La peur est un signal d'alarme. Sa fonction est d'adapter à son environnement l'individu qui l'éprouve. C'est une bonne chose.

— M'adapter ? Je n'ai rien fait pour…

— Je ne vous en ai pas donné l'occasion. Vous n'avez été effrayée qu'après coup. C'est une autre facette de la peur, plus pernicieuse, dont il faut vous servir pour renforcer votre sentiment de sécurité.

— Et vous, sur le coup, vous avez eu la trouille ?

— Seulement avant. J'avais anticipé le déroulement de la scène. Je me suis servi de la peur, du stress si vous préférez. Les substances chimiques sécrétées par la peur ont dopé mon cerveau et m'ont permis de percevoir tout ce qui m'entourait, d'être attentif à la moindre information, d'effacer les zones d'ombre et donc de ne plus éprouver aucun sentiment de peur. Au lieu d'aller "contre", je suis allé "avec" je suis devenu la situation. La peur avait effacé la peur.

— Un peu trop intello votre truc.

— Ce n'est pas l'intellect qui gère la peur. Ce sont les amygdales du cerveau, l'hippocampe, l'hypothalamus, le système neurovégétatif.

— Le système quoi ?

Les portes de l'ascenseur s'écartèrent devant le visage perplexe de Carla.

— Chacun d'entre nous est commandé par deux systèmes nerveux, le cérébro-spinal relié au cortex et sur lequel notre volonté peut influer, et le neurovégétatif relié aux centres internes du cerveau, qui est autonome. On ne peut pas agir sur ce dernier consciemment. Il contrôle nos émotions, notre métabolisme, la digestion, le sommeil. Son équilibre conditionne la santé du corps et de l'esprit.

Nathan s'aperçut que Carla se retenait de bâiller.

— Je continue mon cours de bio-psychologie appliquée ?

— Après une telle journée, je n'aspire qu'à téléphoner à ma fille et à me coucher.

— J'appelle mes parents.

Ils entrèrent dans la chambre de Nathan. Au téléphone, il tomba sur son père qui le rassura aussitôt. Les enfants avaient bien dîné et n'éprouvaient aucune envie d'aller au lit.

— Tu peux me passer Léa, papa ?

Il tendit le combiné à Carla qui écouta longuement sa fille avant de lui prodiguer les multiples recommandations qu'elle avait en tête.

— Léa s'entend bien avec Jessy, fit-elle remarquer à Nathan après avoir raccroché. Elles ont sculpté une poupée avec votre père.

— Tout va bien alors. Papa a enfin trouvé à qui transmettre son art. La relève est assurée.

— Merci pour votre sollicitude.

Elle l'embrassa sur la joue et sortit dans le couloir.

— Demain, une dure journée vous attend. Vous avez intérêt à vous reposer.

Pendant quelques secondes, Nathan se demanda comment se serait terminée la soirée s'il n'avait pas eu à se coucher tôt. Il referma sa porte avec regret, jeta un coussin par terre et s'assit dans la position du lotus. Sa respiration redevint naturelle. Expiration longue, puissante et calme, exerçant une poussée vers le bas, suivie d'une inspiration automatique. Il contrôlait inconsciemment le fameux système neurovégétatif dont il avait parlé à Carla, inaccessible par la volonté, la foi ou la connaissance. Par za-zen, Nathan retrouva le rythme originel de ses fonctions biologiques, la sagesse de son corps, la santé de son esprit.

Puis l'énergie infinie de l'univers pénétra son corps.

77

Si za-zen conditionnait chez Nathan sa recharge en énergie, le sommeil y contribuait également. Ses cellules, hyperactives le jour, devaient pendant au moins une partie de la nuit être réceptives à la vie extérieure. En engrangeant ainsi suffisamment de force, il pouvait même se dispenser de manger. Durant ces moments-là, son ouïe était donc plus sensible. Ce qui lui permit, à 2 h 04, de déceler un bruit. Feutré avant d'être étouffé, suivi par un silence anormal et un déplacement d'air.

Nathan glissa le traversin sous les draps et roula à terre. Il détecta le reflet d'une arme blanche dans la vitre suivi par l'ombre d'une lame dentelée sur le mur. Avant l'affrontement, il savait qu'il avait affaire à un homme seul, un chasseur, motivé par la prime. Il s'identifia à l'étranger, vit à travers ses yeux, progressa par la pensée dans la pénombre avec lui, en direction du lit. Le couteau s'éleva avant d'aller se planter dans la plume d'oie. Au-même instant, Nathan se dressa en rotation devant son adversaire et lui décocha un coup de pied gauche circulaire qui l'étala le long de l'édredon. Tout en maintenant sa jambe gauche contre le visage de l'inconnu, il ramena sa jambe droite en travers du lit, saisit à deux mains le bras armé et se laissa retomber en arrière, sur le sol. Avant d'atterrir sur la moquette, il entendit un craquement de coude et un hurlement. Nathan se releva face à un géant recroquevillé autour de sa luxation et pleurant comme un bébé. Il ramassa le couteau, enfila un pantalon et une chemise, s'assit au chevet du chasseur qui gémissait et se contorsionnait. Ce dernier portait un treillis militaire kaki, des rangers cirées et un catogan. Love interrompit les jérémiades :

— Je te remettrai le bras en place lorsque tu m'auras dit qui tu es et ce que tu fous ici.

On frappa à la porte. Il alla ouvrir. Carla était pieds nus sur le seuil, habillée d'une parka. Elle avait entendu les cris.

— Je croyais qu'il vous était arrivé malheur.

— Je contrôle la situation, allez vous recoucher Carla.

Elle se hissa sur la pointe des pieds et prolongea son regard au-delà de l'épaule de Nathan.

— Qui est-ce ?

— J'étais en train de le lui demander quand vous vous êtes pointée.

Un client de l'hôtel montra son faciès chiffonné avant de réclamer le silence. Nathan happa Carla vers l'intérieur, constatant au passage qu'elle était nue sous la parka. L'agresseur s'était tu mais la souffrance le défigurait au point qu'il était difficile de savoir à quoi il ressemblait en temps normal.

— Tu vas remporter le concours de grimaces si tu ne me dis pas qui t'a envoyé me supprimer.

— La prime ! C'est pour la prime. Putain, appelez un toubib !

— Tu es un chasseur. Et plutôt que d'aller dépecer un grizzli, tu as pensé à moi et au million de dollars offert sur Internet, c'est ça ?

— Puisque vous savez tout, qu'est-ce que vous me faites chier ?

— Tu cherches à me tuer et c'est moi qui te fais chier ? Tu veux qu'on inverse les rôles ?

Abandonnant Carla dans l'entrée, il s'avança vers lui, empoigna le catogan et tira les cent kilos de trappeur vers une chaise.

— Ton nom ?
— Don Mulhoney.
— Bon, bouge plus, Don.

Il cala son genou gauche contre l'épaule droite du gaillard et tira d'un coup sec sur le bras luxé. Un hurlement plus tard, le type n'avait plus rien.

— Ça va mieux ?
— Ouais. Comment avez-vous fait ?
— Je t'expliquerai un jour, si on sympathise. En attendant, je voudrais en savoir un peu plus sur toi. Tu veux boire quelque chose, une aspirine, une bière ? J'ai un mini-bar à ta disposition.

Don descendit une mignonnette de vodka et une autre de bourbon avant de passer aux aveux. Nathan servit un verre d'eau à Carla qui se faisait discrète près de la porte. Don Mulhoney était effectivement un chasseur. L'offre d'une prime d'un million de dollars sur la tête de Love avait fait le tour des bars de Fairbanks où les trappeurs éclusaient en attendant de meilleures conditions climatiques pour enfourcher leur scooter des neiges ou monter sur leur traîneau. Nathan Love constituait un gibier facile à traquer et surtout doté d'une valeur marchande alléchante. D'habitude, au nord de Fairbanks, la peau d'un être humain n'avait pas plus de valeur que celle d'un grizzli.

— Vous savez ce que c'est que d'aller placer des pièges par – 50 °C, vous ?
— Non, et franchement, je m'en tape. D'où est partie la rumeur sur la prime ?
— Du Fairbar. Ils refilent des tracts avec votre photo à tous ceux que ça intéresse. Tenez, j'en ai un dans la poche.

Mulhoney piocha un papier froissé dans son treillis. Le tract ressemblait à ces affiches collées autrefois sur les murs de l'Ouest américain et destinées aux chasseurs de prime. Le montant de la somme offerte à celui qui aurait la peau de Nathan Love apparaissait au-dessous de sa photo, la même que celle qui se baladait sur le Net. En légende, il y avait quelques informations sur ses caractéristiques physiques, son adresse ainsi que les derniers endroits qu'il avait fréquentés. Tout en bas figurait l'adresse du site Web pour obtenir des informations complémentaires, y compris la marche à suivre pour encaisser le million de dollars. Ted Waldon avait fait du boulot efficace. Soucieux de se débarrasser d'un type qui semait la zizanie dans son business, il avait transformé son établissement en relais d'information.

— Tentative d'assassinat sur un agent fédéral, vous savez combien ça rapporte en années de prison ?

— Vous êtes un agent fédéral ?

— Vous croyiez que j'étais coiffeur ? Ou barman peut-être.

L'homme baissa son menton sur sa poitrine en guise de résignation.

— Il y a peut-être un moyen d'éviter la taule.

— Ah ouais ?

— J'ai besoin d'avoir des renseignements sur les amateurs de safari huppés, venus de loin pour se payer une espèce animale en voie de disparition.

— C'est tout ?

— Non. Donnez-moi votre carte de crédit.

— Qu'est-ce que vous allez en faire ?

— J'ai besoin d'une caution.

Nathan recrutait pour Kate Nootak. Il mettait à son service ce qui lui tombait sous la main. D'abord les deux agents envoyés par Weintraub, puis maintenant Mulhoney qui pouvait être utilisé comme indic. Il n'aurait qu'à se présenter le lendemain au bureau de Kate. Nathan regarda sa montre, compta le peu de temps qui lui restait à dormir, renvoya Carla et descendit dans le hall. Il repéra un distributeur de billets et tira le maximum avec la carte de Mulhoney.

— Je garde tout, la carte et les mille dollars. Je vous les rendrai quand l'agent fédéral Nootak m'aura fait part de votre coopération.

Le type protesta, mais il n'avait pas le choix. Il jugea seulement que les méthodes du FBI n'avaient rien à voir avec ce qu'il avait l'habitude de voir au cinéma.

78

Le Cessna se rapprocha du 70e degré de latitude nord. Depuis qu'il avait décollé de Barrow, il volait à basse altitude. Aucune route, aucun point coté. Difficile de se repérer. Les cours d'eau et les lacs étaient recouverts de blanc. Et d'obscurité. Le soleil ne se montrerait pas dans le coin avant la fin janvier. Sous l'appareil défilait dans la pénombre la vaste plaine côtière arctique. La fameuse North Slope. Un espace vierge, marécage glacé prolongé par la mer de Beaufort, aussi dure qu'une patinoire. Le tout nappé de brouillard ou de blizzard. En dehors du mois d'août, ici, c'était l'hiver. Ou plutôt l'enfer.

Pourtant, la North Slope s'avérait être un pays de cocagne. Un écosystème immensément riche peuplé d'ours polaires, de bœufs musqués, de caribous, d'Inupiats et d'Indiens Gwich'in. En creusant un peu plus, on tombait sur les gisements de pétrole et de gaz convoités par les multinationales. Ici, l'or noir coulait à flots. Dans la précipitation, on en renversait même à la surface, via l'Exxon Valdez.

Plus que quelques minutes de vol.

— Vous êtes sûr que c'est utile ? demanda Carla.

Elle était inquiète.

— Au moins autant que la tentative de votre mari, il y a un an.

Le pilote, Ned Perry, qui travaillait pour la Union Oil Company à des fins de prospection pétrolière, était du genre chevronné. Il amorça un atterrissage en douceur sur la banquise, sans couper son moteur et en pressant Nathan car l'appareil risquait de rester cloué. Love sauta à terre, adressa un clin d'œil à Carla et disparut dans la nuit. Il s'était fixé pour mission de reconstituer l'itinéraire d'Étienne Chaumont. De trouver un indice, un élément qui n'était pas à sa place. De se mettre surtout dans la peau du Français au seuil de sa mort.

Il vit les lumières de l'avion s'éloigner et imagina le regard anxieux de Carla derrière le hublot. Elle le récupérerait trois jours plus tard, plus au nord, à cinquante kilomètres exactement au sud de Barrow, là où le corps de son mari avait été retrouvé par Bowman. Il disposait de deux fusées de détresse pour signaler sa position. Les prévisions météorologiques étaient favorables. Peu de risque de blizzard dans le secteur. Un léger brouillard. Une température de seulement – 45 °C.

Un vaste désert gelé s'étalait autour de lui. Lorsque le soleil daignait éclairer l'endroit, il y avait de quoi nettoyer tous les regards pollués des citadins du monde. Plus que la mer ou le désert, la banquise immobile, immuable, immense, immaculée, symbolisait le vide. Aucun panorama ne pouvait mieux exprimer le zen. Une page blanche sur la planète, un sanctuaire des origines. Le froid et la nuit avaient expulsé les hommes vers des contrées plus accueillantes qu'ils avaient colonisées jusqu'à parfois ne plus accorder de place au milieu naturel. C'était sur ces terres de plusieurs millions de kilomètres carrés que Nathan espérait détecter une trace de Chaumont. A priori, cela relevait du miracle.

Généralement, les paysages n'ont pas de mémoire et sont indifférents à ce qui se déroule en leur sein. Combien de scènes de crime Nathan avait sondées sans obtenir une réponse du site qui avait tout vu! Il ne pouvait compter que sur les erreurs des criminels, des failles humaines. La nature complice escamotait les preuves et il fallait faire vite avant que les indices oubliés par le coupable ou sa victime ne soient effacés par le temps, le vent, la pluie. Les cadavres que l'on ne trouvait pas rapidement se décomposaient et se mêlaient au sol. En ce qui concernait l'Alaska, c'était différent. La banquise avait une excellente mémoire. Rien ne se transformait, tout se conservait. Un véritable congélateur. Un témoin infaillible. Elle seule avait vu Chaumont un an auparavant. Il fallait donc l'interroger.

79

De retour à Barrow, Carla prit la mesure de la galère dans laquelle elle s'était embarquée, à des milliers de lieues de Léa qu'elle appelait deux fois par jour. L'Italienne avait échoué au milieu des Esquimaux, dans un bled enfoui sous la nuit polaire avec pour seule attraction une mer de glace et une plage noire balayée par le blizzard.

Elle avait rendez-vous dans un bar de la ville avec Rick Takeeta, l'indic de Kate Nootak. Rick appartenait à l'importante communauté inupiat qui vivait à Barrow et qui constituait la branche occidentale du peuple inuit. Kate le rémunérait en liquides, versés sur le zinc encombré du Triple B. Bien qu'il fût alcoolique, l'Inuk était OK En tout cas, il était l'intermédiaire idéal si on voulait communiquer avec la population locale, peu expansive avec les rares étrangers. Carla devait lui soumettre la liste non exhaustive des trappeurs de Barrow dressée par Don Mulhoney à la suite de son irruption dans la chambre de Nathan.

Elle serra sa capuche et traversa la rue en direction du Triple B. Une chaleur torride régnait à l'intérieur. Elle se débarrassa de sa parka, ce qui fit se retourner les visages rougis par le poêle trônant au milieu de la salle. Des sifflets fusèrent, des sourires s'étirèrent, des gerçures craquèrent, un bras se leva. Ce dernier appartenait à un escogriffe inupiat qui semblait collectionner les verres vides. Il y en avait au moins une demi-douzaine sur sa table.

— Vous êtes Rick Takeeta ?

— Appelez-moi Tak, madame Chaumont.

Inutile de lui demander comment il l'avait identifiée, car elle était la seule femme dans le bar.

— Vous prenez quelque chose ?

— Non.

— Deux vodka tonic ! commanda-t-il.

— Je ne veux rien, je vous ai dit.

— Je sais, c'est pour moi.

— L'agent Nootak m'a expliqué que vous pourriez m'aider.

Elle attendit une réaction de sa part, mais Takeeta demeura impassible.

— Ce n'est pas le cas ?
— Quel cas ?
— Que vous pouvez m'aider.
— Tout dépend de ce que vous allez me demander.
Elle lui parla des menaces de mort à l'encontre d'Étienne et des chasseurs qui considéraient son mari comme leur bête noire. L'un d'eux aurait donc pu l'abattre. Carla lui montra la liste établie par Mulhoney. Rick la lut et but. Carla s'impatienta :
— Il y en a que vous connaissez là-dedans ?
— Hum.
Elle supposa qu'il avait répondu par l'affirmative.
— Lesquels ?
— Tous, sauf un.
— Lequel ?
Il posa son doigt sur un nom : Patrick Hoover.
— Il se peut que mon mari ait été assassiné, il y a un an, par l'un de ces types.
Takeeta descendit un verre et la laissa continuer. Mais Carla ne savait plus quoi dire.
— Vous avez une idée ?... L'un de ces trappeurs aurait-il pu tuer Étienne ?
Au bout d'une longue minute, Tak décida de s'exprimer :
— Je ne chasse plus depuis longtemps.
Carla se leva en le remerciant et se promit de ne plus avoir affaire à cet individu lymphatique qui truffait de blancs la conversation.
— En revanche, je peux vous emmener voir l'un d'eux, ajouta l'Esquimau.
Au volant d'un vieux pick-up, Tak la conduisit jusqu'à un chalet construit avec des troncs d'arbres, qui détonnait au milieu des immeubles en verre et des huttes en terre. La cheminée crachait une épaisse fumée.

— Vous avez de la chance, Doug Travis est chez lui.

Travis était sur la liste de Mulhoney. Plusieurs véhicules étaient garés devant chez lui. La visite de Rick et de Carla était impromptue, mais Travis sembla ravi de voir l'Esquimau et les fit entrer. L'intérieur correspondait à ce qu'Étienne avait décrit à Carla en parlant des foyers alaskiens. Les murs de rondins étaient couverts de trophées, têtes de morses, de caribous, d'orignaux et cervidés en tout genre. Un ours géant empaillé se dressait sur son socle dans un coin de la pièce principale. Les fauteuils et les canapés étaient couverts de peaux et de fourrures sur lesquelles des invités avaient posé leurs fesses : un couple avec un enfant et un autre homme. Au terme de présentations sommaires, Carla comprit qu'il s'agissait de clients pour un safari. Travis s'excusa auprès de ses hôtes et proposa aux nouveaux venus de le suivre jusqu'à son bureau. Des renards et des marmottes figés dans des postures d'attaque décoraient la pièce.

Rick brossa la situation le plus franchement possible, telle que la lui avait exposée Carla, sans montrer la liste de Mulhoney. Travis alluma un cigare et se répandit dans son fauteuil en arborant un sourire sardonique.

— Tu crois qu'un trappeur aurait voulu accrocher la tête du Frenchy sur son mur ?

— Le Frenchy, c'était son mari, précisa Tak.

L'annonce fit l'effet d'une douche froide. Le type écrasa son cigare nauséabond dans un cendrier en forme d'igloo, s'excusa et employa un ton nettement plus diplomatique.

— Je connais pas mal de collègues dans le coin. Ils n'auraient pas commis une chose pareille. Des écolos, d'ailleurs, on en voit rarement car ils ne montent pas jusqu'à Barrow. Et puis, quand bien même, on se moque de l'avis des gens de la ville qui viennent défendre une nature à laquelle ils ne comprennent rien. Et encore, je reste poli, eu égard à madame. Nous, on tue pour vivre. Pas pour le plaisir.

Carla et Tak le laissèrent déblatérer son discours foireux en faveur de la chasse et le remercièrent. Sur le seuil de la porte, l'Italienne lui adressa la parole pour la première fois :

— Vous connaissez Patrick Hoover ?

Le seul nom de la liste dont Takeeta n'avait jamais entendu parler.

— Hoover n'est pas un trappeur. C'est un trafiquant. Il fait venir des huiles friquées pour tirer sur des espèces protégées. Rien à voir avec mon activité. Je suis désolé, mais il y a des gens qui m'attendent.

En remontant dans le pick-up, Carla pensa que sous ses airs de lémurien apathique, Rick l'avait aiguillée en moins de deux heures vers un suspect.

80

Cerné par un silence indicible, Love avait dormi quelques heures dans sa tente à double épaisseur près du réchaud à pétrole. Puis il avait repris sa marche entre la neige et la nuit indélébile, une boussole dans une main, une lampe torche dans l'autre. Sous ses semelles, la terre était gelée jusqu'à une profondeur de trois cents mètres. Le froid avait engourdi ses pieds, mais à l'autre extrémité de son organisme, le cerveau commandait encore. Une règle des budô qu'il mettait toujours en application pour une efficacité optimale. Chaumont aussi devait avoir une méthode. Cet explorateur des limites physiques et mentales de l'être humain en avait forcément une pour accomplir ses multiples expéditions en milieu hostile. Ses réalisations intérieures nécessitaient des ressources hors du commun. Où puisait-il l'énergie ? Une énergie permettant de réaliser l'union de l'esprit et du corps. Une énergie obéissant au premier pour pouvoir contrôler le second dans la pire des situations.

L'énergie originelle.

Il n'y avait que ça. Celle contenue dans l'univers et dont chaque être humain est une émanation. Tant qu'elle existe, la vie continue. Si elle disparaît, c'est la mort. Nathan l'appelait ki. Elle revêtait probablement un autre nom chez Chaumont. Le Français avait tout fait pour ne pas la perdre. Cette quête d'éternité lui évoqua les taoïstes chinois qui avaient inventé l'art de prolonger l'existence terrestre et certains d'entre eux réussirent à pénétrer vivants dans la mort. La technique repose sur une longue et complexe ascèse aboutissant à une telle purification que l'individu redevient une puissance originelle, indépendante du temps et de l'espace, donc infinie. La personne parvenue à ce stade de communion cosmique est appelée chen jen ou « être parfait ».

Chaumont était-il devenu un chen jen ?

Son détachement l'avait sûrement conduit à un état élevé de conscience. Le renoncement au confort matériel et la recherche d'une symbiose avec un environnement purificateur lui avaient ouvert la voie. Étienne avait inventé un art proche de celui des taoïstes, quelque part aux confins de l'Alaska, dans le limbe de notre planète. Ce fut à cette conclusion que Nathan arriva, au terme de sa deuxième journée de marche.

Une journée sans aucune trace tangible du passage de Chaumont.

Il venait de poser son sac à dos lorsqu'il perçut un son. Sur la banquise, on retrouvait l'acuité des sensations éprouvées par des organes affinés. Dans ce vide environnant, rien ne pouvait lui échapper. Ses sens, aussi affûtés que ceux du loup, étaient capables de détecter un geste ou une transpiration à plus d'un kilomètre. Le bruit descendait du ciel.

Un moteur.

Carla, en avance d'une journée ? Y avait-il un rebondissement dans l'enquête ? Non. Le vrombissement n'était pas celui du Cessna.

Un projecteur l'aveugla. Des projectiles l'assourdirent. Les tirs en rafale crépitèrent et cisaillèrent la glace autour de lui. Sur cette patinoire sans fin, il n'existait aucun abri derrière lequel se protéger. Nathan ramena le sac à dos devant lui, levant ce bouclier dérisoire face aux balles meurtrières. Il sentit les impacts qui repoussaient le paquetage contre sa poitrine. Il ne tiendrait pas longtemps.

Il chercha alors à devenir la situation.

Du haut de l'appareil qui battait le sol en neige et achevait de brouiller la visibilité, on se mit à lancer des roquettes. La première explosion propulsa Nathan en arrière et entailla la banquise jusqu'à une rivière souterraine. Il se releva aussitôt sous les retombées glacées et plongea. Entre périr d'une balle maintenant ou de froid dans deux minutes, il avait opté. Jusqu'à aujourd'hui, il avait toujours eu à choisir entre la vie et la mort, sans tergiverser. Là, c'était la première fois que le choix se limitait à la mort. Immédiate ou imminente. Il s'était octroyé un sursis. « Ne pas accepter de souffrir est mauvais. Un principe qui ne souffre aucune exception », professait le *Hagakuré*.

Le choc fut foudroyant au contact de l'eau glaciale.

Nathan leva les bras et s'accrocha au rebord pour ne pas être happé par le courant souterrain. Il ramena son visage à l'air libre pour respirer, la bouche grande ouverte. La rivière était en train de le paralyser avant de l'avaler. Sa température interne dégringolait de façon vertigineuse. Ses gants mouillés étaient déjà soudés au permafrost. Il les ôta, se hissa, rampa et se traîna sur plusieurs mètres. Seule sa vue était opérationnelle. L'hélicoptère s'était posé. Des silhouettes emmitouflées de noir ratissaient le secteur, arborant des armes automatiques qui scintillaient sous le projecteur de l'appareil. Un homme examinait le trou d'où il venait d'émerger. Pourquoi ce type ne le voyait-il pas ? Nathan comprit que la neige avait enrobé ses vêtements trempés. Du blanc sur blanc. Il analysa son environnement immédiat. L'hélice tournait à vitesse réduite au-dessus de quatre individus qui scrutaient les lieux balayés par le gigantesque faisceau lumineux. Le plus proche était celui posté près de la crevasse. Ayant recours à une technique du viet vo dao, Nathan bondit les jambes en avant et d'un ciseau autour du cou, fit basculer l'homme dans la rivière. Le courant l'engloutit avec son arme en moins d'une seconde. Nathan se releva d'une roulade, sprinta vers son paquetage imbibé de pétrole, s'empara de deux fusées de détresse et en tira une en direction de l'hélicoptère. L'engin décolla sous une gerbe d'étincelles en soulevant un tourbillon opaque. Au sortir de l'épais nuage, la pointe de l'autre fusée qu'il brandissait se retrouva devant les lunettes d'un agresseur encapuchonné. La détonation se transforma instantanément en explosion, la capuche en boule de feu et le soudard en torche vivante. Interloqués par la scène et surtout par la tournure des événements, les deux autres complices marquèrent un moment d'hésitation.

Juste ce qu'il fallait à Nathan pour arracher l'AK 47 au brasier, plonger à terre et arroser l'espace à l'aveuglette, à ras du sol pour être sûr de faire mouche. Tout en roulant sur lui-même, il vida le reste du chargeur sur l'hélicoptère, pulvérisant le projecteur aux quatre coins de la banquise. Sans vérifier si ses cibles étaient détruites, il s'immobilisa. Il lui restait très peu de temps avant de périr.

81

Kate ouvrit le dossier de Patrick Caldwin qu'elle essayait d'étoffer depuis son entrevue avec Chester O'Brien. La première victime des professeurs Groeven et Fletcher, en 1996, s'avérait être le cobaye idéal. Né dans une ferme du Wisconsin, orphelin à l'âge de 3 ans, élève médiocre, il avait fui à 18 ans le Middle West pour le grand Nord, en quête d'un boulot bien payé qui ne requérait pas de diplôme. Un emploi dans le complexe pétrolier de Prudhoe Bay constitua sa première expérience professionnelle. Au bout de six mois, il démissionna et alla dépenser ses gains conséquents en Californie. Fauché, il rappliqua à Anchorage pour y trouver un nouveau job. Selon l'agence locale pour l'emploi, il aurait postulé auprès des sociétés pétrolières de la ville un mois et demi avant sa mort. Sans succès. À partir de là, plus aucune trace de Caldwin. Kate laissa dériver son imagination pour compléter la biographie. L'individu avait probablement entendu parler de la prime offerte par les Drs Fletcher et Groeven pour jouer les cobayes. Une aubaine pour Caldwin qui avait imaginé là un moyen de se remettre à flot rapidement. Une aubaine aussi pour les scientifiques, disposant d'un volontaire sans famille ni attache. L'expérience ayant tourné au désastre, USA2 fit pression sur le chef de la police, feu le capitaine McNeal, pour qu'il camoufle la bavure. Vu le pedigree de la victime, l'escamotage fut une simple formalité.

Kate referma la chemise cartonnée et dégourdit ses membres jusqu'à la fenêtre. Maxwell ne lui avait toujours pas livré le moindre nom d'un membre de USA2 à interroger. Dehors, les deux employés de Weintraub luttaient contre le froid dans leur 4x4. Autant se servir d'eux. Elle envoya Bruce les chercher.

— Vous retournez à Anchorage, annonça-t-elle aux deux fédéraux.

— On ne doit pas vous quitter d'une semelle.

— Ça tombe bien, j'y vais aussi.

L'idée de Nootak était d'aller rendre une petite visite aux compagnies pétrolières qui avaient reçu le curriculum vitæ de Pat Caldwin. Car si USA2 n'était composé que de gens influents, il y avait des chances pour que certains dirigeants de ces multinationales omnipotentes soient de connivence avec le mystérieux groupement. Il aurait été facile pour l'un d'entre eux, en possession d'un CV idoine, d'orienter un postulant vers le laboratoire de Fairbanks. Qui avait recruté Caldwin ? Pour répondre à cela, les deux agents fédéraux Stan Lynch et Dick Mortenson n'étaient pas de trop.

En débarquant à Anchorage, Kate apprécia les – 8 °C. Il faisait presque bon. Lynch alla récupérer sa voiture dans le parking de l'aéroport et conduisit la petite équipe en direction du quartier des affaires, planté d'immeubles en verre. Les tours de la British Petroleum, d'Exxon, de la Shell, se dressaient avec ostentation vers le ciel nuageux.

Si Caldwin avait été recruté comme cobaye à partir de son CV, cela signifiait qu'un chef du personnel était impliqué. Il fallait donc commencer par interroger les directeurs des ressources humaines.

— Dites, fit Mortenson, vous ne croyez pas qu'on devrait prévenir Weintraub ?

— Non, rétorqua Kate en pénétrant dans un building de la BP.

82

Nathan ne comprenait pas pourquoi son corps était dans le plâtre. Ses jambes étaient raides, ses épaules entravées. Seuls ses bras engourdis pouvaient encore se mouvoir. Plusieurs secondes, à moins que ce ne fût des minutes, s'écoulèrent avant qu'il ne réalise que sa combinaison gorgée d'eau était devenue une gangue de glace. Par chance, ses bras conservaient un peu de mobilité. Il se traîna au ralenti, comme un paraplégique, vers son sac. Sa main fouilla à l'aveuglette. Il n'y avait rien à sauver à part un briquet. Sa tente, son sac de couchage, ses vivres, étaient imbibés de pétrole et déchiquetées. Il actionna le Zippo. Une rafale de vent l'éteignit aussitôt. Il recommença. L'étincelle embrasa le barda. La chaleur soudaine liquéfia sa carapace et lui procura une sensation agréable. Ce fut à ce moment-là qu'il eut des visions, pour la deuxième fois depuis le début de l'enquête, après celles qu'il avait captées sur la table d'opération du laboratoire de Fairbanks. Dans un état proche du coma et face au spectacle d'un brasier qui lui accordait un maigre sursis tout en consumant ses chances de s'en sortir, Nathan eut l'impression de vivre une expérience similaire à celle du Français. Étienne avait lui aussi brûlé sa tente, son sac de couchage, son matériel, pour grappiller un peu de chaleur !

Ces visions se dissipèrent dès qu'il put à nouveau contrôler ses mouvements. Il se leva comme un miraculé et inspecta les corps gisant autour de lui. L'un d'eux était recroquevillé, à moitié carbonisé. Les deux autres étaient couverts de coagulum. Nathan se débarrassa de ses vêtements humides et récupéra ceux d'un cadavre dont les mensurations se rapprochaient des siennes. Le blizzard, bien qu'absent des prévisions météorologiques, cingla son torse nu. Des aiguilles de froid le transpercèrent avant qu'il n'ait eu le temps de se rhabiller.

Les agresseurs ne portaient aucun papier qui aurait pu les identifier. Les armes étaient russes, les lunettes polaires made in China, les fringues canadiennes.

Équipé de son briquet et d'une Kalachnikov, Nathan regarda sa montre-boussole cassée et entama sa marche à l'aveuglette. Pas question de dormir à la belle étoile. Désormais, il ne fallait plus s'arrêter. Penser au meilleur moyen de couvrir les cent kilomètres qui lui restaient à parcourir. Imiter les yamabushi, les guerriers de la montagne. Adeptes de la méditation, de l'ascèse physique et spirituelle, ils développaient des facultés naturelles, voire surnaturelles, tant convoitées par les ninjas et les services secrets japonais. Nathan avait eu le privilège de rencontrer Takino Yin-Fong, un maître très discret qui vivait en solitaire, se nourrissait d'herbes et de baies sauvages, vêtu d'un kimono élimé, même durant les hivers rigoureux. Parmi les pouvoirs acquis par Takino, il y avait la résistance au froid. Nathan avait réussi à en percer le secret. L'occasion se présentait à lui de le mettre en pratique. Il s'agissait de renouer avec les forces de la nature les plus essentielles. Entrer en contact avec le sacré, aurait dit son père dont la philosophie navajo n'était pas si éloignée de celle des yamabushi. La montagne, tout comme la banquise ou le désert, exigent le dépouillement. Dans de tels lieux, la vibration de l'univers y est plus perceptible. Contrairement aux grandes villes, qui gonflent l'ego des êtres humains et les affaiblissent, les vastes espaces vides regorgent d'énergies régénérantes et positives. Nathan comptait sur celles-ci pour endurer les vingt-quatre prochaines heures.

83

Kate s'installa dans le vaste vestibule en compagnie de Lynch et Mortenson. Une standardiste leur servit trois cafés. La journée avait été fructueuse. Les compagnies pétrolières conservaient sur informatique un listing de tous les candidats ayant postulé à un emploi. Il avait été facile pour les responsables du personnel de retrouver la trace de Pat Caldwin dans leurs ordinateurs gavés d'informations. Il n'y avait qu'à la BP que son nom ne figurait pas. Sa trace avait donc été effacée. Le chef du personnel était nouveau et n'avait aucune explication à fournir, sauf que Caldwin n'avait jamais écrit, ni été reçu à la British Petroleum, contrairement au témoignage de l'agence pour l'emploi qui l'avait aidé à envoyer ses CV. Il fallait donc secouer l'organigramme plus haut pour effectuer un recoupement.

Arnold Prescott, PDG de la BP en Alaska, fit mariner les trois agents fédéraux pendant presque une heure avant d'envoyer sa secrétaire personnelle. Roulée dans du fond de teint pêche et un tailleur orange, celle-ci les pria de suivre son déhanchement chaloupé jusqu'au bureau de son patron.

Prescott accueillit la délégation avec le minimum de cordialité que lui imposaient les convenances sociales et le respect de l'ordre public. « Ne me transmettez pas d'appel durant les cinq prochaines minutes », ordonna-t-il à sa secrétaire tape-à-l'œil, signifiant au passage à ses visiteurs le laps de temps qui leur était imparti. Influencée malgré elle par les méthodes de Nathan, Kate balaya la pièce du regard à la recherche d'un indice. N'ayant pas le loisir d'interpréter ce qu'elle voyait, elle ne fit qu'enregistrer : des photos de Prescott en compagnie d'hommes d'affaire, de George Bush, du roi Fahd d'Arabie Saoudite, de Terry Crane, le gouverneur de l'État… L'une d'entre elles le représentait en tenue de trappeur, posant devant la chaîne de Brooks aux côtés de sa petite famille composée d'une fausse blonde liftée et de deux garçons nourris aux hormones. Cet étalage qui révélait un culte prononcé de la personnalité prenait toute son ampleur avec un triptyque qui le figurait sur des skis, dans un kayak et sur le pont d'un bateau en train de brandir un saumon chinook. Le reste de la déco était voué au dieu dollar : batterie de téléphones reliés aux grands manitous, ordinateurs high-tech connectés à l'ADSL, télévisions branchées sur les chaînes d'information en continu, moniteurs diffusant les cours de la bourse et des matières premières.

— Que me vaut un tel déploiement de forces? demanda-t-il.

Debout, les poings sur le bureau, il s'adressait à Mortenson. L'agent fédéral aiguilla son regard vers Nootak pour la laisser parler.

— Nous recherchons Patrick Caldwin, dit-elle. Il a disparu après avoir sollicité un emploi chez vous.

— Je ne vois pas le rapport.

— Le lien est simplement chronologique. Du moins pour l'instant.

— Soyez plus claire. Je ne connais pas le nom de tous mes employés. Cet homme a-t-il travaillé pour nous?

— C'est ce que je voudrais savoir.

— Interrogez mon chef du pers…

— C'est déjà fait. Monsieur Prescott, considérant le peu de temps qui nous est consenti, je vais être directe…

— C'est vous qui dirigez l'enquête? l'interrompit-il à son tour, lorgnant sur les deux hommes qui encadraient l'Esquimaude.

— Oui. Avez-vous entendu parler du Projet Lazare?

— Non.

— Connaissez-vous les Drs Fletcher et Groeven?

— Qui?

— Êtes-vous membre de l'organisation USA2?

— De quoi?

— Appartenez-vous à la secte LIFE?

— Que signifient toutes ces questions?

— Selon l'agence pour l'emploi d'Anchorage, Pat Caldwin vous a adressé un CV en septembre 1996 et a obtenu un entretien chez vous. Il n'en reste aucune trace dans vos archives, contrairement à vos concurrents qui ont gardé ses coordonnées en mémoire. Le 21 octobre 1996, Caldwin succombait entre les mains des Drs Fletcher et Groeven qui expérimentaient sur lui un programme destiné à prolonger la vie et baptisé Projet Lazare. Ce programme était financé par la secte LIFE étroitement liée à USA2, un groupement occulte composé d'acteurs économiques et politiques influents. Le projet a été brusquement interrompu en décembre dernier par l'assassinat des deux docteurs. Le massacre du Memorial Hospital de Fairbanks, vous êtes au courant quand même ?

Au terme de sa tirade mûrement concoctée dans la salle d'attente, Kate reprit son souffle. Le PDG lâcha son bureau et s'avança vers elle comme pour l'intimider. Instinctivement, Mortenson et Lynch reculèrent.

— Moi aussi je vais être direct, miss Natook.

— Nootak. Agent Kate Nootak.

— Le monde se divise en deux catégories de personnes. Celles qui sont soumises à la loi des hommes et celles qui ne dépendent que des lois divines. Contentez-vous de policer la première. Car c'est de la seconde dont dépend votre carrière.

— Vous m'expliquez mon métier ?

— Je vous explique comment le garder.

— C'est tout ce que vous avez à nous dire à ce sujet ?

— Les cinq minutes sont écoulées.

84

D'abord, il y avait la soif. Énorme, intense. Puis un besoin de dormir. Irrésistible. Nathan s'était assoupi pendant un instant sans s'arrêter de marcher. Son corps avait fonctionné de façon autonome. Ses doigts gourds ne le gênaient plus. Il ne sentait même plus le froid, ni les morsures du blizzard qui balayait le brouillard sur son passage. Ses pupilles dilatées lui ouvraient un chemin à travers la nuit polaire. Plusieurs dizaines d'heures s'étaient écoulées depuis l'attaque du commando et il n'éprouvait aucune fatigue. Tout au plus la vague impression d'être agréablement ensuqué, un peu déconnecté. Presque hébété. Bref, tous les signes avant-coureurs de la mort. Cela ne le paniquait pas, au contraire. À quelques mètres devant lui, la Kalachnikov qu'il avait emportée était plantée dans la neige. Il se rendit compte qu'il était arrêté, figé, à moitié enseveli. Depuis combien de temps avait-il cessé de marcher ? Étourdi, il se leva avec difficulté, arracha L'AK47 à son socle de glace et avança. Il profita de ne plus sentir ses pieds pour accélérer la cadence et rattraper son retard. Il trébucha, tomba, heurta une paroi verticale, escalada, rampa, glissa, se redressa et courut en criant avant de tomber à nouveau. Son esprit, lentement, quittait son corps.

Ce fut à ce moment-là qu'il vit ses pieds prendre feu. Il essaya de les enfoncer dans la neige pour y noyer les flammes, mais il n'y avait que la banquise autour de lui, aussi dure que de l'asphalte. Il tendit le bras vers un bidon d'eau et en versa le contenu sur ses chaussures, juste avant de s'apercevoir qu'il tenait un jerrican de pétrole. Le cri qu'il poussa l'expulsa de l'état second dans lequel il était plongé. Nathan ignorait où il était, sauf qu'il était couché sur le dos et qu'il avait capté un nouveau flash concordant avec un fragment du passé de Chaumont. Il nettoya les verres de ses lunettes polaires et distingua au loin une silhouette. Elle portait une parka orange qui lui était familière. Carla. Elle lui faisait signe avec une lampe torche. Il lâcha la Kalachnikov, se précipita vers l'Italienne, les bras ouverts et enlaça une rafale de vent. Il perdit son équilibre et s'écroula lourdement. La Kalachnikov était plantée devant lui, toujours au même endroit.

Elle n'avait pas bougé.

Nathan non plus. La neige le recouvrait presque entièrement. Les flocons s'écrasaient sur ses pupilles. Pendant un instant, il fut tenté de baisser les bras et les paupières, de rester dans cette couette ouatée, blanche et pure. Il y faisait bon.

Le manque d'air le fit suffoquer. Il toussa, creva la croûte qui le comprimait et avec une énergie qu'il puisa au fond de son ventre, se déplia en position verticale. Il s'arc-bouta sur le canon du fusil-mitrailleur et le déterra. Réellement, cette fois. Sans repérer le nord, il progressa avec son arme en guise de canne blanche. Ses derniers pas sur terre ressemblaient à ceux d'un vieillard aveugle et cacochyme. Il voulut arroser le néant d'une salve d'adieu, mais la détente était gelée. Il se laissa choir, ôta sa capuche, ses lunettes, ses gants, saisit son Zippo qu'il alluma dans le creux de ses mains ankylosées et chauffa la gâchette, la culasse, le canon. Il fit un essai. L'arme automatique tressauta. Du matériel increvable. Nathan se dressa et expédia ses munitions vers le ciel comme un ultime défi à la nature souveraine qui était en train de le pétrifier. Le canon brûlant lui tiédit les doigts. Cette douce sensation ne dura que quelques secondes. Il gava le fusil d'un autre chargeur et recommença pour s'octroyer encore un peu de chaleur. Puis il se débarrassa de la Kalachnikov et avança vers Melany qui venait à sa rencontre, à la lisière de la mort.

85

— Je suis obligé de décoller ! Sinon, on va y rester, clama Ned Perry.

Le pilote du Cessna angoissait. Descendue à terre, Carla balayait le secteur avec une torche puissante sans tenir compte de l'avertissement. Dans son dos, le bimoteur rugit sur fond de tirs d'arme automatique. L'Italienne se rua sous les ailes et grimpa dans le cockpit.

— C'était quoi ? demanda Ned.

— On nous canarde !

— Qui ça ? Des ours polaires ?

— Des chasseurs peut-être.

— Pas par ce temps. Faut aller vérifier. Imaginez que ce soit votre ami.

— Il n'a pas d'arme.

— Bon, vous faites quoi ?

— J'y retourne, attendez-moi.

— Une minute, pas plus !

Carla sauta à nouveau dans le noir vers l'endroit d'où semblaient provenir les détonations. Elle appela, en vain, jusqu'à ce qu'une autre salve l'attire sur la gauche. Cela faisait trois heures qu'elle était en quête de Nathan. Celui-ci n'avait pas rallié l'endroit convenu, à l'instar d'Étienne. Elle avait supplié Perry de mettre le cap vers le sud. Trois heures à scruter dans la nuit et le froid. C'est pourquoi, en désespoir de cause, elle se résolut à courir vers les crépitations de mitraillette. Le faisceau de sa lampe buta sur un corps. Lorsqu'elle le retourna, elle clama le prénom qu'elle avait à la bouche depuis un bon moment.

Nathan était inanimé. Carla fit clignoter un SOS vers l'avion. Le pilote accourut en catastrophe. Ils hissèrent le corps transi et presque raide dans l'appareil. Tandis que Ned s'employait à faire décoller le Cessna, Carla tenta de réanimer le rescapé. Frictions, couvertures, rien n'y faisait. Elle fouilla dans l'attirail qui jonchait le sol de l'avion recouvert d'une peau de caribou. Entre un réchaud à essence et un bidon d'huile, elle dénicha un épais sac de couchage, équipement indispensable à tout aviateur qui survole la North Slope. Un arrêt imprévu pouvait en effet se transformer en arrêt prolongé, voire définitif. Elle ôta les vêtements humides de Nathan et l'enveloppa dans le tissu molletonné. Sa peau était aussi froide que la paroi interne d'un congélateur.

— On ne peut pas monter la température ? demanda-t-elle à Ned.

— Avec quoi ? Dehors il fait - 60 °C et la température de mes têtes de cylindre ne dépasse pas 30 °C alors qu'elles devraient être deux fois plus chaudes ! On peut remercier le ciel que le moteur tourne encore !

Carla arracha la peau de caribou qui faisait office de moquette, l'enroula autour du sac de couchage, puis se remit à frictionner Nathan.

— Dans combien de temps arrive-t-on ?

— Pas moins d'une demi-heure.

Elle dégrafa sa parka et se déshabilla. Ayant récupéré tout ce qui pouvait réchauffer Nathan, elle mit un voile sur sa pudeur et se glissa nue contre lui, afin de lui prodiguer la seule chaleur qui restait à sa disposition, celle de son corps. Elle se colla à lui, comme une bouillotte douce, tiède et parfumée.

En atterrissant sur la piste de l'aéroport de Barrow, Ned Perry eut l'impression qu'il revenait de l'enfer. Un enfer où le diable aurait oublié d'allumer les flammes. Carla, elle, tenait la vie d'un homme entre ses bras et ses jambes.

86

Le toubib accrocha son stéthoscope autour du cou et inclina la tête en direction de Carla, attifée comme une folle, suite à un rhabillage hâtif.

— Il va s'en tirer avec quelques engelures, tranquillisez-vous. Il a eu de la chance. C'est de la pure folie d'être sorti par ce temps.

Nathan avait repris ses esprits dans la petite infirmerie de l'aéroport de Barrow et s'était laissé ausculter sans un mot. Il n'avait d'yeux que pour Carla et ne songeait qu'à ce qu'il avait à lui dire. Le docteur rédigea une ordonnance copieuse et s'éclipsa. La jeune femme s'assit au bord du lit.

— Reposez-vous, dit-elle, vous me raconterez plus tard.

Elle allait s'éloigner lorsque la main de Nathan la retint.

— Comment était Étienne ?

— Pardon ?

— Est-ce que votre mari avait un défaut majeur ?

La question la sidéra. Rescapé d'une NDE, Nathan se préoccupait des travers d'Étienne, qui n'en manquait certes pas.

— Euh, il en avait, comme tout le monde.

— Un défaut rédhibitoire.

— Pourquoi cette question, si personnelle ?

— Pour faire progresser l'enquête.

— Que s'est-il passé, Nathan, pendant votre expédition ?

— Répondez-moi d'abord, c'est plus important.

Elle fit mine de réfléchir, car elle avait déjà sa réponse.

— Alors ?

— Étienne était très… irascible, violent. Il pouvait s'emporter pour une peccadille. Pourquoi voulez-vous savoir ça ?

— J'ai été attaqué par un commando.

— Quel rapport avec mon mari ?

— Aucun, a priori, je réponds seulement à votre précédente question.

Nathan ferma les yeux pour se retirer de la discussion et formuler mentalement les deux éléments qu'il avait récoltés au cours de la reconstitution des dernières heures d'Étienne Chaumont.

Le premier, significatif, était le flash qu'il avait reçu au cours de ses divagations. Il avait "vu" Étienne verser du pétrole sur ses pieds rongés par les flammes. Une vision saugrenue. Le Français avait-il tenté de s'immoler ? Était-il en plein délire ? Avait-il mis le feu accidentellement à ses bottes ? Avait-il confondu le bidon d'eau avec le jerrican de pétrole en voulant éteindre un début d'incendie ? Que s'était-il produit pour qu'il en arrive là ? Une attaque commando semblable à celle que Nathan avait essuyée, un sabotage ou un accident ? Il était certain qu'à la suite d'un grave problème, l'explorateur avait été contraint d'entamer une marche vers le nord pour chercher du secours, consumant au fil de sa progression tout son paquetage jusqu'à y sacrifier ses lacets et sa raison.

Le second élément, moins palpable, procédait du métaphysique. Il était indéniable que le Français était parti en quête d'éternité. Était-il pour autant le chen jen, l'être parfait tel que le concevaient les taoïstes ? Les professeurs Groeven et Fletcher avaient tant bien que mal tenté de le réanimer. Quelque chose avait cloché. Bien entendu, tout le monde avait expliqué cette défaillance par un échec de la science, insuffisamment avancée. Explication tout à fait sensée pour un esprit rationnel. Mais si la défaillance était venue de Chaumont ? L'explorateur n'était pas prêt pour la vie infinie. Sa brutalité, témoignée par son épouse, entravait l'équilibre, l'harmonie et la paix nécessaires à cette perfection. Les tares de Chaumont l'avaient empêché de goûter à l'immortalité. Ces tares étaient-elles également à l'origine de son assassinat ? Car la violence est un serpent qui se mord la queue.

— Comment leur avez-vous échappé ?

Nathan leva les paupières. Elle faisait allusion à ses agresseurs.

— En les attaquant.

— Vous les avez tués ?

— Oui.

— Vous n'aviez pas le choix.

— Envers qui votre mari manifestait le plus sa violence ?

Elle se passa furtivement la main sur la joue. Le réflexe faisait office de réponse.

— Il vous battait ?

Elle ne répondit pas.

— Et Léa ?

— Il ne l'a jamais touchée. Je l'aurais buté !

Nathan cessa l'interrogatoire pour ne pas remuer trop de mauvais souvenirs. Il disposait déjà de pas mal d'éléments.

— Avez-vous découvert quelque chose sur Étienne ? s'inquiéta Carla.

Il lui devait au moins une explication rationnelle, mais il ne savait pas par où commencer :

— Pour beaucoup de gens, il faut des épreuves, des expériences douloureuses, la maladie, un drame personnel pour découvrir qui ils sont vraiment et où est la vérité ; se mesurer à un obstacle pour provoquer des prises de conscience profondes et des changements en soi. Car la simple réflexion intellectuelle ne touche pas l'être profond.

Face à l'air déconcerté de Carla, il essaya de simplifier au minimum :

— Tout le monde porte, à des degrés divers, les marques d'une métamorphose après une tragédie, un renoncement, un drame familial. Que cela soit volontaire ou subi, l'effet est identique. À chacun de voir ce qu'il fait de ces expériences dont il sortira grandi ou anéanti, plus fort ou plus faible. Vous-même avez vécu des moments difficiles, la démission du père de Léa, le bannissement de vos parents et de vos frères, l'exil, une vie conjugale chaotique, la disparition prématurée de votre mari. Vous vous en êtes superbement tirée. Vous avez su négocier ces infortunes qui vous ont magnifiée. Ce ne fut pas le cas d'Étienne. Celui-ci se nourrissait d'extrême pour élargir sa conscience, approcher la Vérité, trouver la Voie, toucher au sublime. Il a failli réussir, mais sa vie de famille l'a fait échouer.

— Qu'est-ce que vous racontez ?

— Les épreuves qu'il s'infligeait faisaient ressurgir sa nature obscure. Face à l'adversité et face à lui-même, Étienne prenait conscience de cette violence ancrée en lui et parvenait de la sorte à lui tordre le cou. Mais il rechutait à votre contact. Comme si ce caractère tempétueux reprenait le dessus dès qu'il réintégrait un environnement stable et équilibré.

Carla était abasourdie.

— Vous sous-entendez que si Étienne ne m'avait pas connue, il serait devenu meilleur ?

— Sans la gazelle, le lion est doux comme l'agneau.

— Qui l'a tué ?

— Qu'importe celui qui lui a ôté la vie, si la vérité d'Étienne était de transcender la mort à la lueur d'une aurore boréale ?

— Vous, vous avez besoin de repos.

Une douleur à l'estomac signifia à Nathan qu'il n'avait pas mangé ni bu depuis deux jours. Carla lui dégota un hot dog, des frites et un Coca.

— Votre boisson préférée.

Elle avait déjà digéré ce qu'elle venait d'entendre. Nathan était impressionné par sa capacité à surmonter les coups durs.

— Merci Carla, pour m'avoir sauvé la vie.

Il la contempla. Le col de sa parka était plié vers l'intérieur et ses longs cheveux noirs étaient coincés sous son pull. Les pans de sa chemise tombaient sur son pantalon, ses chaussures n'étaient pas lacées et une trace de graisse de moteur ombrait sa pommette droite. Elle était plus belle que jamais. Tout en mimant un chef d'orchestre avec la frite qu'elle venait de piquer dans la barquette, elle exposa le bilan de son séjour aux côtés de Rick Takeeta. Elle lui parla aussi de Patrick Hoover :

— C'est un guide pour étrangers fortunés. Il organise des chasses clandestines sur des territoires protégés. Grizzlis, ours polaires, bœufs musqués, mouflons, loups, tout y passe. Hoover semblerait avoir plusieurs pied-à-terre, à Barrow, à Fairbanks et à Anchorage.

— Un grand voyageur !

— Il ne se déplace qu'en avion.

— Ses clients ?

— Il y aurait des politiciens, des industriels…

— "Il y aurait" ou "il y a" ?

— Ce sont des ragots de comptoirs, la principale source d'informations de Rick Takeeta. Entre parenthèses, ce type est vraiment super. On a rendez-vous avec lui ce soir.

— On a localisé Hoover ?

— Tak a fait jouer ses relations pour en savoir plus.

En ce moment, Hoover est en train de chasser l'ours polaire dans l'Ouest, du côté de Point Hope.

— Une partie de chasse par ce temps ?

— Vous avez bien fait du trekking, vous ! Beaucoup de gens payent cher pour éprouver des sensations fortes. Étienne répétait ça à tout bout de champ. Et comme Hoover ne traite qu'avec ceux qui ont les moyens, rien ne l'arrête.

— Quand rentre-t-il ?

— Normalement, demain. Mais personne ne sait où. On ignore qui sont les clients qu'il a emmenés avec lui et donc dans quelle ville il va les ramener.

— Vous avez abattu du bon boulot.

— Remerciez Tak. C'est lui qui a bossé. Comment comptez-vous procéder ?

— Il faut surveiller les trois domiciles de ce Hoover. Nous, on va l'attendre à Barrow. J'appellerai Kate pour qu'elle se charge de placer quelqu'un à Fairbanks et à Anchorage.

87

— Impossible d'installer une planque, marmonna Rick Takeeta derrière le volant de son 4x4 dont les pneus cloutés avaient labouré des kilomètres de glace non balisée. Aucune route ne reliait Barrow au bungalow quatre étoiles de Hoover. De loin, dans les phares de la Toyota, le lodge ressemblait à un mirador. De près, il s'agissait d'un spacieux lodge de bois et de verre construit sur pilotis. Un bateau était bâché et rangé sur un pont élévateur à mi-hauteur de l'édifice. Un vaste hangar à proximité servait à abriter l'avion de Hoover.

— Un nid douillet au milieu de nulle part, commenta Carla.

— Une chance que l'on soit tombé dessus, ajouta Nathan.

— Mmm, compléta Tak.

Les trois compères s'étaient fixés rendez-vous tôt le matin. Nathan avait eu Kate Nootak au téléphone. Selon elle, le PDG de BP-Alaska se croyait tellement au-dessus des lois qu'il ne s'embarrassait pas de feintes. Sa vive réaction au petit interrogatoire qu'elle lui avait imposé avait démontré que le Projet Lazare, USA2 et L.I.F.E. étaient des sujets sensibles dans les hautes sphères. Il y avait une forte probabilité pour que Prescott possédât sa carte de membre. Celui-ci était également chasseur, pêcheur et semblait avoir fait de l'Alaska son terrain de sport favori. Nathan avait alors expliqué à Kate qu'il allait justement tenter de coincer un guide qui emmenait des types comme Prescott faire un carton sur la nature. Les pistes Prescott et Hoover se rejoignaient.

— Où cela nous mène-t-il, Nathan ? avait interrogé Kate.

— Il se trame des choses pas nettes en Alaska. On y pratique la vivisection sur des êtres humains, on y chasse le gibier protégé, on assassine des personnes qui dérangent, on fore à gogo, on surveille les Russes. Nous avons identifié une puissante nébuleuse au nom évocateur qui se prend pour le propriétaire des lieux. Si l'on veut savoir ce qui s'est passé dans le labo de Fairbanks, il faut donc aller poser la question à ceux qui dictent les règles. Pour l'instant, on a Prescott et Hoover.

Nootak avait accepté d'envoyer Lynch et Mortenson devant les résidences du trappeur à Fairbanks et à

Anchorage, au cas où celui-ci ne se manifesterait pas à Barrow. Elle avait plein d'autres choses à lui raconter, mais Nathan l'avait priée d'être brève.

— On a du nouveau sur le père Felipe Almeda. Selon la police espagnole, il aurait été vu pour la dernière fois à Poblet, en Catalogne. Il y a un monastère là-bas. Mais les moines affirment n'avoir jamais entendu parler d'Almeda. À mon avis, ils le planquent. Il faudrait que vous vous rendiez sur place le plus rapidement possible.

Kate avait raccroché en se disant, une fois de plus, que l'enquête tournait en rond.

— Qu'est-ce qu'on fait ? demanda Carla en levant la tête vers le sommet du mirador.

— On va jeter un œil, suggéra Nathan.

Tak se gara au pied du pylône. Un escalier escamotable et inaccessible était suspendu à trois mètres de hauteur. Nathan enfila des gants et s'emmitoufla avant de descendre du véhicule. Le blizzard était paresseux, ce qui facilita l'ascension jusqu'à la partie inférieure de la maison. Une pirouette acrobatique le catapulta sur la terrasse. En bas, la Toyota de Tak fumait comme une raffinerie.

La porte était verrouillée. Elle constituait le seul accès possible. Nathan effectua une rotation sur lui-même et balança sa jambe raide contre le battant qui se vrilla sur ses gonds. Il s'immisça à travers la brèche ainsi créée et alluma. À l'intérieur, le confort prédominait. La maison était une sorte de vaste duplex chauffé à volonté, servant à la fois d'habitation et de bureau. Hoover avait de sérieuses relations pour se permettre de viabiliser un terrain non constructible et d'y flanquer un tel édifice. Nathan consulta quelques dossiers, dans l'ordinateur, dans les placards, dans les tiroirs, mais rien de significatif n'attira son attention. Les poubelles contenaient des boîtes d'Ossiètre et de

Sevruga, des bouteilles de Gzhelka et des Montecristo à moitié fumés. Là encore, rien de tangible, si ce n'est que le propriétaire des lieux consommait des produits de luxe communistes. Ses tarifs, à la mesure de sa clientèle, lui assuraient un train de vie élevé. La fouille du bateau ne fut pas plus fructueuse. Tout était vernis, ordre et propreté. Soit le type était maniaque, soit il était prudent. Nathan descendit pour prévenir Carla et Tak de son intention de rester.

— Vous êtes fous, il fait - 50 °C !

— Là-haut, il fait au moins 22 °C et il y a la télé. Ne vous tracassez pas, je vais guetter Hoover, confortablement installé.

Carla n'approuvait pas, ce dont Nathan n'avait cure :

— Il y a le téléphone. Je vous appellerai pour que vous veniez me chercher.

Pas contrariant, Tak démarra sans vraiment donner le temps à Carla d'opposer de nouveaux arguments. L'Italienne sauta du véhicule en marche et se retrouva les fesses dans la neige.

— C'est malin, commenta Nathan.

— Si c'est pour poireauter encore dans un bar, je préfère ne pas bouger d'ici, dit-elle.

Nathan fit signe à Tak qu'il pouvait tailler la route et aida Carla à escalader le pylône. Dès qu'elle atteignit le sommet, elle se rua à l'intérieur et se plaqua contre un radiateur. Nathan entreprit de calfeutrer la porte.

— Comment avez-vous fait pour l'enfoncer ? s'étonna-t-elle.

— La rivière creuse son lit sans boussole ni outil.

— Quoi ?

— Ne cherchez pas à tout expliquer. Dégotez-moi plutôt une couverture. Le battant est voilé et il me faut combler ce trou d'air glacé.

Carla s'éclipsa dans la chambre à coucher et réapparut avec une couette.

— Cela ira, McGyver ?

— Comment m'avez-vous appelé ?

— McGyver.

— Ça signifie quoi ?

— Ne cherchez pas à tout expliquer.

Nathan colmata la brèche et lui proposa du café. Il versa de l'eau dans une machine à expresso, actionna l'appareil, se déchaussa, s'installa sur le divan en étirant ses jambes jusqu'à une table basse et alluma la télévision. Dans la peau du propriétaire.

— La télé, rien de tel pour saper l'ambiance, remarqua Carla.

— C'est une source d'information.

— De la merde, oui.

— Justement. La regarder, c'est comme fouiller les poubelles du monde. Vous savez qu'on apprend plein de choses sur les gens en fouillant leurs poubelles ?

Il se mit à zapper. Carla n'était pas tranquille :

— Vous n'avez pas peur que Hoover débarque ?

— J'ai plutôt peur qu'il ne se montre pas. Dans ce cas, nous aurions perdu notre temps.

— Pas tout à fait.

L'Italienne ôta sa parka, démêla ses cheveux et se laissa choir, à califourchon, sur les cuisses de Nathan. Elle le fixa une seconde, lui saisit le visage à pleines mains et dévora son air pyrrhonien. Au terme d'un long baiser goulu, elle se redressa en se pourléchant.

— Bienvenue dans notre monde, ironisa-t-elle.

Encore interdit, Love avait été propulsé dans une autre dimension. La dimension humaine. Son corps avait perdu l'habitude d'un tel bouleversement chimique. Son cœur s'emportait, sa verge était raide, ses mains étaient moites. Le bouche-à-bouche de Carla l'avait réanimé.

— Il y avait longtemps que j'en avais envie, dit-elle. J'espérais une initiative de votre part, mais je crois que j'aurais pu patienter longtemps.

Elle alla remplir deux mugs et revint s'installer à côté de Nathan qui passait les chaînes en revue. Une blonde en bikini était enfermée dans un cercueil de verre grouillant de serpents, de souris et de mygales.

— Dans la société actuelle, le mérite appartient à ceux qui se montrent à la télé, et non l'inverse. L'essentiel est d'y apparaître.

Il zappa sur un jeu télévisé. Une grosse femme se trémoussait devant un toaster.

— Cette ménagère gagne une voiture si elle donne le prix d'un grille-pain. Consommez, vous aurez la connaissance et la reconnaissance. Vive la cupidité !

Nathan continua sa démonstration. Il s'arrêta sur un match de basket pour placer un commentaire :

— On vénère ceux qui atteignent des sommets, on gratifie ceux qui se mettent en avant. L'orgueil est érigé en qualité morale. Tout attise l'envie de concourir, de lutter, de gagner, de nourrir l'ego. La réserve et l'humilité n'ont plus cours…

— Votre monde parfait, où est-il exactement ?

— On y accède par la méditation, le renoncement. On y découvre que tout ce qui nous entoure est faux.

— Comme dans *Matrix* ?

— Dans quoi ?

— C'est un film dans lequel notre société est présentée comme une illusion.

— On peut dire ça comme ça.

— C'est du cinéma.

— Tout est du cinéma. Regardez autour de vous, c'est comme si vous étiez dans un film. Au cinéma, nous

nous projetons sur l'écran, nous nous identifions aux personnages, nous éprouvons des émotions subjectives. Dans le monde où nous vivons, c'est pareil. Notre vision de la nature n'est pas objective, car nous sommes des projections, des fictions, nous nous identifions à un ego créé de toute pièce.

— Si les gens sont plus heureux comme ça.

— Nous avons tellement de bonnes raisons de ne pas nous réveiller.

— Comment avoir un point de vue objectif des choses ?

— En pratiquant za-zen.

— Za quoi ?

— Le zen en position assise. La méditation fait disparaître l'illusion. Le mot "Fin" s'affiche sur l'écran et les lumières de la salle s'allument.

Carla détourna son attention vers la fenêtre d'où la vue était aussi obscure que la personnalité et les propos de l'homme avec qui elle conversait. Elle désirait lui faire l'amour, se rappela soudain qu'elle avait une blennorragie, voulut se lever, mais il la retint. Il esquissa un demi-sourire apaisant, l'observa tendrement, unit ses mains aux siennes, en positionnant celles de gauche vers le bas et celles de droite vers le haut.

— Fermez les yeux, respirez profondément… détendez-vous.

Il cala sa respiration sur la sienne afin d'unir les deux souffles. Ils atteignirent rapidement le premier palier d'une relation plus profonde. Nathan se mit à inspirer sur les expirations de Carla et inversement, inhalant tout l'amour qu'elle lui envoyait dans le cœur, exhalant à son tour l'énergie affective qui le submergeait. Instinctivement, ils ouvrirent les yeux presque en même temps et firent circuler leurs sentiments entre leurs regards. Au bout d'un long moment, ils se sentirent comblés d'une passion qui déborda autour d'eux. Ils s'étreignirent, s'embrassèrent, se caressèrent. Un pull atterrit sur le sol, suivi par un soutien-gorge. Carla s'allongea et se décontracta sous l'effet d'un massage approprié. Nathan malaxait les zones sensibles, frottait, pressait avec ses doigts, tapotait du poing, faisant circuler l'énergie dans le corps de Carla. Il l'embrassa à nouveau, la lécha jusqu'à son ventre moelleux et tiède, lui dégrafa son jeans. Elle se raidit et tenta de l'arrêter.

— Je ne suis pas guérie, Nathan...

— Détends-toi.

Il revint, avec un peu de difficulté, au moment présent pour éplucher intégralement ses longues jambes et retourner son corps callipyge. Il déposa un baiser humide sur une chute de reins vertigineuse, déclenchant un frisson presque électrique. Sa langue s'égara dans la cambrure, avant de descendre vers le rectum. Il sentit qu'elle jouissait de cet instant. Il devait oublier son érection qui lui ordonnait de la pénétrer, pour se concentrer sur ses sensations, contrôler son envie, avec lenteur, respect, affection. Il respira profondément pour diluer son plaisir et enfonça sa bouche là où personne n'avait jamais osé poser le doigt. Nathan percevait les pulsations cadencées du cœur de sa partenaire, humait son odeur, goûtait les sécrétions de son extase, dans ce fruit de la nature doux et ferme qu'il tenait entre les mains. Il tenta de contenir la libido qui atteignait son point culminant, mais le manque de pratique le fit chanceler. En symbiose parfaite avec lui, Carla devina qu'il n'allait plus pouvoir prolonger leur acte amoureux. Elle se positionna sur le dos, attrapa une tasse sur la table basse, remplit sa bouche de café et fourra entre ses lèvres le sexe de Nathan, plus dur qu'une matraque. Au contact du liquide chaud et de la langue qui s'enroulait autour du gland, sa verge prit les commandes de son esprit. Au bout de quelques va-et-vient langoureux entre les joues de Carla, Nathan n'était plus maître de rien. Elle pompa tout ce qu'il retenait depuis près d'une heure dans un cri orgasmique qu'il ne put réprimer.

Ils s'enlacèrent et s'immobilisèrent. Le blizzard dehors soulignait le silence. Nathan réalisa qu'ils avaient empli la maison d'amour et de paix. C'est alors qu'il se sentit fragile et faillible. Patrick Hoover pouvait surgir à tout moment, fort de son bon droit et d'une agressivité légitime. Il repoussa Carla et se conditionna pour reprendre la situation en main.

— Ombre Blanche ? susurra-t-elle.

— Doù sors-tu ce nom ?

— Ton père m'a dévoilé des trucs à ton sujet.

— Cela fait presque trente ans que l'on ne m'a appelé ainsi.

— Ce surnom ne te sied qu'à moitié. Tu es aussi insaisissable qu'une ombre, mais je ne crois pas que tu sois blanc comme neige.

— Et toi, l'es-tu ? Pourquoi aimais-tu un mari qui te battait ? Qu'est-ce qui te pousse dans les bras d'un mafieux ? Qui t'a appris à pratiquer des fellations cambodgiennes ?

Nathan avait balancé tout en vrac. À l'autre bout du sofa, Carla était stupéfaite. Elle ne se démonta pas devant cet interrogatoire soudain :

— Étienne me battait, mais il était le père de Léa et avait des qualités que je n'ai pas retrouvées chez les autres hommes. À part chez toi peut-être. Quant à Vladimir, j'ignorais qu'il travaillait pour la mafia et il y a des femmes qui se jettent dans les bras de partis beaucoup moins alléchants sans soulever de suspicion, n'est-ce pas ? Et ta troisième question, c'était quoi ?

— La fellation cambodgienne.

— Tu peux définir ?

— C'est une pratique sexuelle consistant à exciter le sexe de l'homme avec la bouche pleine de thé chaud.

— Ça ne t'a pas plu ?

— Je n'ai jamais éprouvé un tel plaisir. De quoi relancer mon samsara.

— Ton quoi ?

— Le samsara est la mécanique infernale des réincarnations successives. C'est la soif des désirs et des sens qui l'entretient et barre la voie au nirvana.

— Je croyais que le plaisir menait au nirvana.

— Il est à l'origine de la douleur.

— Tu vois tout de travers, Nathan. Pourquoi ne pas profiter de la vie ? À côté du malheur, il y a aussi du bonheur. Pour un Ben Laden, tu as un Fellini.

— Ce monde est absurde.

— Nous avons été créés par Dieu. À nous de prendre en main notre destin.

— Si Dieu existe, pourquoi est-il à l'origine de tant d'imperfections ? Pourquoi tolère-t-il tant de malheurs ?

— Dieu ne nous a pas accomplis. Il nous a seulement ébauchés. Il a conçu des hommes primitifs, inachevés.

— Pourquoi faire la moitié du travail ?

— Parce que Dieu est amour. Par amour, il nous laisse notre libre-arbitre. À nous d'évoluer comme bon nous semble. Ainsi, certaines populations sur terre ont choisi de vivre en démocratie. Dans ton pays, les gens sont libres, non ?

— Dans un pays qui parque ses ancêtres dans des réserves et drogue ses enfants pour les faire entrer dans le moule d'un système préfabriqué, où est le libre-arbitre ?

— De quoi parles-tu ?

— De la pilule de l'obéissance, le metylphénidate qui endort la spontanéité et l'autonomie ; des psychostimulants comme la Ritaline qui favorise la concentration scolaire... Six millions de petits Américains en consomment tous les matins.

— Effectivement, ta vision de l'humanité est noire.

— Ce sont les méchants qui font l'histoire.

Carla en avait assez de cette discussion. Elle réalisa soudain la tournure surréaliste de la situation. Après avoir pénétré par effraction chez un suspect, elle faisait l'amour et refaisait le monde en compagnie d'un individu qui était passé de l'autre côté du miroir. Elle éprouva une brusque envie de concret :

— Qu'est-ce qu'on fiche ici, Nathan ?

— Selon Kate, Arnold Prescott, le PDG de BP-Alaska serait membre de USA2, un groupement d'industriels et de politiciens qui s'estiment au-dessus des lois. En 1996, Arnold Prescott aurait recruté Pat Caldwin pour lui faire subir des expériences dans le cadre du Projet Lazare financé par USA2. Prescott pourrait être également un client de Patrick Hoover, ce dernier lui servant de guide lors de safaris illégaux. En luttant contre la chasse, ton mari devenait gênant pour eux. Mais il n'y a pas que ça. Étienne travaillait sur un moyen de prolonger la vie.

— Quoi ?

— En sabotant le matériel d'Étienne, les membres de USA2 se débarrassaient non seulement d'un empêcheur de chasser en rond, mais aussi d'un sérieux concurrent.

— En sabotant le matériel d'Étienne ?

— Le moyen le plus discret pour éliminer quelqu'un dans la banquise est de saboter l'équipement qui lui permet de survivre.

— Tu aurais pu me dire ça avant.

— Je n'y ai pensé qu'avant-hier, lorsque j'ai perdu mon matériel au cours de l'attaque du commando.

— On est donc ici pour savoir si Hoover a Prescott pour client. Ce n'est pas vraiment capital comme info.

— On a bien coincé Moon et Al Capone grâce à une fraude fiscale. Pourquoi ne pas coincer USA2 grâce à un délit de chasse ?

Ils discutèrent encore quelques minutes avant d'entendre le vrombissement d'un moteur. À la télévision, un vendeur de télé-achat essayait de refourguer des électrodes amincissantes. Le bruit ne provenait donc pas du poste.

Cela signifiait que Pat Hoover était de retour.

88

Ils entendirent l'échelle se déplier. Nathan n'accorda pas à son hôte le loisir d'ouvrir la porte tout seul. À peine Hoover avait-il posé le pied sur la terrasse verglacée qu'il l'empoigna par la capuche et le propulsa à l'intérieur. L'individu valdingua au milieu de la pièce et tenta de riposter en armant son fusil. Nathan décocha un violent coup de pied dans le canon qui percuta les lunettes du trappeur en même temps que l'arme changeait de mains. Love s'en servit comme d'un shinaï. Il pallia son manque de pratique du kendo, en se concentrant sur la combinaison du cri, du corps et de ce qui lui servait de sabre. Il poussa un kiaï en même temps qu'il se projeta en avant, enfonçant la crosse dans la gorge de son adversaire. Le trappeur se saisit le cou à pleines mains en ouvrant une bouche démesurée d'où n'émana qu'un râle asthmatique. Nathan lui frictionna le visage avec ses lunettes polaires et le tira en arrière par la capuche. Avant d'avoir compris ce qui lui arrivait, Pat Hoover était cloué dans un fauteuil, la figure en feu et le gosier serré. Face à lui, Bruce Lee et Miss Monde. Il voulut jurer mais l'air passait mal et il préféra destiner le filet d'oxygène à la respiration. Miss Monde lui tendit un verre d'eau afin de rétablir les tuyauteries. Bruce Lee attrapa une chaise et s'installa à un mètre. L'enculé buvait du café dans son mug préféré.

— Qu'est-ce que vous foutez chez moi ? demanda Hoover.

— Vous connaissez J. Edgar Hoover ?

— Non.

— Vous avez répondu trop vite. Réfléchissez bien.

Le type écarquilla les yeux et avala une nouvelle gorgée d'eau.

— C'est l'enculé qui a créé le FBI, dit Hoover.

— Bravo. Aucun lien de parenté ?

— Non, putain où vous voulez en... ?

— Maintenant, plus facile. Qui est Arnold Prescott ?

— J'en sais rien.

Avant même que le trappeur eût terminé sa phrase, aussi courte qu'un rot, la jambe de Nathan s'était détendue et son pied lui comprimait la gorge déjà endommagée. Au bord de l'asphyxie, Hoover frappa de la main plusieurs fois le mollet qui se trouvait sous son menton.

— Okay, je l'ai emmené une ou deux fois chasser l'ours. Qui êtes-vous bordel ?

— Nous sommes des agents du FBI.

— Sans blague !

Contrairement à l'effet voulu, Hoover se décontracta. Il toussa encore un peu à cause de sa trachée meurtrie, mais il semblait soulagé.

— Qui vous envoie ? demanda-t-il.

— Peu importe.

— Montrez-moi votre badge.

— Je n'ai pas de badge. Je suis mandaté par le FBI pour effectuer des opérations en marge de la loi. J'ai carte blanche pour entrer chez vous par effraction, vous démolir la porte et le portrait. Je suis un électron libre lâché dans la nature.

— Miss Monde aussi ? demanda Hoover en désignant Carla de la tête.

— Elle recherche l'assassin de son mari. Étienne Chaumont, ça vous dit quelque-chose ?

Le trappeur parut soudain moins à l'aise. Nathan exploita la faille :

— Vous lui avez adressé des menaces de mort. Chaumont entravait votre petit business. Alors, vous l'avez éliminé.

— Vous croyez qu'on assassine les gens comme ça, vous ?

— Pour moins que ça, sûrement.

— Je reconnais que Chaumont nous emmerdait…

— "Nous" ?

— Les chasseurs… Mais les menaces, c'était juste pour l'impressionner. Je ne suis pas un tueur.

— Un chasseur qui n'est pas un tueur ? Il faudra m'expliquer la différence. Vous comptiez bien utiliser ce fusil contre moi ?

— Légitime défense. Ça n'a rien à voir avec un meurtre.

— Combien de vos clients sont membres de USA2 ?

Hoover pouffa et hocha la tête.

— Vous ne savez pas où vous mettez les pieds.

— Je suis chez le guide de chasse exclusif de l'organisation USA2 qui s'est débarrassé d'Étienne Chaumont.

— Putain, d'où vous débarquez ? Qui vous a briefé chez les fédéraux ?

À cet instant, Nathan éprouva l'impression désagréable de n'être qu'un pion manipulé sur un échiquier.

— Pourquoi, vous connaissez des gens au FBI ?

Hoover manifesta de l'agacement. Il réclama un cigare. Nathan lui carra dans le rictus un barreau de chaise made in Cuba et attendit patiemment que le type s'exprime à travers la fumée. Celui-ci gagnait peu à peu de la contenance et de l'assurance. Pas seulement à cause du Montecristo :

— Écoutez. Avant de venir faire chier les gens, il faut vous renseigner, même si vous êtes un électron libre comme vous le prétendez, quoique je trouve l'expression un peu conne. Celui qui vous a dépêché ici n'a rien compris.

— Qu'est-ce que vous êtes en train d'essayer de me dire ?

— Votre supérieur vous a mal briefé. Passez au-dessus de lui et vous aurez plus de chance de vous rapprocher de la vérité.

— Au-dessus de lui, il n'y a qu'une seule personne.

— Qui ça ?

— Le directeur du FBI.

Hoover expectora sans que l'on sache si la réaction était due au tabac, à sa gorge abîmée ou à la dernière phrase de Nathan.

— C'est Lance Maxwell qui vous envoie ?

— L'organigramme du FBI semble n'avoir aucun secret pour vous.

— Je renouvelle ma question.

— Maxwell ne m'envoie pas. Il m'emploie seulement.

— La nuance est importante, en effet. Elle donne tout son sens à votre présence ici.

— Exprimez-vous plus clairement.

— Écoutez, monsieur l'électron libre, je tiens à mon job, à ma réputation et surtout à ma vie. Je ne vais pas risquer tout ça pour vous. Alors, déglinguez-moi la gueule si ça vous chante, mais cela ne mènera à rien. La meilleure option pour vous, c'est de faire ce que je vous dis : causez de USA2 à votre employeur.

Nathan se leva, décrocha le téléphone et appela Takeeta pour qu'il vienne le chercher. L'Esquimau n'était pas encore complètement saoul et serait là dans la demi-heure.

— Une dernière question, Hoover. Avez-vous entendu parler du Projet Lazare ?

— Non. C'est quoi ?

— Un programme scientifique pour réanimer les morts.

— Diable !

— C'est le mot qui convient, en effet.

— Pour la porte que vous avez défoncée, j'envoie la note au FBI ?

— Ou à USA2. C'est vous qui voyez.

— Je ne vous raccompagne pas, vous connaissez le chemin.

— On va attendre ici notre chauffeur.

— Ben voyons, faites comme chez vous.

Nathan n'aimait pas l'arrogance de Hoover. Il détestait même tout ce qu'il représentait. D'un coup de pied circulaire, il lui enfonça le cigare dans la bouche, ramena sa jambe à terre, lui passa dans le dos et le musela, jusqu'à ce que de la fumée sorte par les narines. Sous le visage du chasseur, aussi rouge qu'une tomate, tout le corps gesticulait, mais Nathan serrait fermement les maxillaires. Il s'approcha d'une oreille et chuchota calmement :

— Tu agis comme chez toi partout où tu vas, avec un droit de vie et de mort sur tout ce qui bouge. Alors, ne me ramène pas ta susceptibilité mal placée. À partir de maintenant, lorsque que tu viseras un ours polaire, tu ressentiras juste à côté de la détente cette brûlure dans ta gorge qui te rappellera que tu es un salaud.

Nathan lâcha la tête de Hoover qui détala vers l'évier pour éteindre le brasier à coups d'ablutions et de gargarismes. Il tendit la parka à Carla éberluée et enfila la sienne, laissant leur hôte la tête sous le robinet.

— Tu as l'air plus que jamais déterminé, constata Carla.

— Trente mille dollars, ça motive.

— Je ne te crois pas.

— Bien vu.

— À quoi tu carbures, Nathan ?

— À l'adrénaline.

— Mais encore.

— À l'héroïne ?

Elle le regarda. Deux grands yeux égarés.

— Une, héroïne dans ton genre.

La Toyota de Takeeta apparut dans la nuit alors que le froid commençait à mordre à travers leurs vêtements. Love n'avait plus qu'une idée en tête. Ou plutôt un nom. Lance Maxwell. Le profil psychologique de l'assassin du laboratoire de Fairbanks ressemblait de plus à plus à celui de son employeur.

89

Le meilleur moyen de pénétrer par effraction dans une propriété privée, c'est de s'armer de patience. Celle des Maxwell dominait le Pacifique sur les hauteurs de Big Sur, au sud de San Francisco.

Nathan avait eu Lance au téléphone en début de journée. Le numéro deux du Bureau faisait escale à Washington à son retour de Chine. Il avait proposé à son free-lance un rendez-vous le lendemain matin dans les locaux de l'agence de San Francisco. Nathan feignit d'accepter. Car il préférait le surprendre chez lui, hors d'un cadre professionnel qui rendait Maxwell invulnérable. Tiré du lit, au cœur de son intimité, celui-ci serait probablement plus prolixe.

Pendant la journée, son épouse Emma jouait au bridge avec un trio d'amies triées sur le volet. Les parties arrosées de darjeeling se déroulaient dans le salon. Le système d'alarme était alors débranché et il était facile de s'infiltrer discrètement dans l'une des douze pièces de la bâtisse. Nathan s'enferma dans le dressing d'une chambre d'amis et se mit en posture de za-zen, face au mur. Après avoir épuisé les pensées du cerveau frontal, il plongea sa conscience dans le cerveau primitif où de vieux souvenirs se réveillèrent avant d'être refoulés. Melany lui annonçait qu'elle était enceinte, Sly Berg macérait dans des selles. Puis sa conscience atteignit le cerveau intuitif. Son cortex était au repos, son thalamus en phase d'activité intense. De terribles flashs jaillirent de son avenir. Carla défigurée. Kate exsangue. Maxwell en sang. Sa propre mort sur une plage. Délaissant ces images d'un futur plus noir qu'un roman de James Ellroy, il continua sa descente dans les strates les plus profondes de son esprit. Parvenu enfin au hishiryo, au-delà de la pensée, en parfaite harmonie avec le cosmos, Nathan se mit en marge du temps qui s'écoula sans prise sur lui.

Lorsqu'il se reconnecta à cette réalité dans laquelle il évoluait depuis trois semaines, il était 23 h 30. Nathan s'étira et effectua une reconnaissance dans les couloirs du premier étage. Il n'y avait aucun bruit dans la maison, exceptée une horloge ancienne et le ronflement du vent dans les combles. Emma et Lance faisaient chambre à part, ce qui allait faciliter sa tâche.

Le boss dormait à poings fermés, encore terrassé par le décalage horaire. Nathan patienta dans le fauteuil qui jouxtait le lit.

À 3 heures, au terme des trois coups de marteau égrenés par la vieille horloge du rez-de-chaussée, Maxwell s'entortilla dans ses draps. Il ouvrit un œil, puis le second, se dressa brusquement et alluma sa lampe de chevet :

— Love ?

— J'arrête l'enquête. À moins que vous ne cessiez de me mener en bateau et que vous ne m'expliquiez ce qui se trame vraiment.

— Ce qui se trame ? C'est vous qui êtes payé pour me le dire.

Il se leva dans son pyjama écru et enfila une robe de chambre rouge qui lui donnait un air de Père Noël sans postiche. Nathan le prit au mot :

— Alors je vous le dis ! Vous êtes membre de USA2, au même titre qu'Arnold Prescott, PDG de la British Petroleum en Alaska, et qu'une ribambelle de personnes influentes. Vous êtes tous là à faire joujou avec vos dollars et à confondre l'Alaska avec une cour de récréation. Vous participez illégalement à des safaris de luxe organisés par Pat Hoover. Mais ce n'est pas tout. Vous utilisez cet État pour accroître votre puissance et votre richesse. Vous y développez l'IDS à la barbe du Congrès, vous pompez le pétrole sans vergogne, vous y créez des laboratoires où l'on pratique des expériences sur des êtres humains… je continue ou vous préférez un rapport détaillé sur le bureau de votre directeur demain matin ?

Maxwell était blême. Il s'employa à regagner des couleurs et un peu de terrain en entraînant Nathan dans la cuisine. Lorsque la machine à café crépita, la question tomba :

— Êtes-vous responsable de la mort de Clyde ?

— Vous n'y êtes pas du tout, Nathan.

Maxwell manipulait nerveusement sa cuillère, devant une tasse vide.

— C'est quand même vous qui avez déverrouillé les codes d'accès à mon fichier confidentiel.

— Dans le but de vous faire reprendre l'enquête. Je savais que l'agent Nootak cherchait vos coordonnées pour vous convaincre de poursuivre les investigations, alors je lui ai donné un coup de pouce.

— Un coup de pouce ? Vous m'avez livré en pâture à tous les chasseurs de prime de la planète !

— C'était le risque à courir. J'avais trop besoin de vous.

— Mais pourquoi, bon sang ?

Maxwell se leva, versa le café et se mit à table :

— Je cotise à USA2, effectivement. Le gouverneur de l'Alaska en fait également partie. Il y a aussi un secrétaire d'État, un ministre, des politiciens, quelques hauts fonctionnaires, dont certains de la CIA. Le reste est surtout composé d'hommes d'affaires, de banquiers et d'industriels. Ma présence assure en quelque sorte l'immunité au groupement.

D'où l'assurance narquoise de Pat Hoover lorsque

Nathan avait fait allusion à une enquête menée sous l'égide du FBI.

— L'avenir, Nathan, c'est la mondialisation. La planète est de plus en plus petite et les frontières de plus en plus abstraites. Personne ne peut aller contre ça. Et la lutte pour le pouvoir sera âpre. Reste à savoir si la terre appartiendra aux imams, aux Chinois ou aux représentants du libéralisme.

— Vous me parlez de globalisation, pas de mondialisation.

— Ce n'est pas l'heure de jouer sur les mots.

— Tout le malentendu est là, justement. Votre monde qui n'a qu'une couleur, qu'un seul drapeau, qu'un seul chef, c'est la globalisation.

— En attendant, la populace de tous les pays défile régulièrement dans les rues pour condamner la mondialisation.

— Le plus drôle, c'est que vous avez réussi à les faire manifester contre la mondialisation qui est votre ennemi. Vous embrouillez les esprits pour mieux agir. La mondialisation, c'est un bushman qui regarde la télé ou un Californien qui pratique la méditation. C'est la seule vision qui vaille. On périra si l'on bascule dans la globalisation, comme on périra si on dresse des frontières imperméables entre tous les particularismes.

— Jolie tirade pour quelqu'un qui se désintéresse du monde !

— Se désintéresser du monde n'empêche pas d'être lucide. En apprendre les règles m'est utile pour percer vos magouilles. Parlez-moi de la tuerie.

— La tuerie ?

— Celle de Fairbanks.

— Ah ! Euh… Ce drame a été un nouveau coup dur essuyé par le Projet Lazare qui, comme vous l'a appris

O'Brien, avait été ébranlé en 1996 avec la mort de Patrick Caldwin.

— Qu'est-ce qui a poussé Fletcher et Groeven à poursuivre leurs expérimentations malgré cet homicide ?

— Les moyens quasi illimités que nous mettions à leur disposition et les vices pour lesquels nous les avions recrutés.

— Les vices ?

— Fletcher et Groeven étaient deux génies. Mais leurs vies privées étaient dissolues. Nous pouvions facilement exercer sur eux des pressions, voire des chantages. L'enjeu était tellement énorme que rien ne nous arrêtait. Après l'accident de 1996, nous leur avons même décroché le prix Nobel pour les remettre en confiance.

— Comment leur avez-vous obtenu le Nobel ?

— Le président de l'Académie faisait partie de notre groupement à l'époque.

— Où se trouve la démocratie dans tout ça ?

— Nulle part. Comme vous le savez, la démocratie n'est qu'une dictature, celle du plus grand nombre sur la minorité. Les USA en sont les meilleurs représentants.

— Et USA2 représente quoi ?

— Exactement le contraire.

— Pourquoi avoir fait appel à moi dans cette affaire ?

— L'assassinat de Groeven et Fletcher ainsi que la médiatisation du Projet Lazare risquaient de faire remonter l'enquête jusqu'à USA2 et de lever le voile sur nos activités que l'on qualifiera d'occultes. J'ai fait appel à vous, Nathan, pour vos compétences. Pour que vous identifiiez le vrai coupable avant que l'on incrimine injustement notre organisation. Contrairement aux apparences, quelqu'un veut nous nuire.

— C'est ce "quelqu'un" que traquait Clyde ?

— J'ignore ce que Bowman avait en tête, ni ce qu'il fabriquait dans le laboratoire. C'est pour le découvrir que je vous ai arraché à votre tanière. Ce qui est sûr, c'est qu'il était sur la bonne piste. Car il a été éliminé.

— Selon vous, c'est USA2 qui a été visé à travers l'attentat ?

— Plus exactement, notre obédience philosophique.

— LIFE ?

— Oui

— Votre secte.

— Appelez ça comme vous voulez. Néanmoins, LIFE va à contre-courant de tous les mouvements religieux et sectaires, puisque nous essayons de prolonger la vie terrestre. Notre salut est dans la vie, pas dans la mort.

— Que signifie LIFE ?

— Life Is For Eternity.

Nathan découvrait un Maxwell sous un nouveau jour, mal rasé, fébrile, fragile, empreint d'idéal.

— Nathan, est-ce que je peux compter sur vous ? Je ne sais pas pourquoi vous vous êtes entêté à enquêter sur Étienne Chaumont. Vous avez perdu un temps précieux.

— Je me trimballe avec une veuve dont on a assassiné le mari il y a un an et dont le corps a été retrouvé par Bowman. Chaumont passe ensuite entre les mains de vos scientifiques qui le charcutent, revient à la vie et meurt une deuxième fois sous les balles d'un tueur insaisissable qui lui vide un chargeur dans le cœur après avoir réussi à tromper la vigilance de Bowman. Cela n'est pas anodin.

— Comment savez-vous que Chaumont est revenu à la vie ?

— J'ai la cassette de Bowman.

— Quoi ?

— Je l'ai retrouvée.

— Où est-elle ?

— Dans un endroit sûr.

— Bon sang, Fletcher et Groeven ont réussi à réanimer Chaumont et vous ne disiez rien ? J'exige que vous me remettiez cette cassette.

— Je pars d'abord en Espagne interroger le seul témoin de cette résurrection capable de parler.

— Nathan, donnez-moi cette cassette.

— Non, c'est mon assurance. Tant que je la garde, je sais que vous êtes de mon côté. Désormais, vous jouerez franc-jeu. À cause de vos cachotteries, Lance, je vous ai pris pour le coupable.

Nathan but une gorgée de café et se leva pour disposer. Maxwell, bouillonnant d'impuissance, le raccompagna jusqu'au portail de la propriété, malgré le froid. Love n'avait pas envie de lui serrer la main. Il savait depuis longtemps que l'homme à ses côtés était loin d'être un saint, mais ses récentes révélations l'avaient carrément diabolisé à ses yeux. Celui-ci avait cautionné des expériences mortelles sur des nécessiteux, le massacre de centaines d'espèces animales protégées, l'exploitation des terres des Indiens et des Esquimaux à des fins militaires et économiques.

— Nathan, la conversation que nous venons d'avoir n'a jamais eu lieu. Même le président des États-Unis ignore les activités de USA2. Lui, il se contente de USA1. Je peux compter sur vous ?

Cela faisait deux fois en l'espace d'une demi-heure qu'il lui quémandait sa confiance. Mauvais signe.

— Je vais terminer cette enquête. Je vous rapporterai la cassette et le nom du coupable. Après, il ne faudra plus rien me demander.

Nathan s'éloigna puis s'arrêta. Il avait failli oublier. Il revint sur ses pas et posa sa condition :

— Il y a une chose que vous pouvez faire pour moi, puisque vous avez autant de pouvoir. Les enfants Brodin ont de nouveau fugué. Pour une bonne raison : leur beau-père Steve Harris violait Jessy. Cette fois, les gosses sont partis définitivement et le FBI ne les retrouvera jamais. On est d'accord ?

— Où sont-ils ?

— Je vous l'ai dit. Personne ne le sait.

— S'il n'y a que ça pour vous donner du cœur à l'ouvrage.

— Il n'y a que ça. Au revoir, Lance.

Maxwell l'observa s'éloigner en réalisant que Nathan Love était la première personne à qui il ait parlé de USA2. Cela n'était pas prudent. Mais il avait encore besoin de lui.

90

Nathan engrangeait tellement de miles aériens que les compagnies aériennes allaient bientôt pouvoir lui offrir un voyage gratuit. Après son incursion chez Maxwell, il avait rejoint ses parents à San Francisco. Léa avait passé un séjour "génial" en compagnie de Jessy. Sam leur avait installé une balançoire et construit une cabane dans les arbres.

Carla repartit avec sa fille en France. Le deuxième trimestre de la classe de cinquième avait déjà commencé depuis plus d'une semaine et il y avait le problème Kotchenk à régler. L'Italienne avait décidé de rompre avec le Russe, affectivement et professionnellement. Nathan s'envola pour l'Espagne. Il s'était engagé à aller voir Carla à Nice, au terme de son séjour en Catalogne. Quant à Jessy et Tommy, il fut décidé à l'unanimité qu'ils resteraient chez Kyoko et Sam jusqu'à la fin de l'enquête. La police réduisit les recherches des enfants à quelques affichettes placardées dans leurs locaux, tandis que le FBI classa l'affaire, selon les instructions de Lance Maxwell. Mme Brodin noya son chagrin dans l'alcool, mais avec dignité afin que la réputation de son mari ne soit pas éclaboussée. À part elle, personne ne se souciait vraiment du retour des deux fugueurs.

Après une courte escale à New York, l'avion atterrit à Barcelone, la ville du génial Gaudi qui en avait dessiné les maisons, les jardins, la cathédrale. Love n'avait pas le temps de faire du tourisme. Au volant d'une voiture de location, il s'octroya néanmoins un détour par le centre ville pour vérifier où en était la construction de la Sagrada Familia, majestueuse cathédrale médiévale en cours d'édification depuis 1883. Phare surréaliste d'une Église en perte d'influence qui voulait reconquérir le monde du XXe siècle, la Sagrada Familia avait vu à l'époque affluer les dons au-delà de toutes les espérances, dopant la mégalomanie des commanditaires de Gaudi. La deuxième façade, celle de la Passion du Christ, était terminée. Nathan embraya et se dirigea vers l'autoroute du sud. La radio égrenait les mauvaises nouvelles. Dix explosions quasi simultanées venaient de secouer Madrid. Deux cent morts et mille quatre cent blessés. Le gouvernement espagnol, pour avoir soutenu la guerre en Irak, était jugé responsable. Le terrorisme pesait désormais dans les urnes. Al Qaïda choisissait ses candidats et tirait les ficelles. Nathan atteignit Tarragone en une heure trente et quitta l'autoroute à

Reus, en suivant les instructions faxées par Kate. La carte de la Costa Daurada, dépliée sur le siège passager, lui indiquait qu'il se dirigeait vers la région de Barbera. Route des monastères. Selon les informations délivrées par Interpol et malgré le témoignage des moines cisterciens qui occupaient les lieux, le père Felipe Almeda pourrait avoir résidé au monastère de Poblet à son retour d'Alaska.

Nathan roula dans la campagne, traversa quelques villages, une vallée verdoyante et arriva à Poblet rapidement. Le ciel était lourd et gris au-dessus du monastère. Le vent pliait les arbres noueux, les sapins chétifs perdaient leurs aiguilles. Une dizaine de personnes étaient blotties sous le perron du bureau d'accueil. Le site était ouvert au public. Comble de chance, une visite guidée allait bientôt débuter. Il se mêla au petit groupe de touristes qui fut drainé vers le cloître, majestueux, découpé d'arcades et décoré d'une fontaine qui égayait un silence religieux. Le guide récita son laïus devant le réfectoire au plancher rutilant, les cuisines abandonnées, la bibliothèque vide, la salle de réception déserte. Cette partie du bâtiment n'était pas habitée. Ils pénétrèrent dans l'église sombre et glacée, aux lignes pures, surmontée d'un imposant retable en albâtre. Un crucifix était pendu au-dessus de l'autel, écartelé par des chaînes. Ce fut là que Nathan prit congé du groupe. Une poterne avait attiré son attention. Elle n'était pas verrouillée et donnait sur une allée bordée de poubelles et d'herbes folles. À l'autre bout, une volée de marches menait à une nouvelle porte en bois, plus épaisse que la précédente. Fermée à clé, trop lourde pour être enfoncée. Nathan décida de se poster sur le palier. Quelqu'un finirait bien par ouvrir. Question de patience, encore une fois.

Il attendit presque quatre heures. Son esprit eut le loisir de vagabonder hors de ce monde qu'il s'entêtait à rectifier selon les critères du FBI. Le loquet claqua enfin et le ramena illico à l'escalier sur lequel il s'était assis. D'un bond, il se plaqua contre le mur et se fondit dans le décor. Un moine portait deux sacs d'ordures. À son insu, Nathan pénétra à l'intérieur. Il longea un couloir sombre qui empestait la soupe. Le silence environnant lui permettait d'analyser le moindre bruit. Une serpillière dans un seau d'eau, des assiettes empilées, des prières marmonnées, une voix haut perchée qui entonnait un chant. Plus proche de lui, il entendit un moine souhaiter une bonne nuit au frère Antonio. Un autre baragouina quelque chose qui fut suivi d'un éclat de rire. Nathan passa devant le dortoir et s'introduisit dans une chambre individuelle. Probablement celle d'un supérieur. Ce dernier s'était assoupi, la tête sur un pupitre et sous un halo de lumière qui faisait luire sa tonsure. Un stylo était planté dans le creux de sa main molle. Nathan exploita la situation. Il saisit le Bic jaune, une feuille de papier et rédigea en espagnol une note à l'attention du moine ensuqué après avoir repéré son nom dans une pile de courrier. Le dormeur en question se nommait Pedro Garcia.

Frère Pedro,

Felipe Almeda vous réclame avec insistance. Je n'ai pas osé vous réveiller. Il attend votre venue, dès que vous serez disponible.

Nathan signa : Frère Antonio. Il posa le message bien en évidence et s'éclipsa en prenant soin de claquer la porte. Deux minutes plus tard, Pedro Garcia surgissait dans le couloir et filait d'un pas pressé. Nathan le suivit discrètement jusqu'à un petit cloître en ruine au milieu duquel trônait un vieux puits. La lune éclairait la scène. Les murs d'enceinte étaient décrépis et creusés d'alcôves abritant des statues gangrenées par les intempéries. Le moine termina sa course devant une porte massive, consolidée par des armatures en fer forgé. Il sortit un trousseau de clés et tourna la tête dans tous les sens comme pour vérifier qu'il était seul. Par réflexe, Nathan se baissa derrière un buis sec avant de relever la tête presque aussitôt. Le moine s'était volatilisé.

91

Perplexe, Love avança avec précaution. Il était matériellement impossible d'ouvrir, d'entrer et de refermer en moins de deux secondes, temps pendant lequel le moine avait échappé au regard de Nathan. Il s'arrêta sur le seuil, à l'endroit exact où il avait vu le religieux pour la dernière fois. La serrure était verrouillée, le battant construit en bois et en fer, aussi solide que celui d'un château fort. Il examina les lieux qui n'étaient pas inclus dans le programme de la visite guidée. Pas de trappe dans le sol. Aucun passage secret capable d'avaler un moine replet en une seconde. À sa gauche, une enfilade d'arcades dont les piliers rognés étaient aussi maigres que des bambous. À droite, une alcôve. Le seul moyen de disparaître en un clin d'œil aurait été de bondir dans le renfoncement, mais il avait vérifié, celui-ci ne contenait qu'un saint décapité et amputé des deux bras. C'est alors qu'il décela l'illusion d'optique. Les murs, de part et d'autre du renfoncement, n'étaient pas sur le même plan. Un dégagement était creusé dans le flanc gauche de l'alcôve. On pouvait s'y glisser en se présentant de profil. Il progressa entre les deux parois sur environ cinq mètres avant de jaillir dans une petite cour carrée, dotée de trois portes. L'une d'elle correspondait au verso de celle qui était blindée et qui le séparait du cloître. Restait à savoir laquelle des deux autres le moine avait empruntée. Nathan avait l'impression de s'être perdu dans un jeu vidéo conçu par un ordre monastique tortueux. L'éventualité d'un piège caché derrière le mauvais accès l'incita à la prudence. Il effleura les poignées en fer. Il recula devant celle qui lui parut moins froide, s'écarta dans la limite imposée par l'espace réduit et tendit sa jambe en poussant un kiaï. Le vantail claqua et rebondit contre un obstacle avant de s'immobiliser sur ses gonds. À l'intérieur, il y avait un lit où reposait un homme. Nathan remarqua également une table, une bassine d'eau, une pile de compresses stériles, un bloc-notes et le père Pedro étendu sur le sol, terrassé par son entrée foudroyante. Une croisée dans le mur et une grosse bougie étaient les seules sources de lumière.

— Qui êtes-vous ? demanda l'ecclésiastique sonné.

— J'ai quelques questions à poser au père Almeda, dit Nathan en l'aidant à se relever.

— C'est vous qui avez écrit cette note ? s'exclama-t-il en brandissant un papier froissé.

— C'est Almeda qui est dans ce lit ?

— Felipe Almeda n'est plus de ce monde.

— Et lui, qui est-ce ?

— Sa dépouille, meurtrie par le péché.

L'homme avait le visage bandé, vague forme ovale, sans nez ni oreilles. Une échancrure au niveau de la bouche lui permettait de respirer.

— Il est vivant, dit Nathan.

— Il a perdu l'usage de ses sens. Frère Almeda nous a quittés en s'immolant. Les flammes ont ravagé son visage, ses yeux, ses oreilles, sa langue…

— Pourquoi dites-vous qu'il n'est plus de ce monde ?

— Frère Almeda a également perdu la raison. Il est hanté par le diable qu'il a tenté de rejoindre. Nous espérons toutefois que Dieu, dans Sa grande miséricorde, le rappellera à Lui, au terme d'une extrême-onction que nous pratiquons en profondeur depuis deux semaines. Nous le cachons ici, comme dans une sorte de purgatoire. Que lui voulez-vous ?

— Connaître la cause de son suicide.

— À quel titre ? Qui vous a autorisé à pénétrer dans cette partie du monastère ? Comment avez-vous pu… ?

— Je ne suis pas venu ici pour vous expliquer la manière dont je m'y suis pris pour entrer. Ce que je peux vous dire, en revanche, c'est que le père Almeda a recueilli, il y a un peu moins d'un mois, la confession d'un homme, Étienne Chaumont, que des apprentis sorciers tentaient de ressusciter dans un laboratoire, en Alaska. Un agent du FBI a filmé ces aveux, inaudibles sur l'enregistrement. L'agent fédéral, les deux médecins et une infirmière ont été assassinés quelques jours plus tard. Je suis mandaté par le FBI pour interroger Almeda et découvrir la teneur des confessions de Chaumont. Elles contiennent peut-être un indice sur l'identité des coupables. Vous arrivez à me suivre ?

— Pas tout à fait. Comme vous l'imaginez, je suis un peu en retrait de ce monde tumultueux, à l'écart de ses nombreux écueils…

— Moi aussi. Mais là, je dois aplanir quelques-uns de ces écueils auxquels vous faites allusion.

— Le père Almeda a tenté de se suicider, pas à cause des aveux qu'il aurait soutirés à un mort, mais en raison de ce que votre M. Bowman lui a intimé de faire.

— Comment le savez-vous ?

— Qu'entendiez-vous par "moi aussi" quand j'ai évoqué ma réclusion.

— Je vis comme vous, reclus. Mais seul. Ma voie n'est pas celle des chrétiens. J'ai opté pour celle du zen.

— Au lieu de vous élever, vous régressez, donc.

— Je reviens à l'essentiel.

— Et Dieu, qu'en faites-vous ?

— Il a sa place. En adéquation avec l'homme. Je ne conçois pas de dualité qui opposerait la nature faible de l'homme à la divinité intouchable de Dieu.

— Des natures faibles, vous devez néanmoins en traquer beaucoup dans votre métier.

— Il m'arrive aussi de traquer Dieu.

— Qu'est-ce qui vous retient à cette société ? Une simple mission confiée par le FBI ?

Le moine était en train de le tester. Il ne fallait pas se tromper. Encore un palier à franchir dans cette partie de stratégie cistercienne.

— Au début, j'ai accepté de mener l'enquête parce que l'agent Bowman était un ami.

— Un sentiment de vengeance vous anime, donc ?

Sa manière de commencer ses phrases par "alors", de les coordonner par des "néanmoins" et de les terminer par "donc", permettait au moine de recadrer systématiquement le dialogue à sa guise. Nathan joua le jeu.

— Non, ce serait plutôt la compassion.

— La compassion ?

— Carla, la veuve d'Étienne Chaumont. C'est un peu à cause d'elle que je suis là. Elle a besoin d'aide.

— Pourquoi donc ?

— Pendant un an, on a cru que son mari avait péri dans la banquise. Aujourd'hui, elle apprend qu'on a découvert son cadavre récemment, qu'on l'a trituré à des fins expérimentales, qu'il a été ramené à la vie pendant quelques heures pour se confier à un étranger et qu'on l'a supprimé de cinq balles dans le cœur. Elle endure un véritable cauchemar.

— Alors, vous vous êtes attaché à elle ?

La question avait de quoi surprendre. Le frère Garcia jaugeait les intentions véritables de l'Américain avant de se livrer.

— Oui, répondit Nathan.

— Ce n'est pas de la compassion que vous éprouvez à son égard, ce serait de l'amour, donc.

— Oui.

— Alors, allez rejoindre cette femme. À ses côtés, vous serez plus utile.

— Pas avant d'avoir éclairci les circonstances entourant la mort de son époux.

— Felipe Almeda n'a rien appris de la bouche d'Étienne Chaumont.

— C'était quoi le problème, il ne parlait pas français ?

— Almeda parlait français couramment, mais cela ne lui a servi à rien.

— Que lui a demandé Bowman ?

— Est-ce que de le savoir apaisera les tourments de Mme Chaumont ?

— Savoir si son mari était encore vivant, il y a un mois, la libèrera de pas mal d'incertitudes et soulagera son angoisse.

— Alors vous pouvez la rassurer. Étienne Chaumont n'a jamais ressuscité. Frère Almeda n'a eu qu'un cadavre à confesser.

— Il vous l'a dit ?

Le moine regarda le moribond sur sa couche et se signa :

— Il l'a écrit.

92

Le frère Pedro Garcia prodigua quelques soins à Almeda et invita Nathan à lui emboîter le pas. En traversant le petit cloître, l'Américain le questionna sur l'utilité de la porte monumentale.

— C'est un leurre, monsieur Love. Elle est scellée. Pendant que l'on s'échine à la forcer, on ne cherche pas à la contourner. Vous êtes le premier étranger à avoir découvert le passage dans l'alcôve.

— Et l'autre porte dans la petite cour carrée ?

— Vous avez eu de la chance. Elle n'était pas verrouillée et s'ouvrait sur une cellule grouillant de vipères.

Nathan ne sut dire s'il disait la vérité ou s'il se moquait de lui. Ils marchèrent jusqu'à la chambre du moine qui tira de sa pile de courrier une enveloppe qui lui était destinée. Il la tendit à Nathan en commentant :

— La meilleure cache, c'est l'endroit qui se voit le plus. Felipe Almeda a laissé ça avant de se suicider.

Nathan la saisit, mais le moine la garda serrée entre ses doigts :

— J'ignore toujours d'où vous sortez, ni comment vous avez pu faire irruption dans la cellule d'Almeda, néanmoins je vous fais confiance. Votre nom résume à lui seul le programme de Jésus et vous me semblez animé de nobles intentions. La lettre qu'Almeda a rédigée avant sa tentative de suicide m'était adressée en partie, le reste est réservé au Vatican. Je dois la remettre en main propre au cardinal Dragotti.

Nathan déplia une feuille quadrillée arrachée à un cahier à spirale. Elle était couverte d'une écriture noire et anguleuse, trahissant de la fébrilité. Heureusement, Nathan lisait l'espagnol couramment :

Cher Frère Garcia,

Que le diable m'emporte et que les flammes de l'enfer brûlent autour de moi ! Je ne réclame pas le pardon, non, car nul ne saurait pardonner une faute qui risque de plonger le monde dans le chaos. J'ai trahi l'Église, j'ai trahi le pape, j'ai trahi Dieu. Je n'ai même pas eu le courage de me confesser à toi de vive voix. Il est désormais urgent d'agir. Je n'en suis pas capable. C'est pourquoi je te charge, Frère Pedro, de te rendre au Vatican pour remettre ce pli en main propre au Cardinal Dragotti. Il dirige la Congrégation pour la doctrine de la foi à Rome. Lui seul comprendra le sens de mes propos. Pour ta propre sécurité et celle de ta confrérie, ne cherche pas à savoir, ni à interpréter ces lignes, ni même à lire la suite de ce texte. Tous les protagonistes d'une monstrueuse mascarade dont j'ai été le complice ont été assassinés. Bientôt ce sera mon tour. Alors, je prends les devants. Des ennemis du Vatican, de la religion et de l'homme sont en train de se multiplier dans l'ombre et de tuer. Sois le messager de Rome, cher Frère Pedro, afin d'épargner notre pauvre monde d'une terrible menace. Je suis sûr que tu feras au mieux. Que Dieu te garde, mon ami.

Nathan leva les yeux sur le visage rubicond du moine qui l'invita à continuer la lecture, malgré la mise en garde. Almeda n'avait même pas jugé bon de rédiger la suite sur une autre feuille. Tout juste avait-il sauté une ligne, pour séparer son message à l'intention du cardinal. Le texte était plus long et se prolongeait au dos de la page sans respecter la marge :

Monseigneur,

J'ai rencontré l'agent spécial Clyde Bowman en Alaska, au mois de juillet dernier, alors qu'il enquêtait sur la disparition d'un explorateur scientifique français, Étienne Chaumont. Bowman avait à l'époque besoin de rensei-

gnements sur la communauté de Fairbanks. Nous avons sympathisé car l'agent du FBI était féru de théologie. La plupart de ses investigations, d'ailleurs, portaient sur des cas hérétiques ou à caractère paranormal. Nos conversations sur Dieu nous occasionnaient des nuits blanches, chacun s'efforçant de convaincre l'autre, démonstration à l'appui, de Son existence ou de Son inexistence.

En décembre, lors de son dernier séjour en Alaska, Bowman me convoqua au chevet d'Étienne Chaumont dont le corps venait d'être enfin retrouvé dans les glaces de l'Alaska. L'agent fédéral me demanda de simuler une confession. Sans vraiment réaliser dans quoi je m'embarquais, j'acceptai. Il me suffisait de hocher la tête en prenant l'air effaré. Bowman filma cette scène saugrenue dans un laboratoire de l'hôpital de Fairbanks, pour faire croire à une résurrection. L'entreprise avait pour but de piéger des sectes en quête de vie éternelle. Le film devait les pousser à réagir. La réaction a été plus violente que prévue. Si un jour, une copie de ce film échoue entre vos mains, méfiez-vous-en.

Oui, je me suis parjuré en participant par faiblesse et par calcul, à ce simulacre. Seul Jésus notre Sauveur est ressuscité des morts. Oui, j'ai menti à l'Église, pour ce que j'estimais être une bonne cause. Ce jour-là allait me précipiter dans d'effroyables tourments. J'avais fait sortir le diable des profondeurs de l'enfer. Le piège tendu par Bowman était censé faire jaillir la lumière. Il n'a levé le voile que sur les ténèbres. Puissiez-vous, Monseigneur, non pas me pardonner, car je brûle déjà en enfer, mais sauver ce qui reste à sauver grâce à ce témoignage de ma fourberie.

Qu'il en soit ainsi !

Felipe Almeda.

Nathan relut le document avant de s'adresser au moine qui guettait sa réaction :

— Pourquoi Almeda vous exhorte-t-il à porter ce témoignage au cardinal Dragotti ?

— En tant que directeur de la Congrégation pour la doctrine de la foi, Mgr Dragotti a pour mission d'analyser tout ce qui peut aller à l'encontre du dogme.

— Je sais. Au cours de ses enquêtes, l'agent Bowman se frottait souvent à ce service du Vatican. Ce que je vous demande, c'est pourquoi Almeda ne l'a pas envoyé directement au cardinal ?

— Probablement par méfiance. Il craignait peut-être que la lettre soit interceptée avant d'arriver sur le bureau de Mgr Dragotti. À moi de me déplacer jusqu'à Rome et d'assumer la tâche de la remettre en main propre.

— Pourquoi ne l'avez-vous pas fait ?

— Je vous rappelle qu'Almeda n'est pas encore décédé.

— A-t-il tenté de communiquer depuis sa tentative de suicide ?

— Oui, sur un bloc-notes que nous avons posé près de sa main valide. La plupart du temps, ses gribouillis furent pour quémander la délivrance de ses souffrances.

— En vous mettant dans la confidence, il ne vous a pas rendu service.

— Pourquoi donc ?

— Dois-je vous rappeler que ceux qui ont été mêlés à cette affaire ont été éliminés ?

— Par qui ?

— J'ai l'impression qu'Almeda espérait secrètement que vous creuseriez la question. Après tout, vous êtes dégourdi. Vous n'avez cessé de me le démontrer depuis que je suis ici.

— J'avoue qu'en vous montrant cette lettre, je comptais un peu éclaircir le mystère.

— Apparemment, Bowman voulait faire croire que les Drs Fletcher et Groeven avaient gagné la course à la vie éternelle engagée par des sectes peu recommandables.

— Les raéliens ?

— Entre autres. Comme prévu, l'une d'elles a tout fait pour s'emparer de la formule magique. Mais Bowman y a perdu la vie.

— J'étais arrivé à la même conclusion que vous.

— C'est là, le problème.

— Pourquoi ?

— « Nous avons voulu faire jaillir la lumière et nous n'avons levé le voile que sur les ténèbres », ce sont les mots d'Almeda. Bowman s'attendait à une réaction, mais pas à une telle violence.

— Qu'en concluez-vous ?

— Il faut vous rendre à Rome.

— Mais… Almeda… n'est pas encore…

— Il n'est plus de ce monde, c'est vous qui l'avez dit. Je vous rejoindrai à Rome, le 17, au café Greco, à 8 heures précises. Avant, je dois filer à Nice.

— Je pars dès demain.

— Déplacez-vous le plus discrètement possible.

— Pourquoi ?

— Le chemin pour arriver jusqu'au cardinal est dangereux.

93

Kate Nootak regarda le calendrier tout neuf de l'année qui débutait et se demanda si elle allait se faire virer avant la Chandeleur. Weintraub l'avait appelée après avoir appris son incursion à Anchorage. L'emploi qu'elle avait fait des agents censés protéger Nathan Love et son interrogatoire cavalier du PDG de la British Petroleum l'avaient mis hors de lui. « Un paquet de merde va vous tomber dessus et vous n'allez même pas savoir d'où ça vient », l'avait menacée Weintraub. Ce qui intéressait Kate dans cette phrase, c'était le "d'où ça vient". Elle avait titillé son chef là-dessus. » « Avec vous, ça ne peut pas tomber de bien haut. » « Détrompez-vous, Nootak, on joue dans la cour des grands maintenant. À côté, le capitaine Mulland et le tenancier du Fairbar, c'est la maternelle. » « Soyez plus clair, Weintraub. » « Cela ne saurait tarder », avait-il braillé en raccrochant.

La colère et l'inquiétude déliaient les langues.

"Dans la cour des grands", cela réduisait sérieusement l'éventail des suspects. Kate avait son idée qui correspondait d'ailleurs à son prochain rendez-vous.

Une bouffée de cigarette accompagnée d'un *do* majeur la ramena dans son divan, aux côtés de Brad. Le doigt du musicien glissa en direction du *mi* sur la corde de *ré*. Il se mit à chanter sur des accords de basse à mi-chemin entre Adam Clayton et Jay Wobble :

« Hey, Miss FBI,
Tu tisses les mailles,
Miss en mission,
Où est le gros poisson,
Fais gaffe aux failles... »

Il fit claquer un slap sur sa guitare et un smack sur la bouche de Kate, écrasa son joint, se lova contre elle. Ils roulèrent sur le canapé et tombèrent nus sur la moquette. Le dos de l'Esquimaude ondulait au bout de sa verge. Il jouit sur les fesses mates de Kate. Il se releva amoureux et jambes flageolantes pour aller se désaltérer dans la cuisine. Kate se retourna sur le sol et s'étira. Sa vie prenait une perspective inattendue et engageante tandis que sa carrière n'offrait pas plus d'horizon qu'un jour de blizzard. Elle laissait filer l'enquête pour s'envoyer en l'air avec un musicos. Est-ce que tout cela avait un sens ? Est-ce qu'il fallait qu'il y en ait un ? Nathan Love avait sûrement une réponse à cela, empruntée à un grand maître zen. Brad, lui, répondait avec sa guitare et de la poésie rock. Kate ne pratiquait ni le bouddhisme ni la musique. Elle ne disposait que de sa raison pour affronter la réalité. Et sa raison lui dictait qu'un crime a toujours un sens et qu'elle était formée, conditionnée, payée pour en démonter le mécanisme. Un enfer de décibels métal la fit sursauter.

Rock is dead de Marilyn Manson.

De quoi réveiller un macchabée ou des ados ensuqués. Brad baissa le volume et apporta de l'eau fraîche à sa muse. Après avoir récupéré le verre, il admira les traces superposées de leurs lèvres dans la transparence.

— La pièce à conviction de notre amour, déclara-t-il.

— Et ta biroute couleur café au lait, tu ne considères pas que c'est une preuve ?

Elle l'avait cueilli en plein vol élégiaque.

— C'est pas pareil, dit-il à court de belles phrases.

— C'est bien ce que j'ai compris. Partager un verre de flotte c'est de la passion, mais donner son cul c'est que de la baise, hein ?

— Non, non…

— Pour te parler franchement, la sodomie, en ce qui me concerne, c'était une première. Je l'ai fait uniquement pour toi. Je ne dis pas que je n'y prends pas du plaisir, mais au départ, j'ai consenti à me retourner uniquement parce que c'était toi qui était en face de moi. En revanche, l'empreinte de mes lèvres s'est retrouvée sur le gobelet de pas mal de mes collègues…

— Où veux-tu en venir ?

La verge à l'air, Brad était dépité. Kate savoura la réaction avant d'enchaîner :

— La baise, c'est pas sale. Au contraire, baiser rend les gens heureux.

— Hey, bébé, qu'est-ce qui t'arrive ?

— Excuse-moi, j'essaye de te dire que je t'aime, mais je ne sais pas sélectionner les mots…

— Moi aussi, je t'aime Kate.

Il s'allongea sur elle, l'enlaça, cala sa tête entre ses seins, tapota quelques mesures sur ses hanches et chantonna :

« J'ai consenti à m'retourner,
Car c'était toi en face de moi… »

— Hey ! C'est de moi, ça !

— Je te reverserai des droits. Tiens, une avance !

Il serpenta sur elle jusqu'à ce qu'il atteigne sa bouche pour lui scotcher un acompte. Pour la troisième fois, le téléphone cellulaire de Kate sonna sans qu'elle daigne répondre. Le message atterrit sur sa boîte vocale.

— Ils vont s'inquiéter chez les fédéraux, si tu ne réponds pas.

— Tu parles, ils n'arrêtent pas de se foutre de moi. De toute façon, je bosse, là. J'asticote un suspect.

Il eut un mouvement de recul, comme si elle avait dit ça sans plaisanter. Elle croisa ses jambes derrière le dos de Brad, le ramena à elle et l'embrassa pour dissiper son air dubitatif.

— Il faut que j'aille à Juneau, Brad.

— Quand ?

— Maintenant.

— Pour ton enquête ?

— Oui. Je dois interroger le gouverneur de l'Alaska.

— Terry Crane ? Rien que ça ?

— J'ai obtenu un rendez-vous.

— Qu'est-ce que tu lui veux ?

— Lui rentrer dans le lard.

— Quoi ?

Il se leva pour fouiller dans un paquet de Marlboro qui semblait vide et en tirer une cigarette tordue. Il l'alluma sans la redresser et s'assit sur le sofa.

— T'es pas, par hasard, en train d'essayer de rivaliser avec Love pour remporter la palme de celui qui se fera le plus d'ennemis ? Tu veux ta fatwa ou quoi ?

— Pourquoi dis-tu ça ? Tu crois que Crane est derrière tout ça ?

— Non, mais tu ne sais pas où tu fous les pieds. Je n'ai rien contre les politicards véreux, mais à choisir, je préfère me mettre la pègre à dos.

Elle se remémora la photo de Crane posant à côté de Prescott dans le bureau de ce dernier. Avec un peu de chance, les deux larrons pointaient à USA2. À force de taper haut, elle finirait par récolter quelque chose de sérieux. Au moins, elle verrait d'où tomberait ce fameux “paquet de merde” annoncé par Weintraub. En revanche, Brad avait raison. C'était risqué.

— Tu as peur, dit-elle sottement.

— Ouais, qu'il t'arrive quelque chose. Je tiens à toi. Je ne veux pas que tu subisses le même sort que Tatiana.

Kate était toujours allongée par terre, fixant le plafond. Brad contemplait sa chevelure noire, ses yeux bridés, ses pommettes saillantes, son corps élancé. Une plastique hors norme, fascinante, presque extraterrestre. À chaque fois qu'elle posait devant lui, il avait envie de composer une chanson. Son prochain album serait truffé d'allusions. Elle rampa jusqu'à lui en se demandant comment elle le protégerait du retour de flamme qu'elle allait déclencher, lorsque son téléphone portable siffla à nouveau. Un message s'afficha sur le petit écran de l'appareil :

Wanted Nathan Love
2 000 000 $
Nathan-Love.com

94

Dans le vol 348 d'Iberia pour Nice, Nathan se repassa mentalement le film de Bowman. Selon le père Almeda qui en était l'un des acteurs, il s'agissait d'une mise en scène. Au moins jusqu'à la fin de sa prestation. Car dans la deuxième partie, Chaumont avait bien été réanimé. Il avait clairement parlé. Où s'arrêtait la fiction et où commençait la réalité ? Nathan devait visionner à nouveau la cassette.

Le reste de ses pensées fut habité par les protagonistes de l'affaire Lazare.

Pedro Garcia, d'abord. Un moine tout droit sorti d'une publicité pour un fromage, qui aspirait à un peu d'action pour éprouver son esprit cartésien délaissé par les prérogatives de sa fonction ecclésiastique. Sa présence ne serait pas inutile pour s'introduire au Vatican.

Kotchenk, ensuite. Comment avait-il reçu la décision de Carla ? Les avait-il suivis en Alaska ? Était-il responsable de l'opération commando qui avait failli le faire périr dans le cercle arctique ?

Carla surtout. L'Italienne le retenait dans ce monde comme un boulet dans une prison. Un joli boulet certes. Magnétique. Nathan disséqua ses sentiments pour elle. Ses phéromones embrumaient son esprit. La biochimie que Carla déclenchait en lui chamboulait son être.

Garcia avait raison, c'était de l'amour. Le moine était sagace. Une qualité que le brave homme voulait mettre au service de la vérité concernant son ami Almeda.

Kate enfin. Depuis qu'elle avait rencontré ce musicien, elle semblait plus absente, moins efficace. Il aurait tort de critiquer. Sa propre fixation sur Carla l'empêchait sûrement de voir l'essentiel. À l'image de cette porte du monastère de Poblet qui leurrait les intrus. Il se promit d'appeler Kate à sa descente d'avion.

L'hôtesse qui l'avait alimenté en chocolat et en Coca releva sa tablette. L'atterrissage était amorcé. Nathan se débarrassa de l'exemplaire du *New Scientist* qu'il avait acheté à l'aéroport de Barcelone. Le magazine scientifique organisait un concours dont le gagnant aurait à choisir entre une semaine aux Bahamas et une cryogénie. Le lauréat, s'il optait pour le second lot, serait plongé à son décès dans un caisson d'azote liquide à - 196 °C jusqu'à ce que l'on découvre un jour la clé de l'immortalité. Le passeport pour l'éternité s'avérait de plus en plus à la mode.

La France était libérée de la grève. Après avoir rendu le pays exsangue par des négociations stériles, le Premier ministre avait cédé à toutes les revendications, excepté celle qui exigeait sa démission. Nathan appela en Alaska, tomba sur la boîte vocale du téléphone de Kate et lui troussa un message laconique : « Réveillez-vous, Kate. Après un séjour en Espagne fructueux, je m'offre une escale à Nice avant de m'embarquer pour Rome. Qu'est-ce que je ne ferais pas pour connaître votre petit secret ! Je rappellerai plus tard. »

Contrarié de ne pas être tombé sur sa partenaire, il héla un taxi qui crachait du diesel et fila vers le centre de Nice, en direction de l'appartement de Carla. En chemin, le chauffeur le gratifia d'une revue de presse. Il baragouina dans un anglais provençal que les grévistes avaient obtenu gain de cause, que c'était toujours ceux qui gueulaient le plus dans ce pays qui étaient privilégiés, que le Jihad islamiste venait de revendiquer un attentat à Paris pour punir la France d'avoir interdit le voile à l'école et que le soleil devrait dominer dans la journée. Paradoxalement, la grève avait momentanément permis au pays d'être épargné par les bombes.

Une grosse femme était en train de lessiver les sols de l'immeuble où habitait Carla. Nathan contourna l'obstacle volumineux et grimpa les escaliers. La porte de l'appartement était entrouverte. Il sonna pour la forme et entra en essayant de distinguer la voix de Léa ou le parfum de Carla. Il ne perçut qu'une vague odeur de transpiration masculine. Il fila dans la cuisine, ramassa un briquet qui traînait près de la plaque de cuisson et le jeta dans le micro-ondes qu'il régla à cinq minutes. Il rasa les cloisons, se fondit dans le décor. L'endroit avait été quitté précipitamment. Sur la table, il y avait deux assiettes sales, deux verres d'eau à moitié pleins, un pot de yaourt vide. La télévision était éteinte mais le magnétoscope était en marche. Nathan vérifia le compteur. La cassette défilait depuis seulement douze minutes ! Il l'éjecta. *Scream 3.* Carla et Léa étaient donc encore là quelques minutes auparavant. Peut-être avait-il une chance de les rattraper dans le parking souterrain. Il se précipita dans le hall et vit une ombre lui obscurcir la vue. Un dixième de seconde plus tard, il était à terre avec une intense douleur au crâne. Puis il entendit une déflagration. Un souffle violent chassa au-dessus de lui l'individu qui s'apprêtait à l'achever. Le micro-ondes avait explosé juste à temps.

Nathan savait qu'il allait s'évanouir. Il devait absolument quitter les lieux avant l'arrivée de la concierge, des voisins, de la police, du SAMU, des journalistes. Ses membres le guidèrent vers l'ascenseur. Son doigt appuya sur la touche la plus basse. La secousse le déséquilibra. Quand les portes s'écartèrent, il fit quelques pas et s'écroula.

95

Kate avait refusé que Brad l'accompagne à Juneau. Autant protéger l'homme qu'elle aimait et garder le prix du billet d'avion pour un voyage plus agréable. Elle profita du vol pour effectuer une revue de presse. Un missile nucléaire pakistanais était tombé au Cachemire. En attendant la réaction de l'Inde, les journaux faisaient les gros titres sur les dégâts causés par cette déclaration de guerre. Heureusement, le projectile avait ravagé une région peu habitée de l'État indien, à l'est de Jammu. Profitant de la diversion, la Russie avait lancé une offensive sanglante en Tchétchénie et la Turquie pilonnait le Kurdistan. Ces événements alarmants laissaient une place très réduite au reste de l'actualité composée d'attentats, de crimes, de viols, de corruption, de résultats sportifs et de prévisions météo. Quelques entrefilets consacrés à l'affaire Lazare étaient écrasés par le poids des gros titres. Dans un sens, c'était une bonne chose. Cela aurait pu accorder du répit à Nathan Love qui était devenu la vedette de cette affaire, s'il n'y avait pas eu cette sangsue de Stuart Sewell. Dans son dernier article du *Daily News*, intitulé « All you need is Love » en référence au tube des Beatles, Sewell dévoilait le nouveau montant de la prime offerte sur Internet pour l'élimination de Nathan et développait une théorie selon laquelle le profiler partagerait l'idéologie de la secte Shintô. Kate jeta tous les journaux à sa descente d'avion et se rua vers un taxi.

La traversée de la capitale de l'Alaska s'effectua dans les embouteillages et le brouillard, ce qui risquait de la mettre en retard. Le chauffeur bifurqua enfin dans Seward Street et se gara devant l'entrée du Capitole. L'édifice en briques et en grès jaune s'élevait sur six étages. Outre le gouverneur, il abritait les deux organes représentatifs de l'Alaska. Kate pénétra à l'intérieur avec cinq minutes de retard et cent quatre-vingts pulsations par minute. Une secrétaire au visage fardé d'un sourire aussi faux que ses cils l'invita à patienter dans une salle de réunion. Un café et vingt tours de trotteuse plus tard, apparut un homme dégarni au regard myope cerclé d'écaille. Une tête de flétan surmontant un costume de pingouin. Le type n'était pas Terry Crane.

— Andrew Briggs, se présenta l'individu. Je suis l'adjoint du gouverneur.

— J'ai rendez-vous avec M. Crane.

— Il vient de partir. Vous êtes en retard, mademoiselle Nootak, et comme vous l'imaginez, notre gouverneur a un emploi du temps très serré. Mais je peux très bien le remplacer. De quoi s'agit-il ?

— C'est personnel.

— M. Crane ne me cache rien.

— Je vais donc vous interroger en tant que suspect pour complicité de meurtre.

— Quoi ?

— Si Crane ne vous cache rien, vous êtes au courant de ses activités criminelles, non ?

— Une minute, s'il vous plaît.

Il quitta la pièce plus rapidement qu'un gibier. Kate ne le revit jamais. En revanche, deux minutes plus tard, Terry Crane s'asseyait en face d'elle. Il s'était soudainement rendu disponible. Le gouverneur n'était pas mieux habillé que Briggs, ni plus chevelu, mais il avait beaucoup plus de classe et de distance. Parfois, la fonction fait l'homme. N'ayant pas eu le privilège d'être reçue dans son bureau, Kate ne put se faire une opinion fiable du personnage. Celui-ci posa un téléphone mobile et un paquet de cigarettes sur la table de réunion.

— Qu'est-ce que c'est que cette histoire de meurtre ?

— Le quadruple meurtre de Fairbanks, deux prix Nobel, un agent spécial du FBI, une infirmière, vous situez le drame ?

— Bien sûr, j'en ai été affecté et j'ai adressé un message de condoléances aux familles des victimes.

— Vous aimez la chasse, monsieur Crane ?

— Pardon ?

— C'est une figure dilatoire ou je dois me répéter ?

— Écoutez, sachez que j'ai un emploi du temps très serré…

— Je sais, votre adjoint a utilisé la même phrase.

— Je gère un État fédéral, moi ! Vous ne me semblez pas en être consciente.

— Soyons francs, je n'ai pas voté pour vous, donc je ne chercherai pas à polémiquer sur la façon désastreuse dont vous administrez l'Alaska. Je suis ici pour collecter des informations dans le cadre d'une enquête criminelle. Aimez-vous la chasse, monsieur Crane ?

— La chasse, évidemment ! Tout le monde sait que je pratique cette activité partagée par bon nombre de mes concitoyens. Quel rapport… ?

— Au bazooka ? Sur des grizzlis ? Guidé par un certain Patrick Hoover ?

— Je ne vous permets pas ces insinuations diffamantes…

— Êtes-vous membre de l'organisation USA2 et de la secte LIFE qui financent le Projet Lazare ?

— Écoutez-moi bien, petite fouille merde…

— Avez-vous personnellement décidé d'interrompre subitement le Projet Lazare et de faire liquider l'équipe en charge de ce programme, pour couper court aux investigations menées par l'agent spécial Bowman ?

— C'en est trop !

— À moins qu'une secte concurrente de la vôtre ait décidé de vous piquer le projet.

— Écoutez-moi bien…

— J'écoute, mais vous n'avez pas grand-chose à dire.

Il saisit son téléphone et l'exhiba comme s'il allait déclencher une bombe à distance :

— J'ai le bras tellement long que sur un simple appel je peux faire raser cet État de sauvages. Vous avez de la chance qu'il y ait du pétrole et du gibier. Sinon, adieu vos putains d'allocations !

— Sommes-nous en pleine guerre des sectes, monsieur Crane ?

Ébranlé, frustré de n'avoir aucune prise sur l'agent fédéral qui poursuivait, imperturbable, son interrogatoire, le politicien se concentra sur son portable.

— Aspirez-vous à la vie éternelle, monsieur Crane ?

Il composa un numéro.

— Entretenez-vous des relations avec Arnold Prescott, PDG de la BP ?

Il colla son appareil sur l'oreille et la foudroya de ses yeux bleus.

— Vous êtes virée !

— Vous appelez Weintraub ?

— Ce n'est pas une Esquimaude à la con qui va faire la loi dans cet État !

Kate se leva et le remercia de l'avoir reçue. Crane l'arrêta :

— Attendez, ce n'est pas fini… Allo, Lance. C'est Terry. En face de moi, il y a une furie qui prétend faire partie de tes services. Elle m'accuse de tous les maux, y compris d'être impliqué dans le massacre de l'hôpital de Fairbanks. Elle me parle d'organisations secrètes, de sectes, de vie éternelle... Oui, c'est ça, je te la passe.

Nootak saisit le combiné et écouta Lance Maxwell lui signifier posément son licenciement. On l'avait déjà avertie plusieurs fois de tempérer son comportement et la mesure s'appliquait donc à la seconde. Elle n'avait plus rien à faire chez le gouverneur. Kate rendit le Nokia à son propriétaire goguenard et lui adressa un sourire satisfait :

— Vous avez répondu à toutes mes questions, même à celles que je ne vous ai pas posées. Merci encore de votre coopération.

Il leva son doigt vers elle :

— Je vais particulièrement m'intéresser à votre avenir.

— Moi aussi. Et vous êtes plus exposé que moi.

Le gouverneur déploya toute sa masse et la coinça violemment contre la cloison, oubliant subitement sa contenance obséquieuse de politicien et son statut honorable de gouverneur. Le cerveau primitif et les instincts bestiaux avaient repris le dessus. Du haut de ses un mètre quatre-vingt-quinze, il souffla sur l'agent fédéral son fameux "Écoutez-moi bien" enrobé d'une haleine au menthol :

— Écoutez-moi bien, espèce de petite enculée, il m'a suffi d'un coup de fil pour vous faire perdre votre job. À votre avis, combien de temps ça va me prendre pour vous faire perdre tout le reste ?

— Vous me menacez ?

— Je vais te la mettre si profond que ton intestin n'y suffira pas.

Sans se départir de sa froideur alaskienne, Kate lui rétorqua :

— Je me suis déjà faite enculer ce matin, mais par

l'homme que j'aime. Laissez-moi au moins le privilège de choisir mon partenaire.

Le poing de Terry Crane atterrit à deux centimètres de sa tempe, contre le mur. Nootak en profita pour se glisser sous le bras du politicard et s'éclipser dans le couloir. Elle se rua hors du Capitole en se demandant à quoi elle jouait.

96

Nathan flaira une odeur de pourriture. Un son inhabituel. Le clap d'une trappe métallique suivi par un bruit de chute se terminant par un floc mou. Un vide-ordures. Il ouvrit les yeux entre deux containers crasseux. Le moteur d'une voiture et un crissement de pneus l'informèrent de la proximité d'un parking souterrain. Après s'être relevé, il fit appel à sa mémoire immédiate : à la suite de l'explosion du four à micro-ondes, il était descendu au sous-sol et avait échoué dans le local à ordures de l'immeuble de Carla. Il évacua le cloaque aussi vite que ses jambes cotonneuses le lui permirent. À l'air libre, il consulta sa montre, constata qu'il était resté dans le cirage pendant une bonne heure et monta dans un taxi. Direction, le cap d'Antibes. Il descendit là où le chauffeur de la comtesse Natavoski l'avait ramassé dix jours auparavant. Nathan appuya sur le bouton du visiophone. Le portail s'écarta sans qu'il ait eu à décliner son identité. Il contourna la fontaine et marcha jusqu'au porche monumental où un factotum surarmé l'accueillit. Il demanda Carla. Le valet enfouraillé le guida jusqu'au salon et le pria de patienter en roulant les "r" et les mécaniques.

Dans une pièce qui jouxtait la salle de séjour, deux gorilles jouaient au billard. La télévision diffusait un vieil épisode de *La Quatrième Dimension* dans lequel un Robert Redford juvénile incarnait la Mort. Non loin du divan, une cuillère plantée dans un pot de Nutella et une tartine entamée indiquaient que Léa venait de déserter son poste, insensible au charme de la future star. Un miroir rococo refléta soudain le visage d'une rescapée de la mode punk. Nathan se retourna sur une jeune femme aux cheveux courts, hérissés, violets, un collier-ceinture métallique autour du cou, des boucles d'oreilles en forme d'épingles à nourrice. Elle était vêtue d'un top noir asymétrique entaillé sur un débardeur mauve, une minijupe décolorée et des bottes en cuir. Des bracelets en argent et en aluminium sertis de billes d'acier cliquetèrent lorsqu'elle croisa les bras. Nathan reconnut Carla.

— Vous avez changé.

— Rien ne vous échappe. On voit que vous êtes profiler.

Passé le choc et le plaisir de la revoir, il lui demanda ce qu'elle fabriquait dans cet accoutrement chez Kotchenk.

— Vladimir a tout fait pour m'aider à y voir clair, déclara-t-elle.

— Vous seriez la première à y voir clair dans cette affaire.

— C'est une affaire interne à votre pays. L'Amérique favorise la recherche scientifique expérimentale et les enjeux sont tellement énormes qu'elle emploie des méthodes similaires à celles des nazis. Même le FBI est mouillé là-dedans pour masquer les bavures. À qui profite de telles pratiques qui ont poussé des docteurs à triturer le cadavre de mon mari ? Aux nantis évidemment. Pour brouiller les pistes, on supprime ceux qui travaillent sur le Projet Lazare, on récupère les données, on désigne un bouc émissaire et on poursuit le programme ailleurs, sous un autre nom, avec des savants plus coopératifs.

— Kotchenk vous a bien briefée. Je suppose qu'il s'est donné le rôle du bouc émissaire. Et vous, il vous a réservé quel rôle ?

— Partez, Nathan. Je ne veux pas que vous recommenciez à semer le trouble dans ma famille.

— C'est tout ?

— J'espère que vous arrêterez les coupables. Il faut les débusquer là-bas, aux États-Unis. Pas ici.

Le majordome, aussi épais qu'un râtelier de fusils d'assaut, se posta de profil avec le bras tendu vers la sortie. Les deux autres sbires avaient abandonné leurs queues de billard pour se déployer en renfort, les costumes déformés par un paquet d'armes. Il était évident que Carla et Léa avaient été emmenées de force jusqu'ici et que l'Italienne parlait sous la pression de son hôte qui retenait l'adolescente en otage. Le sacrifice de ses cheveux traduisait son intention de changer de vie et son nouveau look témoignait qu'elle aspirait à une rupture. Apparemment, cela n'avait pas suffi. Nathan ne voulut pas compliquer la tâche de la jeune femme, ni risquer la vie de Léa. Il s'interrogea seulement sur la part de vérité dans les propos qu'il venait d'entendre. Car la théorie qu'elle venait d'avancer, bien que dictée par Mister K, tenait la route.

— Au revoir, Carla. Si vous avez besoin de quoi que ce soit, vous savez où me joindre.

— Non.

Personne ne pouvait joindre Nathan. Sa dernière remarque était donc une perche invisible tendue à une

Carla épiée par trois cerbères. Aussi, le non légèrement interrogatif qu'elle proféra fut interprété par l'Américain comme un signe qu'elle ne voulait pas rompre le contact. Comment lui faire comprendre discrètement que Kate Nootak serait la seule à être tenue au courant de sa future destination ?

— Quand on rentre bredouille de la chasse, c'est que la nature est mécontente. Seuls ceux qui savent cela sauront me trouver.

Carla fronça les sourcils pour tenter de percer son propos sibyllin. Allait-elle faire le rapprochement entre cette phrase prononcée par Kate et l'indication que l'Esquimaude serait le lien entre elle et lui ? Il n'eut pas le loisir de vérifier, car les cerbères le ramenaient déjà au portail.

Dehors, le soleil s'était glissé sous la mer comme sous une couette. La lumière crépusculaire scintillait de néons. Nathan erra seul dans les rues du vieil Antibes. Il croisa un couple d'Italiens qui parlait fort et un chapelet de petits vieux qui prenaient d'assaut un train touristique. L'air était humide et les pavés suintaient sous les réverbères. Combien aurait-il donné pour marcher sur les remparts en tenant la main de Carla ! Certainement moins qu'il n'aurait offert pour ne jamais l'avoir rencontrée.

97

Kate s'était enivrée dans l'avion qui l'éloignait de Juneau. Elle avait estimé qu'en état d'ébriété, elle fuirait plus rapidement. Pouvait-elle mettre son comportement débridé sur le compte de l'influence séditieuse exercée par Brad

Spencer ? Depuis que le musicien était entré dans sa vie, elle ne s'en sortait plus. La tête prise, elle avait laissé Nathan se débrouiller seul. Qu'avait-elle récolté de son côté ? Que de la haine. La haine de ses supérieurs, de la pègre locale, de la classe politique, des magnats du pétrole. La liste était à la fois longue et dérisoire. Qu'attendait-elle ? Où étaient passés ses cours de Quantico où elle avait appris à agir avec discernement, à progresser dans une enquête à pas feutrés ? Une erreur de procédure pouvait tout foutre en l'air. Et les erreurs, elle les accumulait depuis un mois sous prétexte d'en remontrer à Nathan Love, le cador du profiling. Qu'allait-elle devenir ? La réaction véhémente et omnipotente du gouverneur Crane induisait qu'elle avait tapé dans le mille et balancé son pied dans le méga panier de crabes. Restait à prouver l'implication du gouverneur, si elle voulait recouvrer son job. Autant prouver l'implication du FBI dans la mort de Kennedy. Qu'est-ce que Nathan avait découvert en Espagne ? Celui-ci avait tenté de la contacter plusieurs fois. Elle posa son téléphone sur la tablette et se promit cette fois de réagir à la première sonnerie.

Lorsqu'elle déboula dans le terminal en titubant, elle choisit de ne pas utiliser son véhicule de fonction garé dans le parking de l'aéroport. Il était plus prudent de faire appel à un taxi. Elle vomit le flétan d'Alaska Airlines sur une plaque de verglas et monta dans le véhicule d'un chauffeur inquiet pour ses housses de siège.

— Allez-y mollo, déclara Nootak.

— Où ça ?

Elle hésita. Se rendre chez Brad qui avait réintégré son appartement, vu qu'elle occupait rarement le sien, ou bien filer au bureau dans lequel elle n'avait plus le droit de mettre les pieds ? Sauter sur son amant ou sur ses dossiers ? Il fallait qu'elle récupère au moins ses affaires personnelles. Va donc pour le bureau. Le chauffeur enclencha la boîte automatique de sa Toyota et roula pépère sans bavarder. Kate baissa la vitre, encaissa un coup d'air givré qui la dessoûla et fixa le rétroviseur. On la suivait. Le vent avait un peu balayé le brouillard et le carbone. La visibilité était correcte. Elle plissa les paupières. Un van Ford Galaxy. À la grande surprise du taxi, elle exigea qu'il allonge la course en empruntant des détours. Ils semèrent le van et finirent par arriver devant l'immeuble qui abritait l'agence locale du FBI. Kate s'engouffra dans le building et monta au douzième étage. Lorsqu'elle poussa la porte de l'agence, elle tomba sur un désordre qui ne ressemblait pas au sien. Un désordre désorganisé. Elle dégaina. L'arme au poing, elle avança lentement, piétinant la paperasse éparpillée sur le parquet. Quelqu'un était en train de fouiller la pièce affectée à Bruce.

— Plus un geste! hurla-t-elle en braquant son pistolet automatique sur le visage de Bruce Dermot.

Interloqué, celui-ci lâcha une pile de classeurs.

— Kate? Vous... Ici?

Elle baissa son flingue, s'adossa à la cloison et réalisa l'incongruité de la situation.

— Excusez-moi, Bruce, mais je débarque ici et j'ai l'impression que le blizzard a fait un détour par mon bureau. Que se passe-t-il?

— Je... Je cherchais des do... des do...

— Des dossiers?

— Sur l'affaire Lazare.

— Pourquoi?

— Pour les remettre à Weintraub.

— Quoi?

— Je... Je croyais que vous étiez.....

— Virée?

— Décédée.

— De quoi parlez-vous Bruce?

— On m'a dit que vous aviez été assassinée.

— Qui ça "on" ?

— Je... J'ai reçu un appel, il y a une heure environ, de l'agence d'Anchorage. L'adjoint de Weintraub m'a annoncé que vous aviez été abattue à Juneau. Il m'a demandé de préparer d'urgence tout ce qu'on possédait sur l'affaire Lazare. Il sera là d'une minute à l'autre.

— Weintraub n'a pas d'adjoint.

Kate saisit le téléphone et appela son chef. Elle tomba sur Nelly, sa secrétaire crétine qui se prenait pour un agent spécial. Après avoir menacé de la défigurer si elle n'obtempérait pas, Kate obtint Weintraub.

— Qu'est-ce qui vous prend d'effrayer mon employée, Nootak ? Votre comportement est inacceptable ! Peu importe que vous soyez la protégée de Love ou de Maxwell, je vais établir un rapport sur vous tellement salé que vous allez consacrer le reste de l'hiver à vous chercher un autre boulot.

— Merci Weintraub, dit-elle en raccrochant.

Son chef n'était pas au courant de la rumeur de sa mort, encore moins de son soudain licenciement. Qui, alors, avait appelé Bruce pour lui raconter qu'elle avait été abattue ? Quelqu'un qui la voyait déjà l'arme à gauche et qui voulait récupérer ce que le FBI possédait sur l'affaire Lazare. Terry Crane était-il derrière tout ça ? Avait-il mis sa condamnation à exécution ?

La porte s'ouvrit soudain violemment sous une pluie de balles silencieuses. La lumière fut instantanément coupée, précipitant les locaux dans une obscurité totale. Des faisceaux rouges zébrèrent l'espace, libérant une nouvelle salve meurtrière. Le son des impacts scandait le déplacement de plusieurs individus. Ils étaient trois ou quatre. Kate écarta Bruce, se positionna sur un genou et visa à la source des rayons. Son chargeur contenait douze balles. Elle le vida intégralement, sans être sûre d'influer sur le cours des choses. Il y avait un Smith & Wesson dans l'armoire en fer, près de la fenêtre. Elle rampa jusque-là, sous le sifflement des projectiles, et plongea la main dans un tiroir. Une lampe torche lui creva les yeux. Une voix sans accent lui ordonna de ne pas bouger. Kate fit glisser le Smith & Wesson sur le sol en direction de Dermot qui s'était réfugié sous son bureau. Le canon brûlant d'un fusil d'assaut la refoula dans un angle de la pièce. Une douleur déchirante, accompagnée d'une odeur de roussi, lui signifia qu'elle avait laissé une partie de sa joue sur le M16.

— Le dossier qu'on t'a demandé, pédé, vite!

Ceux qui avaient téléphoné à Bruce venaient prendre livraison de ce qu'ils avaient commandé. L'homme s'exprimait avec un accent du Sud et n'avait pas remarqué qu'il s'adressait à celle dont il avait annoncé la mort au téléphone. Ce n'était pas un malin. Considérant l'injure dont il l'avait qualifiée, son élocution, l'équipement dont disposait le commando ainsi que la technique d'approche, on avait affaire à des crétins de militaires du dimanche. Des miliciens en goguette. Avec un peu de chance, ils ignoraient qu'il y avait deux fédéraux dans la pièce.

— Là, se contenta-t-elle de dire.

Elle pansa sa pommette meurtrie avec une main et montra de l'autre un tas de papiers sur la table qui abritait Bruce. Kate se demanda si le stagiaire allait se décider à faire usage du pistolet qu'elle lui avait envoyé. Malgré le faisceau qui l'aveuglait, elle distingua le déplacement d'une deuxième silhouette vers le fatras qu'elle venait de désigner. Dans la poche de son anorak, son téléphone se mit à sonner.

— Ne réponds pas!

— La vidéo, où est-elle? beugla la deuxième silhouette.

L'homme qui la maintenait en joue répéta la question, ponctuant l'écho d'un coup. L'acier avait heureusement tiédi. Cette fois, Kate s'en tira avec une ecchymose au front.

— Juste au-dessus de votre tête ! s'exclama-t-elle en espérant que son stagiaire capterait le message qui lui était destiné.

L'agresseur regarda machinalement en l'air, tandis que son complice embarquait les documents dans une besace. Manifestement, Dermot n'avait pas compris.

— Allez-y, Bruce, tirez au-dessus de votre tête, insista Kate.

— Y a quelqu'un d'autre ici ?

Le type vociféra quelques consignes désordonnées. Trois détonations résonnèrent dans le brouhaha. Le rayon de lumière qui était braqué sur Kate s'orienta vers la pétarade. Bruce Dermot canardait à l'aveuglette, recroquevillé sous le bureau, le pistolet collé contre le meuble qui le couvrait. Un mètre plus haut, une gueule en charpie dodelinait dans un geyser de plomb et de sciure. Kate bondit sur son agresseur médusé qui tomba sur le dos sans lâcher son arme. Couchée sur lui, elle empoigna le canon du M16 à deux mains pour le pointer sous une gorge hérissée de poils. La torche roula à terre en dessinant des arabesques sur les murs. Par réflexe, le barbu dégagea son doigt de la gâchette et chercha à dévier le fusil-mitrailleur qui lui perçait la glotte. Kate crocha la détente et déclencha la mise à feu. Une rafale les secoua. Elle sentit un liquide chaud lui éclabousser la face. D'un revers de manche, elle s'essuya et vit la lampe s'élever du sol à hauteur d'homme. Trois coups de feu plus tard, celle-ci retomba et roula jusqu'à une paire de bottes. Deux ultimes détonations mirent fin au fracas. Kate appela Bruce sans obtenir de réponse. Elle se leva et progressa à tâtons vers l'interrupteur des toilettes. Le néon des WC clignota et éclaira un véritable champ de bataille. Quatre hommes en battle-dress coiffés de protubérantes lunettes à vision de nuit gisaient au milieu du désordre. Ce qui frappa Kate fut la position figée de Bruce, accroupi derrière le bureau, les yeux écarquillés, les bras à l'horizontale qui se rejoignaient devant lui autour de la crosse du Smith & Wesson. Après l'avoir interpellé plusieurs fois, elle le palpa. Ce fut seulement à ce moment qu'il amorça une réaction.

— Heeey ! Dermot, où avez-vous appris à tirer ?

— À Quantico… Je n'étais pas bien noté…

— Vous avez fait mouche, Bruce, c'est ce qui compte. Pour les interroger, on est mal, mais on est sains et saufs.

— Je… combien j'en ai tué… ?

— Trois.

— Putain… !

— C'est la première fois, hein ?

— Oui.

— Moi, ça m'est arrivé, il n'y pas longtemps avec Weintraub. Le SDF…

— Que… Comment avez-vous géré ça ?

Le temps pressait. Kate décida néanmoins de consacrer quelques minutes à son stagiaire qui lui avait sauvé la vie et qui était bien parti pour lui succéder au sein du FBI. Après avoir fouillé les poches vides des agresseurs et constaté par la fenêtre que la Ford Galaxy garée au pied de l'immeuble était en train de ficher le camp, elle brancha la machine à café, distilla deux jus de chaussettes et grilla une cigarette en compagnie de Bruce. Elle lui résuma la situation, sa visite chez Terry Crane, son licenciement expéditif, les menaces du gouverneur. Elle ne pouvait désormais compter que sur Nathan Love qui se trouvait quelque part en Europe, et sur son stagiaire. Devant le visage hagard de Dermot qui comptait encore les macchabées, elle lui expliqua que tuer pour la première fois, c'était comme franchir une frontière à sens unique. On quittait le monde civilisé, poli, politiquement correct, pour le royaume des meurtriers en tout genre. Attention aux cauchemars et aux insomnies des premiers jours ! Le seul moyen de s'en dépêtrer, et de se démarquer des assassins, était de se demander ce qui serait advenu si l'on n'avait pas franchi cette fameuse frontière. En l'occurrence, s'il n'avait pas versé le sang, Bruce ne serait pas en train de se poser de telles questions et aurait sa mort et celle de Kate à justifier lors de son arrivée au purgatoire.

— J'aurais dû les blesser, avança-t-il.

— Dans le noir ? Dès que l'on braque quelqu'un avec une arme, il faut savoir que l'on accepte le risque de tuer. On ne vous a pas enseigné ça, à Quantico ?

Elle changea vite de sujet, car le vacarme avait attiré les sirènes du quartier. Kate distribua les rôles. Tandis qu'elle irait rejoindre Nathan dès qu'elle parviendrait à le localiser, Bruce assurerait l'intérim à l'agence. Ils resteraient en contact. Probablement que Weintraub muterait un de ses sous-fifres ici, mais avec la crise du personnel, cela pouvait prendre du temps.

— Je suis désolée, il va falloir que vous vous coltiniez la paperasse, le rangement, Mulland et Weintraub. À mon avis, vous allez être promu dans cette histoire. Maintenant que vous avez sorti la tête de vos ordinateurs pour effectuer vos premiers pas sur le terrain, vous allez gagner de l'assurance. Bienvenu dans le monde réel, Bruce.

Kate ramassa quelques affaires personnelles et lui remit les clés.

— Sur le trousseau, il y a celles de la Patrol. Elle est encore à l'aéroport. J'étais trop saoule pour conduire. Allez-y avant de grever le budget de l'agence en frais de parking.

Elle enlaça affectueusement Dermot et le quitta en regrettant de ne pas avoir plus exploité les talents cachés de ce garçon.

98

Nathan se fit déposer devant une boutique pour se procurer un pantalon et un pull neufs, puis au Novotel de Nice où il avait déjà séjourné. Le réceptionniste physionomiste remarqua qu'il n'était pas plus chargé que la fois précédente. « Si tous les clients étaient comme vous, notre bagagiste pourrait pointer au chômage », commenta-t-il. Nathan ne sut si c'était de l'humour ou une forme de revendication syndicale. Il sortit de sa poche la cassette de Bowman et demanda s'il était possible de la visionner. Quelques minutes plus tard, il assistait à nouveau à la résurrection d'Étienne Chaumont dans la salle de conférence fermée à double-tour. À partir du 17 décembre, le père Almeda n'apparaissait plus sur le film et l'explorateur, de plus en plus difforme, se mettait à parler. Que s'était-il passé entre le 16 et le 17 décembre?

Il devait absolument joindre l'agent Nootak.

Dans sa chambre, il se fit couler un bain et appela l'Esquimaude qui répondit enfin. Elle était essoufflée. Il y avait de la musique en fond sonore. « Wake up, wake up dead man », scandait le chanteur. La joie qu'elle manifesta à l'autre bout de la ligne le surprit un peu, après tous les messages qui s'étaient entassés sur sa boîte vocale : « Nathan ! Où êtes-vous ? Depuis le temps ! Je sais, je sais, c'est de ma faute ! » Il lui répondit qu'il était face à la baie des Anges, ce qui ne l'avança guère. Elle le mit au courant de ses récentes tribulations. Il lui confirma que Crane faisait partie de USA2, mais dissimula l'implication de Maxwell. En revanche, il évoqua la lettre d'Almeda.

— Selon le prêtre espagnol, cette cassette n'est qu'une mise en scène. Bowman aurait bénéficié de la complicité d'Almeda et de l'équipe médicale sur laquelle il faisait pression. Si c'est le cas, on peut expliquer la deuxième partie du film de deux manières. Soit Chaumont est miraculeusement revenu à la vie, soit ce n'est pas Chaumont.

— Je ne crois pas aux miracles. Pourtant, Carla a bien reconnu son mari.

— Oui, mais elle n'a regardé que le début du film. Elle n'a pas supporté de le voir trituré par les deux toubibs.

— Vous croyez… ?

— Je viens de revoir la cassette. Entre le 16 et le 17 décembre, le Français devient trop subitement méconnaissable. En plus, on lui a scotché les paupières.

— … qu'on l'a remplacé par quelqu'un d'autre ?

— C'est possible. Quelqu'un de la même corpulence que Chaumont, chauve et barbu. Un peu de maquillage et des électrodes sur le visage ont suffit pour faire illusion.

— Attendez, il y a un truc qui me revient. Alexia Groeven m'a dit que quelques jours avant sa mort, son mari s'était rasé les cheveux. Sur le billard, c'était peut-être…

— … Frank Groeven ! s'exclama Nathan. D'ailleurs, à partir de ce moment-là, il n'apparaît plus sur le film.

Le scientifique avait succédé à Étienne sur le billard. Love se souvint avoir capté l'image furtive d'une table de poker au cours de ses visions lorsqu'il s'était allongé à la place du cobaye. Les empreintes ondulatoires de Chaumont et Groeven s'étaient télescopées.

— Pourquoi Groeven aurait-il accepté une telle mascarade ?

— Bowman exerçait un chantage sur l'équipe scientifique. Il ne révélait rien de leurs expériences en échange de leur collaboration. Et puis, en simulant une résurrection, les toubibs y trouvaient leur compte. Cela aurait dopé le financement du Projet Lazare. Quant à Groeven, criblé de dettes et à la merci de tous les usuriers d'Alaska, il était prêt à n'importe quel compromis pour sortir la tête de l'eau.

— Tout ça pour coincer des sectes ?

— C'est ce qu'a écrit Almeda.

— Votre Bowman ne lésinait pas sur les moyens.

— Quand on voit ce qu'il a déclenché, on ne peut pas dire qu'il a allumé un pétard mouillé.

— Comment se la joue-t-on maintenant ?

Il lui conseilla de se mettre au vert. Son brutal licenciement, les menaces de Crane et l'attaque du commando dans son bureau auguraient du pire. Elle devait cesser de s'exposer. Kate n'était pas d'accord. « Je me suis cognée une semaine de vacances forcées, Nathan. Ce n'est pas en restant sur la touche que je résoudrai mes problèmes. » Il lui promit de faire revenir Maxwell sur sa décision quand ce serait plus calme. Il en avait les moyens. « Quand ce sera plus calme ? Vous rigolez ! Lorsqu'on m'attaque, je n'attends pas que ça passe ! » Elle insista pour le rejoindre à Rome. « Si vous me mettez à l'écart, je suis foutue ! » Il lui donna rendez-vous trois jours plus tard, le vendredi entre 8 heures et 8 h 05, au café Greco.

Nathan enfila ses vêtements neufs, traversa la Promenade des Anglais et acheta à l'aéroport un billet pour Rome. Décollage le lendemain à 11 heures. Il déambula sur la plage de galets en songeant à Carla. Parviendrait-elle à se libérer une deuxième fois du joug de Kotchenk ? Cela ne dépendait que d'elle. Elle en avait les ressources, à condition qu'elle soit motivée. Nathan réalisa qu'il avait marché des kilomètres quand il s'intéressa à nouveau à son environnement immédiat. Il faisait frais, la lune était pleine et la plage déserte. Au-dessus de lui, les palmiers enguirlandés scintillaient comme des bourgeoises à un gala de charité. Les relents de dioxyde de carbone indiquaient que le trafic avait redoublé d'intensité. Un clochard nanti d'un caddie de supermarché le héla à proximité d'une grosse canalisation qui déversait dans la mer le courant fluet du Paillon. Son chariot était chargé de sacs en plastique, de loques, d'ustensiles divers dont un balai chauve, une télé sans tube cathodique et un pied-de-biche qui avait dû servir à quelques effractions. Comme il tendait une paume gantée d'une mitaine mitée, Nathan supposa qu'il voulait de l'argent. Le gueux s'essuya la bouche qui salivait, tout en lorgnant sur la main de l'Américain qui fouillait une poche. Nathan extirpa un billet et fit le bonheur de l'individu qui le gratifia d'un sourire aussi jaune que son foie. Au-delà de l'odeur pestilentielle, il décela une arrière-pensée chez le clochard. Celui-ci n'agissait pas innocemment. En comprenant cela, il s'écarta du pouilleux, esquivant un projectile qui effrita le mur en face de lui. Sans se retourner, il s'engagea dans l'énorme canalisation. Il progressa le long de la paroi ondulée qui suintait l'humidité, marchant sur un lit d'eau saumâtre dans laquelle pataugeaient des colonies de rats. Les balles ricochèrent et résonnèrent dans le conduit. N'importe laquelle pouvait le toucher. Il s'était rué dans les boyaux du diable. N'ayant pas l'intention de remonter cet intestin nauséabond jusqu'à la bouche, il se coucha et rebroussa chemin en rampant dans l'eau noire, le nez dans les odeurs et les rongeurs. L'entreprise était risquée, mais avait l'avantage d'être inattendue. Un des tueurs le croisa sans le voir. Nathan lui saisit le mollet qu'il vrilla d'un coup sec. L'homme s'écroula et avala le poing de Nathan qui récupéra un Beretta. Désormais, il avait l'avantage car la lumière lunaire en face de lui transformait ses assaillants en silhouettes distinctes. Les cibles tombèrent, l'une après l'autre, dans un tintamarre digne d'un nouvel an chinois. La comparaison avec l'Asie s'arrêtait là, car les trois assaillants étaient de race aussi blanche que la viande de porc. Mais à la différence des porcins, ils étaient dépourvus de poils sur le crâne et portaient les fringues d'Action Man. Des skinheads. L'un d'eux frétillait encore dans la flotte comme un poisson tout juste pêché. Nathan le traîna par un pied jusqu'à la sortie, le flanqua dans un coin et examina sa blessure. Une balle dans l'aine. Il vérifia les environs. Le raffut n'avait rameuté aucun curieux et le clochard au caddie n'avait pas demandé son reste. L'Américain commença à interroger l'éclopé dans toutes les langues, mais celui-ci demeura muet. Disposant de peu de temps, il lui coinça chaque membre sous un rocher, puis retourna à la canalisation, captura un rat grassouillet, l'agita devant le nez du chauve, souleva la veste de treillis qui couvrait une croix gammée tatouée au-dessus du nombril et fourra l'animal dans le pantalon kaki. L'homme hurla, jura, postillonna. Pas facile à décrypter. « A skin ! » revendiquait-il en anglais avec un accent slave. « A skin ! » Love saisit la queue du rongeur qui avait creusé un terrier dans le caleçon du skinhead et commencé à grignoter son appareil de reproduction, ce qui n'était pas une mauvaise chose. Il renvoya l'animal repu dans le tunnel et pressa l'eunuque d'être plus explicite. Celui-ci ne crachait plus que du sang et du cyrillique. Son vocabulaire anglais ne semblait se borner qu'à deux mots : "a skin". Un skin. L'avait-il attaqué au nom de sa tribu ? Il criait son appartenance au mouvement skinhead comme un islamiste crie le nom d'Allah avant de tuer.

Une douleur vive à la tête fit comprendre à Nathan qu'il avait mal estimé le nombre de ses adversaires. Une erreur fatale dont il eut conscience en vacillant sur les galets. Un second impact le projeta au sol. La mort venait de le frapper dans le dos.

99

Deux heures avant que Nathan Love ne soit terrassé, et à des milliers de kilomètres de Nice, Brad Spencer inséra *Pop* de U2 dans sa chaîne. Il regarda à travers le store déglingué de la fenêtre. Rien à l'horizon, que du noir et du blanc. Quelque part dans le monde, Bob Dylan montait dans son bus pour une éternelle tournée, les Stones remplissaient un stade de plus, Bowie pétait la forme, Metallica alignait les concerts. Les dinosaures étaient toujours là, indestructibles, repoussant la fin de l'ère du rock. Ainsi la vie valait encore la peine d'être vécue. Surtout près de Kate.

La porte d'entrée couina. Sa muse entra, les cheveux sur la figure, chargée d'un carton d'où débordaient ses affaires de bureau.

— Salut chérie, je pensais à toi justement.

— Ça tombe bien, j'ai envie que tu me baises.

Tant pis pour la grossièreté. Elle avait un besoin urgent. Pas le temps de chercher un vocabulaire fleuri pour le lui suggérer. Elle balança ses affaires et se déshabilla sous le regard sidéré et émoustillé de son ami. Sans prendre le temps d'ôter ses sous-vêtements, elle le poussa contre le mur, lui arracha sa chemise à carreaux, son tee-shirt en faveur de la légalisation de Bob Marley et de ses produits dérivés, baissa son jean et son caleçon, avala sa verge déjà raide. Brad tenta de reprendre la situation en mains en lui dégrafant son soutien-gorge. Après qu'il lui eut baissé sa culotte et entamé un cunnilingus, elle se retourna prestement. Le nez de Brad échoua entre des fesses fermes et rebondies. Il humecta son sillon soyeux avec la langue pour préparer la pénétration. L'Esquimaude s'agenouilla et se pencha jusqu'à ce que son front touche le plancher. Brad l'enfourcha et enfonça son phallus lentement, profondément, provoquant des cris de jouissance chez sa partenaire.

Au terme de leurs ébats, leurs corps en sueur s'étalèrent sur le sol et se détendirent. Bono chantait :

« ...Wake up, wake up dead man. Jesus, were you just around the corner... »

Brad saisit une bouteille de jus d'orange qui traînait sur la table du salon et but goulûment avant de céder le reste à Kate. Celle-ci affichait un sourire de béatitude figé au milieu de ses traits tirés. Elle se leva sur un coude, souffla sur les longues mèches de cheveux noirs qui barraient son visage et se désaltéra à son tour. Le liquide était tiède et âpre. Elle était bien. Thérapie de choc. Brad lui mouilla une aréole d'un baiser et notifia qu'elle était devenue « une accro à la sodo ». Restait plus qu'à composer une chanson sur le sujet afin d'irriter les tympans des bien-pensants.

— Tu sais, Brad, en fait, j'ai réfléchi à ça... l'une des raisons pour lesquelles j'aime me faire enculer... enfin je veux dire, par toi bien sûr... c'est une façon de dire merde à la société. Et en ce moment, j'en ai grand besoin.

— Drôle d'entendre ça dans ta bouche, toi la gardienne des institutions.

— J'ai perdu mon job.

Le carton qu'elle avait trimballé jusque chez elle se mit à siffler le générique de *Hawaï Police d'État*. Elle se rua sur son téléphone mobile et décrocha. C'était Nathan. Elle était heureuse de lui parler. « Nathan ! Où êtes-vous ? Depuis le temps ! Je sais, je sais, c'est de ma faute !... La baie des Anges ? C'est où ça ?... » Ils mirent en commun leurs informations. « Je ne crois pas aux miracles. Pourtant, Carla a bien reconnu son mari... Vous croyez... qu'on l'a remplacé par quelqu'un d'autre ?... Attendez, il y a un truc qui me revient. Alexia Groeven m'a dit que quelques jours avant sa mort, son mari s'était rasé les cheveux. Sur le billard, c'était peut-être... Pourquoi Groeven aurait-il accepté une telle mascarade ?... Tout ça pour coincer des sectes ?... Votre Bowman ne lésinait pas sur les moyens... Comment se la joue-t-on maintenant ?... Je me suis cognée une semaine de vacances forcées, Nathan. Ce n'est pas en restant sur la touche que je résoudrai mes problèmes... Quand ce sera plus calme ? Vous rigolez ! Lorsqu'on m'attaque, je n'attends pas que ça passe !... En plus de Pedro Garcia, il faudra supporter ma présence en Italie... Je n'ai pas d'alternative. Je suis licenciée par votre copain Maxwell, menacée par le gouverneur de l'Alaska et apparemment certaines personnes haut placées me voient déjà morte. Je suis personnellement impliquée dans cette histoire, tout comme vous. Si vous me mettez à l'écart, je suis foutue... Où ?... Barman du Café Greco, entre 8 heures et 8 h 05... »

Ils raccrochèrent car la ligne devenait inaudible.

Ce fut seulement à ce moment-là que Brad remarqua les ecchymoses sur le front et la pommette de son amie.

— Tout va bien, le rassura-t-elle en lui adressant une moue censée dissimuler ses bleus.

Quelques secondes plus tard, une explosion soufflait son appartement.

100

La déflagration fit trembler toutes les vitres du centre ville. L'immeuble décapité flancha sur ses fondations. Les deux étages situés au-dessus et au-dessous de l'appartement de Kate furent volatilisés. La police, les ambulances, les pompiers de Fairbanks convergeaient vers le sinistre en rivalisant de décibels. Tout le quartier fut bouclé. Les équipes de secours étaient handicapées par les conditions climatiques. Le vent attisait les flammes qui léchaient la structure métallique jusqu'aux chicots de béton ferraillé. Il fallut deux heures aux pompiers pour évacuer la totalité des locataires. À cent mètres du drame, sous sa casquette fourrée, le capitaine Mulland consultait la liste des locataires de l'immeuble faxée par le syndic. Il cessa de mastiquer son chewing-gum à la cerise et reposa son gobelet de café sur le tableau de bord de sa voiture, lorsqu'il découvrit que l'agent Kate Nootak logeait au huitième étage. La coïncidence était troublante et il fallait reconsidérer l'hypothèse de l'accident dû à une fuite de gaz. Il téléphona au supérieur de Nootak à Anchorage.

— L'agent Nootak ? le coupa Weintraub à l'autre bout de la ligne. Justement, je suis en train de lui rédiger sa lettre de licenciement.

— Vous pouvez la déchirer. Elle vient de décéder.

— Quoi ?

— L'immeuble où elle loge. Il brûle depuis deux heures, là, devant mes yeux. Son appartement a volé en éclats.

— Une fuite de gaz ?

— Vous êtes fortiche, dites-moi, au FBI.

— Pourquoi, vous voyez autre chose ?

— Non. La fuite de gaz me paraît la seule hypothèse raisonnable.

— Alors, on est d'accord.

— Quand même, je serais curieux de savoir…

— De savoir quoi ? Ce qu'il adviendrait si on ouvrait une enquête sur l'origine de l'explosion ? Je vais vous le dire. De la paperasse, des heures supplémentaires et surtout beaucoup d'emmerdements qui nous tomberaient dessus.

— En clair ?

— Il y a une demi-heure, j'ai reçu deux coups de fil. Le premier venait du gouverneur Crane, le second de Lance Maxwell. Tous les deux ne voulaient plus entendre parler de l'agent Nootak. Définitivement.

Le capitaine Mulland lança un sifflement qui en disait long sur son intention de se dégonfler.

— Vous voyez ce que je veux dire en parlant d'emmerdements ?

— Affirmatif.

— À bientôt, Mulland.

Le capitaine libéra la ligne et but son gobelet de café froid en faisant la grimace. Il regarda une photo de sa femme et de ses deux gosses, épinglée sur le tableau de bord, et tira la conclusion que Kate Nootak n'avait pas su profiter de l'existence.

101

Pedro Garcia monta dans le bus en partance pour Barcelone. De la capitale catalane, il prendrait ensuite l'avion pour Rome. Il hissa sa petite valise dans le filet à bagages et s'assit près d'une fenêtre. Il avait le choix, le car était presque vide. Le chauffeur, dont l'embonpoint dégoulinait sur le volant, ferma les portes et démarra en direction de son prochain arrêt : Valls. La route serait longue jusqu'à l'aéroport, mais le moine avait peu de moyens et beaucoup de temps. Il avait hésité avant d'accepter de rejoindre à Rome ce M. Love, un homme étrange venu d'Amérique, mais dont les intentions étaient nobles. Comme par une volonté divine, Felipe Almeda s'était éteint la veille, quasiment dans ses bras. Il fallait désormais accomplir sa dernière volonté. Remettre la lettre au cardinal Dragotti.

Avant de succomber, son ami avait rassemblé ses dernières forces pour rédiger d'une écriture bancale des mots sur son bloc-notes. Le résultat ressemblait à une question : « Qui est semblable à la bête et qui peut engager le combat contre elle ? » Pedro avait reconnu une phrase de l'Apocalypse de saint Jean, scandée par les adorateurs des puissances du mal. Un aveu de la folie dans laquelle avait sombré Almeda. Un aveu aussi de l'échec de sa quête.

Garcia distingua par la vitre le clocher de l'église San Joan et se signa en pensant à la Vierge de la Candela. Prochaine étape : Tarragone. Un couple de touristes s'installa à l'arrière de l'autobus. D'habitude, Pedro somnolait lorsqu'il effectuait de longs trajets en bus, mais le testament d'Almeda occupait son esprit et le retenait de s'assoupir.

La quête de Felipe Almeda. Toute sa vie, le religieux avait traqué la vérité. Alors que la plupart des gens se complaisent dans leurs certitudes, lui n'en possédait aucune. Il n'avait cessé de harceler le Vatican pour y déceler, tel un Sherlock Holmes de la Trinité, des indices qui auraient pu étayer sa foi ébranlée par la ligne rigide du dogme. Le prêtre cherchait des réponses dans des textes apocryphes, des Épîtres non officielles, des vieux manuscrits. Mais l'accès aux sources de la religion était jalousement gardé par le Vatican. Ce qui heurtait l'intelligence d'Almeda était que le salut de l'âme dût obligatoirement passer par une stricte soumission à la volonté divine telle qu'elle était présentée dans les Écritures canoniques, simplistes, truffées de naïvetés et de contradictions. On macérait dans la propagande. Des éléments de preuve, il avait fini par en trouver, mais elles allaient systématiquement à l'encontre de la ligne officielle. Almeda en était arrivé à douter de tout. La naissance de Jésus à Bethléem, sa généalogie remontant à David et à Abraham, sa conception virginale, l'adoration des mages, tout cela semblait avoir été inventé par des évangélistes enclins à diviniser le Christ à outrance et soucieux de faire coïncider sa biographie avec les prophéties de la Bible. Du coup, le père Almeda avait revisité le Nouveau Testament, analysant ce qui pouvait être contestable. Rien n'attestait que Jésus était né à Bethléem plutôt qu'à Nazareth, puisqu'il n'existait aucun registre d'état civil. On n'était même pas sûr de son année de naissance, ni des circonstances de sa mort qui ne figurait sur aucun procès-verbal. Quant aux miracles, à l'époque la plus mystique de l'histoire de l'humanité, n'importe quel tour de passe-passe était considéré comme un phénomène merveilleux. Un ciel noir était une intervention de Dieu, une guérison un signe divin. Jésus était un être hors du commun, cela ne faisait aucun doute, et il pouvait réaliser de grandes choses. Au point de ressusciter Lazare quatre jours après sa mort ? En y regardant de plus près, on s'apercevait que Lazare avait une sœur, Marie de Béthanie dont le destin se confond avec celui de Marie de Magdala, plus communément connue sous le nom de Marie-Madeleine ou Myriam. Une proche de Jésus. De là à déduire une connivence entre Lazare, Marie-Madeleine et Jésus, il n'y avait qu'un pas. Hanté par l'hypothèse d'une imposture, Almeda s'était rendu à Jérusalem et sur les bords du lac de Tibériade, là où Jésus avait marché sur l'eau. Il avait décelé quelques hauts-fonds, s'était même confectionné une paire d'échasses qui donnait l'illusion d'un déplacement au-dessus de l'onde. Toutes les mystifications étaient possibles et même légitimes en ces temps où Jésus devait se distinguer des nombreux autres prédicateurs qui sillonnaient la région. Toutes, sauf une qui nourrissait la foi d'Almeda et ne pouvait être remise en cause : la Résurrection du Christ. Pour lui, elle était le fondement du catholicisme qui s'était trompé de symbole en choisissant la crucifixion. « La Résurrection donne un sens à l'existence qui, sans elle, se réduirait à un hoquet dans le néant » se plaisait à répéter Almeda. En outre, elle était indéniable. Les évangélistes se répandaient en détails sur ce prodige, contrairement à l'Ascension, au sujet de laquelle ils furent beaucoup moins diserts. « Il fut enlevé au ciel », se contentèrent de témoigner Marc et Luc, tandis que Matthieu et Jean jugèrent inutile d'y consacrer le moindre verset. Dans Les Actes des Apôtres, Luc évoque « une nuée qui vint le dérober à leurs yeux », mais la description s'arrête là. N'importe quel artifice aurait pu tromper les apôtres déjà illuminés par la Résurrection de leur maître.

La curiosité, les requêtes, les errements d'Almeda, au sens propre comme au sens figuré, avaient irrité les dignitaires romains qui s'étaient débarrassés du trublion sceptique en lui confiant une paroisse en Alaska. La mise au rencard avait porté ses fruits. Sa soif de vérité et ses doutes s'étaient dissous dans la neige de Fairbanks. C'est du moins ce que Pedro avait conclu de la correspondance qu'il entretenait avec son ami à l'autre bout du monde. « La foi ne s'embarrasse pas de complément d'objet. Avoir foi en qui, en quoi ? Cela ne veut rien dire. L'essentiel est d'avoir la foi ou pas. Cela ne s'acquiert pas au fil d'une savante démonstration que l'on pourrait toujours réfuter par des arguments hérétiques », avait fini par lui écrire Felipe. Oui, il avait fini par entrer dans le rang. Jusqu'à sa rencontre avec Clyde Bowman.

Absorbé par ses réflexions, Pedro Garcia eut à peine le temps de voir la cathédrale de Tarragone disparaître dans son dos. À l'intérieur de l'autobus, il ne restait plus qu'une vieille femme recroquevillée sur son sac à main, juste derrière le chauffeur.

Une fois à Rome, Garcia comptait obtenir quelques explications de la part du cardinal Dragotti. Si Almeda en avait fait son dépositaire, il ne pouvait pas totalement ignorer ce qui se tramait. Quelle était donc cette faute que Felipe avait commise et qui allait, selon ses propres termes, "plonger le monde dans le chaos" ? Cette lettre qu'il serrait précieusement sous sa soutane, avait-elle le pouvoir de sauver l'humanité dès lors qu'elle passerait entre les mains du cardinal ? Le moine ne put s'empêcher de penser à Michel Strogoff, le courrier du tsar bravant mille dangers pour porter un message à Irkoutsk. Le souvenir des yeux du héros de Jules Verne, brûlés au fer rouge, lui procura soudain un sentiment de malaise. Cela le ramenait au visage calciné d'Almeda. Le moine se redressa sur son siège et regarda autour de lui. Pas d'Ivan Ogaref dans les parages, ce qui ne le rassura qu'à moitié. Il repéra un exemplaire froissé d'*El Pais* oublié par un passager qui avait dû le lire avec des gants de boxe, s'empara d'une double page du quotidien, enveloppa la missive qui lui brûlait la poitrine et bourra le tout dans la poubelle placée sous sa vitre. Il n'aurait qu'à récupérer le pli d'Almeda à son arrivée à Barcelone. La vérité sortirait de ce bus dans sa poche ou dans le sac plastique de l'équipe de nettoyage, mais certainement pas entre les mains de ceux qui lui barraient la route.

La vieille femme au premier rang s'apprêtait à se lever. Le chauffeur ventru annonça cinq minutes d'arrêt à El Vendrell et en profita pour aller uriner. L'aïeule descendit. Un homme élégant monta. Bien qu'il fût coiffé d'un chapeau mou et masqué par de grosses lunettes noires, ses traits parurent familiers à Pedro. Il s'installa sur le siège placé juste derrière lui. L'instinct grégaire, estima le moine avant de dresser une liste de ses relations dans l'espoir d'y trouver l'identité du quidam. Ce dernier dégageait une odeur de vétiver et de friture. Le parfum était bon marché, donc il ne s'agissait pas d'une vedette voyageant incognito dans un bus affrété à l'intention de ceux qui ne pouvaient pas se payer une voiture ou le train. L'odeur de friture tenace lui fit penser qu'il s'agissait d'un étranger ne fréquentant pas les petits restaurants à tapas de la région. Son costume élégant, la dose massive d'eau de toilette et l'absence de bagage induisaient qu'il rejoignait à Barcelone une belle Catalane. Sa tenue de camouflage ainsi que le réflexe de se placer juste derrière quelqu'un, était le propre d'un introverti. Celui-ci n'avait probablement pas osé avouer son amour, ni exiger de sa douce qu'elle se déplace à El Vendrell.

Le moine s'enorgueillit de la pertinence de sa déduction psychologique. Cela promettait pour la suite des événements. Il se sentait d'attaque pour remplir sa mission de haut vol aux côtés du FBI. D'autant plus qu'il avait une carte maîtresse dans sa manche. Outre le fait qu'il parlait italien, il connaissait Mgr Reverte, membre influent de la commission théologique internationale rattachée à la congrégation pour la doctrine de la foi que dirigeait le cardinal Dragotti. Un allié dans la place leur serait utile pour éclaircir cette affaire.

Il s'apprêtait à se retourner pour tenter de mettre un nom sur le nouveau passager, lorsqu'une douleur dans le dos freina son élan, comme si ses vertèbres s'étaient soudain bloquées. Il sentit sa nuque se raidir, ses reins se liquéfier, une lame traverser son corps jusqu'à son ventre puis se retirer. Pedro hoqueta, cracha du sang. Le voyageur discret vint s'asseoir à côté de lui. Il tenait un long couteau souillé et un sac vide. L'identité du sicaire jaillit dans l'esprit du moine. Lorsque le fer creva sa chair en direction du cœur, une dernière pensée l'effleura : contrairement à Michel Strogoff, Pedro ne remettrait pas le message au cardinal Dragotti. En revanche, il n'allait pas tarder à percer les mystères de l'au-delà qui tourmentaient le frère Almeda.

102

Pour la centième fois, Bruce Dermot tâta sa canadienne. Le Smith & Wesson n'avait pas bougé de la poche intérieure. Se sentant investi d'une mission dangereuse, il prenait avec sérieux le relais de l'agent Nootak, écartée de l'affaire Lazare par les hautes instances. Désormais, il fallait compter avec l'agent spécial Dermot. D'un air décidé, il arpenta le parking de l'aéroport, à la recherche de la Patrol léguée par Kate. Dans le taxi qui l'avait transporté jusqu'ici, il avait appelé Geena sa fiancée. Il était tombé sur sa propre voix enregistrée sur un répondeur auquel il n'avait rien à dire.

Il sortit le ticket de sa poche et vérifia le numéro écrit au crayon par Kate. 536. Ce n'était plus très loin. Un bruit de moteur le fit sursauter. « Du calme Bruce », soliloqua-t-il en mastiquant un vieux chewing-gum dont il n'arrivait pas à se séparer. Les phares d'un véhicule inondèrent ses godillots. Il se retourna et distingua une Ford Galaxy. Dans un crissement de pneus assourdissant, une voiture déboucha brusquement devant lui en marche arrière. D'un signe de la main, le conducteur pressé s'excusa d'avoir failli lui écraser les orteils. Bruce s'étonna de ne pas avoir été dépassé par la Ford Galaxy. Il jeta à nouveau un œil au-dessus de son épaule. Le monospace s'était volatilisé. Il repéra enfin la Patrol de fonction, fit tinter le trousseau de clés et devina que quelque chose d'immense et de sombre fonçait sur lui. Il bondit par réflexe entre deux véhicules garés à sa gauche et lâcha ses clés en se réceptionnant sur le ventre. Il se débarrassa de ses gants et déboutonna sa canadienne, à la recherche du Smith & Wesson. Au bout de l'allée, la Ford Galaxy effectua un dérapage contrôlé et montra à nouveau sa calandre. Bruce toucha enfin la crosse de son arme, ôta la sécurité et tira en même temps que la Ford percutait la Chevrolet qui lui servait de bouclier. La balle creva le pare-brise du monospace, la Chevrolet se souleva du sol et retomba sur Dermot. Son bras droit étant toujours libre, il employa la même méthode que celle qu'il avait inaugurée à l'agence. Canarder à l'instinct. Sous la salve, la Ford patina, couina, recula, braqua brusquement et fila aussi vite qu'une patineuse artistique. Bruce dégonfla ses poumons et se dégagea de l'étau de tôle en vérifiant que ses assaillants avaient filé. Il boita jusqu'à la Patrol, s'installa au volant et essaya de contrôler sa respiration. L'enquête ne serait pas facile, mais il devenait plus fort d'heure en heure. Son téléphone sonna. C'était Geena. Elle s'inquiéta de son essoufflement.

— J'ai couru jusqu'au téléphone, expliqua-t-il pour ne pas affoler sa fiancée.

— Qu'est-ce que tu racontes ? Je t'appelle sur ton mobile.

— C'est vrai.

Bien qu'il n'eût pas encore pris l'habitude de mentir à sa conjointe, Bruce s'adapta rapidement. Un vrai flic doit savoir compartimenter sa vie de famille et son métier :

— Je l'avais oublié dans la boîte à gants.

— Tu pourras apporter une bouteille de vin ?

— On fête quelque chose ?

— Tu as oublié que mes parents viennent dîner ce soir ?

— Oh merde !

— C'est agréable.

— Non, ça métait sorti de la tête, c'est tout. Je vais carrément acheter du champagne. J'ai une bonne nouvelle à t'annoncer.

— Moi aussi

— Laquelle ?

— Surprise.

— Les minutes vont être longues jusqu'à ce soir.

Il raccrocha en se demandant ce qu'elle lui cachait. Il allait se marier avec la plus jolie blonde au nord du 64e parallèle, était sur le point d'être promu, venait d'hériter d'une Patrol flambant neuve et avait échappé deux fois de suite à la mort. Que demander de plus ? Soudain, il eut sa petite idée sur la surprise. Il esquissa un sourire en coin et pensa que si la famille Dermot s'agrandissait, son avancement ne pouvait pas mieux tomber. Il tourna la clé de contact et se désintégra dans une explosion si puissante que l'on ramassa des fragments de carrosserie et de chair brûlée devant le terminal de l'aéroport situé à trois cents mètres.

103

Le bouchon de champagne fusa en direction de la mer. La météorite en liège survola le jardin et s'écrasa contre un chamærops. Sur la terrasse nimbée d'une lueur diffuse émanant de photophores discrètement positionnés aux pieds des palmiers, Carla tendit une flûte vide. Vladimir la remplit de bulles illico. Il posa le magnum millésimé sur les balustres en marbre et se colla à Carla. La lune et les étoiles brillaient dans un ciel limpide qui se confondait avec la Méditerranée. L'Italienne était moins grisée par le panorama que par l'alcool qu'elle avait ingurgité au cours du dîner. Après le dessert, Léa était montée se coucher dans un lit à baldaquin entouré de cadeaux que la plus grande chambre de la villa ne parvenait presque plus à contenir. Kotchenk faisait tout pour s'en faire une alliée.

Le Russe contempla Carla. Il l'avait obligée à se changer avant de passer à table. Elle avait enfilé une robe-body noire et un collant résille.

— Promets-moi d'enlever tout ce violet dès demain.

— T'aimes pas mon nouveau look ?

— Ne te fous pas de moi !

Vladimir avait tout fait pour l'apprivoiser. Lorsque celle-ci était revenue des États-Unis, il lui avait même pardonné son escapade. Cependant le nom de Love avait parasité la conversation. Il n'avait pu dominer sa jalousie et l'avait giflée avant de s'en mordre les doigts. Carla avait claqué la porte. Le Russe avait envoyé deux sbires pour la reconquérir. Il avait également donné des consignes pour que l'on neutralise définitivement Nathan Love si celui-ci se manifestait. Les hommes de main avaient arraché les deux filles à leur déjeuner avant de les jeter dans une voiture blindée. Ce fut en sortant du parking souterrain qu'ils avaient aperçu Love en train de descendre d'un taxi. L'un des nervis lui avait emboîté le pas pour lui tomber dessus dans l'appartement de Carla. Mais une explosion avait réglé le sort du tueur. Sans demander son reste, ni pouvoir fournir d'explication sur l'explosion, l'autre moitié du binôme avait livré la marchandise à Mister K.

Lorsque Love s'était pointé au cap d'Antibes quelques heures plus tard, Kotchenk avait joué sa dernière carte : Léa. Tandis qu'il chargeait Carla d'éconduire l'encombrant Américain, il se retirait à l'étage avec l'adolescente. Il n'avait proféré aucune menace, mais Carla savait que si elle n'avait pas viré Love, cela aurait mal tourné. Elle aurait tout le temps de fausser compagnie à Vladimir quand la surveillance serait moins rapprochée.

— J'arrête, déclara-t-il.

— Quoi ?

— Le champagne, les bougies, le dîner de ce soir, c'était pour célébrer ton retour, mais aussi pour t'annoncer que j'arrête tout. Aujourd'hui, j'ai réuni mes associés pour préparer ma succession. Je prends ma retraite.

— Qu'est-ce que tu vas faire ?

— M'occuper de toi. À toi de décider où, quand, comment.

— Je n'ai pas besoin qu'on s'occupe de moi. Je ne suis pas une handicapée.

— Tu es une handicapée de l'amour. Tu ne sais plus aimer.

— Ça ne s'apprend pas. C'est comme la foi.

La foi, elle était tombée dedans à la naissance. Élevée entre la photo du pape qui trônait dans la salle à manger familiale et les photos de Claudia Cardinale, Sophia Loren et Gina Lollobrigida qui faisaient la couverture des magazines de cinéma, Carla avait le catholicisme et la féminité dans le sang. Un mélange détonant.

Vladimir toucha le sein gauche de Carla :

— Tu as un cœur énorme. Il y a assez de place pour Dieu et pour un homme.

— Et pour Léa.

— Oui, bien sûr.

— Ça me gonfle, cette conversation. Je vais me coucher.

— Décontracte-toi.

Il lui versa à nouveau du champagne.

— Je peux te poser une question ? tenta-t-il.

— Ma réponse est non.

— Tu ne sais même pas ce que je vais te demander.

— C'est ce que je te dis, je ne veux pas le savoir.

Un long silence traduisit le malaise de Vladimir, heurté par l'indifférence de Carla. Il n'était pas habitué à ce qu'on lui résiste avec autant d'acharnement. Elle pouffa, but d'un trait, tendit à nouveau son verre et se ravisa :

— Je plaisantais.

Le Russe se racla la gorge :

— Cet après-midi, l'Américain, le type du FBI, il était venu te chercher, n'est-ce pas ?

— Et alors ?

— Pourquoi tu ne m'as pas averti qu'il avait l'intention de te rejoindre ?

— Parce que ce n'était pas prévu.

— Il a été accueilli comme il se devait. Ce type fourre son nez partout et il fallait absolument lui faire comprendre qu'il n'avait plus rien à foutre ici.

— C'est ce que j'ai fait.

— Je t'ai forcé la main, quand même.

— En prenant ma fille en otage.

— Nous y voilà ! Jamais je n'oserais lever la main sur Léa. Mais si tu es persuadée du contraire, pourquoi es-tu encore là, ce soir ?

— Je suis convaincue que tu es incapable de lui faire du mal. Je crois aussi que tu es prêt à tout pour me garder et que ta jalousie peut te rendre très violent. Tu aurais pu faire éliminer Love lorsqu'il a remis les pieds ici. Tu as préféré que je me charge de le virer pendant que tu séquestrais Léa. Cela valait mieux qu'un bain de sang. Exit donc Nathan Love.

— Tu m'en veux de t'avoir influencé ?

— Tu m'aimes comme un fou. Ça se respecte.

— Et lui, il t'aime ?

— Je pense que oui.

— Et toi, tu l'aimes ?

— Entre lui et toi, j'ai choisi, non ? Dis, si on changeait de sujet ? Tu n'as rien de plus marrant à me raconter ? J'ai envie de rire. Fais-moi rire, bon sang !

Elle s'esclaffa devant son air embarrassé. Il but une gorgée de Dom Pérignon pour se donner de l'inspiration :

— Qu'est-ce qui fait cinquante mètres de long et qui ne mange pas de porc ?

— Je meurs d'envie de connaître la réponse.

— Une file d'attente de moudjahidine devant un arsenal nucléaire russe en liquidation.

Elle partit d'un fou rire. Elle n'avait jamais entendu une blague aussi sinistre. Les efforts de Vladimir pour la dérider étaient aussi hilarants que si le pape s'était essayé au hip hop. Ce n'était pas l'histoire qui était drôle, mais le narrateur qui était ridicule.

— Ça suffit, Carla !

Elle lança son verre dans le dos, à la russe, opta pour un revirement à 180° et lui souffla dans la figure quelques mots alcoolisés :

— J'ai toujours eu un penchant pour les gens qui luttent contre leur nature, qui essayent de changer, de se bonifier. Un jour, Love m'a expliqué que nous jouons tous un personnage de fiction. Toi, pour me plaire, tu t'efforces d'endosser un rôle différent de celui que tu incarnais avant qu'on se rencontre. Tu aspires à être meilleur. Tu t'efforces de contenir ta violence, d'avoir de l'humour, de mettre un terme à tes activités mafieuses comme d'autres tentent d'arrêter de fumer. Tu as de bonnes intentions…

Carla sentit qu'avec une telle tirade, elle méritait l'oscar. Vladimir savoura cet instant. Il caressa ses cheveux en épis et son corps moulé dans une robe terriblement sexy. Il la souleva et la porta jusqu'à un transat, près de la piscine.

— Je t'arrête tout de suite. J'ai une blennorragie que tu m'as refilée sur le bateau. Je suis en traitement.

À la lueur des photophores, elle vit le Russe blêmir. Manifestement, il n'était pas au courant de sa maladie.

— Tu devrais te faire soigner, Vlad. Sinon, tu vas devenir stérile.

— Excuse-moi, chérie, je… J'ignorais…

— Tu devrais faire gaffe aussi avec qui tu couches. Un peu plus et tu me refilais le sida.

Vladimir se leva et grilla une cigarette.

— Je ne t'en veux pas, Vlad. À l'époque, je repoussais tes avances et tu n'avais aucune raison de ne pas aller voir ailleurs.

— Tes rebuffades m'excédaient. Un an que je te faisais la cour ! En couchant avec une autre femme, j'ai eu l'impression de me venger de ton indifférence.

— Pour ça, tu t'es bien vengé.

— Avec toi, je ne sais plus comment m'y prendre. Quelle sont tes intentions réelles ?

— Les mêmes que les tiennes. Vivre en paix.

Il jeta nerveusement sa cigarette dans la piscine. Ce n'était pas la réponse qu'il escomptait.

— Tu peux m'apporter la paix, Vladimir ?

— Ce ne sont pas les propos d'une femme amoureuse.

— Si j'avais eu le coup de foudre pour toi, cela se saurait.

— Toi, le coup de foudre ? Sais-tu seulement ce que c'est ?

— C'est animal et chimique. Ça ne s'explique pas. On voit une personne, on est attiré par elle, elle devient le centre de notre univers. C'est un étranger, et pourtant on se dit que sans lui, on va mourir. Sa peau, son odeur, sa respiration sont une drogue. Par la suite, cet état fébrile peut se métamorphoser en amour et à partir de là seulement, tu commences à comprendre pourquoi tu es accro à cette personne.

— On dirait que tu en parles en connaissance de cause.

— L'homme qui est venu cet après-midi. J'ai eu le coup de foudre pour lui.

— Tu es amoureuse de lui, alors ?

— Je n'ai pas eu le loisir de voir mon coup de foudre se transformer en amour.

— Alors, qu'est-ce que tu fous ici, merde ?

— Je te l'ai dit. Je veux la paix. Love ne peux pas me l'offrir. Tandis que toi, tu feras un excellent conjoint et un bon père pour Léa.

Vladimir alluma une autre cigarette et s'avança vers la piscine inondée de lumière qui projetait des reflets chatoyants sur les palmiers washingtonia. Il se retourna en dégainant un index menaçant.

— Tu me prends pour qui, bordel ?

— Pour quelqu'un qui s'évertue à mettre un terme à sa carrière florissante et à se racheter une conduite pour m'avoir à ses côtés. Peu d'hommes font passer à la fois leur fric, leur carrière et leur statut avant leur femme.

— Veux-tu m'épouser, Carla ?

— J'ai froid, je rentre.

Elle se leva, il l'attrapa par le bras.

— Veux-tu m'épouser, Carla ?

— Tu n'as pas une autre histoire drôle ?

— Veux-tu m'épouser, oui ou merde ?

Était-elle trop saoule ou bien avait-elle atteint les limites de son interprétation ? En tout cas, elle donna la mauvaise réponse :

— Merde.

Vladimir lui administra un direct au menton, la porta sur son épaule et la jeta en vrac dans la remise à outils. Pendant qu'elle préparait une contre-offensive au milieu des sacs de terreau, il fouillait un placard. Elle essaya de se rappeler ce que Nathan lui avait expliqué sur la manière de contrôler la peur et de l'utiliser à son profit. Mais son esprit aviné était inopérant. Carla ne voyait qu'une chose : la porte entrouverte de l'atelier. Elle fonça. Kotchenk lui barra le passage d'un coup de pied au ventre. La force du choc la projeta à deux mètres, contre la tondeuse à gazon. Le Russe empoigna une touffe de cheveux violets. Dans l'autre main, il brandissait une grosse bouteille sans étiquette qui contenait un liquide incolore.

— Tu crois que parce que t'es belle, tu as tous les pouvoirs ? Que tu peux partir d'ici à ta guise, revenir quand ça te chante et me dire merde ?

— Ça n'a rien à voir avec mon physique.

— C'est ce qu'on va vérifier. Moi, je t'aime pour toi. Même si tu perds ta beauté. Et je vais te le prouver. Tu connais les effets du vitriol ?

Il lui colla le flacon devant les yeux. Elle se débattit, il lui flanqua deux crochets du gauche et lui attacha les poignets dans le dos avec du fil de fer. Il la traîna jusqu'à un étau fixé sur un établi, lui bascula la tête en arrière et serra fermement les deux mâchoires sur les tempes de Carla. Cambrée à angle droit, le crâne pris dans l'acier, les bras ligotés, elle offrait sa poitrine dénudée au-dessus de sa robe déchirée. Vladimir lui caressa les seins et remonta sa main jusqu'à sa gorge tendue comme un arc.

— Je t'aimerai toujours, Carla. Et tu finiras par m'aimer.

Elle le vit dévisser le bouchon du récipient et verser lentement le vitriol sur son visage. Dès les premières gouttes, le produit la brûla atrocement. Elle hurla en sentant crépiter sa peau et sombra presque aussitôt.

Quatrième partie

Les Arbres morts sont à la mode en hiver

104

Lorsqu'elle reprit connaissance, elle ne vit que de l'obscurité autour d'elle, ce qui prolongea un peu son temps de récupération. Où était-elle ? Que lui était-il arrivé ? Quel était ce sifflement ? Ses yeux piquaient, son visage la faisait atrocement souffrir. Elle était couchée sur un sol meuble. C'est alors qu'elle se rappela les coups et surtout le vitriol dont l'avait aspergée Vladimir. Avec la conscience qui s'ouvrait peu à peu, Carla sentit monter la chaleur, puis la douleur, puis la frayeur. À quoi ressemblait-elle ? Elle leva la tête et tâta ses joues dont la peau la tirait comme un lifting raté. Un relief crevassé et douloureux s'effritait au passage de ses doigts. Elle les retira comme si elle s'était brûlée, se leva et trébucha sur un obstacle. Elle se rattrapa à quelque chose qui céda et se brisa à ses pieds, répandant une odeur âcre. Du vin. Elle réalisa à cet instant seulement que Vladimir l'avait enfermée dans la cave de sa villa. L'Italienne tâtonna jusqu'aux escaliers, grimpa comme une aveugle et tambourina contre le battant en appelant à l'aide. Aucune réponse, à part le sifflement persistant. Elle redescendit pour identifier l'origine de ce son étrange. Il s'agissait du cumulus de la villa. Sa découverte ne menait pas à grand-chose. Alors, elle se remit à hurler, saisissant les goulots des millésimes avant de les pulvériser contre les murs, un à un. Carla voulait détruire, saccager, s'en prendre à tout ce qui touchait Kotchenk. Il ne lui restait presque plus rien à casser lorsque la porte s'ouvrit, à trois mètres au-dessus d'elle, faisant pénétrer un faisceau lumineux dans le sous-sol. Elle plissa ses paupières douloureuses et vérifia qu'elle y voyait encore. Une grande silhouette floue descendit les marches en contre-jour et s'avança en jurant sur un épais tapis de tessons de bouteilles. Elle n'identifia Nick que lorsqu'il fut à un mètre d'elle, une lampe de camping à la hauteur de sa mâchoire carrée. Le chauffeur de Vladimir écarquilla les yeux comme s'il était tombé nez à nez avec la bête du Gévaudan.

— Bon Dieu, qui êtes-vous… ?

— Carla ! Je suis Carla !

— Quoi ? !

Elle profita de l'effet de surprise pour se ruer vers l'escalier. À chaque foulée, les morceaux de verre mordillaient ses pieds nus. Un bras musclé l'alpagua avant qu'elle n'ait gravi deux marches. Elle se débattit en vociférant, décochant des coups de griffe et de talon dans tout ce qui se présentait à elle. Stoïque, Nick souleva les cinquante-cinq kilos de nerfs et les remonta au rez-de-chaussée. Il ne déposa la prisonnière que bien plus tard, après lui avoir fait promettre de ne plus broncher.

— Où est Léa ? demanda-t-elle.

— Je ne sais pas.

— Mais quelle heure est-il ?

— 10 h 16. Qu'est-ce… ?

— J'ai passé la nuit dans la cave ?

— Apparemment. Qu'est-ce qui vous est arriv… ?

— Emmenez-moi loin d'ici.

— Je crois que c'est une mauvaise idée.

— Pourquoi ?

— Le patron a donné l'ordre de ne laisser sortir personne. J'ignorais que vous étiez...

— À quoi je ressemble, Nick ?

Le grand costaud chercha ses mots.

— Merde, Nick, ne cherchez pas à finasser !

— Heu... C'est pas beau à voir.

— J'imagine.

Elle se mit en quête d'un miroir. Il fallait bien qu'elle se décide à constater les dégâts. Nick le comprit.

— Le mieux est que vous alliez à la salle de bains. Je vous préviens, je ne vous quitte pas d'une semelle. J'ignore ce que vous foutiez dans la cave, mais je suppose que le patron avait ses raisons.

Elle se tourna vers lui et lui empoigna le nœud de cravate.

— Putain, regardez ce qu'il m'a fait !

— Il a fait pire.

— Et c'est censé me rassurer ?

— C'est censé vous avertir qu'il faut vous tenir tranquille.

— Chien-chien à son maître, hein ?

— Je n'aimerais pas qu'il vous arrive du mal.

— Qu'il m'arrive du mal ? À partir de quel niveau évaluez-vous le mal ?

Nick éluda la question et la suivit jusqu'à une salle de bains. Carla croisa une employée de maison qui s'écarta comme si elle s'était trouvée sur le chemin d'une lépreuse. L'Italienne découvrit l'horreur dans le miroir. Des croûtes de sang et des lambeaux de peau racornie recouvraient son visage. Seuls ses grands yeux noisette avaient été épargnés par le vitriol. Elle ne supporta pas plus d'une seconde cette vision cauchemardesque et se réfugia dans l'épaule de Nick. Celui-ci se recula :

— Hey, mon costume ! Vous devriez vous laver la figure.

Le cynisme du mec la sidéra. Sa peau s'écaillait comme une vieille peinture et lui se souciait de son costume de Prisunic. Nick mouilla une serviette et entreprit de débarbouiller la jeune femme avec délicatesse.

— Allons, Carla, ressaisissez-vous. On dirait un bébé.

Il demeurait froid, insensible, sans compassion. Pourtant, elle savait qu'il l'aimait en secret. Mais ça, c'était avant, quand elle était belle. La donne avait changé et Nick ne risquait pas de jouer le chevalier servant d'un phénomène de foire. Au fil du débarbouillage, le lavabo se remplit d'eau sale, sablonneuse, épaisse, marron, rouge. Cela puait le vin. En détournant la tête vers le miroir, Carla vit son faciès. Le choc la fit chanceler.

Elle avait miraculeusement récupéré ses traits d'origine, avec quelques ecchymoses en plus. Il lui sembla halluciner. Sans comprendre sa réaction, Nick lui expliqua qu'il l'avait simplement décrottée. La terre battue sur laquelle elle avait passé la nuit et le vin dont elle s'était éclaboussée en cassant les AOC l'avaient provisoirement défigurée. Mais il n'y avait aucune trace de vitriol. Elle se mit à rire nerveusement avant de serrer son sauveur dans les bras. Elle voulut chercher un sens à tout cela mais préféra utiliser le laps de temps dont elle disposait dans les bras de Nick pour dégotter un moyen de récupérer Léa rapidement.

105

Au café Greco, les conversations étaient focalisées sur l'attentat islamique perpétré la veille dans le quartier. Chacun y allait de sa condamnation et de son inévitable couplet sur le retour impératif aux méthodes mussoliniennes :

— Faudrait rétablir la peine de mort…

— Faudrait d'abord arrêter les terroristes…

— Et virer les bougnoules…

Raphaël recevait en pleine face les haleines fielleuses d'un trio de Romains nostalgiques. En cette période de troubles, le jeune barman essuyait plus de répliques fascistes que de verres mouillés. Les blaireaux s'alignaient en masse pour avaler leurs cappuccinos et régurgiter leurs refrains, prêts à s'abrutir dans une journée de travail qui leur éviterait de penser, d'aiguiser leur jugement, de se faire une idée personnelle sur l'actualité, la vie, la religion, la mort. Au bar, ils faisaient le plein de clichés, d'idées reçues colportées par les médias, avant d'aller épuiser leur énergie à serrer des boulons, vendre des aspirateurs ou plâtrer des murs. Malgré le cadre chic et rétro du café Greco fondé en 1760, jadis fréquenté par Baudelaire, Wagner, Welles ou Fellini, les prix n'étaient pas plus élevés qu'ailleurs. Du moins, tant qu'on restait debout. Parce qu'assis, les tarifs étaient multipliés par quatre. Le petit peuple venait donc goûter en position verticale au charme suranné de la bourgeoisie et se rincer l'œil sur une vedette planquée derrière des lunettes de soleil. Raphaël servait des cafés aux prolos quand ses collègues servaient un gâteau à la polenta à Claudia Cardinale ou une glace au coulis de framboise à Monica Belluci.

— Hé, Raphaël, t'as peut-être refilé à boire aux terroristes, qui sait ? Pendant qu'ils repéraient les lieux !

Dino, un habitué qui buvait son chianti quotidien avant de se cloîtrer dans son minuscule kiosque à souvenirs, venait de l'interpeller.

— Les tueurs, j'en sais rien, mais les victimes, c'est sûr, il y en a que j'ai servi, rétorqua le barman.

— C'est affreux. Ils ne méritaient pas ça, tous ces innocents.

— Si la mort frappait uniquement ceux qui la méritent, ça se saurait.

— Moi, je vais te dire…

Raphaël n'écouta plus Dino. D'abord parce qu'il s'en foutait. Ensuite parce que ses mirettes s'étaient détachées de la trogne ratatinée de son interlocuteur pour se fixer sur une femme qui venait de s'accouder à l'extrémité du comptoir. De longs cheveux noirs, des pommettes qui lui mangeaient presque de grands yeux en amande, un teint bistre sur un minois venu d'ailleurs. Mongole ou Esquimaude ? En tout cas sa beauté exotique était fascinante. Il se dirigea vers elle, sans s'arrêter devant un râleur qui réclamait un café depuis une heure. D'habitude, Raphaël attendait que le client exprime son souhait, mais là, il gratifia l'inconnue d'une prévenance intéressée assortie d'un « Bonjour » et d'un « Qu'est-ce qu'il vous faut ? »

— Bonjour, je voudrais parler à Nathan Love.

Il se raidit et fixa la pendule estampillée Johnny Walker qui trônait derrière lui. Il était 8 heures pile. La veille, un homme s'était présenté à lui sous le nom de Nathan Love avec une liasse de billets en échange d'un petit service. Il suffisait de donner le nom de l'hôtel Hyatt aux personnes qui le réclamaient, à la seule condition qu'elles se présentent au bar le 17 janvier entre 8 heures et 8h 05.

— Hôtel Hyatt, répondit Raphaël comme convenu.

— Merci, dit-elle en repartant sans consommer.

Raphaël avait un faible pour les femmes. Il tombait amoureux une fois par semaine sur un sourire, un regard, une épaule nue. Cette fois, ce fut sur une voix. Une voix un peu rauque, un accent étranger, un timbre enveloppant, une pointe d'autorité, nimbés d'un parfum de violettes sauvages.

Une silhouette géante fleurant l'after-shave mentholé coupa son délicieux sillage en s'avançant vers le bar. Le type avait les cheveux roux plus ras qu'une moquette, un costard Armani froissé par un long voyage et un front aussi carré que sa mâchoire. Quelques gouttes de sueur trahissaient un récent effort physique.

— Hello, je cherche Nathan Love.

Encore un accent américain. Raphaël fixa l'horloge. 8 h 04.

— C'était moins une!

— Quoi?

— Hôtel Hyatt.

106

Carla s'écarta de Nick, fit glisser à ses pieds écorchés sa robe maculée de boue et ôta sa culotte avant d'enjamber la baignoire. D'abord, il avait détourné les yeux, mais il ne put résister longtemps. L'eau jaillit du pommeau pour se répandre sur le corps de l'Italienne. Celle-ci n'avait rien trouvé de mieux pour mettre le valet de Vladimir dans son camp. Lui offrir le spectacle de sa plastique comme une promesse. Elle n'avait pas le temps de finasser. Jusqu'à présent, elle n'avait jamais eu recours à ce moyen. Au contraire, son physique l'avait plutôt desservie, attirant une foule de machos qui, dans l'assaut, avaient probablement piétiné un prétendant idéal mais moins entreprenant. Parmi les phallocrates, il y avait eu Modestino, un Napolitain à sang chaud qui l'avait engrossée le soir de son premier bal et qui s'était volatilisé bien avant la naissance de Léa. Il y avait eu Étienne, le Français tempétueux qui l'avait épousée et qui avait disparu au fin fond de l'Arctique un soir de Noël. Puis il y avait eu Vladimir, le Russe irascible qui lui avait tout donné y compris la chtouille et la trouille. Lui ne s'était pas dérobé, au contraire. Modestino, Étienne, Vladimir, des fortes personnalités qui l'empêchaient de s'intéresser à des hommes comme Nathan Love, plus réservés. Mauvais discernement. Cette fois, elle allait prendre les choses en main.

— Nick, tu me donnes la serviette ?

Il s'exécuta plus prestement que si son patron lui avait demandé de démarrer sa limousine. Lorsqu'il présenta le drap de bain, à la manière d'un toréador, elle s'avança et se colla contre lui. Il posa ses mains dans son dos mouillé et se pencha vers elle pour l'embrasser. Carla ne résista pas. Elle leva les bras pour les enrouler autour de son cou. La serviette tomba, puis ce fut la veste et la chemise de Nick, shooté aux phéromones, incapable de mesurer le danger qu'il encourait en enlaçant la femme de son patron. Pour éviter qu'il ne revienne à la raison, elle se fit baiser sur place. Le coït expédié, Carla ramassa ses vêtements et ceux de Carter.

— Hey, où vas-tu ? cria-t-il.

— Je monte dans ma chambre.

Il la rattrapa dans les escaliers, en tenue d'Adam.

— Rends-moi mes fringues !

— On sera plus tranquilles en haut pour se rhabiller.

Elle enfila un jean et un pull, laça une paire de Reebock et adressa un regard à Nick qui récupérait son costume qu'elle avait jeté sur le lit. Le colosse n'en menait pas large. Son esprit étroit était partagé. Il fallait prendre une décision. Rester ou fuir ? Le cul de Carla signifiaient la mafia aux fesses.

— Emmène-moi loin d'ici, Nick.

Sur le seuil, elle attendait, un sac en bandoulière. C'était elle qui prenait les décisions désormais.

— Hey, c'est grave ce que tu me demandes.

— Pas plus grave que ce qu'on vient de faire.

— Où est-ce que tu veux qu'on aille ?

— Il y a le choix. En dehors d'ici, on a la planète entière.

— Kotchenk nous retrouvera où que nous soyons.

Elle le salua et fila. Entraîné par la cascade d'événements, Nick se précipita à nouveau dans son sillage jusqu'au garage.

— Où est la Range Rover ?

— Chez le carrossier.

— Tu as les clés de la Mercedes ?

— Je n'ai pas le droit de…

— Les clés, Nick !

Il déclencha l'ouverture centralisée du véhicule blindé. Carla ouvrit la portière, jeta son sac de voyage à l'intérieur, s'empara de la clef de contact et s'installa derrière le volant. Une main d'acier l'extirpa aussi brutalement qu'un siège éjectable. Secouée dans tous les sens, elle se sentit projetée contre la tôle avant de se retrouver face à Olav Askine. Le bras meurtrier de Vladimir. Un ancien officier russe ayant cassé de l'Afghan et du Tchétchène avant d'offrir ses services à l'organisation fasciste russe RNE, puis à la mafia et occasionnellement à Kotchenk. Crimes de guerre, nettoyage ethnique, actions de terreur individuelle contre les non-Slaves, entraînement au combat des membres de l'Unité Nationale Russe, participation au coup d'État de 1993, vendettas, étaient à inscrire à son palmarès. Mister K l'employait quand il ne pouvait pas faire autrement.

— Qui êtes-vous ? demanda Carla.

Nick était à terre.

— Toi rester ici, sale ritale.

— Je dois partir rejoindre mon mari. Vous permettez ?

— Si toi partir, toi morte.

Carla se rebiffa et tenta de prendre le large malgré les avertissements. Après tout, elle était censée être la femme du patron. La réaction d'Olav ne tarda pas. Il dégaina un 9mm parabellum dont le canon lui vrilla le dos.

— Qu'est-ce qui vous prend, Askine ? demanda Nick qui se relevait lentement en frottant sa nuque endolorie.

— Personne ne sort.

— Je dois conduire Mme Chaumont auprès du patron, mentit Nick.

— Pas question.

Malgré la consigne, il se dirigea vers la Mercedes. Askine tira deux coups de feu. Le chauffeur tomba en hurlant. Du sang jaillit de ses deux jambes. Carla était pétrifiée. Askine semblait incontrôlable et déterminé. Il ordonna à Nick de la boucler, composa un numéro sur son mobile, parla en russe, écouta, raccrocha.

— Pas sortir ! Kotchenk a confirmé.

— Où est Vladimir ?

— Rentre, maintenant, putain de ritale !

Carla regarda autour d'elle. Son sac était sur le siège de la Mercedes. La portière était ouverte, la clé sur le contact. Il suffisait de la tourner d'un quart de tour pour quitter ce lieu maudit. Adossé à la roue de la voiture blindée, cloué au sol, Nick gémissait en palpant son cœur. Il cherchait son arme. Il ne risquait pas de la trouver. Carla l'avait subtilisée pendant qu'elle montait son costume dans la chambre. Elle se mordit la lèvre et lorgna sur le parabellum pointé dans sa direction.

— Il faut appeler une ambulance, dit-elle.

— Non.

Olav tira une troisième fois. Carla cria. Nick percuta le sol de sa tête fendue par la balle.

— Plus besoin ambulance. Rentrer, maintenant.

Elle s'exécuta. Askine accompagna le mouvement en la saisissant par les cheveux, jusqu'au perron. D'un geste brusque, il l'envoya valdinguer contre un pilier en marbre du hall.

107

Lorsque Carla revint à elle, allongée sur le sol de l'entrée, Vladimir lui caressait le front.

— Comment vas-tu, chérie ?

Elle repoussa la main du Russe pour ausculter son crâne. Elle récupéra ses doigts couverts de sang.

— C'est juste une petite commotion, la rassura Kotchenk.

Il était seul. Son téléphone portable sonna dans sa poche. Il répondit sèchement et coupa la communication.

— Ne t'inquiète pas, Olav Askine n'est plus là et j'ai congédié tout le personnel pour que l'on soit tranquilles. La villa nous appartient.

— Qui était ce type ?

— Tu essayais de t'échapper ?
— Il a tué Nick.
— Je sais, je sais. Où voulais-tu t'enfuir avec lui ?
— Où est Léa ?
— Olav m'a raconté que tu as fait l'amour avec Nick.
— Tu la séquestres, elle aussi ?
Dialogue de sourds.
— Étant donné ton comportement irresponsable, j'ai pris quelques dispositions.
— Mon comportement irresponsable ?
— Cette fugue avec un inconnu du FBI dont tu t'es amourachée en quelques heures, les risques que tu fais courir à Léa en l'embarquant dans une dangereuse virée en Alaska au lieu de l'envoyer à l'école, la mort mystérieuse de ton mari à laquelle tu ne serais pas étrangère si l'on en croit les accusations de ta belle-mère, ces revirements insensés entre ton envie de rester avec moi et de décamper, ce rapport sexuel intempestif avec un de mes employés juste avant sa disparition, sans compter cette coupe de cheveux saugrenue, le vol de voiture, l'explosion dans ton appartement… la liste est longue.
— Tu espères me retenir ici contre mon gré ?
— Tu as besoin d'un traitement psychiatrique. La découverte du corps d'Étienne et cette histoire sordide d'expériences sur son cadavre t'ont complètement ébranlée.
— Tu veux m'enfermer dans un asile ?
— Je collectionne les témoignages pour te faire interner. Ne t'inquiète pas, au bout de quelques mois, tu redeviendras comme avant.
— Me faire croire que tu m'avais défigurée au vitriol, ce n'est pas un acte de dément, ça aussi ?
— Tu as aimé ma mise en scène ?
— Salaud !
— C'est la première fois de ma vie que je verse de

l'alcool à 90 ° sur un visage. La première fois aussi que j'offre une deuxième chance à quelqu'un.

— De quelle chance parle-t-on ?

— La chance de vivre.

— Avec toi ?

— Tu me le dois.

— Ah bon et pourquoi ?

— Parce que je t'ai tout pardonné et que si tu es encore en vie, c'est par ma volonté. Ceci est valable pour toi et pour Léa.

— Où as-tu enfermé ma fille ?

Vladimir l'embrassa sur le front. Sans s'écarter, il proféra sa menace :

— Je veux seulement notre bonheur à tous les trois. Nous formons une petite famille, désormais. Quiconque y portera atteinte mourra.

Carla le repoussa à nouveau.

— Nathan Love ne te laissera pas faire.

— Askine s'est chargé de lui hier soir. On a trouvé son cadavre sur une plage de Nice. En plus, cela va nous rapporter deux millions de dollars de récompense.

Tel un paquet de ferraille attiré par un aimant, Kotchenk tenta de l'embrasser. Avant que sa bouche ne touche son objectif, il recula lentement en louchant sur le canon du pistolet qui lui écrasait le nez. Carla braquait une arme, celle que Nick avait désespérément cherchée dans sa poche face à Askine. Elle se sentait responsable de sa mort, mais ce n'était pas le moment de faire du sentiment. Elle raidit son bras et inversa le rapport de forces :

— Je ne me suis jamais servi d'un flingue, mais j'ai vu comment ton nazi s'y est pris avec Nick. Où est Léa ?

— Tu aurais pu vivre comme une princesse.

Elle serra le poing. Explosion dans sa main, fumée devant ses yeux, odeur de poudre, cliquetis de la douille ricochant sur les dalles, genou de Vladimir éparpillé sur le sol. Le Russe roula à terre en hurlant.

— Où est Léa ? insista Carla en visant l'autre genou.

La deuxième détonation retentit dans le hall, renvoyant les échos d'un assassinat annoncé. Des éclats de rotule et de chair éclaboussèrent le pilier.

— Il ne te reste plus que deux options : la chaise roulante ou le cercueil. Où est Léa ?

Carla était déterminée. Kotchenk avait commis une grosse erreur. Il avait sous-estimé la force d'une mère à qui l'on enlève son enfant. Une force maternelle bien supérieure à celle d'un soldat embrigadé ou d'un homme de main cupide. Elle visa l'œil de Vladimir qui la défiait à travers un masque de souffrance et qui bouffait ses cris de douleur pour ne pas se rabaisser.

— Dans trois secondes, la chaise roulante ne te sera plus d'aucune utilité.

Le regard de Carla n'avait jamais été aussi noir. Kotchenk sut à cet instant que l'Italienne ne bluffait pas et qu'elle se moquait de supprimer le maillon qui la reliait à sa fille.

— Un…

Il n'avait aucune envie de mourir, bien que la perspective de terminer invalide ne l'enchantât guère.

— Deux…

Mais ce fut surtout la volonté de faire payer à Carla son acte séditieux qui lui insuffla le désir de survivre.

— Je suis la seule personne à savoir où est ta fille.

— Trois !

Le chien du pistolet oscilla vers l'arrière.

— Attends !… Léa est près d'ici.

Carla ramena la gâchette à sa position initiale.

— J'écoute.

— Elle est au casino, dans mon bureau, sous la surveillance d'Olav Askine.

La douleur entamait ses facultés intellectuelles.

Quelques minutes auparavant, il avait affirmé qu'Olav était en train de s'occuper du cadavre de Nick. Il s'était donc contredit, ce qui n'échappa pas à Carla. Elle le délesta de son Nokia et recula vers la sortie :

— Quand j'aurai récupéré Léa, je téléphonerai au SAMU.

Il la rappela avant qu'elle ne franchisse le seuil de la villa :

— Carla!... Va à Cannes. Je me suis gouré... tu comprends, avec la douleur... Léa est dans une villa...

— Quelle adresse?

— 45, route des Fleurs... Dépêche-toi d'appeler un médecin, j'ai...

Carla avait disparu avant qu'il ne finisse sa phrase dans une flaque d'hémoglobine.

108

« Quand l'amour n'est pas là,
Que tout reste dur pour survivre ici-bas,
Donne le meilleur de toi-même
Et tu trouveras l'amour suprême... »

La voix de Robby Williams avec son accent anglais à faire hurler un fan club, dopa Carla. Elle augmenta le volume de la radio et propulsa à 160 km/h la Mercedes sur l'autoroute, en direction de Cannes. Elle demanda son chemin plusieurs fois avant de trouver le quartier, puis la rue, puis la villa dissimulée comme toutes les autres derrière des clôtures infranchissables. Elle sonna à l'interphone. Personne. Elle appuya trois coups brefs suivis d'un coup long, pour imiter les quatre premières notes de la cinquième symphonie de Beethoven. Un code de reconnaissance qu'elle avait instaurée avec Léa depuis l'enfance. Si sa fille était à l'intérieur, celle-ci était prévenue de son arrivée. Carla remonta dans le véhicule blindé, s'éloigna, effectua un demi-tour vingt mètres plus loin et accéléra nerveusement, en visant le portail. Sous l'impact violent qui la fit mordre l'airbag, les deux vantaux se tordirent. Marche arrière, marche avant, marche arrière, marche avant… Au rythme des crissements de pneus, des changements de vitesse et des assauts répétés, le fer forgé s'enchevêtra dans le pare-chocs de la Mercedes et finit par céder. L'étrange attelage laboura le gravillon jusqu'à une terrasse du pavillon. Carla sauta à terre et martela une porte-fenêtre encastrée dans une façade de lierre. Toujours aucune réponse. Les rideaux étaient tirés et la serrure verrouillée. Aurait-elle été dupée par Vladimir ? Elle s'installa à nouveau derrière le volant et employa la même méthode que celle utilisée pour pénétrer dans la propriété. Marche arrière, freinage antiblocage, accélération. La porte-fenêtre vola en éclats dans une explosion de bois, de verre, de parpaings et de plâtre. Les rideaux vaporeux enveloppèrent la Mercedes lardée de métal qui dérapa sur le carrelage, désagrégea une armoire, traversa une cloison et atterrit dans une vaste pièce, les roues dans une cheminée monumentale. Une ombre sauta dans le dos de Carla et se glissa sur la banquette. Deux mains compressèrent son cou.

— Maman !

Elle se retourna sur le visage angélique de Léa, l'enlaça pendant une seconde, puis repris la situation en main. Après avoir sanglé sa fille et déblayé le pare-brise, elle recula en arc de cercle, abandonna un morceau de portail dans l'âtre, buta dans un buffet massif, enclencha la première. La Mercedes traça un sillon dans le salon, au milieu des meubles et des bibelots avant de percuter une deuxième baie vitrée et de déboucher dans un jardin anglais taillé au ciseau. Une grosse femme vint à leur rencontre en agitant les bras.

— Non, maman, ne t'arrête pas. Elle est méchante !

À l'angle de la maison, un petit homme trapu et armé d'un gros calibre apparut en claudiquant. Carla braqua pour éviter la femme et roula dans le sens opposé du type qui les mettait en joue avec son fusil. La berline blindée avala les plombs, dévala une pente complantée d'oliviers, défonça une haie de lauriers doublée d'une clôture grillagée qui séparait la propriété de la chaussée. L'équipage carnavalesque hérissé de branchages et maquillé de gravats, déboula au milieu de la circulation qui se recroquevilla en klaxonnant.

— Maman, vite, on est en travers de la route !

Carla tortura la boîte de vitesses et fila en louvoyant, sans rédiger de constat ni requérir l'aide des automobilistes contrariés. Vingt kilomètres plus loin, elle échoua sur le parking d'un hypermarché. La Mercedes pissait de l'huile. Le radiateur perforé, la jupe rognée, les phares crevés et les ailes froissées lui donnaient l'allure d'un véhicule bon pour la casse. Carla pianota un numéro sur le Nokia de Kotchenk. Pas celui du SAMU, ni de la police, mais celui de Kate Nootak. Il lui tardait de vérifier auprès de l'agent fédéral si Vladimir avait bluffé en lui annonçant la mort de Nathan Love.

109

Deux rails de sang reliaient le hall au divan du salon. Au bout de la traînée, Vladimir Kotchenk grimaçait pour étouffer sa souffrance. Autour de lui, son médecin particulier, une infirmière, un homme de main et Olav Askine qui avait rappliqué après avoir plongé Nick dans un bain d'acide. Le médecin particulier de Kotchenk avait été aussitôt réquisitionné pour bourrer le Russe de morphine et fixer des attelles autour des genoux éclatés. Le téléphone se mit à carillonner. Goran, l'homme de main, répondit et transmit le message à son patron :

— C'était Hubert Franz, le gardien de la villa de Cannes. Mme Chaumont a forcé l'entrée de la villa et a réussi à récupérer sa fille.

— Putains d'incapables, maugréa Kotchenk.

Au coup de fil suivant, Goran pria l'importun de rappeler plus tard. À peine avait-il raccroché que le téléphone les interrompit à nouveau. Askine arracha l'appareil à Goran et envoya l'interlocuteur se faire foutre.

— Il faut appeler une ambulance et vous faire opérer de suite, bafouilla le toubib qui avait du sang plein les doigts.

Quatrième appel. Cette fois, Askine prit le temps d'écouter et se permit de déranger Kotchenk.

— Y a un connard de macaroni qui insiste pour parler à vous.

— Putain, c'est pas le moment. Qu'il aille se faire foutre !

— C'est ce que j'ai dit à lui. Mais il a d'autres projets.

— Il a un nom ce con ?

— Massimo Cardoni.

Kotchenk se dressa à 90°, malgré sa paralysie.

— Merde, passe-le moi.

— Ce n'est pas raisonnable, objecta le docteur. Il faut opérer. Vous avez perdu trop de sang.

Kotchenk le saisit par le col :

— Deux minutes, okay ?

Au bord de l'étranglement, le médecin recula et marcha sur le pied d'Askine. À l'autre bout du fil, Cardoni s'impatientait.

— Kotchenk, qu'est-ce que vous fabriquez ? Quel est l'illettré qui s'amuse à me raccrocher au nez ?

— Excusez-moi, Massimo, je... je...

Le Russe se mordit les lèvres pour barrer le chemin à un cri de douleur.

— Impossible de vous joindre sur votre portable. Alors j'ai essayé votre ligne privée. Je suis bien sur votre ligne privée, n'est-ce pas ?

— Oui, oui.

— Alors, veillez à répondre vous-même. Je n'aime pas le ton employé par votre petit personnel.

— Cela ne se reproduira plus.

Massimo Cardoni était le parrain de l'organisation mafieuse italienne avec laquelle Kotchenk était en cheville. Leurs accords reposaient sur plusieurs milliards de dollars. Le caïd Cardoni chapeautait le business. Et quand celui-ci prenait le risque d'appeler lui-même, cela signifiait que l'instant était grave :

— Le FBI est en train de mettre son nez dans nos affaires à cause de vous. Un certain Nathan Love qui semble vous connaître, se trouve actuellement à Rome et sème la pagaille dans notre organisation.

— Nathan Love ? Vous êtes sûr ?

— Vous me prenez pour un baratineur ?

— Non, non ! C'est que ce matin, la police de Nice a ramassé son cadavre sur la Promenade des Anglais.

— Vous avez plus confiance dans les flics ou en moi ?

— Ce n'est pas…

— Débarrassez-nous de ce problème dans les vingt-quatre heures.

— Vous pouvez être tranquille.

— Vous direz ça dans vingt-quatre heures. Pour l'instant, on est loin du compte.

Cardoni raccrocha sans fournir plus d'information. De toute façon, il n'en avait pas. C'était la première fois, depuis qu'il était parrain, que le Napolitain donnait un ordre qui le dépassait. Il ignorait qui était Nathan Love et encore plus si celui-ci se trouvait à Rome. Massimo rendait juste un service à quelqu'un qui voulait rester dans l'ombre. Et comme tous les mafiosi, il savait que celui qui le sollicitait lui renverrait un jour l'ascenseur.

Kotchenk tenta de maîtriser un rictus et fit signe à Askine de s'approcher. Comment se faisait-il que Love était encore en vie ? Le mercenaire russe lui confirma que tout s'était déroulé comme prévu sur la plage. Il avait recruté trois skinheads pour détourner l'attention de Love et s'était lui-même déguisé en clochard pour porter l'estocade. L'Américain était tombé dans le panneau. Il avait dessoudé les trois hommes de main sans sourciller, mais avait occulté le faux clochard. Sous ses hardes, Askine avait dégainé un pied-de-biche pour le planter dans l'occiput de sa proie.

— Tu as vérifié s'il était bien mort ? demanda Kotchenk.

— La police a trouvé le cadavre de lui. Comme avis de décès, y a pas mieux.

— As-tu vérifié toi-même qu'il était mort ?

— Pas eu le temps, des passants ont surpris moi.

— C'est quoi cette histoire de passants ? Il t'ont vu ?

— Non. Mais je garantis que Love était raide. Personne n'aurait survécu à ce que j'ai fait à lui.

— Alors, il y a deux Nathan Love !

— Qu'est-ce qu'on fait ?

Au bord de l'évanouissement, Kotchenk gambergea. Le but était d'emboîter les nouvelles surréalistes dont on le bombardait depuis plusieurs minutes. Carla était en fuite avec Léa dans sa Mercedes blindée. Elle tentait probablement de rejoindre Love, histoire de vérifier par elle-même si son amant avait clamsé. Depuis le coup du vitriol, elle ne devait plus accorder beaucoup de crédit à ce que le Russe lui disait. Selon la police et Askine, Love était raide. Selon Cardoni, il était à Rome. Il fallait donc contrôler l'information. En attendant, il y avait des chances pour que Carla soit en train de rouler sur l'A8 en direction de la capitale italienne. Car si elle était liée à Love, elle en savait au moins autant que Cardoni sur les projets de l'Américain. L'urgence était donc de foncer sur l'autoroute à sa poursuite et de lui coller au train. Kotchenk confia à Askine sa nouvelle mission :

— Rattrapez-moi cette salope, butez le type qu'elle va rejoindre, même si ce n'est pas Love et ramenez-la. Prenez trois de mes hommes pour être plus sûr et pas vos skins à la con !

Il consacra encore quelques mots à la mise au point de la filature et sombra dans une syncope salvatrice.

110

Le chauffeur de taxi évita l'embardée, boxa son klaxon et dérapa sur la chaussée détrempée avant d'accélérer en direction du Panthéon. À l'arrière, Kate Nootak était pressée mais n'en demandait pas tant. Elle s'était lancée tête baissée vers Nathan Love sans savoir si celui-ci serait là, ni s'il aurait la solution à ses problèmes. Car les problèmes, elle les accumulait depuis peu de temps. À ses côtés, Brad découvrait Rome sous la pluie. Sa rencontre avec lui avait été la seule bonne chose qui lui soit arrivée dans la débâcle. Par deux fois, il lui avait sauvé la vie. Si elle ne s'était pas rendue directement chez lui après l'attaque du commando dans son bureau, elle aurait péri dans l'explosion de son appartement. Lorsqu'elle s'était pointée devant l'immeuble, il ne restait que des décombres. Elle avait appelé Bruce, mais le téléphone du stagiaire ne répondait pas. Méfiante, elle n'avait joint personne d'autre. Avec son ordinateur portable pour seul bagage, elle était montée dans un avion, accompagnée par Brad et sa basse. Elle avait fui l'Alaska qui semblait lui en vouloir pour le café Greco à Rome, le seul élément de liaison consenti par Nathan Love. Vendredi 17 janvier, entre 8 heures et 8 h 05. Ils avaient dormi quelques heures dans un hôtel proche pour ne pas risquer d'être en retard. À 8 heures tapantes, le barman avait indiqué à Kate la direction à suivre.

Le taxi crissa sur ses pneus pour s'engager à angle droit dans une ruelle. Le manche de la basse percuta l'œil de Kate.

— Désolée chérie.

— Merde, tu ne te sépares jamais de ta guitare?

— Jimmy Hendrix couchait avec la sienne.

— Et il a eu des enfants ?

Il la regarda d'un drôle d'air, cala son instrument dans un coin et entreprit de transformer une carte téléphonique en médiator.

Le jeu de piste instauré par l'homme qui valait deux millions de dollars les conduisit devant l'hôtel Hyatt. Kate se dirigea vers la réception. Aucun client n'était enregistré au nom de Nathan Love sur le registre.

— Passez-moi votre registre.

— Inutile. Je ne loge pas dans cet hôtel.

La voix, familière, la fit sursauter. Kate se retourna aussitôt sur Nathan. Il avait maigri, les cheveux en bataille et des fringues neuves. Elle le trouva changé.

— Ce n'est pas vous que j'attendais, lâcha-t-il en guise de bienvenue.

— Qui donc attendiez-vous ?

— Un moine cistercien.

Le visage de l'Esquimaude se décomposa brusquement. Nathan réalisa vite que ce n'était pas sa réponse qui l'avait stupéfaite, mais ce qui se déroulait dans son dos. Lance Maxwell venait d'entrer dans le hall.

— Lance ? Qu'est-ce que vous fabriquez ici ?

Le cacique du FBI les attira avec autorité vers le bar de l'hôtel, accapara un coin tranquille, commanda deux cafés et signifia à Nathan qu'il devait lui parler seul à seul.

— Je n'ai rien à cacher à l'agent Nootak, objecta Love.

Brad, qui jouait l'ombre de Kate depuis leur arrivée à Rome, prit la parole en fredonnant :

— Les rastas ne bossent pas pour la CIA…

— On n'est pas de la CIA, rectifia Maxwell.

— Et moi, j'suis pas rasta, même si j'fume de la marijuana.

Kate lui adressa une moue afin qu'il modère ses propos.

— Je vous laisse entre flicos ! J'ai repéré un sofa d'enfer aussi long qu'un wagon-lit qui me tendait ses accoudoirs.

Vous me réveillerez quand vous aurez fini de comploter.

Brad s'éloigna, la basse à la main, en reprenant *Rat Race* de Bob Marley : « Rasta don't work for the CIA... »

Pour clarifier la situation, Maxwell informa Love qu'il venait de licencier l'agent Nootak.

— Vous êtes toujours aussi cons au FBI, remarqua Nathan.

— C'est la raison pour laquelle nous purgeons.

— Elle reste avec moi jusqu'à la fin de l'enquête. Qu'est-ce qui nous vaut l'honneur de votre présence, Lance ?

Maxwell se dandina sur sa chaise, dégaina un havane et lorgna sur sa Rolex.

— Vous avez donné ce putain de rendez-vous au café Greco comme seul moyen de vous contacter !

— Si vous vous êtes déplacé, c'est que vous avez à me dire quelque chose d'important.

— Les nouvelles sont mauvaises. Le père Felipe Almeda est mort.

— Il valait mieux pour lui.

Nathan lui dressa un rapport sur son séjour en Espagne, l'état d'Almeda, sa lettre dont il occulta le contenu, la mission du père Garcia.

— Pedro Garcia a perdu lui aussi la vie, annonça Maxwell.

— Quoi ?

— Il a été assassiné dans un autocar au sud de Barcelone.

Nathan regretta soudain amèrement de ne pas avoir pris au sérieux les risques qu'encourait le moine.

— Ceux qui se sont emparés du Projet Lazare ont barré la route à Garcia qui portait au Vatican la lettre d'Almeda, dit-il.

— Que contenait cette lettre ?

— On ne l'a pas retrouvée sur lui ?

— Non.

— Je ne l'ai pas lue, mentit Nathan. Almeda avait demandé à Garcia de ne pas en prendre connaissance, de juste la remettre en main propre au cardinal Dragotti.

— Garcia a voyagé jusqu'à Barcelone sans que personne ne s'aperçoive qu'il était mort. Au terminus, le chauffeur l'a secoué pour le réveiller. C'est là qu'il s'est aperçu que sous son manteau, le moine avait été vidé comme un poulet.

— Vidé ?

— Le tueur a agi pendant une escale, lui a ouvert le torse et a ôté les organes. Un travail de boucher expérimenté, net et rapide.

Nathan fixa Maxwell. Leur regard et leur mutisme indiquaient qu'ils pensaient à la même chose.

— La méthode de l'assassin est…

— Je sais ce que vous allez me dire, le coupa Nathan. Mais Sly Berg n'existe plus.

— De quoi parlez-vous ? demanda Kate.

— Sly Berg était un serial killer, expliqua Nathan. Il pratiquait toutes sortes d'ablations sur ses victimes, comme s'il s'employait à démonter le mécanisme des êtres humains, réduits à de simples jouets entre ses mains. Je l'ai arrêté, il y a trois ans, et je l'ai éliminé.

— Pedro Garcia a été trucidé pendant que vous étiez en Espagne, dit Maxwell. Ce qui signifie que le tueur vous colle aux basques et essaye de vous déstabiliser en faisant renaître Berg.

— Et qu'il connaît bien votre passé, ajouta Kate.

— Ça, c'est facile. Le récit de l'affaire Berg a été édité à cent mille exemplaires grâce à un gratte-papier du nom de Stewart Sewell. Ce qui m'étonne, c'est qu'on m'ait si vite repéré, avec toutes les précautions que je prends.

— Il y a un site qui vous est entièrement consacré, dit Maxwell. Et les médias ne vous lâchent pas non plus. Vous êtes une vedette.

— C'est vrai, et c'est à vous que je dois ça.

— Je ne suis pour rien dans la fatwa.

— Vous avez déverrouillé les codes d'accès de mon dossier. Tout est parti de là.

— Qui est au courant de votre présence en Europe ?

— Vous, l'agent Nootak, le père Pedro Garcia et le barman du café Greco.

— Carla Chaumont, également, ajouta Kate.

— Carla ?

— Elle m'a appelée hier, de France. Depuis mercredi soir, elle essayait de me joindre sur mon portable. Mais j'étais dans l'avion. Elle voulait savoir si vous étiez toujours vivant et où elle pouvait vous retrouver. Je n'ai pas pu répondre à la première question. Par contre, je lui ai donné le truc du barman.

— Ce n'était pas prudent, remarqua Maxwell.

— Nathan semble avoir confiance en elle. C'est toujours le cas j'espère ?

Love était perturbé par ce que venait de lui annoncer Kate. Carla cherchait à le contacter depuis deux jours.

Kate profita d'avoir la parole pour la garder. Elle récapitula ses dernières heures en Alaska, son entretien houleux avec le gouverneur Crane, son licenciement expéditif, l'attaque de l'agence fédérale, la destruction de son appartement.

— La police n'a trouvé aucun corps dans les locaux de l'agence de Fairbanks, dit Maxwell.

— Demandez à Bruce Dermot, mon stagiaire. Il vous confirmera ce que je viens de vous dire.

Maxwell parut gêné.

— Vous n'êtes pas au courant ? demanda-t-il.

— De quoi ?

— Il a été assassiné dans le parking de l'aéroport de Fairbanks.

— Bruce ?

— Sa voiture était piégée.

— Quoi ? La Toyota ?

— Oui.

— C'est moi qu'on visait ! C'était ma voiture.

— Ne tombons pas dans la paranoïa, tout de même. Et puis, vous n'appartenez plus au FBI, cela devrait vous rassurer.

— Je n'aime pas le ton que vous employez, Lance, dit Nathan. Surtout à l'égard d'un agent qui abat du bon boulot.

— Laissez-moi juge de ce qui est du bon boulot, Love. Ce n'est pas la première fois que je vous le dis.

— Les auteurs de la tuerie de Fairbanks font le ménage systématiquement derrière eux, déclara Kate avec agressivité. Ils éliminent ceux qui se mettent en travers de leur route, effacent leurs empreintes, enlèvent les cadavres avant que les flics ne se pointent et cela sans être inquiétés. Ils ont forcément des relations…

— Donnez-moi la cassette, Nathan, la coupa Maxwell.

— C'est pour ça que vous avez fait le déplacement, hein ?

— Donnez-la moi !

— Je ne l'ai pas apportée.

— À quoi vous jouez, Love ? s'énerva Maxwell.

Nathan avait opté de ne lui révéler ni la teneur des confessions d'Almeda ni l'imposture de Bowman. En laissant encore fonctionner le leurre fabriqué par son ami, il conservait un moyen de pression sur le cacique du FBI et de USA2, mais aussi une arme efficace pour confondre les coupables. Tant que tout le monde, à part Kate, accorderait de la valeur à cette vidéo, il avait une chance de les débusquer. Il fallait cependant lâcher un peu de lest pour apaiser Lance.

— Almeda avait mis Garcia en garde contre une menace planétaire. En réalité, nous sommes en train de nous mesurer à une puissance qui nous dépasse.

Maxwell mâchouilla son cigare comme une chique, tandis que Kate fixait Nathan qui se tripotait les cheveux. Elle s'aperçut qu'il s'efforçait de cacher une vilaine plaie au crâne.

— À quelle puissance pensez-vous ? demanda Maxwell.

— USA2, lâcha Kate.

— Vous êtes loin de la plaque, agent Nootak, grogna Maxwell.

— Je préfère être loin de la plaque que personnellement impliquée.

Nathan admira la perspicacité de Kate qui était arrivée à la conclusion que Maxwell était membre de USA2, sans avoir eu droit à ses aveux. Ce dernier fulminait :

— Attention à ce que vous dites !

Nathan calma le jeu en mettant tout à plat :

— Le Projet Lazare nous a mis sur la piste du gourou d'une secte japonaise, d'un truand de Fairbanks, du conseiller d'un président américain défunt, de USA2, d'un cardinal du Vatican, d'un caïd de la mafia russe… Il nous reste à trouver où est la menace planétaire dans tout ça.

Maxwell ravala sa fureur en tirant sur ce qu'il restait de son havane :

— Est-ce qu'il y a autre chose que vous ne m'avez pas dit, Nathan ?

— Oui, une. Kate Nootak doit être réintégrée et reprendre la direction de l'enquête. Vous vous démerderez avec Crane et avec votre susceptibilité.

Maxwell n'avait jamais vu Love faire preuve d'un tel aplomb.

— Qu'allez-vous faire, maintenant ?
— Finir le travail de Pedro Garcia : essayer d'aller jusqu'au Vatican, vivant.
— J'exige que vous me remettiez la cassette de Bowman juste après.
— Vous l'aurez.
— Si vous voulez me joindre, je suis au Sheraton.
Sans lui serrer la main, Maxwell décampa aussi subitement qu'il était apparu. Kate alla réveiller Brad qui s'étira en demandant où était passé « Mr Hulk from the Harvard planet ». Au même instant, Nathan s'écroula.

111

Pour la deuxième fois en trois jours, Nathan sentit le rasoir de la mort descendre le long de sa moelle épinière. Il pinça la peau de son ventre à un point stratégique, situé une main en dessous de son nombril, et la tordit violemment pour éloigner le coma qui menaçait de l'engloutir. Puis il pressa le point de réanimation situé entre le pouce et l'index de sa main gauche, fort et longtemps, jusqu'à ce que les battements de son cœur repartent, que le voile obscur devant ses yeux se dissipe, que les sons s'affinent autour de lui. Il sollicitait les points kikaïtanden et gokoku, les katsu qui l'avaient empêché de s'éteindre sur la plage de Nice. Cette journée avait failli être la dernière. Après s'être débarrassé des skinheads dans une buse géante, il n'avait perçu que trop tard l'énergie du clochard dans son dos. Nathan n'avait pas eu le temps d'éviter l'impact à la tête, ni de parer le coup dans les reins. Sa seule anticipation avait été d'agir sur les points de réanimation au moment du choc. Il s'était accroché à la vie, sur les galets de la baie des Anges, abandonné par son agresseur qui avait fui devant l'intervention d'un groupe de passants. Avec l'aide de ces inconnus, des touristes hollandais, il avait pu récupérer quelques forces. Suffisamment pour échanger ses vêtements contre ceux du skin gisant à ses côtés. Il avait laissé ses papiers ainsi que la clé de sa chambre sur le cadavre pour tromper la police et ses agresseurs le temps, au moins de gagner l'Italie par le train.

Nathan ajusta sa respiration, régla les mouvements de son diaphragme, de bas en haut, lentement, progressivement. Quelqu'un était en train de lui masser le cœur. De longs cheveux noirs lui balayaient le visage. Un parfum de violettes sauvages lui fit entrevoir les grands espaces alaskiens. Kate lui parlait en silence. Autour de lui, de la moquette à perte de vue, des pieds de tables et de chaises, quelques jambes, puis le visage de l'Esquimaude dont les lèvres se collèrent aux siennes. Un souffle tiède pénétra dans sa gorge et le ramena dans le monde des vivants.

112

Lorsque Nathan se retrouva sur le trottoir, maintenu en équilibre entre Brad Spencer et Kate Nootak, il inspira fortement. L'air de Rome envahit ses poumons. Un taxi freina devant eux.

— Non, fit Nathan en contractant ses muscles.

Il n'avait pas confiance dans ce véhicule qui avait surgi trop subitement.

— Il faut en prendre un autre, conseilla-t-il.

— C'est une ambulance qu'il vous faut, oui.

— Pas pour ce que j'ai à faire.

Kate voulut voir qui était derrière le volant, mais le taxi s'éloigna en trombe. Elle héla le suivant et flanqua Nathan à l'intérieur. Derrière eux, une silhouette jaillit de la porte à tambour de l'hôtel.

— Celui-là vous convient ?

— Démarrez, vite ! ordonna-t-il au chauffeur aussi sec qu'un spaghetti cru.

— Où va-t-on ?

— Démarrez !

Le spaghetti s'exécuta. Brad monta in extremis.

— Au Scalinata di Spagna !

Le Romain connaissait la destination. L'hôtel était situé en haut des marches de la piazza di Spagna, non loin du Vatican. L'endroit idéal pour un voyage de noces.

— Je vous ai réservé une chambre, dit Nathan. Si vous voulez faire un brin de toilette ou vous reposer un peu. Moi, j'ai besoin de m'allonger une demi-heure.

— Il faut que je vous dise quelque chose…

Le regard rivé sur ses arrières, l'Américain n'écoutait pas Kate.

— Vous avez des nouvelles de Waldon ? demanda-t-il, préoccupé.

— Non, ni de lui ni de ses trois acolytes débiles. Avec les appuis qu'il a dans la police et la politique, on ne risque pas de les coincer de sitôt. Vous craignez que ce soit eux qui nous suivent ?

— Je crains surtout pour la vie d'Alexia Groeven. Je suppose qu'on ne l'a toujours pas retrouvée.

— Tout ce que j'ai découvert, c'est que ses maigres économies ont été retirées de son compte, par carte

American Express dans un distributeur de Fairbanks, il y a deux jours.

— Waldon est teigneux, cupide et revanchard. Il a dû torturer cette femme pour lui faire avouer tout ce qu'elle savait sur le Projet Lazare. C'est-à-dire peu de choses. Bredouille, il s'est rabattu sur un autre gibier : moi.

— Sur vous ?

— S'il a fait ses bagages avec ses sbires, ce n'est pas pour aller bronzer à Cancun. Il est sur mes traces et lorgne sur les deux millions de récompense.

— Pourquoi, alors, avoir diffusé tous ces tracts pour votre capture et multiplié les concurrents ?

— Ceux qui ont promulgué ma condamnation ont eu recours à ses services, moyennant finances. Mais Waldon ne s'est pas contenté de jouer les imprimeurs.

— Comment avez-vous déduit tout ça ?

— À partir d'un profil psychologique aussi basique que celui de Waldon, il est facile de tirer une ligne de conduite.

Il se retourna et pria le chauffeur d'accélérer.

— On nous suit vraiment ? demanda Kate.

— Si je vous réponds oui, vous me traiterez de paranoïaque.

— Je le suis devenue autant que vous.

— Vous voyez !

— Moi, c'est de Maxwell dont je me méfie, avoua l'Esquimaude.

— Il est dangereux. Reste à savoir dans quelle mesure.

— Je peux vous parler, Nathan ? insista Kate.

— Scalinata di Spagna ! annonça le taxi, fier d'avoir effectué sa course en un temps record.

Pendant qu'il comptait son pourboire, ses clients s'attaquèrent aux escaliers. La montée jusqu'à l'hôtel fut un véritable calvaire pour Love. Parvenu enfin dans sa chambre, il s'affala sur le lit, les bras en croix. Kate confia son ordinateur portable à Brad et l'informa qu'elle le rejoindrait plus tard. Elle ferma la porte et se pencha au-dessus de Nathan.

— Il vous faut un médecin. Vous allez mal.

Elle décrocha le téléphone. La main de Nathan s'écrasa sur le ressort de la tonalité :

— N'appelez personne... Depuis que j'ai reçu ce coup, j'ai des moments d'absence, mais je retrouve vite ma lucidité. Laissez-moi récupérer un peu... On fera le point dans une heure.

— Comment est-ce arrivé ?

— Une bande de skinheads, à Nice.

— Kotchenk ?

— Probablement. Rendez-vous... dans une...

— Nathan, je sais qui a tué Étienne Chaumont.

— ... heure...

Il sombra, l'index posé à la perpendiculaire des lèvres de l'Esquimaude.

113

Lorsque Kate réintégra sa chambre, Brad chantait *Yellow submarine* sous la douche. La pièce était décorée comme dans un film. Lit à baldaquin, mobilier de style, copies de toiles de maîtres, terrasse aussi large qu'une place de parking et vue à couper le souffle. Malgré la pluie, on pouvait distinguer la coupole de la basilique Saint-Pierre dont la croix, au sommet, semblait proche de crever le paquet de cumulonimbus gravitant à basse altitude. Elle se laissa choir sur un couvre-lit tissé à la main. L'état de santé de

Nathan l'inquiétait. Ses qualités physiques et psychiques suffiraient-elles à venir à bout de sa blessure au crâne ? Brad réapparut, vêtu d'un peignoir blanc et brodé d'un écusson à l'effigie de l'hôtel.

— Je n'ai jamais créché dans un truc aussi luxueux. Love ne s'est pas foutu de nous. Carrément la suite nuptiale. Va falloir l'amortir et songer sérieusement à se marier.

La proposition de Brad contenait de l'humour et de l'amour. C'était sa manière à lui de s'exprimer. Toutes les choses sérieuses devaient être enrobées de dérision, y compris les affaires sordides dans lesquelles son amie pataugeait. Kate sut à ce moment précis combien le musicien était attaché à elle. Et réciproquement. Joignant le geste à la parole, il sauta sur elle avec l'allure d'un chimpanzé et entreprit de la déshabiller avec les dents, tout en émettant des grognements simiesques. Au début, elle renâcla en estimant que ce n'était pas le moment, mais sa libido prit l'avantage sur la raison. En s'escrimant à lui arracher le soutien-gorge, Brad reçut l'élastique dans l'œil. Il mâchouilla la culotte de Kate et plaqua sa partenaire sur le ventre. Elle se retourna et le prit en tenaille, entre ses jambes.

— Par-devant, dit-elle.

Kate voulait renouer avec ce qu'elle estimait être la normalité. Dans cette chambre, elle se sentait soudain jeune épouse et future mère. L'idée d'avoir un enfant avec Brad et de vivre avec lui semblait être l'idée la plus normale, la plus alléchante, la plus excitante du moment. Elle écarta ses cuisses tièdes et leva les bras au-dessus de la tête, prête pour un pilonnage frontal. Ils roulèrent l'un sur l'autre, sans s'apercevoir que quelqu'un, dans la pièce, les observait.

114

Il existe deux sortes d'ennemis. L'ennemi palpable que l'on affronte physiquement et l'ennemi impalpable, sorte d'esprit nébuleux auquel il est impossible d'enfiler des menottes. Waldon, Kotchenk, Tetsuo Manga Zo appartenaient à la première catégorie. La puissance occulte qui se cachait derrière l'affaire Lazare concernait la seconde. Nathan Love ne traquait pas un homme, ni un groupe d'illuminés, mais une entité dont les tentacules invisibles enserraient la planète. Il savait depuis peu qu'il n'était pas de taille et que le coupable ne serait jamais arrêté. Surtout à des milliers de kilomètres de la juridiction du FBI. Si Maxwell n'avait jamais fait allusion à cette extraterritorialité, c'était parce que Love avait souvent appréhendé des criminels à l'étranger sans vraiment se soucier des frontières ou des accords passés entre les pays.

« Il ne faut ni courir après la Vérité ni s'en échapper », lisait-on dans le Shodoka de maître Yoka. La Voie du milieu chère au bouddhisme. Nathan estimait qu'il n'était pas encore assez proche de la vérité, pas assez au milieu. Il fallait mettre un nom, aussi vague fût-il, sur l'origine de la mort de son ami Clyde Bowman.

On frappa à la porte.

Il passa la main dans ses cheveux et sentit la cavité purulente qui le faisait souffrir. Nathan avait conscience de tout ce qui l'entourait. Les klaxons dans la rue, le feulement de l'ascenseur, les borborygmes des canalisations et les coups contre sa porte n'étaient pas le fruit de son imagination. Le réveil indiquait midi cinq. Il avait perdu connaissance une heure. Il se leva lentement en se concentrant sur chacun de ses gestes comme si sa vie en dépendait. Plus rien n'existait que son pied droit touchant la moquette, le mouvement de sa jambe gauche qui alla poser l'autre pied un peu plus loin, sa respiration lente et profonde. Il sortit dans le couloir, long, désert, silencieux. Avait-il rêvé ? Il faillit retourner sur ses pas lorsqu'il constata que la porte de la chambre de Kate était entrouverte. Il avança et entra au ralenti. Brad Spencer était étendu sur le lit, nu, immobile. De sa gorge tranchée, émergeaient des veines et des artères recroquevillées comme des fils de guitare coupés. Allongée à ses côtés, Kate fixait Nathan. Au-dessus de ses épaules nues, il ne lui restait que ses longs cheveux noirs et un regard terrible. Le regard de quelqu'un qui sait que la fin est imminente et qui ne peut plus parler, faute de souffle, faute de bouche. Nathan assista à l'extinction de la vie dans les yeux de l'Esquimaude. L'acte de barbarie lui était destiné. On l'avait attiré ici après avoir assassiné Spencer et conduit Kate au seuil du trépas. On venait de lui offrir la mort de la jeune femme en direct. Le psychopathe était encore dans l'hôtel. Mais Nathan ne disposait pas de la force suffisante pour lui courir après. Pas maintenant, en tout cas.

115

Au milieu du bourdonnement de la police et des secouristes, Love était anéanti par les ravages du mal. Une nouvelle fois, il songea à abandonner. Prendre Jessy et Tommy sous son aile, fuir au Sri Lanka, chez sa sœur, oublier le reste du monde. Clyde et Kate avaient péri parce qu'ils s'étaient approchés trop près de la vérité. Nathan semblait se souvenir que l'agent fédéral avait voulu lui révéler quelque chose d'important, juste avant qu'il ne s'évanouisse. La lourde patte d'un Maxwell condescendant atterrit soudain sur son épaule.

— Je suis désolé, Nathan.

— Une seule personne exerçant le mal influence le cosmos tout entier.

— Pardon ?

— Kate avait découvert le nom de l'assassin de Chaumont.

— Comment... ?

— Elle allait me le dire. Avant que je ne sois disposé à l'écouter, on l'a tuée.

— Elle n'a laissé aucun écrit ?

— Son ordinateur a été retrouvé en pièces détachées au fond des toilettes.

— Ce nouveau massacre nous confirme que l'assassin s'inspire des pratiques de Sly Berg et qu'il ne vous lâche pas d'une semelle.

— Il exhume ce que j'ai vécu avec Berg et le greffe sur ses crimes. Il veut me faire passer pour un schizophrène, me coller ces meurtres sur le dos. Il a poussé le vice jusqu'à faire mourir l'agent Nootak sous mes yeux.

— Qu'est-ce que vous comptez faire ?

— Je vais m'allonger dans ma chambre.

— Quoi ?

— J'ai la migraine. Si je ne me couche pas tout de suite, je vais tomber. Une dernière chose, Lance. Essayez de savoir où se trouve Carla Chaumont. Elle est facile à repérer. Elle a un visage de madone, les cheveux courts teints en mauve et une fille de 12 ans qui parle tout le temps. Elles ont manqué le rendez-vous au café Greco et sont probablement à Rome.

— Qu'est-ce que vous lui voulez ?

— C'est elle qui me veut quelque chose.

— Ce n'est pas la priorité.

— L'avantage qu'elle a sur les autres protagonistes de l'affaire Lazare, c'est qu'elle est encore debout.

116

Le barman du Café Greco était en train de servir une Tequila Rapido à un clone de Dean Martin atteint de nictation, lorsqu'il se figea, faisant déborder l'eau-de-vie sur le zinc. Toute l'attention de Raphaël était braquée sur une bombe à l'entrée du café, plus belle qu'une actrice italienne. Elle était plantée là, avec une jeune adolescente accrochée à son bras. Lorsque leurs regards se croisèrent, elle se dirigea vers lui.

— Je veux voir Nathan Love. Je sais que je suis en retard, qu'il fallait se présenter ce matin à 8 heures. Mais j'ai eu des problèmes de voiture.

Raphaël la contempla sans rien dire. Il n'avait le droit de rien dire au sujet de Love, passé 8 h 05. Et la jeune femme avait six heures de retard.

— Je vous en prie, dites-moi où il est, au moins s'il est vivant. Je suis son amie. Voici Léa, ma fille. Nous ne sommes pas dangereuses.

Dangereuse, cela dépendait pour qui. Raphaël était prêt à vendre son âme au diable pour décrocher le cœur de Carla. Il fit signe à son collègue Sergio qu'il s'octroyait une pause, entraîna l'inconnue à une table, commanda du Coca pour Léa qui mourrait de soif et exigea des arguments qui auraient pu justifier qu'il trahisse l'accord convenu avec Love.

— Ce Nathan Love, c'est qui exactement par rapport à vous ?

— La seule personne qui peut m'aider. Dites-moi au moins s'il est en vie.

— Hier, en tout cas, quand il m'a proposé de jouer les intermédiaires, il l'était. Et ce matin, deux personnes sont venues le demander.

Carla souffla de soulagement. Kotchenk lui avait menti, une fois de plus. Elle voulut cependant vérifier si le barman n'avait pas été leurré par un usurpateur :

— Décrivez-le-moi.

— Ses cheveux noirs lui mangeaient presque tout le visage.

— Un mètre quatre-vingts, la quarantaine, les traits métissés, combinant des origines asiatiques et indiennes, de grands yeux en amande, un regard noir, des pommettes un peu saillantes, un nez fin, une bouche féminine, une puissance féline, la peau mate sentant l'eau de mer ?

— Euh... oui... à part l'eau de mer peut-être...

— Vous ne l'avez pas vu approcher. Quand il s'est adressé à vous, il vous a semblé qu'il sortait de nulle part, n'est-ce pas ?

— En effet...

Carla était soulagée.

— Je peux vous aider moi aussi, si vous voulez, proposa Raphaël.

— Seulement en m'indiquant où est Nathan.

— Je sais où il était ce matin. Mais il a dû bouger. Et Rome est une grande ville.

— Comment pouvez-vous m'être utile alors ?

— Je connais des gens, je connais Rome et je sais où commencer à chercher.

— Il vaudrait mieux pour vous que vous restiez en dehors de cette histoire.

— Vous m'intriguez.

— Vous ne me direz pas où il est ?

Raphaël regarda sa montre, se leva en direction du comptoir pour s'entretenir avec son collègue et revint après avoir enfilé un blouson en cuir râpé.

— Je me suis arrangé. Je vous emmène.

— J'ai une voiture.

— La mienne est conçue pour Rome.

Il les invita à monter dans une Fiat cabossée et s'inséra dans la circulation comme un poisson dans l'eau. Ce ne fut qu'en chemin qu'il dévoila leur destination :

— J'ignore qui est Nathan Love. Il s'est pointé avec des dollars pour que je donne le nom de l'hôtel Hyatt à ceux qui le réclameraient ce matin entre 8 heures et 8 h 05.

— Qui s'est présenté ?

— Un canon et un gorille.

— Quoi ?

— Eh bien, il y a eu d'abord une femme, presque aussi belle que vous, du genre esquimau ou mongol.

Carla identifia immédiatement Kate Nootak.

— Deux minutes plus tard, un type baraqué, deux mètres de haut, costard classe et tout, a débarqué avec la même requête.

Elle ne put mettre de nom sur l'individu en question. Le barman pila devant l'hôtel Hyatt et les guida vers la réception où personne n'avait entendu parler de Nathan Love. Raphaël insista et brossa un portrait de l'Américain. Le visage du réceptionniste s'éclaira.

— Il y a quelqu'un qui correspondrait peut-être à ce signalement. Il était là ce matin, au bar, en compagnie d'autres clients. Je m'en souviens car il a été victime d'un évanouissement. Mais il n'a pas réservé de chambre dans notre établissement.

— Qu'est-ce qu'il a eu ? s'inquiéta Carla.

— Je l'ignore. Une femme qui était avec lui a réussi à le réanimer. Ensuite, ils ont quitté l'hôtel.

— Vous savez où ils sont partis ? demanda Raphaël.

— Non.

Il se dirigea vers le barman du Hyatt. Les deux collègues sympathisèrent en deux minutes et se mirent à éplucher les tickets de caisse. Léa voulait manger. Carla la pria de patienter. Raphaël rappliqua victorieusement en arborant le talon d'un reçu de carte bancaire :

— Le colosse plutôt classe dont je vous ai parlé, il était en compagnie de trois personnes ce matin. Romano, le barman, se souvient d'un type qui est tombé dans les pommes et d'un musicien qui a fait une sieste sur un divan. Il ne se rappelle pas la femme, mais c'est normal, Romano est pédé. C'est le grand qui a payé l'addition, avec sa carte Gold. Il s'appelle Lance Maxwell. Vu le costard qu'il portait, il doit crécher dans un palace. Romano va s'arranger avec la réception pour qu'on téléphone aux hôtels les plus chicos. Je lui ai expliqué que c'était un cas d'urgence.

Ce qui permit à Léa d'avaler un panini arrosé d'un Sprite.

Au bout d'une demi-heure, l'employée chargée de se renseigner auprès des palaces romains leur fit signe derrière le comptoir. Carla et Raphaël s'éjectèrent du divan où Brad avait somnolé quelques heures plus tôt et se précipitèrent vers elle. Il y avait un Lance Maxwell au Sheraton.

117

Raphaël devint fébrile à la vue des policiers en faction devant le Sheraton. Tous les éléments étaient en place pour l'aventure dans laquelle il s'était lancé : une héroïne à défendre, des flics à tous les coins de rues, une chasse à l'homme… Lui se voyait bien dans la peau du héros en train d'embrasser l'héroïne à la fin. À ses côtés, Carla canalisa son appréhension dans la main qui serrait celle de sa fille.

— Aïe, fit Léa.

— Excuse-moi, chérie. Tout va bien.

— Si tu dis ça, c'est que ça va mal.

Au même instant, un carabinier leur barra l'accès. Raphaël commit sa première erreur de débutant en inventant un mensonge qu'il n'allait pas pouvoir justifier.

— Nous séjournons dans l'hôtel.

— Vos papiers, s'il vous plaît.

— Que se passe-t-il ?

— Vos papiers.

Raphaël n'en avait pas sur lui. Carla tendit les siens. Ils talonnèrent le policier à l'intérieur de l'hôtel où un employé presbyte et débordé par l'effervescence qui régnait dans le hall saisit le passeport et y fourra un nez aquilin. Pour la deuxième fois, Raphaël demanda quelle était l'origine de ce déploiement de forces. Il n'eut pas le temps de recueillir une réponse.

— Nous n'avons aucune chambre à votre nom, déclara le binoclard sans décoller les yeux de son registre.

Raphaël s'accrocha à la seule info qu'il détenait :

— Vous en avez une au nom de Lance Maxwell ?

La paire de lunettes rondes quitta le gros cahier pour se braquer vers lui.

— Oui... oui... malheureusement...

— Peut-on lui parler ? C'est lui qui devait s'occuper de nos réservations.

— Il a été assassiné.

Cette fois, c'était le carabinier qui avait parlé. Le ton ressemblait à celui qu'on adopte pour une arrestation. Il leur ordonna de l'accompagner jusqu'à un ascenseur, montèrent au dernier étage et furent dirigés devant une suite dont la porte était grande ouverte. Il y avait plein de gens à l'intérieur.

— Inspecteur, appela le carabinier

Un individu aux cheveux gominés et aux traits tirés abandonna un groupe d'uniformes pour s'avancer vers les nouveaux venus.

— Inspecteur, ces personnes connaissent la victime. Ils prétendent que Lance Maxwell devait leur réserver une chambre dans cet hôtel.

Raphaël se décomposait à vue d'œil. Il s'était jeté dans une sale histoire. Léa épiait le pied nu qui dépassait d'une couverture étalée sur le lit. Carla tenta de reprendre la situation en mains. Éludant la vérité, beaucoup trop absconse pour la résumer ici, elle inventa qu'elle avait rendez-vous avec un agent du FBI pour témoigner dans une affaire, l'agent se nommant Love et son supérieur Maxwell. Le front plissé, le regard scrutateur, l'inspecteur Federico Andretti essayait de déceler un rapport plus direct entre cette femme et le cadavre défiguré de la chambre 524.

— Sur quelle affaire deviez-vous témoigner ?

— Le massacre de quatre personnes en Alaska.

Andretti était de plus en plus largué.

— C'est quoi cette réservation que devait effectuer Maxwell ?

— Rien, c'est lui qui s'est cru malin, dit-elle en désignant Raphaël. Il a estimé qu'on parviendrait plus facilement jusqu'à vous en baratinant le carabinier.

— Il faut faire attention à ce que vous racontez, surtout à la police. Tous les carabiniers ne sont pas sots.

— Je retiendrai la leçon, promit le barman piteux qui regrettait déjà son zinc et ses clients fascistes.

— Vous savez où est Nathan Love ? insista Carla.

— Non, mais il y a un agent du FBI ici. On va lui demander.

Lorsque Andretti appela l'agent Bowman, une décharge d'adrénaline ébranla Carla. Un chauve ganté de latex sortit de la salle de bains en enjambant une longue traînée de sang et en rasant les murs pour ne pas polluer les empreintes.

— Il arrive, dit l'homme.

Andretti présenta à Carla son adjoint Forni aussi blême que glabre.

— Vous devriez attendre l'agent Bowman dans le couloir, conseilla Andretti.

Carla évacua les lieux sans se faire prier, encadrée par un Raphaël liquéfié et par une Léa fascinée. L'inspecteur les accompagna devant un distributeur de boissons et s'adressa à Carla :

— Deux membres du FBI viennent d'être assassinés et mutilés, à trois heures d'intervalles. Maxwell est l'un d'eux. Rappelez-moi le nom de l'agent avec qui vous aviez rendez-vous.

— Nathan Love.

— Ce n'est pas lui qui a été tué.

— Qui c'était ?

— Je n'ai pas le droit de vous révéler son identité.

Carla, de toute façon, ne l'écoutait plus. Elle venait d'apercevoir Nathan dans le couloir. Entre deux mèches de cheveux noirs qui tombaient sur son visage tourmenté, elle détecta une lueur d'étonnement, voire de joie, vite effacée. Andretti n'eut pas à faire les présentations.

— Bonjour, Mme Chaumont… bonjour Léa, dit simplement Love.

— Vous les connaissez ? s'étonna Andretti.

— Oui.

— Ils cherchent un de vos collègues.

— Nathan Love, je suppose ?

— C'est ça.

— Je me charge d'eux.

— Ce n'est pas vraiment le moment.

— Quand Choko boit du saké, Rioko est saoul.

— Pardon ?

Nathan retira ses gants en caoutchouc et les remit à Andretti :

— Maxwell a été torturé avant d'être décapité. On a essayé de le faire parler, puis on l'a achevé en imitant la signature d'un psychopathe.

— Pourquoi ?

— Pour masquer le mobile du crime.

— C'est qui le "on" ?

— Quelque chose d'énorme. Tellement énorme que c'est devant nous et que nous n'y faisons même plus attention. Chacun voit la réalité différemment, inspecteur. À nous de nous accorder sur un point de vue.

Sur ces paroles sibyllines, Nathan prit congé, entraînant Carla, Léa et Raphaël hors du périmètre fliqué. Dans l'ascenseur, il dévisagea le barman pour comprendre sa présence incongrue auprès de Carla. Après avoir subodoré une hypothèse, il caressa la joue de Léa :

— Tu as le bonjour de Jessy et Tommy.

— Agent spécial Bowman, hein ? fit Carla.

— C'est lui, Love, Nathan Love… lui que j'ai vu, bafouilla Raphaël.

— Je sais, dit Carla.

— Maintenant que Bowman, Maxwell et Kate sont morts, je n'ai plus aucun lien avec le FBI. Je n'existe plus.

— Kate est morte ?

— Elle a été tuée, il y a quelques heures, avec Brad.

Carla se décomposa. Elle avait appris à apprécier l'Esquimaude et son débordement d'énergie. Sa disparition la bouleversait. Au rez-de-chaussée, ils se frayèrent un chemin à travers la cohue. Nathan s'arrêta dans le hall.

— Qu'est-ce qu'il y a ? demanda l'Italienne.

— Je sens une présence hostile autour de nous. Le meurtrier de Maxwell est encore ici… à moins que…

— À moins que ?

Sans répondre, Nathan fit appeler un taxi par le portier de l'hôtel. Tandis que Raphaël montait à l'avant, il s'engouffra avec les filles à l'arrière. La Volvo qu'ils investirent démarra sous la pluie en direction du centre ville. Son pressentiment s'avéra juste. Carla était suivie. Ils s'arrêtèrent à un feu rouge. Le véhicule qui les filait restait à distance. Les portières avant de la Volvo s'ouvrirent brusquement. Deux détonations assourdissantes retentirent dans l'habitacle, accompagnées par les cris de Carla et de Léa. Les cadavres du chauffeur et de Raphaël furent arrachés de leur siège et remplacés par deux individus. Celui qui s'était installé au volant écrasa la pédale d'accélération en dépit du feu rouge. L'autre aligna Nathan avec un Smith & Wesson. Adossé à la banquette, ce dernier était en pleine extension lorsque la balle sortit du pistolet. Ses pieds percutèrent la poitrine du tueur qui échoua sur son complice. La balle troua le plafond. La Volvo zigzagua au milieu du carrefour. Nathan administra un coup de pied dans la nuque du conducteur qui reprenait le contrôle du taxi. Quelques vertèbres cervicales explosèrent sous sa semelle. Les cent vingt chevaux sous le capot s'emballèrent, propulsant la voiture sur le trottoir, dans des escaliers, puis contre une ruine romaine qui avait résisté jusqu'ici à l'épreuve du temps. Nathan s'empressa d'extraire Léa et Carla de la carcasse ratatinée. En haut des marches que la Volvo avait dévalées sur quatre roues, deux types armés les mettaient en joue. La pluie, qui ne cessait de tomber sur la capitale italienne, masqua les fuyards et noya les balles perdues. Au bout d'une course effrénée, Nathan et les deux filles se réfugièrent essoufflés, trempés, hagards, dans une église humide et ténébreuse. Un silence d'outre-tombe régnait dans la nef, illuminée par des cierges chétifs. L'Américain couvrit Léa avec son blouson et frictionna Carla, transie de froid et de peur. Elles étaient indemnes. La tournure que prenaient les événements inquiétait Nathan. Le Projet Lazare réveillait les forces obscures. Censé ramener les morts à la vie, il tuait beaucoup trop de monde. Il avait engendré la haine d'un Tetsuo Manga Zo au Japon, nourri l'omnipotence de USA 2 en Amérique, provoqué le massacre d'une équipe scientifique en Alaska, métamorphosé une bande de Philippins en coupe-jarrets, transformé un curé espagnol en torche humaine, réduit un as du FBI à une simple victime, généré des actes de barbarie à Seattle, en Espagne, à Rome… et déchaîné la violence d'un mafieux russe.

Interdépendance des êtres et des phénomènes.

— Pourquoi avez-vous quitté Kotchenk ? chuchota Nathan.

— Je me suis trompée à son sujet.

— Il vous a suivie jusqu'ici.

— Impossible. Je lui ai explosé les deux genoux. Il ne pourra plus marcher avant longtemps.

— Cela lui fait une raison de plus d'envoyer ses hommes à vos trousses.

— Vous croyez qu'il s'agissait de ses hommes ?

— Ils comptaient sur vous pour me retrouver. Malgré ma petite mise en scène, Kotchenk n'a pas cru à ma mort sur la plage de Nice.

— Il y a cru pendant un moment en tout cas.

— On l'a informé que j'étais en vie. J'ignore qui, mais ce que je sais, c'est qu'il ne se contrôle plus et qu'il fonce dans le tas. Il est obsédé par vous, au mépris de toute prudence.

— Il est devenu fou.

— Disons qu'il a plus de moyens à sa disposition que n'importe quel autre cocu.

— Askine ! Olav Askine ! s'exclama Carla. C'est lui qu'il a dû envoyer.

— Askine ?

— C'est un tueur sanguinaire que Vladimir a recruté.

Nathan se rappela les derniers mots du skinhead sur la plage de Nice. Ce n'était pas "a skin" qu'il gémissait, mais "Askine", le nom de son patron.

— Qu'est-ce que je peux faire ? demanda Carla.

— Pourquoi m'avoir rejoint ?

La question la surprit.

— On va où maintenant ? demanda Léa, blottie au pied de l'autel dans le blouson de Nathan.

Elle voulait qu'on s'attelle à la suite du programme. L'atmosphère de l'abside, décorée d'un crucifix vernis et d'un sombre retable, lui donnait des ailes. Tant mieux, car ils allaient en avoir besoin. Nathan fixa le Christ, la tête couronnée d'épines, les mains et les pieds cloués dans le bois. Il se figea soudain, à l'instar du Nazaréen. Le visage hâve, la bouche bée, les yeux vides, les traits émaciés, il paraissait aussi moribond que la statue. Il chancela sur le sol en marbre et s'évanouit. Carla se pencha au-dessus de lui, dégagea les cheveux qui lui couvraient le front et vit une fêlure.

118

Nathan reprit connaissance dans le service des urgences d'un hôpital de Rome. Sa main devina un bandage sur son front. Il se dressa sur son brancard rangé dans un box, arracha le cathéter fiché dans son bras et posa un pied-à-terre en combattant un méchant vertige. L'atmosphère empestait l'éther. Il dénoua la gaze autour de son crâne et rabattit ses cheveux sur une ribambelle de points de suture. Son voisin était mal en point. Le pantalon de celui-ci était déchiré sur une fracture ouverte et l'oscilloscope qui mesurait son rythme cardiaque n'allait pas fort. Un skateboard, une casquette Nike et un sac à dos en toile étaient rassemblés sur une tablette. L'accidenté était inconscient. Nathan ramassa la casquette et la vissa sur sa tête. Devenir invisible, adopter une démarche volontaire, longer les murs, fixer dans les yeux ceux qu'il croisait afin de mieux détourner leurs regards suspicieux. Il emprunta un ascenseur bondé. Tandis qu'il descendait, il sentit monter en lui l'adrénaline. Dans un coin de la cabine, un type en costume froissé l'observait avec un air de prédateur. Nathan s'esquiva au premier étage. L'homme lui emboîta le pas vers l'escalier de secours. L'Américain poussa la porte, se colla au mur, inspira à partir du plexus et expira en poussant sur les intestins. Il distingua le reflet d'un pistolet qui s'était engagé par la porte. À la fin de son expiration, il happa le bras armé. L'homme vrilla autour de son poignet et vola dans la cage d'escalier avant de s'écraser dix mètres plus bas.

Dans la salle d'attente du rez-de-chaussée, Carla discutait avec des policiers. Assise près d'un distributeur automatique, Léa sirotait un soda. Nathan bifurqua à droite en direction de la rue.

119

Dehors, la nuit était tombée et la pluie s'abattait sur la ville. Nathan se sentit comme un alien sur une planète hostile. Il jeta sa casquette, leva le col de son blouson et traversa l'avenue en direction d'un coin sec, sous le store d'un marchand de fleurs. La vendeuse confectionnait un bouquet sophistiqué pour un jeune cadre qui s'achetait une vie maritale. Une Alpha Romeo s'arrêta en double file. Un bellâtre pressé descendit et pointa son trousseau de clés vers le véhicule. Bip ! Bip ! Condamnation centrale des portes à distance. L'Italien se précipita chez la fleuriste comme un collégien en retard à son cours et ressortit un bouquet de roses à la main.

Bip ! Bip ! Déverrouillage.

Les deux portières avant s'ouvrirent en même temps. Le play-boy se retrouva assis près d'un inconnu et n'eut pas le loisir de s'offusquer car un coup de poing à la tempe l'assomma. Les fleurs et le corps passèrent sur la banquette arrière. Nathan s'installa derrière le volant, sans démarrer.

Carla et Léa quittèrent l'hôpital, accompagnées par l'inspecteur Andretti qui les fit monter dans sa voiture. La filature conduisit Nathan devant le café Greco. Carla et Léa se séparèrent du flic pour prendre une Mercedes cabossée, immatriculée en France. Andretti resta dans sa Fiat et leur colla au pare-chocs. L'Alfa Romeo ferma discrètement le cortège. Ils roulèrent pendant cinq minutes avant de s'arrêter devant un distributeur automatique de billets. Carla retira des euros sous l'œil de l'inspecteur zélé qui n'avait pas l'air de vouloir les lâcher. Le policier escorta les deux filles jusqu'à un deux étoiles standard. Nathan se gara juste en face. À travers la porte vitrée de l'hôtel, on pouvait distinguer Carla, Léa et Andretti emprunter un ascenseur. Il était 22 h 46. Elles n'avaient pas mangé. La fillette aurait sûrement faim. Le trio n'allait pas tarder à ressortir. Sur la banquette arrière, le propriétaire de l'Alpha était toujours dans les vapes.

Carla et Léa réapparurent au bout d'une demi-heure avec leur chaperon qui les embarqua dans sa Fiat. Dix minutes plus tard, ils s'engagèrent sur le parking presque vide d'un McDonald's. L'endroit était froid, aseptisé, isolé, quasi désert. L'endroit idéal pour agir.

Il les vit s'installer à une table. Léa avait commandé quelque chose à manger. Andretti buvait un café. Carla ne consommait rien. L'heure de la fermeture approchait. Nathan analysa la situation. Emmitouflés dans des doudounes, les coéquipiers McDo vidaient les lieux au compte-goutte en direction du parking qui leur était réservé. Sur celui de la clientèle, il y avait trois voitures, en plus de la Fiat d'Andretti et de l'Alpha Romeo qu'il avait empruntée : une Mazda neuve, un break Passat, une vieille R5. À l'intérieur du restaurant, Carla discutait avec l'inspecteur. Dans un coin de la salle, deux étudiants bâfraient des burgers et des frites à pleines poignées. Un Italien obèse et sa progéniture qui le suivait sur la voie du cholestérol s'habillèrent avant de regagner la Passat. Quelque chose clochait.

Il y avait un véhicule de trop.

120

— **Miam, j'avais trop faim, dit Léa en engloutissant son Big Mac qui dégoulinait sur ses ongles** couverts de vernis pailleté.

— Je me demande comment tu peux avaler ça, remarqua sa mère en lui accrochant une mèche de cheveux derrière l'oreille.

— Donnez-lui une assiette et des couverts et vous verrez qu'elle trouvera ça moins ragoûtant, expliqua doctement l'inspecteur Andretti devant un café qui fumait dans un gobelet en carton.

— Notez qu'à cette heure, c'était le seul restaurant ouvert.

— D'ailleurs, ils sont en train de fermer.

— Rentrez chez vous, inspecteur. On vous a assez gâché la soirée. Votre épouse va nous en vouloir.

— Je ne tiens pas à ce qu'il vous arrive quelque chose. De toute manière, à cette heure-ci, ma femme dort déjà. Je vous quitterai quand vous serez installées à l'hôtel, sous bonne protection.

— Est-ce qu'il y a un lien entre Kotchenk et ces meurtres horribles, inspecteur ?

— Vladimir Kotchenk n'a peut-être lâché Askine à vos trousses que pour une raison affective. Il veut certes vous récupérer, mais il cherche aussi à s'attirer les bonnes grâces de la pègre italienne qui est dans le collimateur du FBI. Ce qui est mauvais pour lui, c'est qu'au moment où ses hommes débarquent à Rome, deux responsables du FBI sont assassinés par un mystérieux psychopathe. D'après Bowman, ou plutôt Love, on a torturé Maxwell pour lui extorquer des informations, ce qui accréditerait la thèse d'une action mafieuse. Pour l'instant, c'est tout ce que je peux vous dire là-dessus. Quant aux deux malfaiteurs qui vous ont attaqués dans le taxi, on attend qu'ils soient en état d'être interrogés. Un violent, votre ami Love !

— Ils nous a sauvé la vie, à Léa et à moi.

Federico Andretti souffla sur son café, s'éjecta brusquement de son siège à deux mètres de hauteur et échoua derrière un massif de plantes artificielles pendant que le gobelet retombait sur la table en éclaboussant Carla et Léa. L'Italienne saisit le bras de sa fille et courut en direction des caisses. Son instinct lui dictait de quérir de l'aide auprès d'un employé du fast-food. Un corps désarticulé gisait au pied du distributeur de glaces. Un autre cadavre tressautait, le crâne plié dans la porte de la chambre froide. Carla voulut bifurquer vers la sortie mais ses jambes n'obéissaient pas à sa volonté. Au contraire, elle allait dans la direction opposée. Une force démesurée l'aspirait au fond de la cuisine. Elle résista, dérapa sur le sol encore mouillé par la Javel et s'encastra dans un placard en acier brossé. La tête à l'envers, elle vit son agresseur qui enfermait Léa dans un frigo. Elle s'agrippa au rebord d'un évier et se redressa malgré une douleur aiguë à l'épaule. Le forcené avait disparu de son champ de vision. Elle s'élança vers le frigo. Une forme humaine bondit sur sa droite au-dessus d'une table avec l'agilité d'un singe. Le boulet de chair la dévia de sa trajectoire. À partir de cet instant, Carla ne maîtrisa plus rien. On lui vrilla les bras, avant de lui plonger le visage dans un liquide tiède et visqueux. On essayait de la noyer dans une friteuse. L'huile pénétra ses narines, sa bouche, ses oreilles. Par chance, l'appareil était éteint depuis un moment. À quelques secondes de l'étouffement, elle fut happée vers l'arrière et plaquée au sol. Les cils et les paupières englués tissaient un voile irritant et gras devant ses yeux. Elle se débattit aveuglément en puisant l'énergie dans sa détermination à sauver Léa. Un coup sur le menton fit tressaillir ses molaires. Le poing glissa sur la couche de Végétaline dont elle était fardée. L'homme qui la chevauchait lui souleva le pull jusqu'aux aisselles afin de pouvoir pilonner son visage sans riper. Le buste enveloppé dans le chandail, les bras prisonniers, elle devenait une cible facile. Le crochet suivant lui donna l'impression que sa tête se détachait du corps et s'éparpillait sur le carrelage. La troisième torpille plomba sa mâchoire et diffusa dans son corps une déflagration de douleur. Les mailles de son pull avaient traversé sa joue et pénétraient sa bouche. Un goût de laine sur la langue lui fit imaginer l'état de sa figure. Carla sut à cet instant qu'elle allait mourir. Elle attendit le quatrième impact. Elle pleurait de l'huile de friture. Le KO tardait à venir. Elle réalisa alors que ses membres étaient libres. Oubliant la souffrance physique, elle se débarrassa du pull en charpie soudé à sa chair et entortillé autour de ses poignets, s'en servit pour s'essuyer. Carla écarquilla les yeux, d'abord pour y voir clair, ensuite pour s'assurer qu'elle n'avait pas une hallucination.

Elle connaissait l'agresseur.

La dernière fois qu'elle l'avait vu, il était inanimé dans un box des urgences d'un hôpital de Rome.

Nathan Love la fixait avec un air de bête interrompue pendant l'éventration de sa proie. Son regard terriblement noir et sans âme ne la quittait pas. Sous son pied était recroquevillée une victime, encore vivante, mais en piteux état. Un cratère de chair à vif était creusé entre le nez et l'oreille, jusqu'aux gencives. Le bras du malheureux avait une étrange position. Il s'élevait au-dessus de sa nuque et se cassait à 90° dans le sens inverse de l'articulation. La victime ne bronchait pas, ne criait pas. Love tira d'un coup sec sur le bras inerte avant de l'enrouler comme une écharpe autour du cou de l'homme qu'il balança violemment dans un congélateur. Il lança un cri glacial, déglingua une caisse enregistreuse et pulvérisa le distributeur de boisson qui cracha un geyser de Coca-Cola. Carla assista à la scène sans broncher. La peur et la douleur la scotchaient au sol. Love rappliqua et s'agenouilla pour se mettre à son niveau. Elle se sentit décoller, sans défense, délabrée, à moitié nue dans les bras d'un forcené. Il la porta dans le bureau du manager, l'installa délicatement dans un fauteuil et l'observa en silence avant de la couvrir avec son blouson. Carla remua les lèvres pour parler mais Love lui fit sèchement signe de se taire. Il l'abandonna un instant, tétanisée, avant de réapparaître en compagnie de Léa. L'adolescente fonça vers sa mère et se frotta à ses blessures. Nathan l'attrapa par les épaules et la cloua sur une chaise, afin d'examiner le visage de Carla. Avec un torchon humide, il ôta l'huile et le sang qui maculaient ses traits. Au terme d'une rapide inspection, il laissa retomber ses mains sur les genoux de la jeune femme. Il s'exprimait avec difficulté. La seule chose qu'elle comprit fut « Tout ira bien ».

Il la souleva à nouveau comme une mariée esquintée, fit signe à Léa de le suivre et marcha jusqu'à l'Alfa Romeo. Il retira de la banquette un corps fleuri de roses qu'il jeta sur l'asphalte, allongea Carla à sa place, ordonna à Léa de s'asseoir sur le siège passager et démarra en direction du fast-food dévasté. Il se gara juste devant l'entrée, descendit et entra dans le restaurant avant de ressortir quelques secondes plus tard, chargé du blessé au bras cassé qui atterrit lourdement dans le coffre. Love prit le volant et quitta les lieux avec la célérité d'une tornade. Ballottée par une conduite nerveuse, Carla distingua les flashs des réverbères à travers la vitre et les klaxons des automobilistes croisés par la voiture folle. Son dernier souvenir fut le bruit d'un brancard brinquebalant auquel s'agrippait Léa et deux infirmiers, tandis qu'au loin, Nathan s'éloignait aux commandes de son corbillard.

121

Un chauve à tête de flic était penché au-dessus d'elle et tentait d'occuper son champ visuel vaseux. Le plafond était blanc comme un écran de cinéma, mais l'homme en gros plan n'avait rien d'un acteur, sauf peut-être la carrure d'un adjoint dans une série policière allemande. Une pendule au mur indiquait qu'elle avait perdu connaissance pendant environ une heure. Carla ne comprenait pas ce qui était arrivé. Jamais elle n'oublierait le vol plané de l'inspecteur Andretti, les cadavres mutilés jonchant le sol du McDonald's, le regard noir de Nathan Love, ni l'étrange position de sa victime ratatinée à ses pieds. Elle cligna ses immenses yeux noisette au milieu des bleus et régla sa focale sur le chauve qui s'exprimait :

— Je suis l'inspecteur Forni, l'adjoint de Federico Andretti. Vous vous rappelez de moi ? Puis-je m'entretenir avec vous un instant ?

Il manquait atrocement une personne au tableau.

— Où est ma fille ?

— Maman !

Léa se rua brutalement vers sa mère et se coucha à ses côtés en l'embrassant. Carla lui rendit ses câlins avant de s'apercevoir que la scène était dépourvue d'intimité. Derrière l'inspecteur qui louchait sur sa poitrine, s'était incrusté un aréopage qui n'avait rien à voir avec le personnel médical de l'hôpital.

— À propos de quoi ? repondit-elle à la deuxième question de l'inspecteur.

— Je vous présente Dario Carretta, d'Interpol, Sylvie Bautch, profiler venue spécialement de Bruxelles et MM. Bates et Cordell, agents spéciaux du FBI.

Carla remonta le drap du lit jusqu'à son cou. Forni n'y alla pas par quatre chemins :

— Un psychopathe particulièrement sadique est en train de faire une hécatombe dans cette ville. Nous ne savons rien de lui, ni de ses mobiles. Vous et votre fille êtes miraculeusement rescapées de sa dernière boucherie. Pourriez-vous nous le décrire ?

Les pensées contradictoires se bousculaient dans la tête de Carla. Forni s'impatienta :

— L'individu qui vous a brutalisée au McDonald's, vous vous en souvenez ?

— Au McDo ?

Elle éprouvait un immense malaise. L'agresseur dont elle se souvenait avait les traits de Nathan Love. Il fallait qu'elle réfléchisse avant de déclarer n'importe quoi.

— Vous connaissez Nathan Love ?

Dario Carretta avait pris la parole. Les pupilles de Carla grossirent, ce que ne manqua pas de remarquer Sylvie Bautch.

— Un peu.

— Comment l'avez-vous rencontré ?

— Il y a deux semaines environ. Au sujet de la mort de mon mari.

Elle leur résuma sa rencontre avec l'Américain et son enquête sur le massacre de Fairbanks.

— Cette affaire n'a aucun lien avec ces crimes, avança-t-elle.

— J'ai bien peur que si, dit Carretta. Écoutez, madame Chaumont, je vais être franc avec vous. Depuis que Nathan Love a débarqué en Europe, sept crimes ignobles ont été commis, selon un rituel inspiré par Sly Berg, un tueur auquel M. Love s'était identifié il y a trois ans.

— Il s'était identifié à lui pour l'arrêter.

— Je sais bien. Mais ça laisse des séquelles. Mme Bautch, ici présente, peut l'attester.

— Où voulez-vous en venir ?

— Non seulement Love a cotoyé la plupart des victimes, mais il s'est trouvé sur place à chaque fois, que ce soit en Espagne ou en Italie. Il est même retourné sur l'un des lieux de crimes, en se faisant passer pour l'agent spécial Bowman qui, comme vous l'avez dit, a été tué en Alaska le mois dernier.

— J'avais expliqué à l'inspecteur Andretti que Nathan agissait ainsi pour dérouter les chasseurs de prime qui le traquent.

— L'inspecteur Andretti est mort et je le remplace, claironna Forni. C'est donc à moi que vous devez désormais des explications

— Je sais qu'il est mort, je l'ai vu succomber devant moi.

— Avez-vous vu aussi Nathan Love dans le McDonald's ?

— Êtes-vous en train d'insinuer qu'il est l'auteur de tous ces meurtres ?

Le quatuor devant elle se bombarda de regards embarrassés.

— Je vous signale que Nathan a lui-même été victime d'une agression, dit Carla.

— De quoi parle-t-elle ? demanda Carretta à Forni.

— Le braquage du taxi.

— Cela n'a rien à voir.

— Éprouvez-vous des sentiments vis-à-vis de cet homme ? demanda Sylvie Bautch.

— Quel homme ?

— Love, bien sûr.

— C'est personnel.

— Cette réponse me suffira, merci.

« Connasse », pensa Carla qui s'était faite prendre au piège.

— Écoutez, je suis fatiguée et encore choquée par ce qui est arrivé...

— Permettez-moi d'insister, dit Carretta, mais l'affaire qui nous préoccupe est très grave. Six personnes ont été sauvagement assassinées rien qu'à Rome au cours des douze dernières heures. Soit une victime toutes les deux heures. Chaque minute compte.

— Faites sortir ma fille, alors. Je ne veux pas qu'elle entende ça. Et qu'il y ait au moins deux policiers avec elle !

L'inspecteur Forni détacha Léa de sa mère et l'accompagna dans le couloir auprès du carabinier en faction.

— J'ai dit deux flics, insista Carla.

L'un des agents fédéraux fit signe qu'il se chargeait de la mission. Forni récupéra la parole :

— Que s'est-il passé exactement dans le fast-food ?

— Nous étions attablées avec l'inspecteur Andretti. Ma fille avait faim. Lorsque soudain, j'ai vu l'inspecteur se faire éjecter de son siège par une force mystérieuse. J'ai cherché du secours auprès des employés, mais ils avaient été massacrés.

— Qu'entendez-vous par "force mystérieuse" ?

— Je dis ça parce que l'attaque a été si soudaine, si violente, si rapide, que je n'ai vu personne le soulever de sa chaise. Comme si le tueur avait été invisible.

— Continuez, la pria Carretta.

— L'agresseur a enfermé ma fille dans un frigo et m'a plongé la tête dans une friteuse. Ensuite, il m'a cagoulée avec mon pull et m'a rouée de coups.

— Décrivez-le nous.

— L'homme était très fort et très agile. Il se déplaçait avec la souplesse d'un animal.

— Vous avez vu ses traits ?

Elle préféra refouler cette information pour l'instant.

— Je l'ai vu de dos... Il bougeait trop vite.

— Que s'est-il passé ensuite, madame ? demanda le flic d'Interpol.

— Il m'a allongée sur la banquette arrière de sa voiture et a fait monter Léa à l'avant. Il a aussi emporté le corps d'une victime qu'il a jeté dans le coffre… Puis il m'a déposée avec Léa à l'hôpital. C'est tout.

— Pourquoi vous a t-il épargnées ?

— Il faudrait le lui demander.

— Avez-vous au moins une idée de l'endroit où il pourrait s'être rendu ?

— Comment le saurais-je ?

— Vous n'avez pas répondu à ma question, dit Forni. Avez-vous vu Nathan Love dans le McDonald's ?

— Non.

Elle ne mentait qu'à moitié, car l'homme face auquel elle s'était trouvée n'avait rien à voir avec le Nathan Love qu'elle connaissait.

— Où est-il en ce moment ? demanda Carretta.

— Je l'ignore. Il est constamment en déplacement. Même son employeur et ses collègues ne peuvent pas le joindre. C'est lui qui entre en contact avec eux. Mais je crois que vous faites fausse route en imaginant qu'il est impliqué. Love a l'habitude de calquer le comportement des criminels qu'il traque. C'est pour ça qu'on le rencontre systématiquement aux même endroits qu'eux. Vous, madame, qui êtes profiler, vous devriez le savoir.

— En effet, dit Bautch. Nathan Love a souvent appliqué cette méthode que nous pratiquons parfois et qui consiste à se mettre dans la peau du psychopathe. Il est devenu d'ailleurs une référence en la matière. Mais il faut veiller à ne pas se laisser dominer par notre part d'ombre.

Carla était rongée par le doute. Tous ces gens paraissaient sûrs d'eux. Une phrase de Nathan lui permit de garder la tête froide : « Chacun voit la réalité différemment », avait-il déclaré à l'inspecteur Andretti. La réalité vue par Carretta était simplement différente de la sienne et de celle de Nathan Love.

— Si un détail vous revient en mémoire, n'hésitez pas à m'en informer, dit Dario Carretta en posant sa carte sur la table de chevet.

Il avait une précision à ajouter :

— Madame Chaumont, vous n'allez pas tarder à sortir de l'hôpital, mais j'aimerais que vous ne quittiez pas la ville jusqu'à ce que certaines choses soient éclaircies. Par précaution, nous vous avons transférée dans un hôtel différent de celui que l'inspecteur Andretti vous avait destiné. Nous placerons un policier en faction devant la porte de votre chambre. Un agent d'Interpol ou du FBI sera également présent en permanence dans le hall.

— Rien que ça?

— Je vous rappelle que vous avez eu la chance d'échapper deux fois à la mort aujourd'hui.

— Pendant combien de temps devrai-je rester à votre disposition?

— Pas longtemps. Interpol surveille Vladimir Kotchenk depuis des années sans pouvoir établir de preuve contre lui, et un psychopathe assassine une personne toutes les deux heures dans cette ville. Vous êtes le lien entre ces deux affaires. Vous comprendrez que votre sécurité et vos témoignages sont importants. Reposez-vous un peu et joignez-moi sur mon mobile dès qu'un élément ressurgit.

— Je ferai de mon mieux.

— Je compte également sur vous pour nous avertir si Nathan Love entre en contact avec vous.

— Il y a un nom que je peux vous donner. J'en avais informé Andretti. Vladimir a engagé un type qui s'appelle Olav Askine. Cet homme a tué Nick, le chauffeur de Kotchenk qui m'aidait à m'échapper.

— Ce renseignement nous sera utile. Merci.

Carretta allait quitter la chambre, lorsque la porte s'ouvrit sur l'air victorieux de l'agent fédéral qui gardait Léa.

— Que se passe-t-il, agent Bates ?

— Avec la jeune fille, on a bien discuté. Pas vrai fillette ?

Léa acquiesça. Carla réalisa trop tard qu'elle avait eu tort d'isoler la petite avec un agent du FBI.

— Au fast-food, elle a reconnu Nathan Love.

122

Nathan écarta la couette douillette qui avait accumulé la chaleur de son corps, glissa hors du lit et tomba à quatre pattes sur le sol. Il expira profondément tout en arrondissant le dos. Une à une, les vertèbres de sa colonne se déplièrent. Il rentra le menton et inspira en baissant lentement le dos. Il releva la tête à la fin de son étirement calqué sur la posture du chat, se redressa sur ses deux pieds pour aller ouvrir la porte-fenêtre et avança sur le balcon. Dehors, la température était tombée très bas, le vent avait balayé les nuages. La ville tonitruait au pied de la colline. La lumière était aveuglante. Love se serait cru dans la peau d'un nourrisson venant de quitter le ventre de sa mère pour un monde froid, bruyant, lumineux.

Il réintégra la chambre et gagna la salle de bains. Le miroir lui renvoya le reflet d'un fil violet qui luisait au-dessus de son front. Un cheveu de Carla. Il l'ôta délicatement, le respira, le posa précieusement sur le rebord du lavabo. Puis il se doucha, se rasa, s'habilla, rangea le poil coloré dans une poche, ajusta le drap et la couette tels qu'il les avait trouvés la veille, descendit à la cuisine où il termina une tablette de chocolat et fit bouillir de l'eau. Il porta la tasse de café soluble jusqu'à une table de jardin en fer forgé placée sous un mûrier centenaire. La végétation était luxuriante malgré l'hiver. Les palmiers, les orangers et le jasmin courant sur les façades donnaient de la vie à ce coin de paradis niché sur les hauteurs de Rome. La nuit précédente, Nathan avait échoué dans ce petit palais décrépi d'inspiration palladienne, abandonné pour la saison. Il s'était installé comme chez lui. De nombreuses photos de petits-enfants ornaient un mobilier de style. Des guides touristiques écornés monopolisaient une étagère dans la bibliothèque. Le réfrigérateur était vide et le compteur d'eau avait été coupé. Une inspection rapide lui avait ainsi permis de déduire qu'il était logé chez les de Santi, un couple de grands-parents voyageurs, absents pour un bon moment. Leur départ était récent car la maison était chaude, la boîte aux lettres vide et le répondeur exempt de message. Nathan se familiarisa avec les de Santi sans jamais les avoir rencontrés. Il occupa leur demeure comme s'il avait été un neveu débarqué à l'improviste en compagnie d'un serial killer tétraplégique.

Car il était venu avec le tueur.

Carla était la prochaine cible. Il le savait. Cela faisait partie de la logique d'un esprit malade qui s'employait à supprimer tous ceux que Nathan côtoyait : Almeda, Brad, Kate, Maxwell. Cette logique était en partie inspirée de celle de Sly Berg, en plus méthodique. Il était donc facile d'anticiper le crime suivant. Il avait filé Carla et Léa jusqu'au McDonald's dans l'Alpha Romeo volée. Le danger était déjà là. Il le sentait. Il y avait une voiture de trop sur le parking. Nathan avait fondu sur le tueur au moment où il s'attaquait à Carla et lui frappait le visage. D'un puissant coup de pied à la tête, il avait éjecté le psychopathe de sa position et avait pilonné son faciès léonin percé de deux yeux clairs. Mais l'individu était résistant et maîtrisait une technique de combat redoutable. Nathan avait esquivé de justesse un coup de poing fatal qui fusait vers lui à Mach 2. Il avait esquivé le boulet de phalanges avant de se positionner sur le côté, casser sur son genou le bras tendu, et pivoter dans le dos de son adversaire pour lui sectionner la colonne vertébrale d'un direct qui contenait toute son énergie. Le tueur avait été réduit à l'état de légume. Erreur. L'individu était trop diminué pour survivre. Love l'avait enfermé dans le coffre de l'Alpha et cherché un endroit pour l'interroger le plus vite possible, après avoir déposé Carla et Léa à l'hôpital.

Une pie atterrit sur la table. Sans bouger de sa chaise, Nathan se mit en méditation. Il se concentra sur sa respiration avant d'être réceptif à l'environnement. Puis il effectua un zoom arrière sur sa respiration pour élargir sa conscience et y inclure les odeurs, les sons, les angles de vue. L'herbe mouillée par la pluie. Le piaillement des oiseaux sous les premiers rayons du soleil, les plus froids. L'air frais pénétrant dans ses narines, puis ses poumons. Il ouvrit en grand les fenêtres de son esprit pour y accueillir des pensées, des réflexions, des sentiments qui traversaient sa conscience comme des nuages dérivent dans le ciel. Il revit ainsi le forcené du McDonald's, avec une deuxième bouche sur la joue, remplie de vers et de déjections, il vit également le Christ sur la croix dans cette église où il s'était évanoui et qui lui montrait la voie à suivre, il vit enfin son amour pour Carla qui bouleversait la chimie de son cerveau, l'éloignait du zen et le ramenait sur terre. Nathan acheva sa méditation par un réglage au plus bas de son rythme cardiaque et de sa température corporelle. Il déplaça sa force vitale vers les points de suture qui ne parvenaient pas à contenir tout le sang dans son crâne.

Il était temps de partir.

Il marcha jusqu'au fond du jardin et souleva une plaque en fonte. Un couple d'orvets surpris dans leurs entrelacements, serpentèrent jusqu'à un buisson de lauriers. Il dévissa un grand couvercle, laissant échapper des odeurs nauséabondes. Dans la cuve, la tête de l'homme qui s'en était pris à Carla flottait au-dessus des selles croupies. Les larves gourmandes grouillaient dans la plaie qui ouvrait son profil en deux. Espérant lui arracher à la hâte des aveux entre deux gargouillements putrides, Love l'avait jeté la veille dans cette fosse septique. Trois ans auparavant, la méthode avait bien fonctionné sur Berg qui s'était mis à table après avoir macéré cinq minutes au fond d'une fosse, révélant les sépultures de toutes ses victimes. Mais ce tueur-là n'avait pas desserré les dents et n'avait proféré aucun son. Il avait fini muet comme une carpe dans les matières fécales.

Nathan revissa le couvercle sur le cadavre attaqué par les bactéries. Après avoir inséré la plaque en fonte dans son cadre, il gagna la maison et s'installa au bureau de Oliviero de Santi, devant l'ordinateur. Il se connecta à Internet et tapa son nom, resserra la recherche et tomba sur le site « nathan-love.com ». Sa photo apparut avec le montant de la récompense offerte contre une preuve de sa mort : deux millions de dollars. Il cliqua sur « Dernière localisation de la cible ». Le site indiquait sa présence à Rome, à la date du 17 janvier. On était le 18 au matin. Apparemment, il n'avait pas été suivi jusqu'à la villa des de Santi. Il avait quelques heures d'avance. Malgré les infinies précautions qu'il prenait, il était constamment filé. Par qui ? Par des chasseurs de prime ? Il fallait qu'ils soient bien organisés, car sa position était divulguée quasiment en temps réel. Les internautes étaient aiguillés vers un numéro de boîte vocale qui invitait à laisser ses coordonnées téléphoniques dès que l'on aurait abattu la cible. Là, le répondeur précisait que l'on serait rappelé pour organiser le versement de la récompense contre deux preuves du décès de Love.

Nathan démarra Outlook Express et consulta les e-mails des de Santi. Il y en avait un seul, rédigé en anglais et intitulé : « Gagnez deux millions de dollars ». Il cliqua et lut une publicité qui incitait à se rendre sur le site qu'il venait de consulter. L'expéditeur du message avait employé les grands moyens. Son mailing électronique se répandait sur le Web à la vitesse d'un virus, en ratissant large. Dans le monde virtuel, l'information se propageait très vite. L'e-mail finirait par rencontrer, si ce n'était déjà fait, ceux qui auraient le pouvoir de l'éliminer et surtout de se faire payer. Car l'entreprise était risquée.

Nathan éteignit le PC, remit tout en ordre derrière lui, effaça les traces de son court séjour, coupa l'eau, ramassa les clés de l'Alpha Romeo et monta au grenier. Il s'accrocha à deux chevrons au-dessus de sa tête et se hissa par un trou dans le toit. C'était par-là qu'il était entré, en soulevant quelques tuiles et en donnant un coup de pied dans la volige vermoulue. Il replaça les tuiles et descendit le long de la gouttière. Après avoir escaladé la grille, il se retourna. Un merle se posa au sommet d'un figuier dont les racines chatouillaient la fosse septique. Le tueur inconnu reposait en paix. À la vitesse où il fermentait, il retournerait bientôt au néant. Nathan n'avait rien appris de lui excepté une chose, peut-être la plus importante : celui-ci n'était pas un psychopathe. Un psychopathe ne se tait pas. Celui-là était d'une autre race. Celle des fanatiques au service d'une force supérieure.

123

— Maman, on va où maintenant?

— Je l'ignore, chérie.

Carla savait seulement qu'elle quittait l'hôpital pour un hôtel inconnu, sous l'escorte d'un policier bourru.

— M'man, tu crois que Nathan nous veut du mal?

Carla se cantonnait désespérément à la philosophie de Love. « Toute réalité est une illusion. Il n'y a pas de réalité absolue. Chacun la voit différemment. »

— Il y a deux façons de voir comment les choses se sont déroulées au McDonald's, expliqua-t-elle à sa fille. Soit Nathan s'est attaqué à nous avant de réaliser que nous ne méritions pas de mourir comme les autres. Soit il nous a sauvées en neutralisant le meurtrier. La première version est celle de la police. La seconde est la mienne.

— Mais je n'ai vu personne d'autre que lui.

— Parce que tu as pris le meurtrier pour l'une des victimes. L'homme que Nathan a mis dans le coffre de la voiture était celui qui a essayé de nous assassiner.

— Pourquoi voulait-il nous assassiner?

— Nathan est probablement en train de le lui demander.

— J'ai gaffé, hein, en donnant son nom à la police?

— T'inquiète pas.

Contrairement à ses propos rassurants, Carla était désorientée. Désemparée. Askine était à ses trousses et la police aux trousses de Nathan. Kotchenk la pourchasserait jusqu'en enfer, surtout après ce qu'elle lui avait infligé. Léa était trimballée d'un pays à l'autre, confrontée à des tueurs, des détraqués, des flics. La jeune fille était gavée de violence, dormait peu, manquait l'école, quoique cet absentéisme forcé était ce qui semblait la perturber le moins. Carla se sentait inutile, impuissante, incapable de trouver sa place dans ce monde. Que faire ? Rester à Rome pendant quelques jours aux frais des autorités italiennes était un pis aller. Attendre. Faire le point. Prendre du recul et des décisions. Une chambre d'hôtel, c'était l'idéal pour ça.

Dario Carretta leur avait choisi un trois étoiles près du Colisée. Le policier qui les escortait s'adressa à un agent d'Interpol assis dans le hall, derrière un journal. Ce dernier, à l'allure de VRP, répondait au nom de Sergio Rossi. Il mena Carla et Léa jusqu'à leur chambre au dernier étage. Dans l'ascenseur, il sortit une carte de visite et un stylo plume étincelant dont il se servit pour entourer ses coordonnées téléphoniques. « Au moindre problème, composez ce numéro de portable, je serai à l'autre bout de la ligne », dit-il avec sérieux. Un carabinier rondouillard en faction les accueillit devant leur chambre. Il prit le relais de l'agent d'Interpol qui regagna son poste au rez-de-chaussée.

— Je vous ouvre, dit le gros aux petits soins.

Il glissa une carte magnétique dans la serrure et leur céda le passage.

— Mon nom est Umberto Sanza. Je ne bouge pas d'ici, dit-il en montrant une chaise sur laquelle était posé *Il Guardiano*.

Carla le remercia et ferma derrière elle.

— Tu te rends compte, maman, on est encore plus protégées que Madonna !

À la différence que Madonna n'était pas harcelée par Kotchenk et avait un mari talentueux, pensa Carla. Léa testa les ressorts de son lit tout en bombardant la télévision de rayons infrarouges.

— Maman, je peux boire un Coca ? J'ai soif, pas toi ? Il y a une machine dans le couloir, t'as pas vu ?

— C'est quoi ta question, exactement ? demanda sa mère en se déshabillant avec lassitude.

— Est-ce que je peux acheter un Coca dans le distributeur qui est dans le couloir ? J'ai trop soif.

— Pas question.

— Mais il y a le policier devant la porte. Je ne risque rien.

— Non, tu ne sors pas d'ici sans moi.

— Viens, alors.

— Je me douche, d'accord ?

Léa éteignit la télé, ce qui surprit sa mère. Quelque chose la tracassait.

— Maman, le type qui a essayé de nous liquider au MacDo, il a un rapport avec Vladimir ?

— Non, ma chérie.

— Qui c'est qui nous a tiré dessus dans le taxi ?

— La police nous le dira.

— Qu'est-ce qu'il nous veut exactement Vladimir ?

— Pourquoi cette question ?

— Je devine que tu cherches à me préserver de tout ça, mais j'suis pas débile.

— Qu'est-ce que tu veux savoir ?

— Vladimir m'a enfermée dans une maison à Cannes, tu t'es enfuie de chez lui et depuis on tente de nous faire la peau… Ça m'a l'air clair, mais je préfère que tu confirmes.

— Vladimir ne veut pas nous faire la peau.

— Il veut quoi, alors ?

— Nous.

— Nous ?

— Que nous vivions avec lui.

— T'es pas d'accord avec ça ?

— Et toi ?

— Moi, je crois qu'il t'aime moins que Nathan.

— Pourquoi me parles-tu de Nathan ?

— Vlad et Nathan sont tous les deux amoureux de toi. Alors je compare.

— Qu'est-ce qui te fait penser que Vladimir m'aime moins que Nathan ?

Carla s'assit près de sa fille pour ne pas rater une miette de la réponse.

— Depuis que tu as rencontré Nathan, tu es plus belle, malgré ta blessure à la joue et ta nouvelle coiffure.

Carla écarquilla les yeux pour exiger plus d'explications.

— En fait, il t'aime et toi tu l'aimes, donc il te le fait sentir et du coup tu te sens encore plus… euh… tu vois ce que je veux dire…

— Désirable ?

— Oui. C'est de l'automachinchose, je sais plus comment on dit.

— De l'autosuggestion.

— Ouais, c'est comme depuis que je suis née, t'arrêtes pas de répéter que je suis la plus belle. Forcément, je finis par me sentir belle et par l'être un peu.

À la différence des gamines de son âge qui ont une piètre opinion de leur physique, Léa était sûre d'elle. Stupéfaite par la perspicacité et la maturité de sa fille, Carla en profita :

— As-tu remarqué quelque chose dans le comportement de Nathan indiquant qu'il est épris de moi ?

— Fais pas ta naïve, maman. Il t'emmène chez ses parents, fait des milliers de kilomètres rien que pour te voir, et il t'a sauvé la vie deux fois…

— Il l'aurait fait pour n'importe qui. C'est son métier.

— Tu paries qu'il va revenir ?

— Tu serais d'accord, toi ?

— Il ne m'a pas gâtée comme Vladimir, mais il est plus cool. En plus, il est trop beau. À ta place, j'hésiterais pas.

Elle ralluma la télévision comme pour mettre un terme à l'entretien. Carla réalisa soudain que sa petite Léa avait grandi.

— Maman, tu es sûre que je ne peux pas aller m'acheter un Coca ? C'est juste à côté.

Sans répondre, Carla alla se planter sous une douche brûlante qui lava son stress et sa fatigue. Lorsqu'elle émergea de la buée de la salle de bains, enroulée d'une serviette éponge, elle entendit une voix rauque. Une animatrice de la RAI présentait les invités d'un talk-show. Carla appela sa fille. Aucune réponse. Il ne restait d'elle qu'un petit cratère froissé sur le couvre-lit. Léa lui avait désobéi. Elle était sortie. Carla se rua dans le couloir désert. Le carabinier n'était pas là. Il n'y avait aucun bruit, excepté le ronronnement du distributeur de boissons.

— Léa ! hurla-t-elle.

Paniquée, elle enfila le jean et le pull que lui avaient gracieusement fourni les services de police, et se précipita pieds nus hors de la chambre. La sonnerie du téléphone la stoppa dans son élan. Elle rebroussa chemin.

— Madame Chaumont ? demanda une voix avec un fort accent étranger.

Elle reconnut la voix d'Olav Askine.

— La fille de vous est enfermée dans malle qui est dans coffre de voiture. C'est dans malle que nous avons sorti elle de l'hôtel. Vous allez immédiatement suivre pareil chemin. Vous direz au flic dans hall que vous allez acheter médicament pour fille à vous. Vous irez à angle de la rue. Il y a pharmacie. Devant pharmacie, vous verrez Audi blanche garée double file. Vous monterez vite à l'arrière, si vous tenez à revoir fille à vous.

— Léa, vous lui avez fait du mal ?

— Contrairement au flic devant porte à vous, elle est vivante encore. Audi sera partie dans trois minutes. Si vous pas là à temps, Léa mourra.

Carla détala vers l'ascenseur, martela le bouton d'appel, opta pour l'escalier qu'elle dévala plus vite qu'un toboggan, déboula devant la réception, se força à ralentir pour ne pas éveiller les soupçons de l'agent Sergio Rossi. Le policier d'Interpol se dressa comme un ressort et abandonna ses mots croisés pour la rattraper :

— Excusez-moi, madame Chaumont, mais où…

— Ma fille ! Elle est… malade. Je vais acheter des médicaments à la pharmacie.

— Pieds nus ?

— C'est urgent.

— Je vous accompagne, dit-il en pointant son Parker étincelant sur elle.

— Non. Restez là ! Il vaut mieux… pour veiller sur Léa. Je n'en ai que pour une minute.

— Avec le brigadier Sanza, elle ne risque rien.

— Vous ne serez pas de trop pour barrer la route à Olav Askine.

— Ce n'est pas prudent.

— Discutez pas, bordel !

Malgré le ton employé par l'Italienne, Rossi ne se démonta pas. Il talonna Carla qui courait déjà sous une pluie épaisse. Elle repéra la pharmacie. À quoi pouvait ressembler une Audi ? Son regard fut attiré par un clignotant orange. Une voiture blanche était en train de déboîter. Carla traversa la rue comme une furie pour se jeter sur la poignée d'une portière. Rossi hurlait dans son dos. Le véhicule freina. Elle plongea sur la banquette arrière. Rossi s'engouffra en même temps qu'elle et atterrit sur le tapis de sol avec une balle dans le front. L'Audi fila en éclaboussant les badauds. Les pieds sur un cadavre et les yeux sur un tueur, Carla tenta de conserver le peu de sang froid qui lui restait. Elle aurait le loisir de s'effondrer quand elle aurait délivré Léa. Le chauffeur qui lui était étranger fonça dans un parking souterrain en suivant un break Mercedes. Il parlait avec un accent slave qui maltraitait la langue anglaise :

— On avait dit à vous venir seule.

— C'est lui qui me collait.

— Lui mort maintenant.

L'Audi se gara au quatrième sous-sol, presque désert. La portière s'ouvrit sur le visage d'Askine. Le Russe tira violemment le corps de Rossi par les pieds. Le crâne troué du flic cogna le béton et se fendit en deux dans une flaque d'huile. Olav le fouilla, récupéra une arme, planqua l'agent d'Interpol sous une voiture, arracha Carla à son siège et vérifia qu'elle ne cachait rien sur elle.

— On rentre, salope. Kotchenk est impatient de revoir toi. Si tu emmerdes moi pendant trajet, je bute fille à toi.

Les mains d'Askine, tachées du sang de Rossi, s'attardèrent sur elle, car le Russe avait senti qu'elle ne portait pas de sous-vêtement.

— Où est Léa ?

— J'ai déjà dit à toi ! beugla-t-il en dégageant sa main de sous le pull de Carla pour la lui flanquer sur le visage. Moi pas assez je suis clair ?

Carla endura sans broncher la fouille minutieuse de ses courbes. Au terme d'un pétrissage en règle, Askine la boucla dans l'Audi et prit le volant du break Mercedes qui passa devant. Le sinistre cortège remonta à la surface de Rome inondée par une pluie diluvienne. Carla fixait le coffre du break. Léa était là-dedans, à quelques mètres. Les deux véhicules s'engagèrent sur l'autoroute à vive allure en direction de Florence. Le chauffeur n'ouvrit la bouche que pour en extraire un chewing-gum racorni. Ce n'est qu'après le premier péage, à la sortie de Rome, que Carla gambergea pour récupérer sa fille. Si elle ne tentait rien, elle allait retomber entre les mains de Vladimir. Une poignée d'heures seulement la séparait de l'homme qu'elle avait foudroyé de deux balles. La marge de manœuvre était réduite. Les kilomètres défilaient à grande vitesse entre les camions et les glissières de sécurité, dans un couloir où les appels d'air faisaient louvoyer le véhicule. Des trombes d'eau ricochaient sur l'asphalte, liquéfiaient la chaussée, jaillissaient au cul des poids lourds, s'écrasaient sur le pare-brise. Une vraie lessiveuse. L'Audi était scotchée au pare-chocs de la Mercedes qui ne descendait pas au-dessous des 180 km/h. L'accident les guettait. Carla sentait qu'elle devait mettre à profit ce trajet cauchemardesque. Les éléments naturels étaient déchaînés. Elle devait s'en faire des alliés. Utiliser la situation à son avantage. « Devenir la situation », disait Nathan.

La voiture dévia dangereusement au terme d'un dépassement. Le chauffeur rectifia la trajectoire sans détacher les yeux des feux arrière de la voiture pilotée par Askine. Un objet roula sous le pied de Carla. Il scintillait. Le stylo-plume de Rossi. L'idée commença à germer dans son esprit qui évacuait toute image ou pensée susceptible de l'éloigner du plan qui lui permettrait de se tirer de là. Mais d'abord, gagner un peu de temps.

— Arrêtez-vous, je vais vomir !

Le corps soudé à la direction, le chauffeur l'ignora. Carla enfonça son doigt au fond de la bouche et dégobilla sur les épaules de l'homme. Celui-ci se trémoussa en jurant. Il fit trois appels de phare, puis deux, puis un. Le break Mercedes ralentit devant eux. Les deux véhicules se rangèrent en quelques secondes sur la bande d'arrêt d'urgence. Askine rappliqua comme un fou pour s'entretenir avec son complice paré d'épaulettes à la sauce bolognaise. Ils vociféraient en russe. Incompréhensible. Askine énervé ouvrit la portière et bombarda Carla d'un direct au menton. Dans le dos du cerbère slave, les camions alignaient les rafales hurlantes de gazole et d'eau sale qui faisaient tanguer l'Audi. « Dernier avertissement ! » s'époumona Askine au milieu de la tempête.

L'équipée reprit sa folle allure. Carla rumina son plan en souffrant, en hésitant. Le coup de poing avait réveillé ses blessures. Elle encaissait comme une boxeuse, en silence. Le plus dur restait pourtant à accomplir.

Se substituer au chauffeur.

Les minutes se consumaient à vue d'œil. Les kilomètres aussi, à raison de trois par minute. Lorsqu'elle vit le panneau qui annonçait la bretelle pour Florence, Carla inspira profondément et se lança. Elle flanqua le pied droit entre les sièges avant, s'agrippa à la poignée au-dessus de la vitre du conducteur et fit passer sa jambe gauche au-dessus de l'appui-tête. En moins de deux secondes, elle se retrouva assise dans les reins du Russe. Pris au dépourvu, celui-ci se tortilla avec frénésie, sans que cela nuise à sa concentration. Son corps réagissait à l'intrusion dans son dos, mais sa conscience conduisait. Carla, elle, gardait deux choses en vue : le volant et la pédale d'accélération. Sans lâcher la poignée, elle tendit le bras droit devant elle et rabattit le stylo-plume dans la gorge du chauffeur. Un liquide noir et rouge jaillit de l'aorte et aspergea le tableau de bord. Pendant quelques secondes, la visibilité s'opacifia. Les essuie-glaces parvenaient à peine à balayer le pare-brise, tandis que le geyser d'hémoglobine mêlé d'encre éclaboussait de l'intérieur. Secoué par des spasmes, le ravisseur lâcha le volant. Carla l'empoigna aussitôt. Puisant un second souffle dans un cri innommable, l'homme arracha le Parker et pivota, offrant à sa passagère rebelle la vision d'un faciès crispé par la douleur. Elle raidit sa jambe droite et appuya sur la pédale d'accélération désormais libre. L'Audi qui avait ralenti et qui zigzaguait sur deux voies, mordit le bitume trempé et bondit en avant pour se recoller à la Mercedes. Carla ne faisait qu'un avec la direction, négligeant le nervi d'Askine qui s'écrasa entre ses seins au terme d'un interminable râle. Elle sentit la carcasse rustaude se ramollir et s'alourdir entre ses cuisses. La mort pesait de plus en plus sur son ventre. Trop d'ailleurs, pour qu'elle puisse basculer le cadavre sur le siège passager sans perdre le contrôle du véhicule. Toute sa concentration était requise pour rester dans le sillage agité de la Mercedes. Elle envoya des appels de phare. Trois. Puis deux. Puis un. Comme précédemment. La Mercedes vira sur la première voie, coupant la route à une Safrane qui valsa en aquaplaning. Carla imita Askine mais freina trop brusquement ce qui déporta l'Audi contre un camion. Une double roue géante grignota l'aile avant. Elle mit la gomme pour adhérer à la route, braqua dans le sens opposé, ricocha contre une fourgonnette et se stabilisa enfin sur la voie centrale à 120 km/h.

La Mercedes s'était volatilisée. Askine était maintenant derrière elle. Il fallait à tout prix qu'il repasse devant. Carla mit à rude épreuve le programme électronique de stabilisation incluant l'ABS, l'EBV et autre BAS, serra les dents et jeta son véhicule contre la glissière de sécurité. Le ruban d'acier lima le flanc de l'Audi jusqu'à l'arrêt. Askine la doubla, négocia une queue-de-poisson et s'immobilisa deux cents mètres plus loin. Carla se cala au fond du siège, redémarra en laissant un pare-chocs sur place, raidit ses bras et visa le tueur qui avait jailli de la Mercedes. Celui-ci n'eut pas le temps d'esquiver. Le bolide le percuta de plein fouet en même temps que la portière qu'il tenait encore par la poignée. Askine fut catapulté avec la tôle sur la chaussée et avalé par un poids lourd. Carla recula au niveau de la Mercedes, se débarrassa du cadavre qui la paralysait et courut jusqu'au coffre. À l'intérieur de la malle, Léa était contorsionnée, en état de choc. Dopée par l'adrénaline, Carla porta sa fille jusqu'à l'Audi et la déposa sur la banquette arrière. Autour d'elle, les véhicules s'arrêtaient. Des automobilistes s'approchaient pour offrir leur aide ou pour regarder. Un camion vrombit à quelques centimètres de Carla et l'éclaboussa avec la violence d'une tornade. Elle s'installa au volant sous l'œil intrigué des témoins, enclencha la première, écrasa la pédale d'accélérateur, s'essuya le visage d'un revers de manche détrempée et fixa la route droit devant elle, sous le déluge. Que de l'eau et des phares ! Il suffisait de suivre ceux qui étaient rouges. Carla jeta un œil dans le rétroviseur. Elle repartait avec sa fille vivante, une voiture encore en état de rouler et du sang sur les mains. Elle venait de liquider deux hommes, sans sourciller, avec une brutalité inouïe. La froide sauvagerie dont elle avait fait preuve était-elle due à un état second, à son instinct voué à la survie des siens ou bien au fait que ce n'était pas la première fois qu'elle se défendait ?

On prend l'habitude de tout, même de tuer.

124

Carla fit une halte dans la première aire de service qui se présenta au nord de Florence. Elle gara sa voiture à l'écart et se tourna vers sa fille. Léa était blottie sur la banquette, les yeux grand ouverts.

— Comment vas-tu, chérie ?

— J'ai peur.

— Tu n'as plus de raison d'avoir peur. Maman s'est occupée de tout. Ceux qui t'ont enlevée ne recommenceront plus.

— Tu les as tués ?

La question était directe, inévitable.

— Oui. Personne ne te fera du mal, Léa.

— Nathan est là aussi ?
— Nathan ? Non, pourquoi ?
— Maman, je veux rentrer à la maison, maintenant.
— Tu ne désires pas boire un chocolat chaud, avant ? On va s'acheter plein de trucs à manger à la boutique.
— OK.
Léa était toujours partante dès qu'elle entendait le mot "boutique". Les deux filles sortirent de l'Audi avec la souplesse de deux grabataires. La pluie avait enfin cessé de tomber. Le véhicule était ouvert sur toute la longueur jusqu'aux barres anticollision. Carla se demanda comment ce tas de ferraille pouvait encore rouler. Une véritable pub pour Audi.
— Maman !
L'air ahuri de Léa fut plus révélateur qu'un miroir. Pieds nus, le visage tuméfié, les cheveux anarchiquement hérissés, trempée jusqu'aux os, maculée d'encre et d'hémoglobine, Carla n'était pas à son avantage. Son pull-over crème était aussi coloré qu'un tablier d'écolier. Impossible de l'ôter, car elle ne portait rien en dessous.
La boutique de la station-service était éclairée par une lumière aveuglante. Il n'y avait presque personne à l'intérieur. Le caissier la regarda entrer comme s'il avait vu Asia Argento sortir d'un giallo de son père. Léa se servit tout ce que ses mains pouvaient contenir. Sa mère balança sur le comptoir des euros qu'elle avait dénichés dans la boîte à gants. Elles se rendirent ensuite aux toilettes où Carla se sécha tant bien que mal sous un sèche-mains automatique. Elles s'attablèrent enfin devant les distributeurs de boissons chaudes. Lorsqu'elle s'immobilisa devant son gobelet de café brûlant. Carla remarqua qu'elle tremblait.
— Maman, t'es toute blanche, constata sa fille.
Ce n'était pas encore le moment de flancher. Tenir le coup jusqu'à ce que Léa soit à l'abri. Mais où ?

— On rentre chez nous, insista la jeune fille.

Elles étaient à mi-chemin entre Rome et Nice. À Nice, il y avait Vladimir qui réclamait vengeance. À Rome, il y avait la police et Interpol qui réclameraient des comptes. Comment expliquer à des flics incrédules et sots au point de prendre Nathan pour un serial killer, la manière dont elle avait occis deux tueurs aguerris ?

— Maman ? Tu m'entends ?

Elle avait envie de se poser. Cela faisait un an, depuis la mort d'Étienne, qu'elle ne savait plus respirer normalement et qu'elle se consumait trop vite. Acculée au néant, elle envisagea même d'aller se réfugier chez sa belle-mère. L'intérêt de Léa primait sur son amour propre.

— On pourrait aller chez mamie, si tu veux, dit Léa qui suivait les pensées de sa mère.

Oui, on pourrait, pensa Carla. Mais pas chez la mamie à laquelle Léa faisait allusion. Geneviève était trop proche affectivement d'Étienne, trop proche géographiquement de Vladimir. La suggestion de sa fille avait conduit Carla à envisager l'autre extrême. Descendre tout au sud dans son village de Sicile qu'elle avait abandonné douze ans auparavant. Certes, elle aurait préféré revoir ses parents dans d'autres circonstances, auréolée d'une réussite sociale, soutien d'un ménage exemplaire avec son cortège d'enfants bien élevés, épouse pieuse d'un chef de famille qui en aurait imposé à son père... Au lieu de cela, elle se préparait à se présenter avec la tête de Courtney Love dans ses plus mauvais jours, un pull taché de sang, des bleus sur le visage, chômeuse et fauchée, veuve d'un homme assassiné, mère d'une fillette jetée sur les routes. Cependant, l'exemple des retrouvailles de Nathan avec ses parents, l'harmonie d'une famille reconstituée, le don du pardon professé par les Évangiles, le besoin de retrouver ses racines, de ressourcer sa foi et surtout l'urgence de mettre Léa à l'abri des sbires de Kotchenk, la poussaient à se sauver vers son village. Palazzo Acreide résonnait dans sa tête à la fois comme un lointain souvenir et comme un avenir imminent. Une église, quelques ruelles, des mammas en noir au seuil des maisons, et des vieux scotchés à la terrasse du café. Un petit bourg agricole au nom imprononçable pour les touristes étrangers, à l'écart des sentiers battus. Des habitants vivant hors du temps. Des Siciliens. La Sicile lui manquait. Tout ce qu'elle avait fui, le culte de la mort, la loi du silence, le pouvoir de la famille, la pauvreté, avaient même un goût de nostalgie.

Désormais, Carla pouvait répondre à sa fille :

— On va voir papi et mamie, ma chérie.

125

L'autoradio diffusait *Here with me.* Léa dodelinait sur Dido. C'était bon signe. «I wonder how am I still here... », fredonna-t-elle, le regard rivé à la vitre. Le soleil avait gagné de la hauteur sur les monts Iblei. L'Audi défigurée avalait les routes étroites qui se tordaient à travers les forêts de figuiers de Barbarie. Elles avaient roulé toute la nuit en s'arrêtant parfois, dès que Carla se sentait gagnée par le sommeil. Au bout d'un millier de kilomètres, elles avaient échoué dans un petit hôtel de Calabre et dormi presque toute la journée du dimanche. Le soir, Léa avait retrouvé l'appétit dans une pizzeria et l'envie de zapper devant la télé. Sa faculté de récupération était impressionnante. Le lundi matin, elles avaient attrapé le premier ferry pour passer en Sicile.

Le paysage fit bouillir les engrammes de Carla et la ramena dans son enfance, à l'âge de Léa. Le beffroi de Messine et son horloge astronomique, la plus grande du monde, Taormina magnifiquement installée sur la mer Ionienne, les flancs de l'Etna chauffés à blanc, l'animation de Catane. Puis l'Audi quitta le bord de mer pour s'enfoncer vers l'intérieur du pays rude et sauvage. Dans les monts Iblei, Carla se sentait en sécurité. Pendant des siècles, la contrée avait été un refuge face aux envahisseurs. Elle le serait pour elle aussi, face aux fantassins surarmés de Vladimir Kotchenk.

Elles entrèrent dans le village de Palazzo Acreide à 2 heures de l'après-midi.

— C'est ici qu'ils habitent, papi et mamie ? demanda Léa, intriguée.

— Oui.

La jeune fille qui n'épargnait aucune question à sa mère, connaissait depuis longtemps l'origine de la rupture avec ces grands-parents qu'elle n'avait jamais vus. Elle savait qu'Étienne n'était pas son père biologique, l'autre ayant disparu dans la nature avant qu'elle ne vienne au monde. Elle savait également que sa mère avait été répudiée à cause d'une grossesse hors mariage, hors religion, hors consentement familial. La tradition, le catholicisme, l'Onorata società des paysans d'Acreide, l'avaient bannie. Carla n'avait néanmoins jamais diabolisé ses parents au regard de sa fille, au cas où elle ferait un jour le voyage en sens inverse. Celle-ci se félicita, douze ans plus tard, d'avoir opté pour l'indifférence plutôt que pour la haine. Dans quelques minutes, elle se tiendrait face au visage buriné de son père, au sourire effacé de sa mère, aux regards noirs de ses deux frères.

L'Audi contourna la place du village désertée par la sieste. Une vieille Sicilienne assise sur son perron leva le menton. À la terrasse du café, Tony et Gianni qui faisaient partie du décor depuis soixante ans, regardèrent la berline étrangère rouler en direction de la rivière.

— Gianni, la voiture, elle est pas catholique.

— Elle est allemande.

— Complètement esquintée.

— T'as vu qui conduisait ?

— Vitres teintées.

— Y vont chez les Leoni ou les Braschi.

— Dans les deux cas, ça leur fera de la visite.

Au-delà du pare-brise moucheté de cadavres d'insectes et croûté de sang slave, la route se rétrécissait. Carla sema des lambeaux de tôle et des pièces mécaniques dans les ornières, réveillant un berger allongé au pied d'un olivier. Le pâtre ébouriffé lorgna sur l'étrange véhicule auréolé d'un nuage de poussière jusqu'à ce qu'il disparaisse dans un cul-de-sac qui menait à l'exploitation agricole des Braschi. Malgré la saison et les intempéries qui sévissaient en Italie, il n'avait pas plu ici depuis longtemps et Carla dut arroser son pare-brise au lave-glace pour y voir clair.

Rien n'avait changé alentour. Les coteaux, le chemin chaotique, les cyprès pointus, la ferme du père Leoni aux volets jaunes qui dominait en haut de la colline, l'étrange sculpture au milieu d'un pré, taillée dans la roche au troisième siècle avant Jésus-Christ… Deux mille ans de progrès n'avaient pas défiguré le paysage. Alors, douze ans, c'était bien peu pour s'attendre à ce que des lotissements aient fleuri ou qu'une rocade à deux voies ait été tracée à travers champs. De toute façon, les promoteurs cupides et les VRP du progrès auraient été reçus à coups de chevrotine. L'harmonie était maintenue ici grâce aux fusils des Leoni et des Braschi.

Carla se gara au milieu de la cour. Le toit de la grange était toujours crevé, la ferme n'avait pas encore bénéficié d'un ravalement de façade et le vieux tonneau percé dans lequel elle se cachait jadis avec son cousin n'avait pas bougé. Elle aperçut le tracteur sur lequel son père l'emmenait parfois quand elle était petite. Un épagneul aboya, courut vers la voiture et examina les roues. Rocco. L'animal était vieux, mais l'âge ne l'affectait pas. Il sembla soudain à Carla qu'elle n'était partie qu'hier. Elle coupa le moteur et descendit. Rocco la renifla, remua la queue, jappa. Tandis que Léa s'écartait avec méfiance, Carla le caressa et jeta un regard panoramique sur la propriété, à l'affût d'un autre signe de vie. Elle marcha vers l'entrée de la maison surmontée d'une tonnelle rouillée. Son rythme cardiaque s'accélérait en même temps que ses pas ralentissaient. Sur ses talons, l'épagneul piaffait et Léa commençait à la harceler de questions.

— C'est ici, tu es sûre ?

— Je suis née dans cette chambre, dit-elle en désignant une fenêtre encadrée par des pierres à vif.

— Tu crois qu'ils sont là, papi et mamie ?

— On va vérifier.

— En tout cas, il y a quelqu'un.

— Comment le sais-tu ?

Léa désigna une Alpha Romeo, garée sous un cerisier, derrière la grange. « Tiens, quelque chose de nouveau », pensa Carla. Son père aurait-il cédé sa camionnette antédiluvienne contre une voiture moderne ? À moins que l'un de ses deux frères en fût le propriétaire. Auraient-ils gagné au loto, quitte à enfreindre les lois de la pauvreté dictées par le Nouveau Testament ?

— Tout est vieux, ici, commenta Léa.

Carla éprouvait de l'appréhension. Qui craindre le plus, de son père ou de ses frères ?

— Maman… ? appela Léa, sur le point de poser une nouvelle question.

La porte était ouverte pour faire pénétrer le soleil et la tiédeur de l'après-midi. Des voix d'hommes provenaient de la cuisine. Carla s'avança timidement. Pour la première fois depuis longtemps, elle n'écoutait plus Léa ni ne la voyait. Elle n'était plus une maman, mais une petite fille qui craignait de se faire gronder parce qu'elle rentrait tard de l'école.

Elle entra dans la cuisine.

Sa stupeur fut si grande qu'elle en chancela. Jamais elle n'aurait cru le trouver ici, assis dans cette pièce qui sentait le vin et la soupe depuis sa naissance. Il s'exprimait en anglais, avec l'un des frères comme interprète. Ce fut Léa qui le nomma en premier :

— Nathan!

Tous les regards se braquèrent vers les deux filles. Maria, la mère de Carla, blêmit dans sa robe noire, se signa et se rua vers sa fille avant de s'extasier devant sa petite-fille. Matteo, le père, s'était levé aussi, interdit par l'apparition. Il tendit le bras vers une chaise vide en face de Nathan pour inviter la revenante à prendre place. Léa se retrancha auprès de l'Américain qui la garda sur ses genoux, faute de siège. Marco et Luca furent les seuls à ne pas broncher. Malgré la surprise qu'elle avait créée, Carla sentait que sa visite avait quelque chose d'attendu. Nathan semblait avoir préparé le terrain. Un terrain miné. C'est pourquoi elle n'interrogea pas l'Américain sur la raison de sa présence dans sa famille, ni sur la manière dont il avait trouvé son chemin jusqu'ici. Que faisait-il dans cette cuisine? Elle croisa son œillade qui lui dictait de se reposer sur lui. Il était préférable de laisser affluer les questions plutôt que d'en émettre. La première, formulée par son père, fut aussi surprenante que rassurante :

— Tu as mangé?

Que leur avait raconté Love pour que l'accueil qui lui était réservé fût aussi cordial? Il n'y avait que les airs inquisiteurs et suspicieux de ses frères qui lui rappelaient son bannissement. Avant même qu'elle n'eût à se prononcer, sa mère avait posé deux couverts sur la table. Des fuccace atterrirent dans les assiettes. Léa fit la moue en apprenant que les petits pains ronds étaient beurrés de foie de veau et de fromage de chèvre chaud. Elle aurait préféré un cheeseburger. Matteo ne quittait pas sa fille des yeux.

— Qu'est-ce qui est arrivé à tes cheveux ? demanda-t-il.

— J'ai voulu changer de tête.

— T'aimais pas celle qu'on t'a donnée ?

— Elle m'attirait trop d'ennuis.

Matteo se tut et se versa du vin. Maria bouillait. Elle profita du silence établi par son mari et ses fils pour mettre Carla sur la sellette. Entre deux bouchées, celle-ci lui répondait sur son mariage avec Étienne, la naissance de Léa, les expéditions de son mari avant sa disparition, son métier de croupière, ses relations tumultueuses avec Vladimir, la récente découverte du corps d'Étienne en Alaska, sa rencontre avec Nathan, le harcèlement de Vladimir, l'enlèvement de Léa, la mort des deux ravisseurs. Elle résuma douze ans de vie mouvementée en un repas, déballa tout comme si elle se débarrassait d'un poids. Son père l'écoutait, raide et muet sur sa chaise, sa mère ponctuait la narration de « mia Carla » et se signait à tout va. Nathan apportait sa caution quand il le pouvait, tandis que Marco et Luca, subjugués par les péripéties de leur sœur, oublièrent leurs airs distants pour se coller au récit.

— Mia Carla, que le Seigneur continue à veiller sur toi et ta fille.

— C'est l'homme qui est assis en face de toi qui veille sur moi, maman.

— Pas de blasphème, avertit le père.

— Tu as vraiment descendu deux hommes ? s'étonna Luca.

— La vie de Léa était en jeu.

— Comment peut-on tuer quelqu'un avec un stylo-plume ?

— On peut faire beaucoup de chose avec un stylo-plume.

— J'ai quand même du mal à te croire. Une femme en plus, contre deux tueurs professionnels.

— Achète le journal de Rome, il te donnera plus de détails que moi.

— Qu'es-tu venue faire ici ?

La question avait fusé de la bouche de son père. Le ton était dénué d'agressivité et de reproche. Carla observa Nathan. Sur ses genoux, Léa dormait, épuisée par ce qu'elle avait vécu au cours de ces derniers jours. Elle ne s'était pas plainte une seule fois. C'était ce qui prodiguait toute cette force à Carla.

— Elle est venue se cacher, railla Marco.

— Silence ! lança Matteo à son fils aîné.

Le calme rétabli, tous les visages se tournèrent vers Carla qui essayait de lire la réponse sur celui de Nathan.

— Je suis venue chercher le pardon.

Sa mère se signa une nouvelle fois.

— Pourquoi aujourd'hui ? demanda Matteo.

— Je voulais vous présenter Léa… et Nathan.

Nathan esquissa un sourire d'approbation.

— Vous allez vous marier ?

Les questions s'avéraient de plus en plus ardues, comme dans un jeu télévisé. Au bout du quiz, gagnerait-elle la réconciliation ?

— Papa, est-ce que je peux aller coucher Léa ?

— La pauvre petite, s'écria la mère qui se dépêcha d'aller préparer un lit dans l'ancienne chambre de sa fille.

Nathan se leva avec Léa dans les bras et suivit Carla jusqu'aux dix mètres carrés qui lui avaient été alloués jadis, pendant dix-sept ans. Carla constata que rien n'avait été touché depuis son départ, tel un humble mausolée dédié à sa mémoire. Nathan s'imprégna du lieu. Les affiches de films, les stars glamours et le poster du pape qui ornaient la pièce témoignaient que la jeune fille de la ferme avait grandi dans les rêves fabriqués à Cinecitta, à Hollywood et au Vatican. Une photo encadrée sur la table de chevet le fascina plus que toutes les autres : Carla en communiante. Sa beauté, déjà épanouie, détonnait avec l'austérité de l'habit de profession de foi. De nombreux livres étaient empilés sur un coffre et sur l'armoire. Pas de bibliothèque. Chez les Braschi, la lecture était assimilée à de la fainéantise et l'on ne concevait pas de consacrer un meuble à tant de paresse. Seuls la Bible et les Évangiles méritaient d'être en bonne place. Après avoir bordé Léa, ils regagnèrent la cuisine.

— Papa, est-ce que je peux m'entretenir avec Nathan quelques minutes ? demanda Carla.

Le patriarche acquiesça en désignant la porte d'un geste auguste. Ils sortirent, suivis par Marco et Luca, à distance. Carla avait parcouru la planète, affronté des individus de la pire espèce, encaissé pas mal de coups, mais dans son village de Sicile, elle ne pouvait se déplacer qu'avec la permission de son père et l'escorte de ses frères. Au moins, si Kotchenk avait l'idée de venir ici, elle était bien protégée.

— Ton récit m'a impressionné, dit Nathan. Il a dû te falloir une sacrée dose de détermination pour te débarrasser des mercenaires de Mister K.

— Qu'est-ce que tu fous ici ?

Il la contempla depuis la pointe de ses cheveux jusqu'à celle des pieds. Car en aimant Carla, il aimait tout en elle, ses longs cils noirs, sa peau mate, son sang sicilien, l'histoire de son pays. En débarquant chez elle, c'était un peu comme s'il lui faisait l'amour. Une telle passion était difficile à expliquer, aussi il se contenta d'une réplique lapidaire :

— Et toi ?

— C'était l'endroit le plus sûr. C'était également l'occasion d'effacer les vieilles rancunes.

— C'est ce que j'ai pensé aussi.

— Que leur as-tu raconté, pour qu'ils soient aussi… ?

— Accueillants ?

— Oui.

— Je leur ai parlé de Confucius.

— De Confucius ?

— Pour Confucius, les familles heureuses engendrent un monde harmonieux. Les membres d'une famille doivent s'entraider et se soutenir. Les parents ont le devoir d'enseigner la vertu et les enfants se doivent d'honorer leurs parents.

— Je crois qu'ils auraient préféré que tu cites Jésus.

— C'est ce que j'ai fait en leur rappelant que le Christ prônait l'amour et le pardon.

— Tu crois en Jésus, toi ?

— Oui, en tant que personnage historique, comme Gandhi ou le Dalaï-Lama. J'ai dit aux tiens que tu avais pardonné leur faiblesse de t'avoir imposé l'exil.

— Tu t'es un peu avancé.

— Si je n'avais pas voulu m'avancer, je ne serais pas ici.

— Tu t'es immiscé entre ma famille et moi. Bon sang, je ne savais plus quoi répondre à l'interrogatoire de mon père !

— Je ne me suis immiscé dans rien. Il n'existait plus aucune relation entre toi et eux. Aujourd'hui, elle est rétablie et c'est à toi de la consolider.

— Qui te dit que j'ai envie de renouer avec eux ?

— Ta présence.

— Vise-moi ça. Mes deux frères ne me quittent pas d'une semelle.

Luca et Marco fumaient sous un orme, à une cinquantaine de mètres.

— Accepte leurs règles, tu es chez eux, en visite dans un monde pétri de coutumes. La moindre des choses est de les respecter.

— Comment pouvais-tu être si sûr que je viendrais ?

— J'ai consacré une partie de mon existence à me mettre à la place de types peu fréquentables. En comparaison, me mettre à la place de la personne que j'aime n'était pas une prouesse.

— Où étais-tu Nathan, ces derniers jours ?

— En enfer.

Elle le fixa sans comprendre.

— J'étais dans la tête d'un tueur.

— Au McDonald's, j'ai d'abord cru que tu m'avais agressée, sans réaliser que tu étais en train de me sauver. Ton regard était si noir.

— Je me demande parfois si devenir un assassin mentalement, c'est sortir de soi ou y entrer au plus profond.

— La police te croit coupable de tous ces crimes.

— Compte tenu de ses capacités, la police va toujours au plus simple.

— Où est le tueur ?

— Je l'ai tué.

— Pourquoi ?

— Il s'est trop défendu.

— Que voulait-il ? Pourquoi a-t-il massacré tous ces gens ?

— Il n'était que le fruit empoisonné d'un arbre plongeant ses racines dans le mal.

— Ce n'est pas fini, alors ?

— Non.

— Cette histoire est effrayante. Elle a fait de nous des assassins. Qui va nous juger, Nathan ?

— Le jugement n'appartient qu'aux victimes.

— Et si elles sont mortes, qui parlera en leur nom ?

— Le remords.

Elle s'avança vers lui et posa sa tête sur son épaule dans un élan de tendresse. Les propos de Nathan lui rappelaient ceux de Khalil Gibran. L'Italienne avait appris *Le Prophète* par cœur, un an auparavant, pour exorciser le mal qui la rongeait. «…Si l'un d'entre vous punit au nom de la droiture et plante la hache dans l'arbre du mal, qu'il en considère aussi les racines… Et vous, juges qui voulez être justes… Quelle sanction déciderez-vous contre celui qui tue dans la chair alors qu'il est lui-même tué dans l'esprit? Et comment punirez-vous ceux dont le remords est déjà plus grand que leurs méfaits?»

L'Américain effleura le visage tuméfié de l'Italienne et posa ses lèvres entre les ecchymoses. Il voulait inscrire de la douceur sur les empreintes, beaucoup moins délicates, de Kotchenk, d'Askine et du tueur du McDonald's. Heureusement, le temps était prompt à effacer ces stigmates qui altéraient la pureté des traits de Carla. Le temps, le bien le plus précieux.

— L'auteur du massacre de Fairbanks, c'était le même type? demanda-t-elle.

— Non, c'était l'arbre.

Manifestement, Nathan n'avait pas envie de parler boulot. Ils s'arrêtèrent au pied d'un saule pleureur. L'Italienne lui glissa la main dans les cheveux et examina les points de suture mêlés de pus.

— Ta plaie est vilaine, tu devrais voir un docteur.

— Personne, à part moi, ne peut me guérir.

— Je ne crois pas. Qui t'a fait ça?

— Askine. Kotchenk a mobilisé beaucoup de personnel pour m'éliminer.

— La police m'a dit qu'il aurait passé un contrat avec la mafia italienne.

— Mister K a plus de raisons de me supprimer qu'il en a de m'oublier. Je représente trop de menaces pour lui:

je l'accuse du meurtre d'Étienne, je fouille dans sa vie privée, je lui ravis sa promise.

— Tu restes donc persuadé qu'Étienne a été assassiné par Vladimir ?

— Oui. On ferait beaucoup de chose pour obtenir ta main.

— Tu tuerais pour moi ?

— Je l'ai déjà fait.

Ils s'assirent sur un tronc séché et mêlèrent leurs doigts avec fébrilité.

— Tu le soupçonnes aussi d'être impliqué dans le massacre du laboratoire ?

— Plus maintenant. Kotchenk n'a pas l'envergure de l'arbre en question, tout au plus celle d'une mauvaise herbe.

Dans un nuage de phéromones, il s'embrassèrent, se touchèrent, attisés par une pulsion sexuelle incontrôlable. Luca et Marco durent intervenir pour les séparer. Carla se rebiffa et envoya paître ses deux frangins dans un italien qui crépitait plus vite qu'une rafale d'arme automatique. Nathan lui prit le bras et l'entraîna vers la rive vasarde d'un petit plan d'eau, aussi calme qu'une pierre tombale.

— On les bute ? demanda-t-il.

— Ça la ficherait mal.

Une libellule dessina des ronds à la surface de la mare. Une grenouille tissa un sillage rectiligne vers un insecte.

— Qu'est-ce qu'on dit à mon père ?

— À quel sujet ?

— Nous deux.

— Une vieille mare, une grenouille saute, l'eau en rumeur.

— Quoi ?

— C'est un haïku de Bashô.

— Tu t'exprimes en japonais là ?

— Un haïku est un poème court qui communique une expérience directe à un instant particulier, généralement liée à la nature, telle qu'elle existe simultanément à l'extérieur et à l'intérieur de notre esprit, dépourvue de toute distorsion mentale. Le haïku de Bashô traduisait le plouf d'une grenouille.

— Tout ça pour un plouf?

— Un plouf avec lequel l'auteur n'est pas dissocié. Un plouf qui le mène à l'esprit éveillé du zen. Tout est lié dans ce poème : l'éternité et l'instant, le repos et le mouvement, le silence et le bruit, la vie et la mort.

— C'est ce que tu comptes expliquer à mon père?

— Si cela ne dépendait que de moi, je répondrais oui à sa question.

Malgré la réserve que lui imposait ses frères, Carla ne put réfréner un élan du cœur qui la projeta contre Nathan. Leurs lèvres se trouvèrent rapidement. Ils s'enlacèrent sous un saule. Des vociférations interrompirent leur baiser. Marco et Luca s'agitaient à une dizaine de mètres. Carla caressa le visage de Nathan dont elle avait encore le goût sur la langue.

— Si tu veux m'épouser, tu dois d'abord lui demander ma main.

— À mon avis, c'est Léa qu'il faudrait consulter. Elle est plus concernée que ton père par cette décision.

— Elle m'a déjà donné son avis sur le sujet et tu peux être rassuré. Remarque, on peut se marier sans solliciter la bénédiction de papa. Étienne ne l'a pas fait. Dans ce cas, il faut partir d'ici le plus vite possible et ne plus compter revenir.

— Et toi, veux-tu m'épouser?

— Accepteras-tu de regarder une émission de variété le soir en pantoufles?

— Oui. Tu sais cuisiner?

— Uniquement des plats italiens. Tu sais réparer une chasse d'eau ?

— Je peux même descendre les poubelles et promener le chien.

— Mes deux frères te plaisent ?

— Non.

— Pour le meilleur et pour le pire, alors ?

— Le pire, on l'a déjà vécu.

— Je suis sûre de t'aimer depuis que je t'ai revu tout à l'heure dans cette cuisine au milieu de ma famille. Alors, oui, s'il y a bien une chose au monde que je désire, c'est t'épouser.

Malgré la pression imposée par la fratrie vigilante, il lui embrassa la main tressée avec la sienne. Il y avait de la tendresse, de la connivence, de la libido dans leur relation. Les trois fondements de l'amour.

— N'oublie pas que j'ai deux enfants à charge, avertit Nathan.

— Tu parles de Jessy et Tommy ?

— Oui. J'espère qu'ils ne font pas tourner mes parents en bourrique.

— Tu comptes les garder ?

— Ils seront mieux avec moi que chez ceux à qui je les ai enlevés. Je n'ai pas envie de remettre leur destin entre les mains de quelques petits fonctionnaires sociaux.

— J'ai toujours voulu avoir six enfants. On en a déjà la moitié.

— Quelle est la procédure à suivre pour demander ta main ?

— Tu dois te présenter devant un jury.

126

L'impétueux impétrant sortit de l'épreuve un peu sonné. Confronté à un jury de trois personnes composé de Matteo et de ses deux fils, Nathan venait d'essuyer un feu nourri de questions sur son enfance, ses liaisons, son métier, ses convictions religieuses, ses idées politiques et surtout la vie maritale qu'il destinait à Carla.

Il improvisa un personnage fiable et joua le jeu. Le vieux Braschi était plus aiguisé qu'un détecteur de mensonge et toute hésitation aurait signifié un mensonge. Cependant, Nathan était motivé et cela se voyait. Il était revenu dans ce monde pour venger son ami. Son objectif désormais, était d'y rester avec la plus belle et la plus attachante des femmes.

Face aux Braschi, il évoqua son enfance dans une réserve indienne en Arizona, élevé par un père navajo et une mère japonaise. Ses fréquentations se limitaient aux arbres, aux rivières et aux nuages. Concernant les femmes, il ne parla que de Melany et des belles années que le couple avait partagées à San Francisco. Il n'y avait qu'elle de toute façon qui était gravée dans sa mémoire. De son métier, il n'aborda que la partie profiling, éludant les déplacements aux quatre coins du globe, les cadavres qui jonchaient ses enquêtes et les cerveaux malades dont il devait s'imprégner. Son avenir avec Carla se déroulerait dans une grande maison en bord de mer, peuplée d'enfants, Léa, Jessy, Tommy plus ceux qu'il désirerait concevoir avec elle. L'argent récolté au cours de sa dernière mission lui permettrait de dénicher un endroit bien. Il envisageait d'exercer un autre métier. Lequel ? Il l'ignorait encore. Lorsqu'on a deux bras, deux jambes et une tête, ce n'est pas le travail qui manque. Rien ne le rebutait car ce n'était pas le plus important. Sa relation intime avec Carla fut facile à évoquer car il n'avait pas encore eu de véritables rapports sexuels avec elle, à l'exception d'une fellation cambodgienne, détail qu'il préféra garder pour lui. Ce furent sur ses convictions philosophiques qui firent naître des réticences. Le bouddhisme zen était ici relégué au rang de secte. Il fallut leur expliquer que Bouddha n'avait pas inventé une religion mais un art de vivre prônant la tolérance. Pour Nathan, Jésus avait existé et il était le premier à reconnaître que le Christ était un homme hors du commun doté de facultés exceptionnelles. Il respectait la foi de Carla et ne l'inciterait pas à s'en éloigner. Au contraire, il aimait sa croyance en Dieu. « En ces temps de matérialisme forcené, il est bon que son conjoint ait une existence spirituelle. » Cette phrase permit à Nathan de gagner des points. Quant à ses opinions politiques, elles étaient inexistantes, étant donné qu'il avait longtemps vécu en dehors de la société. « La dictature éclairée, qui n'est qu'utopie, me semble être le moins mauvais des systèmes, car le peuple dans sa masse a souvent tort. » Là, Nathan marqua encore des points. D'autant plus qu'il prit soin de faire référence à la méthode de Laurent de Médicis. Dans ce coin reculé du monde, la famille Braschi n'avait cure du parlement italien et de sa clique de politiciens corrompus. Il ne fallait pas qu'un représentant de l'administration vienne leur demander des comptes, ce qui d'ailleurs n'était jamais arrivé.

Au bout d'une heure d'interrogatoire et d'arguties, le patriarche prononça un laïus taillé à l'épée de Damoclès, simultanément traduit par Marco : « Carlita n'a connu que deux hommes avant vous. Le premier, Modestino Cargesi, le père de Léa, était un petit caïd de Naples venu la déflorer un soir de bal. Il l'a abandonnée après l'avoir mise enceinte. On a retrouvé son corps avec deux balles dans le dos, dans un terrain vague de Palerme un mois plus tard. Le deuxième, Étienne Chaumont, avec qui elle s'est mariée, jouait les explorateurs à l'autre bout de la planète plutôt que de s'occuper de sa famille. On l'a repêché congelé sous la glace. Ma fille n'a fait que des mauvais choix jusqu'à aujourd'hui. Le Seigneur, dans sa clémence, a rectifié ses erreurs en faisant disparaître brutalement ceux qui ont offensé Carlita. Dieu a un œil sur elle et un bras prêt à s'abattre sur les impies. »

Matteo se signa et enfonça le clou :

— Si vous ne voulez pas que Dieu se charge de votre sort, respectez ma fille.

Au terme du message qui avait le mérite d'être clair, Nathan eut enfin la permission de disposer. C'était au tour de Carla. Celle-ci attendait dehors, sous la treille, en compagnie de sa mère. Elle se précipita vers lui.

— Ils veulent te parler, dit Nathan.

Il prit la place de Carla, aux côtés de Maria qui se mit à jacasser sans qu'il ne comprenne un traître mot.

Dans la cuisine, Matteo s'était servi du vin avant de prononcer son verdict. Marco et Luca scrutaient leur sœur sans rien dire. Un verre à la main, le vieux se montrait verveux :

— Ma fille, tu es revenue après douze ans d'absence. Ta mère a souffert, tes frères t'ont maudite et j'avoue que je m'étais persuadé de ne plus avoir de fille. Tu aurais reparu seule, je t'aurais probablement chassée, avec le consentement de tes frères. Mais la présence de cette jeune fille et de cet homme, tes efforts pour reconstituer une famille avec notre accord, m'ont fait reconsidérer cette décision. Léa est belle, gentille, bien élevée, il n'y a rien à dire. Quant à cet Américain, même s'il ne parle pas italien, ne connaît rien à la Sicile et ne prie pas notre Seigneur, il est respectueux de la famille et de nos règles. Il t'aime, c'est certain, et il t'accepte telle que tu es malgré ton passé peu reluisant. En revanche, je doute qu'il ait le projet de s'installer dans le coin. Il manque aussi d'assurance et d'autorité. Il aura du mal à te tenir. Bien qu'il soit téméraire, il n'a pas de caractère, sa personnalité n'est pas forte, il ne sait pas s'imposer…

— Papa, l'interrompit Carla, je n'ai pas besoin que tu me fasses une liste des…

— Silence ! ordonna Marco.

Carla voulait défendre Nathan. Mais Matteo avait déjà décidé du verdict, auquel s'étaient inévitablement rangés Marco et Luca.

— Ne t'emballe pas, ma fille. Je crois que malgré ses défauts, c'est un homme sur lequel tu peux compter. Il est solide.

Matteo se leva et alla embrasser Carla.

— Va, ma fille, tu peux l'épouser. À une condition. Que nous célébrions le mariage dans le village et pas en Amérique.

127

L'hélicoptère noir souleva une tempête de poussière sur la place de Palazzo Acreide. Un homme sauta à terre, courbé, échevelé, inquiet. Dario Carretta courut vers Gianni et Tony, scellés à la terrasse du café, pour s'enquérir de l'adresse de la famille Braschi. Les deux aïeuls désignèrent de concert le sentier cahoteux.

— Vous pouvez pas y aller en hélico, dit Gianni.

— Pourquoi ? s'étonna Carretta.

— Le ch'min n'est pas assez large pour cet engin.

Le policier d'Interpol encaissa le trait d'humour sans sourciller et les remercia avant de remonter dans l'appareil.

— Ils vont à la ferme des Braschi, dit Tony pour résumer le remue-ménage.

— Comme la voiture cabossée qui est passée hier, ajouta Gianni.

— Y se passe des choses chez les Braschi.

— Une voiture allemande accidentée et un hélicoptère, ça tu peux le dire que c'est de la visite.

— Dix euros que s'ils atterrissent dans les betteraves de Matteo, y s'prennent un coup de chevrotine, paria Tony.

Quelques kilomètres plus loin et cent mètres plus haut, le pilote de l'appareil visa un champ près d'une ferme et se posa. Derrière lui, une blonde Belge et un gros Américain s'apprêtaient à descendre. Carretta sauta dans l'herbe et essuya une volée de plombs qui l'obligea à se coucher. Il releva la tête, les mains et le visage en sang.

— Putain, il est touché! hurla l'Américain en dégainant.

Carretta humecta ses lèvres. Elles avaient un goût sucré. De la betterave. Il fit signe au gros de baisser son arme, ce qui n'empêcha pas le fermier d'épauler à nouveau son fusil de chasse. Le vieux cracha une nouvelle chevrotine. Le plomb griffa la carlingue. Un homme surgit derrière le fermier. Le nez dans la terre, Carretta identifia Nathan Love qui essayait de ramener Matteo Braschi à la raison. Le policier italien se redressa lentement en s'essuyant la figure. Il indiqua aux deux autres passagers que la voie était libre et se répandit en excuses auprès du propriétaire.

— Dégagez votre merde de mes betteraves, somma le vieux.

Carretta commanda au pilote de décoller et tendit la main à Love.

— Nathan Love, je suppose ?

— Qui êtes-vous ?

— Dario Carretta, d'Interpol. Merci pour votre intervention. Je crois que nous avons raté notre entrée.

Carretta présenta le reste de la délégation venue du ciel : Vincent Norton qui avait remplacé Lance Maxwell au pied levé et la profileuse Sylvie Bautch qui travaillait sur la série des récents crimes rituels commis en Espagne et en Italie.

— On vous a cherché partout, monsieur Love, dit Carretta.

— Vous m'avez trouvé.

Matteo mit son fusil en position verticale et tapa sur l'épaule de son futur gendre :

— Je vous laisse. Je crois que vous n'avez plus besoin de moi. Il vaudrait quand même mieux palabrer sous l'orme plutôt que de piétiner mon champ.

Le petit groupe obtempéra et s'installa autour d'une table de jardin bancale. Tout risque d'avoir affaire aux hommes de Kotchenk ayant été écarté, Carla fit son apparition sur le perron. Carretta se leva de sa chaise :

— Madame Chaumont, vous ne nous facilitez pas la tâche, déplora-t-il.

— Ici, je suis en sécurité, comme vous l'avez constaté.

— Pendant combien de temps ?

— Qu'est-ce que vous voulez ? demanda Nathan à la cantonade.

— Qu'avez-vous fait de ce foutu forcené ? attaqua Norton, nerveux.

Carretta reprit la parole pour expliquer comment Norton était parvenu à cette question mal posée, mais essentielle. Il se fendit d'abord d'un mea culpa pour avoir cru à la culpabilité de Love.

— Il faut dire que vous avez une personnalité plutôt trouble, monsieur Love. Heureusement pour vous, l'enquête a révélé qu'une Mazda, garée devant le McDonald's, avait été volée deux heures avant l'attaque. Et devinez où ? Dans le parking des urgences où vous aviez été admis. On ne vole pas une bagnole à la sortie d'un hôpital pour se rendre au fast-food du coin, sauf si on a l'intention d'y commettre un délit. En l'occurrence, y suivre Mme Chaumont. D'ailleurs, c'est ce que vous avez fait en assommant le conducteur de l'Alpha Romeo et en réquisitionnant son véhicule. Nous n'avons pas retrouvé le voleur de la Mazda parmi les victimes du fast-food. Nous en avons donc déduit qu'il s'agissait de l'individu que vous avez enfermé dans le coffre de l'Alpha. Pourquoi vous encombrer d'un voleur de voitures alors que Maxwell vous employait pour arrêter les plus grands psychopathes de la planète ? C'est à partir de cette fausse équation que nous avons commencé à réviser notre jugement à votre égard. D'où la question de Vincent Norton.

— Le foutu forcené est mort, déclara Nathan.

— Vous l'avez supprimé ?

— C'était lui ou moi.

— Vous êtes malade !

— Au moins, ses crimes ne seront pas exploités.

— De quelle exploitation parlez-vous ?

— Un criminel fait vivre des flics, des médecins, des journalistes, des avocats, des juges, des gardiens de prison, des psychologues, des fabricants d'armes… Sans l'exploitation du mal, une bonne partie de la population serait au chômage.

— Dans notre métier, vous êtes une référence, mais aussi une énigme, intervint Sylvie Bautch. Personne n'est allé aussi loin dans l'empathie de la psychopathie. Cela m'étonne que vous ayez détruit un esprit aussi unique que celui de ce mystérieux tueur. Il méritait d'être étudié.

— Non.

— Pourquoi donc?

— Il était le contraire d'un psychopathe : un fanatique, un kamikaze, un cerveau vide télécommandé. Doublé d'un expert en arts martiaux.

— Et vous, vous êtes un irresponsable! s'excita Norton. J'ignore pourquoi Maxwell faisait appel à vous, mais vous allez avoir de sérieux comptes à rendre à la justice. La loi du talion n'est pas dans notre constitution, au cas où vous l'auriez oublié. Vous semez la mort dans votre sillage. La police de Nice nous a informés que trois cadavres ont été trouvés sur la plage et que l'un d'eux avait vos papiers sur lui. Et ce n'est pas tout. Nous avons découvert le cadavre d'un touriste allemand dans l'escalier de l'hôpital d'où vous vous êtes enfui. Inutile de préciser que votre compte bancaire a été saisi et que l'argent versé par le Bureau va être récupéré.

— Les trois corps sur la plage de Nice appartenaient à des skinheads recrutés par Olav Askine pour m'éliminer. Celui de l'hôpital appartenait à un chasseur de prime qui espérait empocher facilement deux millions de dollars.

— Et celui du tueur du McDonald's, où est-il? demanda Carretta.

— Dans le cosmos. Il suit un processus rapide de recyclage.

— Arrêtez vos conneries! avertit Norton.

— Un cerveau télécommandé par qui? demanda Sylvie Bautch qui était restée sur la description du serial killer.

— Je ne suis pas sûr de vouloir le savoir.

— Veuillez nous suivre, Love, dit Norton en se levant, solennel et péremptoire.

— Dans votre hélicoptère?

Carla s'éclipsa discrètement dans la maison.

— Nous avons beaucoup de questions à vous poser. Et vous avez pas mal de comptes à rendre.

— Écoutez, Norton. Rien ne me lie au FBI excepté une parole donnée à Lance Maxwell. En cas de coup dur, je ne pouvais pas compter sur votre administration. Mais l'inverse est vrai aussi. Maxwell ayant disparu, il n'existe plus rien entre nous.

— C'est ce que vous pensez. Nul n'est au-dessus des lois.

Vu sa dernière réflexion, Norton ne devait pas être membre de USA2.

— Comment espérez-vous me forcer à vous accompagner ?

— Vous avez l'intention de résister ?

Norton ne se doutait de rien, jusqu'à ce qu'il réalise que trois hommes le braquaient avec des fusils.

— Cela ne sert à rien de s'emballer, tempéra Carretta. On a besoin de votre aide, monsieur Love.

— L'affaire Lazare ne me concerne plus. Je n'ai pas vengé la mort de Clyde Bowman ? Tant pis. Peu m'importe qu'on enferme le coupable. Ce n'est pas en arrêtant ceux qui sont sous l'emprise du mal qu'on arrêtera le mal.

— Nous privilégions une piste, au Bureau, dit Norton.

Après avoir levé sa petite armée, Carla rejoignit Nathan. Les fusils se baissèrent en même temps que Norton se rassit pour développer sa thèse :

— Bowman avait les sectes dans le collimateur. Il avait, selon toute vraisemblance, filmé les expériences du Projet Lazare pour leur couper l'herbe sous le pied. À part la résurrection de Chaumont, je ne vois pas ce qui aurait pu déclencher une telle vendetta. Étant donné que personne ne peut revenir de la mort, son film ne peut être que bidon. À la différence de Maxwell, je pense donc que ce n'est pas la vie éternelle qui est au cœur de cette affaire, mais la vie après la mort. J'ai donc ordonné des investigations serrées auprès de toutes les sectes fondant leur doctrine sur l'au-delà et dont les thèses risquaient d'être anéanties par les supposées révélations de Chaumont.

Norton était un connard, mais Nathan dut admettre que le remplaçant de Lance mettait les bouchées doubles. Sans avoir vu la vidéo de Clyde, ni lu la confession d'Almeda, que Nathan n'avait toujours pas restituées, il en était arrivé aux mêmes conclusions que lui. À l'autre bout de la table, Carla tripotait la petite croix en argent qui pendait entre ses seins. Étonnante juxtaposition du désir et de la vertu. Pour une fois, ce n'était pas la poitrine de l'Italienne que Nathan reluquait. Désormais, c'était vers la vertu qu'il devait s'orienter s'il voulait s'approcher un peu plus de la vérité. Aveuglé par Carla, il en avait oublié la raison principale qui l'avait poussé à sortir de sa retraite : retrouver l'assassin de Clyde. Au fil de l'enquête, sa soif de vengeance s'était émoussée au profit d'une passion pour la belle Sicilienne. Ses motivations avaient changé en cours de route. Mais l'amour est un moteur beaucoup plus fragile que la vengeance.

— Qu'est-ce que vous en pensez, Love? demanda Carretta.

Nathan sortit de son autoanalyse pour avouer son incompétence :

— Cette affaire m'échappe. Considérez que ma collaboration s'achève ici.

Carretta jeta un œil complice sur Norton qui se força à lâcher du lest :

— On peut régler ça à l'amiable. Il est indéniable que même si vous avez mené cette affaire avec désinvolture, vous êtes celui qui la connaissez le mieux. Je vous propose de passer l'éponge sur vos dérapages et sur le sort que vous avez réservé au tueur de Rome, si vous acceptez de terminer cette mission pour laquelle Maxwell vous a engagé. Vous serez rémunéré au tarif syndical, bien sûr.

Il y avait des sous-entendus et des revirements dans la

proposition de Norton. Ce type était aussi fiable qu'une Skoda, mais ce que le haut fonctionnaire fédéral ignorait, c'était que Nathan avait déjà pris sa décision. Il lui laissa croire qu'il cédait à sa demande grâce à ses coups d'éponge et à son bout de gras généreusement consentis. Mais deux raisons plus profondes l'inclinaient à persévérer : il voulait aller un peu plus loin que Bowman et il savait où il fallait aller.

Chez la vertu, justement.

Cinquième partie

Le Sourire d'un enfant entre deux clignements d'yeux

128

La traversée du Tibre, qui avait été refusée au père Garcia, procura à Nathan le sentiment qu'il approchait du but. À ses côtés, Carla lui narrait avec un enthousiasme lyrique l'historique du Vatican, de cette tombe devenue une basilique, puis une résidence, puis un État au rayonnement planétaire. C'était là que siégeaient les régisseurs de sa foi. Ce pays musée recroquevillé sur ses trésors de guerres comptait moins de sept cents habitants et administrait la foi d'un sixième de la population mondiale. Un véritable quartier général à la tête de millions d'églises que les hommes avaient érigées dans le monde comme autant d'ambassades où l'on venait décrocher un visa pour le paradis. Un point névralgique aussi.

Norton avait donné carte blanche à Nathan pendant quarante-huit heures. Après avoir remis Love en selle avec un cynisme qui n'avait rien à envier à Maxwell, la délégation était remontée dans l'hélicoptère, sans avoir goûté à l'hospitalité sicilienne retranchée derrière des crosses de fusils. Le lendemain, Carla et Nathan avaient pris l'avion pour Rome. Un étrange acompte sur leur voyage de noces. Elle avait insisté pour l'accompagner. Il s'était rangé à sa décision, car il avait besoin d'un interprète. Léa était restée chez ses grands-parents.

Nathan jeta un œil dans le rétroviseur du taxi. Depuis l'aéroport, ils étaient suivis. Il éluda provisoirement le problème pour se concentrer sur sa mission. Les sectes étaient dans le collimateur de Clyde et désormais de Norton. Quelle était la plus grosse secte, la plus puissante, capable de s'en prendre aux intérêts d'une organisation telle que USA2 ? Celle avec laquelle Bowman avait souvent eu maille à partir et qu'il avait fini par piéger au moyen d'une cassette, en embringuant le père Almeda. Celle des catholiques. Leur siège avait la taille d'une cité, leur gourou était la personnalité la plus charismatique sur terre et leurs adeptes étaient plus d'un milliard. Cette thèse apportait un éclairage nouveau à la lettre du père Almeda. Le curé espagnol exhortait le chef de la Congrégation pour la doctrine de la foi à se méfier du film de Bowman. Il avait compris que l'agent fédéral voulait piéger, non pas une secte, mais le Vatican. D'où la menace planétaire. Et sous l'apparence d'une mise en garde, Almeda accusait le cardinal Dragotti. La violence engendrée par une simple vidéo aurait jeté le prêtre dans la tourmente car elle confirmait que Bowman avait visé juste. Incapable d'assumer le rôle de celui qui s'attaquerait aux fondations même de ce qui donnait un sens à sa vie, il s'était suicidé après avoir confié cette tâche à Pedro Garcia. En rédigeant sa confession à Dragotti sur la même feuille de papier que celle qu'il destinait au moine, Almeda avait incité son ami à la lire en entier.

Deux questions perturbaient le raisonnement de Nathan : pourquoi élaborer un leurre à l'encontre du Vatican et pourquoi Clyde ne s'était-il pas davantage méfié de ceux-là même qu'il avait ferrés ? Les deux interrogations étaient liées, car la réponse de l'une livrait la réponse de l'autre.

Pesamment coiffée de son dôme, la basilique apparut au sortir de la Via de la Conciliation. Le taxi se gara devant la place Saint-Pierre. Le véhicule qui les suivait freina juste derrière eux. En moins d'une seconde, ils étaient cernés par deux hommes et une femme. L'un d'eux était plié à 90 ° à cause de la portière que Nathan venait de lui balancer dans les genoux. L'Américain s'apprêtait à cogner l'autre type lorsque son poing se figea à quelques centimètres du visage qu'il avait pris pour cible. La femme était en train de les mitrailler avec un Nikon. Il ne s'agissait pas de chasseurs de prime, mais d'une bande de paparazzi comptant revendre les photos du présumé tueur de Rome à un journal qui offrirait une somme plus élevée encore que la fatwa. Nathan balança un coup de tête sur le nez du charognard, pivota sur un pied et shoota dans l'appareil qui alla se désintégrer sous la roue d'un autocar. Il termina le mouvement circulaire de sa jambe contre le menton de celui qui essayait de se déplier et happa la femme par la tignasse pour entrechoquer les deux crânes qui restaient à sa disposition. Au terme d'un « clok ! » creux et de pas mal d'étoiles, le trio se retrouva au tapis. Sous l'œil passif mais désapprobateur d'un groupe du troisième âge, Nathan les ramassa et les tassa dans son taxi. Il tendit un billet de cent dollars au chauffeur.

— Emmenez-moi ça le plus loin possible.

Le chauffeur rafla le billet vert et décanilla aussi vite que Fangio, tandis que Nathan entraînait Carla loin de la foule qui s'amassait autour d'eux.

— J'ai eu peur, dit-elle.

— Ils étaient prêts à se faire casser la gueule pour me prendre en flagrant délit de violence.

— Ils ont réussi.

— Mmouais, reconnut Nathan.

Ils franchirent la frontière de l'État pontifical comme on passe dans une autre dimension. L'entrée était enserrée par près de trois cents colonnes et gardée par cent quarante saints de 3 mètres de hauteur taillés dans le marbre. Le dépaysement était total. Les douaniers dotés de hallebardes portaient des uniformes bleus et oranges dessinés par Michel-Ange, les graffitis étaient peints par Raphaël et tout le silence de la ville éternelle s'y était retranché. La place Saint-Pierre était presque vide, comme si le vent humide qui soufflait à travers la colonnade avait balayé les pèlerins et les touristes.

Ils ralentirent le pas devant l'obélisque central. Une inscription en latin mettait le visiteur en garde :

ECCE CRVX DOMINI
FVGITIVE
PARTES ADVERSAE
VICIT LEO
DETRIBV IVDA

— Voici la croix du Seigneur. Fuyez, puissances adverses. Le lion de la tribu de Judas a vaincu, traduisit Carla.

L'avertissement était clair.

Ils pénétrèrent dans la cité en empruntant un accès situé à gauche de la basilique. Un garde suisse les interpella. Carla inventa qu'ils avaient rendez-vous avec le cardinal Dragotti. Le garde leur intima de ressortir et d'aller au... Ils ne le surent jamais, car Nathan lui avait coupé la parole et la respiration au moyen d'un maegeri dans le plexus solaire qui le fit échouer au fond de sa guérite.

— Qu'est-ce qui te prend ? s'exclama Carla.

Un deuxième garde se pointa dans leur dos, muni de sa hallebarde, avant de subir le même sort, sous les flashs d'un Japonais qui ne tarderait pas à négocier le prix de ses clichés.

— Tu imaginais qu'on allait nous recevoir ?

— Tu ne lui as pas laissé le temps de terminer sa phrase.

Ils traversèrent la place des Premiers Martyrs de Rome.

— Il y a de fortes chances pour que l'homme que nous allons voir soit mouillé dans l'affaire Lazare. Donc, ne t'attends pas à ce qu'on nous jette des pétales de fleurs sous les pieds. Suis-moi et tais-toi.

Carla se demanda quel rôle il jouait à présent. Nathan n'était jamais autoritaire et le ton qu'il venait d'employer lui seyait autant qu'une phrase de Pirandello dans la bouche d'un mauvais acteur. Love se pressa vers le palais du Saint-Office. Les bureaux de la Congrégation pour la doctrine de la foi que dirigeait le cardinal Claudio Dragotti étaient situés au troisième étage. L'escalier de marbre, transpercé de flèches de lumière, les menèrent à un bureau austère. À l'exception d'un crucifix, les murs étaient nus. Un religieux décolla le nez de son ordinateur, visiblement embarrassé par la brusque apparition d'un étranger et surtout d'une étrangère aux cheveux violets, couverte de bleus et roulée comme une tentatrice. Il cliqua sur sa souris pour se déconnecter d'Internet. Sans attendre que le secrétaire ait eu le temps d'effacer la gêne sur son visage, Carla demanda si le cardinal était là.

— Mgr Dragotti est en congrégation ordinaire.

Nathan visa le banc contre la cloison et demanda à Carla de lui signifier qu'ils allaient patienter.

— Je suis désolé, mais les requêtes pour une audience doivent être déposées à l'avance, fit le religieux en se levant dans sa robe blanche.

En dehors de la consultation de sites coquins sur le Web, le secrétaire était chargé de faire barrage. Cependant, il était handicapé par son appréhension à poser les yeux sur Carla qui servait le dialogue en version originale. Cette créature de Dieu amochée possédait les atours de la luxure. Nathan se tourna vers l'Italienne :

— Dis-lui que ce n'est pas une audience que nous sollicitons, mais un interrogatoire. Nous menons une enquête et nous n'avons pas le temps de prendre des rendez-vous.

— Una inchiesta ? répéta le secrétaire au terme de la traduction.

Nathan profita de la déstabilisation de son interlocuteur :

— Carla, précise-lui carrément que nous venons du fin fond de l'Alaska pour vérifier si son supérieur est impliqué dans une série de meurtres.

— Alaska ?! bégaya-t-il en écho.

Via la bouche pulpeuse de Carla, plus diabolique qu'une gargouille vomissant les eaux du déluge, Nathan lui demanda si le cardinal s'était rendu là-bas récemment. Le secrétaire tortilla ses doigts effilés par l'oisiveté, au risque de se les nouer. La présence de Nathan lui paraissait soudain plus gênante que celle de la jeune femme.

— Vous… vous êtes qui, au juste ? bafouilla le religieux dans un anglais soudain retrouvé.

Au cours de la présentation qui suivit, les mots "FBI" et "Interpol" résonnèrent dans le cerveau de l'employé comme autant de sésames. Celui-ci estima les forces en présence, jaugea l'air déterminé de l'Américain, consulta sa montre et imita Pilate en s'en lavant les mains.

129

On aurait pu célébrer une messe dans le bureau du cardinal Dragotti. Le ciel y déversait des flots de lumière à travers huit immenses fenêtres ourlées de tentures dorées. Les tapisseries étaient couvertes de chefs-d'œuvre que les yeux des philistins n'avaient pas salis. Au milieu des Veronese, des Titien et des Tintoret, une photo moderne tranchait. Elle représentait une femme nue marquée par les stigmates du Christ. Une touche de modernité, une tache de soufre.

Ils foulèrent un tapis rouge jusqu'au bureau massif. Un feu de bois rougeoyait dans une cheminée. Sur le linteau en marbre, une horloge égrenait mécaniquement les secondes. Plus haut, cloué au mur, un Jésus crucifié parachevait le symbole de la cohabitation du temporel et du spirituel, au-dessus du brasier de l'enfer. D'après l'estimation du secrétaire, le cardinal n'allait pas tarder à revenir de la congrégation ordinaire. Carla et Nathan furent invités à prendre place dans un fauteuil près de l'âtre et à lire une édition hebdomadaire en anglais de *L'Osservatore Romano*, le quotidien du Vatican. Le pape, au look cacochyme, y était célébré comme un routard increvable, prodigue en propos religieusement et politiquement corrects. À l'intérieur du journal, un article annonçait la relance des actions de missionnariat en Europe. Poursuivant l'inspection des lieux, Nathan repéra sur un rayonnage de livres une biographie de Thomas Torquemada et *Le Manuel de l'inquisition* de Bernard Gui. Ce dernier ouvrage recelait les techniques d'interrogatoire des inquisiteurs, capables de transformer n'importe quel croyant en hérétique et vice-versa. Sous *L'Osservatore Romano* avaient été déposés d'autres organes de presse, tous en anglais. A priori, Dragotti maîtrisait la langue de John Wayne. Nathan s'intéressa à un numéro du *Wanderer* qui réclamait l'excommunication de deux prêtres américains ayant endossé la cause des homosexuels. Un signal aussi clair que rétrograde lancé dans l'esprit d'un lectorat conservateur.

Nathan n'eut pas le loisir de s'attarder sur le réquisitoire de l'éditorialiste, car Claudio Dragotti fit irruption dans la pièce, coiffé d'une calotte rouge et drapé d'une soutane noire et pourpre. Derrière lui, coincé dans l'entrebâillement de la porte, le secrétaire épiait la réaction du prélat face aux deux intrus. Le dignitaire gagna son fauteuil en les ignorant, rédigea une note, la rangea dans un tiroir, saisit entre le pouce et l'index une particule de poussière qui souillait le sous-main, s'en débarrassa avec dégoût et daigna enfin lever deux petits yeux perçants, séparés par une cloison nasale tranchante. Sur ce visage couronné par un grand front et entaillé d'une fine bouche, les organes sensoriels étaient concentrés autour du nez et occupaient peu de place. Le reste du faciès se dilatait en de larges joues et un menton souverain. Une morphologie qui trahissait l'intelligence, l'égocentrisme et l'insensibilité du personnage.

— Que faites-vous ici ?

Sa voix était sèche et autoritaire. Le secrétaire l'avait briefé, car il s'était directement adressé à Nathan en anglais. À peine avait-il relevé la présence de Carla. Il enchaîna directement sur une deuxième question, aussi formelle que la première :

— Qui êtes-vous ?

Nathan paria qu'il avait déjà la réponse. L'homme devant lui essayait de réprimer un tic qui lui déformait la lèvre supérieure. L'Américain avait l'impression de s'être jeté dans la nasse. Si c'était le cas, autant voir ce qu'il y avait au fond du filet.

— Mon nom est Nathan Love. Je travaille pour le FBI.

Il hasarda un petit test en se penchant vers son hôte pour lui serrer la main. Le dignitaire fit un mouvement de recul, hésita, se décolla lentement de son siège, offrit un membre moite et mou qu'il ramena prestement contre sa robe pour l'essuyer.

— Vous m'en direz tant. Que nous vaut l'honneur de votre présence ?

Dragotti se rassit. Sa voix était psalmodique, son visage fermé et son regard de chignole à l'œuvre, en train de sonder les intentions de l'étrange visiteur. Nathan était confronté au portrait craché de l'inquisition. Un portrait un peu trop jeune pour avoir décroché sans vilenie un poste aussi élevé dans la hiérarchie apostolique.

— J'enquête sur les meurtres de plusieurs personnes survenus le 20 décembre dernier dans un laboratoire de Fairbanks en Alaska.

— Cela fait du chemin jusqu'ici.

— Pouvez-vous répondre à quelques questions ?

— La curiosité est une ruse inventée par Lucifer pour pousser les hommes à défier l'omniscience de Dieu. Questionnez donc à vos risques et périls.

Love enchaîna sur un deuxième test. Il sortit la cassette vidéo de sa poche et la jeta sur le bureau, renversant un pot en ivoire contenant trois crayons taillés à la même longueur. Le dignitaire s'empressa de les ramasser et de les disposer à l'identique, confirmant un trouble obsessionnel compulsif. Il ne tolérait ni le désordre ni les microbes ni l'insécurité ni la nouveauté rien de ce qui entachait la perfection. À la tête de la Congrégation pour la doctrine de la foi, il était également très puissant. Claudio Dragotti correspondait au profil de l'assassin de Fairbanks. Il saisit la vidéo entre le pouce et l'index comme s'il s'agissait d'un détritus.

— De quoi s'agit-il ?

— C'est la cassette originale dont vous poursuivez la quête meurtrière depuis des semaines. Le Graal des temps modernes, en quelque sorte.

— S'agit-il d'une plaisanterie ?

— Non, d'une expérience scientifique.

— J'ignore de quoi vous voulez parler.

— Vous avez assassiné l'auteur de ce film, l'agent Bowman, ainsi que les Drs Fletcher et Groeven, leur assistante Tatiana Mendes et leur cobaye Étienne Chaumont, le 20 décembre dernier dans un laboratoire de Fairbanks. Vous avez nettoyé le lieu du carnage et emporté l'intégralité des données concernant les expériences qui y étaient menées. À l'exception de cet enregistrement que Bowman avait pris la précaution de cacher.

Long silence gradué par le tic-tac de l'horloge. L'accusation était grave et le cardinal calculait la réaction idoine. Un coup de téléphone salvateur interrompit sa réflexion. Pendant qu'il écoutait son interlocuteur à l'autre bout de la ligne, il dévisageait les deux intrus. À travers ses « Oui… oui, je suis au courant… je m'en occupe », Nathan comprit qu'on était en train de l'avertir que deux gardes suisses avaient été découverts dans le cirage. Étant donné la réaction du prélat qui ne semblait pas vouloir livrer le couple aux forces de l'ordre, Nathan jugea qu'il était sur la bonne voie. Le cardinal raccrocha et demanda :

— Les méthodes ont changé au FBI ? demanda-t-il.

Allusion à la manière dont le couple s'était introduit au Vatican et, peut-être aussi, aux pratiques de Clyde Bowman.

— Ce sont les assassins qui ont évolué. Nous nous adaptons à eux.

— Comment êtes-vous arrivé jusqu'à moi ?

— Les pères Sanchez, Almeda et Garcia m'ont mis sur la voie. Le premier a ramassé la prime promise par Tetsuo Manga Zo. Le second vous a indirectement accusé. Le troisième s'est fait assassiner alors qu'il était porteur de cette accusation.

— De quelle sombre calomnie serais-je l'objet?

— Avant de se supprimer, Almeda a rédigé une lettre à votre intention. Garcia devait vous la remettre en main propre, mais vous avez éliminé le moine pendant le trajet qui le conduisait vers vous. Par je ne sais quel hasard, vous n'avez pas pris connaissance de cette lettre, car vous avez continué à verser le sang inutilement...

— Que disait cette lettre?

— Almeda nous apprend que la fameuse vidéo dont vous recherchez l'original n'est qu'une fiction, destinée à vous piéger. Brillamment réalisée par l'agent Bowman, avec la complicité d'une équipe scientifique et d'un prêtre. Le Dr Groeven a même incarné le personnage de Chaumont dans sa phase de réanimation. Bowman s'est adjoint Almeda pour crédibiliser le début du film et renforcer son impact auprès de vous. Le curé a joué le jeu sans mesurer les conséquences de son acte. Quand il a vu ce qu'il avait déclenché, il s'est suicidé.

Le cardinal fut pris d'assaut par une nuée de troubles obsessionnels compulsifs qui le défiguraient. À l'image d'une grille de burqa, ses longs doigts effilés masquèrent le dérèglement frénétique de ses muscles faciaux, sans toutefois dissimuler des nictations stroboscopiques. Natha acheva son réquisitoire :

— Almeda déclare que la machination de Bowman a fait jaillir le diable de l'enfer. Il vous prie de le pardonner et de mettre un terme à la terrible menace qui pèse sur le monde.

— Le pardonner, je peux y consentir, le coupa Dragotti. Quant au reste, j'ignore à quoi il fait allusion.

— La terrible menace vient de ceux qui ont versé le sang pour s'emparer du Projet Lazare.

— Le Projet Lazare ?

— Ressusciter les morts.

— La mort est au cœur de cette affaire.

— Qui condamne ?

— Nous sommes tous condamnés à la peine capitale, monsieur Love. La sentence est sans appel et elle peut prendre effet à tout moment. Dieu en a décidé ainsi.

Dragotti était fuyant, insaisissable, retranché derrière ses belles phrases et son bon Dieu. Mais le vernis se craquelait. Véritables détecteurs de mensonges, ses tics le trahissaient. Conscient de sa faiblesse, le cardinal était prêt à parler. Il en avait même déjà trop dit. « La mort est au cœur de cette affaire », était l'opinion d'un affranchi. Nathan était dans la place et le dialogue était engagé. Il devait désormais le forcer à prendre une position. Trois alternatives s'offraient à Dragotti : nier, éliminer le sycophante assis en face de lui ou négocier. Plaider l'innocence impliquerait une enquête approfondie et plus de flics à flairer sous sa mitre. Supprimer Nathan, chose que personne n'avait réussi à faire jusqu'à présent, était plus risqué, car il y avait Carla à ses côtés et le FBI derrière lui. Restait la troisième option, vers laquelle Nathan comptait le pousser.

— Si Dieu donne les ordres, vous êtes l'exécuteur.

— L'exécutant, rectifia Dragotti.

— Aux ordres de qui exactement ? De Dieu ou du pape ?

— Le pape est notre reine d'Angleterre, l'icône du bon peuple. Le Vatican, c'est moi.

— En quoi une petite vidéo truquée aurait-elle pu faire trembler le Vatican ?

— Il faudrait que je la regarde pour tenter de répondre à ça, répliqua Dragotti.

Il résistait encore.

— Posons la question différemment : en quoi l'existence de cette vidéo a-t-elle pu provoquer les foudres du Vatican ?

Le cardinal joignit ses mains manucurées sur sa lèvre convulsive. Nathan changea son fusil d'épaule :

— Permettez-moi de vous raconter une histoire. Celle d'un moine japonais, Akira Kami, grand maître de l'art du katana et rival impitoyable, qui un jour, en eut assez de répondre aux provocations par le sabre. Dans la semaine qui suivit sa décision, il reçut trois visites. D'abord celle d'un ronin venu venger la mort de son maître. « Ton maître a voulu s'emparer du secret de mon art. Si je l'avais laissé en vie, il aurait fini par m'affronter en se servant de ma technique » se défendit Akira Kami. « Tu as plaidé devant moi, comme si j'étais ton juge. En tant que tel, je t'accorde la vie sauve », trancha le ronin après l'avoir écouté.

Le lendemain, un samouraï se présenta pour se mesurer au moine. « J'ai combattu des jeunes hommes comme toi qui voulaient me prouver leur supériorité. Es-tu venu renflouer les rangs de mes victimes ou es-tu venu apprendre ? » dit Kami. « Qu'apprendrais-je de toi ? » demanda le samouraï. « Vaincre sans combattre », répondit le moine. Aussitôt, le samouraï s'agenouilla et devint son disciple.

Une semaine plus tard, trois ninjas attirés par la prime offerte pour la capture du grand maître approchèrent de lui à couvert. Akira Kami lança un kiaï, un puissant cri qui fit taire la forêt et fuir les ninjas intimidés.

— Jolie histoire, commenta Dragotti. Avec une morale, je présume.

— Vous avez dégainé votre sabre face à Bowman qui représentait une menace pour vous. Celui qui ne peut se dominer devant un danger réagit violemment. Il entre dans le jeu de l'ennemi et finit par perdre. En revanche, celui qui se maîtrise dans toutes les situations fera front avec lucidité et vaincra. À l'instar d'Akira Kami, il est préférable de flatter, de décourager ou de se concilier l'adversaire.

— Quelles sont vos dispositions à mon égard ?

— Contrairement à Bowman, je suis venu vous offrir une chance de vous en tirer sans recourrir à la violence.

Dragotti se lissa les babines comme pour aiguiser sa réplique.

— Êtes-vous croyant, monsieur Love ?

— Personne ne m'a convaincu que la foi était la Vérité. Je pratique le zen qui n'exige aucune foi, n'attend aucun sauveur et ne promet aucun paradis.

— Alors, on va sûrement se comprendre.

Dragotti semblait avoir décidé provisoirement de garder le sabre dans son fourreau. Nathan saisit l'invitation aux pourparlers :

— Chacun perçoit la réalité différemment, ce qui ne facilite pas la bonne intelligence. Vous avez une vision catholique du monde. Moi, je vois le vide en toute chose.

— Vous confondez la vision que l'Église impose à deux milliards de chrétiens depuis deux mille ans et ma vision personnelle de la réalité.

En se livrant un peu, Dragotti avait pour objectif de sonder son adversaire, de le manipuler, de s'en faire un allié. Nathan était d'autant prêt à se jeter dans la gueule du loup qu'il était réellement intrigué par l'origine de la terrible menace planétaire évoquée par Almeda. Il fallait seulement qu'il s'impose une limite à ne pas franchir. Car s'attaquer au cardinal Dragotti revenait à s'en prendre au Vatican. Et s'en prendre au Vatican, c'était comme déclarer la guerre à un pays. Tant qu'ils étaient dans ce bureau, Carla et lui ne risquaient rien. Il n'y avait pas d'hommes de main planqués derrière les rideaux, ni de revolvers dans les tiroirs. Mais dehors, comme l'avait fait remarquer implicitement son interlocuteur, la sentence pouvait tomber à tout moment. Bowman, lui, ne l'avait pas vue venir.

130

Le cardinal balaya un tic, s'agrippa aux accoudoirs, se tourna sur son siège et désigna la fille encadrée derrière lui.

— Que représente pour vous cette photo de Motohiko Odani ?

Le modèle posait en croix. Du sang coulait sur ses poignets et ses pieds.

— Une femme nue portant les stigmates du Christ, répondit Nathan.

— Vous voyez, toute la force de l'Église catholique est là. Une analyse plus approfondie de cette image, somme toute banale, vous montrera que votre jugement est erroné. Il ne s'agit pas de sang, mais de taches de fruits rouges. Votre première impression est le résultat de deux mille ans de christianisme. La religion est devenue le ciment de notre civilisation. Il ne faut pas toucher à cette stabilité, monsieur Love.

— Une stabilité précaire qui peut être menacée avec un bout de film.

— Quand bien même seraient-il authentiques, les propos d'un cadavre revenu d'outre-tombe n'ébranleront pas la foi d'un milliard de fidèles.

— Pourquoi l'avoir abattu alors ?

— Il était déjà décédé.

— Cessez de jouer avec les mots et les morts. Quatre personnes bien vivantes ont succombé lors de votre razzia.

Un nouveau palier dans la vérité était sur le point d'être franchi.

— Seriez-vous capable de tuer pour épargner des centaines de millions de gens ?

Nathan l'avait déjà fait pour bien moins que ça.

— Est-ce la raison pour laquelle vous avez assassiné quatre innocents ? Pour sauver une partie de l'humanité ?

— Un drogué du poker qui joue à Frankenstein pour éponger ses dettes, un toubib sadique et homosexuel qui trompe sa femme avec un pervers, une complice nymphomane briseuse de couples et un flic fourbe qui cherche à piéger l'Église... De quelle innocence parlez-vous au juste ? Surtout quand cette clique vicieuse se complait dans la torture perpétrée au nom de la science !

Le cardinal prêchait. Pour l'instant, il se cantonnait à la troisième option suggérée par Nathan, celle de la conciliation :

— Saint Thomas d'Aquin disait : « Il ne faut pas tolérer les hérétiques. »

— Que voulait Bowman en échange de la cassette ?

— N'allez pas trop vite en besogne.

— Cela fait cinq semaines que je travaille sur cette affaire.

— Cela fait cinq minutes seulement que nous discutons.

— Je ne veux pas abuser de votre temps.

— Contrairement à ce que vous pourriez croire, je ne suis pas du côté des méchants, monsieur Love. Je suis au-dessus de ça. À mon niveau, on ne peut plus agir en s'inquiétant de savoir si ce que l'on fait est gentil ou pas.

Mon action est légitimée par une conception visionnaire et universelle de l'homme. J'œuvre pour le bien de l'humanité, pas pour faire plaisir à mon voisin.

— Tuer pour le bien de l'humanité ?

— C'est la définition de l'acte de guerre.

— Vous êtes en guerre ?

— En guerre de religion. Les fronts sont en Irlande, au Kosovo, au Moyen-Orient, en Asie du Sud-Est, en Tchétchénie, en Afrique, en Amérique… Les attentats islamistes se multiplient partout dans le monde. Que croyez-vous, les morts tombent tous les jours au nom de la religion.

— « Tu ne tueras point » est un commandement de votre Dieu.

— Les dix commandements s'adressent aux masses en temps de paix. Suivez-vous assidûment l'actualité, monsieur Love ?

— Non.

— Vous sauriez que 30 % de la Chine est musulmane, que l'Inde est contaminée par le Coran, que la charia se répand en Afrique comme le choléra et que les réseaux islamistes sont en train de s'allier pour mettre l'Occident à genoux. Les musulmans nous ont délogés de toute la partie nord du continent africain et prolifèrent actuellement en Europe. Face à l'islam qui forme des intégristes et fabrique des kamikazes à la chaîne tout en ancrant dans l'esprit des populations la haine des infidèles, estimez-vous que “Tu ne tueras point” est suffisant ?

— La concurrence est certes rude.

— De tous temps, elle nous a obligés à employer des méthodes radicales, mais aussi à nous adapter. L'Église a ainsi remplacé le Jugement dernier par le jugement individuel censé mener l'âme à l'enfer ou au paradis. Au XXe siècle, nous avons même créé le purgatoire. Le catholicisme est la religion de l'espérance, monsieur Love, c'est pour cela qu'elle détient la plus grosse part de marché. Et nous comptons la garder.

— Pour gagner une guerre, il faut une armée, non ?

— Nous avons les troupes du Seigneur, regroupées en Amérique au sein de la Coalition chrétienne qui pèse sur les grandes décisions politiques de votre pays. Notre meilleur allié est votre président, toujours prêt à lever la plus puissante armée du monde au nom de Dieu et des chrétiens.

Deux monstres tentaculaires rivalisaient pour prendre le pouvoir de la planète. D'un côté USA2, entité financière et industrielle. De l'autre l'Eglise, entité militaro-spirituelle. Les dollars et le pétrole face aux canons et à l'eau bénite. Quel rôle jouait Bowman entre ces deux méga puissances ?

— Que voulait Bowman ? insista Nathan.

— Que seriez-vous prêt à sacrifier pour le découvrir ?

— Votre vie.

— Vous me menacez ? Ici ? Avec quoi ?

— Ma main, mon coude, ma tête, mon pied, mon genou, peu importe. Il me suffit de toucher l'un de vos points vitaux. Vous en avez quatorze.

— Il n'y a qu'une seule manière d'obtenir ce que vous êtes venu quémander. C'est de passer par moi. Alors ravalez votre morgue et restez humble.

— Je reste humble. Et au nom de la loi, je vous arrête.

— Pour m'arrêter, il faudrait que je sois en train de fuir.

— Par "arrêter", j'entends "mettre hors service".

— Les descendants de Mahomet font des dizaines de victimes chaque jour et vous venez me faire chier au Vatican parce que deux dangereux scientifiques ont été éliminés ?

Dragotti était en train de perdre son flegme au milieu d'une série de tics dont il eut du mal à se débarrasser.

— Ce n'est pas parce qu'il y a des terroristes en activité qu'on va cesser de poursuivre les autres criminels. D'autre part, si je suis ici, c'est aussi à cause de la mort de Carmen Lowell, de Pedro Garcia, de Kate Nootak, de Brad Spencer, de Lance Maxwell, de Federico Andretti… je continue la liste ?

Dragotti haussa le bras pour s'accorder quelques secondes de réflexion. Il était prêt à abattre une nouvelle carte. Il appela son secrétaire au téléphone. Ce dernier déboula aussi vite qu'un clown monté sur le ressort d'une boîte à surprise.

— Je vais offrir une visite guidée à notre visiteur.

— Une quoi ?

— Évitez les débordements intempestifs, Sentenzo.

Le cardinal se leva et pour la première fois s'adressa à Carla qui était restée assise, coite, sidérée. Il s'adressa à elle en italien, froidement. Au terme de la mystérieuse apostrophe, elle regarda Nathan et recula vers la porte :

— Je t'attends à la basilique, se contenta-t-elle de lui dire.

— Par ici, ordonna le cardinal à l'Américain qui s'apprêtait à protester.

Carla s'éclipsa en compagnie de Sentenzo. Dragotti emprunta une porte dissimulée derrière une tenture. Nathan le suivit.

— Que lui avez-vous dit ?

— À Carla ?

— Comment connaissez-vous son prénom ?

— En tant que cardinal, je m'intéresse à mes ouailles.

— Ne vous foutez pas de moi.

— Tous les catholiques de la planète sont fichés dans nos ordinateurs. Soit environ un milliard de noms dont celui de Carla Braschi, épouse d'Étienne Chaumont. Je lui ai dit d'aller prier pour le repos éternel de son défunt mari et de ne pas s'inquiéter pour Léa tant qu'elle restera en dehors de cette affaire. Une précision, monsieur Love, ne me prenez pas pour un fanfaron. Je n'en ai pas le physique, encore moins la fonction.

131

Ils sortirent du palais du Saint-Office, contournèrent la basilique Saint-Pierre et débouchèrent dans la cour du Belvédère. Claudio Dragotti l'invita à pénétrer dans une galerie illuminée par des Bellini et des Giorgione, puis dans une bibliothèque babylonienne où des religieux étaient penchés sur d'antiques pupitres encombrés de grimoires.

— Nos scripteurs travaillent au catalogue scientifique des manuscrits. Notre bibliothèque contient plus de soixante-dix mille volumes.

— Un véritable trésor.

— Vous ne croyez pas si bien dire. Pour les protéger, nous les avons entreposés dans des caves climatisées. C'est là que se trouve, par exemple, le *Codex Benedictus.*

Ils continuèrent la visite en traversant des jardins silencieux qui semblaient avoir étés conçus pour la méditation. Au fil de la promenade, le cardinal devenait de plus en plus bavard :

— Les archives du Vatican s'enrichissent chaque année d'un kilomètre de rayonnage, vous convertirez de vous-même en miles. C'est pourquoi, à l'instigation de Paul VI, des salles ont été construites, là, sous vos pieds, à vingt mètres de profondeur. Elles peuvent engranger cinquante-quatre kilomètres de rayonnages.

— Vous amassez les feuilles de l'arbre.

— Pardon ?

— Les textes sont comme les feuilles de l'arbre. La vérité n'est pas là. Elle est à la racine. C'est là qu'il faut aller.

— Je vous y conduis.

Ils slalomèrent entre les sculptures de buis et dépassèrent une somptueuse villa du XVIe siècle. Un appareil, en train de se poser sur l'héliport, parasita un bref instant la quiétude des lieux subitement ramenés au troisième millénaire.

— Ces archives sont accessibles à tous ?

— Nous accueillons chaque année des centaines de chercheurs de différents pays. Mais certains ouvrages sont à la seule disposition du souverain pontife.

— Comme la cassette de Bowman ?

— Sa Sainteté ignore jusqu'à l'existence de cette vidéo. Son emploi du temps chargé et sa santé précaire priment sur ce genre d'avatar.

— Qui d'autre, à part vous, est au courant ?

— Personne.

— Pas même votre secrétaire ?

— Il ignore beaucoup de choses.

— Mon visage pourtant lui était familier.

— Qui n'a pas entendu parler de vous ? Vous êtes une célébrité sur le Web.

Dragotti enfonça sa main dans un mur de pierres et composa un code digital. Le pan s'effaça sur une immense salle à deux niveaux, faiblement éclairée par une lumière bleue. Dans la pénombre, des écrans d'ordinateurs irradiaient les visages blafards de dizaines de prêtres voûtés sur leurs claviers. Le décor s'apparentait à celui d'une salle de contrôle de la NASA enrichie de flamboyants triptyques signés Jacobello del Fiore. Dragotti justifia cette technologie avec ostentation. Son but était d'en mettre plein la vue à son visiteur avant la révélation finale.

— Au XIIIe siècle, Innocent III et Innocent IV envoyaient des inquisiteurs à travers le monde pour rectifier l'âme humaine.

— Ils ont mis le paquet, si mes connaissances sont bonnes.

— Il ne faut pas tolérer les hérétiques…

— Dixit saint Thomas d'Aquin, je sais.

— À l'ère de Luther et à la création du livre, le Vatican créa le Saint-Office, un organe bureaucratique conçu pour répandre la bonne parole et contrôler les pensées développées sur papier. Le Saint-Office passait au crible chaque page de chaque ouvrage. Au XVIIe siècle, sous Paul IV, l'Inquisition avait acquis un tel pouvoir qu'elle avait la primauté sur les autres institutions.

— C'était la bonne époque.

— Cessez vos sarcasmes, je vous en prie, ou je vais finir par croire que je me suis trompé sur votre compte. En 1965, le Saint-Office est remplacé par la Congrégation pour la doctrine de la foi. Avec l'avènement de l'informatique et d'Internet, nous nous sommes adaptés, une fois de plus.

L'adaptation en question était impressionnante. Du haut de la passerelle en métal qui dominait la salle, on pouvait assister à un travail de fourmis. Des millions de pages électroniques y étaient décortiquées.

— Nous avons mis au point un logiciel qui traque les sites et les propos blasphématoires. Vous tapez « Satan » et vous êtes repéré par nous.

— Vous excommuniez tous ceux qui s'écartent du dogme ?

— Cela ne sert à rien.
— Alors à quoi bon tout ce dispositif?
— À identifier nos ennemis, à les étudier et à frapper juste, au moment opportun.
— Comme à Fairbanks.
— C'est ainsi que nous sommes tombés sur votre fiche signalétique, continua le cardinal sans relever la remarque de Nathan. D'où la surprise de Sentenzo lorsqu'il vous a vu débarquer en chair et en os.

Dragotti fit ressortir son hôte de l'autre côté du bâtiment qui donnait sur une allée d'oliviers centenaires. Ils bifurquèrent devant une grotte incrustée de coquillages et percée de fontaines, puis marchèrent jusqu'à un sous-bois. Qui pouvait imaginer que derrière ses murailles de briques dressées au milieu de la tourmente touristique, cet État minuscule recelait autant de verdure et de sérénité ?

— À partir de maintenant, je dois vous bander les yeux.
— Et si je refuse ?
— Votre visite s'arrête ici et les gardes vous raccompagnent à la porte Sainte-Anne.

Une étoffe noire jaillit hors de sa manche aussi prestement qu'un foulard de magicien. Nathan se laissa aveugler. Dragotti le fit tourner plusieurs fois sur lui-même et lui prit le bras pour le guider.

— Attention à la marche.

Privé de sa vue, il mit ses autres sens en alerte afin de reconstituer ultérieurement l'itinéraire qu'il allait emprunter. Les deux hommes quittèrent les odeurs d'aiguilles de pins et les cris paresseux des perroquets pour l'exiguïté aseptisée d'un ascenseur. Seize secondes de descente. En bas, il entendit le feulement d'une conduite de chauffage. Trente six pas plus loin, ils virèrent à gauche et dégringolèrent douze marches. Les murs étaient en pierre, le sol pavé. Ils s'arrêtèrent. Un cliquetis de clés. Une porte s'ouvrit sur des gonds huilés. Il attendit sans bouger pendant quelques secondes, puis se remit à avancer. Vingt marches plus bas, ils longèrent un corridor étroit. Sol en terre. Des gaines et des canalisations couraient sur les parois. Le tintement du trousseau dans la main du cardinal brouillait d'autres sons, indéfinissables, comme des froissements. Ils s'arrêtèrent à nouveau au bout de cinquante-cinq pas. Une clé pénétra dans une serrure. Un cadenas. Une trappe. Par réflexe, Nathan leva la main au niveau du foulard.

— À votre place, je m'abstiendrais, avertit Dragotti. Vous n'êtes plus qu'à quelques mètres du plus grand secret de l'univers.

Love baissa son bras et se concentra sur la descente d'une échelle en fer. La température diminua de plusieurs degrés. Toutes les caractéristiques d'une cave. Odeur de salpêtre. Murs rugueux, suintants. Autour de lui, un concert de froissements. Dragotti avait amené du renfort avec lui !

— Attention à votre tête, signala le cardinal.

Nathan devina qu'il allumait une lampe de poche. Ils progressèrent courbés sur une dizaine de mètres. Un panneau coulissa lourdement sur des rails. Un vent d'air chaud irradia ses joues. Le sol était recouvert d'une dalle. On lui ôta son foulard noir.

Six individus encapuchonnés l'encerclaient, les visages masqués par l'obscurité de leurs cagoules. La cellule dans laquelle ils avaient échoué était vaste et voûtée, éclairée par des ampoules nues vissées à des douilles de chantier. Les parois avaient été bétonnées sans aucun souci d'esthétique. L'aménagement se résumait à une télévision, un magnétoscope, un ordinateur sur une table, un radiocassette antédiluvien, une grille d'aération et une porte de chambre forte étincelante. Un banc séparait l'espace en deux parties égales. Les six inconnus voilés s'éparpillèrent. L'un d'eux alla verrouiller l'entrée, tandis que Dragotti prenait la parole :

— Ce lieu n'est répertorié nulle part. Lors des travaux d'agrandissement dont je vous ai parlé, quelques ouvriers avaient commencé à creuser ici. Un éboulement les a tous ensevelis. Leurs cadavres sont emmurés autour de nous. Paix à leur âme. Les membres de notre confrérie ont repris le chantier en se retroussant les manches et en gardant cet endroit secret.

— Votre confrérie ?

— Nous n'avons pas de nom, puisque notre existence est secrète.

— Vous avez un but quand même.

— L'humanité est rongée par le péché, depuis qu'Adam et Ève ont désobéi à Dieu. Par sa résurrection, Jésus a apporté, il y a deux mille ans, le salut qui nous arrache à ce vice de fabrication. Péché, Résurrection, Salut, tels sont les paradigmes de notre ordre. L'un ne va pas sans les deux autres.

— Je ne vois pas ce qui vous différencie de la ligne officielle.

— Nous défendons les fondements du christianisme par tous les moyens.

Inutile de préciser ce qu'il entendait par "tous les moyens".

— Depuis des siècles, le Vatican nourrit les âmes avec des symboles terribles, la génuflexion, l'enfer, la crucifixion, le calvaire, les stigmates. Les églises sont pleines de souffrance, de malheur, de ténèbres, de froidure, de pénombre, de contrition. Observez les visages des fidèles, agenouillés devant l'autel. Ils sont tristes, à l'image de nos saints. Autour d'eux, les christs y apparaissent décharnés, ensanglantés, moribonds. Que promettons-nous pour les délivrer d'une telle noirceur ?

— Le paradis.

— La plus belle invention de tous les temps. Supprimez-la et je ne réponds plus de rien. Nous tenons l'humanité avec la crainte du châtiment éternel. Sans attrition, qu'est-ce qui empêchera le monde de basculer dans le chaos ? Sans paradis, que restera-t-il à ceux qui ont misé sur la souffrance, ce chemin nécessaire au salut, celui-là même que Jésus a emprunté ? Oseriez-vous retirer soudainement leurs comptes aux petits épargnants qui se sont saignés toute leur vie ? Vous voyez, tout se tient, monsieur Love.

— Le paradis est une arme à double tranchant. Avec une telle carotte, les mollahs fabriquent des bombes humaines, des martyrs…

— C'est la raison pour laquelle il ne faut pas qu'elle devienne l'apanage de l'islam.

Claudio Dragotti demeurait de marbre en développant son argutie sur un air d'homélie. Nathan estima qu'il s'écartait du sujet et le ramena à ce qui le préoccupait :

— La résurrection de Chaumont et le message qu'il délivrait étaient censés démontrer que le paradis n'existe pas, réduisant ainsi le concept de Salut à une simple promesse électorale. Votre confrérie perdait tout son sens, le dogme s'effondrait et il ne vous restait plus qu'à redécorer toutes les églises. Il fallait donc supprimer Bowman et tous ceux qui étaient derrière le Projet Lazare. Une seule chose m'intrigue. Comment avez-vous pu tromper la méfiance de Bowman et l'éliminer aussi facilement ?

— En lui disant la vérité.

Nathan ressentit un frisson dans le dos. Dragotti désigna la porte blindée de la chambre forte.

— C'est ici que sont gardées les pièces à conviction susceptibles de saper le dogme. Il y a de quoi réduire le catholicisme à néant.

— Les vraies réponses aux vraies questions ?

— Les vraies réponses aux vraies questions.

Qu'est-ce que Dragotti avait fait miroiter à Clyde ?

— Ouvrez, exigea Nathan. Qu'on en finisse !

Dragotti soupira profondément. Ses confrères disciplinés étaient assis sur le banc et ne bronchaient pas sous leur capuche.

— Que d'impatience ! Vous n'êtes pas dans les conditions psychologiques idoines pour saisir la portée de ce que je vais vous confier. Pourtant, je m'échine à vous y préparer. Perdrais-je mon temps, monsieur Love ?

— Au contraire, j'imagine l'importance du secret que vous allez me confier puisqu'il a justifié l'élimination d'une vingtaine de personnes.

— J'ai bien conscience que ce qui s'est déroulé dans le laboratoire de Fairbanks vous chagrine. Mais le sort d'un milliard de chrétiens m'importe plus.

— Ce qui me chagrine, comme vous dites, c'est la manière dont vous avez trucidé les autres victimes.

— Il fallait maquiller ces crimes, en faire l'œuvre d'un psychopathe. En reproduisant le rituel de Berg nous vous avons désigné.

— La police ne croit plus à cette thèse.

— Peu importe, puisque vous êtes là.

Il recroquevilla les doigts dans ses manches, orienta un regard pénétré en direction du plafond voûté et s'exprima au terme d'une longue expiration :

— Connaissez-vous Yehoshua Ben Yossef ?

— Non.

— C'était le vrai nom de Jésus qui, avant de devenir la plus grande icône de tous les temps, était un homme.

Une fois de plus, Nathan jugea que le dignitaire était hors sujet. Mais il ne l'interrompit pas. Il n'avait pas d'autre choix que de l'écouter avant d'accéder à la chambre forte.

— En 1947, lors de la fameuse découverte des manuscrits de la mer Morte aux environs de Qumran, un évêque du Vatican, dépêché sur place, a mis la main sur des rouleaux de cuir rédigés en araméen et datant de l'an 70. Ils étaient en parfait état. L'évêque les a subtilisés et les a cachés au Vatican où il a fondé notre confrérie chargée de protéger le secret du manuscrit. Depuis, les rouleaux ne sont jamais sortis d'ici, à l'exception d'une seule fois, il y a un mois.

— C'est comme ça que vous avez endormi la méfiance de Bowman ! En lui braquant sous le nez un vieux papyrus datant de Jésus-Christ.

— Bowman m'a menacé de diffuser sa vidéo si je ne lui ouvrais pas les caves du Vatican.

— Que voulait-il savoir ?

— Ce que nous savons sur l'au-delà. Vous comprendrez qu'il me fallait employer les grands moyens pour mettre rapidement un terme à ce chantage. Je me suis rendu à Fairbanks avec le rouleau, Bowman a baissé sa garde, vous connaissez la suite.

— Et bien entendu, vous comptez agir de la même façon avec moi.

— Cela dépend de vous.

Nathan était proche du même point de non-retour que son ami. Les arcanes du Vatican allaient lui être dévoilés. Le cardinal l'avait appâté, comme il l'avait fait avec Bowman.

— Que nous enseignent les rouleaux que vous couvez ?

— Les origines du christianisme.

— Les Évangiles nous ont déjà pas mal éclairés sur le sujet.

Pour la première fois, depuis qu'il l'avait rencontré, il vit le prélat sourire ou plutôt esquisser un hideux rictus dans une commissure, vite avalé par ses bajoues.

— Les Évangiles ne sont que des romans, des ouvrages de propagande, plagiés entre eux et rédigés dans un contexte particulier à l'intention de lecteurs très ciblés. Avec les Actes des Apôtres et les Épîtres, ils ont établi la ligne officielle de la chrétienté. Les rouleaux, eux, nous révèlent les faits historiques.

— Une autre version des faits ?

— Non, la vérité.

— Comment pouvez-vous en être si sûr ? Vous avez bien été dupés par une simple vidéo !

— Parce que, au-delà du fait qu'il s'agit du texte original le plus ancien dont nous disposons, au-delà du fait qu'il a été écrit au cours du siècle où vécut le Christ, au-delà de la crédibilité et de la cohérence des informations qui sont rapportées, c'est la probité de celui qui a signé ces rouleaux qui ne peut être remise en cause.

— Qui en est l'auteur ?

— Yehoshua Ben Yossef.

— Jésus !

— Lui-même.

— Je vous rappelle que Jésus est mort en 30 et que vous venez de me dire que ce manuscrit date de 70.

— Jésus n'est pas mort sur la croix. C'est l'une des choses que nous révèle ses mémoires. Soyez attentif, monsieur Love, car ce que je vais vous dire ne sera plus jamais répété, en dehors du cercle de notre confrérie.

Suspendu aux lèvres de Dragotti qui maniait l'art oratoire aussi bien que Jésus, Nathan oubliait qu'il en devenait d'autant plus vulnérable.

— Au départ, Yehoshua Ben Yossef n'est qu'un marginal, un rebelle à l'autorité. L'occupation romaine en

Palestine, la collaboration des Sadducéens et des Pharisiens, ses affinités avec la secte radicale des Esséniens et sa rencontre avec Jean-Baptiste sont autant d'occasions pour lui d'initier un mouvement de libération. Il veut émanciper ses compatriotes. Pour avoir du crédit, il s'entoure d'une poignée d'adeptes naïfs, s'invente une enfance marquée par la réalisation des prophéties, parcourt la Galilée, la Judée, la Samarie, multiplie les actes de prosélytisme, prêche l'amour du prochain, annonce le Royaume de Dieu, dépoussière la Bible et revendique une filiation divine. À l'appui de ses paroles, il accomplit ce que les Évangiles qualifieront plus tard de miracles. Grâce à des prédispositions extraordinaires, néanmoins humaines et non divines, c'est-à-dire une forte personnalité, du charisme, de l'habileté, des dons de magnétiseur et de guérisseur, un talent d'orateur, de conteur, grâce aussi à l'aide secrète de son ami Judas Iscariote qui se mêle aux apôtres, il réalise des exploits qui créent des résonances profondes dans l'esprit de la population. Deux mille ans avant l'avènement de la télévision, Yehoshua sait comment être médiatique. Il change l'eau en vin, ressuscite Lazare, marche sur l'eau, guérit les malades, exorcise les possédés, multiplie la nourriture. De l'illusionnisme destiné à des disciples un peu rustres et à des foules crédules. Imaginez le Dalaï-Lama qui accomplirait les performances de David Copperfield en pleine ère mystique. Ces tours de magie seront d'ailleurs largement exploités et enjolivés par les évangélistes. Grisé par son propre succès, Yehoshua décide de voir plus grand que la libération de la Palestine. Il veut façonner la pensée de l'humanité, modifier le sens de l'histoire. Pour cela, il doit apporter la preuve ultime qu'il est le Messie, le fils de Dieu. Comment ? En s'inspirant une nouvelle fois de la Bible. Il va montrer qu'il peut vaincre la mort, avec la complicité de son fidèle ami Judas et de

Myriam, sa compagne de toujours, plus connue sous le nom de Marie-Madeleine.

Assis sur le banc, les membres de la confrérie écoutaient religieusement le cardinal attiser l'hérésie, à cent soixante pieds sous terre. Nathan voyait peu à peu se profiler le lien entre Bowman, Dragotti et Jésus.

— Yehoshua choisit une mort spectaculaire, la crucifixion, le vendredi 7 avril 30. Pourquoi un vendredi ? Parce que c'est veille de sabbat. Et comme la loi juive interdit de laisser un condamné sur la croix le jour du sabbat, Jésus sait qu'il n'y restera pas longtemps. Ainsi, à 36 ans, il va théâtraliser son trépas pour marquer les esprits. La fausse trahison de Judas, qui leur permet de soutirer trente sicles d'argent aux grands prêtres, l'arrestation par les autorités juives, le procès retentissant devant le tribunal de Ponce Pilate, la flagellation, la couronne d'épines, le chemin de croix, la crucifixion, deviendront la Passion du Christ envoyé par Dieu pour nous délivrer, non seulement des Romains, mais du péché. Là où l'histoire diverge des textes officiels, c'est que Yehoshua ne rend pas l'âme sur la croix. Il endure sa souffrance, bien moins terrible que le laissent supposer les Évangiles ou Hollywood, puis simule la mort. Myriam convainc Joseph d'Arimathie, un membre du Grand Conseil Juif qui est pratiquement acquis aux idées de Jésus, de demander à Ponce Pilate l'autorisation de décrocher le corps et de l'ensevelir dans son tombeau. Pour l'anecdote, Yehoshua omet de préciser dans ses mémoires comment Myriam a persuadé Joseph d'intercéder en sa faveur auprès du procurateur romain. Mais il est clair que ses charmes ne furent pas négligeables dans l'affaire. Jésus est donc détaché au bout de quelques heures seulement, emporté jusqu'à la sépulture dans un linceul imprégné d'un onguent analgésique. Au cours de la nuit, Judas et Myriam le déménagent secrètement et soignent ses blessures jusqu'au troisième jour.

— Les apôtres étaient au courant de ce plan ?

— Non, ils n'en étaient que les instruments, tout comme la propre famille de Yehoshua. Jésus manipulera tout le monde, pour limiter les risques de trahison et renforcer son ascendant sur les membres de sa secte. Lorsqu'il réapparaît vivant devant la poignée de disciples pleutres qui l'ont lâchement abandonné, il les rallie d'autant plus facilement à sa cause qu'ils sont bourrelés de remords. Pour ces pauvres hères, c'est l'illumination. Depuis le début, Yehoshua avait compris que la nature de la religion est de maintenir les hommes sous la dépendance du surnaturel. D'où l'idée de bâtir la plus grande révolution de tous les temps sur une résurrection. Avant de disparaître, il exhortera ses fidèles et son frère Jacques à répandre son enseignement par la parole et par l'écrit, en utilisant sa mort comme symbole.

— Quel enseignement ?

— Celui que vous connaissez. La Passion du Christ a offert l'occasion à l'homme de se laver de ses péchés, la Résurrection a prouvé aux fidèles la venue du fils de Dieu sur terre et les Évangiles indiquent le droit chemin vers le Salut.

— Péché, Résurrection, Salut.

— Les années qui suivirent la résurrection de Jésus virent la naissance et l'explosion de la foi chrétienne, sous l'impulsion de ses adeptes les plus fervents qui prêcheront au péril de leur vie. Puis viendront les Évangiles, les Épîtres, les missionnaires, les credo, les dogmes et les grands peintres qui immortaliseront le Christ sur leurs toiles. Voilà comment, il y a deux mille ans, une petite secte fut à l'origine d'une religion qui réunit aujourd'hui plus de deux milliards d'hommes plus ou moins croyants. Rien ne pouvait remettre en cause une telle légitimité, jusqu'à ce que notre maître, le fondateur de notre confrérie dont je tairai l'identité, découvre le manuscrit de Jésus à Qumran et décide de créer cet ordre occulte dépositaire de ce testament secret. Au fil des ans, la confrérie fut investie d'un autre rôle, celui de poursuivre l'œuvre entreprise par Yehoshua Ben Yossef et de réduire à néant ceux qui s'en prendraient au concept de résurrection.

— Comme Bowman.

— Et comme Mahomet. Le prophète arabe ne croyait pas à la mort du Christ sur la croix. Il percera la supercherie et inspirera le Coran. Quant à l'agent fédéral juif Bowman, si j'en crois vos assertions et celles d'Almeda, il semble avoir élaboré, à l'instar de Yehoshua Ben Yossef, une machination destinée à simuler une résurrection. Cependant, ses intentions étaient moins nobles que celles de Jésus. Le sort de l'humanité lui importait peu. Il voulait utiliser ce subterfuge à titre personnel, pour forcer cette porte.

Le cardinal Dragotti se posta devant la chambre forte, composa la combinaison qui déclencha le déverrouillage et exauça le vœu de Bowman. L'intérieur était le contraire d'une caverne d'Ali Baba. Rien ne brillait, rien n'attirait l'œil. La pièce blindée était composée de rayonnages pliant sous le poids d'ouvrages méticuleusement protégés sous des films plastiques. Un système de climatisation garantissait leur conservation. Au centre, un socle rectangulaire était surmonté d'une étoffe noire. Dragotti l'ôta délicatement, découvrant un coffre en or massif, serti d'émeraudes, de saphirs et de rubis.

— Le cercueil de Marie-Madeleine, commenta-t-il. Rien n'est trop beau aujourd'hui pour celle qui pansa les plaies du Christ et partagea son exil.

— Qu'est devenu Jésus, après sa fausse résurrection ?

— Il se cacha au bord de la mer Morte, dans l'une des nombreuses grottes de la région, non loin de la secte des Esséniens où il apparut pour la dernière fois en tant que Messie. Au bout de quarante jours, il retourna à Jérusalem où il mit en scène son ascension devant ses disciples. Il lui fallait du soleil et du vent pour son dernier tour d'illusionniste. Imaginez Jésus au sommet du mont des oliviers, vêtu d'une tunique de lin immaculée, le soleil dans le dos. Voilà pour la lumière. Après avoir béni ses disciples, il jeta devant lui une poudre légère à base de cendre. Voilà pour la nuée qui lui permit de disparaître. L'assistance y verra une montée au ciel. La performance ne fut pas aussi réussie que la résurrection car elle ne sera qu'à peine évoquée par Marc et Luc.

— Et ensuite ?

— Myriam et Yehoshua voyageront clandestinement à Chypre, en Macédoine, en Syrie, en Grèce, pour assister à l'accomplissement de leur œuvre. Pour que le plan de Jésus fonctionne, il ne fallait pas qu'il soit reconnu. Rappelez-vous qu'il était censé avoir rejoint Dieu le Père. Une seule fois il sera identifié, sur la route de Damas, en 33. Par Saul de Tarse, un persécuteur de chrétiens. Comme à son habitude, Yehoshua s'en tirera brillamment. Non seulement il fait passer sa rencontre avec Saul pour une illumination, mais il convertira le persécuteur en apôtre. Saul devint Paul, l'un des plus grands zélateurs du christianisme qui contribua grandement à rendre cette religion universelle. Quant à Judas Iscariote, dont Myriam fit circuler la rumeur de la pendaison, il accompagnera le couple quelque temps jusqu'à ce qu'il rencontre l'amour à Antioche.

— Comment tout cela se termine ?

— En 68, Myriam et Yehoshua apprirent que les troupes romaines avaient détruit le site de Qumran et les écrits des Esséniens. Yehoshua décida alors de rédiger ses mémoires et de retourner sur place. Il avait 74 ans. Deux ans plus tard, l'année de la destruction du temple de Jérusalem, il enterrera son manuscrit dans une grotte de la région et disparaîtra sans laisser de trace. Il avait jugé que ce monde chaotique n'était pas prêt à recevoir la vérité. Nous n'avons jamais trouvé sa sépulture. Seulement celle de Myriam, dans le nord de l'Inde... Vous savez tout, désormais... Jésus fut un être exceptionnel, un mégalomane au service du bien, un génie de la manipulation, un accident de l'évolution cent fois plus accompli que ses semblables, un personnage historique incomparable qui, en essayant de libérer son peuple, a réalisé qu'il pouvait améliorer la race humaine ébauchée par Dieu. Mais en aucune façon, il ne fut le fils de Dieu.

Le cardinal s'éloigna vers le fond. Des tubes cartonnés et métalliques occupaient une étagère au bout de l'allée centrale. Il en ouvrit un, déballa un immense parchemin de cuir enveloppé dans du tissu blanc et le déroula lentement, avec d'infinies précautions. Le manuscrit était couvert d'une écriture ancienne. Dragotti posa son doigt dessus.

— Voici le testament de Jésus. La vérité derrière le mythe.

L'écriture sémitique était fine, déliée, appliquée, sans rature.

— Comme je vous l'ai dit, les textes ne livrent jamais l'essence d'une religion.

— C'est la raison pour laquelle je vous en ai parlé. D'esprit à esprit.

Le regard de Nathan alla directement à la signature.

— Yehoshua Ben Yossef, alias Jésus, alias Iezos, alias Meschiah, alias Issa, alias Yusu, alias Christos, alias le Christ, lut Dragotti.

Le cardinal nota l'air perplexe de Nathan.

— Vous ne lisez pas l'araméen ?
— Non.
— Bowman le lisait.
— Je sais.
Contrarié, Dragotti rangea le rouleau. À la différence de Clyde, Nathan était encore en vie. Devait-il cette chance au fait qu'il ne sache pas déchiffrer l'araméen ?

132

Ce que Nathan était venu chercher, c'était Dragotti. L'arbre du mal. Mais le cardinal, aussi malin que le démon, avait insidieusement déplacé l'enjeu vers le testament de Jésus. Que représentait l'arrestation d'un prélat pourri à côté d'une telle révélation qui risquait de chambouler la destinée de l'homme ? L'envie de démolir cet individu infatué le démangea. La même envie que celle qu'il avait éprouvée à l'égard de Stephen Harris en découvrant qu'il violait Jessy. Mais avant cela, il fallait finir de mettre les choses au clair :

— Vous avez effectué votre rafle dans le laboratoire, mais il manquait la cassette dont Bowman ne vous avait remis qu'une copie. Vous avez cherché à la récupérer en torturant la compagne de Bowman ainsi que l'agent Kate Nootak et Lance Maxwell à Rome, n'est-ce pas ?

— Je me suis personnellement chargé d'effacer toute trace du Projet Lazare. Moi seul pouvait mener à bien cette opération. Messeigneurs ici présents et quelques sous-traitants stipendié, ont assuré le suivi. Nous pensions que l'une des trois personnes que vous venez de citer pouvait nous conduire à la cassette. C'est Maxwell qui nous a avoué que vous étiez en possession de celle-ci.

— Qui sont les membres de votre confrérie ?

— Pour des raisons de sécurité, je ne peux dévoiler leur identité.

— Vous vous êtes bien dévoilé, vous.

— Je suis intouchable.

— Pourquoi n'avoir envoyé qu'un seul d'entre vous dans le McDonald's ?

— Pour que ces crimes revêtent l'acte d'un psychopathe, il fallait un bourreau unique. Les évêques de notre confrérie sont formés à l'art du combat, toujours dans l'esprit de mener à bien notre mission. Les techniques martiales, en complément de la méditation ou de la prière, ne sont pas l'apanage des moines bouddhistes, monsieur Love. Nous ne sommes que sept mais beaucoup plus efficaces et surtout beaucoup plus discrets que le réseau Al Qaïda. Chacun d'entre nous s'est sali les mains, à Seattle, en Espagne, à Rome… Malheureusement, celui qui est tombé sur vous a eu moins de chance que les autres. Nous vous avions sous-estimé.

— Et les actions commando, en Alaska ?

— Des échecs. Ce qui prouve que le nombre ne fait pas la force.

— Qui était-ce ? Les fameuses milices chrétiennes dont vous parliez ?

— Vous en savez autant que moi.

— Avec votre arsenal informatique vous étiez aux premières loges. Vous avez mis ma tête à prix sur le Net, créé un site à mon nom, piraté celui de Shintô, lâché à mes trousses des fanatiques, des chasseurs de prime, les médias, le cupide Waldon, l'arriviste père Sanchez qui doit guigner une bonne place au Vatican… et même la mafia !

— Nous nous rendons mutuellement des services. Lorsque nous avons appris que ce Vladimir Tchenko…

— Kotchenk.

— Oui… que ce Kotchenk vous en voulait personnellement, nous avons demandé à l'une de nos relations dans la mafia de faire pression sur le Russe pour qu'il termine le travail au plus vite.

— Vous n'avez pas lésiné sur les moyens.

— Nous les avons, ces moyens. Autant les utiliser. Il nous fallait récupérer au plus vite l'enregistrement de Bowman et supprimer toute trace du Projet Lazare qui semblait avoir débouché sur une résurrection.

— Y compris trois rats de laboratoire.

— Il était indispensable de détruire toute possibilité de tirer des informations sur le processus de réanimation. Nous agirons pareillement vis-à-vis de tous les apprentis sorciers qui obtiendront des résultats dans ce domaine. Le massacre de Fairbanks sert d'avertissement.

— Et Tetsuo Manga Zo ?

— Un don du ciel ! Il nous a permis de créer la plus belle diversion. Nos ordinateurs avaient détecté depuis longtemps sa fatwa contre les Drs Fletcher et Groeven. On s'en est servi pour faire croire à l'existence d'un tueur motivé par la récompense. Avec la complicité du père Sanchez à Manille, nous ne nous sommes d'ailleurs pas privés de l'encaisser, sans que Zo ne devine l'identité du destinataire.

Les gamins sous la coupe de Sanchez lui revinrent en mémoire. Une main d'œuvre idéale pour dépouiller Zo dans le cimetière. Nathan avait assemblé toutes les pièces du puzzle. Il ne restait plus qu'à déterminer la place exacte de USA2. Dragotti allait sûrement l'y aider :

— Vous savez à quoi vous vous exposez en vous attaquant à USA2 ?

— Nous ne sommes pas exposés, puisque personne ne connaît notre existence, à part vous.

— Qui a le vrai pouvoir ?

— Nous avons un leader charismatique : le pape. Eux n'en ont pas.

— Pourquoi ne pas pactiser avec cette organisation et dominer le monde ?

— Nous combattons l'idéologie matérialiste et hérétique de USA2, particulièrement leur secte LIFE Notre nonce aux États-Unis et les journalistes du *Wanderer* nous tiennent régulièrement au courant de leurs activités occultes. Lorsque nous avons eu vent du Projet Lazare, nous avons commencé à les prendre au sérieux. Ce programme représentait un danger pour le dogme.

— Le pape avait déjà mis Chester O'Brien en garde.

— Vous êtes bien renseigné. Il fallait en effet dissuader le président américain de cautionner les travaux de ces apprentis sorciers.

— La fin justifie les moyens, n'est-ce pas ?

— L'inverse de la proposition est plus juste.

133

Nathan était allé plus loin que son ami Clyde. Il avait poussé le cardinal à s'épancher. À plaider pour gagner, à convaincre pour vaincre, flatteries et arguments à l'appui. Cependant, Love ne se sentait ni juge ni parti. Qu'est-ce qui pourrait donc le dissuader de jouer son rôle de flic ? Il engagea le cardinal à jouer sa dernière carte, celle de la dissuasion :

— Pourquoi m'avoir raconté tout ça ? Pourquoi m'avoir accordé cette faveur que vous avez déniée à Bowman ?

— C'est vous-même qui l'avez dit, votre approche est différente de celle de votre collègue. Ce que je confirme, d'ailleurs, après vous avoir eu un temps comme adversaire. Au fil de ses investigations, Bowman en avait appris long sur nous. Il nous a tendu un piège pour nous débusquer. Sa décision était prise. Vous, vous êtes venu avec l'esprit ouvert. Vous avez encore le choix, entre comprendre nos motivations ou mourir.

— Comprendre vos motivations ? C'est ça que vous me proposez ?

— Première option : vous rentrez en Amérique et conservez la vérité pour vous. Deux mille ans après Jésus-Christ, l'homme n'est toujours pas prêt à recevoir une telle nouvelle et continuera à se tenir tranquille pour briguer une place près de Dieu. Pensez aux familles des victimes du terrorisme, par exemple, qui ne trouvent de consolation que dans la croyance d'un paradis pour leurs chers défunts et de retrouvailles posthumes. Quant à vous, vous vieillirez plein de sagesse, gardien privilégié du secret de l'humanité, à l'instar de ces maîtres japonais que vous vénérez...

— Deuxième option ?

— Vous rejoignez le sanctuaire cimenté des malheureux ouvriers qui ont péri en creusant ces galeries. Je vous rassure tout de suite, nous préférons la première solution.

— Vous n'êtes pas à un meurtre près, pourtant.

— Supprimer un agent du FBI, c'est en voir un autre débarquer aussitôt après. Vous avez succédé à Clyde Bowman, tout comme quelqu'un vous succèdera dès votre élimination. Je préfère m'arrêter à vous. Je considère que vous êtes un être tolérant, supérieurement intelligent et je vous ai traité en tant que tel, en ne vous cachant rien. Vous en savez pratiquement autant que moi. J'ai bien étudié votre dossier. Vous vivez en dehors du monde, monsieur Love. Ce monde que nous essayons de maintenir civilisé ne vous concerne pas. Vous n'en suivez aucune règle. Alors, pour le bien de cette immense communauté, gardons les révélations de Yehoshua Ben Yossef derrière cette porte. Le Dernier Testament n'est pas à l'ordre du jour !

Longue plage de silence.

— Vous hésitez, monsieur Love, car vous vous dites que vous avez l'occasion de changer la conscience de l'humanité. Mais vous ne ferez rien.

— Pourquoi ?

— On ne peut véritablement aider ses semblables que lorsqu'ils en émettent le vœu.

Nathan avait l'impression d'être tombé dans un jeu de rôle dont le maître lui demandait de ne rien dévoiler de sa stratégie. Allait-il continuer ou quitter la partie ? Pour la première fois de sa vie, il avait l'occasion d'arracher les racines du mal, celles qui fournissaient la sève à Dragotti. Il lui fallait d'abord abattre l'arbre qui se dressait devant lui, puis libérer les secrets du Vatican. Quelles seraient les conséquences d'un tel acte ? Compte tenu de ce qu'avait dit le prélat sur les aptitudes martiales de ses confrères, il n'irait pas loin. Existait-il une autre voie ?

— Si je vous disculpe, qui portera le chapeau ? demanda Nathan. Il faut un coupable.

— Le tueur en série que nous avons inventé et que vous avez éliminé me semble parfait pour le rôle.

— Et le massacre de Fairbanks ?

— Je ne vais pas effectuer le travail à votre place. Ayez un peu d'imagination.

— C'est votre problème, Dragotti. Pas le mien.

— Si vous n'êtes plus concerné, nous prendrons les choses en main.

— C'est-à-dire ?

— Au début de la cassette, Bowman affirme qu'Étienne Chaumont a été assassiné au cours de son expédition en Alaska. On peut aisément envisager qu'il soupçonnait ce Kotchenk qui ne cesse de courir après la veuve depuis un an. Je ferai en sorte d'avoir reçu une lettre de Felipe Almeda avouant que Bowman cherchait à piéger Kotchenk en lui faisant croire qu'au cours de la réanimation Chaumont avait confessé le nom de son meurtrier. Almeda aurait également joint à ce courrier une cassette vidéo qui, bien entendu, s'achèverait sur la fameuse confession. Il nous suffit d'effacer la performance du Dr Groeven. Nous aurions ainsi suffisamment d'éléments pour diriger les soupçons sur le Russe. Celui-ci aurait massacré tout le monde dans le laboratoire pour effacer les traces de sa culpabilité.

L'intelligence du mal était en action.

— Cela se tient.

— Par la même occasion, nous débarrassons votre amie Carla Chaumont de la menace qui pèse sur elle et nous rendons service à la mafia qui aimerait mettre le Russe à l'écart de son business sur la Côte d'Azur.

Claudio Dragotti était au courant de tout. Dans sa robe pourpre, il prenait à cœur son statut de représentant d'un dieu omniscient. Le cardinal avait raison. Diaboliquement raison. Nathan devait s'incliner devant tant de machiavélisme. Une dernière chose à vérifier cependant :

— Les membres de votre communauté pratiquent quel art de combat ?

— Êtes-vous en train d'évaluer les forces en présence ?

Nathan sentit une douleur dans le crâne. Il chercha à respirer, mais l'air ne parvenait pas à pénétrer ses poumons. Dans un coin de son champ de vision, cinq évêques étaient sagement assis sur le banc. Il en manquait un. Dragotti n'avait pas bougé. Nathan était à terre. Au-dessus de lui, il y avait une cagoule pleine d'obscurité. Une main en gueule de tigre était ouverte sur sa gorge. Kachikake. Un point vital. Le religieux qui le clouait au sol avait bondi en un éclair et le tenait à sa merci. Nathan n'avait rien vu venir.

— L'habit ne fait pas le moine, monsieur Love. Ceci n'est qu'un exemple destiné à répondre à votre question. Le coup est inspiré de l'enseignement prodigué à l'école de Shôrenji-kenpô. Une technique basée sur les poings, les sauts et les projections. On parvient à des sauts de plus de deux mètres. Mais ici, l'espace manque. On continue la démonstration ? Si cela peut influencer votre choix.

Nathan se cambra et saisit en suspension l'encolure de l'évêque. Il plaça la plante de son pied droit, jambe semi-fléchie, sur le pubis de son adversaire masqué et reprit contact au sol avec son pied gauche. Il conjugua la poussée de sa jambe droite avec l'action de ses deux bras, vers l'arrière. Ses épaules touchèrent terre au moment où l'évêque vola au-dessus de lui. Ce dernier alla s'écraser contre le mur, la tête en bas. Nathan acheva sa roulade et se leva, tandis que le corps du religieux se ratatinait sur la cagoule.

— Tomoe-nage, dit-il.

Les autres s'étaient dressés d'un bloc, comme à la messe. Dragotti rangea ses tics et dégaina un signe d'apaisement qui les fit se rasseoir.

— Maintenant que nous avons terminé l'échauffement et montré nos griffes, il serait temps de prendre une décision, monsieur Love.

Nathan n'avait plus le temps de tergiverser. Le sens de la morale le poussait à refuser la compromission, quitte à y sacrifier inutilement sa vie. Mais cette morale, enseignée par un système politico-religieux qui s'en servait comme d'un tranquillisant, avait quelque chose d'artificiel. Dragotti n'avait pas tort, ce monde ne le concernait plus depuis trois ans. Il y était revenu, pressé par Maxwell, pour venger un ami qui n'en faisait plus partie. Il avait même eu l'idée folle de se réinstaller dans la civilisation en se mariant. Sa décision était prise. Ce fut le *Hagakuré* de Jocho Yamamoto qui la lui inspira. L'existence est fugace comme un rêve. Pourquoi alors se soucier du provisoire ou transformer cet instant en cauchemar ?

— En réponse à la situation actuelle, je pense que ce que j'ai de mieux à accomplir est de rentrer méditer chez moi.

— Ainsi soit-il, dit Dragotti.

134

Carla était agenouillée au premier rang, devant le majestueux autel papal de la basilique Saint-Pierre. Elle priait en l'attendant. Il voulut s'approcher pour humer son parfum, une dernière fois, mais il se retint. Elle risquait de sentir sa présence. Il se contenta de contempler ses cheveux violets hirsutes et laissa glisser son regard sur sa nuque, ses épaules, ses courbes harmonieuses, jusqu'aux extrémités. Ses pieds étaient joints, ses mains croisées. Quel pouvait être l'objet de sa prière ? Il y avait des chances pour que le destinataire de ses vœux soit dans l'incapacité de les accomplir.

Car Nathan allait disparaître de la vie de Carla. En refusant d'affronter la confrérie secrète du cardinal

Dragotti, il avait refusé de se battre tel un don Quichotte face à un moulin à vent broyant l'âme des ouailles, de faire le jeu de la police et de la justice, de se réintégrer dans la société, de se marier, d'élever des enfants. Éviter de choisir, telle était la voie parfaite. Le dao. Nathan n'avait pas la mentalité du héros conventionnel qui remplit son devoir social en arrêtant les méchants et en épousant l'héroïne. L'Évangile de Jésus lui était tombé dessus comme un pavé dans le lac des apparences, lui rappelant le vide de toute chose. Lui qui avait défait les nœuds de sa vie tortueuse jusqu'à ce qu'elle soit droite et lisse avait failli la renouer en maints endroits. Son amour pour une femme l'avait momentanément aveuglé.

« Ce n'est que lorsque vous cessez d'aimer et de détester que tout peut être clairement compris. Si vous voulez parvenir à la claire vérité, ne vous préoccupez pas du juste et du non-juste. Les conflits entre le juste et le non-juste sont la maladie de l'esprit », ainsi commençait l'un des plus vieux poèmes zen.

Nathan recula lentement dans la pénombre, en direction de la porte des Morts et se volatilisa entre les colonnes du Bernin. Dehors, un déluge s'abattait sur le Vatican. La radio du taxi qui l'emmena vers l'aéroport diffusait des bulletins météo alarmistes, commentés dans un mauvais anglais par le chauffeur. L'Italie était en proie aux inondations. La nature montrait aux terroristes qu'elle pouvait être plus cruelle qu'eux. Nathan espérait que l'aéroport ne serait pas fermé. Il lui restait des détails à régler. Se rendre à San Francisco chez ses parents. Confier Jessy et Tommy à quelqu'un de confiance. Passer chez lui prendre deux choses.

Puis quitter ce monde.

SIXIEME PARTIE

Un verre vide est plein d'oxygène

135

Il calcula le temps qui lui restait à vivre. Yehoshua Ben Yossef l'avait fait sur le mont des Oliviers. Nathan le fit dans le siège d'un Boeing 747 qui fusait à la vitesse du son vers New York en avalant les fuseaux horaires. Il pouvait estimer ce délai à condition qu'il décide lui-même de la date d'échéance. Le lieu, il l'avait vu dans ses songes prémonitoires : une plage. Il ne manquait plus qu'à mettre un nom sur ce sanctuaire.

Il avait conclu un accord avec Dragotti. En échange de son silence, il obtenait l'annulation de la fatwa et l'assurance que le prélat débarrasserait Carla de Vladimir Kotchenk. Le cardinal s'était également engagé à remettre à la jeune femme une lettre dans laquelle Nathan lui signifiait la fin de sa mission et son intention de retourner comme prévu dans la marginalité d'où Maxwell l'avait extirpé. À cet accord s'ajoutait le versement d'une somme d'argent rondelette ponctionnée dans l'une des caisses noires du Vatican pour donner à l'Américain les moyens de disparaître.

Les signaux lumineux indiquèrent qu'il fallait attacher les ceintures. Escale de deux heures à JFK Airport, avant de poursuivre vers la Californie. Nathan se laissa gagner par le sommeil. Lorsqu'il rouvrit les yeux, le siège voisin était occupé. Pourtant, beaucoup de places demeuraient libres en première. Le visage du passager lui était familier. Il lui fallut plusieurs secondes avant d'y coller une identité. Stewart Sewell.

— Comment va notre héros ?

— Qu'est-ce que vous foutez là ?

— Je subodore que l'affaire Lazare est sur le point d'être résolue. Je suis donc là pour rendre compte à mes lecteurs. Ils ont le droit de savoir.

— Vous n'avez qu'à inventer. Vous êtes fort pour ça, non ?

— Dans *Love versus Berg,* je n'ai fait qu'extrapoler la vérité que vous vous entêtiez à me dissimuler.

— À l'époque, vos articles informaient Berg de la progression de l'enquête. Vous avez sérieusement compliqué ma tâche et facilité la sienne. Quant à votre bouquin, c'est le point de vue d'un connard qui vise à faire imprimer la version qui lui rapportera le plus de fric.

— Vous détestez les journalistes, hein ?

— Vous détournez la vérité pour vendre du papier. Michael Jackson aime les enfants ? On va écrire qu'il est pédophile. Clinton a une relation extraconjugale avec une stagiaire ? On va en faire un pervers inapte à diriger le pays.

— Il n'y a pas de fumée sans feu.

— Malheureusement, il n'y a que la fumée qui vous intéresse.

— Sans nous, il n'y aurait pas de démocratie, monsieur Love.

— Accélérer la déforestation de la planète pour informer la population que Lady Di se faisait tringler sur un yacht en Méditerranée ou qu'une chanteuse fabriquée par une chaîne de télé a un chagrin d'amour, cela n'a rien à voir avec la démocratie, au contraire.

— Vous êtes sérieusement remonté ! Je ne vous ai jamais vu aussi prolixe, et Dieu sait que je vous connais.

— Si vous me connaissez si bien, vous avez sûrement deviné la façon dont vous allez passer ce voyage.

Le sourire goguenard de Sewell se crispa au-dessus du nœud papillon qui lui serrait soudain le col. Le Boeing décolla une demi-heure plus tard, le nez pointé vers l'ouest. Pendant le vol, Nathan but du champagne, mangea du caviar et se cogna un film à la gloire d'un sauveur de la planète qui tue le méchant sans le faire exprès afin de garder la morale sauve. L'appareil, qui évolua pendant des heures dans la stratosphère, à l'écart des intempéries, replongea sous les nuages et atterrit dans la pluie et le vent de San Francisco. Au dernier coup de frein, tous les passagers se levèrent simultanément tels des fantassins armés de portables, prêts à débarquer pour conquérir des parts de marché. Tous, sauf un, qui semblait dormir à poings fermés. Frappé à la nuque quelques heures auparavant alors qu'il s'escrimait à faire passer de l'air entre sa gorge et son nœud papillon, Stuart Sewell planait sous d'autres latitudes.

Une heure plus tard, Nathan traversait le Golden Gate à l'arrière d'un taxi. L'allée, la futaie, la petite maison en bois, la cheminée qui fumait, lui procurèrent un pincement au cœur. Ce cocon chaleureux appartenait à ces choses douloureuses dont il s'obstinait à se détacher. Kyoko était sur le perron. Elle l'attendait avec impatience depuis qu'il avait téléphoné d'Italie.

— Les enfants sont dans l'atelier. Ils sculptent du bois. Il semblerait que ton père leur a transmis sa passion.

— Papa est là ?

— Il ne va pas tarder. Il est chez le capitaine Blester. Comment vas-tu, chéri ?

— Après la pluie, la pierre est lisse.
— Tu as arrêté les coupables ?
— L'arbre du mal est toujours debout. Il finira par mourir tout seul.
— En engendrant le mal, il engendre son propre mal. Dis-moi ce que tu as en tête, Nathan.
— Le souhait de rentrer chez moi.
— Dans l'État de Washington ?
— Dans un autre pays.
— Où ?
— Je le saurai quand j'y serai.
— Et Carla ?
— Elle est dans sa famille.
— Je croyais que c'était toi sa famille. Tu ne vas pas vivre avec elle ?

Les retrouvailles avec Kyoko, d'habitude plus réservée, ressemblaient à un interrogatoire.

— Non.
— Tu ne l'aimes pas ?
— Si, au contraire. Trop. D'un amour envahissant qui m'a fragilisé. Elle m'a fait oublier Melany. Elle compte plus que tout.
— Ta décision t'appartient. Tu as choisi le chemin qui conduit à la suppression de la douleur.

Spirituellement, Kyoko ne pouvait qu'approuver le comportement de son fils, en accord avec les quatre Saintes vérités du bouddhisme. Mais le quotidien ainsi que ses sentiments pour Sam, son fils et sa fille avaient modifié sa philosophie de la vie :

— Je te signale quand même que j'ai épousé ton père dont j'étais folle amoureuse et que je ne l'ai jamais regretté.
— Je sais, maman. Je me suis marié aussi et j'en souffre depuis trois ans. Je vais voir les enfants.

Il traversa le jardin et pénétra dans l'atelier. Jessy s'appliquait sur un morceau de bois qui prenait vaguement la forme d'un cheval. Tommy s'acharnait à réduire un rondin en copeaux. En apercevant Nathan, la fillette laissa tomber son ciseau et se jeta sur lui. Elle était heureuse de le revoir.

— Tu es revenu nous chercher ?

— Oui.

— On rentre à la maison ?

— J'ai d'abord quelques questions à te poser.

— Quoi ?

— Ta maman te manque ?

— Oui.

— Tu veux retourner chez elle ?

La personne en face de lui était bien petite pour répondre à cette question qui engageait son avenir. Cependant, Nathan connaissait des enfants encore plus jeunes qui avaient pris leur destin en main. Des Colombiens de l'âge de Jessy travaillant depuis des années pour la municipalité de Bogota ou des Philippins de 5 ans qui ramassaient les moules tombées des sacs des pêcheurs pour faire vivre leur famille. Jessy possédait presque leur maturité. C'est pourquoi il lui demandait de choisir, bien qu'il l'eût déja fait. Juste pour s'assurer qu'il avait pris la bonne décision.

— Non. Je déteste Steve et je veux rester avec Tommy.

Elle n'avait pas vraiment conscience que son beau-père la violait, mais elle savait qu'elle le haïssait. À son âge, avoir l'énorme pénis d'un violeur entre les jambes ne signifiait pas grand-chose, sauf de la douleur et de l'aversion. En attendant d'y voir plus clair, c'était son subconscient qui trinquait et qui lui préparait de belles séquelles.

— Je vais te proposer quelque chose, mais il faut que tu m'écoutes attentivement. Ta maman est malade à cause de l'alcool. Elle est rarement dans son état normal et ne peut pas te protéger contre l'homme avec qui elle s'est remariée et qui ne veut pas ton bien, ni celui de

Tommy. Ce que je peux t'offrir, c'est d'habiter sur une île magique où les éléphants sont en liberté.

— Avec toi ?

— Avec Tommy.

— Tu seras là, toi ?

— Je demeurerai avec vous quelques jours. Vous serez accueillis chez quelqu'un de très gentil.

— Qui ça ?

— Elle s'appelle Shannen. C'est ma sœur. Elle a une grande maison là-bas, au bord de la mer.

La fillette serra un peu plus Nathan.

— J'ai pas envie que tu nous quittes.

Jessy avait besoin d'une relation affective stable. Une personne aimante capable de reconstituer une famille autour d'elle et de Tommy. Nathan pensait que sa sœur pouvait être cette personne.

— Tu connais ta sœur, lui dit sa mère lorsque Nathan lui demanda son avis sur ce projet un peu fou.

— Justement. Elle n'a jamais eu peur de transgresser les règles morales et sociales que l'on essayait de lui inculquer depuis la naissance.

— Je crois qu'elle est pire que toi.

— Meilleure.

— Au moins, elle sera contente de te revoir.

La porte d'entrée s'ouvrit sur un vent glacial et sur le visage rouge de Sam. Son rendez-vous avec le capitaine Blester lui avait laissé un demi-sourire gravé sur la face que la bourrasque n'avait pas réussi à gommer.

— Vous partez tous les trois sur le *Blue Star* dans six jours. Le cargo fait route jusqu'à Colombo. Deux escales. Un mois de mer. Les deux enfants voyageront dans la cabine de Blester.

— Merci papa.

— C'est Saul Blester qu'il faudra remercier. Es-tu sûr de vouloir aller à Ceylan avec ces gosses ?

— Cela dépendra de Shannen.
— Ta sœur accepterait n'importe quoi pour te faire venir, nota Kyoko.
— Et Tommy, il supportera une telle traversée?
— J'emporterai des médicaments.
— Qu'est-ce que tu goupilleras là-bas?
— Je poursuivrai ma route.
— Jusqu'où?
— Mon chemin est tracé, papa. C'est toi qui me l'as enseigné.
— Tu fuiras ainsi toute ta vie?
— Demain, j'irai chez moi prendre quelques affaires.
— Tout ce que je demande, mon fils, c'est que tu sois heureux afin que tu vives vieux.

136

Nathan gara la camionnette de son père au bout du sentier sur la falaise, éteignit les phares et parcourut les sept cents derniers mètres à la lueur du clair de lune. Il y avait des traces de pas dans le sable. Quatre empreintes différentes. Elles s'arrêtaient devant chez lui sans repartir. Les visiteurs étaient encore là. Ceux-ci n'étaient pas venus pour le voler puisqu'il n'y avait rien à prendre. On l'attendait, de l'autre côté de cette porte qu'il ne verrouillait jamais. Il resta immobile sur le palier. N'émettre aucun bruit. Habituer ses pupilles à l'obscurité la plus totale. Se représenter mentalement la pièce dans laquelle il allait faire irruption. Au bout de quelques minutes remplies par le vacarme de l'océan, il inspira profondément, leva une jambe, expira lentement dans la position du flamant rose et propulsa son talon contre le battant qui claqua contre un individu caché juste derrière. Simultanément, Nathan pivota sur le seuil et frappa à gauche, au cas où le comité d'accueil aurait décidé d'encadrer l'entrée. Son coude rencontra une résistance qui céda sous l'impact en produisant un braillement étouffé. Il bondit dans le noir et gagna en une roulade l'endroit où il se serait caché s'il avait été à la place de ses adversaires : l'angle opposé de la pièce, le moins éclairé par la clarté lunaire. Son regard proche de la nyctalopie distingua un pistolet braqué sur lui. Il dévia le bras armé en se redressant et fit décoller un uppercut qui pulvérisa un menton.

La lumière inonda soudain les lieux. Les pupilles dilatées de Nathan le rendirent aveugle pendant quelques secondes. Quand il récupéra la vue, il reconnut Ted Waldon au milieu de son salon, un Colt 45 dans la main, un petit ricanement entre les lèvres.

— C'était bien t…!

Waldon n'eut pas le loisir de finir sa phrase, faute de dents, de bouche, de maxillaires. Le coup de pied qui avait fauché son visage était parti sur le mot “bien” et avait touché sa cible sur le “t” qui suivait. Nathan ne sut donc jamais ce que l'albinos trouvait de bien, mais il était en vie. Cette manie empruntée au cinéma de pavoiser avant de neutraliser un adversaire lui avait sauvé plusieurs fois la mise, y compris cette nuit-là. Autour de lui, le plancher était jonché de corps en piteux états. Vinnie le Colosse n'avait plus de nez et son visage était aussi plat que le battant de la porte qu'il avait embrassée. Chuck la Hyène avait craché ses gencives et avalé sa langue. Franky la Suture avait le menton dans les narines. Quant à Waldon, il devrait s'alimenter avec une paille pendant le reste de sa misérable existence. Avec un peu de chance et beaucoup de chirurgie esthétique, le quatuor de Fairbanks pourrait s'en sortir, du moins si Nathan prévenait les secours à temps.

Il vérifia qu'il n'y avait plus personne de valide dans le coin et but un verre d'eau. Dehors, l'océan démonté malmenait le silence. Nathan jeta la clique éclopée dans la cave et ferma à double tour. Épuisé par le trajet et par son arrivée musclée, il décida de dormir. Une sonnerie le réveilla dans son sommeil paradoxal. Un message électronique venait d'atterrir sur son ordinateur portable.

Trois e-mails de Norton se bousculaient dans sa boîte. Le remplaçant de Maxwell s'impatientait. Dans un langage de moins en moins châtié au fil des courriers, il pressait Love de lui communiquer un rapport détaillé sur l'évolution de l'enquête. Nathan broda illico un compte rendu mettant en cause Vladimir Kotchenk dans l'attentat de Fairbanks, conformément à ce qu'il avait convenu avec Dragotti :

...La culpabilité du Russe s'est confirmée lors de ma visite au Vatican. Le cardinal Dragotti est en possession d'une lettre du père Almeda qui confesse avoir participé de plein gré à une mise en scène de la résurrection d'Étienne Chaumont élaborée par l'agent Bowman dans le laboratoire de Fairbanks. Cet enregistrement vidéo fallacieux était destiné à faire réagir Vladimir Kotchenk. Bowman cherchait depuis un an à prouver la culpabilité du Russe dans la mort de l'explorateur français. Il était en effet convaincu que les hommes de Kotchenk avaient fait irruption sur le campement de Chaumont lors de sa dernière expédition en Alaska et avaient saboté son matériel de survie. Le meurtre parfait. Kotchenk se débarrassait ainsi du mari de Carla Chaumont qu'il convoitait. Apprenant en décembre que l'on avait réanimé Étienne et que celui-ci risquait de se mettre à parler, le Russe a organisé son élimination définitive ainsi que celle de l'équipe scientifique autour de lui. Il s'est arrangé pour que le massacre passe pour un acte crapuleux, voire fanatique. La fatwa lancée par Tetsuo Manga Zo lui a servi de couverture tout en lui rapportant six cent mille dollars. Le cardinal Dragotti accepte de lever le secret de la confession et tient à la disposition de la justice la lettre du père Almeda ainsi que la cassette de Bowman. L'affaire Lazare est close. Ne cherchez plus à me contacter.

Il classa le rapport dans les messages à envoyer et en tapa un deuxième, beaucoup plus conforme à la réalité. Il consigna les faits avec exactitude, le long entretien avec Dragotti, l'emplacement de la chambre forte et le lourd secret gardé par sa confrérie.

Son index hésita au-dessus de la fenêtre tactile du PC. Lequel des deux courriers expédier ? Son sixième sens lui dicta de s'en tenir à ce qui avait été convenu avec le cardinal. Le premier témoignage atterrit donc illico dans la boîte aux lettres électronique du FBI. Il transmit également une copie à Dragotti pour que leurs deux versions concordent.

Nathan s'apprêtait à tout débrancher lorsqu'il remarqua la présence d'un autre e-mail en attente. Celui-ci provenait de Kate. L'e-mail avait été émis le 17 janvier à midi moins le quart, soit quelques minutes avant la mort de Kate et la destruction de son ordinateur portable, à Rome.

137

Nathan, je vous envoie ce mémo comme une bouteille sur le Web, car je n'ai pas réussi à vous parler ce matin. Brad pionce comme un bébé à mes côtés et vous, vous êtes complètement sonné dans la chambre d'à côté. J'ai donc décidé d'allumer mon portable pour vous écrire. Vous avez foutu ma vie en l'air, Nathan ! Et vous avez bien fait. Grâce à vous, j'ai réalisé que mon existence baignait dans l'illusion, que je n'étais qu'un produit de plusieurs cultures qui cachaient ma nature véritable. Vous voyez bien qu'il n'y a pas que le mal qui influence le monde, comme vous auriez tendance à le répéter. Des individus dans votre genre exercent une influence bénéfique sur leur entourage. Et oui, vous avez élargi ma conscience ! Pour la première fois, je me suis posé la question : « Quelle est la vraie nature de l'être humain ? » et non pas « Quelle est la vraie nature de l'Eskimau ou de l'Américain ? » J'aurai un jour ma réponse. En attendant, je suis déjà une autre personne. Sans vous, je serais encore sous ma paperasse à ambitionner de remplacer un crétin comme Weintraub. Vous êtes précieux pour les autres, Nathan, c'est pourquoi vous devez vous faire soigner au plus vite cette plaie au crâne. Contrairement à ce que vous pourriez imaginer dans votre petite tête de zen, je tiens énormément à vous. Et pas que pour des raisons professionnelles. Je me suis trompée sur votre compte et je le regrette. Issue de la neige et de la glace, je n'ai jamais été très calée en chaleur humaine. Avant (je profite ainsi de cet instant solennel pour vous livrer le fameux petit secret intime que je vous dois), je n'aimais pas les hommes. J'ai même entretenu une relation aussi discrète que torride avec une femme. Il faut avouer que la gent masculine n'est pas très recommandable là où je réside. Cette nouvelle affaire m'aura au moins enseigné pas mal de choses sur notre espèce. Je n'en saurai peut-être pas tellement plus sur la vie éternelle proposée par le Projet Lazare, mais sur les hommes si. Vous m'avez montré que les mecs ne sont pas tous machos, phallocrates, rustres, primaires, veules, alcooliques et grandes gueules. Vous m'avez appris à éprouver des sentiments pour le sexe opposé. C'est Brad qui en a profité, étant donné que vous n'étiez pas vraiment disponible. On baise comme des fous et c'est vrai qu'à un moment, j'aurais préféré que ce soit avec vous. Maintenant, je l'aime et c'est pour ça que je me sens plus libre pour m'épancher, bien que j'aie des difficultés à vous dire tout ça en face. Je vous case donc toute cette gamberge, comme ça me vient, en vrac sur le Net, en espérant que vous saurez trier et que vous n'en prendrez pas connaissance tout de suite.

Je sais que vous êtes épris de Carla Chaumont et je ne vous le reproche pas, car elle est intelligente et très belle. Moi-même, je m'y laisserais prendre. Cependant, faites gaffe, Nathan. J'ai essayé d'aborder le sujet ce matin, mais vous n'étiez pas très réceptif. Je vous en reparlerai cet après-midi quand vous serez plus clair. Moi je risquerai de l'être un peu moins avec le jet-lag, alors tant que j'y suis, je vous le tape direct dans la foulée :

Comme vous avez pu vous en apercevoir en pénétrant dans mon bureau, je suis une dévoreuse de dossiers. J'ai épluché tous les rapports afférents au Projet Lazare. Plus personne ne sait lire aujourd'hui, c'est pourquoi ce détail n'a attiré l'attention de personne. Même vous, vous n'avez pas percuté ! Relisez bien la transcription du court interrogatoire auquel Weintraub a soumis Carla Chaumont lors de son déplacement à Fairbanks. Je vous joins ci-dessous un « copié collé » de l'extrait compromettant :

AGENT SPÉCIAL WEINTRAUB : – Il y a un an, pourquoi ne pas être retournée en Alaska pour être présente au retour de votre mari ?

CARLA CHAUMONT : – Ma fille souffrait d'une angine. Je ne pouvais pas me déplacer.

AGENT SPÉCIAL WEINTRAUB : – Votre belle-mère, Mme Geneviève Chaumont, a cependant déclaré à l'époque que cela ne vous a pas empêché de fêter Noël.

CARLA CHAUMONT : Le soir de Noël, je préférais cacher à Léa que son père avait disparu.

Comme le souligne fort justement Carla, Étienne Chaumont a été porté disparu le soir du 24 décembre. Mais ce dont n'a pas tenu compte Weintraub (ni personne d'autre d'ailleurs), c'est du décalage horaire de neuf heures entre les deux pays ! Le soir du 24 en Alaska correspond au matin du 25 en France. Carla ne pouvait donc pas être au courant du drame, le soir du réveillon ! En faisant la confusion, Weintraub l'a involontairement poussée à trahir son état d'esprit réel le soir du 24 décembre : Carla savait que l'on n'allait pas récupérer son mari vivant. Avec un an d'écart, elle n'a pas su mentir comme elle l'avait si bien fait à l'époque dans ses dépositions. À votre avis, comment aurait-elle pu être au courant avant tout le monde qu'Étienne n'allait pas survivre, si ce n'était qu'elle avait planifié son élimination ? Comment s'y est-elle prise ? Et pour quel mobile ? Vous aurez tout le loisir de vous pencher sur le sujet. Mais vous pouvez considérer que Kotchenk n'est pas aussi coupable du meurtre de Chaumont qu'il en a l'air.

Je conclus, car j'ai entendu un drôle de bruit dans la chambre. Je me demande ce que c'est. M'a-t-on suivie jusqu'ici depuis Fairbanks ? Bon, j'envoie l'e-mail et je vais vérifier si je suis devenue aussi parano que vous. À tout à l'heure.

Votre amie Kate. »

138

Bombardé de révélations, l'esprit de Nathan faillit exploser. L'e-mail alignait les exclusivités : Kate était attachée à lui, Carla avait tué son mari, Kotchenk était le dindon de la farce, le tueur était dans la chambre de l'Esquimaude au moment où elle avait émis son message.

Nathan se leva et alla boire un verre d'eau. L'idée que Carla ait pu éliminer son mari n'avait jamais effleuré son esprit. Il était tombé amoureux d'elle et en avait fait d'emblée une alliée innocente. Nathan se rappela les flashs qu'il avait captés au cours de son périple dans le nord de l'Alaska. Il avait eu cette vision d'Étienne en train de verser du pétrole sur ses pieds en flammes. Une illusion. Le Français essayait, au contraire, d'éteindre un feu qui se propageait autour de lui. Comment en était-il arrivé là ? Une fois lâché sur la banquise, il avait constaté que ses jerricans de combustible contenaient… de l'eau ! Pour se chauffer, il avait été contraint de brûler ses affaires. Le brasier avait dû accidentellement gagner ses chaussures et Chaumont s'était aspergé d'eau. Les bidons de flotte qui avaient causé sa perte lui avaient servi à ne pas mourir carbonisé. Affectée à la préparation du matériel, Carla avait condamné son mari à mourir de froid, simplement en changeant le pétrole en eau !

Quant au mobile, Nathan n'en voyait qu'un. Étienne battait sa femme. Carla ne supportait plus ses absences et ses accès de violences. Il se remémora les allusions du vieux Matteo sur les destins tragiques des amants de sa fille. Modestino Cargesi, le père de Léa, avait fini assassiné dans un terrain vague. Il était possible que douze ans auparavant, Carla ait été contrainte à l'exil à cause du sort qu'elle avait réservé à l'Italien. Nathan éprouva de l'amertume. S'était-elle cramponnée à lui pour suivre de près une enquête qui aurait risqué de la mettre sur la sellette ? Elle l'avait bien bluffé tandis qu'il accusait Vladimir du meurtre d'Étienne ! Après tout, lui aussi s'était servi d'elle. En attendant, si Carla dessoudait les hommes qui l'outrageaient, il avait du souci à se faire depuis qu'il l'avait abandonnée dans la basilique Saint-Pierre, à quelques jours du mariage.

Proche d'Étienne, Clyde était au courant des relations tumultueuses que le Français entretenait avec sa femme. Au même titre que Geneviève Chaumont dont personne n'avait pris les accusations au sérieux. La brusque disparition de l'explorateur les avait amenés tous les deux à suspecter Carla. L'agent spécial s'obstinait à vouloir trouver le corps de son ami pour ramener une preuve de la culpabilité de Carla. Jusqu'à ce qu'il réalise que le cadavre d'Étienne pouvait servir à autre chose qu'à l'arrestation d'une simple criminelle. La confrérie de Dragotti était un plus gros gibier que Carla Chaumont.

Love supprima l'e-mail de Kate et fourra dans un sac à dos l'argent liquide remis par Dragotti, son ordinateur portable et le crâne de Melany. Il s'allongea sur le matelas posé à même le sol. Mais quelque chose l'empêchait de dormir. Une odeur émanant de la cave. Il alla jeter un œil sur ses prisonniers. Les quatre estropiés plongés dans une solide syncope n'avaient pas bougé. Des relents de putréfaction rongeaient ses narines. Au terme d'un rapide examen qui lui confirma que les chasseurs de prime étaient encore en vie, il se dirigea vers l'armoire métallique dans laquelle il rangeait des outils. Il l'ouvrit. Alexia Groeven tomba dans ses bras. Nathan la repoussa comme si elle avait été une lépreuse. Le corps livide couvert d'ecchymoses et lardé d'entailles dodelina, se désarticula et s'écroula au fond du meuble. L'épouse du Dr Groeven était morte depuis plusieurs jours après avoir enduré toute une série de tortures. Un cadeau de Waldon. Le truand avait cuisiné la veuve pour lui arracher le secret du Projet Lazare. En vain, puisque son mari ne l'avait pas mise dans la confidence. L'albinos et ses hommes avaient alors trimballé le cadavre jusqu'ici pour coller ce meurtre sur le dos de Nathan. Un de plus.

Écœuré, il verrouilla derrière lui, remonta puiser de l'air frais sur la terrasse et lança la clé de la cave en direction des vagues. L'odeur pestilentielle de la putréfaction s'était délitée, mais une présence malsaine persistait dans l'atmosphère. Une menace impalpable. Devant lui, la nuit aveuglante ainsi que l'océan bruyant handicapaient sa vue et son ouïe. Il devait se reposer sur les autres sens, surtout le sixième. Le danger venait de la gauche, de la dune. Il se plaqua contre le mur au moment où la détonation claqua. Il y eut deux autres coups de feu, mais Nathan était déjà à l'intérieur. Il sortit par l'arrière et courut vers le sentier qui contournait la colline. Un phare s'éloignait en pétaradant. Une moto.

Cette nuit-là, il reprit la route vers San Francisco sans avoir dormi.

139

Tommy traversa le pont du navire en criant, enjamba la rambarde et sauta par-dessus bord. Le corps de l'adolescent resta suspendu au-dessus de l'océan Indien, retenu par un pied. Nathan le hissa de toutes ses forces et l'immobilisa au sol avec un crochet du droit.

— Cours chercher les sédatifs, ordonna-t-il à Jessy qui avait assisté à la scène.

— Meeeeerr… ! geignit le jeune autiste.

— Il ne faut pas jouer avec la mer, Tommy, ça attire les fantômes, dit Nathan.

L'adolescent se contracta, remua la tête de gauche à droite, régurgita son déjeuner. Nathan enserra le cou du gaillard tout en lui maîtrisant le bras droit avec son bras gauche. Genoux au sol, il écarta les jambes pour contrôler son immobilisation latéro-costale. Hon-gesa-gatame. Tommy se tortilla mais ne décolla plus du plancher.

La croisière sur le *Blue Star* s'était avérée un véritable enfer pour l'adolescent. Tout avait pourtant bien commencé. Après avoir abandonné ses parents sur le quai, Nathan avait discrètement embarqué sur le cargo en compagnie de Jessy et Tommy. Le capitaine Saul Blester leur avait cédé sa cabine avec laquelle l'autiste ne s'était jamais familiarisé. On avait dû liquider le stock de tranquillisants et la pharmacie de bord pour le maintenir dans un état d'hébétude ponctué par d'incessants balancements. L'adolescent en était même venu à se mutiler, ce qu'il n'avait plus fait depuis des années. Jessy et Nathan se relayaient quotidiennement à son chevet pour ne pas amener le capitaine à regretter d'avoir embarqué ces trois passagers clandestins peu ordinaires.

Nathan administra à Tommy l'ultime dose de calmants puisée dans les réserves et le transporta jusqu'à son lit.

— On arrive quand ? demanda Jessy pour la millième fois.

— Bientôt.

— C'est-à-dire ?

Désormais, elle ne se contentait plus de cette réponse qui se vidait de son sens au fil des jours. Pourtant, cette fois, il ne mentait pas. Le port de Colombo était proche.

— Reste ici, je vais voir le capitaine.

Saul Blester connaissait le monde aussi bien que la plupart des gens connaissent leur ville de naissance. Il était intarissable sur les Africains, fainéants et voleurs ; sur les Asiatiques, fourbes et menteurs ; sur les Arabes, lâches et fanatisés ; sur les Européens, mesquins et nombrilistes ; sur les Américains, chauvins et arrogants.

— Les Jaunes, ce sont eux qui nous boufferont, ils ont l'intelligence et la supériorité numérique ! pronostiqua le capitaine en fixant l'horizon du haut de la passerelle où l'avait rejoint Nathan.

— S'ils ont l'intelligence, ils n'ont pas besoin de se servir de leur supériorité numérique.

— Un jour, tout ça va péter. Ça viendra des musulmans ou des Chinois.

— Vous savez ce que nous enseignent nos légendes et nos récits ?

— Japonais ou indiens ?

— Indiens.

— Vot'père m'en a causé de temps à autre.

— Les anciens prédisaient que dès que nous commencerons à haïr notre voisin, à le voler ou à lui mentir, à ne plus cultiver la terre pour nous nourrir, que nous deviendrons dépendants pour assurer notre nourriture, alors, il n'y aura plus d'équilibre, il n'y aura plus d'harmonie.

— Nous y sommes en plein. C'est pour ça que vous êtes entré au FBI ? Pour rétablir l'harmonie.

— Vous êtes sagace.

— Y a pas de quoi.

— Saul, je viens de donner à Tommy la dernière dose de tranquillisants.

— J'ai plus rien en stock, à part de la Tequila. Mais on sera à quai dans l'après-midi, si c'est ce que vous voulez savoir.

Nathan laissa Blester à ses commandes et rejoignit

Jessy. Elle était du côté de la proue, le nez au vent, serrant Penny, son inséparable poupée.

— Tommy dort, dit-elle.

Au cours de leur croisière galère, il avait appris à apprécier la fillette. Généralement, il n'y a pas grand-chose à apprendre chez les enfants de cet âge, déjà dénaturés par la société et loin d'avoir assez vécu pour s'être forgé une personnalité intéressante. Le cas de Jessy était différent. Il restait de la pureté en elle, de la force, du ki, des dons innés, que sa fréquentation du monde de Tommy lui avait permis de préserver, voire de développer. Elle était capable d'affronter les pires vicissitudes, car elle avait du recul sur les phénomènes, presque du détachement. Elle était à la croisée de plusieurs univers aux apparences trompeuses, celui de son frère, celui de sa poupée Penny, celui des adultes. Elle naviguait de l'un à l'autre avec une aisance déconcertante. Nathan avait aussi essayé de lui décrire le sien, plus proche que les autres de la vérité. Il avait eu des difficultés à lui faire prendre conscience que chaque personne a une vision différente des choses et donc que tout n'est qu'illusion. Jusqu'à ce fameux soir de la semaine précédente. Alors qu'ils contemplaient tous les deux la lune et son reflet dans l'océan, couleur de jais, il lui avait demandé ce qu'elle voyait. Elle lui avait banalement répondu « la lune », avant de réaliser que cet astre n'existait pas pour Tommy, qu'il était un reflet pour les poissons et qu'il portait sûrement un autre nom pour les Martiens. Jessy avait ainsi lancé son petit caillou dans la mer des apparences.

Nathan s'accroupit pour se mettre à la hauteur de la fillette.

— Le capitaine m'a confirmé qu'on va toucher terre aujourd'hui.

— Tommy ne montera plus jamais sur un bateau. Il n'aime pas du tout ça.

— Il déteste ce qui est nouveau. Le contraire de toi.

— Oui.

— Il n'y a que toi et les médicaments qui peuvent le tenir tranquille.

— Oh, même quand il paraît tranquille, y a plein de trucs qui se passent dans sa tête. Ce qu'il y a, c'est qu'il n'est pas avec nous. Il vient pas souvent dans notre monde, alors c'est moi qui vais dans le sien.

— Ça ressemble à quoi, son monde ?

— C'est difficile à dire, parce qu'il n'y pas de gens, ni de choses.

— Qu'est-ce qu'il y a alors ?

— Des chiffres, du bruit, des drôles de formes qui tournent et se mélangent. On ne peut pas les toucher, mais on peut devenir comme elles.

— C'est beau ?

— Bof. Je préfère ici.

Accrochée au bastingage, elle ferma les yeux pour mieux savourer le vent dans sa chevelure blonde et ses petits poumons.

— Woniya wakan, chuchota Nathan.

— Quoi ?

— Woniya wakan. Ça veut dire « air béni » en langage sioux.

— Il est doux, je trouve, l'air.

— Tu peux le toucher.

— L'air ?

— Il est là. Sens sa présence.

Jessy éprouva un léger frisson. Nathan la rassura :

— Tu peux lui parler comme si c'était quelqu'un de familier.

— Qu'est-ce que tu veux que je lui dise ?

— Qu'il est doux, par exemple.

— Euh… Bon… Tu es doux, l'air !

— Ce souffle qui caresse ta peau est celui de la nature qui respire, qui donne la vie, qui renouvelle tout.

Jessy était une personne très réceptive. Il en profita pour pousser un peu plus loin sa vision de la Vérité :

— Les arbres, les pierres, les rivières, le vent, les nuages, possèdent chacun un pouvoir qui leur est propre.

— C'est quoi le pouvoir d'une pierre ?

— L'endurance passive.

— La quoi ?

— Une pierre sur un chemin bouche le passage, te fait trébucher, fait sauter un véhicule.

— Et le pouvoir… euh… d'une branche ?

— Porter un oiseau.

— Et d'une feuille ?

— Voler dans le vent. Tous ces petits pouvoirs montrent qu'il y a un esprit dans chaque chose.

Un esprit reflétant la puissance mystérieuse qui se diffuse sur tout l'univers. Mais ça c'était une autre histoire avec laquelle il ne voulait pas encombrer le cerveau de Jessy. Ils demeurèrent silencieux tous les deux pendant un long moment. Nathan goûtait la compagnie de Jessy. Les ondes qui émanaient d'elle étaient plus positives que celles des adultes qu'il avait rencontrés, à l'exception de Melany. Si Jessy avait eu 3 ans, il aurait cru en la réincarnation.

140

Le Sri Lanka apparut à l'horizon quelques heures plus tard. Tommy s'était réveillé et dessinait avec sa morve des ellipses sur un hublot. Jessy regardait une vidéo. Nathan méditait. Le capitaine Blester leur recommanda de se préparer à descendre.

Le cargo entra dans le port de Colombo. Le cœur de Love se mit à battre un peu plus vite. Pas tellement à cause du passage en contrebande de deux enfants qui ne lui appartenaient pas, mais à cause de Shannen, sa sœur, qu'il allait revoir dans moins d'une heure. Les trois immigrés clandestins emboîtèrent le pas du capitaine. Ils descendirent sur le quai, au milieu d'une foule de cinghalais qui s'activaient autour de caisses et de containers pendus à des grues rouillées. Groggy par le voyage, les sédatifs et le mal de terre, Tommy suivait en clopinant, en ahanant, en grimaçant. Nathan lui vissa une casquette sur le crâne et des lunettes de soleil pour le rendre plus discret. Jessy écarquillait les yeux devant le changement de décor. Les sens en alerte, elle se laissait envahir par l'odeur des épices et du thé, le son des docks et la chaleur tropicale.

— Ils sont où les éléphants ?

— On en croisera tout à l'heure.

Ils se faufilèrent dans un hangar. Le capitaine Blester harangua un gars qui portait un chapeau crasseux. Il s'entretint avec lui, à l'écart, avant de revenir vers Nathan.

— Vous avez l'argent ? demanda Saul.

Nathan puisa dans sa poche les trois cents dollars prévus. Blester les reversa au type qui hocha la tête.

— Il sera votre guide pour sortir d'ici. Bonne chance, Nathan.

— Merci, Saul. Vous venez de sauver l'avenir de ces deux gosses.

Ils suivirent l'homme au chapeau dans un dédale de marchandises. Tommy commençait à geindre. Jessy glissa sa main dans celle de son frère. Ils rasèrent plusieurs entrepôts bruyants et sales, se faufilèrent à travers un grillage troué et débouchèrent sur une route défoncée, bordée par des terrains vagues, labourée par des camions chargés à bloc qui crachaient de la fumée noire et de la poussière.

— Bienvenue au Sri Lanka, dit le passeur en s'éloignant.

Nathan le rattrapa pour lui demander où dégotter un moyen de transport.

— Marchez tout droit pendant un kilomètre.

La porte du paradis ressemblait à celle de l'enfer. Au bout d'une demi-heure, Nathan héla un véhicule qui fit office de taxi moyennant finance. Il négocia la course jusqu'à Bentota.

Le paysage changea pour se conformer de plus en plus à l'éden promis dans les dépliants touristiques, tandis que le long de la route du bord de mer s'égrainaient les complexes touristiques. Après avoir passé Aluthgama, ils bifurquèrent devant un panneau signalant le Coco Lodge. Ils empruntèrent un sentier à travers une cocoteraie qui avait donné son nom à l'hôtel, puis un petit pont, avant d'échouer sur un bras de sable, entre la lagune et la mer. Une bâtisse en bois avait trouvé sa place, au milieu de planches et de rondins qui attendaient d'être assemblés.

Encadré par les enfants, Nathan pénétra dans le hall du petit établissement. Un Indien les accueillit. Il était raffiné, élancé et ses cheveux étaient aussi longs que ceux de Nathan. Les deux hommes se ressemblaient, bien que leurs origines indiennes n'eussent en commun que le nom.

— Vous êtes le frère de Shannen ? demanda-t-il dans un anglais d'Oxford.

— Je suis Nathan. Voici Jessy et Tommy.

— Bienvenus. Je m'appelle Shivaji. Je suis l'associé de votre sœur. Je vais la prévenir. Vous voulez boire quelque chose ?

— Je crois que les enfants ont soif.

— Je voudrais un Ice Tea et Tommy un Coca, commanda Jessy.

— Vous aussi, vous prendrez un Coca, je présume ?

— Bien présumé.

— Votre sœur m'a beaucoup parlé de vous.

Shivaji n'eut pas le temps de quérir Shannen, car à peine avaient-ils rejoint le bar, que celle-ci apparut. Elle traversa la salle en fonçant sur son frère et l'embrassa comme si elle retrouvait son amant, sous l'air un peu interloqué de Shivaji. Ce ne fut qu'au bout d'une très longue minute qu'elle se détacha de lui. Elle le fixa de ses grands yeux noirs un peu mouillés, pour déceler les effets de trois années de vie érémitique.

— Tu as l'air fatigué, résuma-t-elle.

— Je n'ai pas beaucoup dormi ces dernières semaines.

— Maman m'a raconté au téléphone. Je suis tellement contente que tu sois là.

La dernière fois qu'elle avait vu son frère, c'était aux funérailles de Melany. Il pleuvait, Nathan était cadavérique. Longtemps, elle avait essayé de se débarrasser de cette image. Elle se tourna vers les enfants et posa sur eux des yeux attendris.

— Ta petite famille ? dit-elle en s'approchant d'eux.

— Je te présente Jessy, ma meilleure copine, encore plus surdouée que toi au même âge.

— Et qui sent bon la cannelle, ajouta-t-elle en la serrant contre elle.

— C'est parce que j'ai mangé des gâteaux dans le bateau.

— Quant à Tommy, c'est un gaillard qui vit les pieds sur terre et la tête sur une autre planète. Un grand costaud qui n'écoute que sa petite sœur.

L'adolescent était planté devant le bar et regardait avec suspicion son reflet dans la glace au-delà du comptoir. Il n'accorda aucune attention aux présentations et ne réagit pas au baiser de la jeune femme sur sa joue.

— Merci, Shannen, de les recevoir chez toi.

— Vous tombez bien, j'avais besoin de personnel. On s'agrandit.

— L'hôtel va passer de huit à quinze chambres, précisa Shivaji.

— Au fait, je ne t'ai pas présenté Shivaji. Mon ami, mon amant, mon associé. On va se marier.

Ils quittèrent le bar pour s'installer sur la plage autour d'une table couverte de boissons. Intarissable, Shannen narra ses pérégrinations en Inde, au service de plusieurs associations humanitaires. Elle avait sillonné le pays entre Delhi et Madras, avait vu son âme à Bénarès, la mort à Calcutta, le coucher du soleil à Jaisalmer et l'amour à Bombay. Elle y avait rencontré Shivaji, employé dans un palace. Ils avaient émigré au Sri Lanka pour y ouvrir cet hôtel, s'étaient endettés sur dix ans. Le petit lodge avait tellement de succès qu'ils s'étaient engagés dans la construction d'une extension.

— Nous avons acheté les matériaux. Reste plus qu'à bâtir, dit-elle en désignant les tas de planches. Et toi, Nathan, qu'as-tu fait pendant ces trois années ?

— Je me suis couché tôt, j'ai médité, pratiqué za-zen et les arts martiaux.

— Tu as eu l'illumination ?

— Oui.

— Et alors ?

— Je suis revenu à la pure et normale condition de l'homme. Jusqu'à ce que le FBI vienne me déloger pour me ramener à la vie artificielle et remplir le vide dont je m'étais entouré.

— Mais encore ?

— J'ai croisé des gens, renoué avec le mal et le bien, arraché deux enfants à l'enfer, voyagé, guerroyé, tué, aimé, démissionné.

— Tu as aimé ? s'étonna Shannen.
— Oui.
— Qui ?
— J'ai côtoyé plusieurs femmes exceptionnelles.

Il pensait à Kate, à Sue, à Angelina, à Carla. Shannen le fixa. Elle attendait de lui au moins un prénom à se mettre sous la dent.

— Elle est italienne et se prénomme Carla. Les hommes s'usent les yeux à la contempler. Elle est vivante, drôle, émouvante, profonde, mime ses idées avec ses mains, dégage une sensualité à la fois sexuelle et maternelle.

— Ouahouu ! Comment se fait-il qu'elle ne soit pas avec toi ?

— Je suis en train de quitter ce monde, Shannen. Le Sri Lanka n'est qu'une escale. Là où je vais, il n'y a de la place pour personne, surtout pas pour des enfants et encore moins pour la femme que j'aime.

— Reste au moins jusqu'à notre mariage. Je ferai venir papa et maman. On sera à nouveau tous ensemble.

Il scruta les tas de planches.

— Je vous aide à construire l'extension de l'hôtel et après, je pars.

141

L'hôtesse de la Philippine Airlines annonça l'atterrissage imminent sur Manille. Le vol avait été une épreuve pour tous les passagers secoués par des dépressions et des trous d'air en cascade. Nathan attacha sa ceinture et ferma les yeux. Son esprit n'était pas encore débarrassé des images qu'il avait laissées au Sri Lanka. L'inauguration du nouveau Coco Lodge, le mariage de Shannen et Shivaji, la robe vaporeuse de Jessy en demoiselle d'honneur, le discours émouvant de son père, la joie de sa mère qui se voyait bientôt grand-mère. Ce fut après s'être assuré que Jessy et Tommy s'étaient intégrés à cette nouvelle famille que Nathan partit. Sans prévenir. Comme il l'avait toujours fait.

La chaleur et les menaces d'attentat plombaient Manille. La faction terroriste Jemaah Islamiah, liée au réseau Al Qaïda, revendiquait à coups de bombes la création d'un Émirat arabe dans le Sud-Est Asiatique. Dans sa mission d'évangélisation de la planète, Dragotti n'était pas au bout de ses peines. Coincé dans les embouteillages, Nathan était impatient d'en finir avec ce long voyage jonché d'escales qui multipliaient ses chances de ne pas être retrouvé. Manille était l'une des dernières. Il profitait de son étape dans la capitale philippine pour faire un détour par le quartier de Quiapo.

Le taxi s'arrêta enfin devant la grande villa d'Angelina et Antoine. Il n'y avait personne dans le jardin, excepté un chien errant et un rat éventré. Il pénétra dans la maison rafraîchie par les courants d'air et le son de la fontaine dans le patio. Le clapotis fut brusquement couvert par des hurlements. Une nuée d'enfants déboula sur lui avant de s'essaimer dans la cour. Nathan se dirigea vers la salle d'où avait jailli ce débit de décibels. Angelina effaçait un tableau noir couvert de poésie. Elle l'aperçut sur le seuil et le salua avec un enthousiasme modéré. Il devina d'emblée qu'elle portait un fardeau sur ses épaules.

— Que faites-vous ici ? s'étonna-t-elle.

— Je suis venu aider Antoine.

— Comment savez-vous qu'il est en prison?

— En prison?

Nathan avait eu l'idée de verser à l'association déficitaire de son ami ce qui lui restait de l'argent du Vatican. Une louable intention qui lui sembla soudain bien dérisoire. Antoine avait besoin d'un autre genre de soutien.

— Il a été arrêté, il y a six jours. Il risque la perpétuité.

— Pour quel délit?

— Trafic de stupéfiants.

— Il est coupable?

— Antoine est accusé de recruter des enfants pour dealer de la drogue. Tout ça à cause de ce gosse qu'il s'escrime à retirer du lit de l'archevêque.

— C'est l'Église qui a porté plainte?

— Oui. Elle se sert de cette accusation pour se débarrasser d'Antoine. Je l'avais pourtant averti. Ici, l'Église est toute puissante. Il ne faut pas se la mettre à dos.

— J'en sais quelque chose.

— Pourquoi?

— Pour rien. Vous ne vous êtes jamais interrogée sur l'origine des revenus d'Antoine?

— Pour les Philippins, un étranger est toujours riche.

— Antoine est un étranger pour vous?

— La preuve. Il me cachait son trafic.

Elle ramassa une pile de copies et l'invita à le suivre jusqu'au salon.

— Puisque vous ignoriez qu'Antoine était en prison, quelle sorte d'aide vous vouliez lui apporter?

— Une aide financière.

— Cet argent nous permettra au moins de bénéficier d'un meilleur avocat que celui qui a été désigné pour le défendre.

— J'ai une meilleure offre à vous proposer.

Devant l'air intrigué d'Angelina, Nathan déballa l'ordinateur portable de son sac et le brancha sur la ligne téléphonique. En quelques secondes, il se connecta à la messagerie du cardinal Dragotti.

— Qu'est-ce que vous faites ?

— Je connais quelqu'un qui peut tirer Antoine de là.

— Quelqu'un dans le gouvernement ?

— Quelqu'un de beaucoup plus influent.

Il envoya un e-mail réclamant l'intervention du cardinal auprès de l'archevêque de Manille pour faire cesser les poursuites à l'encontre d'Antoine. Dragotti était son débiteur. Autant en profiter.

— Voilà, dit-il. Il ne reste plus qu'à patienter.

Le soir, ils dînèrent en tête à tête dans le patio, sur une table en osier dressée avec soins. Une bougie vacillante les séparait. La lueur de la flamme projetait sur le visage d'Angelina des reflets mordorés. En fin d'après-midi, les autorités l'avaient autorisée à voir son mari. Antoine était pessimiste sur le sort que lui réservait la justice philippine qui, à l'instar des pays du triangle d'or, se plaisait à montrer du doigt les Occidentaux touchant à la drogue. Il ne croyait pas au revirement de l'archevêque prédit par Nathan. En revanche, il estimait qu'un bon avocat obtiendrait l'allègement de sa peine. En rentrant à la villa, Angelina était désabusée. Elle avait contacté les médias peu motivés de soulever un scandale impliquant l'Église, forcé la porte de l'ambassadeur de France qui l'avait poliment écoutée, sollicité le gratin du barreau qui avait refusé l'affaire parce qu'Antoine n'avait aucune chance de gagner. Les yeux de l'institutrice luisaient de tristesse.

— Vous vous agitez dans tous les sens pour faire bouger les choses, dit Nathan. Mais vous ne pouvez pas aller contre la culpabilité d'Antoine, contre la justice inique, contre les intérêts économiques des pays, contre les règles des nantis qui régissent le monde. Cette agitation monopolisera votre esprit et entretiendra l'espoir auquel vous vous cramponnez. Mais la chute sera d'autant plus dure que vous vous serez dépensée.

— Je ne vais pas attendre sans rien faire.

— Il ne s'agit pas de ne rien faire. Les enfants que vous avez bordés ce soir n'ont plus que vous. Ne les abandonnez pas. Ce soir, je vous propose de vider votre esprit plutôt que de le remplir inutilement. Ne pensez plus à rien, sauf à vous. À votre respiration qui vous maintient en vie. Concentrez-vous uniquement là-dessus. Et tout ira bien.

— J'aimerais pouvoir croire que les choses sont aussi simples.

— L'être humain se complait à les compliquer.

Elle le fixa en silence. Il ressemblait à une intervention divine.

142

Ce fut la lumière du jour, matinal dans ces contrées, qui réveilla Nathan. Au cours de la nuit, il avait été arraché à ses rêves par une violente explosion dans le centre de Manille. Un gamin assis par terre le surveillait. À peine Nathan ouvrit un œil que le garçon se précipita dans le couloir. Il rappliqua quelques minutes plus tard avec un plateau couvert de fruits. Une feuille de papier était pliée entre deux mangues :

Nathan, je serai de retour ce soir. Attendez-moi avant

de partir. Surveillez un peu les enfants. À ce soir. Angelina.

Elle ne lui avait pas donné le choix. Dans la matinée, il improvisa une leçon d'anglais tumultueuse. Les enfants n'étaient disciplinés que devant leur maîtresse. Ce n'était pas un Américain qui allait faire la loi chez eux. Pour rétablir un semblant d'ordre, il enchaîna sur un cours d'aïkido dans la cour de récréation. Première règle, la dynamique du silence. Le concert des klaxons et des pots d'échappement diffusé par des milliers de jeepneys servit de toile de fond à une mini introspection qui en fit rire plus d'un. Au terme de l'exercice, il leur enseigna des positions ainsi que la bonne manière de respirer. Pour agrémenter son cours, il leur montra une projection, en se servant d'un long bambou. Il mit l'accent sur la plénitude du mouvement, trait d'union entre deux adversaires, qui ne doit pas emprunter la forme d'une agression. Aucune cassure ne doit rompre le cercle parfait dessiné par la projection dans l'espace, en accord avec le flux d'énergie environnant. C'était moins une technique qu'une façon de se comporter qu'il s'employait à leur transmettre. Perplexité dans l'assistance.

— M'sieur, l'aïkido, c'est plus fort que le kung-fu ? demanda l'un d'eux.

— L'aïkido a été créé par un Japonais du nom de Ueshiba Morihei qui disait : “Quand un ennemi essaie de me combattre, c'est l'univers qu'il affronte et pour cela, il doit en rompre l'harmonie. À l'instant même où il a la pensée de se mesurer à moi, il est déjà vaincu. »

— Pourquoi ? demanda le gamin.

— Il existe un laps de temps très long entre l'instant où un homme décide de frapper et celui où il le fait. Le temps que mettait Ueshiba pour le désarmer.

À l'appui de sa théorie, il proposa des travaux pratiques. À tour de rôle, chaque enfant devait tenter de le taper avec le bâton. Aucun d'entre eux ne fut assez rapide.

— Comment vous faites, monsieur ? demanda un petit.

— Je ne fais rien, justement.

— Mais vous nous avez tous gagnés !

— J'ai utilisé la plus grande technique de l'aïkido, inventée par Ueshiba.

Les enfants insistèrent pour qu'il révèle la formule magique.

— Le secret, c'est d'éviter le combat, lâcha-t-il.

Un front de déception se dressa devant lui.

— Nul ne peut ôter ma force, si je ne m'en sers pas. La force que l'on acquiert en aïkido est celle de l'univers. Les mouvements sont dans la nature. Et personne ne peut vaincre cela. L'aïkido est l'art de ne pas combattre.

Après les avoir plongés dans le doute, il leur suggéra de passer à table. Angelina avait prévu le déjeuner et le dîner, à base de riz et de fruits. Il agrémenta l'ordinaire en commandant des pizzas. Épuisés par un entraînement physique soutenu, les enfants se couchèrent sans chahuter. Nathan s'allongea dans sa chambre et ferma les yeux sur des rêves peuplés de créatures attirantes, d'évêques retors, d'avocats véreux. Dans le tribunal de ses songes, un juge coiffé d'une mitre tapait du maillet et condamnait une reine de beauté. L'accusée, douce et tiède, se dénuda et se glissa dans son lit. Elle sentait le maracuja et captait sur sa peau ambrée les reflets de la lune qui diffusait sa brillance à travers la fenêtre. Un cobra se cambra au-dessus de lui en position d'attaque, avant d'injecter son venin. Un goût de jasmin pénétra dans sa bouche. De longs cheveux lui chatouillaient le visage, le serpent s'enroula autour de lui. Une sensation de chaleur sensuelle remonta le long de ses jambes et déclencha une érection. Angelina était nue contre lui. La Philippine releva la tête pour vérifier si son partenaire était conscient.

— Angelina, qu'est-ce que vous faites ? balbutia Nathan.

— Ce que je fais ?

Il rectifia sa formulation :

— Pourquoi faites-vous ça ?

— Pour vous remercier.

— De quoi ?

— Antoine sera libéré demain. Je ne sais pas qui est votre contact, mais il semble plus puissant que la présidente des Philippines elle-même. Aujourd'hui, les pontes de l'administration judiciaire, pénitentiaire et ecclésiastique m'ont reçue. J'ai eu droit à des courbettes et à la relaxe d'Antoine.

Nathan mesura la puissance de Dragotti qui tirait des millions de ficelles de plusieurs milliers de kilomètres de long à travers le monde.

— Vous n'êtes pas obligée de…

— Je sais. Vous ne m'auriez rien demandé de toute façon, puisque vous êtes venu avec l'envie de donner.

— Antoine, il…

— Moi, je n'ai rien à offrir. Alors, je me donne moi-même.

Nathan fixa le serpent tatoué sur le corps d'Angelina, ouvrant des mâchoires gorgées de poison, prêt à attaquer son système nerveux, à lui donner des vertiges, à troubler sa vision. L'intervention du cardinal les avait attirés vers les péchés de la luxure et de l'infidélité.

— Vous me refusez ?

— Non, non…

La réponse avait jailli trop naturellement pour ne pas déclencher un rire chez Angelina.

— De toute façon, cela me fait autant plaisir qu'à vous, dit-elle.

Puis elle disparut sous le drap. L'expérience qui suivit fut surnaturelle. Nathan éprouva des sensations qui lui étaient inconnues, telle cette voluptueuse décharge électrique dans le bas du dos. Il en oublia son corps et son esprit, noyés par des flots d'endorphines. Angelina était une tornade lascive offrant aux papilles une riche palette de saveurs, le sucre de ses lèvres, le sel de son pubis, l'aigre-doux de son rectum. Les mains de Nathan sinuaient sur du satin au grain si fin qu'elles ne pouvaient se repérer qu'à la pilosité et aux reliefs osseux. Les parfums l'envoûtaient. La chevelure qui fouettait son épiderme de frôlements à foison sentait le pain d'épice. Entre les jambes fuselées, sa langue s'attarda à laper l'infinie douceur d'un pétale où moussait du plaisir. Sur la plante des pieds de la jeune femme, il se délecta de l'herbe mouillée de rosée qu'elle avait foulée dans le patio avant de le rejoindre en catimini. Les exquises caresses de l'Asiatique ensorceleuse suscitaient frissons et palpitations. De petits cris réprimés et enveloppés dans le froissement des draps et le frottement des peaux signifiaient qu'elle jouissait de l'instant. Il mordait parfois dans une délicieuse rondeur comme pour savourer un peu plus Angelina. L'effort physique déployé finit par faire perler la sueur, huiler les corps, mêler les sucs. Le serpent à lunettes se lova sur son visage à maintes reprises, s'enroula autour de son ventre, sinua lentement jusqu'à ses orteils. Nathan était sous l'emprise de la Philippine, de ses grands yeux noirs, de sa peau mate et moite, de ses formes harmonieuses projetant sur le mur une chorégraphie d'ombres chinoises, de ses fesses en forme de cœur cambrées sur son sexe, de son dos se creusant pour mieux l'inviter à l'assaut sodomite, de ses seins bombés vers l'étreinte lorsqu'il la pénétra.

Au moment de l'orgasme, ce fut comme si toute sa substance avait été aspirée par la jeune femme. Il se sentit complètement vidé. Un vide orgasmique, plus fort que le vide cosmique auquel il se destinait. Une expérience unique, tellement forte qu'il rendit grâce à Dragotti malgré ses crimes.

Épilogue

Au large de la terre d'Arnhem

Sur une île sans nom, un homme sans nom, assis sur le sable dans la position du lotus, contemplait dans ses mains les deux moitiés d'une noix de coco qu'il venait d'ouvrir. Deux flancs juteux de pulpe blanche et dure miroitaient sous les rayons d'un soleil qui avait couvé la coque pendant des mois jusqu'à la brutale éclosion. Le vent l'avait décrochée de la voûte palmée. L'homme éprouvait de la gratitude envers la nature qui avait produit ce fruit pour lui en faire don. Il regarda sa main casser un morceau de chair et la porter à sa bouche. Ses dents lui procurèrent la première sensation gustative : un craquement laiteux. Il entendit ses molaires broyer le fruit, puis entreprit une lente mastication. Son palais se couvrit de copeaux de coco. Une pâte sucrée excita ses papilles avant de glisser vers son estomac. La première bouchée apaisa sa faim, aiguisa sa gourmandise. Les suivantes monopolisèrent tout autant son attention, en faisant sourdre de la chaleur dans son ventre. L'introduction de cet aliment à l'intérieur de son organisme lui procurait non seulement de l'énergie, mais aussi l'harmonieuse sensation de faire un avec le cosmos.

Il était en symbiose.

La retraite purificatrice qu'il avait entamée vidait son esprit de toute substance morale, affective ou intellectuelle. Il en avait même oublié le nom qu'il portait autrefois dans la société civile. Ses longues méditations lui provoquaient des visions de conscience élargie, renouant avec le pouvoir de clairvoyance étouffé dans l'enfance par les carcans du système éducatif et les ondes nocives d'une technologie dévastatrice. Son odyssée planétaire l'avait vu s'effacer peu à peu de la surface de la terre. Elle s'était achevée avec un vertigineux voyage dans le temps et l'Océanie. Il avait traversé à pied la terre d'Arnhem, sanctuaire de la plus ancienne des cultures. Un retour en arrière de soixante mille ans.

Ici, l'être humain sort du rêve à sa naissance et y retourne après sa mort. Il ne connaît ni paradis, ni enfer, nul désir de conquête ou de possession, mais il a un devoir sacré, celui de veiller sur cette terre que les dieux ont rêvée pour lui. Ici seulement.

Ses derniers souvenirs de la civilisation étaient le spectacle d'une femme qui nettoyait ses cheveux dans le sable fin d'une plage déserte et la mélopée d'un vieux joueur de didjeridu.

L'homme se débarrassa de la coque et se concentra sur sa respiration. Il recevait la vibration fondamentale de l'univers, accomplissant l'unité de l'esprit, du corps et de la nature. En quittant la communauté des hommes, il s'était débarrassé des conventions saugrenues qui la régissaient, férocement défendues par des Maxwell, des Dragotti, des Kotchenk, des vieux Braschi. Les affaires du monde n'avaient plus d'ascendant sur lui. Il avait posé son attention ici et maintenant, avait bâti le néant autour de lui, s'était recentré sur lui-même. « Le royaume de

Dieu est en vous », disait Jésus. C'était par-là qu'il fallait commencer. Ou plutôt revenir. Il ne fallait pas chercher l'au-delà ailleurs. L'Église et la science n'y avaient rien trouvé.

Dégagé de toute contrainte, y compris de celle du temps, il entra dans une dimension éternelle et goûta à l'immortalité.

Ainsi disparut celui que l'on nommait jadis Nathan Love. Dans la lumière et dans l'anonymat.

Un jour, peut-être, des archéologues du futur découvriront ses ossements à côté d'un crâne féminin et d'un antique ordinateur portable dont le disque dur aura pris avec les siècles l'allure d'un précieux parchemin.

Table

Déjà parus
AU DIABLE VAUVERT

Catalogue sur demande à :
contact@audiable.com

JUAN MIGUEL AGUILERA, *La Folie de Dieu,* roman, Prix Imaginales 2002, Prix Bob Morane étranger 2002
Rihla, roman
AYERDHAL, *Chroniques d'un rêve enclavé,* roman
Le Chant du Drille, roman
Transparences, roman Prix polar Michel Lebrun 2004, Grand prix de l'imaginaire 2005
PIERRE BORDAGE, *L'Évangile du Serpent,* roman, Prix Bob Morane 2002
L'Ange de l'Abîme, roman
POPPY Z. BRITE, *Self made man,* nouvelles
Plastic Jesus, roman
Coupable, essai
Petite cuisine du Diable, nouvelles
OCTAVIA E. BUTLER, *La Parabole du semeur,* roman
La Parabole des talents, roman
SIMON CASAS, *Taches d'encre et de sang,* récit
DOUGLAS COUPLAND, *Toutes les familles sont psychotiques,* roman
Girlfriend dans le coma, roman
TONI DAVIDSON, *Cicatrices,* roman
Intoxication, anthologie
YOUSSOUF AMINE ELALAMY, *Les Clandestins,* roman, Prix Atlas 2001
JAMES FLINT, *Habitus,* roman
Douce Apocalypse, nouvelles

CHRISTOPHER FOWLER, *Démons intimes,* roman
NEIL GAIMAN, *Miroirs et fumée,* nouvelles
American Gods, roman, Prix Hugo 2002, Bram Stoker Award 2002, Locus Award 2002, Prix Nebula 2003, Prix Bob Morane 2003
NEIL GAIMAN et TERRY PRACHETT, *De bons présages,* roman
WILLIAM GIBSON, *Tomorrow's parties,* roman
Identification des schémas, roman
STÉPHANE GUIGNON, *&,* roman
THOMAS GUNZIG, *Mort d'un parfait bilingue,* roman, Prix Victor Rossel 2001, Prix Club Med 2001
Le Plus Petit Zoo du monde, nouvelles, Prix des Éditeurs 2003
NORA HAMDI, *Des poupées et des anges,* roman Prix Yves Navarre 2005
Plaqué or, roman
NORA HAMDI et VIRGINIE DESPENTES, *Trois Étoiles,* BD
ANDRÉS IBÁÑEZ, *Le Monde selon Varick,* roman
AÏSSA LACHEB-BOUKACHACHE, *Plaidoyer pour les justes,* roman
L'Éclatement, roman
LOUIS LANHER, *Microclimat,* roman
Un pur roman, roman
YOUCEF M.D., *Je rêve d'une autre vie,* roman
Le Ghost writer, roman
JAMES MORROW, *En remorquant Jéhovah,* roman
Le Jugement de Jéhovah, roman
La Grande Faucheuse, roman
Le Dernier Chasseur de sorcières, roman
CÉCILE MOULARD, *Mail Connexion,* essai
DEE DEE RAMONE, *Mort aux Ramones!* autobiographie
VINCENT RAVALEC, *Une orange roulant sur le sol d'un parking...,* poème
VINCENT RAVALEC, MALLENDI et A. PAICHELER, *Bois Sacré, Initiation à l'iboga,* document
NICOLAS REY, *Treize minutes,* roman
Mémoire courte, roman, Prix de Flore 2000
Un début prometteur, roman

Courir à trente ans, roman
Cécile Robinet, *Vous avez le droit d'être de mauvaise humeur...,* nouvelles
Régis de Sá Moreira, *Pas de temps à perdre,* roman, Prix Le Livre Élu 2002
Zéro tués, roman
Le Libraire, roman
Alex Shakar, *Look sauvage,* roman
Charles Silvestre, *La Torture aux aveux,* pamphlet
Matt Thorne, *Images de toi,* roman
Matt Thorne et Nicolas Blincoe, *Les Nouveaux Puritains,* anthologie
Coralie Trinh Thi, *Betty Monde,* roman
Michael Turner, *Le Poème pornographe,* roman
Tristan-Edern Vaquette, *Je gagne toujours à la fin,* roman, Prix Goya 2003
Serge Velay, *Embrouilles dans la scribouille,*pamphlet
Alex Wheatle, *Redemption Song,* roman
Martin Winckler, *Contraceptions mode d'emploi,* document
Joelle Wintrebert, *Pollen,* roman, Prix Rosny-Aîné 2003

Impression réalisée sur CAMERON par

BRODARD & TAUPIN

GROUPE CPI

La Flèche
en janvier 2005

Imprimé en France
N° d'impression : 27569
Dépôt légal : janvier 2005
ISBN : 2-84626-075-3